O TRIÂNGULO SECRETO

Didier Convard

O TRIÂNGULO SECRETO
As lágrimas do papa

Tradução
Maria Alice Araripe de Sampaio Doria

Rio de Janeiro | 2012

Copyright © Editions Mazarine, département de la Librairie Arthème Fayard, et Éditions Glénat, 2006

Título original: *Le Triangle secret: les larmes du pape*

Capa: Raul Fernandes
Foto de capa: Andy & Michelle Kerry/Trevillion Images

Editoração: DFL

Texto revisado segundo o novo
Acordo Ortográfico da Língua Portuguesa

2012
Impresso no Brasil
Printed in Brazil

CIP-Brasil. Catalogação na fonte
Sindicato Nacional dos Editores de Livros – RJ

C783t	Convard, Didier
	O triângulo secreto: as lágrimas do papa/Didier Convard; tradução Maria Alice Araripe de Sampaio Doria. – Rio de Janeiro: Bertrand Brasil, 2012.
	518p.: 23 cm
	Tradução de: Le Triangle secret: les larmes du pape
	Inclui bibliografia
	ISBN 978-85-286-1550-0
	1. Romance francês. I. Doria, Maria Alice Araripe de Sampaio. 1948-. II Título.
12-0929	CDD – 843
	CDU – 821.133.1-3

Todos os direitos reservados pela:
EDITORA BERTRAND BRASIL LTDA.
Rua Argentina, 171 – 2º andar – São Cristóvão
20921-380 – Rio de Janeiro – RJ
Tel.: (0xx21) 2585-2070 – Fax: (0xx21) 2585-2087

Não é permitida a reprodução total ou parcial desta obra, por quaisquer meios, sem a prévia autorização por escrito da Editora.

Atendimento e venda direta ao leitor:
mdireto@record.com.br ou (0xx21) 2585-2002

Sumário

1. *O cortejo* 9
2. *A quinta mensagem* 12
3. *A Loja Eliah* 17
4. *A Fundação Meyer* 25
5. *O escritório* 28
6. *A caminhonete branca* 31
7. *O Testamento do Louco* 33
8. *A morte de Isabel* 39
9. *Os Templários* 41
10. *O massacre* 48
11. *Os três rolos* 52
12. *A doença de Filipe* 56
13. *O duplo assassinato* 60
14. *O enviado do papa* 67
15. *Oriente-Origem* 70
16. *Belém fulgura* 74
17. *O* Marly 82
18. *O homem do Vaticano* 85
19. *As lágrimas do papa* 87

20. O gêmeo	98
21. O enterro	103
22. A floresta do Oriente	109
23. Noite de sexta-feira para sábado	116
24. Revelação	123
25. A Sessão fúnebre	133
26. A visita de Sua Eminência	141
27. A capelinha	145
28. O oblato	158
29. O pregador	162
30. A tradução	166
31. A traição de mestre Resnais	170
32. Montségur	172
33. Os dominicanos	175
34. A iniciação	177
35. O papa Honório	180
36. Os últimos cátaros	183
37. A cínica realidade	189
38. Macchi	194
39. Reflexões	199
40. A sexta mensagem	204
41. Os "T" inclinados	207
42. A presença desconhecida	212
43. O "T"	220
44. A reunião	226
45. Alguns cadernos vermelhos	232
46. Uma noite de traição	239

47. *A argola*	248
48. *A evasão*	250
49. *A fogueira*	255
50. *O Tau*	262
51. *A carta de Hugues de Payns*	268
52. *O despertar de Léa*	273
53. *Um jovem na sombra*	276
54. *A sétima carta*	283
55. *O visitante*	289
56. *Monsenhor*	297
57. *A segunda casa de Hertz*	305
58. *A biblioteca*	312
59. *O supliciado*	324
60. *Jerônimo, o judeu*	329
61. *As relíquias*	333
62. *A exumação*	340
63. *A armadilha*	343
64. *Pelas chamas*	345
65. *O crime*	353
66. *O segredo de Deus*	362
67. *A oitava carta*	371
68. *Conciliábulo*	376
69. *O Primeiro*	381
70. *V.I.T.R.I.O.L.*	388
71. *A mensagem de Deus*	394
72. *O rubi*	400
73. *A derrota*	407

74. *A terra de sombra*	413
75. *A carnificina*	421
76. *A última carta*	428
77. *As confissões de Francis Marlane*	437
78. *A porta verde*	444
79. *A Loja Primeira*	447
80. *O desconhecido*	452
81. *Montespa*	458
82. *A briga*	463
83. *Volta a Paris*	473
84. *Último ato no Vaticano*	478
85. *Eliminações*	483
86. *A descoberta de Mosèle*	490
87. *O beijo do Cristo*	497
88. *O amigo*	502
89. *O epílogo de João*	507
Bibliografia resumida	516

I.

O cortejo

As chamas das tochas crepitavam ao vento. A espessa chuva fria já anunciava a neve. Dois homens e duas mulheres carregavam um corpo envolvido num sudário branco, seguidos pelos vultos de uma procissão, recolhidos e silenciosos.

O cortejo avançava por uma floresta de carvalhos. Ao gesto de um homem muito velho, que ia à frente, todos pararam. Os quatro que levavam o cadáver depuseram-no no solo argiloso. Era uma terra de marga pastosa que colava nas solas das sandálias. Uma terra rica e perfumada.

O ancião se posicionou junto à cabeça do morto, os pés formando um esquadro,* quase tocando o sudário. Imediatamente, seus companheiros espetaram as tochas na terra e, dando-se as mãos, formaram um círculo em torno do corpo estendido.

Todos estavam unidos. Todos se davam as mãos com força. O ancião, erguendo com os braços tal cadeia humana, disse as seguintes palavras:

---

* O esquadro é um dos símbolos maçônicos mais usuais. (N. T.)

— Já que está na hora e temos a idade,* vamos abrir os trabalhos da nossa Loja.

Homens e mulheres ergueram e abaixaram a corrente de braços por três vezes, depois a romperam.

E o ancião falou.

A chuva havia dobrado de intensidade, empurrada pelo vento sobre a clareira, encharcando os casacos de algodão e as túnicas de linho.

A voz do orador era fraca e rouca por ter sido muito usada, por ter cantado em excesso o amor e a fraternidade através de mil regiões e mil países. Era uma voz cansada e desencantada, uma voz triste. Infinitamente triste.

Quando o ancião terminou o discurso, três homens deram alguns passos e se abaixaram ao mesmo tempo. Levantaram uma argola de bronze e, num impulso sonoro, arrancaram do solo uma laje de pedra, abrindo um túmulo vazio.

Tornaram a pegar o corpo do morto.

O ancião se aproximou da cova onde agora repousava o amigo. Seu mestre. Enfiando a mão sob o casaco, retirou um objeto e o apertou contra si por um instante.

Inclinando-se lentamente, ajoelhou-se com dificuldade à beira do túmulo escuro e chorou.

Chorou por longo tempo, antes de depositar o objeto no peito do morto. Erguendo-se, deu ordem para colocarem a laje no lugar e desprenderem a argola de bronze. Em seguida, disse:

— Que teu Segredo permaneça contigo, Mestre... Malditos sejam todos aqueles que tentarem roubar a tua Palavra para deturpá-la! Bendito sejas, meu irmão, pelo ensinamento que nos deixaste como herança.

A argola lhe foi entregue. Apesar do peso, ele quis continuar a segurá-la, como uma relíquia.

---

* Idade — Em geral, grau a que pertence o maçom. Conta-se a idade da Ordem a partir da data da iniciação do Aprendiz, e a idade simbólica é a do seu grau atual. (N. T.)

O TRIÂNGULO SECRETO

Os homens e as mulheres retomaram o caminho e se embrenharam novamente na espessa floresta, sob a luz das tochas com chamas inclinadas.

O ancião ia na frente. Um rapaz muito jovem, com o rosto coberto de lágrimas e de chuva, foi ao encontro dele.

— Não encerramos os trabalhos, João... Por quê? — perguntou ao mais velho.

O ancião respondeu:

— Eles jamais serão encerrados, meu irmão... Jamais! Nossa Loja se abriu para sempre, fora dos muros do seu templo, fora do tempo. Nosso trabalho apenas iniciou. Para toda a eternidade...

— O que faremos sem *Ele*?

O ancião sorriu e respondeu:

— Nós *O* buscaremos. E esse será o nosso trabalho. Por todos os séculos dos séculos, nós o buscaremos, irmão...

2.

A quinta mensagem

Didier Mosèle olhava a chuva cair no bulevar exterior.* Ele colou a testa no vidro frio da janela e ficou assim por alguns instantes, pensativo. Depois, saiu da janela, voltou para a mesa do escritório coberta de livros e documentos em desordem, procurou o maço de cigarros, pegou um, acendeu e aspirou uma tragada de queimar os pulmões.

Didier Mosèle estava próximo dos quarenta anos. Tinha cabelos louros e compridos penteados para trás, queixo pronunciado com uma covinha no centro, maçãs do rosto altas e ligeiramente salientes, olhos de um azul-claro quase acinzentado. Alto, de ombros largos, vestia jeans e camisa polo pretos.

Havia mais de uma hora que passava e repassava a fita cassete no gravador de trabalho. Havia mais de uma hora que fumava um cigarro atrás do outro, sentava-se, levantava-se, ia até a janela, voltava, desarrumava os dossiês e pisava nos livros espalhados pelo chão.

---

* O bulevar exterior faz parte do bulevar periférico, que é uma via de alta velocidade que circunda Paris e que se divide em bulevar exterior e interior. O bulevar periférico exterior é a via mais afastada do centro de Paris; portanto, a mais próxima do subúrbio parisiense. (N. T.)

O TRIÂNGULO SECRETO

E, mais uma vez, ele apertou o replay do aparelho. A voz foi ouvida no escritório. Uma voz apressada, nervosa, entrecortada por uma respiração dolorosa:

Meu Caríssimo Didier, quando escutar esta mensagem, sem dúvida não estarei mais neste mundo. Meus perseguidores, em breve, me descobrirão, e me resta pouco tempo para relatar os últimos acontecimentos que me levaram às portas da morte... Os assassinos estão na minha cola há muito tempo... Presumo que você tenha recebido a minha última carta. Ela não era muito enigmática? Conseguiu compreendê-la? Tente lembrar-se... Antes de sair da sua casa, eu disse que levaria cinco envelopes com o seu endereço. CINCO! Para nos lembrar da época em que havíamos sido elevados ao grau de companheiro,* na nossa Loja-Mãe** Eliah... Cinco! O número simbólico desse grau, durante o qual o maçom deve *viajar*... Foi naquela noite, depois da nossa Sessão,[1] que conversamos longamente... Queríamos nos lançar numa incrível busca... Na ocasião, parecia uma aposta de intelectuais parisienses desejosos de oferecer a si mesmos um último sopro de juventude. Ignorávamos que estávamos seguindo os passos de gigantes! O que achávamos não ser mais do que uma hipótese de ratos de biblioteca tornou-se uma investigação perigosa. O quimérico daquela noite, talvez um pouco regada demais a brouilly,*** se transformou em pesadelo!

E essa viagem vai custar a minha vida...

Estávamos longe de pensar que uma prova material voltaria do passado para nos perturbar a ponto de comprovar de vez a hipótese demoníaca que eu me deliciava em levantar!

Como vê, meu velho amigo... meu irmão... Estou perdendo tempo, de novo... Estou ruminando a origem da minha desgraça e não falo

---
* Maçom de segundo grau. (N. T.)
** Loja em que o maçom recebeu a iniciação. (N. T.)
[1] Nome dado à reunião maçônica.
*** Vinho tinto de uma localidade do Rhône (Beaujolais). (N. T.)

sobre o que você gostaria tanto de conhecer... Saber se a minha teoria estava certa, não é?

Mas o próprio fato de eu estar tão perto da morte, de ser, em breve, eliminado por aqueles que ocultam o Segredo que existe há tantos séculos, não é a prova de que encontrei?

Mosèle interrompeu a gravação e esmagou o cigarro, consumido pela metade, num cinzeiro. Levantando-se da poltrona, andou pela sala por alguns minutos e voltou até a mesa para continuar a escutar a mensagem, cujo conteúdo sabia quase de cor:

Abandone a nossa busca! Eu lhe imploro: feche todos os seus livros, queime todos eles e sopre as cinzas ao vento! Esqueça tudo o que lhe disse. ESQUEÇA! Desconfio que o carimbo do correio desta última remessa vai chamar a sua atenção. Não se fie demais nele! Fique fora dessa farsa macabra!

Nova pausa e enésimo cigarro da noite. Mosèle jurou a si mesmo que ia parar de fumar. Mais tarde... Olhou o envelope pardo, a embalagem do cassete. A remessa fora postada na estação de Reims, quatro dias antes. Seu endereço realmente havia sido escrito pelo amigo Francis Marlane, que tinha a mania incorrigível de inclinar os "I" maiúsculos para a direita:

Senhor D*ID*IER MOSÈLE
33, avenue de la Porte-Brancion. 75015 PAR*I*S

Mosèle continuou a escutar:

Didier, você se limitou às pesquisas livrescas e estava certo. Eu também deveria ter me contentado com elas e não devia ter me atirado fisicamente numa aventura para a qual não fui talhado.

Não passamos de anões diante desse enigma, Didier... de crianças cegas e impotentes que devem ser destruídas para que a Mentira perdure...

Os homens não são sensatos o suficiente para saber... O mundo viria abaixo; os valores, a moral, as leis, tudo seria varrido por uma tempestade que mergulharia a humanidade num abismo!
Suplico que destrua este cassete depois de escutá-lo. Peço que não fale nada sobre isso tudo com ninguém. Em nome do nosso juramento de maçons, obedeça-me, meu irmão!
Fique fora dessa farsa macabra! Queime o envelope que foi com a fita. Pelo nosso juramento, pela nossa iniciação, não siga o meu exemplo. De mim, guarde apenas as cartas que todo profano, ao se tornar maçom, lê pela primeira vez na sombra do Templo... As cartas cujo sentido real eu só compreendo agora, V.I.T.R.I.O.L... que resume esta frase: *Visita Interiora Terrae, Rectificandoque, Invenies Occultum Lapidem.*[1] Sobretudo, não corrija nada, Didier! Não busque a pedra nem o irmão! Adeus, Meu Caríssimo Irmão.

Seu amigo que está perdido, Francis.

Mosèle deixou que a fita terminasse por si mesma, girando vazia e cuspindo os últimos ruídos de estática. Empurrada pelo vento, a chuva batia nas vidraças. Ruído surdo do bulevar exterior. Ruído constante de fundo, do qual, às vezes, se elevava uma sirene de polícia, um cantar de pneus... Era noite. O outono chegava. Uma noite comum.

Mosèle tirou a fita do gravador, enfiou-a no bolso do jeans e digitou um número de telefone no celular. Alguns instantes depois:

— Martin? Aqui é Didier. Desculpe-me por incomodá-lo a essa hora. Queria falar com você... Sim, o mais cedo possível... É muito sério. Prefiro não dizer nada ao telefone. Por favor, aceita me receber? Posso chegar aí em vinte minutos.

Satisfeito, Mosèle desligou o celular e, com o cigarro nos lábios, saiu do escritório. Na entrada, tirou, de passagem, a capa do cabide de parede.

---

[1] *Visita o Interior da Terra e, Retificando, Encontrarás a Pedra Oculta.*

Do lado de fora, praguejou contra a chuva que o atingia de frente. Levantou o colarinho da capa e atravessou o pátio do prédio em algumas passadas, desembocando na avenida da Porte-Brancion, que servia de ligação com o bulevar periférico. Seu carro estava estacionado perpendicularmente à calçada, do outro lado da rua. Mosèle esperou dois carros passarem e atravessou fora da faixa de pedestres. Imediatamente, uma caminhonete branca, estacionada a uns dez metros, arrancou acelerando violentamente. Mosèle virou a cabeça na direção dela, espantado:

"Esse cara é louco. Parece que quer me..."

Mal teve tempo de se jogar de lado para não ser atingido pela caminhonete que, perceptivelmente, ia para cima dele. Choque dos joelhos no chão. Contato com o piso encharcado.

O veículo virou na esquina da avenida, entrou no fluxo do trânsito do bulevar e desapareceu. Mosèle se levantou; tempo suficiente para ver dois homens dentro da caminhonete. Visão fugidia. O passageiro o havia encarado. Ínfima fração de segundo em que Mosèle leu a raiva nos olhos dele. Raiva de o motorista ter errado o alvo.

Mosèle chegou até o carro mancando ligeiramente. Abriu a porta, jogou-se no banco e, por um instante, ficou grudado na direção, refletindo... Por fim, acionou o contato.

— Esses malucos tentaram me atropelar de propósito!

Deu-se conta de que havia mantido o cigarro nos lábios. Abriu a janela e o jogou fora com um piparote. Sentia um gosto de tabaco molhado na garganta. Amargo e grudento. Pegajoso como os seus pensamentos. Isso porque Mosèle agora sabia que Francis Marlane havia morrido. Francis, o seu amigo. O seu irmão! Francis, trinta e seis anos, em processo de divórcio, autor de sucesso modesto — mas reconhecido — de várias obras históricas, aquarelista delicado e franco-maçom. Sem sombra de dúvida, tinha sido assassinado...

3.

A Loja Eliah

Enquanto dirigia, Mosèle recordava.

Nove anos atrás, na sede da Grande Loja da França, rua de Puteaux... Ele acabara de ser iniciado juntamente com um rapaz moreno, aparência de adolescente, sorridente, olhar perpetuamente curioso e radiante por trás das lentes dos óculos que lhe davam um ar lunático, distraído e simpático. Francis Marlane, assim como Mosèle, usava um smoking. Mas dava a impressão de estar fantasiado; ele nadava dentro do paletó e a gravata borboleta estava torta.

Logo depois da cerimônia de iniciação, que havia durado mais de duas horas, o Venerável* Martin Hertz, que oficiava na ocasião, convidara todos os irmãos para descerem ao Círculo Escocês, a fim de participarem do banquete.

Martin Hertz, um gigante com aspecto de gato gordo, já de início fez um brinde:

— Parabéns, meus irmãos Didier e Francis, pois é assim que serão chamados de hoje em diante! Bem-vindos à Loja Eliah! Creio que vão se sentir bem entre nós.

---

* Tratamento que se dá ao presidente das Lojas simbólicas. (N. T.)

Um segundo irmão acrescentara, às gargalhadas:

— O principal é que nos sintamos bem ao lado de vocês! Mas, já que os maçons são tolerantes, então...

Mosèle lembrou-se de ter sussurrado ao ouvido de Marlane:

— Tolerância? Uma questão de tempo e de hábito. Presumo que isso se aprenda!

Marlane sorrira. Timidamente. Ainda estava sob o efeito da emoção sentida durante a cerimônia. Olhava sem cessar para todos os lados, esticando seu pescoço de passarinho para a esquerda e para a direita. Ele se deixava impregnar pelo local, pelo rosto dos irmãos, pela atmosfera do Círculo, aquele grande espaço composto de duas amplas salas abobadadas nas quais perambulavam os garçons de túnicas brancas e onde a fumaça dos cigarros e dos charutos começava a formar uma névoa espessa.

Marlane molhou os lábios na taça de champanhe. Depois, colocou o copo de volta na mesa e perguntou a Mosèle:

— Então, se compreendi bem a cerimônia, o fato de termos sido iniciados juntos nos torna "gêmeos"?

Mosèle respondeu:

— Sim... E confesso que nunca imaginei que ficaria tão emocionado e encantado com um ritual!

Sentado na frente deles, Hertz se intrometeu na conversa, apontando-os com o garfo:

— Isso porque não se trata de uma cerimônia comum. Essa possui as indefectíveis virtudes da Tradição. Eis o segredo!

Mosèle notara imediatamente a maneira como Hertz brincava com os interlocutores, como os dominava com as garras quase à mostra, miando com voz suave. Ele prosseguiu:

— Não se esqueçam de que acabaram de prestar um juramento! Sob o olhar do Grande Arquiteto do Universo*... E, sobretudo, sob o meu! Ainda serei o Venerável por um ano. Em seguida, quando

---

* Título dado à divindade suprema em todos os ritos maçônicos. (N. T.)

terminar o meu mandato, ficarei à porta do Templo, como modesto porteiro da Loja, que chamamos de irmão Cobridor.* Durante três anos... É assim! A maçonaria nos ensina a humildade ao nos fazer baixar de cargo.

Mosèle não acreditou na possibilidade de Hertz se tornar, algum dia, o irmão humilde que mencionava. No olhar que trocou com aquele homem gordo, Mosèle compreendeu que Hertz não era bobo. Havia um orgulho excessivo naquela aparente bondade. Um apetite voraz nos olhos e nos lábios daquele homem... E um modo de zombar que encobria seus verdadeiros pensamentos sob um rosário de banalidades.

A refeição havia sido animada, calorosa e ruidosa. O vinho deixara alguns espíritos exaltados. As vozes se elevavam. Por vezes, irrompiam algumas risadas. Sobretudo as de um irmão gordinho, de faces rosadas, um tabelião que não cessava de fazer brindes.

Descobrindo vários pontos em comum, Francis Marlane e Didier Mosèle se entrincheiraram numa conversa particular, apesar do burburinho da sala.

Vinte minutos depois, Marlane exclamou:

– Os rolos do mar Morto? Está trabalhando neles? Achei que você era especialista em manuscritos medievais e outros palimpsestos!

– Nem todos são rolos de cobre. Em Khirbet Qumran também foram encontrados pergaminhos... Alguns com três quartos roídos pelos ratos, que neles afiaram os dentes! Metros e metros de manuscritos que prefiguram os Evangelhos – respondeu Mosèle.

– E o seu trabalho, nesse caso?

– A Fundação na qual trabalho, sob a tutela da Escola Bíblica de Jerusalém, me encarregou da restauração de dois rolos numerados, 4Q456-458 – explicou Mosèle. – Datados pelo geneticista Henri Squaller da universidade Rockefeller, esses pergaminhos teriam sido redigidos algumas dezenas de anos depois da morte presumida do

---

* Cargo dos oficiais encarregados da segurança da Loja, que selecionam os visitantes certificando-se de que são realmente maçons. (N. T.)

Cristo; não podemos ter cem por cento de certeza da data exata. Eles foram descobertos no famoso sítio do mar Morto e, inegavelmente, despertam um interesse inédito. Estão incluídos na longa sequência de decodificação desse tesouro enigmático, iniciada em 1947, quando Qumran ainda estava sob jurisdição palestina.

— É como se você me falasse do Graal, Didier!

— Você é muito sonhador, Francis... Eles não passam de longas litanias religiosas ou de códices severos, redigidos pelos austeros essênios* no famoso mosteiro de Qumran. Abandonei por um tempo os trabalhos que fazia na restauração de um magnífico livro de salmos do século XIV, para me dedicar a essa tarefa. E não me arrependo!

Hertz dava a impressão de se interessar por uma discussão entre alguns irmãos iniciada à sua direita, a respeito das últimas decisões do Convento.** Na realidade, acompanhava a conversa entre Mosèle e Marlane, absorvendo cada palavra.

— Se estiver interessado — propôs Mosèle —, eu o convido a visitar meu departamento esta semana. Li seus livros; talvez pudesse me dar uma ajuda. O aval de um especialista nas Sagradas Escrituras, como você, vai alegrar meus diretores.

— É mesmo verdade? Você leu meus livros?

— Li, sim. Não concordo necessariamente com todas as suas teorias, mas senti um grande prazer em estudá-las. Algumas das suas interpretações rodaram por toda a Fundação e, aliás, você tem alguns admiradores por lá. Quanto a mim, não compartilho das suas hipóteses... Elas exalam um odor de enxofre que, em outros tempos, o teriam mandado direto para a fogueira.

Marlane enrubesceu e se ergueu na cadeira para reagir, escandindo as palavras:

— Não são hipóteses! São certezas... Estou dizendo: certezas!

---

* Seguidores de seita religiosa judaica da Palestina, de caráter monacal e tendência ascética. Praticavam a pobreza, o celibato e a obediência a um superior. (N. T.)

** Reunião geral dos delegados das Lojas maçônicas, realizada anualmente. (N. T.)

Em seguida, depois de um longo momento de reflexão, ele acrescentou:

— Jesus não era esse carpinteiro pobre que representam, barbudo, louro e de pele branca! Acha realmente que o Filho de Deus poderia se parecer com um vulgar ator californiano de filmes de tevê? Jesus tinha a pele morena, cabelos castanhos, e nasceu numa família relativamente rica! Ah, é claro, com isso, o símbolo vai por água abaixo, não é?

Surpreso de que um homem com a inteligência de Marlane, que acreditava num Deus revelado, pudesse fazer tais afirmações, Mosèle continuou a provocá-lo durante toda a ceia. Divertia-se quando Marlane se exaltava, tentando demonstrar a legitimidade das suas teorias a respeito da família, dos filhos, do irmão do Cristo...

Marlane havia sido um cristão fervoroso antes de entrar para a franco-maçonaria.

— Quanto a mim — disse Mosèle —, também posso me vangloriar de possuir um bom conhecimento dos Evangelhos, o que devo aos ótimos padres de uma escola particular de Amiens, na qual passei a minha adolescência. João, Lucas, Mateus e Marcos me distraíram muito e permitiram que eu me evadisse através da imaginação. Na época, eu considerava as façanhas de Jesus uma grande e magnífica epopeia. Seis horas de catecismo por semana! Preciso dizer mais, Francis?

— Eu me dou por vencido. Mas vamos voltar ao seu trabalho atual. Você falou da Fundação; trata-se da Fundação Meyer, não é?

— Isso mesmo. Uma "fábrica" imensa financiada por um enorme número de subvenções: a Unesco, o Ministério da Cultura, dois ou três grupos privados... Confesso que não me preocupo muito em saber de onde vem o dinheiro. Afinal, disponho de um orçamento considerável, que me possibilitou o luxo de ter os melhores profissionais de informática do mundo para me preparar um supercomputador. Esse computador parte de alguns fragmentos de velino cobertos de letras em tinta empalidecida pelos séculos e me ajuda a completar os espaços vazios do quebra-cabeça, escolhendo a solução certa entre milhões de possibilidades. Minha equipe e eu batizamos essa máquina de *Largehead*.

— Mas o seu trabalho, Didier...

— Um minucioso trabalho de paciência — prosseguiu Mosèle — que se encaixará na cadeia de estudos iniciados pelo padre Benoît, pelo professor John Strugnelle, pelo dominicano Roland de Vaux, pelo doutor Stafford e por muitos outros pesquisadores, famosos ou anônimos, que consagraram suas vidas a reconstituir, peça por peça, quilômetros de rolos rasgados, manchados, ou "com anotações" feitas por tradutores pouco respeitosos! Se quiser, há lugar para você no meu staff, Francis.

— Está brincando, Didier? Está me propondo fazer parte da sua equipe?

— Sou o chefe da unidade de pesquisa, posso contratar quem eu quiser para me ajudar no trabalho, desde que a pessoa em questão tenha a competência necessária.

— Aceito imediatamente! Assino com o meu sangue qualquer contrato agora mesmo! — exclamou Marlane, quase gritando.

Hertz, então, se virou impetuosamente para os dois novos irmãos e disse:

— Isso se chama pacto! Como veem, a franco-maçonaria também destila seus pequenos milagres. Ela os uniu esta noite...

— Leu as nossas fichas, Martin — observou Mosèle. — Portanto, não finja surpresa. Já suspeitava de que algum dia tocaríamos nesse assunto. Você conhece as nossas respectivas profissões e os nossos centros de interesse. Não vejo nenhum milagre nisso.

— Naturalmente — admitiu Martin Hertz. — No entanto, algum de vocês podia não ter sido aceito por esta Loja. E, assim, essa conversa jamais ocorreria.

— Concordo com você — reconheceu Mosèle. — Mas isso não impede que eu não aprecie muito o termo "milagre".

Hertz deu um sorriso sagaz e balançou a grande cabeça, apertando os olhos. E disse:

— Porventura, prefere a palavra *acaso*?

— Por *acaso*, sim... Prefiro! — opinou Mosèle.

Martin Hertz se preparava para retomar a palavra com uma expressão de cobiça, quando, subitamente, seu olhar se entristeceu, como se houvesse sido tomado por uma violenta tristeza. De repente, pareceu muito envelhecido aos olhos de Mosèle.
Como Hertz ficara em silêncio, Mosèle se virou para Marlane e perguntou:
— Sexta-feira? Está bem? Espero-o na sexta-feira por volta das 10 horas, na Fundação Meyer, na praça d'Alleray. Eu lhe farei um esboço do meu trabalho, apresentarei a minha equipe... e *Largehead*. Você vai ficar espantado, Francis. Sem ele, os 4Q456-458 continuariam a ser enigmáticos pedaços de velino, rabiscados e mudos. Ele passou a ser um verdadeiro colega para nós...
— Nesse caso, estou ansioso para conhecê-lo — disse Marlane, entusiasmado.

*
* *

Tudo havia sido decidido naquela noite. Mosèle acabara de condenar Francis Marlane à morte, ao propor que participasse dos seus trabalhos.
Por volta da meia-noite, os irmãos da Loja Eliah deixaram o Círculo Escocês em pequenos grupos. Mosèle havia estacionado o carro no bulevar dos Batignolles, e andou um pouco na companhia de Marlane e de Hertz. Este último havia recuperado o bom humor de fachada e monopolizara a conversa, parecendo não se importar com a chuva que lhe escorria pela careca.
— Vocês verão — disse ele. — Com o tempo, a iniciação lhes abrirá diversas vias de introspecção. Esta noite nunca terá um fim para vocês. Eu fui iniciado há trinta e dois anos. Parece ontem!
— Acho que compreendo... — observou Mosèle.
Hertz se despediu dos dois irmãos com três beijos.
— Parei o carro no estacionamento.

Afastou-se. Mosèle e Marlane o olharam por um instante. Ele andava com surpreendente leveza, apesar do peso.

— Acho que ele é advogado — disse Marlane. — Já o conhecia antes?

— Tive de vê-lo duas vezes...

— Isso mesmo. O meu padrinho me apresentou a ele no ano passado e almoçamos juntos em junho.

— Ele o espremeu, como fez comigo? — perguntou Mosèle.

— Por mais de três horas! Tudo foi falado: a minha vida, as leituras, o lazer... Tudo! Esse homem possui o dom de soltar a língua das pessoas. A propósito, você é casado, Didier?

— Não. Digamos que fiz algumas tentativas infrutíferas. E você?

— Ela se chama Émylie.

Conversaram por mais alguns minutos; depois se separaram mencionando o próximo encontro. Beijaram-se. Parecera natural. Três vezes... Três beijos rituais de fraternidade.

4.
A Fundação Meyer

Francis Marlane compareceu à Fundação Meyer na sexta-feira seguinte. Eram 10 horas em ponto quando mostrou sua identidade à recepcionista, no saguão de entrada. Um crachá de visitante lhe foi entregue. A recepcionista chamou o professor Mosèle pelo PABX. Enquanto aguardava que o amigo viesse buscá-lo, Marlane observou o local, como de hábito. Um saguão moderno, sem nenhuma originalidade. As paredes eram brancas e verdes. Cactos enormes plantados em vasos de barro. Dois elevadores vigiados por um segurança. Uma porta que dava para uma escada.

Mosèle saiu de um dos elevadores e caminhou em grandes passadas para receber o amigo. Ele mostrou o relógio de pulso com o indicador direito e uma expressão admirativa.

– Bom-dia, Francis. Que pontualidade! Eis, ao menos, uma grande diferença no nosso caráter.

– Eu lhe disse, sou meio obsessivo. A minha mulher se queixa muito. Depois eu lhe conto...

Pegaram o elevador. Mosèle apertou o botão do quarto andar.

– O segurança, lá embaixo – começou Marlane –, é um verdadeiro armário. Essa fundação é tão bem-vigiada quanto o Banco da França.

— É a síndrome paranoica dos meus diretores! Tudo isso porque recebemos algumas cartas anônimas de ameaça, sem dúvida provenientes de integristas pirados. Sorria. Você está sendo filmado!

Mosèle mostrou o olho de uma câmera num dos cantos do elevador.

— A Fundação está cheia delas — acrescentou.

Chegando ao quarto andar, seguiram por um largo corredor que dava acesso a várias salas envidraçadas, banhadas por luz artificial ligeiramente fluorescente, onde trabalhavam homens e mulheres de guarda-pó branco, touca e luvas de plástico branco.

— Salas de cirurgia? — brincou Marlane.

— Quase. São câmaras de "depuração". É ali que os rolos 4Q456-458 são esticados, tratados e identificados com números e códigos antes de serem escaneados. As cópias são imediatamente enviadas para o meu departamento, encarregado de reconstituir o quebra-cabeça.

Marlane se aproximou da divisória envidraçada. Do outro lado, dois laboratoristas estavam debruçados sobre uma tira de pergaminho em péssimo estado, que eles tentavam colocar entre duas placas de vidro, tomando muito cuidado para não rasgá-la. Gestos minuciosos, lentos... Gestos de cirurgiões.

Mosèle convidou Marlane a prosseguir.

— Inicialmente, tive de examinar detalhadamente e classificar os textos anteriores ao 4Q456-458. Um trabalho de beneditino... A equipe que dirijo e eu nos demos conta de que dois rolos com os números Q238-239 haviam desaparecido — especificou ele.

— Desaparecido? Quer dizer que eles não são mencionados nem na Escola Bíblica de Jerusalém?

— Ao menos foi isso que me responderam as autoridades da Escola Bíblica: os Q238-239 evaporaram! E não há nenhum meio de pôr as mãos, ao menos, em um fac-símile. No entanto, eles são citados na recente edição da Nomenclatura dos manuscritos. Tenho de me virar sem eles.

— Perturbador... — murmurou Marlane.

— Não tanto quanto a professora Moustier, que se aproxima com o seu rebolado de mulher fatal — disse Mosèle, conduzindo o amigo por outro corredor.

Mosèle indicou discretamente uma jovem loura que vinha na direção deles. Ela avançava gingando, vestida com um tailleur acinzentado, composto de um paletó fechado por dois botões brancos e uma saia reta na altura dos joelhos.

– Eu achava que esse tipo de mulher só existia no cinema. Ou na lembrança dos meus sonhos de adolescente – disse Marlane.

Mosèle apresentou o amigo à professora. Com um ligeiro sotaque alemão, ela exclamou:

– Francis Marlane... O Marlane de *Apologética e teologia mágica*?

– Puxa, você leu esse livro? – surpreendeu-se o historiador.

– Eu avisei: você tem admiradores no meu departamento – explicou Mosèle.

– Mesmo assim – prosseguiu Marlane. – *Apologética* não é uma grande distração. Uma súmula que faz parte do meu *período universitário*... Meio indigesto, não?

A professora Moustier não compartilhava da opinião. Ao contrário, era raro ler algo tão cativante! Com um sorriso afetado, ela expressou o desejo de conversar em breve com Francis Marlane e, quando Mosèle lhe disse que o amigo se preparava para se reunir à equipe, jurou tratar-se de uma notícia maravilhosa. Em seguida, deu meia-volta e, como uma modelo desfilando de salto alto na passarela, afastou-se, deixando Marlane em estado de choque.

– Hélène Moustier é um pouquinho exagerada, Francis. Você notou, não é?

– Um pouquinho, sim... Sem dúvida, é isso que contribui para o seu charme.

Os dois homens chegaram diante de uma porta vermelha. A cor surpreendeu Marlane. Todas as demais portas eram verdes.

– Gosto de ser diferente – disse Mosèle. – E adoro este vermelho... A direção aceita algumas das minhas originalidades. Atenção, está preparado?

– Para o quê? – Espantou-se Marlane.

– Prenda a respiração. Vamos entrar no meu escritório!

E Mosèle abriu a porta vermelha.

5.

O escritório

Francis Marlane deu um longo assobio. Depois de ver as câmaras de "depuração" e de constatar a sua aparência de hospital, não esperava encontrar tamanha barafunda. Inicialmente, não percebeu tudo: detalhes demais para absorver e analisar. Primeiro, a poltrona de couro. Uma Chesterfield usada, gasta, puída. Presença surpreendente cercada de computadores de última geração e de máquinas antigas. Fios correndo por toda parte para um inacreditável acúmulo de tomadas, plugues e modems. Livros amontoados em pilhas, jogados... Abertos, escancarados. Toneladas de papéis, pastas e documentos. Envelopes... Fotografias, uma televisão, duas raquetes de tênis, uma chaleira e xícaras. Tudo em cima das mesas de trabalho, ou embaixo, subindo pelos armários abertos ou pelas prateleiras lotadas.

E, emergindo dessa confusão, uma cabeça calva, coroada apenas por uma mecha cinza. Um homenzinho malvestido, com roupa de lã e veludo, se ergueu para mostrar o rosto de velho eremita sorridente, todo vincado, todo enrugado, com bolsas sob os olhos atrás de grossas lentes.

— Bom-dia — lançou o velho. — Eu me chamo Souffir. Norbert Souffir. E você deve ser o senhor Marlane.

— Exato.

Marlane virou-se para Mosèle.
— Vocês conseguem se encontrar nessa mixórdia?
— É claro! Graças aos meus dois Guardiães do Templo... O primeiro, Norbert Souffir, que acabou de se apresentar – respondeu Mosèle. – E o segundo, LARGEHEAD!

Mosèle fez um amplo gesto teatral com a mão. Marlane compreendeu que *Largehead*, que ele havia imaginado ser uma máquina colossal e rutilante, era somente uma tela, diante da qual estava Norbert Souffir. Mosèle percebeu que ele ficara decepcionado. E explicou em seguida:

— Na realidade, *Largehead* é uma criatura tentacular que ronca num lugar refrigerado no subsolo da Fundação e à qual estamos ligados por terminais. É o computador mais paciente que já encontrei, o mais meticuloso e o mais instruído do mundo! Sabe todas as línguas: aramaico, grego, latim... Ele as conhece quase tanto quanto Norbert. Ele é fera!

Souffir tamborilou na sua tela e disse:
— Isso não impede que *Largehead* tenha as suas crises nervosas. Ele está quebrando a cabeça para classificar um texto sequencial, esburacado como um gruyère. Ele é incapaz de me dar uma combinação coerente.

Mosèle explicou para Marlane:
— Atualmente, estamos tentando reconstituir uma "tira" de admonições que se enfileiram numa sequência infernal... A516, 517... até A698! A metade desses textos foi comida pelos ratos da gruta IV de Qumran. Avançamos às cegas. Damos forma a escritos que, por enquanto, somos incapazes de interpretar. Um jogo de paciência chinesa, sem limites!

— É uma obra bastante prodigiosa – disse Marlane. – Vocês já se deram conta de que estão decifrando os testemunhos dos essênios, alguns deles tendo sido contemporâneos do Cristo?

Um gigante ruivo surgiu por trás da parede de compensado que dividia a sala.
— Um trabalho de formigas, extenuante e difícil! Você é Marlane, não é?

— E este é o terceiro membro da minha equipe, o nosso pilar de rúgbi: Rughters! — anunciou Mosèle.

O Rughters em questão media quase dois metros e exibia os seus quarenta anos com desenvoltura: cabeça raspada, uma barba curta de brigão, queixo voluntarioso e, além de tudo, um aperto de mão que esmagou os dedos de Francis Marlane. O historiador fez uma careta, tentando esboçar um sorriso conveniente.

— Quanto ao meu quarto parceiro, você acabou de cruzar com ela no corredor — disse Mosèle. — A sua admiradora! Só falta você decidir se juntar à equipe, Francis.

— Saiba que já aceitei. Nada poderia me dar mais prazer! Eu daria tudo para ver bem de perto os manuscritos do mar Morto. Tudo... até a minha alma!

— Ora, nada de muita ênfase — disse Mosèle. — Vamos apostar somente a pele e não a alma!

— Seria preciso que tivéssemos uma — protestou Rughters, rindo. — A ciência não demonstrou nada a esse respeito, professor.

Naquela sexta-feira, Francis Marlane, tão cuidadoso, tão ordeiro, prometeu a si mesmo que precisaria fazer um grande esforço para compartilhar o escritório de Mosèle e de seus colaboradores. No entanto, estava pronto para fazer os maiores sacrifícios. O sonho da sua vida se concretizava.

6.

A caminhonete branca

Mosèle estacionou o carro ao longo da calçada, a alguns metros da casa de Martin Hertz. Chovera durante todo o trajeto. Uma chuva fina, densa, oblíqua.

Mosèle desceu do veículo e bateu a porta. Dirigiu-se ao portão que pedia uma boa demão de tinta. Tocou a campainha. "Está aberto!", sibilou a voz de Hertz no interfone. Mosèle entrou. Atravessou um minúsculo jardim descuidado e subiu os seis degraus de uma escada de pedra que chegava num terraço coberto de cascalho.

As venezianas do térreo estavam fechadas. No entanto, podia-se ver a luz pelas frestas. "Ele está no escritório", pensou Mosèle. "O velho bonzo está me esperando."

Mais abaixo, no fim da rua, uma caminhonete branca havia estacionado, não muito longe do carro de Mosèle. Um homem desceu, munido de um microfuzil. Ele também se dirigiu ao portão que ficara entreaberto.

Na caminhonete, o motorista, com um fone de ouvido, falou em italiano num minúsculo microfone de gravata: "Lorenzo seguiu Mosèle, que está entrando na casa de Hertz... Em Sèvres, número 7, rua Jacquard... Sim, sim... Lorenzo vai gravar a conversa... Nenhum problema... Sim, sinto muito... Nós o perdemos quando ele saiu de casa... Vamos fazer como mandou... Agora, esperamos conhecer o que Mosèle sabe..."

Em seguida, o motorista tirou um cigarro do maço. Sentou-se confortavelmente para esperar, acomodando-se no banco. A chuva embaçou o para-brisa. O homem tragou o cigarro, pensou em Francis Marlane... e em Mosèle.

Suspirou, soltando uma nuvem de fumaça azulada. O que quer que tivesse feito, o que quer que tivesse de fazer de pior, de mais horrível, ele o faria sem remorsos. Metodicamente. Profissionalmente. Para que ninguém jamais soubesse...

– Jamais! – murmurou. – Pois é o futuro da Igreja que está em jogo.

7.
O Testamento do Louco

— Entre! Vamos direto ao meu escritório. Ali ficaremos mais à vontade e não corremos o risco de acordar Léa.
— Peço que me desculpe... Sei que não é hora de...
— Perca a mania de sempre se desculpar a respeito de tudo! Dê-me a sua capa.
— Você me disse que eu poderia apelar para você em caso de necessidade. Achei que deveria lhe contar imediatamente a respeito de Francis Marlane... do desaparecimento dele.
— Desaparecimento? Ele não foi para Jerusalém? Achei que o havia mandado para uma missão junto ao reitor da Escola Bíblica!

Mosèle afundou-se numa poltrona indicada pelo homem gordo, enquanto Hertz preferiu sentar-se numa cadeira que estalou sob o seu peso.

Martin Hertz havia enfiado um roupão surrado de veludo, amassado, de cores berrantes. Uma coisa aconchegante. Como uma segunda pele confortável, na qual gostamos de entrar para encontrar o próprio odor, um contato familiar.

— Quer tomar alguma coisa? — ofereceu Hertz. — Conhaque, uísque? Tenho um nesse barzinho que é muito bom.
— Sim, uísque, obrigado. Obrigado, Martin.

— Você se desculpa e agradece o tempo todo. Acha que incomoda os amigos?

Mosèle suspirou e esboçou um leve sorriso. Poderia dizer a Martin Hertz o quanto ele o impressionava? Em todos os encontros, tivera a sensação de estar diante da reencarnação do pai! Achava-se pequeno diante dele e perdia uma boa parte das suas faculdades intelectuais, só de pensar que Hertz tinha um cérebro excepcional. Ou será que a timidez se devia ao fato de ter sido Martin Hertz, então Venerável da Loja Eliah, que o iniciara com Marlane?

— Incomoda-se se eu fumar este magnífico Partagas corona? Meu grau de atenção aumenta com um charuto no bico... — fingiu pedir Hertz, tirando, como por magia, um estojo de couro de um dos bolsos do robe.

— Por favor.

Ritual do charuto. Hertz nunca conseguia começar uma conversa importante sem consagrar um tempo a esse tipo de prelúdio, quando parecia concentrar sua atenção exclusivamente na embalagem, no perfume intenso, no toque sensual do seu corona.

Silencioso, atento ao seu próprio prazer, Hertz só acendia o charuto depois de encaminhá-lo.

Então, esticando as pernas curtas, quase fechando os olhos, o queixo gordo caindo sobre o peito como um sapo enorme prestes a adormecer, disse:

— Sou todo ouvidos!

E, na realidade, era o que fazia. Ouvia. Ouvia com todo o corpo, com toda a carne, impregnando-se não só das palavras que lhe confiavam, mas também, e sobretudo, das emoções que o interlocutor deixava transparecer.

Ele ouvia, à espreita do menor suspiro, de um ligeiro gaguejar significativo, de uma pausa não habitual ou incongruente no discurso.

Mosèle começou o relato.

Enquanto falava, retomando todo o histórico dos acontecimentos que tinham levado Marlane a uma provável morte, Mosèle não tirava os olhos do rosto gordo e imóvel de Hertz. Nenhuma expressão, nada que pudesse trair seus sentimentos.

*
* *

Eram quase 2 horas.
Apenas uma simples lâmpada halógena de brilho fraco iluminava o escritório de Martin Hertz. O charuto inacabado havia sido abandonado num cinzeiro. Concluído o relato, Mosèle aguardou as reações do velho mestre.
Hertz ergueu o queixo. Os pequenos olhos pretos fixaram por um longo tempo o amigo, e havia muita doçura naquele olhar apertado.
— *Ele* o teria mandado matar? — perguntou. — *Ele*... Teria *ele* dado a ordem de eliminar Francis...?
— É o que eu acho, Martin. O SEGREDO pertence a ele!
Hertz se levantou com dificuldade da cadeira. Dirigiu-se para a biblioteca que ocupava uma das paredes e que se parecia com um magnífico armário inglês. Procurou por alguns segundos, depois pegou um volume encadernado em couro marrom, manchado em vários lugares.
Folheando a obra com delicadeza e voltando para perto de Mosèle, Hertz murmurou:
— O SEGREDO! Preferia que você ficasse fora dessa fábula, meu amigo!
— Não brinque com as palavras. Sabe muito bem que não é uma fábula.
Hertz sentou-se novamente. A cadeira estalou ainda mais forte.
— Uma lenda continua a ser uma lenda enquanto a sua realidade não for comprovada. Você acabou de me contar a versão de uma aventura que eu consideraria um folhetim popular se não conhecesse você. No entanto, diversos pontos da sua história são corroborados por esta pequena obra. Tome, pegue-a. Sei que é especialista o sufi-

ciente para saber do que se trata. Vire as páginas com cuidado: não é tão nova assim! O melhor meio que encontrei para escondê-la foi colocá-la em evidência entre os outros livros.

Mosèle recebeu surpreso o livro sem nenhum título. Abriu-o e ficou alguns segundos decifrando a frase escrita entre as magníficas iluminuras da primeira página.

— Não é possível! — arquejou ele. — Não, este livro não existe mais... foi queimado por Filipe, o Belo!

— Lenda, Didier! Diz a lenda que ele foi destruído! Na verdade, a fábula corrente afirma que Filipe, o Belo, depois do processo iníquo contra Jacques de Molay, ordenou ao carrasco que jogasse este livro nas chamas da fogueira na qual iria morrer o último grão-mestre* dos Templários.

Mosèle virou a primeira página e mergulhou na leitura, decifrando imediatamente o texto em latim.

— Como...? — Foi somente o que indagou Mosèle.

— Como ele chegou até mim, ou como não foi devorado pelas chamas, conforme queria o rei Filipe?

— Isso mesmo, como e por que este evangeliário de Nicolau e Agnano de Pádua — porque é dele mesmo que se trata, não é? — ainda existe até hoje? Tenho nas mãos um objeto maldito, a peça-chave de uma doutrina herética, *In furorem versus*, comumente chamada de Testamento do Louco!

— Realmente, é assim que denominam esta obra. Admiro seus conhecimentos, Didier. Poucas pessoas podem citar o Testamento do Louco redigido pelo monge Nicolau de Pádua e ilustrado pelo irmão Agnano.

— Irmão? Está zombando de mim, Martin. Está bancando a raposa, mais astuta do que sorrateira.

— Hã? — fez Martin, pegando o charuto apagado e o prendendo entre os dentes.

---

* A maior autoridade que preside a Grande Loja e que constitui o seu poder executivo. (N. T.)

Mosèle continuou:

— Na verdade, Agnano era amante dele. Os dois homens dissimularam seu amor por trás da fachada de fraternidade.

— Parabéns! — exclamou Hertz. — Você me espanta! No entanto, eu já deveria esperar pelas suas respostas. Você é um historiador renomado, e tudo o que se refere, de perto ou de longe, aos manuscritos dessa época não o deixa indiferente. Tenho de reconhecer que o meu orgulho foi golpeado.

— Desculpe...

— Nunca mais se desculpe na minha presença! Não seja tão modesto e apagado. Do que me contou esta noite, a teoria que estruturou com Marlane, as suas descobertas saem das sombras da lenda. Você tem tanta consciência disso quanto eu. Lembre-se da frase de Aristóteles: "Para ser aceitável como conhecimento científico, uma verdade deve ser induzida por outras verdades." Este evangeliário, como você o chama, é uma das verdades que podem permitir que você reconstrua a realidade do passado. Quanto à locução latina *In furorem versus* que deu o título a esta obra, nós a encontramos na Vulgata de são Jerônimo que se inspirou num versículo de Marcos: *E, quando os seus familiares souberam disto, foram lá para levá-lo embora, pois diziam: "Ele está fora de si."** — um versículo que fala de Jesus.

— Tudo que vivemos seria falso? Nós, os herdeiros do judaísmo e do cristianismo, seríamos os atores de uma quimera? Você me dá razão a respeito desse princípio?

— Nunca disse nada disso — precisou Hertz, mastigando o charuto apagado. — Eu me limito a ajudá-lo, como veio pedir. Acontece que pude adquirir este manuscrito.

— Qual foi o golpe de mágica que o fez pôr as mãos nessa maravilha? Achava que só restasse um único exemplar, no Vaticano.

— De fato, a biblioteca pontifical conserva uma cópia idêntica — especificou Hertz. — Semelhante em todos os pontos. Executada por

---

* Marcos, 3, 21. *Bíblia, Mensagem de Deus*, São Paulo, Edições Loyola, 1993. (N. T.)

Nicolau e Agnano de Pádua. Sempre houve *dois* Testamentos do Louco! Depois explicarei como me tornei proprietário desta joia...

— Que seja! Então, vou aguardar. Você é um homem de mistérios e enigmas, Martin. Francis Marlane citou este manuscrito. Um tal de Pontiglione lhe falou a respeito, num encontro de franco-maçons em Veneza.

— O professor Ernesto Pontiglione? Eu o conheço pouco. Troquei algumas cartas com ele. Sabia que procurava uma cópia do Testamento do Louco para um trabalho que o Vaticano lhe confiara.

— Você lhe deu a cópia?

— Apenas a fotocópia de algumas páginas. Entre elas, a que está vendo... Esta representação de Deus criador medindo a Terra com um compasso. Agnano era um grande artista, não acha? O que pensa desta imagem?

— Está muito longe daquela do *Codex Vindobonensis* do século XVI, que mostra uma imagem quase igual, com exceção da Terra, que nela é representada como uma batata... Quase três séculos antes, Agnano já desenhava a Terra redonda!

Após um tempo de reflexão consagrado a avaliar a ponta do charuto, o velho advogado decidiu apoiá-lo no cinzeiro. Depois cruzou as mãos em cima da barriga.

— Você é um historiador talentoso, Didier; no entanto, acho que posso lhe ensinar a verdadeira origem do Testamento do Louco.

— Só se tiver viajado no tempo! Supõe-se que ninguém saiba quem encomendou este livro, Martin.

— Os homens não vivem tempo suficiente para manter alguns segredos. Mas as sociedades, as ordens iniciáticas, as confrarias preservam as tradições e as verdades! Acompanhe-me ao passado, Didier: vou lhe contar o nascimento deste manuscrito...

8.

A morte de Isabel

Era o ano de 1190. Ricardo Coração de Leão havia convencido o rei Filipe Augusto a acompanhá-lo à Terra Santa para resgatar o Túmulo do Cristo. O imperador Frederico Barba-Roxa e seus cruzados já os haviam precedido...

Nesse mesmo ano, Isabel, rainha da França, deveria dar à luz. No entanto, dilacerada no leito de trabalho de parto, a infeliz soberana passava por um martírio ao tentar, em vão, expulsar do ventre um bebê morto.

Ao seu lado, todos se desesperavam. Duas freiras a seguraram pelos pulsos, tentando reconfortá-la.

A parteira se esforçava para liberar a cabeça do minúsculo cadáver.

— Que Deus nos ajude! — implorou ela. — Ponham mais devoção nas orações, irmãs! O bebê morto está agarrado à mãe...

Finalmente, conseguiram retirar a criança inerte. A parteira percebeu que a rainha carregava um segundo bebê. Seria preciso usar o fórceps. Berros, gritos de dor... E foi um segundo cadáver que retiraram do seu envoltório viscoso e ensanguentado.

— Virgem Maria! — exclamou uma das freiras. — A rainha... Acabou de se reunir aos filhos; ela não está respirando!

Imediatamente avisaram o rei, que esperava, nervoso, ao lado de uma alta lareira, na companhia de dois dos seus fiéis, os cavaleiros Henri e Benoît.

— Sire... Rei Filipe! Deus não quis que a rainha desse à luz outra vez! Ela carregava gêmeos... Estão mortos, e a alma da mãe se foi junto com eles — anunciou uma religiosa.

O jovem rei empalideceu e, atingido por uma vertigem, titubeou balbuciando "Isabel... minha doce Isabel!". Henri o segurou por um braço e o obrigou a se sentar; Benoît derramou um pouco de vinho numa taça.

Filipe tomou um gole. Controlou-se para não soluçar.

— Meu rei, essa é uma dolorosa prova infligida pelo Céu. Estamos com o coração partido e nenhuma palavra poderia vos confortar — murmurou Henri, pondo a mão no ombro do monarca.

— Eu sei — disse o rei, com os olhos cheios de lágrimas. — Eu sei, meus amigos. Vocês me são fiéis na alegria e na tristeza. De hoje em diante, estou pronto para partir numa cruzada e ir para a Terra Santa, entregando o reino ao meu filho Luís, que tem apenas três anos. Jerusalém está nas mãos de Saladino e tenho de expulsá-lo da cidade.

— A vossa mãe Adélia de Champagne e o irmão Guilherme das Mãos Brancas serão tutores de Luís — confortou-o Benoît.

— Continuo a desconfiar do partido champanhês, embora minha mãe se responsabilize por eles. Só me sentirei à vontade para deixar o solo da França depois de impor uma regência segura.

— Sem dúvida, isso pode esperar — arriscou Henri.

— Não, a morte atingiu a minha casa e posso ser a próxima vítima no exterior, onde vamos lutar!

Benoît especificou:

— Firmes determinações e sábias regras devem ser instauradas, Sire. Um trono vago provoca vorazes comichões em alguns traseiros!

Com o rosto enrugado e molhado, Filipe conseguiu esboçar um sorriso e confirmou:

— Certamente, cuidarei para amordaçar os prebostes. A dor da minha tristeza já é um fardo pesado e não quero me sobrecarregar com preocupações políticas quando for para a Terra Santa.

9.

Os Templários

A ampla sala vibrava com a multidão de prebostes, burgueses, bailios e altos dignitários. Muito pálido, Filipe estava sentado ereto no trono feito de madeira, ouro trabalhado e veludo. À direita, estava a sua mãe Adélia, então com quarenta anos, altaneira, empertigada, com o queixo pontudo. À esquerda, o tio Guilherme, arcebispo de Reims, gordo e flácido, parecia cochilar, mas seu olho de águia brilhava de vez em quando sob as pesadas pálpebras.

O rei Filipe ouvia o senescal ler o texto que ele havia escrito numa folha de velino. Filipe pensava em Isabel, que enterrara com os gêmeos na semana anterior. E lágrimas vieram-lhe novamente aos olhos, ardentes e ácidas.

O senescal balbuciou:

— Em nome da santa e indivisível Trindade, pela graça de Deus, Filipe, rei dos franceses, ordena...

Em seguida, o leitor pigarreou, recompôs-se e fez uma voz mais grave, como convinha nessas ocasiões. Ele prosseguiu:

— Nossos bailios darão a cada prebostado quatro homens sábios e leais aos quais serão submetidas todas as questões das cidades. Eles formarão um conselho de direito e de sabedoria... A qualquer um que estiver hierarquicamente abaixo, fica proibido destituir um bailio, exceto em caso de homicídio, rapto ou evidente traição. Três relatórios serão dirigidos por ano ao rei Filipe.

Na multidão, um preboste gordo e rechonchudo virou-se para outro com ares de galo e sussurrou:

— Filipe é uma raposa! Ele está nos cortando as asas...

— Isso cheira a inspiração templária — respondeu o segundo. — Olhe, uma "cruz vermelha" vigia na sombra.

Com um enérgico e desdenhoso movimento do queixo, o homem indicou um vulto imóvel perto de um pilar. De fato, uma forma humana se mantinha ligeiramente afastada, usando uma túnica branca estampada com uma cruz vermelha em cada ombro e outra no peito, o capuz abaixado sobre o rosto.

Levantando-se e benzendo a assembleia, Filipe deu a entender que a conferência estava terminada.

— A minha vontade lhes foi entregue. Que ela seja palavra testamentária, assim seja.

O gordo preboste, vermelho de raiva, resmungou:

— E eis que nos tornamos prebostes sem poder!

Ao que o outro acrescentou:

— E, ao mesmo tempo, Filipe costurou o bico da rainha-mãe. O rei é hábil nas manobras.

— Na verdade, ninguém sabe quanto tempo ele ficará na Palestina. Mesmo assim, o espertalhão manterá o reino na palma da mão!

A sala foi se esvaziando lentamente. Adélia saiu da cadeira sem sequer lançar um olhar para o filho. O arcebispo Guilherme se levantou com dificuldade. Ao passar diante do sobrinho, disse:

— Não cessarei de rezar por vós, Sire. Pedirei a Deus que vos dê conforto e coragem ao longo do vosso empreendimento na Terra Santa.

Mas a voz bajuladora e melosa soou falsa. Filipe limitou-se a inclinar a cabeça para que o tio desenhasse o sinal da cruz na sua testa com o polegar.

Em seguida, os dois homens se desafiaram com o olhar. Não havia nenhuma afeição no olhar do prelado. Somente frieza ou indiferença.

Os cavaleiros Henri e Benoît cercaram o soberano e o ajudaram a colocar o manto. A sala já estava vazia. Eles a atravessaram e saíram num pequeno pátio quadrado.
— Ele vos aguarda — foi somente o que disse Henri.
— Está bem — respondeu o rei.
E Filipe viu a silhueta do templário atravessar o pátio molhado por uma chuva recente. O homem parou e virou-se. Estranha presença, calma e serena. O vento brincou por um momento com a sua pelerine branca. Filipe foi ao encontro dele. Henri e Benoît permaneceram ligeiramente recuados.
Os quatro homens se dirigiram às estrebarias. Em silêncio, subiram nas montarias e saíram do palácio como simples viajantes. Filipe escondeu o rosto sob um capuz.

*
* *

Os peregrinos atravessaram a cidade sob a chuva que havia recomeçado, fria e cortante. Uma chuva cinza e triste, intermitente.
Quando o rei Filipe desceu da sela, Benoît ficou preocupado:
— Estais encharcado, Sire... Vedes como tremeis.
— Não é nada, garanto. Sabe muito bem que eu tremo assim desde a morte de Isabel. Não sei se isso vai me deixar algum dia...
— Não deveis dizer tal coisa. Com o tempo, a vida voltará a fazer suas exigências. Passareis pelo luto e a paz vos será devolvida.
Havia cinco degraus para subir antes de se chegar ao patamar da entrada. Uma alta porta de carvalho, sólida e maciça, foi aberta pelo templário com uma chave comprida, a qual tirou de sob a túnica. Uma sala escura de janelas fechadas. Um odor de mofo. Um cheiro adocicado de madeira carunchada.
— Esperem por mim aqui — disse o rei aos dois cavaleiros.
Filipe desapareceu na escuridão, ao lado do templário que lhe deu a mão para conduzi-lo.

— Sire — disse o templário —, *já que está na hora e que temos a idade, vamos abrir os nossos trabalhos.*

— Eu o acompanho, Renaud.

A escuridão era um dos elementos do ritual; Filipe compreendera isso desde a primeira vez, na sua iniciação. Portanto, confiou no templário que, de mãos dadas com ele, o ajudou afetuosamente a andar em passos lentos.

O rei já havia estado ali por quatro vezes. Lembrava-se da distância a ser percorrida para se chegar a uma porta que o templário se limitou a empurrar para abrir. E também da escada em caracol que devia descer com cuidado. E do subsolo lamacento... E de mais uma porta na qual o rei precisou bater três vezes para que, atrás dela, uma voz perguntasse:

— Quem bate à entrada do Templo?

E o cavaleiro respondeu:

— É o rei Filipe sob a minha guarda e apadrinhamento, que espera ser recebido por seus irmãos da Loja Primeira.

A voz ordenou:

— Que ele entre!

A porta foi aberta. Filipe e o cavaleiro entraram numa cripta onde estava reunida uma assembleia de dez templários em túnicas brancas. Todos mantinham o capuz na cabeça.

Três colunas suportavam a curva da abóbada feita de pedras volumosas. No piso de grandes lajotas havia sido desenhado um tabuleiro de quadrados pretos e brancos. Três candelabros iluminavam o local com suas chamas curtas que um fraco filete de ar, às vezes, inclinava.

Assim que o rei entrou, os templários deram as mãos formando uma corrente, à qual Filipe e o cavaleiro Renaud imediatamente se integraram.

— Bem-vindo à nossa corrente, Filipe! — disse um templário. — Amanhã, em Saint-Denis, o vigário vos entregará o estandarte com a cruz de ouro. Pelo Santo Cravo e pelo Santo Espinho, sereis cruzado.

— E me tornarei soldado da Igreja para ir a Jerusalém — completou Filipe.

— Deixai Jerusalém para Ricardo e Barba-Roxa. Não deveis ir tão longe, lançai outro templário na corrente.

Filipe reagiu:

— Deixá-los libertar sozinhos o Santo Sepulcro? Onde estaria a honra da minha cruzada?

Com voz doce, fraseado lento e sereno, um templário ergueu a voz:

— Já é tempo de vos instruirmos sobre um grande segredo, Sire. Um segredo que até o papa Clemente deve ignorar. Ainda nos concedeis a graça de acreditar em nós?

— Sempre consenti em escutá-los. A prudência e a inteligência dos seus conselhos me pouparam muitos infortúnios — admitiu o rei.

— Trata-se de um Evangelho escrito em três rolos de pergaminho. A peça central do mistério de que vos falamos na reunião anterior — explicou a voz suave.

— Um quinto Evangelho? Nenhum texto faz menção a ele. Não se trata de uma heresia que estão considerando como palavra verdadeira? — estranhou o monarca.

— Não, Sire — precisou a voz tranquila. — Ele existe, de fato. Ao menos, uma cópia feita pela mão de quem o redigiu.

Então, Renaud tomou a palavra:

— Os rolos estão em São João de Acre. Num subterrâneo, sob uma construção denominada a Torre maldita. O autor desse quinto Evangelho depositou o seu tesouro no fundo de uma gruta antes de pôr-se ao mar... Eu vos acompanharei à Terra Santa e vos guiarei.

— Então, a minha missão consistirá somente em desempenhar esse único papel? — surpreendeu-se Filipe. — Devo apenas trazer os pergaminhos?

Renaud prosseguiu:

— Isso é da maior importância, Sire. Como já dissemos, esses textos são a pedra angular do indizível Segredo. Não podemos correr o risco de que sejam descobertos por outros... Isso porque não somos os únicos a procurá-los!

A voz lenta acrescentou:

— São João de Acre deve cair. Sereis o artesão dessa queda e entrareis na cidade para ser o primeiro a examinar as fundações da Torre Maldita. Pela nossa Tradição, sabemos onde explorar...

Depois de um tempo, Filipe disse:

— Está bem. Agirei pela causa da Loja Primeira, se bem que ainda duvide da veracidade da sua proposta. Isso não basta para que deixem de confiar em mim?

— Não, Sire — murmurou Renaud. — Tendes toda a nossa confiança e aceitamos vossas dúvidas, que são bem naturais. O ensino religioso que recebestes está sendo questionado. Somos muito poucos a conhecer a verdade...

O rei Filipe virou-se para o cavaleiro Renaud, cuja parte inferior do rosto aparecia sob a sombra do capuz. Uma boca pequena, uma negra barba fina. Um sorriso amigável, fraternal.

— Justamente essa verdade — articulou o rei —, essa verdade me queima a alma, tanto quanto a dor de haver perdido a minha esposa e os gêmeos. Uma verdade bem incômoda!

A voz lenta e suave concluiu:

— Vamos suspender os trabalhos, meus irmãos.

Os templários ergueram e abaixaram por três vezes a corrente de braços antes de rompê-la. Em seguida, o cavaleiro Renaud pôs a mão no ombro de Filipe.

— Vinde, Sire. Vamos subir.

Assim havia sido todas as vezes. O rei era acompanhado pelo guia. A escada em caracol a ser subida, a sala escura a ser percorrida em sentido inverso... E o reencontro com Henri e Benoît. Nenhuma palavra trocada entre os três homens. Um cumprimento de cabeça de Renaud antes de fechar, atrás do rei, a porta de carvalho maciço.

A chuva havia cessado. Uma claridade prateada envolvia as telhas dos telhados. A luz... Filipe ergueu os olhos para o céu leitoso e inspirou profundamente o ar. Pensava no Segredo. Pensava no que os templários lhe haviam dito no mês anterior. Pensava na morte de Isabel, na dos gêmeos, e temia ter sido amaldiçoado.

– Esta luz – suspirou ele, para surpresa dos dois amigos. – Como é bela! Ela me transporta, como uma fervorosa oração...

Mas Filipe se absteve de confessar que não rezava desde que ficara sabendo... Desde que os templários o haviam recebido no seio da Loja Primeira para lhe contar que a Igreja construíra o seu império sobre uma fraude. Sobre a mais aterradora das mentiras!

10.

O massacre

O rei Filipe e o seu exército chegaram às muralhas de São João de Acre em 20 de abril de 1191. O soberano estava acompanhado dos dois amigos, os cavaleiros Henri e Benoît, bem como do templário Renaud.

Filipe foi recebido pelo bispo de Beauvais, Filipe de Dreux, e pelos condes de Flandres.

— Ah, meu primo — exclamou o bispo —, já havíamos perdido as esperanças de ter-vos ao nosso lado. Só estávamos vos aguardando e ao rei Ricardo para derrubar essa fortaleza.

— E Frederico? Barba-Roxa ainda não se reuniu a vocês? — indagou o rei.

— O imperador se afogou nas águas do Cidnos e seus cruzados não têm mais coragem para lutar. Quase todos se fizeram ao largo depois disso — respondeu Filipe de Dreux.

— Que aborrecimento! — disse o rei. — Teremos de contar com as forças do orgulhoso Ricardo. Mas trouxe comigo engenhosos marceneiros que construirão balistas e manganelas.

Filipe instalou imediatamente seu acampamento e seus arquitetos puseram mãos à obra para construir os engenhos de guerra. Os operários transportavam vigas, roldanas e cordas. Os ferreiros construíram grandes fornos de barro para fabricar as proteções com as quais seriam revestidas as torres do ataque.

No dia 7 de junho, o rei Filipe foi avisado do desembarque do rei Ricardo.

— Pelo visto — anunciou o templário Renaud —, ele está impaciente para se engalfinhar com os defensores de São João de Acre.

— Não me surpreende — observou Filipe. — O seu desejo de glória é maior do que a fé.

De fato, foi um suserano vaidoso, cheio de arrogância e altivez que ergueu o jovem rei da França nos braços e o apertou contra o peito num ingênuo e viril abraço.

— Filipe! O augusto e sério Filipe! Um abraço!

— Coração de Leão, você se demorou pelo caminho. Atacantes e sitiados começam a passar necessidades.

Ricardo pegou o braço de Filipe e se convidou para visitar o acampamento imediatamente. O inglês viu os engenhos de guerra que os franceses haviam feito e reconheceu, de bom grado, a qualidade das obras. Ficou maravilhado, acima de tudo, diante de uma catapulta, a "Malvoisine", e de uma torre tão alta quanto as muralhas da cidade. Uma torre de quatro andares, feita de madeira, chumbo e ferro.

— Seus homens realizaram um belo trabalho. Vamos atacar a fortaleza e assaltá-la juntos.

— Por certo — reforçou Filipe. — Um a leste e outro ao sul. Estudamos as muralhas. Acredito ser mais fácil tomar, prioritariamente, esses dois setores.

Filipe designou as muralhas da cidade de Acre. Apontou, um por um, todos os lugares da fortaleza que pareciam mais vulneráveis e mais baixos do que o resto dos muros.

— Olhe, Ricardo... As muralhas são menos espessas aqui e ali. Concentraremos as nossas forças nesses dois pontos fracos. A "Malvoisine" nos abrirá uma passagem, ao bombardear a fortificação com grandes pedras.

— Eis um plano que me convém; ele tem o mérito de ser simples. A guerra nunca deveria ser complicada. Quem é corajoso e forte deve vencer; é evidente.

— Um fraco astucioso também pode derrubar um rival de peso, Ricardo!

O inglês caiu na gargalhada e, dando um forte tapa no aliado, disse:

— Isso é política, Filipe! Cada coisa a seu tempo... Amanhã, faremos um massacre. Vamos guerrear. Uma rude e bela tarefa para a glória de Deus.

A semana seguinte foi de violências. Foram necessários diversos ataques para tomar São João de Acre. Para que os cadáveres juncassem as ruelas onde corriam riachos de sangue. Para que, depois de invadir a cidadela estripada à frente das suas tropas, o rei Filipe emergisse de um pesadelo e, febril, avaliasse a extensão da carnificina. Para que o odor repugnante da morte embrulhasse o estômago dos vivos a ponto de fazê-los vomitar. Para que fossem arrastadas coortes de prisioneiros, com as mãos na cabeça, apavorados; fantasmas idiotas que não compreendiam as injúrias e os escárnios dos vencedores. Para que os franceses erguessem o estandarte dos cruzados sobre uma pilha de corpos emaranhados, enlaçados numa morte obscena, seminus, dilacerados, despedaçados, sujos...

— Todo este sangue... — murmurou o rei Filipe.

— É por Cristo, Sire! — confortou o cavaleiro Henri.

— Cristo? — repetiu Filipe, preparando-se para prosseguir, mas contendo-se ao ver o templário Renaud vir em sua direção, pulando os cadáveres ensanguentados.

A espada do cavaleiro estava vermelha até o guarda-mão. O homem parecia exausto. Com o capuz caído, podiam-se ver seus olhos ardendo como numa febre.

Renaud sentou-se aos pés do rei e soltou um longo suspiro antes de dizer:

— Matar é tremendamente cansativo, Sire. Se bem que rapidamente nos acostumamos e quase chegamos a apreciar o hábito; a espada fica mais leve a cada homem trucidado.

– Não sabia que isso era tão ignóbil – disse o rei. – Tão feio...
– Muito feio, realmente – enfatizou Renaud. – Seja uma causa justa ou uma fraude, matar é uma tarefa horrível, pois mexe com instintos terríveis que possuímos e que achávamos estar para sempre adormecidos.

– Uma tarefa bestial – suspirou o rei, desviando-se do espetáculo dos corpos inertes, alguns imobilizados em poses grotescas, dos cruzados feridos estendidos em macas, entre choros, apelos e lamentos.

Filipe desceu em direção ao acampamento. Atravessou as ruínas da muralha que a "Malvoisine" reduzira a migalhas. Viu Ricardo Coração de Leão bebendo com alguns de seus companheiros e recusou o convite para se juntar a eles.

Filipe tremia. Suas carnes e seus ossos tremiam, como se atacados por um frio intenso. Uma certa mão pousou no seu ombro. Uma presença firme que o tranquilizou e o aqueceu. Uma voz grave que lhe disse:

– Partiremos assim que cair a noite, Sire. Quando os homens estiverem comendo.

– Está bem, cavaleiro Renaud. Iremos buscar os três rolos de pergaminho. Agora, sei o preço pago por eles... Todo este sangue derramado.

– Mais ainda, Sire. Muito mais! Isto não é nada e não pagaria nem a primeira letra do manuscrito.

Os dois homens prosseguiram juntos. O templário deixou a mão no ombro do soberano, que não conseguia andar sem vacilar.

II.

Os três rolos

— Eis o torreão chamado Torre maldita, Sire. O caminho está livre.
— Vamos rápido... Estou cansado e meu sangue está quente.
— Sem dúvida, é a doença do suor. Não é raro pegar essa febre nessas regiões.

Filipe e o templário entraram na escura construção por uma poterna. Renaud se virou para o rei. Estendeu-lhe a mão.

— Sinceramente, é verdade, estais ardendo!

A noite ecoava lamentos e prantos longínquos, encobertos pelos risos dos cruzados embriagados e gritos das mulheres violentadas.

O templário abriu caminho com a ajuda da tocha e deu a mão ao rei para ajudá-lo a descer uma escada estreita de degraus desconjuntados, que se embrenhava na umidade e no odor de mofo.

Embaixo da escada, apareceu um corredor, uma galeria apertada com chão de terra batida, na qual só se podia entrar abaixado.

— Cuidado, Sire, o teto está cada vez mais baixo. Vamos dar uns vinte passos assim e, depois, escolher uma passagem entre outras três.

— Como saberá qual dos caminhos deveremos seguir, cavaleiro?

O TRIÂNGULO SECRETO

– Vede – respondeu Renaud, sorrindo e indicando com a tocha um motivo gravado na parede. – Um peixe estilizado, traçado grosseiramente com uma lâmina.

– Este era o sinal de reconhecimento dos primeiros cristãos – observou o rei.

– É verdade, Sire. Esses peixes nos guiarão até a cripta, onde encontraremos o que viemos buscar.

– Aos meus olhos, tudo isso tem um quê de prodígio!

– Não, Majestade! Não, não se trata de magia; os agentes do Templo informaram os comandos* em todo o mundo. Sabeis que fazemos uma certa investigação há muito tempo. A Tradição preservou as informações relativas a este local ao longo dos séculos.

– É esse tipo de segredo que os irmãos Primeiros transmitem entre si nas assembleias? – perguntou Filipe.

– É, Sire. Uma memória oral que tomamos o cuidado de legar, sem nunca traí-la.

O rei e o templário chegaram à bifurcação indicada por este último. Graças ao motivo gravado na pedra, os dois visitantes podiam seguir confiantes por uma das estreitas passagens.

Eles avançaram por longos minutos, curvados, raspando os ombros nas paredes estreitas, as botas patinhando na lama. Finalmente, saíram numa cripta minúscula, escavada com grandes golpes de picareta numa rocha toscamente consolidada com pedregulhos talhados às pressas.

– Chegamos – suspirou o templário, erguendo-se e soltando a mão do rei, que ele havia puxado como uma criança amedrontada.

Por sua vez, Filipe se esticou, queixando-se das costas.

– Vós vos entregastes como um diabo durante as lutas – observou o templário. – Girastes a vossa espada como teríeis feito com um mangual nos trigos.

---

* Denominação dada à suprema jurisdição ou alta direção das Oficinas do Rito Templário. (N. T.)

— É verdade que eu ceifava — precisou Filipe. — Quebrei cabeças! Cortei braços! E transpassei alguns dorsos!

Renaud varria as paredes com a tocha.

— É aqui — bradou ele, de repente, mostrando um pedregulho com a imagem de um peixe. — Agora o animal tem uma cruz em cima.

— Quem fez essas marcas, Renaud? E quando?

— Sabeis muito bem, Filipe. Um homem sábio, há doze séculos. Tomai, pegai a tocha e a segurai no alto para mim.

Renaud tirou a adaga da bainha e começou a soltar a pedra. Ele arranhava o cimento de arenito para reduzi-lo a poeira. O trabalho era demorado, e o rei estava impaciente; a febre lhe queimava a carne e lhe gelava os ossos.

— Paciência, meu rei — disse Renaud, com voz suave. — Assim que voltarmos ao acampamento, mandarei chamar o boticário e indicarei alguns remédios que melhorarão o vosso sangue.

— Também é versado em medicina, cavaleiro? Que conhecimento lhe falta?

Continuando o trabalho, Renaud respondeu sorrindo:

— Eu pratico matemática, retórica, filosofia, e me esforço para desenvolver as virtudes teologais: fé, esperança e caridade... Tenho a pretensão de conhecer as estrelas principais e o curso delas... Na verdade, essas são algumas das minhas qualidades, além do manejo da espada e de dois ou três rituais de magia, que realizo longe dos homens da Igreja. Ah, estava me esquecendo...

— O quê? — disse o rei, deliciado.

— Leio e falo fluentemente uma boa dezena de idiomas, bem como várias línguas regionais e dialetos.

Filipe soltou um suspiro:

— Eu me sinto bem idiota ao seu lado e temo não ter vida suficiente para adquirir uma centésima parte do seu conhecimento.

— Não passo de um modesto peão, Majestade. Um peão no tabuleiro em que reinais. Não precisais vos sobrecarregar com essas pesadas cargas, pois alguns de nós as carregamos por vós. No xadrez, o peão tem de se sacrificar para preservar o rei. É o soldado quem carrega a bagagem, Sire... O soldado! Não o soberano.

O TRIÂNGULO SECRETO

A lâmina de Renaud desfez todo o cimento que mantinha a pedra na parede. O templário pôde enfiar os dedos nos interstícios e tirar a pedra do lugar em que estava alojada.

– Afastai-vos, Sire...

A pedra caiu no solo lamacento que salpicou as pernas do rei. Renaud mergulhou o braço no buraco que havia feito. Tirou um primeiro rolo de couro costurado com pontos grandes.

– Eis um deles – murmurou, enfiando novamente o braço e, depois, inclinando-se, revistou o cofre escuro, com repentina agitação. – Iluminai-me, Filipe!

O rei se inclinou, esticou o braço que segurava a tocha, tentou ver pela abertura da parede.

– E então? – impacientou-se o soberano.

– Peguei-os... Sim, eis os outros dois! Nos estojos de couro; sem dúvida, não sofreram com o tempo.

– Não quer se certificar? – propôs Filipe.

– Não é hora nem lugar, Majestade. Seria correr um grande risco retirar esses pergaminhos dos estojos. Devemos fazê-lo conforme as regras, quando retornarmos à França. Conheço quem tem mãos peritas que saberão tratá-los com cuidado.

O rei Filipe não escondeu a decepção:

– Pelo amor de Deus, ter percorrido todo esse caminho e matado essas pobres pessoas para voltar sem ter visto o que contêm estes rolos! Imaginemos que eu morra dessa doença do suor...

– Não morrereis, Sire. Eu vos disse, nós vos curaremos. Vamos sair deste túmulo. Podeis ir na frente, agora? Meus braços estão ocupados com este pacote colado ao meu peito.

– Naturalmente, você é o soldado que leva a carga, é isso?

– E vós sois o meu rei que, agora, segura a luz, Filipe.

– Isso não é uma parábola que, supostamente, deveria me ensinar?

Renaud não respondeu. Limitou-se a sorrir interiormente, apertando contra si os três rolos que havia escondido embaixo da túnica. Ele pensou no homem que encheu os pergaminhos com a sua escrita. Dirigiu a ele uma oração de gratidão, como a um irmão mais velho.

12.

A doença de Filipe

Durante toda a semana seguinte, o rei Filipe permaneceu na tenda cujas abas de tecido foram cuidadosamente abaixadas; ali, a sombra lutava contra o calor úmido. Os cavaleiros Benoît e Henri guardavam a entrada como simples escudeiros. Ao longo do dia, ficavam sentados no chão e quase não conversavam; à noite, enrolavam-se em grossas cobertas e mal dormiam. Cães fiéis, amigos devotados, sofriam por saber que o mestre estava muito doente, espreitando o menor estertor, todo o tempo questionando Renaud, que administrava a medicação de manhã, à tarde e à noite, auxiliado pelo boticário e por um abade.

O rei Ricardo ficou preocupado com a saúde do monarca francês. No fim da semana, Renaud foi pessoalmente ao acampamento dele dar as informações.

— Pois bem, me traz boas notícias?

— Não, Sire! Meu rei emagreceu, perdeu o cabelo e as unhas, bem como o olho direito. Além disso, a pele dele está rachando. Dá muita pena vê-lo nesse estado!

Ricardo pareceu sinceramente contrariado. Renaud acrescentou:

— Confesso a minha impotência diante dessa doença e só posso amenizar os sofrimentos com a ajuda de drogas que o fazem adormecer mais do que o curam. Ele fica mais fraco de hora em hora. Às vezes, até delira e fala da defunta esposa e dos gêmeos mortos.

— Se compreendi bem, cavaleiro Renaud, você veio me preparar... Percebi suas intenções: ele vai me pedir permissão para voltar para a França?

Concordando com um movimento de cabeça, Renaud reforçou:

— Seria, de fato, a melhor decisão a tomar, Sire.

Ricardo saiu impetuosamente da tenda.

— Quero ver por mim mesmo o estado dele.

Renaud e o rei Ricardo atravessaram o acampamento em grandes passadas, pulando os corpos dos cruzados que descansavam esticados no chão, entorpecidos pelo calor, esgotados pela recente batalha e pela comilança que se seguiu.

Ao chegarem ao pavilhão de Filipe, Ricardo abriu violentamente as abas de tecido, apesar das injunções dos cavaleiros Benoît e Henri, enfurecidos por perturbarem o sono do mestre.

Filipe jazia no leito, lívido, tez cerosa, olho direito oculto por uma bandagem, cabelos ralos, suando em bicas, arquejante, espavorido. A cena dessa degradação emocionou Ricardo, que se aproximou sem nem mesmo notar o abade, sentado na obscuridade com o livro de orações no colo.

— Minha bênção, Filipe! — proferiu Ricardo. — Vejo que está nas mãos de charlatães que não curariam nem a sarna de um cão piolhento!

A voz baixa, apagada e rouca do doente mal chegava aos ouvidos de Coração de Leão, que precisou se inclinar para compreender todas as palavras.

— É porque eu não tenho sarna, Ricardo. Sem dúvida, algum terrível veneno corre nas minhas veias...

O Plantageneta* se inclinou ainda mais e examinou a pele descamada do moribundo.

---

* O nome Plantageneta teve a sua origem numa planta, giesta (*genêt* em francês), escolhida por Godofredo V como símbolo pessoal e que passou a ser o sobrenome de seus descendentes e de uma sequência de monarcas britânicos. (N. T.)

— Você está com a mente embaralhada, meu primo. Quem teria interesse em conduzi-lo à morte?

— Quando dois reis combatem juntos, sempre há um a mais. Talvez o Destino seja o único responsável pelo meu estado, desejando que você seja o único a continuar a nossa busca e a chegar ao Santo Sepulcro.

Renaud interveio:

— Como vê, Sire Ricardo, Sua Majestade prefere voltar para as suas terras o mais cedo possível.

O inglês pareceu refletir por um instante. Olhou os despojos deploráveis do doente, que tinha o rosto sacudido por espasmos dolorosos e as mãos trêmulas. Uma carcaça emagrecida com um acre odor de suor, urina e outros humores que o calor da tenda tornava insuportáveis.

Filipe ergueu a mão febril, pôs o indicador no peito do soberano, gigante e maciço. Em seguida, sussurrou:

— Vá, Ricardo... Leve seu coração de leão até Jerusalém.

Controlando a repugnância, o inglês se obrigou a pôr a mão amigável na testa ardente do doente e respondeu:

— Que seja. Ao beijar o solo, terei um pensamento afetuoso para você. Rezarei para o seu restabelecimento. E porei tanto ardor nas minhas súplicas que, aposto, em pouco tempo estará novamente de pé.

— Tenho certeza — balbuciou Filipe. — Agora, tenha a bondade de me deixar a sós com o cavaleiro Renaud. O senhor também, abade, saia um instante...

O eclesiástico saiu da banqueta e, continuando a murmurar alguma litania em latim, retirou-se deixando o rei Ricardo sair na frente. Este lançou um olhar distraído aos dois fiéis amigos de Filipe, os cavaleiros Benoît e Henri, que mal o saudaram, preocupados que estavam com a doença de seu mestre.

Com um terrível esforço, Filipe tentou se sentar no leito. Renaud acorreu para ajudá-lo e lhe calçar as costas com uma almofada.

— Minha doença não está ligada ao que fizemos na Torre maldita? — perguntou o rei. — Não violamos um santuário?

O templário tranquilizou-o:

— Fui eu quem pegou os rolos e não sofri nenhum sortilégio! Repito, Sire, fostes atingido por uma forte e maldita doença do suor, que o vosso organismo fragilizado pela tristeza não pôde evitar. Certamente, precisareis de tempo para recuperar vossas forças, mas o tratamento que administro poderá vencer essa febre.
— Enquanto isso, Ricardo vai colher os louros da tomada de Jerusalém.
— A Cidade Santa não passa de um odre vazio. Eu já disse, Sire, vamos deixar Ricardo com os seus sonhos de conquista e de hegemonia. Vamos deixá-lo atolar na areia. Enquanto ele permanecer aqui, não ficará de olho no vosso reino.
— O que há de tão importante nos pergaminhos que viemos buscar?
— Sabereis em breve. Os Templários entregarão os rolos a dois escribas, Agnano e Nicolau de Pádua, da abadia de Orbigny, clérigos que saberão traduzi-los para o latim. São dois homens sábios, embora sejam pervertidos e sodomitas. Dizem-se irmãos, mas não passam de homossexuais.

Filipe foi tomado por um súbito acesso de tosse. Renaud imediatamente lhe serviu uma taça de água com mel diluído. Assim que deu um gole, o monarca recomeçou a tossir ainda mais forte, o peito entrecortado por convulsões violentas. Um jato de sangue acre e negro jorrou da sua boca e manchou a túnica branca do templário.

O rei se dobrou, com uma espuma avermelhada nas comissuras dos lábios e os olhos revirados.

— Henri! Benoît! Ajudem, rápido! — gritou o templário.

Imediatamente, os dois cavaleiros correram para o interior da tenda. Ao verem o estado de Filipe, ambos soltaram gritos e blasfêmias. Renaud havia deitado novamente o doente e limpava os lábios dele com um pano úmido.

— Se eu devo morrer — articulou o rei, com dificuldade —, que seja na França... ao lado do meu filho. Vamos apressar a partida!

— Não morrereis — respondeu Renaud. — Vossa hora ainda não chegou. Não morrereis, meu irmão!

Os cavaleiros Henri e Benoît se interrogaram com o olhar. Haviam escutado muito bem: o templário chamara o rei de *irmão*!

13.

O duplo assassinato

De volta à França, a saúde do rei Filipe se estabilizou e, depois de algumas semanas, uma melhora notável tranquilizou as pessoas mais próximas. Os cavaleiros Henri e Benoît andavam de um lado para o outro em frente à porta do quarto do doente, incansáveis, controlando com dificuldade a impaciência e manifestando um mau humor que, na realidade, não era mais do que preocupação.

– Faz mais de um mês que Filipe não sai do quarto – reclamou um deles.

– O templário Renaud o obrigou a aceitar um médico que lhe administra drogas desconhecidas e remédios misteriosos, prometendo uma panaceia mágica – destacou o outro.

A porta foi aberta. O médico saiu do quarto. Segurava uma bacia cheia de muco real. Por pouco ele não a derrubou, tal a ênfase dos cavaleiros em pressioná-lo com perguntas.

– Como está Filipe nesta manhã, mestre Othon?

– Com os diabos, como?

O médico sorriu e respondeu com voz reconfortante:

– Melhor! Está recuperando o aspecto humano e, em breve, o filho Luís não terá medo de visitá-lo. A companhia do cavaleiro Renaud parece contribuir para o restabelecimento.

Mestre Othon saiu, deixando os dois cavaleiros sozinhos com a sua contrariedade. Então, eles, os amigos mais fiéis, estavam proibidos de entrar no quarto, enquanto o "cruz vermelha" passava ali a maior parte do tempo!

De fato, nos aposentos de Filipe, Renaud desempenhava humildemente o papel de criado, trocando a roupa íntima do rei, ajudando-o a se lavar e a comer, arejando o cômodo, lendo para ele, tomando o cuidado de atiçar constantemente o fogo da enorme lareira por causa da umidade do inverno...

— Os clérigos estão progredindo na tradução, Renaud?

O templário sorriu; já esperava que Filipe lhe fizesse essa pergunta.

— Eles mal dormem, tão dedicados estão ao trabalho — respondeu, dizendo a si mesmo que o rei já não sentia o medo supersticioso de abordar o assunto.

— Bom... Estou impaciente para ler esses textos. Se você financiou uma parte da cruzada é porque eles são de grande interesse, não? — disse o monarca sentando-se na cama, procurando apoiar as costas nas volumosas almofadas.

— Realmente. Seria um perigo se, por azar, o rei Ricardo pusesse as mãos neles.

— Você ainda não me falou de dinheiro, cavaleiro... A Coroa lhe deve uma grande soma. Estou em dívida com você — murmurou Filipe, depois de encontrar a posição certa nos travesseiros.

— Os Templários não são usurários. Sabemos esperar para recuperar nossos fundos.

— Isso significa que o investimento trará frutos que não o dinheiro sonante. Gostaria de ler dentro de você, Renaud... de adivinhar por que razão age assim.

— Digamos que seja pelo bem do reino, Sire.

*
* *

No mês seguinte, depois de duas longas semanas de neve, cinco cavaleiros cavalgavam em boa velocidade numa estrada parcialmente oculta, delimitada por duas fileiras de choupos. Eles se dirigiam a uma pequena abadia aconchegada numa bruma espessa. O sino da pequena capela soou as 19 horas.

Os cavaleiros apearam, quase que num mesmo movimento. O vento levantou a aba do capuz de um dos homens; era o templário Renaud. Ele bateu na porta conforme o código combinado. Os outros quatro se mantiveram afastados e um deles prendeu as rédeas dos cavalos em argolas fixadas na parede.

A porta foi aberta por um velho abade que havia passado um xale em volta dos ombros. Corcunda, todo torto, o homenzinho ergueu uma lamparina a óleo para distinguir o rosto de Renaud.

— Ah... reconheci o código, senhores. Entrem rápido; este frio é cortante e gela até o tutano dos ossos.

Os cinco cavaleiros entraram na abadia. Um deambulatório na frente deles ligava três modestas construções: o presbitério, a biblioteca e a capela. Renaud se dirigiu ao velho, tirando a lamparina das mãos dele:

— Pode nos deixar, abade. Volte às suas orações.

— Sinceramente, já está na hora de dormir numa boa cama aquecida. Não tenho a têmpera dos jovens e devotados Agnano e Nicolau!

O corcunda se retirou e os cinco cavaleiros seguiram apressados pelo deambulatório até a biblioteca. Uma luz filtrava pelos batentes das estreitas janelas.

— Vou entrar sozinho — disse Renaud, entregando a lamparina a um dos companheiros. — Esperem-me aqui e fiquem preparados.

O templário empurrou a porta de madeira e entrou numa sala pequena que um braseiro não conseguia aquecer o suficiente. Dois homens, sentados às suas mesas, viraram a cabeça ao mesmo tempo: magros passarinhos, de pescoço descarnado, olhos redondos e febris, idade indefinida e tonsuras malfeitas. Eram Nicolau e Agnano de Pádua. Usavam hábitos de pano grosso marrom, cordão amarrado na cintura, xale nos ombros e mitenes de lã nas mãos.

Agnano se levantou da banqueta e deixou o manuscrito na mesa atulhada de rolos de um papel grosso. Atrás dele podia-se ver, em outra mesa, os estojos de couro dos rolos encontrados em São João de Acre.

– Cavaleiro Renaud, terminamos na data prevista o trabalho que nos confiou – disse o primeiro tradutor com voz cristalina, arrastada e surpreendentemente doce, com timbre de criança.

– Nunca tive queixas dos seus serviços – respondeu Renaud, examinando o livro grosso que Agnano, agora mais próximo, lhe indicara com um gesto amplo das mãos.

O livro repousava num atril.

O templário estremeceu. De frio? Não, não de frio. Foram as frases que ele leu desordenadamente ao folhear, nervoso, o manuscrito.

– Um trabalho bem difícil. Três línguas foram usadas, entre elas o aramaico... e... enfim... – balbuciou Nicolau.

– Percebemos que estes textos foram escritos por... já sabe... – retomou Agnano, soprando os dedos e dançando de um pé para o outro.

Renaud fechou o livro, passou os dedos na encadernação de pele de carneiro, admirando o trabalho dos dois clérigos.

– Tomamos muito cuidado ao dobrar as folhas, senhor – prosseguiu Agnano, com uma ponta de orgulho. – Nós as cotejamos com grande precisão antes de prendê-las com a pinça e passá-las no laminador para se tornarem mais finas, o que faz com que os cadernos não sejam muito volumosos.

– E costuramos esses cadernos em nervuras – acrescentou Nicolau com o mesmo orgulho. – Sólidos fios de linho, veja. Dissimulamos as pontas na lombada com esse couro de carneiro que passará pelo tempo sem sofrer.

– É uma bela obra – admitiu Renaud, com a palma da mão pousada no couro da capa, na qual os dois clérigos haviam gravado um peixe estilizado com uma pequena cruz nas costas. – Sim, uma obra muito bonita. Fizeram um segundo exemplar, como eu pedi?

Agnano tirou de uma estante uma segunda obra.

— Eis uma cópia idêntica, Senhor. Semelhante à outra, ao primeiro olhar, nas mínimas palavras, assim como na imagem inspirada nos textos: Deus criando o mundo com a ajuda de um compasso... A única diferença, a que solicitou, não é absolutamente visível a olho nu.

Uma sombra passou pelo olhar de Renaud. Ele ficou em silêncio por um longo momento, observando os dois manuscritos; depois se virou para Nicolau e Agnano de Pádua e disse:

— Gostaria de ficar sozinho para consultar esses manuscritos.

— Naturalmente. Nós sairemos; poderá nos encontrar na capela — disse Agnano com voz infantil.

Os dois clérigos saíram da biblioteca e passaram pelos quatro cavaleiros, saudando-os com um discreto aceno de cabeça. Depois apressaram o passo por causa do frio rigoroso que baixara sobre a abadia e entraram na capela.

Na biblioteca, Renaud se aproximou do braseiro, com um dos manuscritos nas mãos. Ele o abriu, parou na segunda página, admirou o desenho executado por Agnano e Nicolau e pronunciou em voz alta a frase colocada sob a imagem: *In furorem versus*.

— *In furorem versus* — repetiu ele.

Em seguida, Renaud começou a leitura do manuscrito, permanecendo de pé, tremendo dos pés à cabeça, a garganta seca e a respiração entrecortada.

*
* *

O cavaleiro saiu da biblioteca somente uma hora depois, lívido, levando os dois livros sob a capa encostados no peito.

— Como está pálido, Renaud! Parece um espectro — notou um cavaleiro.

— Você leu? Leu o Evangelho *dele*? — perguntou outro.

— Sim — respondeu Renaud, com voz alquebrada. — Ninguém, além do rei, jamais deverá saber o que contém o Testamento do Louco! Jamais!

— No entanto... Agnano e Nicolau sabem!

— Que Deus nos perdoe — murmurou Renaud. — Façam o que têm de fazer, meus amigos. E que não seja um trabalho de açougueiro.

— Será rápido, Renaud. Nós prometemos.

Deixando Renaud perto da porta da biblioteca, os quatro companheiros desembainharam as espadas, foram para a capela e entraram.

Nicolau e Agnano de Pádua estavam ajoelhados aos pés do altar. Eles foram atingidos por uma corrente de ar gelada. Os templários haviam deixado a porta aberta. Os dois clérigos se aproximaram um do outro, deram-se as mãos e se encolheram, como frágeis passarinhos a tremer de aflição. Passos atrás deles. Ruídos de botas estalaram nas lajes de arenito. A ponta de uma lâmina bateu num banco. Som de metal, som surdo da madeira. Passos.

— Eis que a nossa morte está chegando, Nicolau.

— Não podia ser diferente... Aperte forte a minha mão. Sinto um pouco de medo.

— A sua mão está muito fria.

— A sua é delicada e me tranquiliza.

Sem emoção. Apenas uma tarefa a cumprir. Os templários desceram as espadas sobre os dois monges. Ambos foram atingidos na nuca e no tórax. O sangue esguichou abundantemente e eles tombaram lentamente, sem um grito, sem um estertor. Sem soltar as mãos.

Um dos cavaleiros olhou para a cruz simples, de madeira, pendurada na parede atrás do altar. Começou a se persignar, mas interrompeu o gesto e deu de ombros. Entretanto, não pôde deixar de murmurar *Amém*.

Os quatro templários foram ao encontro de Renaud. O primeiro do grupo segurava a lamparina a óleo. Dois deles puseram a espada na bainha. O último fez uma pausa, virou-se para a capela, como se lamentasse amargamente o gesto. Sua espada pendia na mão, manchada de vermelho do sangue dos dois clérigos.

Renaud se dirigiu ao que segurava a lamparina:

— O fogo, Thierry... Tudo deve desaparecer. É assim!

— Na verdade, é uma noite terrível! Mas esse é o preço do Segredo.

O cavaleiro Thierry jogou a lamparina pela porta da biblioteca. Os cinco homens esperaram alguns minutos até que a sala pegasse fogo e depois saíram.

A neve voltara a cair forte, espetando a pele através dos mantos.

Os templários subiram na sela. Renaud segurava os manuscritos com firmeza, sob a roupa, para protegê-los. Quando pegaram novamente a estrada margeada de choupos, altas chamas já se elevavam acima da abadia. Embrenharam-se na noite sem uma palavra e desapareceram.

14.

O enviado do papa

No dia 14 de agosto de 1193, Filipe casou-se com Ingeborg, irmã do rei Canuto VI da Dinamarca. Ela foi rapidamente repudiada. O monarca tornou a se casar com Inês de Merânia, filha de um duque bávaro, a despeito das injunções do Vaticano. Em 1200, o papa Inocêncio III lançou um interdito sobre a França.

O enviado do papa, Pedro de Cápua, que deveria tentar uma última mediação, compareceu ao palácio de Filipe Augusto.

– Sire, todas as igrejas estão fechadas e ninguém mais é nelas admitido. O reino da França está mergulhado nas trevas em virtude da vossa bigamia.

– Onde vê trevas, Monsenhor? Por acaso a sua visão está ruim? A luz inunda esta sala e acho o seu calor bem suave nesta manhã.

– No entanto, percebo a obscuridade. Os mortos não podem mais repousar em terra consagrada, os peregrinos não são mais abençoados, as almas não podem se confessar – enumerou o enviado, mexendo-se na cadeira que estalava sob o seu enorme peso.

– Então, a França se tornou um asilo do demônio só por vontade do papa? – perguntou Filipe Augusto.

O rei estava velho; havia emagrecido. A doença lhe destruíra o olho direito para sempre e lhe marcara a pele do rosto com sinais amarronzados.

— Sire, eu vos imploro: não teimai! O Santo Padre me confiou a missão de trazer-vos de volta à razão. Não tornai a minha tarefa impossível. Sabeis bem que não é possível privar o reino da proteção de Deus e tornar o papa vosso inimigo. Eu suplico! Vamos encontrar juntos uma conciliação que contentará ambos os partidos.

Depois de um tempo, Filipe confessou:

— Na verdade, desejo recuperar as boas graças da santa madre Igreja.

O enviado se levantou da cadeira com muito custo. Todo o seu corpo parecia sofrer com o peso. Ele deu alguns passos com dificuldade para se aproximar do rei, arquejando e gemendo. Baixando a voz, disse:

— O papa está disposto a abrir um concílio e a suspender o interdito que pune vossos súditos. Com a condição de que aceiteis de volta a esposa que mandastes enclausurar. E...

— E...?

Pedro de Cápua respirou fundo.

— Em Roma, corre o burburinho de que possuís um testamento herege. Talvez, se o remetêsseis ao sumo pontífice, o ressentimento que ele sente em relação a vós desaparecesse de vez.

— Seus espiões têm bons ouvidos, Monsenhor — brincou o monarca, acrescentando para si mesmo: "E acaba de cair numa armadilha preparada pelos Templários que os lançarão, ao senhor e ao papa, numa pista errada!"

O enviado aguardou. Passaram-se longos segundos antes que Filipe se inclinasse para o homem gordo e suado e dissesse:

— Que seja feita a vontade do Santo Padre. O senhor mesmo levará o manuscrito. Ele deve saber que manterei silêncio quanto ao conteúdo.

Um sorriso afastou as carnes adiposas do rosto ruborizado.

— Não duvido. E, além do mais, esse testamento certamente não passa de uma teia de mentiras...

O enviado ficou satisfeito. A missão havia sido concluída com sucesso, o Testamento do Louco passaria a ser propriedade da Igreja e o seu conteúdo jamais seria divulgado. "Foi bom que Filipe se enredasse nesses problemas matrimoniais! Não poderia haver melhor alavanca para obrigá-lo a refletir."

Ao deixar o rei, Pedro de Cápua não desconfiou que levava consigo um exemplar incompleto do manuscrito. Nem de que existisse um segundo exemplar.

15.

Oriente-Origem

Soaram 4 horas no relógio do escritório de Martin Hertz, no silêncio que se instalara. O velho advogado olhou a ponta do charuto apagado havia muito tempo, depois a tulipa vazia que ele enchera de conhaque por diversas vezes ao longo do seu relato. Ele fechou os olhos por um instante, como uma gorda tartaruga que adormecesse, mas reabriu as pálpebras com um brilho divertido no olhar.

— Foi assim que o papa se apropriou de uma das pedras que compõem a base do Segredo — concluiu, finalmente.

— Na Loja, você sempre me deixou maravilhado com o seu talento oratório, Martin. Mas esta noite você se superou! Por qual prodígio teve conhecimento desse episódio histórico que não existe registrado em nenhum livro?

Hertz começou a se levantar. Esforço difícil. Precisou usar o devido apoio dos braços da poltrona, içar o enorme traseiro e tentar recuperar o equilíbrio adequado que a grande absorção de conhaque havia fragilizado.

— Acha que esse relato não repousa em nenhuma base sólida? Eu bem que poderia tê-lo imaginado, partindo do manuscrito! Agnano e Nicolau de Pádua existiram, concorda?

— Claro. Que essa aventura tenha acontecido, eu posso acreditar. Mas você, meu irmão, como ficou sabendo?

Hertz suspirou e deu de ombros.

— Você é muito guloso! Contente-se, por enquanto, com esse osso para roer. Talvez todas essas informações o ajudem na sua busca... Talvez Francis não esteja morto...

— Você não sabe mentir! Francis foi assassinado; estamos convencidos disso, você e eu — martelou Mosèle, acendendo um cigarro e avaliando com um olhar contrariado o cinzeiro transbordante de pontas de cigarros.

O homem gordo dirigiu-se vagarosamente até sua mesa e abriu uma gaveta.

— Eu li mais de mil vezes esse manuscrito. Ele não é A prova do que você pensa. É *uma* das provas! Do mesmo modo que Francis e você, arquitetei várias teorias, cada uma mais louca do que a outra. Sei o que Marlane encontrou. Você também sabe, naturalmente... Quer ficar com o Testamento do Louco?

Mosèle deu um pulo.

— Está me dando? Vai se livrar dele?

Hertz sorriu, vasculhou a gaveta e tirou uma pasta grossa.

— Não, não o original. Tive o cuidado de fazer um fac-símile. Sem dúvida, você vai descobrir algum enigma que eu não pude esclarecer. Seu trabalho será facilitado pelas anotações e traduções que escrevi nas margens. Vai observar que os Templários também registraram algumas palavras.

— Obrigado, Martin. Sim, obrigado do fundo do coração! — exclamou o rapaz, pegando a obra que o homem mais velho lhe entregava.

— Acontece que sou velho demais e gordo demais para correr atrás de Francis — ofegou Hertz. — Mas você pode fazê-lo! No entanto, seja prudente; *ele* já matou várias vezes. *Ele* matará mais para proteger o Segredo!

— A verdade poderá desmascará-*lo*!

Hertz pôs a mão no ombro do amigo, acentuando o sorriso. Ele podia estar ridículo no seu roupão de Buda excêntrico, mas estava sério. Seu sorriso se apagou bruscamente para dar lugar a uma expressão de tristeza mesclada com grande cansaço. Seu olhar pareceu velado.

— A verdade... — continuou ele, falando mais para si mesmo. — É preciso encontrar o Túmulo para fazê-la aparecer. Sim, o Túmulo... Quantas mulheres e homens morreram tentando descobri-lo? Agora, Francis Marlane...

Delicadamente, como um pai se despedindo do filho, Hertz levou Mosèle para fora da sala enfumaçada, segurando-o pelo pescoço. A mão era quente, úmida. Uma ligeira pressão dos dedos queria ser tranquilizadora.

Os dois homens se dirigiram para o vestíbulo. Uma pequena sombra, muito magra, estava ao pé da escada.

— Martin?

Hertz e Mosèle se viraram para o vulto delicado, minúsculo, como se fosse quebrar ao menor sopro. Ela deu dois passos e ficou debaixo da luz. Com um roupão rosa-pálido, pés calçados com pantufas cinza, velho pássaro cansado, de bico minúsculo, toda enrugada, gretada; da juventude e da beleza, ela havia conservado olhos muito grandes e profundos. A mulher de Martin Hertz era o oposto perfeito do volumoso e ruidoso marido.

— Léa! Eu já lhe disse que você pode quebrar o pescoço andando assim no escuro! — fulminou o velho advogado, forçando a voz.

— Eu acordei e não o encontrei... Mas esse é Didier! O que tramavam os dois em plena noite?

Mosèle avançou para apertar a mão que Léa lhe estendera, sorrindo na máscara das suas rugas.

— A culpa é minha, Léa — explicou Mosèle. — Vim pedir conselhos a Martin sobre um caso que me aborrece. Ele teve a bondade de me receber como advogado... Um problema de direitos autorais, uma cláusula especialmente delicada; eu já estava saindo. Sinto muito se a acordamos.

— Está bem, está bem — murmurou Léa, num tom que provava que não acreditara numa única palavra.

— Volte para a cama e tente dormir. Tome uma pílula — aconselhou Hertz.
— Pílulas! Empanturram-me de pílulas para dormir, para acordar, para ter apetite... Existe alguma para remoçar? — brincou Léa.
Hertz acompanhou Mosèle até o portão do jardim.
— Não se esqueça: fique com um pé atrás, Didier. Nós nos veremos na próxima Sessão, não é?
— Sim, na semana que vem. Quinta-feira. Mais uma vez obrigado, Martin.
Em seguida, constatando com prazer que não chovia mais, Didier voltou para o carro e se jogou no banco da frente. A garganta ardia e o gosto persistente do tabaco havia ficado na sua língua e nas narinas. "Fumei demais! Outra vez, demais!"
Ele deu a partida sem notar a caminhonete branca, ao longe, que fez a mesma coisa, com os faróis apagados.
Por sua vez, para espanto da mulher, Martin Hertz voltou para o escritório.
— Você não vem se deitar? Estará com um humor execrável de manhã — censurou ela.
— Logo estarei ao seu lado; ainda preciso fazer uma coisa... — resmungou ele. — Não vou demorar. Prometo!
Hertz fechou a porta do escritório, dirigiu-se ao telefone, discou um número e esperou alguns segundos, o fone colado no ouvido... Uma voz atendeu:
— Alô — disse Hertz em voz baixa. — Vou me identificar: Oriente-Origem! Sinto muito acordá-lo a esta hora, mas preciso lhe falar novamente sobre esse pesquisador... Mosèle. Didier Mosèle... É, o amigo de Francis Marlane.

16.

Belém fulgura

Eram 8h30 quando Didier Mosèle entrou no escritório onde Norbert Souffir já estava em frente à impressora do computador que cuspia cópias sem cessar. Mosèle havia dormido apenas três horas. O café forte que engolira não conseguira expulsar o gosto marcante dos cigarros que havia fumado sem parar, enquanto ouvia Martin Hertz lhe contar as origens do Testamento do Louco.

Souffir espalhara por todos os lados uma grande quantidade de livros, dicionários e enciclopédias, bem como fotografias dos rolos anteriores ao 4Q456-458.

– No trabalho desde cedo, Norbert! Não pode ficar sem o *Largehead?* – perguntou Mosèle.

– Bom-dia, Didier... Uma coisa me deu o que pensar, ontem à noite. Acabei de resolvê-la neste instante.

Mosèle ficou intrigado com uma das folhas que apanhou no ar, na saída da impressora.

– O que é isto? De onde vem?

– *Largehead* e eu conseguimos traduzir a sequência A530 até A698 – explicou Souffir. – Ontem, enchi a máquina até a boca; ela soltou toda a dissertação agora. O que está segurando é a tradução da sequência A538.

Mosèle leu: *Visita o Interior da Terra e, Retificando, Encontrarás o Irmão Oculto.*
— E então? — perguntou o velho tradutor. — O que acha disto?
O que ele achava... Mosèle não respondeu. Releu a frase várias vezes. Não pôde deixar de compará-la à máxima maçônica: *Visita Interiora Terrae, Rectificandoque, Invenies Occultum Lapidem: Visita o Interior da Terra e, Retificando, Encontrarás a Pedra Oculta...* A pedra, e não o irmão! Era a única diferença entre as duas frases. E a da sequência A538 havia sido escrita pelos essênios havia dois mil anos!

Por sua vez, Rughters entrou no escritório como um furacão. Assim que se livrou da capa de chuva encharcada, interessou-se pelas carradas de papéis que *Largehead* continuava a imprimir numa cadência infernal. Com as mãos úmidas, pegou algumas folhas e as percorreu rapidamente com os olhos.

— Que tempo desgraçado! — suspirou. — E pensar que Francis está no sol, em Jerusalém! A propósito, quando ele volta da Escola Bíblica, Didier?

— Em breve... É, em breve, sem dúvida — articulou Mosèle, tentando mostrar segurança na voz.

— Em todo caso, ele é avarento em informações. Nem um telefonema há uma semana — observou Souffir, que se servia de uma xícara de chá e não viu que Mosèle empalidecera de repente.

— Bom... Norbert, de que se trata? — lançou Rughters, indicando as centenas de folhas.

— Veja — começou a dizer Souffir. — Não são salmos de verdade. Provavelmente, orações dirigidas a Deus. Não, não são orações: perguntas, melhor dizendo.

— Salmos ou orações... — retomou Rughters.

— Parece o Evangelho de João, o Apocalipse... — prosseguiu o velho tradutor. — Os textos são diferentes apenas pelo fato de o autor interpelar Deus. Pessoalmente!

Hélène Moustier, que havia acabado de bater a porta depois de entrar, juntou-se imediatamente à equipe masculina. Ela jogou a capa cinza-claro no encosto da Chesterfield, sem se preocupar por molhar uma pilha de cinco ou seis dicionários colocados no assento.

— Fascinante? — perguntou ela. — Posso ver?

— Se estiver a fim — respondeu Mosèle. — De manhã, não digiro muito bem as austeras regras dos essênios.

— Dormiu mal, não é? — constatou Hélène, notando a palidez do seu diretor, as faces fundas, as olheiras escuras.

Souffir continuou fascinado, elevando a voz num crescendo:

— Vejam... Esta passagem é surpreendente. Ela mostra recriminações feitas a Deus. Um sábio, iniciado em Qumran, admoesta o Altíssimo! Isso não é comum. Ouçam: *Senhor, por que não quiseste que lhes fosse dito? Senhor, por que mentimos aos levitas e aos sacerdotes? Diga-nos, Senhor, por que o irmão não era o Verdadeiro irmão? Por que ele não era o Profeta? Por que o nosso irmão que "dava os nomes" não era o Cristo?*

Hélène tomou a folha das mãos de Souffir e ia dizer alguma coisa, quando um telefone tocou.

— É o meu celular — desculpou-se Mosèle, mergulhando a mão no bolso da jaqueta e tirando o aparelho, que ele colou no ouvido, afastando-se alguns passos dos colaboradores.

No telefone, uma voz feminina. Émylie!

— *Didier... Didier, preciso vê-lo o mais rápido possível. Acabei de chegar de uma estação de esqui e, no meio da correspondência, havia um cartão-postal de Francis... Sem dúvida, ele está com sérios problemas...*

— Tem certeza de que é um cartão dele? É mesmo a letra dele? Eu... já estou indo.

— *Estou esperando... Por favor, venha depressa. Estou com tanto medo...*

— Já estou indo — repetiu Mosèle, que desligou o celular tremendo.

— Ei, o que deu em você, meu chapa? — perguntou Rughters. — Se visse a sua cara!

— Sinto muito. Era a mulher de Francis. Tenho de ir encontrá-la... Depois eu explico — gaguejou Mosèle, que se dirigiu para a porta e, por pouco, não derrubou uma pirâmide de livros.

— Eles estão separados... Devem se divorciar, não é? — perguntou Souffir.

Mosèle, porém, já estava no corredor e corria para um dos elevadores. "Um cartão de Francis... O que ele pode ter escrito para ter assustado tanto Émylie? E por que escreveu para ela? Quando? Meu Deus, quando ele postou o cartão?"

*
* *

Mosèle levou quarenta e cinco minutos para atravessar Paris, depois de sair do bulevar periférico, muito congestionado. Quarenta e cinco minutos repassando em círculos a frase traduzida por Souffir e *Largehead: Visita o Interior da Terra e, Retificando, Encontrarás o Irmão Oculto*. Fumava um cigarro atrás do outro e se maldizia por não ter nenhuma força de vontade. Indagou-se mil vezes por que razão Francis havia escrito para a mulher. Francis, que, com certeza, estava morto àquela hora... Francis, o seu irmão. O amigo que ele havia traído um ano antes... Com Émylie... Sim, Émylie... Tão bonita... Tão comovente com o seu eterno arzinho de menina assustada, cabelos castanhos cortados curtos, olhos de avelã. Vulnerável. Tão vulnerável...

Número 24 da rua Rivay, Levallois-Perret. Ele apertou o botão do interfone. "Vou abrir." A voz de Émylie. Tensa. Mosèle passou pela primeira porta do vestíbulo e o atravessou em duas passadas, empurrou a segunda porta, lançou-se pela escada e subiu pulando os degraus. Primeiro andar. Émylie estava na porta do apartamento. Ela se jogou em seus braços. De propósito, beijou-a castamente, entrou e fechou a porta.

Malas, um saco de viagem e um par de esquis com a capa, encostados na parede da entrada. Correspondências recém-abertas numa pequena mesa. Cobranças, cartões-postais, folhetos publicitários...

O apartamento tinha uma sala grande que servia de sala de visitas e de sala de jantar, com uma cozinha americana, um quarto e um escritório. Mosèle se lembrava do quarto!

— Você sabe que Francis e eu estamos separados há pouco mais de quatro meses. No entanto, ainda mantemos relações... hum... amigáveis!

Mosèle expulsou a lembrança que tanto lhe pesava na consciência.

— Nunca levei a sério essa ideia de divórcio — disse ele maquinalmente.

— Café? — ofereceu Émylie.

— Sim, obrigado. Preciso realmente disso. Mal fechei os olhos à noite.

— Ainda sem açúcar?

Ela se lembrava. Um detalhe insignificante, como tantos outros.

— Sem açúcar. Você me falou do cartão-postal...

Émylie entregou-lhe. Didier Mosèle não perdeu tempo com a vista convencional de Jerusalém. Virou o cartão, examinou o carimbo do correio e constatou que ele havia sido enviado havia dez dias. "Francis ainda estava em Jerusalém nesse dia." Depois leu três frases enigmáticas:

> *Belém ostenta todo encanto, fulgura ostensivamente! Grandes ondas em movimentos tangíveis, unânimes, dão ordens para que se utilizem esforços! É a minha escolha utópica!*
>
> *F. M.*

Émylie dosava o café atrás do balcão da cozinha americana. Ela viu a expressão de dúvida de Mosèle, que releu as três frases em voz alta.

— *Belém ostenta todo encanto, fulgura ostensivamente! Grandes ondas em movimentos tangíveis, unânimes, dão ordens para que se utilizem esforços! É a minha escolha utópica!*

Após certo tempo, ele exclamou:

— O que deu nele? Ele tinha o hábito de escrever para você poemas desse tipo? Bem herméticos, não?

A jovem colocou a cafeteira no fogo. E explicou:

— Quando éramos garotos, conheci Francis com quinze anos, e começamos a sair juntos, tínhamos o hábito de usar um código para trocar palavras de amor, disfarçadas em frases banais que os nossos pais podiam ler sem encontrar nenhuma malícia. Isso nos divertia muito, na época. Competíamos em imaginação nas nossas cartas de férias e nos permitíamos todas as liberdades. Bastava destacar a primeira letra de cada palavra para obter uma frase com sentido. Tente. Vai compreender por que fiquei tão apavorada ao decifrá-la.

Mosèle apontou o indicador sobre as primeiras letras de cada palavra.

– Eu pego o "B" de Belém, o "O" de ostenta, depois o "T"... MEU DEUS! Isso dá: "BOTE FOGO EM TUDO QUE É MEU!"

Mosèle exclamou. "BOTE FOGO EM TUDO QUE É MEU!" Émylie se aproximou de Didier e sentou ao lado dele no sofá. Bem próximo, a ponto de tocá-lo.

– O que significa isto? Do que ele tem medo? Por que esta ordem? Mais um dos truques de velhos escoteiros? Um código de *francomac*? – perguntou ela. – Queimar tudo! Destruir tudo que é dele... Ele mora num hotel, como você sabe. De um dos seus irmãos, mas deixou a maior parte dos documentos e o computador aqui, no escritório.

– Mostre-me as coisas dele.

Émylie levou Mosèle a um pequeno cômodo, no fim do corredor, que Marlane havia transformado em escritório. Um cômodo sem janela que mais parecia um armário. Ali ainda flutuava um cheiro de tabaco, um persistente odor de cigarros que havia impregnado os livros e os cadernos que cobriam as paredes, empilhados nas estantes.

A jovem se abaixou para pegar uma folha branca jogada no carpete. Colocou-a de volta no lugar sobre um monte de papéis, perto da impressora que ainda estava conectada ao computador. "O escritório de Francis. Nunca entrei aqui", pensou Mosèle. "Émylie só me mostrou a porta fechada: 'É aqui que ele trabalha quando não está na Fundação', havia dito ela." E Mosèle imaginara o amigo debruçado sobre os livros e os mapas, pensando como consolidar a sua hipótese...

– Vou buscar o café – disse Émylie. – Fique à vontade.

Mosèle sentou-se numa poltrona de veludo e ligou o computador. Depois de um curto tempo de espera, a tela iluminou-se. Uma frase passou por ela. Um desses artifícios que os usuários de computador gostam de usar antes de todos os programas. Um pequeno bom-dia familiar a cada nova sessão de trabalho.

Mosèle reconheceu o humor do amigo. Mas não sentiu nenhuma vontade de rir. Ele deixou a frase desfilar da direita para a esquerda: *Haja luz e houve luz.*

Mosèle dedilhou o teclado para ver o modo de classificação dos arquivos, fez desfilar o menu...

Émylie voltou com duas xícaras e pôs em cima da mesa.

– O que está acontecendo, Didier? Tenho a impressão de que está me escondendo alguma coisa. Você mandou Francis a Jerusalém numa missão? E a Roma? Ele me disse que faria um *tour*.

– Vou explicar... Não quero preocupá-la sem motivo. Paciência...

Mosèle levou a xícara aos lábios, deu um gole no café fumegante, forte e amargo como ele gostava. "O tipo de detalhe que não se consegue esquecer. Havíamos passado a tarde tomando café e fumando antes de..." Ele abandonou o devaneio e concentrou-se na tela.

– Antes de viajar, ele me deu um telefonema estranho. Disse que estava seguindo uma pista e que isso ia ter repercussão! Do que ele estava falando? – perguntou Émylie.

– Você acharia isso uma paranoia... Uma fantástica história de complô através dos séculos!

Émylie se inclinou sobre Mosèle. Maquinalmente, pousou a mão no ombro dele. E olhou a lista de arquivos que haviam sido isolados: "Internet, Biblio, Histórico, Conta, J. B., Eliah, M. M. M."

– Por que clicou no dossiê M. M. M.? O que significa?

– <u>M</u>anuscritos do <u>m</u>ar <u>M</u>orto – respondeu Mosèle, fazendo desfilar as colunas de palavras.

– Está conseguindo se achar no meio disto? – interrogou Émylie.

– Hum... *Pannus 14... Sudário*... E ali: *Triângulo de Payns. O Carvalho no seu Templo... A Leoa de Luz... Lago... Loja das Cabras... Bailly 2... Perfeito erigido por T: 1247.* Vou imprimir este documento. *Pannus* é uma palavra latina que significa lençol ou pano... Imagino que essa sequência de palavras, de nomes, de números e de letras façam referência a escritos como os Evangelhos ou a Bíblia. Francis possuía uma estranha memória; ele tinha a capacidade de registrar quantidades inacreditáveis de informações e usava pequenos truques pessoais para se encontrar nas suas lembranças. Quanto a *Payns*... Hugues de Payns? O fundador da ordem dos Templários de quem ele me falou na última carta, quando estava na região de Troyes.*

Mosèle desviou o olhar da tela para examinar as prateleiras que revestiam o pequeno cômodo.

— Não estou vendo os famosos cadernos vermelhos. Francis lançava neles todas as suas anotações. Talvez eles nos esclarecessem...

— Ele os levou para o hotel. O *Marly*, eu acho.

Mosèle desligou o computador, dobrou a folha de papel que tirou da impressora, enfiou-a no bolso e segurou Émylie pelo punho.

— Venha comigo. Sem esses cadernos, corremos o risco de procurar às cegas durante horas. Conheço bem Marc Leroux, o dono do *Marly*; ele nos deixará entrar no quarto de Francis.

Émylie vestiu uma capa transparente por cima do suéter e do jeans e enfiou um boné amarelo na cabeça. Mosèle praguejou contra o tempo e obrigou a jovem a dar grandes passadas para chegar ao carro.

---

* Cidade situada a cerca de 158km a sudeste de Paris. (N. T.)

17.

O Marly

O *Marly* era mantido por um irmão da Loja Eliah. Era um hotel sem muita classe, mas Marc Leroux, o proprietário, orgulhava-se de conservar o charme um tanto velho e *démodé*, convencido de que os turistas americanos apreciavam a originalidade.

Depois de se separar da mulher, Francis Marlane instalara ali o seu escritório no segundo andar, num quarto bem amplo.

Leroux recebeu Émylie e Didier com a efusividade que o caracterizava. Não fez nenhuma observação sobre o fato de vê-los juntos, mas franziu ligeiramente um olho curioso.

— Oi, Marc. Eu lhe apresento Émylie, mulher de Francis. Vocês não se conhecem, eu acho.

— Nós nos vimos uma vez, num banquete da festa de São João. Francis não voltou, você deve saber, Didier.

— Sei. Ele me telefonou; quer que eu pegue um dossiê no seu quarto. E Émylie vai pegar dois ou três objetos de uso pessoal. Dê-nos a chave.

— É? Bom... Francis ficou com a dele, mas tenho uma cópia para fazer a limpeza, quando ele me avisar sobre a volta.

Leroux ficou olhando-os pegar o elevador, intrigado e decepcionado por não poder prolongar a conversa. Prometeu a si mesmo remediar isso quando eles descessem. E disse em voz alta:

– Quarto 21!

Enquanto o elevador silvava ao subir, Émylie disse:

– Você é um maldito mentiroso, Didier! Não é nada bonito enrolar um *irmão* como você fez!

– A gentileza de Leroux só se iguala à sua curiosidade. É o rei da fofoca!

Segundo andar. Mosèle e Émylie saíram do elevador e seguiram por um estreito corredor acarpetado de azul e salpicado de minúsculas flores brancas, decorado com uma galeria de aquarelas insignificantes que representavam os principais monumentos de Paris.

Quarto 21. Mosèle enfiou a chave na fechadura, deu uma volta, abriu a porta e se afastou para deixar Émylie passar.

O grito que a jovem soltou ressoou em todos os andares. Um grito longo, agudo, horrorizado, que terminou num lamento surdo, logo seguido de soluços.

Mosèle entrou correndo no quarto enquanto Émylie permaneceu na soleira da porta, lívida, trêmula.

O odor. Ele deveria ter notado o odor acre e repugnante. De um corpo que começava a se decompor.

Francis Marlane estava estendido na cama. O corpo nu e magro exibia a hedionda rigidez de cadáver que transforma uma pessoa de carne em estátua de mármore.

Com as faces fundas, os lábios entreabertos e repuxados sobre os dentes, ele sorria numa careta grotesca.

Moscas zumbiam em volta do morto.

– Não... Não é possível... Isso não! – exclamou Mosèle, aproximando-se da cama.

Então, tudo lhe apareceu como uma fotografia que se revelasse bruscamente. O braço direito de Francis Marlane caído para fora da cama, pendia totalmente solto. A mão estava aberta. Um copo virado no carpete. Um tubo de barbitúricos vazio na mesa de cabeceira. Uma embalagem de soníferos. Só restava um comprimido. As roupas de Marlane estavam cuidadosamente dobradas numa cadeira. Metodicamente. Demais. A encenação era boa demais. "Sim, é isso: encenação!"

Émylie deu dois passos para dentro do quarto, com uma das mãos cobrindo o nariz e a boca. O cheiro era horrível, impregnante...

– Ele... Ele se matou... A culpa é minha! Ele estava deprimido desde a nossa ruptura e...

– Por favor, Émylie, saia daqui! Não adianta nada olhar para ele neste estado.

Émylie saiu do quarto e ficou na porta, chorando baixinho, em pequenos soluços. Marc Leroux apareceu, todo suado. Havia subido os dois andares, estava quase sem fôlego, com as faces vermelhas.

– Ouvi um grito. Foi você, não foi? O que houve?

– Ali, no quarto...

Leroux entrou correndo no aposento.

– Merda! Merda! Merda! Francis! Quando ele voltou? Eu não vi...

– Você não disse que ele tinha uma chave? – perguntou Mosèle.

– Disse. Mas ele deveria ligar na véspera da sua volta... Ele engoliu essas coisas?

– É isso o que vai dizer a necrópsia. Avise a polícia, Marc. Agora.

– Tem razão. A polícia, é claro... Oh, que merda de merda!

Leroux saiu do quarto, passou por Émylie e parou alguns segundos, perguntando-se o que dizer a ela. Não encontrou nada e continuou o caminho suspirando e xingando.

Mosèle se reuniu a Émylie na porta. A jovem se jogou nos braços dele. Ela tremia. Ele a aqueceu contra o peito.

– Como ele devia estar infeliz! Isso é tão idiota... Era só me telefonar e...

– Psiu! Você não tem nada a ver com isso, Émylie. Nada. Eu juro.

18.

O homem do Vaticano

O homem se mantinha bem ereto, sentado do outro lado da mesa do Monsenhor de Guillio. Ele contemplava as mãos gordas do cardeal. No entanto, eram mãos delicadas. Cuidadas. E que, às vezes, se erguiam delicadamente num gesto agradável, desenhando sutis arabescos no espaço. Depois, apoiavam-se por longos momentos, espalmadas como mortas.

O homem esperou. O cardeal havia se calado e parecia refletir.

– Acho que o professor Mosèle nos trará problemas idênticos aos causados por Marlane.

– Espionamos tudo que ele faz e todos os gestos dele, Monsenhor. Ele é objeto de vigilância constante.

– Mas seus agentes na França agiram grosseiramente ao atentar contra a vida dele. Pensei que os Guardiães do Sangue fossem mais eficazes nesse tipo de ação. Mais sutis também!

– É por isso que voarei para Paris amanhã de manhã, Monsenhor. Vou supervisionar pessoalmente todas as operações futuras.

As mãos não se mexiam mais. Nenhuma vibração. Aliás, o próprio cardeal parecia petrificado na semiobscuridade da sala. Só a voz dele estava viva. Grave e cantante. E prosseguiu:

– Não encontramos o que procurávamos com Francis Marlane. Seus cadernos vermelhos desapareceram. E agora sabemos pelos nossos agentes que, se ele se comunicava com Mosèle, não o informou sobre a localização do Túmulo.
– Ao contrário. Ele tentou dissuadir o amigo de retomar a investigação. Descobrimos isso espionando a casa do tal advogado aposentado, Martin Hertz.
– Eu sei.
De repente, as mãos se animaram. "Com a menção de Martin Hertz", pensou o homem.
– Agora sabemos que Hertz possui o segundo exemplar do Testamento do Louco – especificou o cardeal. – Vamos agir também desse lado. Em breve... É preciso soltar a linha para trazer mais facilmente o peixe para a margem. Todos os nossos recentes aborrecimentos vêm dos rolos do mar Morto, desses malditos 4Q456-458 que despertaram a curiosidade de Marlane!
O cardeal se levantou, exibindo sua estatura de gigante. O homem compreendeu; a entrevista estava terminada. Ele também se levantou.
– Preciso ver o papa João – anunciou Guillio. – A saúde dele está muito frágil no momento.
– Que Deus o preserve!
Guillio esboçou um rápido sorriso.
– Ora, Deus?... Sinceramente, eu apostaria mais na medicina...

19.

As lágrimas do papa

Era noite. O homem idoso estava sentado na cama, calçado dos dois lados por travesseiros. Parecia dormir, mas não era isso o que ocorria. Ele não passava de uma velha carcaça humana, seca, enrugada, e o menor gesto, a menor respiração, era um sofrimento. Economizava as palavras, os movimentos, ganhando cada segundo contra a morte que o consumia. Sua luta durava mais de um ano, ajudada por seu médico particular e uma brigada de especialistas, de irmãs enfermeiras e de jovens abades devotados.

O papa João XXIV se esforçava para não morrer. Tinha medo de fazer a viagem para o limbo, para o vazio e, sobretudo, ainda lhe restava um último trabalho a realizar. E era daquela cama suada, daquele estrado úmido, que ele ainda agia.

Mantendo os olhos fechados, adivinhou quem entrava no quarto. "Está na hora dele", pensou.

O papa contou os passos, sempre o mesmo número, no espesso tapete. Passou-se um tempo. Silêncio. Depois a pesada cadeira que era puxada um pouco, o volume imponente do Monsenhor de Guillio que se sentava, a madeira que sofria e gemia. Novo silêncio. Mais longo.

"Ele vai tossir", disse o papa João para si mesmo. "Ele vai tossir para fazer de conta que me acorda, pois sabe que não estou dormindo. Como todas as noites!"

Uma tosse rápida. O velho abriu os olhos e, sem virar a cabeça, pronunciou a frase ritual:

— É você, Guillio.

Não era uma pergunta nem uma constatação. Apenas o refrão da cantilena quotidiana.

— Sou eu, Vossa Santidade.

O papa João soltou um longo suspiro de cansaço. E, dessa vez, resolveu inclinar a cabeça para olhar o interlocutor. Como de hábito, Guillio continuou no escuro, imóvel, imponente com a sua corpulência atlética. Mantinha as mãos espalmadas nas pernas.

— Ele foi descoberto, Vossa Santidade...

— Naturalmente... Não era isso que queria? — perguntou o papa em voz baixa.

— Sim. Ele estava prestes a se divorciar e vivia separado da mulher. Foi ela e um amigo, o tal Didier Mosèle, de quem já lhe falei, que o encontraram no quarto de hotel, nu. A investigação de rotina já confirmou que ele se matou, engolindo uma grande dose de barbitúricos.

— Esse Francis Marlane... Por que ele quis saber?

Guillio deu de ombros e prosseguiu no curso de seus pensamentos:

— Nós o havíamos perdido quando ele ia localizar o Túmulo. Os Guardiães só o encontraram em Reims, quase por acaso. Ele estava devolvendo o carro alugado na agência da estação. Foi lá que ele foi sequestrado e...

O papa João fechou os olhos e ficou absorto por alguns segundos, em profunda meditação. Monsenhor de Guillio notou o pequeno tremor dos lábios do sumo pontífice.

— Fale-me sobre Mosèle — disse ele.

— Nós o mantemos sob vigilância. Temos certeza de que Marlane se comunicou com ele várias vezes. Em contrapartida, ignoramos até que ponto ele avançou.

— Queira o destino que ele seja menos temerário do que o amigo e que desista no meio do caminho...! Isso evitaria que os Guardiães

do Sangue interviessem de novo. Eu prefiro essa solução. Você também, Guillio, eu suponho!
— Decidir a morte de um homem não é um exercício agradável, Vossa Santidade. No entanto, não podemos esconder que essa aventura não terminou. Mosèle foi à casa de Martin Hertz. Eles mencionaram o caso...
— Esses franco-maçons! — arquejou o velho, esboçando um gesto lento com a mão, como se quisesse expulsar alguma coisa na penumbra.
Monsenhor de Guillio continuou:
— Não é a Loja Eliah que nos causa problema. Ela é uma Loja Azul* que trabalha no Rito Escocês Antigo e Aceito de maneira tradicional. Reúne os irmãos na primeira e na terceira quinta-feira do mês para abrir simbolicamente aos três graus da franco-maçonaria: os graus de Aprendiz, de Companheiro e de Mestre. Ambos sabemos que, na verdade, Martin Hertz pertence a outra Loja. É esta última que devemos temer. Os doze irmãos que a compõem conhecem a existência dos Guardiães do Sangue. São eles os nossos inimigos!
— Há muito tempo! — articulou o papa João.
— É verdade. É uma guerra antiga. O tempo não acabou com essa luta que travamos mutuamente.
— Por que razão nunca conseguimos nos infiltrar na Loja de Martin Hertz? Os nossos agentes conseguiram se imiscuir em todas as crenças que cobrem a face da Terra, e só esse punhado de indivíduos nos enfrenta!
O sumo pontífice estava animado. Ergueu-se no ninho de travesseiros. Monsenhor de Guillio foi em seu auxílio para ajudá-lo a se instalar mais confortavelmente.
Ao longe, um relógio desfiou nove badaladas surdas.
O papa João agarrou o braço do seu confidente com a mão esquelética que parecia um pé de passarinho.

---

* Loja simbólica, completa nos três graus. (N. T.)

— Meu amigo — começou ele —, vou morrer em breve. Depois de mim, há esse cardeal de que fala toda a Cúria, Montespa! Ele espera que eu dê o último suspiro para pôr a tiara na cabeça; já está escrito. Não tenho nenhuma ilusão sobre o resultado do escrutínio, nem você. É a política! Essa gangrena que leva o seu veneno para as artérias da nossa instituição! A política fará com que Montespa se torne o mestre da Igreja. A coorte dele está dando pulinhos de impaciência e eu fico surpreso por ainda não ter sido *adormecido* com uma substancial sopa à noite! É preciso que o pouco de vida que me resta ainda seja útil a todos esses intrigantes!

— Eles estão fazendo manobras, Vossa Santidade! Já fazem campanha e, às vezes, encontram algumas resistências. Nem todos os cardeais aderiram à causa deles!

— Restam-nos tão poucos amigos, Guillio! Tão poucos...

— Suficientes para proteger o Segredo e enfiá-lo definitivamente num lugar de onde ninguém poderá tirá-lo.

O papa João fez mais pressão no braço do interlocutor e disse:

— Não, não... O cadáver subirá à superfície algum dia. Pois é assim que o Segredo se apresenta: um velho cadáver que se recusa a apodrecer no solo onde foi enterrado. Haverá um novo Marlane, um outro Mosèle, um Hertz... Sempre haverá alguém muito curioso que irá farejar a História como um cão de caça. Centenas já tentaram. Milhares! A Igreja os combateu todas as vezes. Manipulamos a verdade, montamos fogueiras, reunimos exércitos, aprisionamos e massacramos inocentes. Sempre para preservar o Segredo! E será Montespa que irá herdá-lo. Será que imagina o tributo que vou deixar para ele? A Igreja é uma terrível carniça malcheirosa que vomita um sangue negro... Montespa deverá desposar essa horrível criatura que só pôde sobreviver traindo, trapaceando e matando!

O papa João aliviou a pressão no braço do Monsenhor de Guillio. Sua velha carne tremia e os dentes batiam.

— Quer um pouco de água, Vossa Santidade?

— Quero. Dê-me água... Água, sendo que eu merecia vinagre...

Enquanto o servia, Guillio disse:
— Devia dormir. Se quiser, voltarei amanhã de manhã, logo depois do seu tratamento.
— Fique, meu amigo. Ainda temos o que conversar.
Ele bebeu em pequenos goles, deglutindo com dificuldade. Depois, devolveu o copo para Guillio, que o colocou na mesa de cabeceira. E continuou:
— Você não falou sobre a Fundação Meyer.
— Ia chegar lá. Segundo as minhas fontes, a equipe de pesquisadores se limita a recolher as peças do 4Q456-458. Só Marlane parece ter ultrapassado os limites nos quais deveria se manter. O perigo vem do fato de Marlane e Mosèle terem se unido pela franco-maçonaria. Se fosse só Marlane, hoje o caso estaria resolvido...
— O que pretende fazer? — perguntou o pontífice.
— Não tirar os olhos do professor Mosèle e esperar que ele tenha compreendido que o amigo foi eliminado, que isso o impeça de se lançar num projeto no qual correria o risco de ter a mesma sorte e que, assim, ele ficará calado e não agirá!
— Hipóteses! — exclamou o papa João. — Muitas hipóteses, Guillio! Segundo o retrato que me pintou de Didier Mosèle, não acredito que ele ficará enfiado na toca. Ao contrário, penso que ele porá mãos à obra para descobrir o que aconteceu com o irmão. E não se esqueça de Hertz! O advogado não entrará em cena abertamente. Não é do gênero dele nem o dos irmãos da famosa Loja, mas ele guiará Mosèle pelo caminho certo. Ele o usará como um peão e o fará chegar até nós... Até o Túmulo!
O papa João havia pronunciado a última palavra num sopro. Após um tempo, prosseguiu com voz cansada, mas deixando transparecer, em alguns momentos, um tom de autoridade:
— Hertz e os amigos são os herdeiros da Confraria Muito Antiga, você sabe muito bem. Vamos chamá-los pelo nome, Guillio: OS IRMÃOS PRIMEIROS! É assim que eles se denominam, não é? Um bando de raposas! Manipuladores! Posso até adivinhar a natureza do que o advogado disse a Mosèle... Não são mentiras, é claro. Não, real-

mente. Mas também não é a verdade! Perpetuamente a sempiterna fábula que sai da boca da serpente em todos os séculos! Nunca conseguiremos abafar essa heresia dos diabos? Teremos de matar de novo?

— Nós não matamos, Santo Padre. Não é essa a expressão que devemos usar.

— Nós matamos! Não são as nossas mãos que agem, mas é a nossa vontade que comanda. Os Guardiães do Sangue não passam de instrumentos. Nós matamos desde que a Igreja se tornou um Estado igual a todos os Estados do mundo. O nosso poder é construído sobre pilhas de cadáveres...

Guillio suspirou e deu de ombros. Esboçou um ligeiro sorriso e disse:

— Está pensando nos cátaros, nos Templários... Não carregue o peso dos atos dos seus antecessores que tiveram de defender a Igreja contra tantos inimigos...

— Tenho tido sonhos ruins, Guillio. Sim, nas últimas noites meu sono tem sido agitado por pesadelos. Sem dúvida, a causa são as inúmeras drogas que os médicos me dão, mas isso não quer dizer que o que eu vejo nesses momentos de alucinação não seja terrível! Sei que você não acredita em sonhos... Conheço a sua mente cartesiana, camponesa. Saiba que, quando se chega à minha idade, parece que uma misteriosa alquimia ocorre conosco. A memória febril nos prega peças e deforma excessivamente as lembranças acumuladas, esquecidas, para pô-las em perspectiva. Meus sonhos se tornaram pântanos repugnantes, em cuja superfície aparecem corpos em putrefação. Todos esses mortos que tentam voltar à vida por meu intermédio são os papas que me precederam! Todos, meu amigo, surgem da lama negra e, pelas bocas transformadas em buracos obscenos, eles gritam a dor de terem sido malditos e rejeitados por Deus! Parecem múmias corroídas por vermes e ficam ridículos nos hábitos sacerdotais esfarrapados, com as coroas de ouro embaçado. Eu, João, o vigésimo quarto, compreendo o desespero deles. Eu os ouço recitarem todos os crimes que ordenaram, todas as mentiras que proferiram, todas as traições que cometeram. Todas as noites, a longa litania desses papas malditos recomeça... Todas as noites sobe às minhas narinas esse abjeto odor de podridão, as lamentações e os prantos invadem meus ouvidos. Tenho no coração esse pedaço de gelo que é a garra da morte e da danação eterna...

Sem fôlego, o pontífice teve de se calar. A testa estava molhada de suor. Monsenhor de Guillio fez o sinal da cruz, quase que por reflexo. Um gesto para conjurar a sorte. Isso lhe lembrava a avó, quando ele era um menino que pertencia a uma família pobre de Nápoles. Cem vezes por dia a velha supersticiosa se persignava e cuspia naquele que ela chamava de seu demônio. Uma sombra insólita num muro de cal, uma nuvem muito baixa e muito cinza, um corcunda que passava, um voo de corvos, uma janela que batia com o vento: ela traçava prontamente no peito magro o sinal da cruz, depois cuspia por sobre o ombro.

– Santo Padre – murmurou Guillio –, já se deu conta do que está dizendo?

– E isso não é nada!... – arquejou o velho. – Não é nada em comparação ao que vou lhe confiar agora...

– Não prefere que eu chame o seu confessor? Os ouvidos dele estariam mais preparados para receber essas declarações do que os de um político como eu!

– Não, fique aqui, Guillio. Você é o único com quem eu posso falar sobre o que me atormenta. O que eu tenho a revelar antes de deixar a Terra só você pode saber. O veneno que me intoxica é o que corre nas suas veias...

Guillio soltou mais um suspiro. Espalmou as mãos bem abertas nas pernas grossas e esperou. O papa João, sentado na cama que cheirava a suor, parecia-se com os mortos que ele mesmo acabara de descrever. Já se reunira a eles pela sua decrepitude.

E continuou com a voz fraca:

– Lembre-se do Evangelho de Lucas... Da passagem sobre a noite da prisão do Cristo... Sei as frases de cor: *Saiu e foi, como de costume, ao monte das Oliveiras, e os discípulos o seguiram. Chegando a esse lugar, disse-lhes: "Rezai para que não entreis em tentação."*

Afastou-se deles alguns metros e, ajoelhando-se, rezava: "Pai, se queres, afasta de mim este cálice! Mas não se faça a minha vontade, mas a tua!" Nisto, apareceu-lhe um anjo do céu que o confortava.*

O pontífice fez uma pausa. Indicou com o queixo o copo-d'água na mesa de cabeceira e, imediatamente, Guillio lhe deu de beber. Depois de matar a sede, prosseguiu:

— Jesus estava sozinho, pois *todos o abandonaram e fugiram*,** afirma o Evangelho de Marcos. Devo continuar ou deseja recitar você mesmo a continuação, Guillio? No entanto, se optar por reproduzi-las, diga as *verdadeiras palavras*. Não as que foram traduzidas pelos primeiros copistas dos Evangelhos!

Monsenhor de Guillio balançou a cabeça em sinal de assentimento. E articulou lentamente o que o Santo Padre esperava dele:

— *Um rapaz, enrolado apenas num lençol, o seguiu, mas eles o prenderam. O rapaz, largando o lençol, fugiu nu.****

— Obrigado — disse o papa, fechando os olhos por alguns segundos.

— Por que me agradece, Vossa Santidade?

— Queria que compartilhasse comigo por um instante essa visão... A do Cristo abandonado por seus discípulos no jardim das Oliveiras, esperando que a coorte fosse prendê-lo. O Cristo que estava acompanhado desse rapaz, cujo corpo magro só estava coberto com um lençol no qual ele foi envolvido logo depois da morte...

— E nós dois sabemos quem era esse rapaz — interrompeu o cardeal.

— Mas não é essa a intenção, Guillio. Esse rapaz morto, mas que seguiu o Cristo, esse cadáver de pé, pois bem, ele apareceu para mim esta noite! Eu o vi! Juro que vi o rosto dele como vejo você agora.

— Era apenas um sonho, Santo Padre. O senhor mesmo disse: as drogas que o forçam a tomar atiçam a sua imaginação, e, nas raras

---

* Lucas, 22, 39-43. *Bíblia, Mensagem de Deus*, São Paulo, Edições Loyola, 1993. (N. T.)
** Marcos, 14, 50; *op. cit.* (N. T.)
*** Marcos, 14, 51-52; *op. cit.* (N. T.)

horas em que dorme, sua mente produz essas visões. Não há nada mais normal. O senhor me dá a impressão de, repentinamente, acreditar na tradição popular, sendo que nós, os iniciados, desde as origens da Igreja, sabemos que tudo isso não passa de um véu que encobre a realidade dos acontecimentos.

– Não me compreende, Guillio! Estou tentando traduzir meus sonhos para você. Estou na noite da minha vida; em breve, partirei com o Segredo que será transmitido ao meu sucessor pelos Guardiães. Meu corpo será deitado junto com os dos meus antecessores, assim como exige a Tradição. Com a minha morte, o Segredo será selado mais uma vez! No entanto, terei de responder diante do Meu Juiz, não só pelos crimes que cometi, mas também pelos crimes de todos os outros, dos Pedros, Pios, Clementes, Urbanos... de todos os outros!

Monsenhor de Guillio inclinou-se sobre o leito do pontífice. Em voz bem baixa, disse:

– A Igreja atravessou os séculos como um navio, Santo Padre... Aliás, essa imagem é sua.

– Um navio lançado num oceano de sangue! Ouça o fim desse sonho mórbido, no qual o rapaz me apareceu... Eu tinha a sensação de ter tomado a identidade do Cristo. Eu estava Nele, na Sua carne, no Seu espírito. Voltei-me lentamente para ele, que me seguia em silêncio. Senti um mal-estar ao ver o rosto pálido de olhos profundos e sérios. Nada se mexia à nossa volta. O vento se havia calado na folhagem das oliveiras. Nenhum sinal de vida. É claro que imediatamente reconheci a fisionomia daquele que estava na minha frente, agora imóvel. "Você traiu o meu Nome", disse-me ele com grande seriedade. "Você usurpou a minha identidade, homem de pouca fé que se diz Filho do Homem! Homem você não pode ser, pois é um perjuro!" Ele deu três passos para se aproximar de mim. E acrescentou: "Olhe: estou nu sob esse sudário, pois você me desnudou. Uso esse sudário porque você me matou!"

– Meu Deus! – sussurrou Monsenhor de Guillio, persignando-se de novo, nervoso.

— Agora compreende meu medo? Nesse sonho, eu era o impostor! E ele, o rapaz com sudário, me condenava como condenou o primeiro de nós... depois o segundo... e todos os outros! Ele me fez perceber que nunca deixara de viver fora da Igreja, na sua sombra, de maneira oculta. Isso, graças aos seus apóstolos cujos escritos foram falsificados, graças aos missionários lançados pelo mundo cujas mensagens foram deturpadas, graças a Paulo cuja maior parte das cartas foi apagada... "Você acreditou que me havia sepultado", continuou ele avançando mais na minha direção. "Você estava certo de que eu jamais me levantaria, sendo que tenho o poder de desafiar a Morte e o Tempo para me erguer diante de todos aqueles que difundirem a impostura como regra!" Ele estava tão perto de mim que eu sentia sua respiração... Eu sentia tanto medo, como nunca havia sentido na minha vida... Essa angústia que não se pode controlar e que nos paralisa os membros... "Beije-me!", ordenou ele. "Beije-me uma última vez, meu irmão." E pôs os lábios frios nos meus. O beijo tinha gosto de túmulo. O peito desnudo se encostou no meu e uma coisa quente, viscosa, impregnou a minha roupa e entrou em contato com a minha pele. Era o sangue dele! O sangue das feridas que eu lhe havia infligido anteriormente. O sangue do meu irmão! "Você queria as minhas roupas de rei", disse-me ele quando o beijo foi interrompido. "Pegue-as! Eu as dou de boa vontade! Você as usará até o fim dos tempos!" Retirou, então, o sudário e o passou para mim sobre os ombros, em gestos calmos e fraternais. Mas ele sorria. "Você os ouve?" Ele pronunciou essas palavras recuando. "Eles vieram buscá-lo para colocá-lo num trono de onde nunca mais descerá!" Eu ouvi... De repente, a noite começara a ficar movimentada; um vento quente atravessava as oliveiras. Eu ouvia... Sabia que era a coorte que vinha me prender, a mim, o Cristo... A mim, o impostor! O rapaz havia desaparecido. Pensei tê-lo ouvido correr entre as árvores. E rir também! Comecei a gritar de terror. Pedi por socorro. Sim, chamei meu irmão... Eu não conseguia acordar, Guillio. Por mais que eu soubesse que estava dormindo, que tudo aquilo não passava de um sonho, continuava a gritar e a implorar o perdão do irmão traído e ferido! Os soldados romanos me agarraram pela cintura e me levaram, sem nenhuma consideração, escarnecendo de mim e me injuriando.

O queixo do sumo pontífice se abaixou sobre o peito fundo. O velho estava exausto. Ele chorava, com pequenos soluços agudos, grotescos e dignos de pena.

– Guillio – ele ainda conseguiu articular –, faça com que ninguém fique sabendo!

– Velarei por isso, Santo Padre.

– O "rapaz"...

– Sim?

– Que ele nunca consiga sair do túmulo! Não depois de tantos séculos! Não agora!

Então, como se faz com uma criança, o cardeal se levantou, pôs a mão na testa do pontífice e fez um afago para acalmá-lo. O velho chorava em silêncio, os grandes olhos molhados olhavam a cruz de ouro pendurada na parede em frente a ele, iluminada por uma luz de viés.

– Ele não sairá da terra – disse. – Terminaremos a obra do papa Clemente. E, depois, quem acreditaria na verdade?

Guillio retirou a mão da testa ardente e arrumou os travesseiros que sustentavam o corpo em ruínas.

Monsenhor de Guillio se despediu com uma reverência e se dirigiu para a grande porta talhada do quarto.

No vestíbulo, onde um padre continuava sentado, ele aspirou o ar profundamente e, forçando-se a manter a sua tradicional atitude ereta e altiva, esboçou um sorriso para as duas irmãs que cuidavam do papa; depois atravessou o recinto com passos firmes.

No seu quarto, João XXIV examinava as sombras que a sua vista muito fraca não podia mais interpretar. Esperava que uma daquelas formas começasse a se mexer a qualquer momento. Que uma silhueta branca aparecesse e o chamasse. Ou que aquele que Marcos chamara de *rapaz* lhe oferecesse o sudário...

20.

O gêmeo

Sobretudo, não corrija nada, Didier! Não busque a pedra nem o irmão! Adeus, Meu Caríssimo Irmão.

Seu amigo que está perdido, Francis.

A fita magnética havia parado. Émylie fitava o gravador de Didier Mosèle colocado em cima da mesa da sala, atulhada de sobras de sanduíches, de latas de Coca-Cola amontoadas, de copos de uísque e de cubos de gelo semiderretidos. Finalmente, o homem decidiu romper o silêncio.

– Eu lhe disse tudo, Émylie. Tudo que sei. Estou arrasado... Deixei Francis brincar com fogo e me sinto culpado pela morte dele.

– Então, ele não cometeu suicídio? E, se entendi bem, teria... Não! É impensável!

– O crime foi maquiado em suicídio. Você viu: os policiais não acharam nenhum documento no quarto dele. Os cadernos vermelhos foram roubados.

– Por que deixá-lo totalmente despido? – perguntou Émylie, que se encolheu no sofá.

– Despido e provavelmente lavado! Para não sobrar nenhum indício que a perícia pudesse analisar.

— Ele era somente um historiador... Fazia apenas o seu trabalho.
Enquanto Mosèle, de pé, tomava o terceiro uísque, Émylie teve a atenção voltada para os envelopes enviados por Francis. Pegou-os e olhou para eles sem vê-los realmente.

— Justamente por isso; ele se aproximou demais da verdade, do Segredo que a Igreja protege há séculos — explicou Mosèle.

— As cartas não fornecem muitas informações. Sabemos apenas que ele foi a Jerusalém, a Roma...

— ... a Troyes e, depois, finalmente a Reims! O carimbo da última correspondência indica isso. Com certeza, foi capturado em Champagne, a julgar pela data. Veja! — revelou Mosèle, sentando-se ao lado da jovem.

— Sim, a carta foi enviada da estação de Reims, há quatro dias.

Mosèle deu uma olhada no relógio de pulso, notou a palidez e a fisionomia cansada de Émylie e propôs:

— Você está exausta. Vá para o meu quarto e tente dormir.

— Não acha a situação estranha? Francis acabou de morrer e você quer que eu durma na sua casa!

O homem deu de ombros, pegou-a pela mão para ajudá-la a levantar-se do sofá e a levou até o quarto. Ela se deitou imediatamente e tirou os sapatos. Ficou em posição fetal para tentar dormir.

Mosèle foi fechar a porta. Na soleira, disse:

— Não se preocupe com as aparências. Eu gostava de Francis, Émylie. Realmente, eu gostava muito dele.

— Eu também, Didier. Da minha maneira...

Mosèle fechou a porta devagar. Voltou para o escritório e sentou-se, com o cigarro e o uísque ao alcance das mãos, para estudar o fac-símile do Testamento do Louco. "Se a velha raposa do Martin fez anotações na cópia, é porque deve ter abocanhando algumas lebres... Cabe a mim seguir a pista."

Mosèle folheou o documento. "Esplêndido! Ele fez até a tradução dos versos em latim..."

Didier ligou o computador e começou a digitar as estrofes que lia em voz alta.

*Nascerá da desordem desmesurada
a Oriental luz
Espírito Santo à Matéria misturado.*

— Em outras palavras, isso daria: *A Luz do Oriente nascerá do caos infinito, o Espírito Santo misturado à Matéria...* Hum... Isso me cheira muito ao Apocalipse! Vamos pôr a continuação em ordem.

*Eu João irmão dos Doze
Em Patmos exilado por amor a Jesus
O Segredo conservei*

*O irmão Primeiro
Filho da Luz e do Arquiteto
A mim se apresentou*

*Ele estava vivo e não morto
Tal como o povo havia pensado
Três beijos ele me deu*

*Brancos sua cabeça e seus cabelos
Como a lã branca
Como a neve*

*Aquele que tinha irmão teve a vida
A ele usurpada a morte
Ocupado o lugar então
Da sua cruz chora o irmão verdadeiro
No seu sudário vindo.*

— O sudário! Meu Deus, *pannus* não é empregado para designar um lençol, mas sim um sudário! Além do mais, no versículo seguinte, Agnano e Nicolau de Pádua usam a palavra *sindon*...

Mosèle foi decifrando as garatujas traçadas na margem por Hertz. Algumas palavras haviam sido sublinhadas: *Vulgata são Jerônimo <u>sindon pannus</u> lama sabachtani aleph-lamed-hé Dídimo <u>gêmeo</u>.*
Ele deu um gole no uísque, acendeu mais um cigarro e continuou a leitura do Testamento do Louco.

Nas Oliveiras o irmão morto no seu sudário
Ao gêmeo traidor faz repreensões
E o maldiz por Séculos e Séculos
Pela mentira ao povo dada
Por erguerem os Doze o Templo em Segredo.

"*Sindon* é o termo que convém a *sudário*... Francis tinha razão, somos enganados há dois mil anos!"

Didier notou, então, algumas estrofes escritas por outra mão, sem dúvida a de um templário. Seria do tal Renaud, cuja história Hertz lhe contara? De Renaud ou de outro escriba desejoso de completar esse longo poema? Qual a razão?

Da seita crucífera
Oriente e Ocidente nascerão
Enquanto na floresta do Levante
Repousará o irmão no seu Templo
E na terra será esquecido.

A voz de Émylie. Em seguida, Émylie, toda amassada, com os olhos úmidos, o cabelo espetado.

– Não consigo dormir, Didier. Não consigo esquecer a imagem de Francis morto na cama daquele quarto de hotel... E, depois, aquele cheiro!

Mosèle não ouviu.

– Émylie, Francis acertou! – exclamou, exaltado. – Não sei como pôde descobrir sem o Testamento do Louco. A teoria dele estava certa. Não foi Jesus que puseram na cruz! Não foi ele que a coorte prendeu no monte das Oliveiras...

Émylie se aproximou da mesa, lançou um olhar enevoado na barafunda dos papéis, das anotações e depois na tela do computador. Mosèle prosseguiu na decodificação dos acréscimos do segundo redator:

— *Na sua liteira mentirosa Mestres da Religião traidores serão!* Foi o irmão dele! O irmão que era tão parecido que, às vezes, é chamado de Dídimo por Agnano e Nicolau de Pádua! Os dois copistas mantiveram a palavra grega... Acontece que, em grego, Dídimo significa Tomé!

— Você está louco! Ninguém vai acreditar numa coisa dessas!

No trono maldito
Pois aquele pela morte abraçado
Cadáver será...

— Os "Mestres da Religião" são os papas... Foi sobre essa impostura que a Igreja construiu o seu dogma. Uma fraude que ela tenta preservar há séculos! — destacou Mosèle, batendo repetidas vezes no fac-símile do Testamento do Louco.

— Francis morreu por causa disso? Por haver descoberto a mais antiga mentira do mundo?

— Não, não realmente... Por outra coisa: por uma Verdade bem mais terrível e pela qual os homens procuraram em vão durante séculos.

— Sabe qual é, Didier?

— Francis encontrou o Túmulo do Cristo! Ele o encontrou, Émylie, compreende? Ele descobriu o Túmulo de Jesus, que não morreu na cruz! Tudo que os textos oficiais contam não passa de hipocrisia... O Testamento do Louco é o do Justo! Louco porque ninguém jamais ousou acreditar nele!

21.

O enterro

Noite de quinta para sexta-feira.
Martin Hertz estava no escritório. Era 1h15. A chuva caía em rajadas contra a janela. Somente uma lâmpada havia ficado acesa espalhando uma luz amarela sobre a mesa à qual estava sentado o velho advogado. Ele havia tirado uma caixa de metal do cofre. Olhou dentro dela, enquanto fumava um Partagas corona. O Testamento do Louco repousava ao lado do cinzeiro.

A porta, que ficara entreaberta, foi empurrada sem ruído e a chegada de Léa no escritório pegou Hertz de surpresa, que fechou a caixa de metal, como uma criança apanhada em flagrante.

– Você devia ir se deitar, Martin. Há várias noites que mal dorme. Desde a visita de Didier, eu acho...

– Já vou, Léa.

A voz do homem gordo era abafada e triste. Ele ergueu a enorme carcaça. "Mais curvo do que de hábito", notou Léa. "Ele está tão velho agora!"

– Estava pondo um pouco de ordem nestas coisas velhas. Manias da idade! – murmurou ele, colocando a pequena caixa de volta numa das prateleiras do cofre.

Léa continuou parada no mesmo lugar, uma mulherzinha apagada e fraca. No fim da linha. Cansada da vida, de tudo. Mas que não se deixara enganar pelo que o companheiro, que conhecia tão bem, queria que ela acreditasse. "Ele sempre mentiu para mim. Para me poupar de tudo. Para me proteger da própria vida."

— Você continua a procurar, não é? Você ainda *o* procura? — perguntou ela.

Hertz pareceu surpreso e fez uma pausa antes de fechar o cofre, contrariado.

— Não, na verdade não mais — suspirou ele.

— Você vai ao enterro de Marlane de manhã? Haverá uma cerimônia maçônica?

— Não, não no cemitério. Organizaremos uma na próxima semana, na nossa Sessão, entre nós... Daqui a pouco, ele será enterrado numa cerimônia civil.

Ele guardou o manuscrito na biblioteca. "Quem poderia imaginar que um tesouro desses está escondido no meio de todos esses livros?"

— Essa caixa... esse manuscrito... Você os esconde de mim como se eu não soubesse o que são. É inútil, Martin!

— Minha querida, quero evitar que se afogue comigo nesse lodo. Essas relíquias só trouxeram sofrimentos e desgraças. Mas não tenho o direito de destruí-las. Sabe muito bem...

Ele foi ao encontro dela e a enlaçou com o braço gordo. "Ela emagreceu ainda mais."

— Tem razão. Vamos deitar. Tomou os comprimidos?

Ela sorriu para ele. "A pergunta de sempre. O mesmo refrão!"

— Tomei, é claro. Mesmo que não façam mais nenhum efeito. Não há cura para o que temos, Martin.

— Hã? E o que temos?

— Estamos velhos.

*
* *

A chuva havia parado por volta das 5 horas. Hertz não pregara olho a noite toda. Levantando-se às 8 horas sem acordar Léa, tomou um banho frio e, como café da manhã, bebeu um chá e comeu dois biscoitos; estava com um nó no estômago, um gosto de bile na boca. Vestiu-se de preto. "Lambert vai distribuir rosas na entrada do cemitério", pensou.

Saiu de casa, entrou no carro e rodou por duas horas no bulevar periférico para passar o tempo. Paradoxalmente, o barulho e os sobressaltos do trânsito intenso o acalmaram.

Agora, como a maioria das mulheres e dos homens de preto, ele estava diante do caixão de Francis Marlane, colocado sobre dois cavaletes malcamuflados por um pálio preto de franjas douradas.

Lambert, o irmão Hospitaleiro* da Loja Eliah, que havia comprado na véspera uma braçada de rosas, estava encarregado de distribuir discretamente as flores aos irmãos que fossem ao enterro. Era costume os irmãos maçons jogarem uma rosa no caixão do irmão morto quando era descido ao túmulo, gesto simbólico que não entrava em choque com a sensibilidade religiosa dos membros da família do morto nem com a dos amigos.

Como se tratava de um serviço civil, somente um celebrante das pompas fúnebres ditava o protocolo da cerimônia.

*
* *

As pessoas se amontoaram em pequenos grupos em volta do caixão. Émylie dava o braço a um homem de uns sessenta anos que se parecia com Marlane. Ao lado deles se reuniram tias, tios e primos. Desconhecidos de rosto baixo assoavam o nariz em lenços brancos. A família.

---

* O Irmão Hospitaleiro é aquele que organiza, dirige e torna eficiente todo o quadro de Obreiros nas necessidades do dia a dia. (N. T.)

"A família!", pensou Mosèle, descobrindo que jamais imaginara que Francis tivesse pessoas que lhe fossem próximas, além de Émylie, dos irmãos e dos colaboradores da Fundação Meyer. Por que nunca havia falado neles? "Muito discreto. Sim, acho que ele mencionou o pai uma ou duas vezes. Deve ser esse homem que se parece tanto com ele, a quem Émylie dá o braço. A mãe morreu de câncer quando ele tinha uns doze anos. O pai nunca mais se casou..."

— Jamais pensei que Francis fosse um homem capaz de cometer suicídio... Enfim, sempre se diz isso depois que acontece!

Mosèle se virou para Norbert Souffir. O homenzinho enrugado dançava dentro de um terno de veludo preto recém-passado. Ele havia posto uma gravata azul-marinho no pescoço magro, e uma das pontas do colarinho da camisa estava arrebitada. Mosèle não pôde deixar de sorrir.

— Tem razão, Norbert. Francis amava a vida. Nunca conheci um cara que tivesse tanta curiosidade por tudo.

Hélène Moustier, aos soluços, acrescentou:

— Ele era tão culto, tão fascinante...

Depois, recompondo-se após alguns segundos, completou:

— É melhor eu me calar! Não sou muito dotada para elogios fúnebres. Só dizemos banalidades nesses momentos.

Rughters concordou com um movimento do queixo. Estava com os olhos vermelhos, mas conseguia se controlar e não chorar como um menino. E era assim que ele parecia naquele momento: um garoto enorme, com olhos inchados de tristeza e o coração partido.

Atrás deles, o diretor da Fundação Meyer, alguns membros da diretoria e anônimos representantes do Ministério da Cultura, eretos nas capas de chuva escuras ou nos sobretudos pretos, se esforçavam para dar a impressão de que estavam sinceramente pesarosos.

Hertz disse a si mesmo que um belo dia começava claro, límpido, com um céu transparente. E que a morte de Marlane era um terrível desperdício e que, à sua maneira, era responsável por ela. Ele se lembrava... Mas tudo havia se engatado como uma máquina infernal e o jovem pesquisador se deixara dilacerar pelo mecanismo. Retalhar!

Hertz olhou para os irmãos, para Émylie, para o homem digno que se parecia com Francis – o pai –, para Didier Mosèle e seus colaboradores, para os amigos e para os vizinhos. A multidão de luto. Que desperdício!

O velho advogado jamais se perdoaria. E eis que Mosèle fora encontrá-lo e que ele lhe entregara um fac-símile do Testamento do Louco... "Léa tem razão. Eu ainda *o* procuro. Nunca deixei de procurá-*lo* ao longo de toda a minha vida."

O caixão foi descido ao túmulo. Mosèle teve de dar as condolências de acordo com o ritual. Ele parou diante de Émylie e do sogro.

– Eu lhe apresento Didier Mosèle, meu sogro.

O senhor Marlane tinha a mesma voz do filho. Somente um pouco mais grave. E isso mortificou Mosèle. Lágrimas vieram-lhe aos olhos.

– Francis me falava muito de você. Vocês tinham as mesmas paixões, eu acho. Foi você que o fez entrar para a Fundação Meyer, não foi?

Incapaz de responder, Mosèle apertou sem jeito a mão estendida e se afastou.

Ele caminhou sozinho, olhar pensativo, seguindo por reflexo uma fila de pessoas que ia embora como ele, depois de cumprimentar a viúva e o pai de Francis.

– Não é bom ruminar a tristeza sozinho, Didier! Vamos compartilhá-la...

Martin Hertz viera ao seu encontro para andar com ele na direção da saída, passando pelos túmulos que a claridade pouco habitual do céu salpicava de luz.

– Se fosse apenas tristeza, Martin! Sabe muito bem no que estou pensando e é isso que me sufoca. E dizer que todos aqui acreditam que Francis se matou. Embora...

– Nem mais uma palavra! Como a dele, a sua vida corre perigo. Seja prudente e fique sempre atento.

– Eu sei. Mas, nesse caso, todo o meu departamento está ameaçado. Todos que trabalham nos manuscritos do mar Morto numerados 4Q456-458! Pois, necessariamente, é nos poucos fragmentos que traduzimos atualmente na Fundação que se esconde a chave do Segredo.

— Aqui não é lugar para se falar disso. Conversaremos na quinta-feira, depois da Sessão. Vou embora. Deixei Léa grogue de soníferos. Ela diz que nunca dorme, mas fica na cama a manhã inteira. Os comprimidos têm efeito retardado.

Depois de um rápido cumprimento de mão, Hertz se enfiou no carro.

— Vai voltar para o escritório, Didier?

Souffir havia acabado de aparecer, como um sinistro duende com grandes olhos de peixe, perpetuamente arregalados.

— Vou. Quer uma carona, Norbert? Venha! Meu carro não está estacionado muito longe.

— Alguns de vocês jogaram uma rosa vermelha no túmulo de Francis... Curioso! Algum dia você me fala disso?

— Sem dúvida. É um costume de velhos amigos queridos. Tão chegados que formam praticamente uma família.

Dois homens, escondidos atrás de uma pequena capela, longe do lugar onde ocorreu a cerimônia, tiraram muitas fotos de todos os participantes com uma teleobjetiva. Agora, podiam ir embora, satisfeitos.

22.

A floresta do Oriente

A porta vermelha que Francis Marlane nunca mais atravessaria. A porta vermelha e o seu escritório, com a desordem habitual. No entanto, vazio. Vazio da presença de um amigo.

Mosèle examinou as cartas entregues pelo correio das nove horas. Classificou-as por ordem de interesse, maquinalmente, segundo o ritual matinal que havia imposto a si mesmo e que se esforçava por respeitar.

11h30. Souffir estava com a cafeteira na mão:

– Café para todo mundo?

– Papelada, papelada e... Veja! – disse Mosèle – Uma carta de Roma... de Ernesto Pontiglione!

Mosèle abriu a carta, lembrando que o professor Pontiglione havia sido citado por Martin Hertz naquela famosa noite de segunda para terça-feira. Parecia um século!

Souffir encheu a xícara que Rughters lhe estendeu. O gigante agradeceu com um movimento de cabeça, maxilares cerrados.

Mosèle se sentou à mesa e leu em silêncio:

Meu Caro Amigo,

Soube do trágico desaparecimento de Francis Marlane pela imprensa. Não consigo acreditar, tão presente continua a lembrança dele na minha mente. Passamos cinco dias juntos em Roma. Ele voltava da Escola Bíblica de Jerusalém. Conversamos longamente sobre a natureza das suas pesquisas atuais. Francis parecia muito interessado nos meus estudos sobre o assunto. Ele me informou que tinha a intenção de voltar à região de Troyes e dar uma passada em Reims, onde já tinha ido. Precisamos nos encontrar com urgência. Em breve, irei a Paris. Sei que Francis lhe falou sobre a "teoria" dele. Peço-lhe a maior discrição.

Até breve, muito fraternalmente

Ernesto Pontiglione ∴

— O seu litro de café de sempre, Didier?
— Conhece o professor Pontiglione, Norbert?
— De nome, sim. Pessoalmente, não. Li algumas obras dele. Homem erudito que defende teses originais! Talvez originais demais para as academias...

Depois, o dia passou lentamente, sem vida, num silêncio pouco costumeiro. Hélène Moustier, Rughters e Souffir mal ergueram os olhos das suas telas do computador. A refeição das 13 horas foi rápida. Às 14h30, a reunião das sextas-feiras com os membros do departamento de "depuração" foi acelerada.

Mosèle saiu do escritório às 18 horas, desceu para o estacionamento e entrou em seu carro. Estava com uma dor de cabeça que não o deixava desde o enterro e não conseguia tirar da mente o corpo nu e macilento de Marlane, deitado em seu leito de morte.

Ao chegar em casa, o rapaz se serviu de um copo de Coca-Cola e engoliu duas aspirinas, evitando acender um cigarro. Pontadas surdas nas têmporas. Dolorosa pulsação do seu pesar. E a irresistível vontade

O TRIÂNGULO SECRETO

de chorar, de finalmente se entregar à tristeza. Mas seus olhos, embora vermelhos, continuavam secos.

Mosèle não estava com fome. Entrando no escritório, abriu a gaveta onde guardava as cartas e a fita cassete que Marlane enviara nas últimas semanas, ao longo da sua "missão secreta". Era assim que Francis havia denominado a sua expedição.

Mosèle desdobrou a quarta e última carta, a que havia precedido o cassete:

Caro Didier,

Ontem saí de monte Payns. Estou em pleno coração da região dos fundadores da ordem do Templo: Hugues de Payns, Hugues de Champagne... E você sabe muito bem que o Segredo está ligado aos Templários! Creio ter dado um grande passo na direção da Luz, meu amigo.

Ao atravessar Troyes, percebi que estava sendo seguido novamente. Por ocasião da minha permanência em Jerusalém, eu já havia notado que dois homens me vigiavam.

Saí da rodovia federal para me dirigir a Courterange.* Os cérberos deixaram uma distância entre o carro deles e o meu, mas não me abandonaram.

Eu estava procurando o meu famoso cátaro! Falei-lhe vagamente sobre ele na última carta. Um cátaro em plena região templária...

Pedi informações a um livreiro, que me disse que, de fato, havia uma estátua de cavaleiro não muito longe de Géraudot,** mas que não era muito fácil de achar, pois precisaria passar pelos atalhos do bosque de Larivour. Ele explicou que, na região, essa estátua era chamada de Homem Verde.

Meu mapa do Estado-Maior*** ajudou muito, embora eu tenha precisado explorar um bom número de trilhas, mas, finalmente, encontrei meu cátaro! Posso assegurar, Didier, trata-se, de fato, de um cátaro. Sim, em

---

* Comuna da França situada no *département* (região administrativa) de l'Aube. (N. T.)
** Comuna da França situada no *département* de l'Aube. (N. T.)
*** Mapa geral da França, confeccionado com base nos levantamentos realizados por oficiais do Estado-Maior. A primeira versão data do século XIX. (N. T.)

Champagne-Ardenne! Em breve lhe darei a razão da enigmática presença nessa floresta.

Acho que a estátua recebeu o nome de Homem Verde com o passar do tempo. Por causa do musgo... Eu me pergunto para onde teriam ido os espiões que estavam atrás de mim.

Tirei algumas fotos e fiz uma aquarela – que não me deixou descontente – que, naturalmente, vou colar num dos meus queridos cadernos vermelhos. Estou louco para lhe contar mais sobre isso.

Todo seu, Meu Caríssimo Irmão,

Francis.

Mosèle se ergueu, deu alguns passos em direção à janela e colou a testa no vidro. "Francis me falou muitas vezes dessa região. Os Templários secaram os pântanos e sanearam as florestas. Instalaram fundições e olarias. Teriam um interesse secreto nesse lugar, em mantê-lo em bom estado? É evidente, se acreditarmos na maldita teoria de Francis!"

Mosèle voltou para a sua mesa, pegou o mapa rodoviário que já havia consultado inúmeras vezes. Abriu-o na página da região de Champagne, marcada com um Post-it. "Francis passou em Courterange, no bosque de Larivour, mas..." – lembrou-se das palavras que lera na tela do computador de Marlane, remexeu na desordem das suas anotações e dos seus livros, encontrou o documento que havia imprimido e o percorreu, nervoso: *Pannus 14... Sudário...* E ali: *Triângulo de Payns. O Carvalho no seu Templo... A Leoa de Luz... Lago... Loja das Cabras... Bailly 2...* Depois, folheou o fac-símile do Testamento do Louco. Interessou-se, notadamente, pelas estrofes acrescentadas pelo segundo redator:

*Da seita crucífera
Oriente e Ocidente nascerão
Enquanto na floresta do Levante
Repousará o irmão no seu Templo
E na terra será esquecido.*

Um cigarro. Fumar, apesar do juramento. Voltando ao mapa rodoviário, pôs o indicador numa parte da região de Troyes.
— *A floresta do Levante!* É claro! É quase evidente demais. Está na cara... *A floresta do Levante* é a floresta do Oriente! E lá, a Loja de Bailly, a Loja das Cabras... E o lago do Templo!
Mosèle pegou o celular.
— Alô, Émylie? Aqui é Didier. Posso dar uma passada aí? Acabei de fazer uma descoberta extraordinária consultando as anotações de Francis e a dos templários que completam o Testamento do Louco. Tem relação com a viagem de Francis a Troyes...
Depois de enfiar a jaqueta e colocar uma pasta de documentos embaixo do braço, Mosèle saiu correndo do apartamento. "Estamos perto... Estamos perto do Túmulo. E se nós o descobrirmos? E se o mundo souber?"
Ele entrou no carro estacionado em frente à sua casa, do outro lado da avenida. Pensou na caminhonete que, por pouco, não o havia atropelado na segunda-feira à noite. Que *quisera* atropelá-lo.
Menos de meia hora depois, Émylie lhe abriu a porta. A jovem mostrava um rosto entristecido, desfeito. Os olhos de avelã estavam vermelhos de lágrimas.
— Estou feliz que tenha vindo, Didier. Meu sogro acabou de sair e eu estava me sentindo sozinha. Vazia.
— Eu sabia, foi um dia terrível.
Didier atravessou a sala. Tirou os documentos da maleta e colocou-os em cima da mesa com gestos rápidos e nervosos.
— Para Francis e para mim, essa investigação começou quase como uma brincadeira. Deixei que ele agisse, como cavaleiro solitário.

— Você não acreditava realmente nessas obscuras especulações. Confesse!

Émylie preparou o café numa pequena bandeja: xícaras, cafeteira e açúcar. Didier continuou a esvaziar a maleta, a espalhar os papéis: folhas manuscritas e impressas, mapas, croquis, pedacinhos de papel com anotações...

— Tem razão — confessou Mosèle. — Eu achava tudo isso meio romanesco. Mas era esse lado sonhador que eu apreciava nele.

— O que achou de tão importante?

Émylie serviu o café. Sem açúcar para Didier. Três cubinhos para ela. Émylie sentou-se, pôs os cotovelos na mesa, apoiou o queixo nas mãos e esperou, como uma escolar obediente e cansada.

Mosèle abriu o mapa de estradas na página da região de Champagne-Ardenne e mostrou para a jovem a região da floresta do Oriente, dizendo:

— O Testamento do Louco contém comentários em algumas margens, nitidamente posteriores ao texto escrito por Nicolau e Agnano de Pádua e redigidos com uma letra diferente. Foram os Templários que fizeram anotações no manuscrito, deixando as coordenadas para localizar um lugar específico. Olhe este mapa...

Mosèle tirou uma folha de papel de decalque da pasta de documentos e um lápis.

— Vou colocar um papel de decalque no mapa e apontar os nomes que li no manuscrito, bem como nos documentos de Francis: Leoa, Bailly e Cabras...

— Esses lugares são chamados de Lojas. Por acaso? Não são em lojas que os franco-maçons se reúnem?

— Justamente! Loja, Templo... E, se eu juntar os três nomes, formo um triângulo. Não pode ser o triângulo de Payns, citado nas anotações de Francis? E lá existe a estátua de um cátaro! Um cátaro perdido, a quem Francis fez uma visitinha. Ele chegou até a desenhá-lo. Está lembrada de que ele falou disso numa das cartas?

— Francis morreu por isso? Por uma estátua, algumas pedras, ossadas e pedaços de pergaminho? É absurdo...

Émylie desfez-se em lágrimas, apoiou a cabeça nos braços e chorou descontroladamente.

— Eu o amava, mesmo assim — articulou entre os soluços, com a voz sufocada. — Eu o amava como um irmão mais velho, você sabe... Não como marido. Nem mesmo como amante. Nós nos conhecemos muito jovens... Nunca mais o verei. Não o ouvirei mais contar as intermináveis histórias...

Mosèle não conseguia dizer nada. Estava com um nó na garganta, a respiração acelerada, e a dor de cabeça havia voltado, retalhando-lhe a nuca. "As moscas", lembrou-se. "As moscas que zumbiam em cima dele. E o sorriso grotesco que lhe deformava o rosto!"

23.
Noite de sexta-feira para sábado

– Três piscadas de farol: é ele.
Um carro havia entrado na rua Jacquard. A caminhonete branca estava estacionada não muito longe da casa da Martin Hertz; seus dois ocupantes haviam descido. Esperavam havia quase dez minutos sob uma chuva cortante. Era meia-noite e meia. O homem que lhes dava ordens de Roma havia chegado a Paris na quarta-feira de manhã. Eles já o haviam encontrado duas vezes para planejar bem as próximas missões.
– Esse cara me gela o sangue por detrás dos seus modos burocráticos. É mesmo uma verdadeira cobra. E agora quer supervisionar tudo pessoalmente!
– A culpa é nossa; se não tivéssemos falhado com Mosèle...
O carro encostou a dez metros. O homem saiu. Caminhou até os dois agentes num passo lento, as mãos nos bolsos da capa e o colarinho levantado. Ao chegar perto deles, limitou-se a fazer uma pergunta muda com um simples movimento do queixo.
– Boa-noite, senhor. Está tudo apagado há uma hora na casa do advogado – disse o primeiro Guardião, indicando a casa dos Hertz.
– Perfeito. Quero dar boas notícias durante a Loggia que será realizada na semana que vem. O colégio dos Guardiães do Sangue estará quase todo presente.

— O quarto de Hertz e da mulher fica no segundo andar. Eis a configuração do andar térreo, com o escritório dele aqui.

O segundo Guardião havia desdobrado uma planta sucinta no capô da caminhonete, que logo ficou encharcada. O homem lançou um olhar distraído.

— Confio em vocês. Não vamos perder mais tempo; em frente!

*
* *

— Mais um café?

Mosèle aceitou, sem tirar os olhos do mapa rodoviário.

— Você confia nesse irmão do qual Francis e você me falaram tantas vezes e que possui um dos dois exemplares do Testamento do Louco? — perguntou Émylie, enchendo as xícaras. — Esse tal de Martin Hertz...

— Não tenho nenhuma razão para desconfiar dele, por enquanto. Tenho, apenas, a vaga impressão de que ele sabe mais do que me disse.

— No momento das condolências, no cemitério, tive a sensação de que ele queria falar comigo. Poderia jurar que ele se conteve ao ver meu sogro.

— Sem dúvida, queria manifestar sua dor. Sabe, ele é um urso enorme... que tem dificuldade em demonstrar os sentimentos. Eu já me acostumei, assim como todos os irmãos da Loja.

Émylie tamborilou no mapa com o dedo.

— Você vai lá, não vai?

— Na segunda-feira, vou pedir uma licença ao meu diretor e, na próxima sexta ou no sábado, vou me mandar para Champagne! Tenho alguns dias de férias a mais para tirar. Gostaria muito de aproveitar e não ter a obrigação de voltar para a Fundação na segunda. O Túmulo está lá, no perímetro formado por esse triângulo. O túmulo de um dos gêmeos do monte das Oliveiras... Do homem que usava um sudário!

— Você está louco, Didier... Já tentaram matá-lo uma vez; haverá uma segunda!

*
* *

Os dois agentes passaram pelo portão e chegaram à porta da casa dos Hertz. O homem ficou para trás no jardim. Ele continuava com as mãos nos bolsos e assistia à ação como espectador. Afinal, o caso seria resolvido rapidamente! Em seguida, cuidaria de Mosèle. O problema Marlane havia sido resolvido sem causar rebuliço. Um suicida. Ali, naquela noite, um velho advogado e a mulher simplesmente seriam roubados.

O homem sorriu para si mesmo enquanto os dois agentes se concentravam na fechadura. Depois, ele tirou a mão esquerda do bolso para consultar o relógio de pulso. A porta deveria ser aberta em menos de um minuto. Ele se divertia em cronometrar o trabalho dos dois Guardiães do Sangue. Estes últimos vestiam calça e camisa pretas e usavam óculos infravermelhos.

Menos de um minuto: a porta foi aberta. Satisfeito, o homem ficou olhando os dois agentes entrarem na casa.

*
* *

Léa se ergueu ligeiramente apoiando-se nos cotovelos. Um ruído imperceptível acordou-a do sono leve. Será que o ruído vinha do seu próprio sonho? Parecia um atrito. Uma sola de sapato deslizando no piso. Do vestíbulo? Da cozinha?

Martin Hertz dormia do lado direito, como uma foca encalhada na areia. Um corpo morto, sem respiração. Léa sempre se surpreendia de que um peito daqueles não roncasse. Isso nunca lhe parecera natural. Seu marido caía no sono como quem entra em coma.

— Martin... Martin — murmurou Léa no ouvido dele. — Acorde!

Hertz levou alguns segundos para reagir, para se mexer. Léa percebeu mais um som proveniente do andar de baixo. Idêntico ao primeiro. Passos. Passos que pantufas ou solas de borracha tentavam camuflar... Sim, eram passos.
— Acorde. Alguém está andando lá embaixo!
Ela cochichava, mas havia medo em sua voz.
Hertz abriu os olhos no quarto cheio de sombras recortadas pela luz de um poste ao longe que filtrava pela persiana.
— Eu garanto, Martin... Tem alguém no andar térreo.
Hertz aguçou os ouvidos. Silêncio.
— Não estou ouvindo nada.
Mesmo assim, ele se inclinou sobre a mesa de cabeceira e, lentamente, sem ruído, abriu a gaveta. Com a mão direita, pegou um revólver.
— Mas é verdade que não ando ouvindo muito bem, nos últimos tempos — articulou ele, tentando sair da cama sem fazer o colchão ranger.

*
* *

Os dois Guardiães do Sangue continuaram a andar. Atravessaram o vestíbulo e se preparavam para abrir a porta do escritório de Martin Hertz. Sabiam que o Testamento do Louco estava escondido ali. Já iam entrar quando um deles fez um gesto, designando a escada. Um leve estalo. Uma tábua do assoalho que gemeu. E lá, no corredor, uma sombra volumosa, alta, pesada e maciça, movia-se lentamente. O advogado!

*
* *

Por sua vez, Léa se levantou no momento em que o marido entreabriu a porta do quarto para sair no corredor. Ela gostaria de tê-lo segurado, de impedir que ele saísse, e se odiou por havê-lo acordado. Estava assustada por ele. Mas tudo acontecia num silêncio total. Os pés descalços de Martin Hertz firmaram-se sem nenhum barulho no tapete macio.

Ela se dirigiu para a porta, agora escancarada. A silhueta de Martin não estava mais no seu campo de visão, e essa ausência era uma ameaça que a fazia tremer. O estalo que ela ouviu parecia o de um osso que se quebrava. Os cento e vinte quilos do marido no assoalho do corredor!

Ao atingir a porta do quarto, ela foi surpreendida por uma luz repentina e uma detonação. Um tiro.

— Merda! — disse a voz de Hertz.

Depois, mais um tiro. "Será que é ele que está atirando?" Ela não conhecia o som que o revólver dele podia produzir; nunca o ouvira. Por que já deveria ter ouvido? "Martin!", gritou ela mentalmente. Isso porque tudo estava se passando como num dos seus inúmeros pesadelos. Ela queria falar, gritar, chamar; nada saía da sua garganta seca. Parecia que o tempo se havia diluído num pântano de impressões incoerentes que se chocavam, se dilaceravam, atrofiavam a razão.

Mais um lampejo de detonação. Um vaso quebrado. Vozes se ergueram. Italiano... Vozes contrariadas.

Maquinalmente, longe da realidade, Léa saiu do quarto para ir ao encontro de Martin, para constatar que ele ainda estava de pé, e não caído no corredor, deitado no próprio sangue.

— Não, Léa! Fique no quarto, por Deus, não se mexa!

Era ele quem gritava. Portanto, estava vivo. "Deus seja louvado!"

O braço forte de Hertz tentou empurrá-la. Léa se jogou para trás. Ela recebeu o clarão e a detonação em pleno peito. Lançou um olhar surpreso ao marido, dobrou-se ao meio sob a dor que lhe cortava o tórax, caiu de frente no chão, o rosto no assoalho. Sentiu o cheiro bom da cera. Mel e castanheiro. Depois, afundou num espaço sem fim, cheio de trevas.

*
* *

Os dois Guardiães do Sangue saíram da casa. O homem correu ao encontro deles, impaciente.
— O advogado nos surpreendeu!
O homem não disse nada. Com os maxilares cerrados, olhos franzidos, esperou a continuação.
— Ele atirou em nós. Respondemos... Um reflexo. Atingimos a mulher dele.
Os três começaram a correr. Atravessaram o jardim.
— Imbecis! — exclamou o homem. — Se era preciso derrubar alguém, que fosse Hertz, e não a mulher dele! *Um roubo acabou mal, o proprietário foi morto* — mas, em vez disso, vocês atiram numa inocente!
Os dois Guardiães do Sangue voltaram para a caminhonete. Antes de ir para o seu carro, o homem lhes disse:
— Fujam, fiquem no abrigo que ocupamos; eu os encontrarei lá.
O homem se virou, com as mãos nos bolsos. A chuva sulcava sua silhueta atarracada. Dessa vez, ele apressou o passo.

*
* *

— Não se mexa, queridinha. Vou chamar Jean-Claude; ele saberá o que fazer... Não se mexa, minha Léa!
Mas Léa não ouvia. Estava imóvel, uma pequena figura dobrada ao meio. No entanto, seu pulso ainda batia fraco. Hertz pôs toda a esperança naquelas frágeis pulsações. Lançando-se pela escada, ele desceu correndo apesar do peso. "Meu celular. Por que tenho de deixá-lo embaixo todas as noites?"
Por pouco, ele não caiu no vestíbulo; notou que a porta da entrada estava aberta para o jardim. O odor da relva sob a chuva... Pegando o telefone, apertou a tecla de um número da memória. "Os Guardiães do Sangue! Só podem ser eles..."
Jean-Claude Dorest dirigia uma clínica em Antony.[*] Era um irmão da Loja Eliah. Um dos seus amigos mais antigos.

---

[*] Cidade situada ao sul de Paris, a 8km do 14º *arrondissement*, que fica na margem esquerda do Sena. (N. T.)

Três, quatro toques. "Tomara que ele não tenha ligado a secretária eletrônica!" Hertz olhou a hora no relógio da parede.

No quinto toque, um *Alô* sonolento em forma de pergunta se fez ouvir.

– Jean-Claude, é Martin... Sei que o estou acordando! Ajude-me... Mande uma ambulância aqui para casa. Léa foi agredida. Está ferida... Ajude-me, amigo! Sim, uma tentativa de roubo!

"Apesar de tudo, não posso explicar para ele. Dizer que foram os assassinos do Vaticano que atiraram em Léa!"

Ele desligou. "Agora, chamar a polícia." Ao teclar o número, ele pensou que sua mulher poderia morrer de um momento para o outro. Martin sentiu uma vertigem e uma náusea que lhe reviraram o estômago. A sua Léa... A sua velha amiga.

– Alô, delegacia de polícia...?

O odor acidulado da relva no jardim havia entrado novamente no vestíbulo, levado por um golpe de vento. Um perfume de relva ceifada e de terra úmida. Parecido com o cheiro de um túmulo.

24.

Revelação

Sábado, 9 horas.

Mosèle aguardava sentado num banco estofado em couro sintético e folheava distraidamente uma revista velha. Um desejo irresistível de fumar lhe torturava a garganta. Ele havia compensado a falta de tabaco servindo-se de três cafés na máquina automática.

Martin Hertz saiu de uma sala. Um médico que o acompanhava deu três passos com ele e o deixou, batendo-lhe afetuosamente no ombro. Mosèle, que viu o gesto, ficou ligeiramente mais tranquilo. Levantou-se e foi ao encontro do amigo que nunca vira num estado tão lamentável. O gigante parecia ter diminuído, perdendo uns dez centímetros. Os ombros curvados, os traços repuxados que sulcavam o rosto tradicionalmente jovial, marcavam cruelmente a sua idade. Olheiras fundas estampavam sob os olhos tristes e avermelhados.

Mosèle o ajudou a vestir a capa de chuva que ele apertava desajeitadamente, enrolada contra o corpo.

— Como ela está? — perguntou o rapaz.

— Parece que correu tudo bem na cirurgia. Ao menos, foi isso o que me disseram. Dorest me confirmou há pouco. Um interno me explicou que eles a mantêm em coma. Você precisava vê-la... Com todas aquelas transfusões... E o rosto pequeno arroxeado por causa da queda.

– Esse aparato é praxe, Martin. Você sabe muito bem.

Os dois homens chegaram ao elevador. Hertz olhava fixo em frente, mas parecia não ver nada. Mosèle tinha certeza disso e o pegou pelo braço para ajudá-lo a entrar na cabine.

– Por que o atacaram, Martin? O Vaticano soube que possuía o segundo exemplar do Testamento do Louco? É realmente do Vaticano que se trata, não?

Hertz pareceu voltar à realidade; seus olhos tornaram a brilhar com a chama habitual.

– Já está na hora de eu lhe falar dos Guardiães do Sangue, Didier. Eles estão atrás do manuscrito há séculos.

– Guardiães do Sangue? – perguntou Mosèle. – Uma fábula sobre a qual já se escreveu muita besteira!

Hertz meneou a cabeça, fazendo balançar as pesadas bochechas flácidas de buldogue.

– No entanto, eles existem – afirmou. – A teia de mentiras fantasiosas que os cerca lhes permitiu permanecer na sombra, dissimulados por uma cortina de fumaça.

Chegando ao térreo, os dois homens saíram do elevador. Mosèle notou o andar pesado de Hertz.

– Uma confraria oculta ligada ao Vaticano! – proferiu Mosèle.

– É verdade. Essa sociedade está encarregada de impedir que se descubra o Segredo. Ela tenta encontrar o Túmulo para fazê-lo desaparecer da superfície do globo. É o seu único objetivo. O seu único combate! Há séculos...

Eles atravessaram o pequeno saguão em silêncio, saíram da clínica na rua da Providência, onde ambos haviam estacionado os carros.

– Este outono está indeciso – observou o velho advogado, erguendo os olhos para um céu claro, quase branco.

Em seguida, virando-se para Mosèle, acrescentou:

– Estou cansado, Didier. Tão cansado... Vou dormir um pouco antes de passar na delegacia, onde me esperam no final da manhã.

— Antes, eu queria lhe mostrar uma coisa e ouvir a sua opinião. Não vai demorar — disse Mosèle, segurando-o pelo braço.

— Hã?

Mosèle remexeu numa divisão da sua pasta e tirou uma carta dobrada em quatro, entregando-a imediatamente a Hertz.

— Veja esta carta.

— De Francis, não é?

Hertz desdobrou a missiva e percorreu-a com os olhos lenta e atentamente.

— Parece que Francis estava muito interessado na estátua de um cátaro na floresta do Oriente, entre Courterange e Lusigny, bem perto de Troyes — explicou Mosèle. — Isso não lhe diz nada?

Hertz suspirou e murmurou cansado:

— Você ficaria decepcionado se eu respondesse que não. Podemos falar sobre isso mais tarde?

— É claro. Mas, segunda-feira, vou pedir uma licença ao meu diretor e partir para Troyes... Gostaria de ver esse cátaro de perto.

Hertz devolveu-lhe a carta, que ele dobrou com cuidado.

— Não cometa o mesmo erro de Francis. Eu lhe peço insistentemente — implorou o advogado.

— Não posso mais recuar. O Testamento do Louco me ardeu nos dedos! Mas, talvez, Martin, você saiba alguma coisa que possa me ajudar.

— Seja prudente, meu rapaz. Esse manuscrito não arde só nos dedos. Francis passou por essa terrível experiência.

— Acredito que você não me deu a cópia em vão. Li suas anotações e compreendi que também procurou o Túmulo. Qual é o seu verdadeiro papel, Martin?

Passou-se um tempo. Hertz olhou nos olhos de Mosèle e respondeu:

— O de um amigo. De um irmão...

Enquanto Martin Hertz entrava no carro, Mosèle, que foi para o seu, não pôde deixar de pensar: "Há outra coisa, *velho irmão*; você puxa os cordéis e eu gostaria muito de saber quem é a marionete que está na outra ponta. Será que sou eu?"

Hertz deu a partida. Dirigindo com uma das mãos, discou o telefone com a outra. Quando atenderam, ele disse:

— Vou me identificar: Oriente-Origem... Ah, já soube do ocorrido com Léa? Sim... É a respeito de Didier Mosèle... Ele está próximo... Em breve, encontrará a capela... graças ao cátaro!

*
* *

Mosèle passou o sábado mergulhado na leitura do Testamento do Louco. Ou melhor, em dezenas de releituras, copiando a maior parte das frases acrescentadas nas margens pelos Templários: "Na sombra andarás para trás" ou "O cátaro, na sua Floresta, andando para trás, cortará o Triângulo na direção da Sombra..."

Esse cátaro... Sempre a presença do cátaro!

Ele ligou duas vezes para Émylie e se demorou ao telefone, relembrando Francis, a personalidade dele, seu talento de aquarelista — um dom meio fora de moda —, seu entusiasmo...

Depois, no fim da tarde, Mosèle se obrigou a fazer uma boa hora de exercícios físicos na sala, tomou um banho frio e preparou uma refeição, que devorou em frente à televisão.

Deitou-se por volta das 23 horas, felicitando-se por só ter fumado sete cigarros.

A noite foi entrecortada por pesadelos curtos, por sequências de dores incompreensíveis, de terror, de tristeza, de uma culpa insuperável que crescia em seu peito, esmagando-lhe o coração.

Didier se viu no quarto de Émylie. O cômodo, escuro como um túmulo. Estava deitado ao lado da jovem nua, e a pele dela era de uma palidez irreal.

Queria tomá-la nos braços, enlaçá-la até ela sufocar, mas não podia fazer nenhum gesto por causa dos enormes pregos enfiados em seus pés e em suas mãos. Da soleira da porta, Francis olhava para ele, invadido por uma infinita tristeza. Parecia uma estátua que jazia na vertical. Dava a impressão de que lamentava o amigo crucificado e digno de pena em seu sofrimento mudo...

No domingo de manhã, Mosèle acordou muito cedo, com um gosto de lama na boca e fragmentos das imagens aterradoras que lhe flutuavam na cabeça.

Tomou um café puro, bem forte, comeu duas frutas e decidiu sair para correr no estádio Brancion.*

Ao sair, por reflexo, certificou-se de que nenhuma caminhonete branca estivesse à vista. A caminho, ligou para Émylie do celular, desolado por saber que a havia acordado. Conversaram por alguns minutos. Falaram sobre os respectivos pesadelos. Ele não pôde deixar de citar aquele em que estava crucificado...

Émylie não fez nenhum comentário à menção da cena e evitou reavivar as lembranças.

Ao chegar ao estádio, Mosèle se lançou em voltas intermináveis na pista, buscando a exaustão. Sabia que o cansaço físico expulsaria por um tempo a noite mórbida colada em seu coração.

De volta ao apartamento, tomou um banho, comeu e se fechou no escritório com o fac-símile do Testamento do Louco, as cartas e a fita cassete de Marlane.

Telefonou para Martin Hertz, que lhe disse ter ido para a cabeceira de Léa; Dorest o tranquilizara de novo. No entanto, Hertz não estava convencido e manifestou sua preocupação; Mosèle tentou reconfortá-lo como podia, consciente de que lhe faltava persuasão.

Quando foi dormir à meia-noite e meia, temia novos pesadelos.

De manhã, não se lembrava dos sonhos, o que o deixou satisfeito, e se levantou com a sensação de haver descansado e recuperado a energia de que precisava para enfrentar a semana que teria pela frente. "Quinta-feira à noite, a Loja Eliah prestará uma homenagem a Francis. No fim de semana, eu me mando para Champagne, em direção à floresta do Oriente!"

---

* Estádio esportivo em Paris, localizado no 15º *arrondissement*. (N. T.)

Ele percebeu que havia passado da hora em que acordava habitualmente. Não ouvira o despertador. "Pela primeira vez, chegarei atrasado à Fundação!" Mesmo assim, não se apressou e teve o cuidado de preparar uma xícara grande de café preto.

Ao passar pela porta vermelha do seu escritório, com quase uma hora e meia de atraso, viu sua pequena equipe às voltas com braçadas de papel que saíam das impressoras. Rughters grampeava as folhas e entregava a Hélène Moustier, que as classificava nas pastas, enquanto Souffir digitava febrilmente no teclado do computador.

Mosèle ficou parado. Abarcou toda a cena com um rápido olhar. O espetáculo parecia petrificá-lo. Notou copinhos de papel por toda parte, saquinhos de chá jogados em cima de dossiês, latas de lixo transbordando de folhas amassadas...

— Deus do céu! Houve um bombardeio aqui? — perguntou Mosèle, pulando dicionários empilhados no chão.

— Oi, meu chapa! — soltou o gigante, sem parar de reunir as folhas. — Faz uma hora que lutamos com quilômetros de papel.

— É você que ainda está na origem desse flagelo, Norbert? — perguntou Mosèle.

— Ele e *Largehead*! Esse computador é uma calamidade. Nunca vi uma máquina tão tagarela — explicou Hélène Moustier, que usava um tailleur bege com uma saia muito curta.

— Norbert descobriu uma pérola no 4Q456-458... — retomou Rughters. — Devemos estar na milésima versão possível da sua tradução. Eu me pergunto se o nosso amigo não é um maníaco perigoso!

— Descobri uma passagem que não tem nada a ver com uma oração nem mesmo com um princípio moral da regra essênia — explicou o velho tradutor, desviando, contrariado, os olhos da tela.

— Não é a primeira vez, Norbert — observou Mosèle.

Souffir abriu uma pasta, tirou uma folha e começou:

— Ouça, Didier: *Os Filhos da Luz reuniram-se em torno do irmão da Unidade. O irmão, que não tinha chagas nos punhos nem chagas nos tornozelos, disse-lhes que chegaria o dia glorioso em que as nações não se odiariam mais...* O resto é do mesmo gênero. Você se deu conta, Didier? *Não tinha chagas nos punhos nem chagas nos tornozelos...* O autor especifica que se trata de um *irmão* que não havia sido crucificado!

Mosèle pendurou a jaqueta num gancho da parede, dissimulando propositalmente o interesse que a descoberta provocava nele. E respondeu:

— Calma, Norbert. Não vamos nos entusiasmar com algumas palavras...

Com um toque do polegar, Souffir fez os óculos deslizarem para a ponta do nariz, olhou para Mosèle por cima da armação, lançou-lhe um olhar furioso e exclamou, levantando-se da cadeira:

— *Algumas palavras?* Nós nos matamos de trabalhar nesses malditos pergaminhos, sendo alguns, sem dúvida, contemporâneos do Cristo, e você não dá a menor importância a essa passagem! Ah, se Francis ainda estivesse vivo!

— Eu sei a que você faz alusão, Norbert. Mas Jesus não foi o único condenado à crucificação naquela época.

Souffir suspirou, deu de ombros e remexeu na pilha de pastas multicoloridas numeradas por Hélène Moustier.

— Isso não é tudo — lançou ele, pegando outra folha e exibindo como um troféu. — Você mesmo observou, Didier, que todos os últimos textos com os quais *Largehead* nos inundou são de inspiração joanina. Naturalmente, estou falando de João Evangelista. Mas são muitos os que confundem os dois Joões. Em primeiro lugar, existe João Batista, que temos quase certeza de que foi um discípulo dos essênios, e João Evangelista, também denominado a Águia de Patmos e que normalmente é representado com uma águia e a esfera terrestre aos seus pés.

— Realmente — reforçou Mosèle —, ele também carrega uma cruz, símbolo do seu apostolado cristão. Aonde quer chegar, Norbert?

— Ouça este texto que traduzi: *Senhor, por que não quiseste que lhes fosse dito? Senhor, por que mentiram aos levitas e aos sacerdotes? Dize-nos, Senhor, por que João não era o Cristo? Por que não era ele o Profeta? Por que ele batizava, se não era Elias? Por que, Senhor, o nosso irmão que "dava os nomes" não era o Cristo?...* E assim por diante, durante uma longa litania!

E isso no 4Q456-458, rolo dos manuscritos descobertos em Qumran, praça-forte dos essênios!

– Não vejo nada de muito surpreendente, Norbert! Sabemos que o Evangelho joanino possui várias marcas essênias, e não é a primeira vez que os manuscritos do mar Morto lembram a obra desse evangelista que, além do mais, foi formado pelos pensamentos provenientes de Qumran.

– Bobagens, Didier!

Rughters e Hélène Moustier pararam de repente de classificar as folhas, surpresos com as estocadas entre os dois homens.

– Você não vai pôr em dúvida o fato de que o Evangelho segundo são João balança num eterno movimento entre a sombra e a luz, entre a verdade e a mentira, entre o anjo da luz e o anjo das trevas! – martelou Mosèle. – O pensamento essênio naquela época era extremamente difundido e apresentava essas antinomias.

Souffir suspirou pela segunda vez, aparentando sentir falta do interlocutor privilegiado que era Francis Marlane. A não ser que Mosèle estivesse se divertindo em bancar o ingênuo...!

– Que seja – disse Norberto –, mas os pontos de comparação, até aqui, eram de âmbito geral, se assim posso dizer. Você, justamente, acabou de lembrar: sombra – luz, bem – mal etc. etc. Isso, meu amigo, é blá-blá-blá! O que eu tento provar é essa surpreendente semelhança entre o que acabei de ler e o início do texto de são João, no capítulo da Primeira Páscoa.

– Não estou entendendo! – mentiu Mosèle, fascinado interiormente pelo que Souffir revelava com tanto entusiasmo.

Norberto pôs a folha na sua mesa e pegou a grossa Bíblia, que sempre o acompanhava. Não teve nenhuma dificuldade para abri-la na Primeira Páscoa; um marcador indicava a página.

– O que me chocou – disse ele – foi a intenção desse pedaço do 4Q456-458. Tem-se a impressão de que o autor dirige uma recriminação a Deus. Lembre-se: já havíamos notado isso na sequência A530-A538. O autor retoma aqui exatamente as frases de João Evangelista, mas as movimenta de modo a expressar a dúvida.

A dúvida, Didier! Um sábio, iniciado em Qumran, admoesta Deus e duvida do que convém pensar! Até agora, todos os manuscritos do mar Morto, ao menos aqueles que tivemos o direito de consultar, seguiam na mesma direção! Eu concordo com você que o Evangelho de João possui todas as cores da paleta! Nada a dizer a respeito... Essa tira extraída do 4Q456-458 não o perturba, Didier? Você a acha normal, banal, do mesmo gênero de tudo, e estou dizendo, *tudo* que conhecemos dos escritos de Qumran?

Mosèle desimpediu a Chesterfield e se jogou na poltrona.

— Já estou percebendo... — disse ele apenas, impressionando Souffir pelo cansaço estampado repentinamente em sua fisionomia.

O velho também se sentou. Silêncio, depois a leitura de uma passagem da Bíblia:

— *E este é o testemunho de João, quando os judeus enviaram de Jerusalém sacerdotes e levitas para lhe perguntarem: "Quem és tu?" Ele declarou sem restrições, mas claramente: "Eu não sou o Cristo." Então perguntaram: "Nesse caso, quem és? Elias?" Respondeu: "Não sou.", "És o profeta?" De novo ele respondeu: "Não!"* *

Souffir parou, olhou para Mosèle e retomou o texto um pouco mais adiante:

— *... e lhe perguntaram: "Por que então batizas, não sendo nem o Cristo, nem Elias, nem o Profeta?"* **

Souffir fechou o volume e cruzou as mãos, marcadas de manchas escuras, por cima do couro gasto. Com esse gesto familiar, parecia querer guardar todas as palavras do Livro Sagrado. Guardá-las para evitar que também começasse a duvidar. Mantê-las na sua arca, encadeadas umas nas outras, como havia sido imposto por todas as gerações humanas.

Mas o 4Q456-458 mudara a ordem!

As palavras não mais diziam o que haviam proclamado por dois mil anos.

---

* Evangelho segundo São João, 1, 19-21. *Bíblia, Mensagem de Deus*; *op. cit.* (N. T.)
** Evangelho segundo São João, 1, 25; *op. cit.* (N. T.)

Elas pareciam se contradizer.

O velho se levantou e se serviu de mais uma xícara de café. As mãos dele tremiam.

Mosèle voltou a pensar em Francis Marlane. A voz com entonações de terror do amigo não saía mais da sua memória. Ela não cessava de lhe suplicar que não retomasse a sua busca! Que não abraçasse a sua loucura!

Como impedir que a raposa do Souffir se interrogasse sobre o mistério que o 4Q456-458 revelava a cada dia à Fundação, com um pouco mais de precisão?

E como agiriam os Guardiães do Sangue – se é que existiam realmente, conforme garantia Hertz – para evitar que um curioso erguesse a pedra do Túmulo?

"O Túmulo do Irmão... Do Primeiro Irmão!"

– A tempestade já passou? – perguntou Hélène Moustier com a sua voz cálida e afetada, sensual, com entonações germânicas um pouco acentuadas demais.

Norbert Souffir reajustou os óculos de lentes grossas e sorriu. Meneando a cabeça grande de rosto enrugado, ele se desculpou:

– A morte de Francis mexeu comigo. Confesso ter perdido a calma. Desculpe-me, chefe.

– Está totalmente desculpado, Norbert – tranquilizou-o Mosèle, também se servindo de uma xícara de café.

E acrescentou para si mesmo: "Parar com tudo, queimar tudo, destruir o que já sabemos: eis o que devíamos fazer como Francis me recomendou, bem como à Émylie. Como ele nos suplicou, para nos proteger! No entanto, é tarde demais."

25.

A Sessão fúnebre

Quinta-feira, 19h45, rua de Puteaux, na sede parisiense da Grande Loja da França. Usando uma capa de chuva cinza, um terno preto, uma gravata-borboleta preta e com uma pasta de documentos embaixo do braço, Mosèle entrou no pequeno vestíbulo. Em voz baixa, como todos os irmãos que entravam no prédio, ele teve de sussurrar as duas *palavras semestrais** no ouvido do irmão Cobridor, encarregado de expulsar os visitantes que não eram franco-maçons.

Depois de deixar a capa no guarda-volumes, ele seguiu pelo átrio,** amplo saguão quadrado, branco, banhado por uma luz suave, que recebia as exposições simbólicas mensais, delimitado por quatro colunas e mobiliado com bancos de metal nos quais alguns irmãos aguardavam a hora da Sessão.

Todos os homens usavam roupas escuras. Só havia homens, pois a Grande Loja da França não era mista.

---

* Palavras enviadas semestralmente a cada uma das suas Lojas por algumas Obediências e que servem para reforçar a segurança da cobertura. As Obediências são potências maçônicas formadas, no mínimo, por três Lojas federadas. (N. T.)
** Nas Lojas maçônicas, assim é denominado o espaço ou a sala situados na entrada ou diante da porta do Templo. (N. T.)

Mosèle viu Martin Hertz dirigindo-se para a escada que levava ao Círculo Escocês, o bar-restaurante onde eram organizados os ágapes tradicionais depois da Sessão. Hertz estava acompanhado de um homem alto, magro, de uns sessenta anos, com longos cabelos brancos. Usava um terno impecável confeccionado em alpaca de seda e levava uma pasta de couro na mão direita.

Mosèle se aproximou dos dois homens. Ele pôde discernir melhor os traços do desconhecido. Um perfil voluntarioso de queixo gordo, apesar da silhueta magra. Nariz afilado, ligeiramente aquilino. Lábios finos e pálidos. Olhos azuis por trás das lentes dos óculos de armação metálica. Um rosto que lembrava alguém a Mosèle. Uma fotografia? Sim, com certeza, ele já vira a foto daquele homem numa revista ou na televisão.

— Ah, Didier! — exclamou Hertz, calorosamente. — Íamos descer para tomar alguma coisa no Círculo; estamos adiantados. Os irmãos Aprendizes estão preparando o Templo para a Sessão fúnebre.

— Boa-noite, Martin.

Hertz pôs a mão no ombro do homem magro e o apresentou a Mosèle:

— Este é o nosso irmão Ernesto Pontiglione. Eu já lhe falei sobre ele, lembra-se? Ernesto chegou ontem de Roma.

O professor Pontiglione sorriu para Mosèle e o abraçou para trocar com ele os três beijos fraternais. Depois, num francês perfeito, um pouco cantado, explicou:

— Tomei a liberdade de telefonar para Martin, que me disse que a Sessão fúnebre em memória de Francis seria esta noite e que, naturalmente, você estaria presente.

— Estou muito feliz em conhecê-lo, Ernesto. Recebi a carta que me enviou para a Fundação.

Os três homens desceram a escada e saíram no Círculo Escocês enfumaçado, onde vários irmãos bebiam e conversavam em pequenos grupos. Escolheram uma mesa vazia, sem deixar de cumprimentar os irmãos conhecidos.

Um garçom foi pegar os pedidos: uísque para Hertz, café para Mosèle e Pontiglione.

— Léa o repreenderia se soubesse que vai tomar um uísque a esta hora — brincou Mosèle. — A propósito, você a viu hoje?

Hertz concordou com a cabeça. O bom humor de fachada desapareceu.

— Vi — respondeu ele.

E, depois de um tempo, lançando um olhar insistente para Mosèle, acrescentou:

— Contei para Ernesto a tragédia que aconteceu conosco. O ladrão que surpreendi na noite de sexta-feira... o tiro que feriu Léa no abdome...

— Essa terrível notícia me deixou muito pesaroso — disse Pontiglione. — Tomei a liberdade de perguntar a Martin se a casa dele estava equipada com um sistema de segurança e ele me respondeu com uma negativa.

Nesse momento, por obra do acaso, Jean-Claude Dorest atravessou a imensa sala do Círculo. Parou diante da mesa deles e trocou algumas palavras com Hertz, que o apresentou ao professor Pontiglione sem dizer a verdadeira razão da visita dele à Loja Eliah.

— Eu os encontro no Templo — disse Dorest, dirigindo-se para o bar.

O garçom serviu as bebidas, cobrou adiantado e saiu. Pontiglione esperou que ele estivesse longe o bastante e retomou a palavra, com toda a segurança:

— Martin me contou que lhe deu uma cópia do Testamento do Louco. Estudei profundamente algumas passagens. Aliás, graças a ele...

— Sem dúvida, você havia informado Francis sobre o resultado dos seus estudos.

— É verdade. E lamento. Creio ter permitido que ele confirmasse a sua teoria. Sabe a que eu me refiro, não sabe?

— É claro — concordou Mosèle.

— Também contei a ele sobre os trabalhos que realizei por conta do Vaticano, em 1989 – prosseguiu Pontiglione. – Uma série de estudos fundamentados nas análises de Wright Baker, da Universidade de Manchester. Na verdade, usei as traduções de Baker que havia decifrado um rolo de cobre proveniente de Qumran e datado do século I depois do Cristo. A interpretação desse rolo não foi uma coisa fácil por causa da língua usada na sua redação. Era uma espécie de dialeto, distanciado do hebreu clássico.

Mosèle notou o silêncio de Hertz. O velho advogado bebericava o uísque, os olhos inchados de cansaço, aparentemente distante. Mas Mosèle tinha certeza de que, com a sua mente felina, ele não perdia uma migalha da conversa. Isso o fez se lembrar de um momento parecido... Nove anos antes, quando Marlane e ele haviam acabado de ser iniciados e conversavam sobre os manuscritos do mar Morto...

Pontiglione pôs a mão no braço de Mosèle, debruçou-se na mesa e murmurou com impressionante convicção:

— Alguém usurpou a identidade do Cristo e foi pego no próprio jogo! Alguém que devia ser *parecido* com ele a ponto de conseguir enganar a todos! Você entendeu, Didier.

Hertz pigarreou, levantou o copo de uísque até a altura dos olhos para admirar o âmbar, pareceu meditar um instante, depois tomou o que restava de um só gole. Mas não disse nem uma palavra, embora Mosèle e Pontiglione esperassem uma reação.

Pontiglione tirou um objeto fino da sua pasta e o entregou a Mosèle: um envelope de papel pardo.

— Tome. Francis deixou isto comigo. É natural que fique com você.

O rapaz abriu o envelope e tirou um caderninho vermelho.

— Um dos cadernos dele!

— Ele me entregou em Roma para que eu refletisse sobre alguns pontos. São apenas algumas notas e croquis... Essencialmente aquarelas. Ele as fez da primeira vez que passou pela floresta do Oriente para procurar a estátua de um cátaro. Veja! Aqui, ele desenhou a ruína de uma capelinha com as seguintes letras na margem: V.I.T.R.I.O.L., bem como as coordenadas da sua localização.

Mosèle ficou um tempo admirando os desenhos do amigo. Magníficos croquis lançados rapidamente nas páginas do caderno, precisos e vigorosos. Plantas, algumas frases nas margens. Datas. Uma linguagem esotérica exclusiva para uso do dono.

— Obrigado, Ernesto — disse Mosèle, com voz estrangulada.

Hertz consultou o relógio de pulso e apontou os irmãos da Loja Eliah que se dirigiam para a escada.

— Está na hora de subir.

Em seguida, sem esperar, levantou-se da cadeira. Mosèle guardou o caderno vermelho de Marlane na sua pasta de documentos.

Os três homens voltaram para o átrio que dava para os templos do térreo.

*
* *

As lâmpadas de segurança espalhavam feixes de luz laranja e pálida. Alguns viam filmes nas pequenas telas individuais, muitos cochilavam em posições desconfortáveis.

A chuva batia nas janelas deixando longas marcas brancas que se confundiam com a escuridão do céu. Às vezes, a turbulência sacudia o avião. Ele pulava, a cabine rangia, as poltronas tremiam. Uma mãe sussurrava para tranquilizar uma criança agitada.

Dois homens conversavam.

— Não consegue dormir, Monsenhor?

— Agora durmo muito pouco. Você sabe por quê.

— Sim, eu sei. O caso Mosèle o aborrece. Mas acha que ele vai encontrar o que ninguém conseguiu descobrir depois de tanto tempo? Nós mesmos procuramos, revistamos o local e continuamos na ignorância.

O secretário de Sua Eminência pretendia ser tranquilizador.

— Que estranho paradoxo: a Igreja se esforça para tornar este mundo mais espiritual e melhor do que é, mas tem de lutar para preservar o Segredo!

Sua Eminência levantara a mão direita para pontuar suas afirmações. Podia-se ver no seu anular um grande anel ornamentado com um rubi, brilhante como uma brasa.

— Não está assumindo muitos riscos, Monsenhor? O nosso velho papa poderia ficar sabendo que...

— Saber o quê? Que eu fui com o meu secretário particular à nunciatura de Paris? Essa visita é natural e costumeira. Como ele poderia saber que estou do lado oposto?

— Ele pode desconfiar — disse o secretário. — É um homem doente, mas extraordinariamente inteligente. E Guillio o visita todos os dias.

Sua Eminência apoiou as mãos abertas nos braços da poltrona. Olhou por um instante pela janela a chuva que dilacerava a noite que chegara precipitadamente. Virando-se para o secretário, ele disse:

— É, o papa... Apesar de tudo, gosto dele. Ele se empenha em preservar a unidade da Igreja e corrigir o erro dos seus longínquos antecessores. Ele é apenas o herdeiro de um antigo combate. Eu gosto dele e sinto pena dele.

Em seguida, sorriu. Pensava em Martin Hertz. Martin, que o aguardava. Pensava nos charutos e no conhaque.

E em Léa entre a vida e a morte. "Um antigo combate", disse a si mesmo. "Que sacrifica inocentes há vinte séculos!"

*
* *

O Templo n.º 7 estava forrado de preto para a ocasião. No centro, dois cavaletes suportavam uma tábua de madeira que simbolizava um caixão, sobre a qual havia sido jogado um lençol negro que caía até o chão. No meio fora cuidadosamente colocada uma rosa vermelha.

Negro. Tudo era negro. Pouca luz. Apenas as luzes das velas.

— Este caixão... — articulou Mosèle. — Decididamente, nunca vou me acostumar com as Sessões fúnebres!
— É apenas um símbolo, Didier. O "irmão morto" no centro do Templo. É Francis, você, eu... e Hiram.[1]
Negro. E o silêncio quando as portas se fecharam. Depois a voz do Venerável Mestre que ocupara a cátedra:
— *Meus irmãos, já que está na hora e que temos a idade, vamos abrir os trabalhos do primeiro grau do Rito Escocês Antigo e Aceito...*
Então, o irmão Mestre de Cerimônias abriu a Bíblia na primeira página do Evangelho de João, colocando em cima o esquadro e o compasso para representar o símbolo do primeiro grau do rito.
Em seguida, o Venerável Mestre proclamou que os irmãos podiam se consagrar aos seus trabalhos com toda a segurança, deixando o mundo profano na porta do Templo e *entrando pelas vias que lhes eram oferecidas...*
Relembrando a tragédia que os havia atingido, emocionado, preferiu passar a palavra ao *gêmeo* do saudoso amigo Francis Marlane.
Mosèle se levantou do banco e, usando luvas brancas, tirou do bolso uma folha de papel, desdobrou-a e começou a ler:

Venerável Mestre e todos os meus irmãos; de fato, por ter sido iniciado na mesma noite que Francis, tornei-me seu gêmeo pela franco-maçonaria. Ambos seguimos lado a lado o mesmo caminho, fomos elevados ao grau de Companheiros e, depois, enaltecidos ao de Mestre ao mesmo tempo. Além disso, éramos amigos pelo interesse que tínhamos a respeito de certos assuntos. Uma verdadeira amizade havia nascido entre nós. Emprego intencionalmente a palavra amizade, mais do que fraternidade que nós, maçons, tendemos a usar. Nós construímos a fraternidade em cada Sessão, pelo ritual, pela simbólica e pelo trabalho. Muitas vezes a amizade decorre daí, é verdade... Mas Francis e eu teríamos nos tornado amigos mesmo que a franco-maçonaria não nos houvesse reunido. Esta noite não farei o seu panegírico. Quero simplesmente

---
[1] Arquiteto que construiu o Templo de Salomão, figura essencial na lenda maçônica.

dizer-lhes, meus irmãos, o quanto a perda desse amigo me é dolorosa... Francis era um pouco de mim mesmo, como eu sou um pouco dele. Exceto pela diferença de que ele era mais culto, mais corajoso e mais sutil do que eu. Com a sua morte, ele me torna egoísta. Egoísta a ponto de ficar ressentido com ele por me haver roubado uma parte de mim, ao escolher alcançar o Oriente eterno...

Martin Hertz reagiu a essas palavras e ergueu a cabeça. Mosèle percebeu. Com o olhar, tentou fazê-lo compreender que permaneceria nos limites do que podia ser dito. E prosseguiu:

— Encontrei-o na cama do quarto, no hotel do nosso irmão Marc. Eu estava acompanhado da sua esposa; todos vocês sabem que eles estavam se divorciando... Passamos por lá para buscar, a pedido dele, alguns documentos relativos aos trabalhos que fazíamos na Fundação Meyer. Sem dúvida, nunca saberemos por que razão Francis quis dar um fim à sua vida.

A voz de Mosèle ficou rouca. O rapaz dobrou a folha de papel e a enfiou no bolso antes de tornar a se sentar.

Ele procurou novamente o olhar de Hertz, pois não havia mentido ao resumir a descoberta de Francis. Não de todo. O advogado piscou os olhos imperceptivelmente. Queria mostrar uma expressão reconfortante, porém mal dissimulava um verdadeiro alívio.

Pontiglione observou os discretos sinais trocados entre os dois homens. Eles não haviam comentado a possibilidade de os Guardiães do Sangue terem matado Marlane e maquiado o assassinato em suicídio. Ele também não tentara tocar no assunto, como se estivesse satisfeito com a versão oficial.

A cerimônia prosseguiu. Mosèle não conseguia se concentrar. A imagem do amigo deitado na cama, morto, gelado, o perseguia. O sinistro zumbido das moscas não lhe saía da memória... Das três ou quatro grandes moscas pretas que rondavam o cadáver... Ele sabia que guardaria a sinistra música pelo resto dos seus dias. Que nunca mais conseguiria esquecer aquele som.

26.

A visita de Sua Eminência

Sexta-feira de manhã.
Martin Hertz consultou o relógio. "Ele não vai se atrasar. É sempre pontual! E tomaremos café, fumando um charuto... Mais um ritual!"
O velho advogado tirou duas xícaras e os pires de um armário, colocou-os na mesa da cozinha com as colheres e o açúcar. Hertz gostava daquele lugar que lhe lembrava a casa da sua infância. Bateria de panelas de cobre, caçarolas de ferro, facas cuidadosamente arrumadas no suporte próprio, toalha de mesa quadriculada de vermelho e branco. Um vaso com um buquê de rosas amarelas de cabo curto. E o indefinível odor de condimentos, mel e ervas aromáticas, que Léa guardava em grandes potes de cerâmica.
Ele já sentia falta de Léa. Sentia falta da sua silenciosa presença. A ausência daquele bichinho delicado fazia arder seus olhos e lhe apertava o coração. Nunca poderia imaginar, no seu egoísmo, que a sua velha amiga era tão indispensável. E, além do mais, era o egoísmo que o fazia desejar que ela voltasse o mais rápido possível para compartilhar da sua vida. Mas não seria isso o verdadeiro amor? Essa sensação de vazio, deixada pelo outro, que tortura, como Mosèle havia lembrado na Sessão da noite anterior?

A chuva havia parado há pouco. Um vento úmido entrava pela rua Jacquard, levando as primeiras folhas mortas dos plátanos. Um carro preto parou em frente à casa de Hertz. Um homem desceu, usando um longo sobretudo e chapéu pretos. De estatura alta, ele deu alguns passos para subir os degraus de pedra que levavam ao jardim, que o outono deixava enevoado. Ele notou um regador enferrujado jogado ao pé de uma minguada macieira. O minúsculo pomar estava abandonado; os canteiros de tomate definhavam.

Ao chegar diante da porta de entrada, o homem percebeu que a fechadura havia sido trocada recentemente. Tocou a campainha. O rubi do seu anel desprendia um brilho luminoso.

Martin Hertz abriu a porta. O seu rosto se iluminou ao ver o visitante. "Oriente-Origem", articulou este com um forte sotaque italiano.

— As palavras de reconhecimento são necessárias entre nós, monsenhor? — surpreendeu-se Hertz, franzindo as sobrancelhas e sorrindo.

— Elas nos ligam às antigas tradições e permitem que nos cumprimentemos com respeito, não acha? — disse Sua Eminência.

— Entre, meu amigo. Preparei o café e escolhi para nós magníficos Partagas.

Sua Eminência entrou no vestíbulo. Hertz o desvencilhou do casaco e do chapéu.

— Quando chegou?

— Meu avião pousou ontem à noite, às 21 horas. O voo foi execrável, com tempestades e turbulências. Estou hospedado na nunciatura.

Os dois homens entraram na cozinha. Era ali que gostavam de ficar nas raríssimas vezes em que Sua Eminência visitara Hertz. Um lugar modesto e aconchegante.

— Estou consternado pela sua mulher — declarou o eclesiástico sentando-se à mesa. — Sinceramente desolado! Os Guardiães não deviam agir como se ainda estivessem na Idade Média! Em breve, serão incontroláveis.

— Eles já o são e o senhor sabe disso — criticou Hertz, derramando o café nas xícaras.

Sua Eminência concordou com a cabeça.

— Sim. Eles estão entrando em pânico. A investigação feita por Francis Marlane despertou as preocupações deles.

Hertz pegou a caixa de charutos que havia preparado e deixado no bufê. Ele a abriu e estendeu ao amigo que escolheu um Partagas com gestos lentos, impregnados de solenidade. Ele o levou às narinas, avaliou com a expressão de um *connaisseur* e fez uma incisão na extremidade com um cortador de charutos.

O velho advogado agiu de maneira idêntica. Logo, pesadas espirais de fumaça encheram a atmosfera da cozinha, encobrindo por um tempo os odores costumeiros.

— E o manuscrito? — perguntou Sua Eminência.

— Coloquei-o em lugar seguro naquela mesma noite. Não há mais o que temer quanto a isso.

— Esse Didier Mosèle é que me deixa preocupado — continuou Sua Eminência. — Tem certeza de que o domina totalmente, Martin? Ele não poderia chegar até mim ou...?

— Ele não sabe nada a seu respeito, Monsenhor. Em compensação, decidiu ir amanhã de manhã para Troyes com a viúva de Marlane. Ele me pôs a par do seu projeto ontem à noite, depois da Sessão fúnebre realizada em memória de Francis Marlane.

— Veja só! O pequeno professor progrediu bem nas suas buscas. Avisou o Primeiro?

— Naturalmente, liguei para ele ontem. Disse a ele que Didier Mosèle daria passos de gigante quando descobrisse o cátaro e a capela. Ainda mais que agora ele possui um dos famosos cadernos de Francis, que Ernesto Pontiglione lhe entregou.

— Pontiglione... — suspirou Sua Eminência. — Sem saber, foi ele quem desencadeou esse caso. Quando foi encarregado dos estudos no Vaticano, ele já levantou hipóteses embaraçosas que alertaram e preocuparam os Guardiães do Sangue. Mas não teve consequências, pois as suposições não ultrapassaram o círculo restrito de um punhado de fanáticos em teorias ocultas. Apenas uma a mais, disseram os historiadores *sérios*. O Vaticano rapidamente dispensou os trabalhos desse homem que muitos consideraram charlatão.

— Na verdade, suas conclusões continham uma grande parte de fabulação, o que abafou as poucas verdades que poderiam ter despertado o interesse da comunidade científica — precisou Hertz.

— Foi melhor assim, Martin. Marlane, porém, era de outro feitio. Bem mais perigoso pela qualidade dos seus conhecimentos e a pertinência de suas observações. Nós mesmos acreditamos nele... E eis que Didier Mosèle segue os passos do amigo. Não podemos abandonar esse rapaz.

— Acho que devíamos pedir ao Primeiro para abrir a Planta — disse Hertz, deixando cair um pouco de cinza do charuto num pires.

— Ainda é cedo. Dispomos de uma pequena margem de manobra que poderemos usar em proveito dos nossos interesses. Você está em contato permanente com Mosèle, que o mantém a par de todas as suas manobras: isso é uma segurança preciosa. Não existe nenhuma possibilidade de ele desconfiar de que você o controla?

— Acho que não. Evidentemente, ele imagina que sei mais do que lhe disse; no entanto, não acho que esteja muito desconfiado. Ele veio me pedir ajuda com total confiança.

Sua Eminência levou um tempo antes de proferir:

— Eu me pergunto se Mosèle já não está condenado. Ele procura a Luz e é a Sombra que o aguarda. Nós perdemos Marlane. Será que vamos perdê-lo também?

Hertz não respondeu. Abstraindo-se na observação do charuto, seu rosto expressava uma profunda melancolia, os olhos franzidos deixavam passar um olhar obscuro e, ao mesmo tempo, longínquo.

27.

A capelinha

Sábado de manhã.
Durante todo o trajeto, Émylie percorreu o caderno vermelho de Francis, maravilhada com o seu talento de aquarelista, com a capacidade que ele tinha para reconstituir os tons das folhagens, a cor das pedras, a transparência do céu em tons aguados, livres e, no entanto, cheios de maestria. As ruínas da capela, com as indicações exatas para encontrá-la no bosque de Larivour. O aglomerado das heras que subiam pelas paredes esburacadas. O arbustos densos e verde-escuros... As sete letras V.I.T.R.I.O.L. traçadas com tinta preta. Um baixo-relevo representando dois cavaleiros num cavalo.
O carro de Mosèle pegou a saída para Troyes.
— Reservei dois quartos — disse rapidamente o rapaz.
— Dois dessa vez?
— Por favor, Émylie, não é o momento de lembrar esse tipo de coisas...
— Eu sempre penso nisso, você sabe! A primeira vez foi no meu apartamento, depois...
Ele também. Ele também pensava nisso. No entanto, recusava-se a falar sobre o assunto naquela manhã. Sua memória era uma armadilha cheia de arrependimentos, de recriminações.

O carro encontrou uma vaga no estacionamento do Manoir des Eaux. Mosèle e Émylie desceram, retiraram as bolsas de viagem do porta-malas e se dirigiram para o imóvel, uma antiga fazenda com vigas aparentes, cuidadosamente restaurada.

— Vamos nos dar uma meia hora para desfazer as malas. Depois saímos para cumprimentar o nosso "Homem Verde" antes de procurar a capela. A distância entre os dois é de apenas quinhentos ou seiscentos metros, o que Francis não sabia antes de descobrir o seu cátaro. O programa lhe agrada?

— Um pequeno passeio bucólico? Está bem.

Após se apresentarem na recepção e pegarem as chaves, foram para os quartos. Eram contíguos. Émylie fez uma brincadeira com o fato.

Em seu quarto, Mosèle tirou imediatamente o conteúdo da pasta de documentos e espalhou pela cama: as anotações feitas dos arquivos do computador de Marlane, as quatro cartas e a fita cassete com o gravador, um mapa do Estado-Maior da região.

Nem quinze minutos haviam se passado quando bateram à sua porta.

— Sim? — disse ele sem tirar os olhos dos documentos.

— Didier...

Émylie entrou, com o rosto molhado de lágrimas, lábios enrugados. Didier pulou da cama, correu e a tomou nos braços.

— O que você tem?

— Como você consegue? Eu não paro de pensar em Francis, em você e em mim...

Ele se sentiu contrafeito com aquele corpo magro e gracioso, morno, abandonado contra o seu peito. Com aquele olhar molhado que pedia o seu, que implorava.

— Se Francis não tivesse morrido, teríamos nos divorciado e... — gaguejou ela, fungando.

— Vocês não teriam se divorciado e teríamos mantido o nosso pequeno segredo — disse Mosèle. — Sim, você e eu teríamos continuado a ser amigos. Nada mais do que isso.

— Nós mentimos. Se ele soubesse...

— Ele não ia entender que o irmão o traíra dormindo com a sua mulher. Eu teria morrido de vergonha. Já estou morrendo de vergonha, agora que ele morreu.
— É por isso que quer terminar o que ele começou?
— Não sei, Émylie. Juro que não sei.
Depois de alguns segundos, ele completou:
— Pode ser... Por que não?

*
* *

Não foi difícil encontrar o caminho da floresta que dava para a clareira onde Mosèle estacionara o carro, nem descobrir a trilha coberta por uma alta vegetação que os levou à estátua do cátaro.

O cavaleiro não media mais do que um metro e trinta. Havia sido grosseiramente esculpido numa pedra cinza e estava parcialmente coberto por uma camada de musgo e de trepadeiras que ocultavam a maior parte das suas feições.

Mosèle deu a volta na estátua com uma cara de decepção. Esperava alguma coisa maior, mais espetacular. Aquilo não passava de um fantasma mineral e vegetal de olhar vazio.

— Um marco — murmurou ele, tomado de súbita inspiração.
— É, um marco! E acho que...

Abrindo a pasta de documentos que trouxera consigo, enfiou a mão dentro dela e puxou uma folha.

— Francis procurava este marco há muito tempo! — exclamou.
— No arquivo do computador que copiei havia um elemento que fazia uma referência a ele, ao qual não dei importância. Veja!

Émylie se aproximou e leu por cima do ombro de Mosèle:

— *A Leoa de Luz... Lago... Loja das Cabras... Bailly 2... Perfeito erguido por T: 1247...* — E daí? — perguntou ela.

— "*Perfeito erguido por T: 1247*"! Os Perfeitos! Era assim que os cátaros se chamavam — explicou Mosèle. — Este Perfeito foi erguido pelos Templários em 1247.

— Não estamos um pouco distantes do Languedoc?*

Mosèle sorriu e acrescentou:

— Bem longe, realmente. Mas, se me lembro bem, 1247 vem logo depois da queda de Montségur, o último bastião cátaro que caiu nas mãos dos cruzados do papa. Eu pagaria caro para saber a história deste Perfeito perdido em plena Champagne, engolido pelo musgo! E, sobretudo, por que os Templários o consideravam tão importante.

— E agora? Vamos procurar a capela? — propôs Émylie olhando as sinistras e pesadas nuvens no topo das árvores. — Daqui a pouco ficaremos ensopados.

— Sim, vamos. Devemos encontrá-la pegando a direção leste. Mas temo que o caminho não seja tão fácil quanto o que acabamos de seguir. Você fez bem em não vir de saia.

Deu-lhe a mão e a arrastou para o bosque, consultando o mapa do Estado-Maior, perceptivelmente excitado em seguir o mapa do tesouro.

*
* *

O homem foi o primeiro a descer do carro. Deu alguns passos na clareira, aproximou-se do carro de Mosèle, deu uma olhada no interior e virou-se para os dois agentes que o haviam seguido. Seguir Mosèle e a viúva não havia sido nada difícil. Eliminá-los quando chegassem à capela também não seria nenhum problema. A capela. Os Guardiães do Sangue a haviam visitado inúmeras vezes e conheciam até a menor das suas pedras, bem como a inscrição nela contida. As sete letras das quais os franco-maçons haviam se apropriado. Contudo, sem sombra de dúvida, Mosèle agora possuía informações que lhe permitiriam ir mais à frente. Até o Túmulo.

O homem indicou o rastro na vegetação amassada que entrava pela floresta. Disse a si mesmo, satisfeito, que a missão estaria termi-

---

* Região ao sul da França, onde viviam os cátaros. (N. T.)

nada antes do meio-dia. Já pressentia o prazer que teria ao anunciar ao cardeal de Guillio que Didier Mosèle e a viúva Marlane não iam mais interferir nos seus assuntos. O papa João XXIV poderia morrer em paz.

*
* *

As nuvens se romperam e uma copiosa chuva caiu na floresta. Mosèle e Émylie apressaram o passo e, por alguns instantes, temeram estarem perdidos. No entanto, depois de progredirem com dificuldade por entre as árvores derrubadas por uma tempestade anterior, descobriram as ruínas da capelinha que se erguia sobre um talude lamacento e não muito alto.

Marlane desenhara-a na claridade de um dia de muito sol; naquela manhã, ela surgia na sombra, miserável, esburacada, encharcada. O telhado havia desaparecido quase por completo; no entanto, algumas traves haviam sobrado, dormentes apodrecidos corroídos pelo tempo.

Blocos de pedra amontoados, envolvidos pela vegetação. Musgos ou líquen, uma espuma esverdeada gangrenara o que restava das paredes.

Três janelas haviam mantido leves traços dos batentes, mas, dos vitrais, nada sobrara, a não ser os pinázios cobertos de mofo.

Aproximando-se da parede ocidental, depois de apelar para as aquarelas de Marlane, Mosèle descobriu o baixo-relevo que se adivinhava, mais do que se podia ver, sob a urzela verde-acinzentada. A imagem representava o brasão templário. Dois cavaleiros cavalgando uma mesma montaria e, em cima, as letras V.I.T.R.I.O.L.

— Devem existir outras ruínas como esta na floresta do Oriente — observou Émylie.

— Sim, mas veja... Eis o que intrigou Francis. O selo dos Templários simbolizando sua determinação à pobreza: dois cavaleiros numa única montaria. Os detratores o interpretavam como um sinal manifesto de homossexualidade! E aqui... V.I.T.R.I.O.L. em cima deste gancho. A julgar pela marca deixada na pedra, ele devia segurar uma argola...

— Alguém teria encomendado uma passagem secreta? Você me faz pensar num menino, Didier.

— Uma porta... dando para o exterior? Não. Um cofre na parede, por que não? Em todo caso, reconheça que é surpreendente encontrar a abreviação da máxima maçônica perto desse brasão e desse gancho.

— Concordo. Mesmo assim não fizemos nenhum progresso.

Mosèle examinou o chão molhado pela chuva e indicou algumas pegadas.

— Eu poderia jurar que essa capela foi visitada há pouco tempo — disse ele.

— Nada mais natural: é um refúgio ideal para namorados. Por isso mesmo, estou com a impressão de que temos visita. Sua capela parece ser um local de encontros muito frequentado.

Ela apontou para uma silhueta recortada pela chuva. Um vulto avançando lenta e metodicamente na direção deles. Depois, um segundo vulto que apareceu bem atrás.

Um ruído abafado. Um estalido. Um pedaço de pedra estilhaçada perto do rosto da jovem.

— Para trás, Émylie! Esconda-se, rápido...!

Sem nenhuma delicadeza, Mosèle puxou Émylie. Eles se encostaram na parede. A água escorria-lhes pelas costas. Fria.

— Foi um tiro, não foi? Estão atirando em nós? — perguntou ela, apavorada.

Mosèle deslizou com cautela pela parede atingindo uma das três janelas, por onde pôde dar uma olhada para fora.

— Vejo, pelo menos, dois. Hertz tinha razão: depois da primeira mordida, os Guardiães do Sangue não vão mais nos largar.

— Esses caras são os assassinos do Vaticano dos quais me falou?

Mosèle saiu da janela e avistou uma fenda na parede oriental. Empurrou delicadamente Émylie pelo ombro, tomando o cuidado de mantê-la fora do alvo dos assassinos.

— Assim poderemos vê-los... – limitou-se a responder.
Abaixados, eles subiram um montículo de pedras escorregadio, um atrás do outro.
— Vamos tentar sair por ali – indicou Mosèle.
Subindo até a parte de cima do monte de pedras, eles pularam na relva, quando um segundo tiro passou raspando por eles.
— Eu estava errado. São mais de dois. Vamos correr!
Ambos saíram correndo. Outro estampido no farfalhar da chuva.
— A chuva está atrapalhando esses desgraçados, mas eles vão atirar em nós como coelhos e por muito tempo... Corra, Émylie! Corra, diabos!
Enfiaram-se no bosque, penetrando às cegas na vegetação cerrada. Vozes interpelaram-se atrás deles. Ordens foram gritadas. E eles correram sem saber aonde ir, aterrorizados, esperando serem derrubados a cada passo.
Mosèle puxou Émylie, levantou-a quando ela caiu, não parou de falar, incentivando-a a correr. Só correr!
Patinaram na beira de um pântano que entrava pela floresta, continuaram pelo lodo, a pele castigada pelos tojos cortantes.
Alcançaram uma colina de vegetação musgosa e grossas árvores negras de galhos baixos e retorcidos. Enquanto empurrava Émylie para que ela subisse mais depressa, Mosèle olhou para trás para avaliar a distância que os separava dos perseguidores.
Mosèle ainda segurava a pasta de documentos. Chamou a si mesmo de idiota. Seria idiota morrer com ares de professor, num promontório lamacento, junto com a viúva do seu melhor amigo. "A morte é sempre idiota", pensou ele, ao ver as três silhuetas aparecerem de novo sob a cortina de chuva.
Percebeu que Émylie agarrara-se ao seu braço e o apertava a ponto de machucá-lo. Ela tiritava e tentava falar, mas a voz tremia tanto que as palavras eram incompreensíveis.
Agora, os Guardiães do Sangue não pareciam ter pressa. Mosèle e Émylie estavam a descoberto e representavam um alvo perfeito.

— Eles vão nos abater à queima-roupa — articulou Mosèle. — Um trabalho de profissionais. Perdoe-me, Émylie. Perdoe-me por tudo. Feche os olhos e chegue-se a mim.

Agora, ela era uma menininha apavorada que se agarrava ao homem que havia amado. Que não amaria mais. No entanto, Émylie pensava em Francis, o seu amigo.

— O que eles estão fazendo? — conseguiu perguntar.

— Estão se aproximando. Estão atravessando o pântano.

Émylie esperou. Rezou para que tudo fosse bem rápido.

*
* *

O homem não sorriu por sadismo. Se mostrava contentamento, era mais por ter uma mentalidade rigorosa. Pela satisfação do trabalho convenientemente executado, por ter honrado a missão.

— Vejam! — anunciou aos dois agentes que se separavam para subir o montículo pela esquerda e pela direita. — Eles compreenderam que qualquer tentativa de fuga seria em vão. Parece fácil demais.

O homem só lamentava ter sacrificado um par de sapatos de pelica e se maldizia por não ter sido mais previdente. Seus dois agentes estavam calçados de acordo com a situação. No entanto, arranjou uma desculpa, dizendo a si mesmo que, na verdade, não era um homem de ação. Em breve, retornaria à sua função de executivo na administração dos Guardiães do Sangue e se esforçaria para esquecer aquele dia maldito. Aquele trabalho sujo.

Nem o homem nem os dois agentes ouviram a pessoa que os seguia no pântano. A chuva caía tão forte que o ruído das botas se misturava ao marulhar da água.

Ele se parecia com um caçador. Corpulento, usava um casaco longo de gabardine ocre, uma calça bem larga, botas de borracha marrom e um chapéu de feltro esverdeado, que lhe dava um toque um tanto ridículo. Incongruente.

O caçador havia armado a espingarda havia muito tempo. Ele a segurava com a coronha na barriga, o cano apontado para a frente. Perguntava-se ingenuamente qual dos Guardiães do Sangue derrubaria primeiro.
Seu corpo pesado bastava para afastar a barreira de tojos.

*
* *

O homem não ouviu o tiro. Seria por causa da chuva...? Um dos agentes, o que caminhava à esquerda, foi projetado para a frente e afundou na lama que ficou avermelhada com o seu sangue.
O homem percebeu, então, que haviam atirado por trás. Ele se virou, com o revólver procurando o alvo.
O segundo agente olhou, surpreso, para o companheiro que a turfa já engolia.
– Nos tojos! – berrou o homem.
– Com uma espingarda.
Um novo tiro os obrigou a se abaixarem. Os predadores haviam se transformado em presas. Eles disparavam às cegas para cobrir a sua fuga, dando grandes e pesadas passadas no pântano, fugindo para chegar à floresta onde podiam desaparecer.
O homem tinha dificuldade em manter a mesma velocidade do agente. Mas o medo o fizera esquecer a sua péssima forma física.

*
* *

– O que está acontecendo, Didier? Parece que...
– Temos um reforço providencial. Pode olhar, Émylie. Um dos matadores foi derrubado e os outros dois fugiram. Sem dúvida, para a floresta. Não os vejo mais.

Émylie se afastou de Didier. A chuva embaçava-lhe a visão. A chuva e as lágrimas. Ela distinguiu vagamente um vulto que ia se definindo lentamente, ao vir na direção deles.

Um caçador? Sim, sem dúvida. Ela adivinhou as formas do chapéu e da espingarda.

O caçador foi obrigado a fazer terríveis esforços para manter o equilíbrio, patinhando no pântano como um urso desajeitado.

Mosèle apertou os olhos, aguçou o olhar e disse a si mesmo que o momento era tragicômico. Na verdade, reconhecera o caçador que havia tirado o chapéu num cumprimento teatral, com a espingarda a tiracolo.

— Martin! Sua aparência é estranha para um anjo da guarda. Mas você foi muito eficiente na sua nova função...

Hertz estava afogueado.

— Não tenho mais fôlego! Charutos em excesso nos pulmões!

Mosèle e Émylie abandonaram a colina, que desceram escorregando, quase caindo nos braços do velho advogado que os recebeu com indisfarçável orgulho.

Em seguida, voltando-se para o cadáver do Guardião do Sangue que havia abatido, ele disse:

— Espero que esse excremento seja o que atirou em Léa. É estranho; senti menos pena ao derrubá-lo do que teria de um javali.

— Você nos seguiu desde Paris? — perguntou Mosèle voltando-se em seguida.

— Vim na frente — explicou Hertz. — Eu sabia que viriam à capela assim que chegassem à região. Também desconfiei que os Guardiães iam agir. No entanto, me perdi próximo à capela; Léa sempre zomba do meu medíocre senso de orientação! Apareci quando os três caras começaram a correr no seu encalço.

— O que vamos fazer com o cadáver? — preocupou-se Mosèle.

— A polícia poderá fazer muitas perguntas, não? Ela não vai demorar a descobrir a existência de um casal de excursionistas e de um caçador!

— Isso me surpreenderia. Reviste-o e vai entender.

Mosèle inclinou-se sobre o corpo na lama, virou-o e examinou-o.

— Não há nada com ele que permita identificá-lo — constatou, enfim. — Nenhum documento! Nenhuma etiqueta na roupa. Nada!
— Daqui a algumas horas, esse fantasma terá desaparecido. Os Guardiães do Sangue nunca deixam o corpo de um dos seus para trás. A polícia não saberá de nada. Vamos voltar ao seu hotel; não adianta continuar a velar esse canalha. Os colegas dele podem ter a intenção de terminar o trabalho. Não sei quantos eles eram. Muitas vezes esses lobos caçam em matilha.

Mosèle passou um braço em volta do pescoço de Émylie.

— Tudo bem?

— Não, não muito bem. Está surpreso? — respondeu ela reprimindo um soluço.

— Onde estacionaram? — perguntou Hertz.

— Não sei muito bem — confessou Mosèle. — Numa clareira. Perto do cátaro.

— Ah, o cátaro! — retomou Hertz. — Vamos encontrar o seu carro e, em seguida, vocês me levarão até o meu, que deixei num caminho sinalizado da floresta. Tomei o cuidado de anotar no mapa... Sabia que você está cômico com a sua pasta de documentos? Aposto que as chaves do Graal estão aí dentro, não?

— Realmente, é o que eu pensava.

Saíram do pântano e pisaram com alívio no solo firme da floresta.

— Não tive a impressão de que éramos seguidos e, no entanto, os Guardiães do Sangue sabiam exatamente aonde íamos — disse Mosèle. — Quem sabia que viríamos aqui hoje de manhã?

Hertz esboçou um sorriso incrédulo.

— Você anunciou a Pontiglione e a mim, na quinta-feira à noite. Falou a respeito com algum membro da sua equipe da Fundação? E você, Émylie?

— Eu não contei a ninguém — afirmou a jovem.

— Então, é evidente, Didier — constatou Hertz, com seriedade.

— Os Guardiães do Sangue estão a par de todas as suas ações e gestos.

Depois de alguns minutos, chegaram ao local vigiado pela estátua do cátaro, diante da qual Mosèle parou.

— Estou impaciente para saber o que representa este "Homem Verde". Aposto que tem muito que falar sobre ele, Martin. Que laço na linhagem o une aos Templários da floresta do Oriente?

*
* *

De volta ao Manoir des Eaux, depois de todos tomarem banho e Émylie e Mosèle trocarem de roupa, os três se encontraram no quarto de Didier, que encomendou uma refeição rápida para os três.

Hertz tinha vestido um roupão de banho, enquanto suas roupas molhadas secavam. Afundado numa poltrona, descalço, cabelos em desordem, ele devorava com apetite de ogro um sanduíche de frango, abundantemente regado por vinho tinto, cujo buquê nitidamente apreciava.

Terminada a refeição feita quase em silêncio, Mosèle e Émylie acenderam um cigarro.

— Não consigo entender — começou Hertz — por que preferem sujar os pulmões com cigarros! O charuto é tão mais delicado, mais sensual... tão suave!

— Talvez por questão de idade — retorquiu Mosèle.

— Boa resposta — admitiu o velho advogado. — Vamos falar sobre o nosso cátaro. Isso vai ajudá-lo a reconstituir o trajeto do Testamento do Louco. Ou melhor, de uma parte do manuscrito original.

Émylie e Mosèle sentaram-se, cada um de um lado da cama.

— O manuscrito foi queimado na abadia de Orbigny pelos Templários. Que, aliás, não tiveram o menor receio de matar os dois copistas, Agnano e Nicolau de Pádua, como já lhe contei, Didier. Sim, a abadia foi mesmo incendiada com a sua biblioteca, mas a continuação da história revela um imprevisto que só teria um epílogo muito tempo depois...

Em seguida, desdenhando dos cigarros dos amigos, Hertz não pôde deixar de lamentar que o charuto que havia trazido e colocado no bolso do paletó houvesse sido destruído pela lama do pântano.

— Mesmo assim... Um Partagas — série n.º 4. Puro mel!
— A história, Martin! — impacientou-se Mosèle. — Você sabe muito mais sobre as peripécias do manuscrito maldito e se compraz em destilá-las em episódios!
— Isso não é uma busca, Didier? Já não lhe ensinei que não podemos atingir a Luz de uma só vez? Você chegou até o cátaro. Agora chegou a hora de falar sobre ele.
— Vai me dizer a verdade, Martin? — perguntou Mosèle, cansado. — Não está deturpando a história a seu modo, para servir aos seus interesses? Algum dia vai me dar as provas?
— A verdade! — exclamou Hertz. — A verdade é o que resta dos fatos tal como são transmitidos e conservados. Ouça o relato de um jovem oblato... Uma das chaves do Segredo está nesta crônica.

28.

O oblato

Uma noite de 1192.

Enquanto a pequena abadia de Orbigny era destruída pelas chamas de um fogaréu que a arrasaria por completo, um adolescente de túnica de burel fugia do incêndio, segurando apertado contra o peito um objeto embrulhado às pressas num pedaço de pano. Esse menino, chamado Benoît Chantravelle, era o único sobrevivente da tragédia.

Ele caminhava, lutando contra o vento e a neve, o rosto gretado pelo frio, os braços enlaçando o torso para proteger seu tesouro. Tropeçava com frequência, caía, às vezes, mas não cessava de avançar, gritando *Pater* e *Credo* para não perder a coragem, para ouvir a própria voz, que o tranquilizava. E também chorava ao pensar nos monges que nunca mais veria. Em Nicolau e Agnano de Pádua, tão delicados e atenciosos, sempre a consolá-lo quando sentia saudades dos pais ou duvidava da própria fé.

De manhã cedo, Benoît conseguiu chegar ao mosteiro de Saint-Paul, não muito longe de Sens.* A roupa estava manchada de neve lamacenta, os pés gelados e seus ossos doíam.

---
* Atualmente, Sens é uma comuna francesa, situada a 120km a sudeste de Paris, na região da Borgonha. (N. T.)

Benoît bateu na porta da austera construção, e o monge que lhe abriu imediatamente sentiu pena dele ao constatar seu estado de fadiga e o hábito sujo.

— O tempo não está bom para andar pelo campo, menino. Além disso, essa é a estação dos lobos.

— Peço a sua hospitalidade, meu irmão. Sou sobrinho do seu prior, Arnaud de Puhilez, e estou transido de frio.

— Entre depressa. O irmão Arnaud nos falou de você muitas vezes. Você não é oblato em Orbigny? E está aqui, todo sujo, coberto de feridas causadas pelo frio.

— Pudera! — queixou-se Benoît. — Andei a noite inteira com ceroulas de péssima qualidade.

Arnaud foi chamado enquanto banhavam e tratavam do adolescente, que não tirava os olhos do pacote salvo das chamas de Orbigny, colocado ao seu lado em cima de um banco.

Arnaud de Puhilez entrou, viu o menino e levou um certo tempo para reconhecê-lo, tão exausto ele parecia, os olhos fundos nas órbitas e os lábios descorados. Ele tiritava, dando a impressão de que nunca mais conseguiria parar.

— É você... Benoît? — perguntou Arnaud, incrédulo. — Parece um fantasma! Seu superior é um irresponsável por tê-lo deixado sair sem mandar me avisar!

— O abade está morto, meu tio. Assim como o cura, os sacristãos, os copistas, o prior e dois oblatos. Todos mortos!

Arnaud se sentou no banco perto do rapaz. Puhilez tinha cinquenta anos. Era um homem robusto, de constituição forte, nada bonito com o seu nariz comprido, maças do rosto altas e salientes. Mas seus olhos estavam perpetuamente cheios de mansuetude e bondade.

— Nicolau e Agnano de Pádua? — perguntou ele. — Você disse realmente que os copistas também...?

— Massacrados por cinco desconhecidos que, em seguida, atearam fogo na biblioteca! O incêndio se propagou rapidamente por toda a abadia.

Arnaud fez o sinal da cruz e se inclinou para murmurar uma oração. Haviam terminado de tratar as feridas de Benoît causadas pelo frio. O tio o levou para uma cela, um quarto sem muito conforto, invadido por um horrível cheiro de mofo. Havia uma janela fechada por folhas de madeira sem frestas. Uma mesa com uma tigela, uma vela num castiçal e uma bíblia. Duas banquetas, uma lamparina presa a uma corrente pendurada no teto, um crucifixo com um galho de palma seca enfiado entre a cruz e a parede, uma enxerga sobre um estrado de madeira, uma bacia, um jarro, um modesto armário encaixado numa das paredes, um pequeno fogareiro no qual morriam as brasas da noite.

Benoît depositou o pacote sobre a enxerga.

— Assisti à tragédia — disse ele. — Eu não estava dormindo e ouvi os visitantes... Sabia que Nicolau e Agnano trabalhavam num certo manuscrito cuja tradução foi exigida pelos cinco homens.

— Senhor... Que perda! — lamentou Arnaud. — Esses dois irmãos possuíam uma mente sábia e falavam mais línguas do que as ouvidas em Babel!

— Eu admirava Nicolau e Agnano; fazia pequenos serviços para eles. Suspeitei da importância do manuscrito, por isso, assim que os cinco matadores saíram da abadia, corri para salvar esses poucos pedaços.

Benoît abriu cuidadosamente o pano para tirar algumas folhas de pergaminho, três quartos calcinados. Arnaud levantou a vela, inclinou-se sobre o documento e o examinou quase sem tocá-lo.

— Que terrível segredo possui este documento para que se matem por ele pessoas tão boas, meu tio?

— Não sou douto o suficiente para decifrar estas palavras. Depois que você comer, iremos à cidade, onde conheço um velho escriba que talvez saiba traduzir estes textos.

Benoît estava morto de fome, mas se contentou com uma sopa grossa de favas, um pedaço de pão preto e três figos secos. Com o estômago ainda dolorido, acompanhou o tio à casa do mestre Resnais, que morava em Sens.

Dobrado ao meio por causa do reumatismo, usando mitenes e touca de lã, mestre Resnais os fez entrar num cômodo quadrado atulhado de mesas, estantes cobertas de escritos incompreensíveis, manuscritos e rolos, estojos, penas de ganso e cálamos.

Um bom fogo roncava na ampla lareira. O jovem oblato se aproximou para esquentar as mãos.

Com a ajuda de finas e pequenas pinças, mestre Resnais separou as páginas calcinadas que Arnaud lhe apresentou.

— Este manuscrito sofreu demais — disse ele. — Parece que foi arrancado das chamas do inferno!

— Foi mais ou menos isso, mestre Resnais — admitiu Arnaud. — Ele foi a causa de inúmeras mortes. Não tenha pressa. Leve meses, anos, se for preciso... Mas dê a este pergaminho uma boa aparência em latim ou em francês.

— Irmão Arnaud, o senhor aguçou a minha curiosidade — disse com interesse o tradutor. — Temos aqui um manuscrito num idioma que desapareceu há séculos!

Mestre Resnais passou uma língua gulosa nos lábios, com o nariz colado nas folhas escurecidas. Soltava pequenos "bem, bem, bem..." superagudos.

— O tempo que for necessário — reforçou Arnaud.

— É isso o que pede um trabalho destes — insistiu mestre Resnais. — Terei de *recompor* as letras parcialmente apagadas pelo fogo, recopiar tudo num velino, para poder ler com mais facilidade. E, para ser sincero, a tarefa me agrada. Espero não decepcioná-lo, Arnaud.

— Você será pago adequadamente, meu amigo — especificou o prior. — Impus à minha vida uma pobreza que serve de base à minha fé; no entanto, conservo uma bela fortuna de família e saberei honrar seu trabalho.

29.

O pregador

Três peregrinos entraram num subúrbio de Albi.* Um deles estava vestido de abade e usava um chapéu de abas largas. Com um alforje a tiracolo, caminhava com a ajuda de um longo cajado. Os dois outros, pai e filho, estavam cobertos com uma capa grossa, pois, embora estivessem em terras occitanas, o inverno reinava e um vento cortante assobiava nas ruas.

Por onde passavam, as pessoas que os viam falavam deles nos seguintes termos:

— É o velho conde Rodolphe Poitevin e o filho dele acompanhados do seu protegido, o seu "homem"! Vamos ouvi-lo pregar.

— Eu não! Esses três cheiram a heresia. Eles só têm na boca as palavras sujas dos hereges. Vou cuspir nos olhos deles, desses pequenos ratos do diabo!

— Talvez sejam palavras da verdade. O cátaro pensa certo.

Eles eram saudados ou com amizade e respeito ou com as pessoas cuspindo na direção deles, injuriando-os. Eram acompanhados fraternalmente ou as pessoas fugiam, persignando-se.

---

* Albi é uma comuna francesa localizada no sul da França. Em 2010, foi incluída na lista de Patrimônios Históricos da Unesco. (N. T.)

O abade, chamado de o Pregador, parou com os dois companheiros na porta principal de uma igreja. Uma pequena multidão se reuniu em torno deles. Rostos conhecidos. Futuros adeptos.

O Pregador ergueu o cajado acima dos curiosos como um báculo de bispo e, em voz alta, marcada por uma entonação áspera, gritou:

— Irmãos, vocês são carneiros que o papa e os bispos tosquiam sem vergonha! Eles, filhos da Igreja prostituída, senhores da Babilônia maldita, depravados, vivem na corrupção e na mentira! A Igreja é pior do que o mais vil dos senhores! Ela recebe o dízimo para fundir o ouro, encher o estômago de boas comidas, comprar condados e palácios. Obedecer ao papa é condenar a alma à danação eterna, pois Deus não está do lado dos ricos e usurários. O papa é irmão do demônio.

Uma mulher corada proferiu:

— Tem toda a razão, "cara triste"! Os bispos têm o rabo cheio de dinheiro!

Um homem de tez pálida continuou aos gritos:

— E nós engolimos sopas imundas enquanto eles engordam com pombos e assados!

O cura da igreja apareceu, quis expulsar os três peregrinos e dispersar a turba que começava a se manifestar.

— Vão todos embora! Vocês estão na porta da morada de Deus!

O conde Rodolphe Poitevin se virou para ele, apontou um dedo acusador para a porta da igreja e vociferou:

— Faz muito tempo que Deus desertou desta pocilga, cura! Satanás é o seu mestre, e você não sabe disso. Portanto, abra os olhos: não está vendo que serve à falsa Igreja?

O Pregador, por sua vez, avançou para cima do cura e o ameaçou rodando o cajado, prestes a abaixá-lo para atingi-lo. O cura recuou, trêmulo, preocupado com o rumo dos acontecimentos. Com um murmúrio de raiva que ia aumentando, carregado de violência, a multidão deu um passo à frente. Parecia querer invadir a igreja. Alguma coisa ainda a segurava. Quem sabe um pouco de senso do sagrado? No entanto, era algo muito frágil para contê-la por muito tempo.

O Pregador retomou sua fala:

— A Besta está em Roma, como o verme no fruto! Nós não reconhecemos seus sacramentos. A puta cristã não passa de uma maga vulgar. Sigam-me, irmãos...

A multidão só aguardava essa ordem. Como uma onda clamorosa, ela entrou na igreja atrás do Pregador, do conde Rodolphe e de seu filho Pierre. O cura foi empurrado e tratado com escárnio. Impotente, ele assistiu à pilhagem do altar. Puxando violentamente o pano branco sobre o qual estavam apoiados os cálices e o tabernáculo, o Pregador os derrubou.

— Cibórios e cálices! — disse ele, gesticulando. — Hóstias e vinho! Mentiras... Eis o "corpo" do Cristo! Nada mais do que metal e superstição!

Um homem alto e moreno, de faces azuladas por uma barba curta e uma jovem loura de longas tranças riam mais alto do que todos os outros. A voz da moça guinchava como uma gralha estridente. O sujeito alto começou a desamarrar os cordões da braguilha. Ele berrou:

— Veja, Brunelle... Eu tenho um vinho melhor para pôr nestes copos!

E, aliando o gesto às palavras, tirou orgulhosamente seu sexo e começou a urinar num cálice. Foi com orgulho que estendeu o cálice para a jovem, cheio até a boca.

— Realmente, é verdade! — extasiou-se a moça. — E seu instrumento poderia lavrar meu jardim sem dificuldade.

— É só fazer um sinal e eu a batizarei com esperma quente!

Eles foram aplaudidos. A multidão sapateava e dançava, exibindo as tíbias de alguns santos cujos sarcófagos ela havia quebrado. As pessoas atiravam as relíquias umas nas outras, faziam encenações grosseiras e obscenas com os ossos cinzentos e frios. As mulheres os enfiavam entre as coxas, os homens os exibiam como membros em ereção.

O cura acorreu em lágrimas, implorando, em vão, que a turba ímpia parasse de cometer aquele ignóbil sacrilégio.

A um sinal do Pregador, dois homens despregaram a grande cruz de madeira pendurada em cima do altar.
— Não! O crucifixo não! — rogou o cura. — O crucifixo não...
— Por que venerar a cruz? — indagou o Pregador. — Foi nela que Jesus morreu, nu e humilhado. São as palavras dele que devemos honrar, não o instrumento do seu suplício.
— Tragam lenha! — ordenou o filho do conde.
— A Igreja os obriga a adorar ícones, relíquias repugnantes, esqueletos de santos... — disse o Pregador. — Onde fica o espírito na barraca de Roma? Onde fica a alma?
Uma mulher respondeu:
— A alma? No escroto seco do bispo que aprecia o comércio das prostitutas; é o que parece!
Uma fogueira foi erguida no adro da igreja. A grande cruz de madeira foi espetada no centro dela e o fogo, ateado.
De repente, tomando consciência do seu gesto, a multidão fez silêncio. Da algazarra só restou o crepitar das chamas e uma fumaça negra que se elevava em espirais e era colhida pelo vento.
A essa fogueira, a Igreja respondeu com outras fogueiras bem mais terríveis ao catarismo nascente. Ela lançou na terra herética os seus inquisidores, os dominicanos; depois, mandou um exército de cruzados com a ajuda do rei da França.
Essa tragédia só iria terminar mais tarde, no pico de uma colina escarpada de Montségur... Os cátaros pediram ao dono do castelo, Raymond de Perella, que reforçasse os muros que cercavam a fortificação. Graças à sua situação geográfica, Montségur se tornou a peça-chave da oposição occitana ao rei da França e ao papa.

30.

A tradução

No dia 15 de janeiro de 1208, o enviado do papa, Pierre de Castelnau, foi assassinado por cátaros fanáticos. No mesmo dia, na França, no mosteiro de Saint-Paul, Benoît Chantravelle entrou na cela do tio que ardia em febre.
— Mestre Resnais está a caminho, Benoît — anunciou Arnaud. — Só darei o último suspiro quando souber o que contêm os pergaminhos que você me trouxe há tanto tempo.
— Eu quase os havia esquecido! Isso foi há dezesseis anos...
Arnaud havia emagrecido consideravelmente, estava com a tez pálida e sofria para respirar. Seu rosto, habitualmente feio, havia adquirido uma beleza insólita na doença. Parecia um santo que já enxergava a claridade do Paraíso.
Benoît molhou a testa do tio e passou-lhe unguento no peito, remédio indicado pelo monge mais sábio da comunidade, que era consultado com toda a confiança quando uma febre alta os atingia.
Mestre Resnais entrou claudicando no quarto modesto, empesteado de cânfora e tomilho. O velho estava trêmulo, emocionado, amedrontado como um cão senil. Segurava contra o peito uma sacola de couro, à qual as suas mãos magras se prendiam como as garras de uma ave de rapina.

Arnaud tentou se erguer na cama. Benoît o ajudou colocando uma almofada de palha na altura dos rins.

— Aproxime-se, mestre Resnais — arquejou Arnaud. — O senhor exauriu a minha paciência. Serei recompensado por essa longa espera?

— Arnaud... — balbuciou o velho, cujos joelhos estalavam. — Eu... eu nunca deveria ter me debruçado sobre este manuscrito! Nunca!

Benoît ficou impaciente:

— Pois bem, enfim saberemos por que meus irmãos foram mortos em Orbigny?

— Gastei a minha vista, alquebrei as minhas forças com esse texto — disse mestre Resnais. — E, nele, perdi a minha alma!

Finalmente, mestre Resnais se decidiu. Com gestos desastrados e febris, tirou um maço de pergaminhos da sacola que havia posto em cima da mesa.

Na cama, Arnaud se ergueu sobre um cotovelo, fazendo um grande esforço.

— Essas folhas mencionam uma passagem das Santas Escrituras. A do *rapaz de sudário*, no monte das Oliveiras. No entanto, o mais terrível, o mais assustador é que esse relato foi escrito por... por...

Arnaud encorajou o velho a continuar:

— Vamos, meu amigo, solte a língua!

— ... por um amigo de Jesus que se chama *João irmão pelos Doze*! Uma lenda falava desse Evangelho, mas ninguém jamais acreditou.

— O segundo Evangelho de João — continuou Arnaud, deixando-se cair no travesseiro.

— E isso não é o pior, Arnaud — prosseguiu mestre Resnais. — Guardar esse texto é possuir o inefável Segredo, pois Jesus não morreu crucificado. Foi o gêmeo, Tomé, que tomou o lugar dele. Segundo o que compreendi, Jesus foi para São João de Acre com alguns discípulos, entre eles *João irmão pelos Doze*. E isso, muito depois de Tomé ter sido crucificado. Lá, Cristo entrou numa embarcação... Essas foram as últimas páginas que pude reconstituir e traduzir. Aonde foi Jesus? Não sei.

Benoît interveio bruscamente:
— Tem certeza do que está dizendo, mestre Resnais?
— Que eu seja amaldiçoado se não for verdade! Ao menos é o que contêm estas páginas. O fogo destruiu inúmeras passagens e reconheço que há muitas lacunas bem embaraçosas. Por exemplo, não consegui definir o que realmente se passou no monte das Oliveiras. Só descobri que Tomé pensou ter matado Jesus, o seu gêmeo, e que Jesus, envolvido num sudário, apareceu para o irmão. Os manuscritos falam de ódio, de sangue e de traição... Ainda estou com o espírito abalado.
— Poderia guardar segredo, mestre Resnais? — perguntou Arnaud.
— Se os cinco incendiários de Orbigny souberem que uma parte do Evangelho foi poupada pelas chamas...
— Imploro para que a morte me leve o mais rápido possível para me aliviar desse fardo — murmurou mestre Resnais. — Eu me despeço, Arnaud, não o verei mais.
— Sim, somos velhos, e a nossa hora chegou. Mas para que Deus vamos dirigir as nossas orações? De repente, sinto a minha alma como um odre vazio...

Quando mestre Resnais partiu, Arnaud se deitou, segurando os documentos no peito que se erguia com dificuldade, em estertores.
— Em breve já não estarei neste mundo, meu sobrinho, e não posso deixá-lo sem proteção — disse ele, erguendo para Benoît um olhar ardente. — Você encontrará refúgio entre os Perfeitos, os "bons homens" da Occitânia.
— Mas os cruzados caçam os cátaros, considerados hereges pelos dominicanos! — exclamou o rapaz.
— Tenho um primo, Raymond de Perella — tranquilizou-o Arnaud. — Ele participa da defesa de Montségur, onde estão abrigadas várias famílias que abraçaram a nova fé.
— Uma viagem tão longa...
— Lá estará em segurança. Dizem que o lugar é inviolável, plantado num pico rochoso. Lá poderá ocultar esse terrível Segredo. Os "bons homens" defenderão o que resta deste Evangelho contra o papa e o rei da França.

Arnaud entregou as folhas ao sobrinho.

– Parta sem demora, Benoît. O que você salvou do fogo naquela noite é um tesouro maldito. Parta e se transforme numa sombra! Desapareça...

31.

A traição de mestre Resnais

Sala de audiência do bispo de Sens.
Com os pés em cima de uma pele grossa, o bispo estava confortavelmente sentado numa cadeira de encosto alto, ao lado de uma lareira onde ardia um fogo generoso.
Mestre Resnais mantinha-se de pé a certa distância, intimidado, segurando sua sacola, cuja alça apertava nervoso.
A sala era relativamente ampla e decorada com pesadas tapeçarias que aqueciam as paredes de pedra. A janela, feita na profundidade da parede, estava fechada por grossas folhas de madeira cravejadas de pregos de bronze. O vento vinha ali morrer em longos lamentos.
O velho escriba lançava olhares em todos os sentidos, fitando aqui um objeto religioso, um ícone de ouro, de marfim; ali, magníficos manuscritos...
Mestre Resnais se perguntava se agira certo ao pedir para ver o bispo com urgência. Sua solicitação havia sido aceita rapidamente e a resposta favorável se devia à reputação que gozava em toda a região.
– Pode falar, mestre Resnais. O senhor me pediu uma audiência privada em virtude de um caso importante, não é?
– É verdade, Monsenhor... Sim, sim... Importante é a palavra certa! Não, terrível é melhor!

O TRIÂNGULO SECRETO

As palavras ditas por mestre Resnais eram entrecortadas, convulsivas. Queimavam-lhe a boca ao sair, dilacerando-lhe a língua.

Altivo, consciente da sua ascendência sobre o velho franzino, o bispo desfrutava naquele instante de um prazer bem pouco cristão. Mas muito excitante.

— Mais de quinze anos da minha vida... Quinze penosos anos para traduzir estes pergaminhos a pedido do irmão Arnaud. Mas não quero morrer com o Segredo... Tome, Monsenhor. Uma cópia... Quinze anos de trabalho... Uma cópia que eu fiz sem nada dizer ao irmão Arnaud, naturalmente. Pegue... Julgue por si mesmo, com total conhecimento de causa e com a sabedoria que lhe é costumeira.

Depois, entregando com medo os documentos nas mãos finas do prelado, mestre Resnais prosseguiu:

— Eu... Eu não sou responsável por isso... Foi uma encomenda! E de um homem da Igreja. Os meus respeitos, Eminência...

Pronto. Agora, devia se retirar. Sair daquele lugar assaltado pelo vento que uivava e batia na janela.

Mestre Resnais se virou, dobrado ao meio, como uma ave assustada. Ele mancava, e todo o seu corpo estalava.

Ao ficar sozinho, o bispo examinou os pergaminhos. "Esse velho tem o espírito tão confuso quanto o de um pobre de espírito. Que diabos ele escreveu aqui?"

32.

Montségur

Ao chegar aos pés de Montségur, parecia a Benoît que fazia um século que andava com a sua mula. É verdade que, às vezes, o animal o havia carregado, porém, a maior parte do tempo, Benoît o havia acompanhado, trotando no passo dele, preferindo amarrar as bagagens nas costas da mula.

Ele falara com a mula todos os dias, considerando-a uma amiga, apreciando o seu silêncio e o olhar curioso.

Depois de comer num albergue do povoado, Benoît perguntou se alguém poderia levá-lo ao castelo de Montségur. Um homem respondeu que concordava em levá-lo, mas que não se responsabilizava pela recepção que lhe seria destinada.

– Sou portador de uma carta de Arnaud de Puhilez, primo do senhor Raymond de Perella – anunciou Benoît. – Eu lhe dou a mula como pagamento.

Isso porque a sua bolsa acabara de se esvaziar totalmente com a refeição que havia feito.

Benoît seguiu o homem. Ambos foram a pé. O monge já sentia saudades da sua mula, achando que as duas trouxas pesavam demais em seus ombros. O caminho era estreito e difícil. Exigia uma grande cautela para não escorregar num despenhadeiro profundo e pedregoso.

A maciça silhueta de Montségur recortava-se num céu límpido. Choças e cabanas se amontoavam do lado de fora da praça-forte, coladas nas muralhas. Ali viviam cenobitas na mais completa miséria, explicou o guia que avançava com grande desenvoltura, enquanto Benoît dava cada passo com a maior precaução.

Uma hora depois, o morador do povoado indicou a Benoît outro caminho na crista do monte, mais acima. Uma saliência na rocha levava direto à fortaleza.

— Está vendo como seria difícil sitiar o castelo? – disse ele. – É preciso seguir por este caminho, que leva ao desfiladeiro do Tremblement.

— Realmente, Montségur é um verdadeiro ninho de águia! – admitiu Benoît, que suava copiosamente.

Depois de agradecer ao guia, finalmente o jovem monge se viu diante de Raymond de Perella, que lhe deu de beber uma água límpida e fresca. Benoît achou que havia chegado ao Jardim do Éden e pensou, alegre, que ali passaria a eternidade.

A luz inundava a grande sala abobadada e salpicava generosamente o chão.

Raymond leu a carta que Arnaud lhe havia escrito.

— Estou triste por saber que o meu velho primo está doente. No entanto, a pureza da sua alma é tanta que ele repousará serenamente nos braços do Criador, se por Ele for chamado. Ele fala de um manuscrito...

— Aqui está, assim como a tradução que foi feita dele – disse Benoît, entregando os pergaminhos.

Raymond pegou com cuidado as folhas queimadas e consultou a tradução do mestre Resnais, enquanto Benoît lhe contava sobre o incêndio de Orbigny, a sua fuga, a chegada ao mosteiro de Saint-Paul.

Raymond leu em voz alta:

Nas Oliveiras o irmão morto no seu sudário. Ao gêmeo traidor faz repreensões. E o maldiz por Séculos e Séculos. Pela mentira ao povo dada. Por erguerem os Doze o Templo em Segredo. Ele, Jesus, nascido do ventre de

Maria por José gerado, abandonou o irmão amaldiçoado ao suplício. Dos seus discípulos acompanhado, foi fundar o Verdadeiro Templo em outro lugar.

Raymond deixou cair o braço. Uma folha se soltou do maço e, depois de flutuar como uma pluma por alguns segundos na brancura da luz, pousou no chão. Benoît a pegou e repôs no lugar. Raymond não se mexeu mais. Olhava para a frente, os olhos vazios sem expressão.

Depois, um rubor lhe subiu às faces, ele se pôs a percorrer a sala em grandes passadas. O homem era alto e magro, nodoso e cambaio, deixava os cabelos brancos bem compridos e usava uma barba grisalha cortada em ponta.

Socando o ar, exclamou com raiva:

— Roma mente para nós há doze séculos! A puta ordinária tortura e queima os Perfeitos em nome de uma crença que não passa de enganação!

— Deus queira que o papa nunca saiba a respeito da existência desta cópia — disse Benoît, olhando uma rolinha pousar no parapeito de uma janela.

O jovem monge não compreendeu por que a visão da ave subitamente o aterrorizou, como um sinal nefasto.

A rolinha começou a arrulhar.

33.

Os dominicanos

Junho de 1209.
Uma tropa armada, composta de quinze cavaleiros, apresentou-se no mosteiro de Saint-Paul. À frente da coluna cavalgavam dois dominicanos com suas túnicas azuis. Um pouco atrás, ereto na sua sela, um homem vestido de marrom escondia o rosto na sombra de um capuz.
Somente os dois dominicanos entraram no mosteiro. O padre superior que os recebeu demonstrava uma ligeira inquietação. Por uma das janelas do seu escritório, ele vira a coorte de soldados.
– Precisamos ouvir urgentemente o irmão Arnaud de Puhilez e o sobrinho – ordenou o primeiro dominicano, num tom que não admitia apelação.
– O irmão Arnaud entregou a alma a Deus há três meses – respondeu o padre superior. – Quanto a Benoît, ele deixou o mosteiro em janeiro do ano passado.
O segundo dominicano tinha uma voz mais suave e cautelosa do que a do companheiro.
– Poderia ter a gentileza de nos dizer para onde ele foi, meu irmão?
O irmão superior detestou a voz. E a pergunta. Mas estava com medo e isso via-se bem. Ele transpirava na horrível túnica de burel áspero que lhe martirizava a carne.

O primeiro dominicano tomou a palavra:
— Ele é acusado de heresia e de comércio com o demônio. Ocultar informações o tornaria tão culpado quanto ele.
— Em nome da Virgem Maria, eu afirmo que ignoro o caminho que Benoît tomou... Talvez o irmão ecônomo possa lhes informar.
— Leve-nos até ele — pediu a voz melosa.

O irmão superior seguiu na frente dos dois visitantes e os levou para as dependências de serviço onde sabia poder encontrar o irmão ecônomo. Cruzaram com alguns monges que se afastaram com respeito e medo diante dos inquisidores.

Eles entraram num recinto perfeitamente organizado onde estavam estocados os víveres do mosteiro, rigorosamente dispostos em prateleiras: farinha e grãos em caixas e cestos, frascos, garrafas, potes, sacolas, uchas...

A sala era clara e tinha um cheiro bom. Mil aromas compunham a atmosfera. O irmão ecônomo era um agradável velhinho de faces coroadas. Às perguntas dos dominicanos, ele respondeu sem malícia:
— Dei a ele víveres e trouxas. O irmão Arnaud lhe comprou uma mula. Compreendi que Benoît ia para as terras occitanas. Eu lhe desejei boa viagem e rezei para que não acontecesse nada de ruim no caminho. Pelo que me pareceu, Arnaud tinha um primo occitano... Não prestei nenhuma atenção ao que Benoît me disse. Estava ocupado redigindo o meu inventário; o inverno era rigoroso e eu temia que faltassem provisões antes do fim da estação e que passássemos fome.

Ao sair do mosteiro, o primeiro dominicano exclamou:
— O verme se esconde na podridão.

Os dois inquisidores foram prestar contas do que haviam descoberto ao homem de marrom, que tomava cuidado para não mostrar o rosto.
— Arnaud morreu e o sobrinho já deve estar escondido na região cátara, Senhor.
— A ideia é menos louca do que parece — constatou o homem.
— Esse Benoît está fora da jurisdição do rei, mas corre o risco de morrer numa fogueira, se aparecer. Cabe a nós, Guardiães do Sangue, desalojarmos essa víbora.

34.
A iniciação

Abril de 1210.

Fizeram Benoît entrar numa grande sala, onde uma grande assembleia de mulheres e homens de todas as idades estava em silêncio. Brancas eram as paredes, branca era a mesa coberta com um lençol, branca era a luz da floresta de velas. Mas negras eram as túnicas dos diáconos e dos oficiantes postados atrás da mesa, na qual haviam sido colocados uma bíblia, um cântaro e uma bacia cheia de água.

Benoît ainda usava o burel de monge. Uma jovem o seguia, levando nos braços a túnica preta que ele vestiria depois.

Entre os presentes, Raymond de Perella e o filho Jordan estavam sentados ao lado do conde Rodolphe Poitevin e do seu filho Pierre.

Ao se aproximar da mesa, Benoît notou que haviam posto sobre a bíblia aberta as folhas calcinadas de pergaminho que ele dera ao primo.

Três pessoas estavam atrás da mesa. Elas esperaram que Benoît estivesse bem próximo para que uma delas, um Perfeito de uns quarenta anos, com o rosto manchado, anunciasse:

— Benoît, os "bons homens" o recebem neste templo para acolhê-lo na sua fé e iniciá-lo nos seus mistérios. Vamos transmitir a você o *consolamentum. Benedicite parcite nobis.*

Depois de fazer uma pausa, ele perguntou ao impetrante:

— Aceita abjurar a fé católica, os seus sacramentos e os seus dogmas e somente receber oração de Deus e não da Igreja?

— Eu me comprometo — articulou Benoît, sem procurar dissimular a emoção.

Pater noster... A assistência havia escandido essas duas palavras numa única voz. Elas ressoaram na sala imensa e fizeram vibrar as chamas das velas.

— Promete não comer mais nenhum alimento animal, nunca mais ter relações carnais, conservar a nova fé, independentemente do que façam o seu corpo sofrer?

— Eu prometo.

Pater noster.

O Perfeito pegou o Livro Santo e o fechou, guardando entre as suas páginas as folhas escritas por *João irmão pelos Doze*. Ele pôs o livro na fronte de Benoît, enquanto os dois diáconos se colocavam de cada um dos lados do monge; com a mão esquerda, eles pegaram as mãos do rapaz e puseram a direita no peito dele.

— Deposito na sua fronte o Livro que, de hoje em diante, contém a Legítima Palavra; que Ela entre em você por esse sacramento! Doravante você será uma nova criatura, nascida do Espírito.

Compenetrado, Benoît fechou os olhos. Impregnou-se do contato do couro da Bíblia na sua fronte. Imaginou cuidadosos e meticulosos copistas traçando milhares de palavras. E o pergaminho do qual havia salvo alguns pedaços na abadia de Orbigny em chamas.

— No começo era o Verbo, e o Verbo estava com Deus e o Verbo era Deus — disse o Perfeito.

Pater noster.

O Perfeito retirou o livro da fronte de Benoît e o beijou afetuosamente na face direita.

— Receba o beijo da paz, irmão.

A jovem que segurava a alba preta se aproximou e a entregou a um dos diáconos, que a apresentou ao novo iniciado, dizendo:

— Você usará sempre este hábito negro, pois, doravante, será um "revestido", e esta veste é o símbolo da sua filiação à humilde família dos Perfeitos.

Em seguida, o Perfeito designou o filho do conde Rodolphe, que deu alguns passos sorrindo. Segurando a túnica preta contra o peito, Benoît voltou-se para o rapaz.

— Nós o confiamos a Pierre, que será o seu *socius* — disse o Perfeito. — Ele vai acompanhá-lo no caminho da nossa religião. Passe a considerá-lo um irmão gêmeo.

— Estou honrado em me tornar o seu aprendiz, Pierre — confessou Benoît, com sinceridade e lágrimas nos olhos.

35.

O papa Honório

Roma, 12 de agosto de 1223.

O papa Honório desfrutava do belo dia ensolarado. Instalado num dos jardins do seu palácio, ele almoçava sob um caramanchão, sentado numa confortável poltrona. Usando uma túnica branca enfeitada de dourado, saboreava alguns pequenos pombos, cujos pés separava meticulosamente com uma faca. Num jarro finamente trabalhado, brilhava um vinho rosé que já coloria as faces do sumo pontífice.

Enquanto se dedicava a separar delicadamente os membros da ave, dirigiu-se ao Guardião do Sangue que estava de pé do outro lado da mesa, vestido de marrom dos pés à cabeça e que havia abaixado o capuz:

— Senhor Gauthier, há exatos quinze anos os seus homens revistam, em vão, todos os povoados occitanos e ainda não encontraram o tal fradinho... Benoît Chantravelle!

— Sinto muito, Santo Padre. A Loggia lhe pede mais um pouco de paciência. Toda a região, do condado de Toulouse ao marquesado de Provence, foi corrompida pelos cátaros. O herege se esconde nessa ratoeira e conta com a proteção dos senhores languedocianos. Temos a prova de que os cátaros tomaram conhecimento do Testamento do Louco.

— Ah, é? — disse o papa com desdém, limpando a gordura dos lábios.

— Nossos poucos espiões infiltrados na seita notaram sensíveis mudanças no ritual de iniciação. João Evangelista agora parece ter tanta importância para eles quanto Jesus Cristo.

— Isso é tudo?

O papa bateu com a palma da mão na mesa. O vinho rosé dançou na garrafa.

— Não, Santo Padre — prosseguiu Gauthier. — Cada *senhor** que celebra o ofício pronuncia frases como esta: *Nas Oliveiras o irmão morto no seu sudário. Ao gêmeo traidor faz repreensões. E o maldiz por Séculos e Séculos. Pela mentira ao povo dada.*

— O veneno está na carne! Deus é minha testemunha de que fizemos tudo para extirpar a heresia dessas terras renegadas. Quantos Perfeitos teremos de queimar para que o veneno pare de se espalhar? Estou cansado de esperar, senhor Gauthier. E isso me aborrece!

Fazia calor. As roupas de Gauthier estavam molhadas de suor, as costas, encharcadas. Ele também se sentia cansado. Sem dúvida, bem mais do que o papa que comia na sombra enquanto ele continuava plantado em pleno sol, morrendo de sede. Beber? Mesmo que bebesse não conseguiria expulsar o cheiro pavoroso das carnes queimadas que havia impregnado as suas narinas, a sua garganta, o seu estômago. Se bebesse e bebesse de novo, não conseguiria eliminar a infecta pestilência das fogueiras.

Honório III o observava em silêncio, com um olhar curioso. Será que poderia imaginar os corpos contorcendo-se pela horrível dor nas fogueiras, mulheres, homens e crianças que gritavam, gritavam, gritavam? E os bebês recém-desmamados que eram jogados no fogo, como um trapo qualquer? E as orações desesperadas que bradavam os supliciados, cujas carnes inchavam, se dilaceravam, se rompiam? E a fumaça que, às vezes, o vento virava na sua direção, impregnando todos os poros da sua pele, se insinuando até a sua alma?

---

* Nome dado ao ministro que recebia o neófito. Significa "o Antigo". (N. T.)

Honório serviu-se de um pouco de vinho. Levou a taça aos lábios e fechou os olhos para degustá-lo. Em seguida, depois de engoli-lo, mal abrindo os olhos, ordenou:

— Volte para a terra herege, senhor Gauthier... Dê-se a conhecer a Luís e continue a sua caça. E, peço-lhe, encontre o que resta do Testamento do Louco. *Dominus vobiscum.**

— *Et cum spiritu tuo*** — replicou Gauthier.

O Guardião do Sangue se despediu do papa e, do lado de fora do jardim, reuniu-se a um grupo de seis homens vestidos de marrom como ele, que o haviam esperado montados nos cavalos.

— E então, Gauthier, parece que o sumo pontífice o deixou contrariado — notou um deles.

— Honório é ainda mais impaciente do que o seu antecessor Inocêncio III — salientou Gauthier. — Roma possui uma cópia do Testamento do Louco e os Templários têm uma segunda... E...

— Trabalho malfeito! — exclamou outro. — Um monge qualquer salvou algumas folhas do fogo há mais de trinta anos e pôs o Segredo em perigo. O papa e os Templários não são mais os seus únicos depositários.

Gauthier pôs o capuz de volta. A sombra o aliviou por um instante. Um conforto de pouca duração. Quando montou na sela, os gritos que agora o acompanhavam continuamente voltaram a lhe golpear os tímpanos. Os gritos de todas as mulheres, de todos os homens e de todas as crianças torturadas que ele mandara para a fogueira.

Gauthier morreria com os gemidos desses danados, de todos esses fantasmas com os esqueletos carbonizados.

---

* O Senhor esteja convosco. (N. T.)
** E com o vosso espírito. (N. T.)

36.

Os últimos cátaros

Dezembro de 1243.

A maioria das praças-fortes cátaras havia caído sob a ofensiva dos cruzados. Só Montségur ainda resistia. Contudo, dez mil homens sitiavam o castelo. Esse exército imponente era comandado por Hugues des Arcis que armara o acampamento ao pé da fortaleza, no próprio rochedo.

Uma grande quantidade de tendas havia sido montada no terreno escarpado. Do acampamento saía uma fumaça. Os homens matavam o tempo esperando o combate. Apesar desse cerco impressionante, Montségur, que dominava o acampamento com o seu volume cinza, ainda parecia inexpugnável. No entanto, a única arma de defesa importante de que dispunham os sitiados era uma barbacã de madeira, montada na torre leste.

Em frente a ela, sob a orientação do bispo de Albi, hábil engenheiro, os cruzados também haviam erguido uma catapulta. Maior, certamente mais eficaz, ela fora construída numa pequena plataforma onde poucos homens podiam ficar de pé.

Hugues des Arcis havia reunido dez dos seus tenentes na tenda e consultava com eles as plantas feitas recentemente.

— Fecharemos o desfiladeiro do Tremblement — disse ele. — Desse modo, os ocupantes de Montségur não poderão mais chegar ao vale. Impediremos qualquer possibilidade de reabastecimento.

— Sim, Hugues — disse um dos cavaleiros. — Mas o cerco já dura mais do que o previsto!

Hugues estava cansado de saber disso. Homem do norte, ele havia deixado mulher e filhos nas terras úmidas de que tanto gostava. Sentia falta da neblina. Das belas neblinas baixas que deslizavam na relva e nas abundantes lavouras...

— É verdade — suspirou. — Os recentes reforços do arcebispo de Narbonne* e do bispo de Albi, assim como a ajuda dos bascos, nos permitirão estrangulá-los.

— Esses hereges são verdadeiros escorpiões e podem ficar meses em jejum!

Hugues fez um gesto com a mão, como se quisesse expulsar uma mosca inoportuna.

— Esmagaremos todos! Eles não passam de um punhado de pessoas e nós somamos perto de dez mil homens. Dominamos a montanha. Todas as gargantas e estradas foram interditadas. Todas as trilhas, até a mais estreita, estão sendo vigiadas. Enviei uma pequena tropa de bascos para o pé da muralha leste. Eles aproveitarão a noite para subir até a torre e tomar a barbacã.

Na noite seguinte, um bando de dez soldados, armados apenas de espadas e facas, se aproveitou das anfractuosidades dos rochedos para se aproximar da torre. Verdadeiros acrobatas, pareciam fazer parte da pedra. Não demoraram a atingir a muralha e a escalaram.

Assim que puseram os pés na plataforma, surpreendendo os poucos guardas cátaros que se aqueciam em torno de um braseiro, os bascos passaram ao ataque. Degolaram e estriparam o punhado de "bons homens" em menos de três minutos. Ouviram-se apenas alguns

---

* Situada no sul da França, na região do Languedoc-Roussillon, Narbonne é uma comuna classificada como patrimônio mundial da humanidade pela Unesco desde 1996. Foi fundada em 118 a.C. pelos romanos. (N. T.)

gritos que foram percebidos por duas sentinelas cátaras de vigia na torre oposta. Elas deram imediatamente o alerta, soprando os berrantes até perder o fôlego.

Os bascos puseram fogo na barbacã e desceram sem demora para o acampamento.

Enquanto os cátaros formavam uma corrente para passar os baldes de água e tentar controlar o incêndio, o bispo Bertrand Marty, Pierre-Roger de Mirepoix e Jordan de Perella improvisaram uma reunião.

— Esses danados filhos de Satã acabaram de nos provar que Montségur não é inexpugnável! — praguejou Pierre-Roger de Mirepoix.

— Vamos responder destruindo a barbacã deles, como fizeram com a nossa — propôs Jordan de Perella.

— É uma aventura bem perigosa — observou o bispo.

— O que temos a perder, monsenhor? — perguntou Jordan. — Vamos esperar que nos bombardeiem sem cessar e que invadam o castelo? Eu comandarei a expedição.

Eles não ficaram por muito tempo refletindo na operação que Jordan chefiou em seguida. Uns quinze homens e mulheres rastejaram até a plataforma onde havia sido erguida a barbacã do bispo de Albi, defendida por um pequeno grupo de cruzados.

Os rebeldes avançavam pelas rochas cobertas por uma relva rasteira. A noite estava mais clara, uma lua cheia brilhava intensamente. Os cruzados os perceberam. O acampamento foi imediatamente acordado.

— Por são Jorge, os ratos saíram do buraco! Olhem... Lá!

— Às armas! Às armas! Matem! Matem!

Os cátaros de Jordan se prepararam para travar um combate. Tiveram de terminar a escalada sob uma revoada de flechas.

— Em nome do meu falecido pai Raymond de Perella, por nossa fé, ao ataque, companheiros! — proferiu Jordan, com um nó no estômago causado por um medo repentino.

Será que desconfiava de que a expedição estivesse predestinada ao fracasso? Viu as suas irmãs e seus irmãos sucumbirem. Entretanto, prosseguia, gritando, para encorajar a si mesmo, pois a morte assobiava em seus ouvidos. As flechas dos arqueiros cruzados transpassavam com traçados agudos a noite tão bela.

Ao chegarem ao promontório da barbacã, eles foram esfaqueados, mutilados. Os corpos ensanguentados rolavam pelas pedras, caíam no precipício, quebravam-se na falésia.

Jordan ouviu um companheiro gritar:

— Vamos fugir, Jordan! Levamos a pior... Veja como eles nos estripam!

Os sobreviventes lançados na luta conseguiram derrubar e matar dois ou três soldados; isso não era suficiente para achar que levavam vantagem. De nada adiantava prosseguir, e Jordan se rendeu com os quatro companheiros que não haviam sido atingidos pelas flechas e espadas.

— Montségur está perdida... Perdida, não é, Jordan?

— Ainda aguentaremos um pouco, meu amigo... Depois, morreremos na paz de Deus. As chamas da fogueira nos livrarão de nossos corpos!

*
* *

Na noite de 16 de março, que precedeu a rendição de Montségur, Pierre-Roger de Mirepoix confiou a Amiel Aicart e aos amigos Hugo Dominiac, Pierre Poitevin e Benoît Chantravelle a missão de salvar o tesouro dos cátaros. Esse tesouro, que tanto intrigou os historiadores ao longo dos séculos seguintes, era constituído apenas de alguns pedaços de um manuscrito secreto.

Os quatro Perfeitos aproveitaram a noite para tentar a fuga. Benoît já era bem idoso para se arriscar numa tal aventura. Seu *irmão* Pierre não estava em melhores condições. Mesmo assim, amarraram-se com cordas e, ajudados por Amiel e Hugo, mais jovens, desceram ao longo da muralha norte de Montségur. Lá em cima, no alto do paredão, alguns companheiros seguravam firmemente as cordas e os observavam deslizar no escuro.

Cansado com o esforço, Benoît temia que o coração o abandonasse. Este batia violentamente no seu peito em fogo e os batimentos subiam-lhe até a garganta com um gosto de bile.

A tiracolo, ele levava uma sacola de couro cuidadosamente fechada por cordões, que continha as páginas salvas de um incêndio havia cinquenta anos: os fragmentos do Testamento do Louco.

Finalmente, os homens puseram os pés na marga ainda morna pelo dia de sol. Amiel ajudou Benoît a se livrar da corda. O velho monge estava sem fôlego, todos os seus membros doíam. Enquanto ele recuperava a respiração, Hugo vigiou a montanha. Nada se mexia. Os cruzados não os tinham visto.

Depois, os quatro fugitivos se enfiaram pela floresta que lambia os flancos do monte. Pierre deu o braço ao *irmão*.

*
* *

Os cátaros se renderam nesta mesma noite.

De manhã, a sudoeste de Montségur, os cruzados delimitaram um campo fechado por paliçadas. Os soldados haviam trabalhado duro durante a noite: tiveram de montar uma cerca de estacas num lugar exequível, amontoar feixes de lenha, galhos em grande quantidade e ali derramar o breu. Isso porque não era assim tão fácil queimar duzentas pessoas!

Hughes des Arcis e os seus cavaleiros assistiram à morte das vítimas. Através das chamas e da fumaça que subiam alto no céu, os corpos se contorciam, se dobravam, estalavam.

Entre gritos, orações e o odor da carne calcinada, os cátaros morreram com o consolo de haver podido salvar algumas das palavras do Cristo reunidas por João...

* * *

    Benoît virou-se para a enorme coluna de fumaça, visível apesar da distância. Ela parecia estática. De tão longe, o movimento fora abolido.
    Era uma fumaça preta, espessa e pesada, retida acima das copas das árvores. No silêncio da floresta, o velho monge imaginou os apelos e clamores dos torturados. Conhecia todos eles pelo nome. E os amava muito.
    — Vamos — disse Pierre, colocando a mão no ombro dele. — Venha, Benoît! Venha, meu irmão.
    — Como homens podem fazer isso com outros homens? Em nome de que Deus? É preciso que esse Deus seja bem cruel para aceitar um tal tributo de carne e sangue! Agora, eu sei quem são os hereges. Sei quem são os filhos do Mal!
    Benoît voltou as costas para o lúgubre espetáculo e deu o braço a Pierre. Os quatro companheiros, os últimos cátaros, puseram-se a caminho, de cabeça baixa, salmodiando monótonas litanias.
    Eles andaram por muito tempo e se tornaram lendas.

37.

A cínica realidade

Amiel Aicart, Hugo Dominiac, Pierre Poitevin e Benoît Chantravelle, os últimos cátaros sobreviventes de Montségur, decidiram se separar para confundir as pistas e atrapalhar a investigação iniciada contra eles pelos homens do papa. Naturalmente, Benoît encontrou refúgio ao lado das únicas pessoas que poderiam protegê-lo: os Templários. Ele entrou em contato com o Grão-Mestre Guillaume de Sonnac, que o enviou a um comando perto de Troyes. O cátaro levava de volta para os Templários um fragmento do manuscrito original que provava que Jesus não havia morrido na cruz. Estranho fim da história, não? Os Templários lastimavam o gesto de seus antecessores que haviam incendiado a abadia de Orbigny e, com a morte de Benoît, tinham erguido uma estátua de cavaleiro cátaro na floresta em homenagem aos "bons homens" perseguidos.

– E a capela? – perguntou Mosèle, enfaticamente. – A máxima V.I.T.R.I.O.L... E essa argola que está faltando? Você sabia da existência dessa ruína há muito tempo, Martin?

– É claro – admitiu Hertz. – Alguns caçadores de lendas fizeram mil vezes o inventário dela. Quanto à argola, sim, falarei sobre ela mais tarde, pois eu...

Ele foi interrompido pelo toque do celular, deixado no casaco pendurado num cabide, para acabar de secar. Martin correu e colou o aparelho no ouvido, com a testa subitamente vincada por rugas profundas.

— Deus do céu! — gritou ele. — Foi feito tudo o que era preciso, não foi? E agora? Eu já vou. Quero vê-la.

Émylie e Mosèle se levantaram. Eles entenderam. Esperaram.

— Era do hospital — começou Hertz. — Léa está apresentando complicações. O coração parou por um curto momento e... Preciso voltar a Paris.

— As suas roupas ainda estão molhadas — objetou Émylie.

— Você vai pegar uma gripe — acrescentou Mosèle.

— Estou pouco ligando! — trovejou o velho advogado, recolhendo seus pertences e trancando-se no banheiro para se vestir.

Émylie abriu a janela para arejar o quarto cheio de fumaça de cigarros. Caía uma chuva fina, cinza e em linha reta, dando a sensação de que nunca mais ia parar.

Mosèle foi para perto da jovem. Os ombros se tocaram, mas eles não se mexeram. Ouviam, sem nada dizer, a chuva crepitar no cascalho do estacionamento do Manoir des Eaux. Ambos pensavam na história do jovem oblato que conseguira fugir do incêndio da abadia de Orbigny, tornando-se um velho monge iniciado nos mistérios do catarismo e fugindo de novo. Fugindo da fogueira de Montségur. Fugindo, mais uma vez, das chamas. Com o fogo, sempre ele, nas suas costas.

Hertz saiu do banheiro terminando de vestir o casaco. Os dois jovens se viraram para ele. Mosèle não conseguiu reprimir o sentimento de tristeza ao vê-lo tão pálido, malvestido nas roupas molhadas e enlameadas. O homem gordo havia perdido a soberba. Com os ombros pesados, as costas encurvadas, a cabeça para a frente, ele atravessou o cômodo e parou diante de Émylie e de Mosèle para aconselhá-los:

— Vocês dois, não banquem os aventureiros. Os Guardiães do Sangue não se deterão com esse fracasso. O que está em causa é muito importante. Aconselho-os a saírem da região.

— Está bem, sairemos logo — prometeu Mosèle.
Hertz abriu a porta, lançou-lhes um último olhar e desapareceu. Subitamente, o quarto pareceu vazio.
— Estou realmente com medo, Didier — confessou Émylie, depois de um momento. — Nós nos metemos num verdadeiro pesadelo. Lutamos contra sombras.
— Hertz está nos ajudando. Eu gostaria de saber o que realmente ele procura. Que jogo esse gato velho está jogando.
— Não temos provas para pedir a intervenção da polícia? — perguntou Émylie. — Ou mesmo da imprensa?
— Somente vento... Pedaços de papel, fábulas, fantasmas da história! Nada! Francis cometeu *suicídio* e, como você verá, Martin tem razão: ninguém encontrará o corpo do Guardião na floresta.
— E se parássemos com tudo? Francis estava certo em nos proibir de seguir o exemplo dele. Nunca deveríamos ter...
— Tarde demais. Sem querer, Francis nos arrastou para essa armadilha. Porque um irmão quis matar o outro há dois mil anos. Porque o Cristo não é aquele que imaginamos.
— Poderá demonstrar isso nos seus trabalhos? — perguntou Émylie, querendo se tranquilizar. — Com o Testamento do Louco e com os rolos do mar Morto que você está traduzindo na Fundação Meyer?
— *Um homem jovem com um sudário que subiu o monte das Oliveiras para maldizer o seu irmão...* Não, não tenho nenhum meio de demonstrar a veracidade dessa história. Mas os Guardiães do Sangue vão pôr todos os recursos em ação para me impedir de continuar.
— E se Francis estivesse errado? E se você e Hertz estiverem enganados, Didier?
— Hertz sabe! Faltam-lhe somente algumas peças do quebra-cabeça para encontrar o Túmulo. Todos os elementos do Segredo estão desencaixados, mas basta juntá-los para reconstituir a peça-mestra.
Émylie foi se sentar novamente na cama. Ela se enroscou como uma bola, com frio. Mosèle continuou perto da janela. O frio úmido

fazia-lhe bem, trazia-o de volta à realidade. Precisava tirar da cabeça as imagens das batalhas, das fogueiras. Precisava limitar-se à verdade, ao que fosse incontestável, ao que pudesse ser provado. Ele era um historiador pragmático. Ao menos era, até que Marlane lhe enviasse o cassete com o seu último depoimento.

— Em que está pensando, Didier?

Ele achou difícil explicar.

— Pensava que estou engolindo o que Hertz me contou, mas ao mesmo tempo me pergunto como ele soube de tudo isso. Ora digo a mim mesmo que devo acreditar, ora de que se trata de uma mentira.

— Sem dúvida, você quer acreditar.

— Sim, eu quero. Para suportar a morte de Francis. Para lhe dar um sentido. Por que iriam querer nos eliminar se não houvesse um tanto de verdade nesse caso? Nós incomodamos a instituição da Igreja. Nós remexemos na lama da história dela...

— Nós abrimos a porta do armário no qual a Igreja escondeu um cadáver, é isso?

Mosèle foi se sentar ao lado de Émylie.

— Neste caso — observou ele —, foram os Templários que esconderam um cadáver. O cadáver de Jesus. Eles o depositaram aqui perto. Próximo da estátua do cátaro e da capela em ruínas, no centro de um triângulo que Francis havia conseguido delimitar. Lá, na floresta do Oriente.

— E se você o encontrasse, Didier, o que faria?

— Se eu o encontrar, ele salvará nossas vidas. Os Guardiães do Sangue perderiam a luta e não poderiam mais nos atacar impunemente. Eu revelaria ao mundo essa fabulosa descoberta, Émylie. Ela estouraria como uma bomba.

Ele a olhou direto nos olhos. Estava sério.

— Se quisermos viver — disse ele —, devemos encontrá-lo a qualquer preço! Se descobrirmos o Túmulo de Jesus, estaremos protegidos.

Émylie aconchegou-se a ele, trêmula.

— Estamos condenados? — perguntou ela, num murmúrio choroso.
— Sem esperança?

Ele respondeu com um rápido beijo na testa. Como poderia tranquilizá-la? A angústia que se difundira nele era tão fria, que a voz o trairia.

Mosèle deixou que o silêncio tratasse de acalmar os dois.

*
* *

Hertz havia se virado para a fachada do Manoir des Eaux antes de entrar no carro. A janela do quarto de Mosèle continuava aberta. Ele viu o rapaz de costas, sem dúvida falando com Émylie.

Martin Hertz deu partida no carro.

Seguiu em direção à autoestrada. Deveria pensar em Léa, mas não podia tirar da cabeça a imagem dos dois jovens. Da felicidade que iluminara o rosto deles quando perceberam que não morreriam no promontório de árvores negras, no meio do pântano...

"Eles não morreram hoje", disse a si mesmo. "Não morreram hoje porque eu estava lá. Mas foi por um fio. Eu me perdi na maldita floresta. Há quanto tempo eu não ia lá? Doze anos? Mais? Da última vez foi com o Primeiro. Estávamos convencidos de que havíamos atingido o objetivo. Nós nos enganamos de novo. Como das vezes anteriores. E Marlane apareceu... Contei a ele o que eu sabia."

Hertz passou a mão na testa suada.

"Isso nunca terá um fim! Defender essa antiga causa..."

O coração dele ficou apertado ao reconhecer a terrível evidência: "Mosèle não podia ter morrido hoje. Ainda é muito cedo."

Lamentou sinceramente ter tido esse pensamento, porém, sabendo, no fundo, que era a expressão de uma implacável e cínica realidade.

Triste e desiludido, seu espírito voou para Léa.

38.

Macchi

Sábado, 18 horas.

O papa João XXIV estava sentado perto da janela. Ele não conseguia controlar o tremor das mãos apoiadas nas pernas. A cânula da perfusão espetada no seu braço direito o queimava. Contudo, era um pouco de vida que ainda lhe corria nas veias. Por quanto tempo? Seu corpo gasto e decrépito havia sido totalmente tomado pelo câncer. As últimas sessões de quimioterapia haviam-no deixado extenuado.

– O que aconteceu na França? – perguntou ele. – Hoje de manhã... na floresta do Oriente, Monsenhor de Guillio?

O cardeal, de frente para ele, estava sentado numa segunda poltrona. Entre os dois, numa pequena mesa de centro, havia dois copos de água, calmantes e um livro de orações que o papa consultava constantemente.

Guillio sabia muito bem que o sumo pontífice havia sido informado com precisão por um dos seus agentes sobre os recentes acontecimentos. O ritual instaurado entre os dois homens impunha que o próprio cardeal fizesse o resumo da desastrosa operação. E ele contou... Os três Guardiães do Sangue que haviam ido à capela e tentado matar Émylie Marlane e Didier Mosèle... A intervenção de um caçador – provavelmente Martin Hertz – que matara um dos três agentes...

O papa suspirou, sem forças.
— Foi feito o que era preciso no que concerne ao Guardião morto?
— Foi, Santo Padre. A polícia francesa nunca saberá de nada e nem Hertz nem Mosèle nem a viúva Marlane falarão sobre o fato. O cadáver foi recuperado por volta das 15 horas. Imediatamente, montamos um enredo de modo a tornar a sua morte plausível para a família.
— Suicídio? — brincou o papa.
— Agressão. *O nosso homem foi morto numa área de descanso da autoestrada por um agressor que queria roubar seu carro.* Ele foi previamente lavado e vestido com novas roupas. Os documentos de identificação foram colocados de volta nos bolsos, assim como alguns objetos pessoais: isqueiro, cigarros...
— Que pretexto ele usava? — perguntou o papa.
— Representante comercial da sociedade "In Fine". Nenhum problema quanto a isso. Existe uma sucursal na França e ele tinha uma reunião marcada na segunda-feira com um dos responsáveis para discutir um contrato. O calendário do seu computador de bolso confirmará isso.
O papa tentou afastar o cansaço dos olhos, esfregando-os com a mão agitada.
— Fez algum avanço a respeito da Loja Primeira? Pois é ela que estabelece as regras do jogo na sombra, não é?
Guillio suspeitava de que ele lhe faria essa pergunta. E respondeu:
— Não temos nenhuma certeza de que exista atualmente. Talvez Hertz aja sozinho, manipulando esse jovem professor, Didier Mosèle.
— Não, não... — disse o papa, exaltando-se. — A Loja Primeira está bem viva! Estou intimamente convicto... É contra ela que travamos esse antigo combate. Contra os seus membros que se dizem herdeiros do *homem jovem com um sudário*...
— Uma seita de iluminados!
— Mas eles possuem o segundo Testamento do Louco. A esse respeito, os nossos pesquisadores — os dominicanos — fizeram algum progresso em seus trabalhos?

A voz estava impaciente. Apesar da fraqueza, João XXIV ainda conseguia encontrar uma entonação de autoridade que lembrava uma época recente, quando ele era um homem respeitado, temido e admirado. Quando, então, tudo que dizia eram palavras gravadas no mármore.

— Eu ia descer ao laboratório — disse Guillio. — Mas, antes, quis ver como está passando.

— Pode constatar: como um morto sentado que nem mesmo sente o calor do sol na pele encarquilhada.

— Acho que vai se restabelecer, Santo Padre. Parece que o efeito do tratamento tem sido muito positivo. Além do mais, há quanto tempo não saía da cama?

O papa sorriu num esgar digno de pena, que lhe rasgou o rosto.

— Terá de se corrigir do seu pecado principal, meu amigo: o gosto pela mentira!

Foi com relutância que o cardeal de Guillio abandonou o papa na solidão do seu quarto. O sumo pontífice animava-se, dizendo a si mesmo que em breve seria a hora dos tratamentos e que sentiria um certo prazer em atormentar enfermeiras e médicos. Ele se queixaria da queimação no estômago; eles lhe dariam um alívio passageiro. Em seguida, seria a hora de jantar e de dormir. A noite chegaria, com os seus pesadelos mórbidos, os seus espectros hediondos levantando-se das valas comuns e querendo arrastá-lo para as aberturas de um inferno de trevas.

*
* *

Guillio permaneceu por um tempo nos jardins. O fim de tarde se anunciava doce e luminoso. O sol, que havia batido o dia inteiro nos loureiros e nos pinheiros, espalhara na atmosfera uma pequena nota suave, açucarada.

O cardeal andava lentamente, chegando, às vezes, a parar em consequência de uma reflexão. Dirigiu-se para a "Casina de Pio IV", mais comumente chamada de Academia Pontifícia de Ciências.

Entrou no prédio: o guarda, que o reconhecera, imediatamente apertou o botão de um comutador dissimulado nos ornamentos de uma moldura na parede. Abriu-se um painel dando lugar a um elevador, no qual Guillio entrou.

A descida durou apenas trinta segundos: o prelado saiu do elevador e seguiu por um corredor iluminado com barras de neon de luz direta.

Uma ampla sala envidraçada. Ali reinava uma atividade silenciosa, estudiosa. Seis dominicanos trabalhavam, debruçados na tela dos seus computadores ou nos fac-símiles de antigos manuscritos.

Numa das paredes opacas havia sido esticado um grande mapa da região Champagne-Ardenne. No centro de uma mesa, numa caixa de vidro, estava o Testamento do Louco que o rei Filipe Augusto dera ao enviado do papa Pedro de Cápua no século XII.

O mais velho dos dominicanos, um homem baixo, magro, careca no alto da cabeça, usando óculos grandes e com um cigarro nos lábios, recebeu Guillio com um sorriso ligeiramente zombeteiro.

– Suas visitas são cada vez mais frequentes, Monsenhor. Sua Santidade está impaciente? Ela acha que vamos desvendar amanhã um segredo que dorme há séculos?

– Falta-nos tempo, Macchi – resmungou Guillio. – Sabe muito bem.

Macchi tirou os óculos e os limpou com um lenço, colocou-os de volta no nariz, tomando o cuidado de encaixá-los bem, e encarou o interlocutor com seus olhos esbugalhados.

– Muitas outras coisas nos faltam! – exclamou ele. – As anotações do professor Marlane, as de Hertz e, sobretudo, o exemplar do Testamento do Louco que ele possui. Os Templários deixaram informações nas margens dessas páginas que nos fazem falta.

Guillio deu três passos em direção ao mapa da parede e designou um ponto na floresta do Oriente.

– No entanto, avançamos a passos de gigante nos últimos meses, graças aos nossos agentes – observou ele.

— Já conhecemos o perímetro no qual devemos procurar. Mas ele é extenso! Apesar do que pensa deles, Monsenhor, nossos espiões não nos esclareceram muito!

Guillio reagiu:

— O que acha dos acontecimentos ocorridos hoje de manhã? Foi lá, não muito longe da capelinha dos Templários, que Mosèle e a mulher de Francis Marlane foram localizados.

— Os nossos investigadores revistaram mil vezes essa capela, Monsenhor. Em vão...

Virando-se para os outros cinco dominicanos sentados às suas mesas, Macchi continuou:

— Veja... Não cessamos de ler e reler todas as minutas da Inquisição que trata do Segredo e reabrimos o Testamento do Louco dia após dia; não há nada em toda essa papelada que possa nos levar ao Túmulo. Trata-se de um quebra-cabeça. Temos algumas peças e os nossos inimigos possuem as outras.

— Mas Francis Marlane encontrou! — disse Guillio, perplexo.

Macchi esmagou num cinzeiro a ponta de um cigarro que pendia em seus lábios, em seguida acendeu outro, apesar do olhar reprovador do cardeal.

— Quem sabe não deveríamos examinar mais de perto, do lado dos franco-maçons? — indagou o dominicano.

— Por que está me dizendo isso?

— Os mitos, as lendas... No fim das contas, poderiam estar próximos da Verdade, pela Tradição deles, se *aquele* que procuramos for mesmo o Primeiro Irmão! Marlane reuniu todas as pontas do triângulo: as do manuscrito do mar Morto, do Testamento do Louco e do esoterismo maçônico. Não poderia ser de outra maneira.

— Compreendo — assentiu Guillio, voltando ao mapa mural. — Isso significa que o próximo que souber traçar de novo esse triângulo será capaz de descobrir a localização do Túmulo?

— E, naturalmente, está pensando, como eu, em alguém específico?

— Realmente — admitiu o cardeal. — Didier Mosèle!

39.
Reflexões

Com a sua lanterna, Mosèle varreu a noite escura e profunda. O feixe de luz amarela afugentou as longas sombras das árvores ao longe, em frente, no meio da alta vegetação cortante.

O rapaz pensou que não devia ter voltado sozinho à capela dos Templários. Aquela expedição noturna despertava nele temores infantis. O lugar não se parecia com o que tinha visto de dia. Tudo era sinistro, ameaçador. Tudo rumorejava com a chuva invisível que o transpassava até os ossos.

Enfim, a ruína apareceu, como que surgida repentinamente, desenhada num traçado escuro, inacabado.

Ele avançou. Seus passos afundavam no solo encharcado com ruídos furtivos de ventosas. Ele avançou. Depois, ficou imóvel. Seu coração parecia ter parado por um tempo. Sentiu uma dor violenta e rápida no peito. "Didier... Didier!", chamou uma voz que ele reconheceu. "Didier!", repetiu a voz cava.

Lentamente, suando de agonia, Mosèle se virou e apontou a lanterna para os troncos cobertos de musgo, procurou, vasculhou a noite.

"Didier!"

Forçou-se a dar alguns passos. A voz o guiava. Não passava de um murmúrio insistente. No entanto, ele percebia todas as entonações, a acentuação posta na última sílaba que morria num lamento:

"Didier, por aqui...!"

Quanto mais avançava, mais a voz se afastava, atraindo-o para a floresta, para as suas profundezas úmidas, para o seu odor de folhagens, de barro e de líquen.

Ele chegou a uma clareira circular protegida por grossos carvalhos com densas copas embebidas de chuva.

"Didier... Didier, estou aqui!"

Mosèle moveu a lanterna à sua volta. A agonia dava-lhe um nó no estômago e o deixava nauseado. Deveria vê-*lo* agora. A voz estava muito próxima.

"Didier... Venha... Didier..."

Mosèle deu um pulo para trás, apavorado. Sentiu as pernas vacilarem, por pouco não caiu. A voz vinha do chão, que o cone da lanterna sondava em vão.

Depois, alguma coisa gelada segurou-o nos tornozelos e neles ficou agarrada. A terra tornou-se movediça. Mosèle começou a afundar. Ele batia os braços, ia se afogar. Gritou aterrorizado. Foi puxado. Atolado até a cintura, tentou se segurar, desesperado, arranhando a terra com os dedos. Suas unhas quebraram. A lanterna havia rolado e o iluminava em pleno rosto. Continuava a ser puxado.

Mosèle sufocava. Afundou totalmente no lodo. Um gosto infecto lhe entrou na garganta. Sentiu um corpo que se encostava nele. Um cadáver nu, magro e coberto de limo.

Era um túmulo! O morto que ali repousava tentou enlaçar Mosèle, que lutou, empurrou e se emaranhou nos membros descarnados. E o morto o abraçou de maneira abjeta, obscena. Tentava beijá-lo nos lábios.

Um sopro fétido foi exalado da sua rouquidão.

Um clarão... Mosèle viu o rosto que se encostava nele e descobriu o que já sabia. O que ele tanto temia.

"Francis!"

Marlane o fitava intensamente com suas pupilas negras. Mosèle usou o que restava das suas energias para se livrar do cadáver do amigo, empurrando-o com repugnância, porém atrapalhado nos movimentos pela terra mole que tolhia os gestos.

"Você não seguiu o meu conselho Didier... Eu o preveni... É a sua morte que está perseguindo! Você não deve saber a verdade!"

Mosèle alçou-se para fora da vala e saiu do chão com um último e violento esforço. Escancarou a boca para tragar o ar da noite. Estava à beira da asfixia, da loucura.

Ele estava ali, aspirando o ar em grandes haustos, assustado mas aliviado por se ver em seu quarto do hotel. Le Manoir des Eaux...

Mosèle olhou o relógio de pulso. Eram 5 horas. Levantando-se, foi até a janela e afastou as cortinas. Sentia uma necessidade irresistível de luz. De realidade. Ao abrir a janela, recebeu na pele o reconfortante frescor do dia que apontava vagamente no topo das árvores do parque.

"Estúpido pesadelo. No entanto, tão simples! Faria a felicidade de um psicólogo iniciante... Tão evidente! O Túmulo secreto na floresta... Francis tomando o lugar de Cristo e lembrando-me de que me havia avisado... E, depois, a minha maldita culpa... Dormi com a mulher dele e li em seus olhos que ele sabia. Detesto esse tipo de sonho! Eles me lembram os meus medos de menino."

Mosèle teve vontade de andar ao amanhecer, andar para esvaziar a cabeça, andar e assistir ao romper do dia. De se mexer, de viver!

Vestindo-se às pressas, saiu do quarto sem fazer barulho e desceu a escada. Na recepção, uma jovem lhe fez um pequeno sinal ao qual ele respondeu com um movimento do queixo e saiu do hotel.

Do lado de fora, o perfume de turfa dos bosques próximos o atingiu em cheio; inspirou, satisfeito. A pregnância do pesadelo era tão forte que lhe havia deixado na boca o ignóbil gosto do túmulo de Marlane.

Mosèle atravessou o estacionamento e se deliciou ao ouvir os seus passos no cascalho. Viver! Viver o romper do dia e refletir calmamente, impondo coerência ao seu raciocínio. Retomar todos os pontos da investigação, verificar a cronologia, compará-los, ponderá-los...

Um caminho. Decidiu seguir por ele. Um atalho juncado de marcas de rodas e de poças-d'água com uma fileira de relva no meio. O prazer da solidão: sentir-se sozinho no mundo, no frescor de um fim de noite.

Assim, lentamente, gradualmente, as imagens mórbidas do pesadelo foram desaparecendo, se diluindo, banidas pela reflexão que ele tecia metodicamente.

Primeiro ponto: Francis descobriu a localização do Túmulo do Cristo. Depois de deixar a Palestina em companhia de alguns discípulos – ou de sua família –, Jesus veio para a França, aqui morreu e foi enterrado na floresta do Oriente. Seus restos mortais continuam lá.

Segundo ponto: Os Guardiães do Sangue souberam que Francis havia remontado a pista dos Templários. Como?

Terceiro ponto: Os Guardiães do Sangue assassinaram Francis, levaram o corpo de volta para o Marly e camuflaram o homicídio em suicídio.

Quarto ponto: Os mesmos Guardiães souberam que eu estava retomando as investigações de Francis.

Quinto ponto: Sofri duas tentativas de homicídio.

Sexto ponto: Os Guardiães do Sangue entraram na casa de Martin Hertz. O que procuravam? O Testamento do Louco? Nesse caso também, como souberam que Hertz o possuía?

Sétimo ponto: Hertz revelou a história do Testamento do Louco, os contratempos que sofreu, o caminho que seguiu ao longo da História: Templários, cátaros, depois novamente Templários... E, agora, é ele que o mantém em seu poder. De que maneira se apropriou dele?

Oitavo ponto: Ernesto Pontiglione se encontrou com Francis. O professor havia estudado uma passagem do Testamento do Louco; ele pôs Francis a par das suas reflexões.

Nono ponto: Evidentemente, Francis juntou um grande número de deduções caóticas originadas de várias fontes, depois lhes deu uma estrutura, uma ordem. E a Verdade apareceu. *Ordo ab Chao*.*

Décimo ponto: Qual o verdadeiro papel que Hertz representava? Será que tinha conhecimento da investigação que Francis fazia?"

Este último ponto deixou Mosèle contrariado. Parecia, realmente, que o lugar de Hertz era preponderante nesse jogo sinistro. O velho advogado estava presente, nove anos atrás, na noite do Círculo Escocês, quando Mosèle havia proposto a Marlane que se juntasse à sua equipe na Fundação Meyer. Sabia que tipo de trabalho eles realizavam. Acompanhara toda a conversa deles. Depois, por várias vezes, Mosèle havia lhe contado os progressos nas traduções do 4Q456-458... Hertz escutara o jovem com ar distraído. Só fazia algumas raras perguntas, dando a impressão de que seu interesse pelo assunto era superficial.

Ao relembrar essas breves conversas dispersas no tempo, Mosèle se deu conta de que, à sua maneira, com uma inocência habilmente estampada, Hertz conseguira dele informações capitais.

Agora, o rapaz tinha certeza: Hertz, o ex-Venerável Mestre da Loja Eliah, que os havia iniciado, a Marlane e a ele, sempre seguira atentamente os estudos feitos na Fundação Meyer.

Seria porque era o detentor do Testamento do Louco?

Naquela noite, havia nove anos, logo depois da cerimônia de iniciação, Mosèle e Hertz tinham duelado pela primeira vez a respeito do tema do acaso. Um acaso que provocara o encontro de três dos atores da tragédia atual: Hertz, Marlane e Mosèle.

Talvez não fosse por acaso, agora Mosèle pensava angustiado.

Décimo primeiro ponto, então: Hertz seria um manipulador? No caso de uma afirmativa, por conta de quem ele agia? Por sua própria conta?...

---

* Expressão latina que significa "ordem no caos". Divisa máxima do Rito Escocês Antigo e Aceito. (N. T.)

40.
A sexta mensagem

No dia seguinte, segunda-feira, entregaria a carta.

Ele usava um roupão. A noite havia sido muito curta, agitada, nos seus raros momentos de torpor, por sonhos que carregavam uma enxurrada de lembranças deformadas.

Quando acordou, preparou uma xícara de café e foi para o escritório. Estava aflito para abrir a pequena caixa de madeira e tirar o sexto envelope.

Agora, segurava-o nas mãos, olhando-o pensativo. No papel pardo, um nome e um sobrenome haviam sido escritos em letras maiúsculas:

DIDIER MOSÈLE

Era a letra de Francis Marlane.

*
* *

Mosèle andou por quase duas horas num passo rápido. Voltou ao Manoir des Eaux, com os sapatos enlameados, subiu para o seu quarto, tomou um banho e acendeu o primeiro cigarro do dia.

Por volta das 8 horas, Émylie ligou para ele para perguntar se queria tomar café.

— Estou morto de fome — respondeu ele. — Dei um longo passeio no bosque. Um pesadelo — mais um — para afugentar!

Seguiram para o restaurante do hotel. A jovem da recepção foi pegar os pedidos com um sorrisinho cansado.

— Vai me contar? — perguntou Émylie.

Mosèle levantou a cabeça, deixando os pensamentos de lado.

— O quê?

— O seu pesadelo.

A contragosto, obrigado a mergulhar novamente nas imagens viscosas da noite, ele fez um resumo rápido. Quando terminou, a jovem deu um leve assobio:

— Francis o persegue. Assim como me persegue. Também sonhei com ele, porém foi mais agradável, no começo. Éramos crianças... Sabe, ele ocupa mais o meu pensamento agora morto do que quando estava vivo.

— Tive essa sensação quando perdi meus pais.

— Será que é porque seus pais e Francis tiveram uma morte brutal? Acha que é essa a razão?

— Pensamos nos vivos ocasionalmente. Ligamos para eles de vez em quando, convidamos para jantar, para compartilhar um curto momento das nossas vidas. É mais ou menos isso. Em compensação, os mortos nos invadem, se apropriam da nossa memória. Pouco depois do acidente de carro dos meus pais, percebi que eles não saíam da minha cabeça. Todo o tempo, eu ficava rememorando os menores detalhes, coisas de pouca importância, os ínfimos acontecimentos. Eles estavam ali, dentro de mim. Eu chegava ao ponto de falar com eles, de interrogá-los, e imaginava suas respostas. Reinventava suas vozes. Pois é isso que perdemos em primeiro lugar: as vozes.

— Tem razão — admitiu Émylie. — Já me esqueci da voz de minha mãe. Quanto ao meu pai, não seriam as três vezes que ele me liga por ano que o tornariam mais presente. Todas as vezes, eu conheço de novo a voz dele.

— Você o avisou sobre Francis?

— Ele me ligou. Viu a nota de falecimento no *Le Monde* e leu o artigo no *Libération*. Mas nem se mexeu para assistir ao enterro. Talvez tenha sido melhor: não tenho muita vontade de revê-lo.

A jovem da recepção colocou duas bandejas na mesa: café, chá, salada de frutas, croissants, brioches com gergelim e potes de geleia, de mel e de manteiga.

— Seu pesadelo foi realmente horrível — retomou Émylie, enchendo uma xícara de chá.

— O mais terrível, o mais repugnante foi o contato com as mãos e os braços gelados de Francis. Parecia que ele me puxava. Para DENTRO dele! Como se devêssemos ser uma única e mesma pessoa na morte.

— A Fraternidade, Didier...

— O que eu acho é que não me sinto em paz com Francis. E você sabe por quê, não sabe?

— Sei, Didier. É claro.

Émylie segurou a mão de Didier. Suave, tranquilizadora e quente, sobre os dedos gelados do rapaz.

— Quando quer voltar a Paris?

— Vamos passar, ao menos, o domingo brincando de turistas em Troyes. Voltaremos amanhã de manhã. Não sei muito bem quando irei à Fundação. Terça ou quarta, talvez... Vou ligar para Martin daqui a pouco e saber notícias da mulher dele.

Émylie retirou a mão.

— Didier...

— Sim?

— Eu não disse tudo a respeito do meu sonho — confessou ela.

— Pode falar.

— No começo, éramos adolescentes. Andávamos de bicicleta... De repente, nos tornamos adultos num cenário desconhecido. Francis me virava as costas e eu fiz ele ver, ofendida, que não se interessava mais por mim. Dizia a mim mesma que era uma estupidez, que ele estava vivo e que se recusava a me olhar. Finalmente, ele decidiu se virar. Tinha o seu rosto! Mas eu estava certa de que era ele. Enfim, eu acho...

O gosto de terra na boca. Mosèle voltou a ter, fugazmente, a sensação de asfixia que o sufocara à noite.

41.

Os "I" inclinados

Segunda semana, segunda-feira de manhã.
Mosèle conseguiu estacionar o carro não muito longe do número 33 da avenida da Porte-Brancion.
– Só um café e depois eu a levo em casa – disse ele.
– Tenho uma tonelada de papéis para preencher. Os seguros de Francis...
Eles passaram em frente ao pequeno apartamento da zeladora, quando ela saía para distribuir a correspondência.
– Aqui está a sua carta, senhor Mosèle – disse a mulher. – Devem simplesmente tê-la colocado na minha caixa de correspondência... Não tem endereço. Veja.
Mosèle pegou o envelope distraidamente.
– Deve ter sido depositada de manhã, bem cedo – indicou a zeladora.
– Obrigado, senhora Lournel.
Mosèle e Émylie atravessaram o pátio para se dirigir ao prédio 2 onde morava Didier, no quinto andar.
A carta. O envelope de papel pardo. Mosèle sentiu o coração bater violentamente, chegando a doer. Como se estivesse prestes a rasgar seu peito.

— Deus do céu! — exclamou ele, ao ler seu nome escrito no envelope.

— O que houve? — assustou-se Émylie. — É a carta?

— Veja, Émylie. Veja quem escreveu meu nome neste envelope!

As letras maiúsculas: os "I" ligeiramente inclinados, embora todos os demais caracteres estejam retos. Émylie não queria acreditar. Não queria saber de nada.

— Foi ele — murmurou Mosèle, num tom de constatação.

— Francis? — perguntou ela, desconfiada, embora não pudesse haver nenhuma dúvida.

Nenhuma: Francis tinha o hábito de usar maiúsculas ao escrever. E a inclinação do "*I*" era a sua marca.

*
* *

Pegaram o elevador sem dizer uma palavra. Mosèle examinou o envelope, virando-o entre os dedos. Émylie percebeu que ele estava com medo de abri-lo.

Entraram no apartamento, meticulosamente organizado e limpo. Mosèle só apreciava a desordem em seus escritórios.

— O que significa isso? — resolveu perguntar Émylie. — Francis nos preparou uma brincadeira macabra? Ou é mais um dos seus truques de *francomacs*?

— Não, eu não esperava receber esta sexta mensagem.

Finalmente, ele abriu o envelope. Émylie se debruçou por cima do ombro dele.

— É mesmo uma carta dele — disse Mosèle.

Ele a leu em voz alta:

Caríssimo Didier, se lhe entregaram esta carta é porque estou morto e você não obedeceu às recomendações que fiz. Mas o espaço e o tempo não têm importância entre nós; continuo fielmente ao seu lado. Posso adivinhar que você chegou perto do Túmulo.

O TRIÂNGULO SECRETO

Não avance mais, Didier! Estou avisando. Você não sabe quem são os nossos verdadeiros inimigos. Volto a repetir: não se mate. V.I.T.R.I.O.L. é uma armadilha!

Seu fraternal amigo, Francis.

— Isso é uma loucura completa! — exclamou Émylie. — Ele redigiu esta carta imaginando que você seguiria a pista dele. Mas quem a pôs na caixa de correio da zeladora?

— Alguém a quem ele fez confidências — sugeriu Mosèle. — Portanto, há um desconhecido que nos espiona, que sabe que continuamos as buscas de Francis e que foi encarregado por ele de ser o seu mensageiro!

A jovem estremeceu.

— Mesmo morto, ele não abandona esse caso... — articulou ela baixinho.

*
* *

Fazia mais de uma hora que ele havia voltado para casa. Tirou a capa e enfiou o roupão. Afundando numa poltrona, cochilou por alguns minutos e, em seguida, foi para o escritório. Com a boca pastosa, nauseado, sentou-se à mesa, olhou a pequena caixa de madeira da qual havia tirado a sexta carta no dia anterior. A que estava em cima do maço de envelopes.

Em seguida, esperou. Sem saber bem o que devia esperar. Esperou, como na véspera, como na antevéspera... Ele ouviu os ruídos da rua, demorando-se em registrá-los, em identificar todos eles. É assim, quando esperamos em vão, condenados a deixar o tempo em suspenso, deixamos a mente vagar como um animal perdido. Tentamos encontrar alguns pontos de referência.

E a sua mente procurou o caminho.

*
* *

Émylie estava sentada no sofá. Mosèle não conseguia ficar parado. Andava pela sala, batendo o calcanhar e fumando, nervoso.

— Não acha estranho que o professor Pontiglione tenha lhe entregado o caderno de Francis que nos levou, como que por acaso, à capela dos Templários? — espantou-se a jovem.

— E que esta carta tenha chegado hoje?

— Pontiglione caiu do céu no momento oportuno, não? Você não me disse que Francis e ele haviam se correspondido muitas vezes e que, depois, tiveram um longo encontro em Roma?

— Exato.

— Como Hertz, esse Pontiglione, por mais franco-maçom que seja, esconde muita coisa de você!

— Sem dúvida, você tem razão. Martin Hertz enviara-lhe alguns fac-símiles de algumas folhas do Testamento do Louco para permitir que ele aprimorasse as pesquisas.

— Francis pode ter entregado a ele o resultado da investigação que fez — sugeriu Émylie. — Talvez tenha até deixado com ele todos os seus preciosos cadernos. Eles podem não ter sido roubados pelos Guardiães do Sangue.

— Realmente, é uma possibilidade. Na sua opinião, Pontiglione poderia ser o meu anjo da guarda? Antes de morrer, Francis teria confiado a ele a missão de me proteger...

— Em todo o caso, esse homem merece que o bisbilhotemos um pouco, não? — propôs Émylie.

— Ele está num hotel não muito longe da Loja, perto do bulevar Pereire — informou Mosèle. — Acho que uma visita *fraternal* é indispensável antes que ele volte para a Itália. Mas, antes, quero ver Martin Hertz.

— Vou com você. Ficarei no carro enquanto fala com ele.

Émylie saiu do sofá e se alongou.

— Estou com dor no corpo inteiro — queixou-se ela. — Devo ter pegado um resfriado com o banho de lama que tomamos na floresta do Oriente.

Antes de sair do apartamento, Mosèle dirigiu-se ao escritório para guardar a sexta mensagem de Francis Marlane junto com as anteriores.

"Quem será que a entregou: Pontiglione? Hertz?"

42.

A presença desconhecida

— Tem certeza de que não quer ir?

Mosèle havia aberto a porta do carro e se inclinara para Émylie.

— Tenho — respondeu ela. — Você se sentirá mais à vontade para falar com ele. Vocês, franco-maçons, se sentem bem entre homens, não? Gostam de segredo. Vou ouvir música enquanto espero.

Mosèle atravessou a rua Jacquard e percorreu uns dez metros antes de chegar ao portão da casa de Hertz. O portão estava entreaberto. Ele o empurrou sem avisar o velho advogado pelo interfone.

Subindo os seis degraus da escada de pedra, chegou ao jardim abandonado, dirigiu-se para a porta cuja fechadura havia sido trocada recentemente e tocou a campainha.

Como não obteve resposta, disse a si mesmo que talvez Hertz já tivesse ido para o hospital. Tocou de novo. Finalmente, ruído de passos. Pesados e lentos.

— Didier... Eu não esperava...

— Posso entrar, Martin?

Hertz se afastou para dar passagem ao rapaz.

— É claro! Deveria ter me avisado... telefonado!

"O sorriso é forçado!", constatou Mosèle, entrando no vestíbulo.

— Sinto muito. Saí e resolvi dar uma passada na sua casa — disse ele.

— Gentil da sua parte. Entre.

Hertz fechou a porta, deu um tapa amigável em Mosèle, um pouco insistente demais. Um gesto paternalista que ele prezava e que tinha a pretensão de ser caloroso. Mas havia algo de diferente nele. De pouco natural.

— Não consigo tirar da cabeça a morte daquele homem... do Guardião do Sangue! — disse Mosèle.

— Compreendo. Mas fui eu quem o matou, Didier. No fim das contas, era apenas um fantasma! O cadáver já desapareceu.

Ao entrarem no escritório, Hertz acendeu a luz. "Ele não estava aqui", pensou Mosèle. "Devia estar no quarto quando toquei a campainha, e foi por isso que demorou tanto para abrir a porta."

Sentaram-se nas fundas poltronas.

— Às vezes me pergunto se não somos paranoicos — confessou Mosèle. — Se não inventamos fatos imaginários só para satisfazer as nossas fantasias.

— Eu matei realmente aquele homem e Francis morreu envenenado. Isso não é concreto?

— É, e uma caminhonete tentou mesmo me atropelar. E atiraram na sua mulher. Aliás, como ela está passando?

— Voltou a si e me disse algumas palavras, ontem à noite. Os médicos têm muita esperança...

— Fico feliz por você, Martin. Espero sinceramente que ela não fique com nenhuma sequela dessa agressão.

Hertz sorriu e fez um gesto com a mão para acompanhar um pensamento que guardou para si mesmo. Pensamento ou oração?

Mosèle decidiu-se:

— Recebi mais uma carta de Francis hoje de manhã. Na realidade, alguém a enfiou na caixa de correio da zeladora.

— É estranho — disse o velho homem. — A zeladora viu quem a depositou?

— Não, infelizmente.

— Você a trouxe?

— Achei melhor deixá-la no escritório. Em resumo, ela me intimava a não prosseguir no caminho de Francis e terminava com a seguinte advertência: *V.I.T.R.I.O.L. é uma armadilha!*

— Posso adivinhar em quem você está pensando, Didier. Eu estou na sua lista de *suspeitos*. Não é isso?

— O que me espanta, sobretudo, é o método usado por Francis. Essa encenação... Isso não corresponde à personalidade dele. Além do mais, eu pensava ser o único confidente dele nessa aventura.

— Nunca se conhece realmente o nosso *irmão*. Nem mesmo o nosso *gêmeo*! É isso o que o deixa contrariado, não é?

Mosèle teve de confessar:

— É, sim. Vim aqui para lhe pedir conselho, Martin. Você era o nosso Venerável quando Francis e eu fomos iniciados na Loja Eliah. Você sempre me guiou e...

— E sou o seu *velho mestre*, é claro.

Hertz mexeu na poltrona o seu enorme traseiro, pois não conseguia se sentir à vontade. "Ele está nervoso. Olhou o relógio duas vezes e pagaria caro para que eu fosse embora. Não me ofereceu nenhuma bebida e nem tomou o café como faria a esta hora, conforme a sua mania."

— Sei que a fraternidade não é uma palavra vã entre nós – continuou Hertz. – Em breve, eu lhe direi...

— Vai me dizer o quê?

— Ainda é prematuro. Mas logo terei de falar com você sobre uma certa Loja.

— Não tenho tanta certeza de apreciar seus segredinhos, Martin.

O tom de Mosèle foi incisivo, Hertz percebeu, e uma expressão de tristeza invadiu o rosto balofo. Ele se levantou, apoiando-se nos braços da poltrona, erguendo o seu enorme volume de gigante acima do rapaz.

— Ah, Didier! Se eu fosse livre... Realmente livre! Agora, vá embora. Tenho muito que fazer. O único conselho que posso lhe dar é que seja prudente. E que não fale demais.

"Ele me manda embora como um professor faria com um aluno."
Mosèle saiu da cadeira e se dirigiu para a porta do escritório. Ouviu Hertz suspirar às suas costas e depois dizer:
— Não me odeie. Sei o que reprova em mim.
No vestíbulo, o velho advogado prosseguiu:
— Você me reprova por eu me calar sobre certas coisas. Desconfia de mim e não posso deixar de lhe dar razão. Mas salvei a sua vida, Didier. Bem como a de Émylie!
— Eu lhe agradeço. Mas justamente você estava presente no exato momento em que deveria estar. Você surgiu como um diabo do seu buraco! Representou o mágico que tira a carta certa no instante crucial. Eu apareci na sua casa uma noite, falei sobre a morte de Francis, sobre a tentativa de assassinato fomentada contra mim, e você me mostrou o Testamento do Louco. Pôs nas minhas mãos o livro mais secreto da história da França, a mais improvável das provas templárias relativa ao enigma da morte do Cristo! E, para dar peso ao seu presente, recitou a história secreta de Filipe Augusto, a filiação dele a uma antiga Loja, a peça que ele pregou no papa... Depois acrescentou uma bela pitada de cátaros para aumentar o peso!
Mais um suspiro de Hertz, que passou rapidamente a mão nos olhos e inspirou fundo antes de dizer:
— Prometo lhe dar em breve todas as respostas às suas perguntas, Didier. Dê-me mais um tempo. Só um pouco. Enquanto isso, por favor, não se esqueça de que sou seu amigo. Eu lhe suplico que acredite em mim, meu rapaz.
A voz chorosa emocionou Mosèle. Na verdade, desejava acreditar nele. Um desejo imperioso de continuar a confiar nele. Ele esperaria.
— Nesse meio-tempo, vou visitar Ernesto Pontiglione no hotel antes que ele parta para Roma — anunciou. — Talvez ele tenha informações sobre Francis.
— Envie-lhe as minhas saudações — disse Hertz.
Quando Mosèle saiu, o velho advogado ficou um momento na porta para vê-lo atravessar o jardim. Preocupado, fechou a porta, cruzou o vestíbulo, entrou na cozinha, cabisbaixo, abatido pela lassidão e pela contrariedade.

— Era Didier Mosèle — anunciou à Sua Eminência sentada à mesa diante de duas xícaras de café e um cinzeiro no qual terminava de queimar um charuto.

— E daí?

Hertz tomou o seu lugar em frente ao visitante ilustre, observou o charuto que havia abandonado para abrir a porta para Mosèle e fez um gesto para pegá-lo, mas mudou de opinião. Não estava mais com vontade de fumar. O fígado o incomodava, a bile lhe subia à garganta.

— E daí? — repetiu Sua Eminência.

— Mosèle recebeu uma carta *post mortem* de Marlane.

— Você leu a mensagem? O que continha?

— Não li. Normalmente, Mosèle teria permitido que o fizesse; ele apenas me pôs a par de um aviso de Marlane: *V.I.T.R.I.O.L. é uma armadilha!*

Sua Eminência manteve o seu charuto aceso, tomando a precaução de atiçar a pequena brasa na extremidade com seguidas sucções. Soprando um delgado filete de fumaça, repetiu:

— *V.I.T.R.I.O.L.!* A fórmula alquímica e maçônica. A fórmula da capela templária da floresta do Oriente...

— Por favor, interceda junto ao Primeiro para que a Planta seja aberta — implorou Hertz, inclinado sobre a mesa. — Não acha que já está na hora de a Loja voltar a ser operacional? Mosèle está arriscando a vida o tempo todo.

— Se entendi bem, está propondo que a Loja receba Didier Mosèle numa Sessão coberta, para que ele conheça a existência dela e o papel que desempenha? Isso seria prudente?

Sua Excelência examinou o charuto que segurava delicadamente entre os dedos. O rubi brilhava no seu anular.

Hertz acrescentou:

— Não podemos usar Mosèle como isca indefinidamente, sem esclarecê-lo a respeito da nossa busca. Ele decidiu que vai encontrar novamente Pontiglione, agora de manhã. Como vê, a coisa está recomeçando! Ele vai seguir exatamente o caminho que Marlane tomou. Vamos repetir o erro, Monsenhor?

*
* *

Mosèle foi ao encontro de Émylie. Ela abaixou o som do rádio.
— Não vai dar a partida? — perguntou ela depois de um tempo, ao ver que Mosèle olhava fixo o retrovisor.
— Vamos esperar — respondeu ele. — Vamos esperar... Esse velho espertalhão do Martin Hertz tinha uma visita. Quando eu estava no vestíbulo para sair, ouvi uma cadeira ser arrastada na cozinha.
— E daí?
— Talvez seja idiotice da minha parte, mas quero ter certeza. Ele parecia muito constrangido! Precisava ver como se contorcia na poltrona! Se não fosse importante, por que não me diria que estava com alguém e que eu atrapalhava?
— Realmente. Você tem sanduíche, *donuts* e copinhos de café? É disso que os tiras dispõem quando estão de vigia, não é?

*
* *

Na soleira da porta da casa, Sua Eminência disse a Hertz:
— Vou falar com o Primeiro. Até logo, Martin. Rezarei por Léa.
— Obrigado. Aguardo notícias.
O velho advogado pareceu aliviado. Os dois homens se abraçaram e Sua Eminência saiu, com o seu casaco cinza-escuro e o chapéu preto.
Hertz fechou a porta. A casa estava vazia. Ele não conseguia enchê-la com a sua enorme carcaça. Vazia de Léa, dos ruídos matinais, das palavras banais trocadas entre antigos cônjuges.
Ele notou um estilhaço brilhante no tapete, abaixou-se com dificuldade para pegá-lo e constatou que se tratava de um pedaço do vaso quebrado por uma das balas trocadas na ocasião do assalto. Um pequeno caco branco que a vassoura e a pá haviam esquecido.

Hertz voltou à cozinha para jogar o caco do vaso na lata de lixo e se atirou numa cadeira com o risco de desconjuntá-la.

"O perigo continua a se aproximar de Didier... De todos nós! Os Guardiães do Sangue estão agarrados às nossas pernas! Aproxima-se a hora de eu ir ao cemitério... É, creio que isso seria mais prudente! Como fizeram os meus antepassados que zelaram pelo Testamento do Louco!"

*
* *

Sua Eminência chegou ao seu carro, um Peugeot preto com vidros escuros, estacionado na rua Jacquard, uns trinta metros atrás de Mosèle. Apenas alguns segundos depois, o prelado passou ao lado do Golf.

Mosèle saiu lentamente da vaga e só acelerou quando o Peugeot começou a virar no fim da rua Jacquard.

O Peugeot preto tomou a direção da porta de Saint-Cloud. Mosèle o seguiu discretamente, mantendo uma boa distância entre os dois veículos, ajudado pelo trânsito que se intensificava ao se aproximar de Paris.

– Você viu? – perguntou Émylie. – Carro de ministro, vidros fumês... E o sujeito: casacão cinza, chapéu preto...

– Cabelos brancos – prosseguiu Mosèle. – Mais ou menos um metro e oitenta, uma bela cara de águia, de sessenta e cinco a setenta anos. Estou mais propenso para os setenta bem-conservados e bem-tratados. Ginástica, fitness, golfe e regime alimentar... Totalmente o contrário de Hertz.

– Um irmão?

– Nunca o vi.

A perseguição do Peugeot durou cerca de quarenta minutos; vários engarrafamentos atravancavam Paris. Finalmente o carro parou no número 10 da avenida Président Wilson, no 16º *arrondissement*, em frente ao portão de um prédio vigiado por dois policiais. Uma bandeira com as armas do Vaticano drapejava na elegante fachada.

— A nunciatura apostólica! — exclamou Mosèle. — Então, o nosso homem é alguém importante da Igreja!

— Era só o que faltava! A nunciatura é uma embaixada do Vaticano — precisou Émylie. — Foi por isso que Hertz não quis apresentá-lo ao misterioso visitante.

— O que isso prova? Martin tem o direito de ter os amigos que quiser. Não me imagino contando a ele que segui um dos amigos que saía da casa dele. No entanto...

O largo portão se abriu para que o Peugeot preto entrasse e se fechou imediatamente depois que ele passou.

— No entanto — retomou Mosèle —, o velho gato recebe em segredo um mandachuva da Igreja, embora o Vaticano queira eliminar aqueles que se interessam demais por um evangelho capaz de varrer a apologética cristã.

— Uma visita que, com certeza, não tem nada de inocente. E você me disse que o desconhecido estava na cozinha?

— Disse. Tenho quase certeza.

— Nada mal o grau de intimidade entre Hertz e esse sujeito! Você receberia um cardeal ou um bispo na cozinha?

— Ao falar de Francis, Hertz me disse que nunca se conhece realmente um irmão. Ele tem razão: agora eu sei que não conheço Martin Hertz.

43.
O "T"

O Guardião do Sangue não desviava os olhos do homem magro sentado num banco do jardim Paul-Paray.

Ao acordar naquela manhã, Ernesto Pontiglione agradeceu aos céus por não estar chovendo. Detestava Paris com chuva, mas adorava quando um raio de sol, por menor que fosse, permitia longos passeios ao acaso.

O professor Pontiglione optou por dar uma parada ali, no pequeno jardim Paul-Paray, antes de voltar para o hotel. Tirou do bolso do casaco de gabardine o *Cagliostro* de V. Bellachi, sentou-se num banco e começou a ler.

Claro, ali não era Roma. A claridade, o barulho dos motores, os apitos das sirenes, a atmosfera carregada de gás dos escapamentos, nada era parecido. No entanto, o momento era agradável com o ar quase morno que lembrava um verão desaparecido há pouco tempo, querendo se demorar ainda no outono malconsolidado.

O Guardião do Sangue sentou-se num banco e esticou as pernas como faria um transeunte cansado. Abriu um jornal francês com gestos naturais e começou a percorrer os títulos. No entanto, seu olhar não desgrudava de Ernesto Pontiglione. Este último não prestou atenção ao Guardião. Do lugar em que estava, não podia ver a escuta alojada no ouvido direito do homem e o minúsculo microfone preso no avesso da sua gola rulê.

O telefone celular do professor vibrou na sua coxa. Ele o tirou do bolso e o colou no ouvido, um tanto contrariado por ser perturbado na leitura.

— Alô.

— Ernesto? É Didier Mosèle. Queria passar para vê-lo no hotel. Estou com Émylie Marlane e gostaríamos de falar com você.

O mau humor desapareceu imediatamente e Pontiglione respondeu com sinceridade:

— Excelente ideia! Estou num jardinzinho lendo um livro. Vou voltar e estarei no hotel em apenas cinco minutos.

Fechando o livro, ele se levantou do banco. E continuou com o celular no ouvido.

— Tenho coisas importantes a lhe dizer, Didier. Em Roma, Francis me falou muito das suas pesquisas. Ele havia avançado muito, como sabe... Então, até já!

Fechou o celular, colocou-o no bolso da calça e saiu do jardim. Passou na frente de um homem que lia o jornal, com as pernas esticadas e os pés cruzados.

O Guardião do Sangue esperou alguns segundos, dobrou o jornal e também se levantou. Depois de andar alguns metros atrás de Pontiglione, mantendo uma boa distância, abaixou ligeiramente o queixo e falou baixinho no colarinho:

— Ele acabou de sair do jardim Paul-Paray. Seguiu pela rua Saussure e se dirige para o bulevar Pereire. Acho que vai voltar para o hotel. Vou repetir a descrição física: casaco de gabardine ocre, calça azul-escuro, sapatos de camurça bege, óculos com armação de metal. Fiquem preparados!

A mensagem foi recebida a mais de cinquenta metros dali, no interior de uma caminhonete branca. O motorista comentou, rindo:

— Os Guardiães fizeram bem em não se afastar nem um minuto do professor desde que ele saiu de Roma. Sabemos sempre a sua posição.

Um rato na ratoeira! Eu me pergunto por que devemos precipitar os acontecimentos. Sabe por quê?

O passageiro respondeu:

— É a política, Lorenzo! O papa vai morrer em breve e Guillio vai perder as prerrogativas. A política! Os tempos vão mudar no Vaticano.

Dessa vez, o homem estava confiante. Agora não haveria o providencial Martin Hertz para salvar o professor Pontiglione. Isso porque ficara comprovado que fora mesmo o velho advogado que havia matado um dos seus agentes na floresta do Oriente.

*
* *

Mosèle estacionou o carro a uns vinte metros do hotel Tocqueville, na rua Cardinet, numa vaga que acabara de ser liberada por um caminhão de entregas.

— Não pode estacionar aqui — observou Émylie, indicando as listras no chão.

— Vou assumir o risco — disse Mosèle, dando de ombros. — Não quero ficar uma hora dando voltas no quarteirão.

— Você parece extremamente apressado!

— Tenho pressa em submeter o caro Pontiglione ao questionário.

*
* *

O Guardião do Sangue seguiu o professor Pontiglione a uma distância de quatro a cinco metros. O homem alto e magro se preparava para atravessar a praça Cardinet na altura da bifurcação das ruas Jouffroy e Cardinet, quando elas desembocavam no bulevar Pereire.

Pontiglione esperou que o sinal ficasse vermelho.

"Logo verão o seu objetivo", murmurou o Guardião do Sangue na gola. "Ele vai atravessar."

— Alvo localizado — responderam na escuta. — Estamos a quinze metros, no máximo.

*
* *

Mosèle e Émylie subiram a rua Cardinet. Estavam apenas a alguns passos da entrada do hotel Tocqueville, quando o rapaz viu o professor Pontiglione atravessando a praça.
— Veja. É ele! Ali, o cara alto de casaco de gabardine.
— Belo porte — notou Émylie.
Pontiglione acabara de identificar Mosèle e fez-lhe um sinal, apressando subitamente o passo. Estava sorridente. Iria falar sobre Francis Marlane, relembrar o jovem pesquisador, inteligente e perspicaz...
"É realmente um belo dia. Não é Roma, evidentemente, porém mesmo assim um belo dia!"
Mosèle ficou paralisado, lívido.
— Deus do céu, Ernesto! — gritou, para surpresa de Émylie.
— O que foi? — perguntou a jovem.
Mosèle começou a gritar na direção do professor. Este parou, tentando compreender. Um segundo. Um a dois segundos... A caminhonete branca, que Mosèle viu sair da fila dos veículos que esperavam o sinal vermelho, cantou os pneus na praça. Os pedestres que atravessavam se viraram e se afastaram. A caminhonete não os visava. O objetivo era o homem alto e magro que agora parecia andar em marcha lenta, olhando o bólido avançar para cima dele, surpreso.

O choque foi terrivelmente violento. Gritos de pânico e de horror acompanharam a sinistra coreografia que fez o homem ser erguido do chão, braços e pernas desarticulados. Os clamores o sustentaram no ar por um instante; depois, ele caiu de costas, a cabeça se chocou com o paralelepípedo, o sangue lhe escorreu do nariz.

O *Cagliostro* pulou do bolso do seu casaco de gabardine e se abriu. Algumas folhas viraram, como se a morte sentisse prazer em terminar impetuosamente o livro no lugar da sua vítima.

A caminhonete prosseguiu e, por pouco, não se chocou com uma bicicleta motorizada, antes de desaparecer no trânsito do bulevar Pereire.

Buzinadas, gritos, apelos e rumor. E piedade. Piedade pelo infeliz caído que sufocava, com o rosto já azulado.

Alguém chamou a polícia.

Sem ligar para a atividade febril em volta, Mosèle correu para perto de Pontiglione e se ajoelhou ao lado dele, apesar da proibição de uma mulher. Ele até sentiu alguém segurá-lo, tentando arrancá-lo do chão.

– Você é médico?

– Sou – ouviu-se respondendo. – Sim, eu sou médico!

Soltaram-no. Ele segurou o rosto do moribundo nas mãos, fazendo-lhe uma última carícia fraternal.

Atordoado, Pontiglione reconheceu Didier Mosèle através de um espesso véu vermelho. Agarrando-se a ele com um olhar vago, chamou-o emudecido. Precisava lhe dizer... Mas falar era tão difícil, faltava-lhe a respiração, os pulmões estavam reduzidos a cinzas. E havia aquela dor gelada embaixo da coluna vertebral. Ali também algo falhava: as pernas que ele não sentia mais, que não existiam mais.

Então, só lhe restava uma última solução. A mão direita. Erguê-la. Estava ensanguentada. Erguê-la na altura do peito do rapaz.

Pontiglione pôs o indicador no suéter claro de Mosèle que a jaqueta aberta deixava aparecer.

Num último esforço, riscou um "T" com sangue no suéter de Mosèle, sussurrando uma única palavra e fechando os olhos: "Payns." Apenas um estertor.

A mão caiu. Mosèle tentou achar a pulsação do professor no pescoço. Em vão. Ergueu-se e procurou Émylie com o olhar, vendo-a no meio da multidão, na calçada.

– E então, doutor?

Mosèle levou alguns segundos para compreender que era a ele que se dirigiam. Virou-se para a mulher.

— Está morto — disse.
— Já viu o seu suéter?

A sirene de um carro de polícia e a de uma ambulância monopolizaram providencialmente a atenção da mulher e de todos os curiosos. Mosèle foi ao encontro de Émylie e a arrastou na direção do Golf: "De nada adianta sermos vistos no local do acidente."

Sentado no carro, Mosèle demorou a acionar o contato. Precisava sair da rua Cardinet, do congestionamento da praça. Corria o risco de ser reconhecido pela mulher que ele fizera acreditar que era médico.

Émylie abriu a jaqueta do amigo.

— Com que objetivo ele traçou este "T" no seu peito?

— Não sei. Ao mesmo tempo, ele falou a palavra "Payns"... Hugues de Payns, o fundador da ordem dos Templários. A não ser que se trate do povoado perto de Troyes. Ele quis me passar uma última mensagem. Tinha consciência de que estava morrendo e deve ter buscado toda a força que lhe restava para desenhar este "T" e indicar uma pista. Mas qual? Será que é o mesmo "T" que encontramos nas anotações de Francis: "T" de templário?

44.
A reunião

Segunda-feira de manhã, segunda semana.

Mosèle não pensava em voltar tão cedo à Fundação Meyer, mas sentiu uma vontade irresistível de informar pessoalmente à sua equipe sobre a investigação feita por Marlane e sobre a morte do professor Pontiglione. Em breve a imprensa entraria em cena e poderia destacar certas coincidências. Mosèle achou mais honesto conversar com seus colaboradores, lamentando o fato de tê-los mantido na ignorância, embora estivessem arriscando a vida tanto quanto ele.

A porta vermelha do escritório foi violentamente aberta. Mosèle passou a cabeça pela abertura e lançou:

— Todo mundo na sala de reunião! Imediatamente! Estarei esperando por vocês.

Em seguida, desapareceu como havia aparecido. Souffir abandonou o computador, Rughters esticou seus dois metros de músculos e de gordura e Hélène Moustier, ao levantar-se da cadeira, arrumou a saia do seu tailleur de um azul intenso.

— O que foi que deu nele? — inquietou-se ela. — Nunca o vi nesse estado. Uma crise de autoridade?

– Não sei – murmurou Souffir. – Testa enrugada e voz surda: mau sinal.

Arrastando os pés, o velho tradutor abandonou um segmento de texto sequencial que, finalmente, ia ser deslindado, graças à sagacidade de *Largehead*, e se dirigiu para a porta que ficara aberta.

Afastou-se para dar passagem a Hélène: seus saltos-agulha produziam estalos no piso. A jovem agradeceu com um sorriso, cujo segredo só ela sabia.

Os três colaboradores foram ao encontro de Mosèle na sala de reunião, um grande espaço moderno que tinha, no centro, uma mesa de vidro oval com dez poltronas bege dispostas em volta. Havia uma tela branca na parede e um mapa da Palestina. A localização do mar Morto, de Qumran. Prateleiras guardavam incontáveis dossiês classificados com perfeição. Um pequeno móvel com uma cafeteira, xícaras e açúcar.

Mosèle estava servindo o café.

– Instalem-se. Café para todo mundo?

– Não nos permitiríamos desrespeitar o ritual – disse Hélène com um falso ar de seriedade. – Para mim, sem açúcar.

A jovem se instalou e cruzou as pernas, sabendo que, assim, a saia do tailleur subia insidiosamente nas suas coxas. Ela se distrairia em observar os olhares furtivos, mas admiradores, de Rughters, ao longo da reunião. Ela se divertiria ao vê-lo enrubescer, às vezes achando encantador esse embaraço de velho adolescente.

Souffir pôs os cotovelos na mesa e apoiou o queixo nas mãos. Dava a impressão de fazer um suporte para o rosto grande e todo enrugado. Por trás das lentes, os enormes olhos de lagarto piscavam várias vezes, como se ele estivesse com sono.

Rughters, que acabara de ver do outro lado da mesa um magnífico joelho redondo e uma sublime coxa dourada, odiou-se por sentir as faces em fogo. "Ruivo maldito!", disse a si mesmo com raiva. Por mais que tentasse se concentrar, por mais que procurasse se acalmar, seu rosto continuava a ser devorado pelo calor. Hélène sorria furtivamente para ele.

Mosèle pôs a cafeteira de volta no móvel e, por sua vez, sentou-se.

– Hoje de manhã, eu tinha um encontro marcado, um encontro com o professor Pontiglione, que havia se encontrado com Francis – começou ele. – Você deve se lembrar, Norbert: recebi uma carta dele no dia do enterro de Francis. Ele me dizia que vinha a Paris e queria me ver.

Mosèle não podia contar para eles sobre a Sessão fúnebre. Precisava pular essa cerimônia. Travestir a verdade.

E prosseguiu:

– Nós nos vimos uma primeira vez num restaurante. Devíamos nos encontrar de novo hoje de manhã, no hotel dele. Mas Ernesto Pontiglione foi morto diante dos meus olhos, atropelado por uma caminhonete desenfreada, na praça Cardinet.

Os rubores de Rughters desapareceram de suas faces. Ele bateu na mesa com a palma da mão.

– Puxa! – lançou ele. – Sinto muito, Didier. É horrível...

Mosèle continuou, sem se deter:

– Acho que é meu dever colocá-los a par dos acontecimentos relacionados com o nosso trabalho atual do 4Q456-458 e com uma certa investigação que o nosso amigo Francis fazia... Digamos que se tratasse de uma investigação discreta. Não os informei a respeito porque achei que nos considerariam loucos ou charlatães.

Souffir ergueu uma das emaranhadas sobrancelhas.

– Uma investigação? – espantou-se ele. – Um trabalho particular?

Visivelmente, Mosèle sentia-se pouco à vontade para responder:

– Na verdade, não... Francis havia desenvolvido uma teoria que, há alguns séculos, seria qualificada de *herege*. No entanto, é uma teoria compartilhada por alguns historiadores, entre eles o professor Pontiglione. Ele acreditava ter encontrado a prova das suas especulações nos manuscritos que traduzimos há quase dez anos.

– Estou começando a adivinhar – articulou lentamente Souffir, tirando o seu cachimbo.

– Você não está pretendendo fumar, está, Norbert?

A voz de Hélène interrompeu definitivamente o gesto do velho, que se limitou a suspirar, pondo o cachimbo de volta no bolso. Mosèle teria acendido um cigarro de bom grado. Estava sofrendo e engoliu o café de um gole para compensar a falta de tabaco. Hélène travava uma luta implacável no escritório: Souffir e ele deviam sair para fumar perto dos banheiros, quando não conseguiam mais suportar essa privação obrigatória.

Souffir repetiu tão lentamente quanto da primeira vez:
— Estou começando a adivinhar.
— Tenho certeza disso — destacou Mosèle. — Francis achava que Cristo não tinha morrido na cruz e que um impostor havia tomado o lugar dele. Alguém muito parecido a ponto de se passar facilmente por ele.
— Depois Jesus teria passado um tempo em Qumran, é isso? — sugeriu Hélène Moustier, voltando subitamente a ser profissional.

Souffir se dirigiu mais diretamente a ela e disse:
— Lembrem-se da frase que descobri na semana passada: *O irmão, que não tinha chagas nos punhos nem chagas nos tornozelos, lhes disse que chegaria o dia glorioso em que as nações não se odiariam mais...*
— Entre outros pequenos detalhes — observou Rughters. — A palavra *maskil* que volta a aparecer todo o tempo...
— É verdade — reforçou Souffir. — Em hebreu, *maskil* designa um professor. Mas, nos nossos rolos, esse mestre também é chamado de Primeiro ou de Irmão.
— O primeiro dos dois irmãos? Jesus?

Rughters não se interessou mais pelos joelhos de Hélène, por mais redondos que fossem, nem pelas coxas, por mais douradas que estivessem. Ele se levantou violentamente e recriminou Mosèle:
— Você está fazendo rodeios, Didier. Qual ligação entre o suicídio de Francis, a morte de Pontiglione e as nossas descobertas? Pois aí é que está o X do problema, não é?
— Aprecio o seu senso prático, Rughters.

O gigante se deslocou para perto do mapa da parede: Jerusalém, Herodium, Belém, Qumran... — Ele bateu no mapa com o indicador gordo na altura de Qumran e exclamou:

— Sem saber, despertamos forças obscuras adormecidas há séculos! Poderíamos ser atingidos por uma maldição como a que atacou os profanadores das tumbas egípcias? Parece que você ainda acredita nesse tipo de fábula, Didier!

— Não estou a fim de brincar, Rughters — retorquiu Mosèle secamente.

— A equipe nunca foi enganada — afirmou Hélène. — Nenhum de nós passou ao largo das revelações contidas no 4Q456-458. Elas cheiram a enxofre. E, depois, quem ficaria constrangido com a divulgação desses mistérios?

Souffir se inclinou na direção da jovem.

— Não sabe? Pois eu acho que sei!

Rughters voltou a se sentar, envergonhado por haver contrariado o seu superior.

— Não sabe? — perguntou novamente o velho tradutor, revirando os olhos.

Foi Rughters quem respondeu baixinho, olhando para as mãos enormes com falanges cobertas de pelos ruivos:

— A Igreja! Como a Igreja poderia admitir que o dogma no qual construiu seus alicerces desabasse sob o golpe de uma verdade dessas? Conseguem ver milhões de fiéis descobrindo que Jesus nunca ressuscitou e que um impostor morreu na cruz no lugar dele?

Hélène se indignou:

— Didier, diga que não entendi bem: vocês não estão querendo dizer nesta sala que a Igreja está matando inocentes pesquisadores, estão? Não estamos mais no século XIII! Todos nós sabemos que a Terra é redonda, que ela gira em torno do Sol, que o nosso Universo se formou com o Big Bang há quinze bilhões de anos, que temos o direito de pensar que Deus é branco, preto, vermelho ou amarelo, ou que ele não existe, e que não se erguem fogueiras na praça de Grève há séculos!

— E que protestantes ainda brigam com católicos, não muito longe daqui, e vice-versa! — disse Rughters pausadamente. — Quer que eu fale também dos árabes, dos judeus?

— Dos judeus eu posso falar — cortou Souffir. — O meu pai usou a estrela amarela durante a guerra, o irmão dele morreu de fome no campo de Struthof, a irmã foi enforcada em Dachau. E não foram os árabes que os torturaram!
— Era a guerra — disse Hélène. — Foi horrível, Norbert, mas era a guerra. Há mais de sessenta anos!
— A guerra continua para os ortodoxos, os integristas, os fundamentalistas e os extremistas fanáticos... Não é, Didier?
— Eu acho que Francis não cometeu suicídio e que o professor Pontiglione foi assassinado — proferiu ele friamente. — Não tenho nenhuma prova, mas estou convencido disso. Peço que não digam nada aos diretores: eu passaria por louco e acredito que nos tirariam do estudo do 4Q456-458.
Didier omitiu que também havia sido objeto de duas tentativas de homicídio.
Grandes moscas negras não cessavam de zumbir na sua memória.

45.
Alguns cadernos vermelhos

Ele não tirou o roupão o dia inteiro. Dormiu um pouco depois de um almoço rápido, composto de um prato de massa, um pedaço de queijo e uma compota de maçãs, regado com um copo de vinho branco.

Ao se levantar da sesta, sentiu a cabeça pesada, ainda enjoado, com uma ligeira dor no lado esquerdo do peito. Engoliu duas aspirinas e foi para o escritório.

Esperou. Continuava esperando.

Ligou o rádio. No relógio da sala soaram 17 horas. O antigo carrilhão de que sua mulher gostava tanto.

A voz do locutor:

"... O professor Ernesto Pontiglione foi o centro das atenções no ano de 1985 com o seu livro *Jesus ou a segunda hipótese*. Na ocasião, esse historiador romano foi criticado pelas autoridades eclesiásticas..."

Ele aumentou o som com mão trêmula. O locutor prosseguiu:

"... Está sendo realizada uma investigação sobre as circunstâncias da sua morte em Paris. A caminhonete que o atropelou tinha sido roubada havia oito dias de uma pequena companhia de eletricidade. Ela foi encontrada abandonada em Courbevoie pouco tempo depois da tragédia. Várias testemunhas afirmaram que o veículo atingiu o professor intencionalmente e que ele não teve nenhuma chance de evitar o impacto..."

Ele desligou o rádio e começou a andar pelo escritório de um lado para o outro. Um bolo de raiva lhe bloqueava a respiração. De ódio também. Um ódio que, em breve, não poderia mais controlar. Um ódio que lhe apertava o coração, que o esmagava num torno, que o impedia de bater com regularidade.

Esgotado, ofegante, jogou-se pesadamente na única poltrona do escritório, uma coisa gorda de couro gasto, rachado, na qual se afundou e se abandonou.

"Eles vão atacar todos os que sabem", pensou. "Todos! Os Guardiães do Sangue vão eliminar um por um."

Seus olhos pousaram numa série de fotografias emolduradas que estavam na parede à sua frente. Gostava especialmente de uma delas, a de Émylie num vestido leve e florido, com as longas pernas ao sol, os cabelos curtos espetados, sorrindo para o fotógrafo. A jovem não fazia pose, avançava com naturalidade pela ruela de uma cidade marroquina. Não se lembrava mais do nome da cidade. No entanto, houvera uma época em que sabia. Mas, hoje em dia, não tinha importância. Émylie estava radiante naquele momento eterno e merecia ser protegida, ser salva. Para que aquele sorriso de despreocupada juventude voltasse ao seu rosto.

Sabia que, com certeza, teria de matar para que esse desejo se realizasse. E o faria com toda a raiva e todo o ódio acumulados no seu peito dolorido.

Ele saiu da poltrona baixa, arrastou-se até a mesa, abriu uma gaveta e tirou três cadernos vermelhos. Caderninhos de anotações com o dorso de pano.

Folheou-os distraidamente, olhando a letra apertada, às vezes com palavras em letras maiúsculas e os "I" inclinados: "L*I*ONNE, CHÈVRES e BA*I*LLY. TRIÂNGULO DE PAYNS. CAPELA...", recheados de aquarelas, realçados com lápis de cor.

Algumas anotações lançadas em desordem: "Telefonar para PONT*I*GL*I*ONE para informações sobre o TESTAMENTO DO LOUCO... HERTZ e PR*I*ME*I*RO, segunda... SESSÃO COBERTA..."

Depois de longos minutos, colocou os cadernos vermelhos de volta na gaveta. "Com esses cadernos Didier Mosèle encontraria o Túmulo mais facilmente...", pensou. "Mas eu prometi! Prometi guardá-los comigo. No entanto..."

Perguntou-se se teria forças para manter a promessa, se não preferia forçar o Destino. Para atingir mais depressa os Guardiães do Sangue.

*
* *

Naquela segunda-feira, às 20 horas, Mosèle tocou a campainha da porta de Martin Hertz. Havia ligado para ele do celular para propor um encontro à noite. Didier levava consigo uma garrafa de gevrey-chambertin,* uma boa porção de saint-nectaire** e um pain de campagne.***

O velho advogado soubera da morte de Pontiglione no início da tarde. Um irmão da Loja Eliah, que havia assistido ao telejornal do France 2, o avisara imediatamente.

– Soube o que aconteceu com Ernesto Pontiglione, Didier? Você ia se encontrar com ele de manhã, não ia?

Mosèle pôs os alimentos na mesa da cozinha. Havia entrado ali instintivamente, sem ter sido convidado.

---

* Vinho fabricado na comuna francesa do mesmo nome, situada na rota dos *Grands Crus*, região da Borgonha. (N. T.)

** Famoso queijo francês da região de Auvergne, que recebeu uma Denominação de Origem Controlada (D.O.C.). (N. T.)

*** Nome dado a alguns tipos de pão que supostamente possuem o gosto característico do pão feito antigamente no campo. As receitas tradicionais levam 10% de farinha de centeio. (N. T.)

— Eu vi o acidente, Martin. Na verdade, assisti a um crime. Foi a mesma caminhonete branca, que avançou para cima de mim naquela noite, que atropelou o professor.

O rapaz contou a cena em detalhes. Enquanto o escutava, Hertz pegou um saca-rolhas na gaveta do aparador e se encarregou da garrafa de gevrey-chambertin, com a testa vincada por longas rugas. Seu olhar sombrio só se iluminou com intensidade quando a rolha saiu do gargalo.

— Os Guardiães do Sangue... — começou o velho advogado.

— Parece que estão com pressa. Eles nos pegaram na armadilha e, muito em breve, acabarão com todos nós.

— "Nós" quem?

— Você, Émylie Marlane, eu. E até os seus colaboradores da Fundação Meyer.

— Um complô contra a Verdade!

Hertz deu de ombros e meneou a grande cabeça de gato cansado. Pegou dois copos e encheu de vinho.

— Bela cor! — avaliou ele, levando o copo à altura dos olhos. — E se fizéssemos um brinde, Didier?

Mosèle ia se sentar, mas desistiu. Pegou o copo e também o ergueu.

Hertz prosseguiu:

— Gostaria que dirigíssemos os nossos pensamentos para o nosso irmão Ernesto Pontiglione. Quando um irmão nos abandona, temos o costume de dizer que ele passou para o Oriente Eterno, fórmula cômoda para preencher evasivamente o vazio deixado com a perda de um amigo. Uma frase do nosso ritual... que repetimos sem muita convicção.

— Aonde quer chegar, Martin?

— Desculpe-me. Eu só queria dizer que, além de todos os tipos de missa que possamos celebrar em lembrança dos nossos defuntos, eles só vivem a eternidade nas nossas memórias. E é só aqui — pôs o indicador na têmpora — que eles permanecem!

Os dois levantaram o braço direito, ergueram os copos bem alto, segundo o hábito em vigor nos ágapes oferecidos ao fim de cada Sessão, e proferiram em uníssono:

– Bebamos!

Beberam em longos goles, recolhidos, ambos pensando sinceramente em Ernesto Pontiglione, a quem consagraram tal eucaristia pagã.

Sentaram-se. Ao puxar a cadeira, Mosèle fez o mesmo ruído que ouvira de manhã, quando atravessava o vestíbulo.

Hertz pigarreou. Mosèle compreendeu que ele tinha a intenção de lhe comunicar alguma coisa importante e notou a sua perturbação. Finalmente, Hertz se decidiu:

– Chegamos a um ponto em que não posso mais deixar de lhe falar explicitamente da Loja Primeira.

– A mítica oficina* maçônica?

– Calma... Hugues de Payns não se limitou a fundar, em 1118, os "Pobres Cavaleiros do Cristo", que se tornaram os Templários, reconhecidos dez anos depois pelo Concílio de Troyes e cujas regras foram redigidas por são Bernardo.

– Isso todo mundo sabe! – impacientou-se Mosèle.

Hertz deu um leve sorriso e recomeçou em seguida:

– O que você ignora é que Hugues de Payns também presidia uma antiga Loja, da qual alguns segredos haviam-se perdido com o tempo. Constituída de irmãos chamados de os Primeiros, a Loja tentava reunir os mistérios dispersos da sua Tradição.

– Essa Loja foi fundada por Jesus – acrescentou Mosèle, lembrando-se da leitura das estrofes do Testamento do Louco: *O irmão Primeiro, Filho da Luz e do Arquiteto...*

– Isso mesmo. E, quando Jesus morreu, foi enterrado no local que hoje chamamos de floresta do Oriente. A esse respeito, achamos

---

* Denominação genérica das corporações, sejam elas simbólicas ou de altos graus. (N. T.)

que Hugues de Payns depositou os restos de Jesus em lugar seguro, com o que o túmulo continha. O profeta foi enterrado com certo objeto.

— Acho que posso adivinhar...

— Payns mandou construir um sepulcro nas suas próprias terras — continuou Hertz. — Somente os membros da Loja Primeira compartilhavam do seu segredo. Já lhe contei como, mais tarde, os Templários recuperaram o Testamento do Louco. Depois, o episódio dos cátaros, com a fuga de Benoît Chantravelle, que se refugiou no comando de Bonlieu. Lá, ele foi iniciado na Loja Primeira em virtude do presente que levara para os Templários: o que havia sobrado de um dos três rolos do Testamento do Louco. Um pedaço do rolo que nos interessa; o que foi escrito por *João, irmão pelos Doze,* no qual está a prova de que Cristo não morreu na cruz. Essa relíquia foi venerada pela Loja Primeira com o nome de Fragmento Sagrado!

Hertz tomou um pouco de vinho e propôs:

— Não quer comer um pouco enquanto eu conto a história? Vamos preparar alguns sanduíches. Isso pode ser longo.

— Você nunca me aborrece, Martin, quando me arrasta ao passado. Você tem o dom de tornar os relatos concretos. Eu já lhe disse: dá para acreditar que tem a capacidade de viajar no tempo ou que possui uma imaginação incomparável!

— Ora, vamos, Didier... Não vai me fazer a afronta de achar que eu lhe conto fábulas!

O velho advogado partiu o pão em dois pedaços iguais. Entregou um deles a Mosèle com um sorriso afetuoso. O rapaz compreendeu a importância simbólica do gesto.

— Obrigado, Martin.

Essa era a prática nas Sessões de são João Evangelista e de são João Batista, os dois santos que os maçons homenageiam nos solstícios de inverno e de verão. O pão é partido pelo Venerável Mestre e distribuído aos participantes numa fraternal corrente eucarística.

— Sou todo ouvidos — disse Mosèle.

— Sim, sim — falou Hertz, enquanto preparava uma fatia de pão generosamente coberta de queijo. — Pois bem, vamos voltar juntos até uma certa noite. A noite que marcou a dissolução temporária da Loja Primeira, a perda do Segredo, assim como o esquecimento da localização do Túmulo do Cristo. Imagine a floresta do Oriente com quatro cavaleiros usando longas túnicas brancas... Perdoe o meu lado ligeiramente enfático e teatral, Didier: conheço os meus defeitos! Então, naquela noite...

46.

Uma noite de traição

Jacques de Molay, o Grão-Mestre da ordem dos Templários, sofria de reumatismo. Para ele, montar a cavalo era um terrível suplício. Estava com sessenta e quatro anos, tinha cabelos longos, usava barba e bigode brancos que lhe davam a aparência de um velho sábio. Ou de um druida. Diziam que não era muito culto, mas tinha muito bom-senso. Simples e generoso, ele exercia uma serena e respeitável autoridade sobre a Ordem.

Até aquela noite agradável de fim de verão...

Ele estava acompanhado de três cavaleiros, o seu amigo íntimo Geoffroy de Charnay e dois companheiros, Odon Lanvoisier e Gilbert Neuillette. Os três trotavam na mesma velocidade por um caminho margeado de sarças. A terra seca estalava sob os cascos dos cavalos. A escuridão tinha invadido a floresta.

– Será que tomamos a decisão certa, Jacques? – perguntou Charnay. – Vamos acalmar o papa Clemente e o rei Filipe?

– Acredito que sim, Geoffroy – respondeu Molay. – É fato que lhes devolveremos o Testamento e o Fragmento Sagrado, mas não lhes diremos jamais a localização do Templo e do Túmulo. Jamais!

O ritmo adotado pela pequena tropa tornara-se muito rápido, porém, Molay não queria se queixar, embora sentisse dificuldade em controlar a sua montaria. Odon e Gilbert eram jovens e não poderiam compreender a velhice nem imaginar, um só instante, que a idade não passava de uma maldição divina.

O velho queria que aquela noite terminasse logo. Não gostava do odor nem dos sons da noite. Perfumada demais. Barulhenta demais por causa dos gritos roucos dos pássaros noturnos.

*
* *

— Que belíssima noite, Bernard... Que Deus nos perdoe o que vamos fazer!

— Ele nos perdoará, Armand! É por Ele que o fazemos, ao salvar o Testamento e o pergaminho.

Bernard de Josse e Armand de Griet esperavam em frente à porta da capela. Recuados, em torno de um tocheiro espetado na terra, seis cavaleiros falavam em voz baixa. Suas longas sombras desenhavam uma estrela no chão.

Amarrados ao longe nos galhos baixos das árvores, os cavalos permaneciam em silêncio.

Josse farejou o ar, com o pequeno nariz voltado para cima. Em tempos normais, ele se mostrava um companheiro jovial e tagarela. Naquela noite, tinha de fazer força para animar a conversa, falando banalidades que soavam falso. Armand também não o ajudava, sapateando no mesmo lugar, com a mão direita no punho da espada, batendo no chão com as botas e murmurando indistintas litanias para si mesmo.

Ouviu-se um ruído de galope. Finalmente.

— Estão chegando! — exclamou Armand, surpreso por sua voz sair anormalmente aguda.

"Estou com muito medo!", pensou.

Todos olharam na direção do caminho que desembocava na floresta. Quatro vultos apareceram.

— Aproxime a tocha — ordenou Josse.

O archote foi arrancado do chão e levado para perto de Armand de Griet e de Bernard de Josse, que deram alguns passos à frente para receber os viajantes.

Josse ajudou o Grão-Mestre a descer do cavalo, tão afetuosamente quanto um filho faria com o pai. O homem idoso não agradeceu. Continuou sério, traços repuxados, a dor estampada no olhar.

— Estávamos preocupados, irmão... — disse Josse. — Como vê, nós o aguardávamos impacientes.

— Estava com medo de que eu não viesse? — replicou o velho. — A menos que não desejasse a minha vinda. Encerramos o debate na nossa última Sessão, como sabe. Somos acusados de apostasia... Consideram-nos idólatras e sodomitas! Seremos condenados à fogueira, se não nos dobrarmos.

— Mas a nossa Loja não é mais importante do que a Ordem?

— Também somos Templários! E eu sou o Grão-Mestre. Conheço o rei Filipe e posso confiar na palavra dele. Ele vai poupar a Loja e o Templo.

— Não é porque você é padrinho do filho dele que o Belo não irá traí-lo. O anjo tem duas caras, irmão.

Molay suspirou. De cansaço e contrariedade. Que fosse; retomariam o debate naquela noite e tentariam, enfim, concluí-lo.

Para sempre.

Os doze templários puseram-se a caminho, seguindo por uma senda estreita, maldemarcada entre plantas espinhosas de um lado e tojos do outro.

Contornaram pântanos nos quais vinham morrer lagoas escuras num sussurro lúgubre, regular e monótono das águas. Molay pensou nos trabalhos colossais que o primeiro Grão-Mestre da Ordem, Hugues de Payns, realizara outrora naquela floresta. Inúmeros lagos haviam sido drenados, graças a uma engenhosa estrutura de diques, estacadas e canais. Imensas superfícies haviam sido transformadas em terras cultiváveis.

Contudo, aquela parte do bosque havia sido deixada abandonada propositadamente: lugar selvagem e insalubre que nunca era frequentado, exceto por aqueles poucos templários que, às vezes, vinham se reunir no Templo secreto da Loja Primeira.

O cortejo chegou a um largo muro de pedras que segurava as águas de um lago. A edificação estava presa a uma pilha de enormes pedregulhos e desaparecia quase totalmente no denso tufo de juncos.

Com as túnicas manchadas de lama, os templários continuaram avançando ao longo do paredão até uma reentrância onde a sombra da noite ficava mais opaca. O homem que carregava a tocha iluminou Jacques de Molay, que entrou naquele recanto. A luz ondulante da chama permitiu que o velho encontrasse um interstício no qual enfiou a mão direita.

Seus dedos descobriram a alavanca de metal e a seguraram. Ele puxou com força. O muro rangeu, parecendo rasgar-se, mexeu-se. Lentamente, abriu-se uma porta estreita e baixa, feita de pedras achatadas que recobriam uma armação de bronze.

O homem da tocha precedeu os companheiros no poço então liberado. Tomava muito cuidado, tateando com a ponta do pé os primeiros degraus molhados pela umidade.

– Tudo bem – disse ele. – Vou acender as tochas das paredes. Cuidado para não escorregar.

Geoffroy de Charnay deu o braço a Jacques de Molay para apoiá-lo. Odon e Gilbert os seguiram. Josse e Griet fechavam o cortejo.

Terminada a descida, os templários continuaram por uma estreita galeria, de teto tão baixo que tinham de andar encurvados. Na passagem, o guia ia acendendo as tochas presas na parede; um cheiro de breu invadira o corredor e se colava à garganta.

Eles chegaram diante de uma porta de madeira cravejada de ferros, enquadrada por dois grandes volantes de bronze que saíam da parede. Josse olhou-as rapidamente antes de trocar um olhar imperceptível com Griet.

A porta foi aberta, os doze homens entraram no Templo. Tratava-se de uma ampla cripta. Três sólidos pilares suportavam a abóbada. O piso era feito de lajes pretas e brancas, as paredes, cobertas de salitre, possuíam, aqui e ali, aberturas parecidas a seteiras altas e estreitas:

uma boca de ventilação permitia que o ar da superfície entrasse na sala.

O Templo havia sido projetado como uma igreja. Entrava-se nele pelo ocidente. Naturalmente, o altar ficava no oriente. Este era feito apenas de duas grandes pedras cúbicas que serviam de suporte a uma placa de mármore na qual haviam sido colocados dois relicários, um que continha o pedaço de pergaminho escrito pela mão de *João irmão pelos Doze*, salvo das chamas da abadia de Orbigny por Benoît Chantravelle e restituído aos Templários; o segundo abrigava o Testamento do Louco. Uma cruz de madeira completava a decoração do modesto altar.

No centro da parede oriental, haviam sido gravadas as sete letras V.I.T.R.I.O.L., com golpes de cinzel, sem preocupação artística.

Cinco velas foram acesas pelo homem com a tocha. Jacques de Molay postou-se diante do altar e, com os braços em cruz, pronunciou a frase ritual:

— *Já que está na hora e que temos a idade, vamos abrir os nossos trabalhos, meus irmãos.*

Charnay notou, com tristeza, que os irmãos haviam formado dois grupos distintos. Ao norte, ele mesmo, Odon e Gilbert. Ao sul, Bernard de Josse e os amigos.

O Grão-Mestre se debruçou sobre o altar, abriu o relicário que continha o Testamento do Louco, inclinou-se sobre o couro da capa e disse:

— Em nome de todos os seus irmãos, beijo os seus lábios. Você que foi o Primeiro. Você vive em nós pelo seu ensinamento.

Depois, com um gesto brusco, cuspiu na cruz de madeira.

— E eu cuspo em você, usurpador... Eu o renego e o amaldiçoo!

Ele se virou para a assistência para observar os seus irmãos, um a um, triste por vê-los separados. Bernard de Josse e Armand de Griet baixaram os olhos. "A vergonha", pensou o velho. "É isso: eles têm vergonha por estarem contra mim. No entanto, persistem."

Molay estava sofrendo. A umidade da sala despertava o seu reumatismo, e uma dor cortante brotava de todos os seus ossos como se fossem pregos. Inspirou profundamente e disse:

— Guillaume de Nogaret, a alma danada de Filipe, já instruiu os bailios e os senescais dos motivos de queixa de que somos acusados... Se entregarmos o Testamento e o Fragmento Sagrado, ainda conseguiremos proteger a Ordem.

Ele viu dois dos companheiros de Bernard de Josse se dirigirem para a porta do Templo. "O que Grégoire e Fos estão fazendo?", perguntou a si mesmo. E voltando a Armand de Griet: "Manter a mão no punho da espada durante a sessão é uma atitude de irmão?"

Josse tomou a palavra, apontando Molay com o indicador:

— Nogaret nunca deterá o seu veneno contra nós, meu Mestre! Esse neto de cátaro administrou o condado de Champagne e há muito tempo vem fazendo investigações sobre a nossa Loja. Foi ele quem nos entregou ao rei. Ele está a par dos nossos segredos. Seria uma grande fraqueza nos despojarmos das nossas relíquias. Filipe decidiu sacrificar os Templários para reforçar o seu poder; além do mais, Nogaret nunca nos devolverá o ouro que adiantamos para ele. O soberano cobiça todas as nossas riquezas e o papa ambiciona o Testamento!

Josse se exaltara ao falar. Os companheiros se agitaram atrás dele, balançaram a cabeça e aprovaram.

— Filipe ainda me escuta — respondeu Molay, tentando aparentar tranquilidade. — Ele vai se limitar a aprovar a vontade da Santa Sé, que deseja fundir a nossa Ordem com a dos Hospitalários.

— É um engodo, Jacques! — exclamou Josse. — Você vai nos entregar nus aos nossos carrascos!

Na porta, os dois templários tiraram as espadas das bainhas. O gesto produziu um barulho de metal que chamou a atenção de Geoffroy de Charnay. Ao se virar, ele viu que Grégoire e Fos interditavam a porta, com a fisionomia determinada.

— Caímos numa armadilha — sussurrou para Odon, bem perto dele. — Bernard de Josse cativou a maioria dos irmãos para a causa dele.

— Mesmo assim, eles não podem tentar agir pela força! — surpreendeu-se Odon. — Estamos ligados pela nossa iniciação, pelo nosso juramento.

— A Fraternidade me parece bem frágil hoje à noite! — constatou Charnay.

O Grão-Mestre compreendeu. Ele via todos os irmãos, apesar da escuridão. Os seus olhares. As comunicações mudas. Alguma coisa ia estourar. Alguma coisa terrível que uma Loja nunca deveria admitir. Não num lugar sagrado como aquele. Não ali!

Ao ouvir a voz de Geoffroy de Charnay, forte, brutal, Molay teve um sobressalto e a dor dos seus ossos se transformou em fogo.

— Vamos encerrar os trabalhos imediatamente, Mestre! E sair do Templo com as relíquias, espadas na mão!

Molay implorou, num tom de lamento:

— Senhor! Você me traiu, Bernard? Você me traiu?

Todos desembainharam as espadas. Todos, exceto Molay, paralisado diante do altar, estátua de tormento e dor, com lágrimas nos olhos.

— Está equivocado — disse Josse. — Eu me mantenho fiel ao Primeiro. Esqueceu-se de que somos seus herdeiros?

— Nós conhecemos a Verdade — articulou o velho, com dificuldade. — Estes pergaminhos não importam!

Josse avançou. Molay continuou imóvel. Defendia o altar com a sua magra carcaça doente, achando que a sua pessoa bastaria para deter o traidor. Mas a espada de Bernard de Josse havia se levantado, apontando para a frente. E Armand de Griet também se aproximou.

— Eu o conjuro, irmão. Deixe-me passar... — pediu Josse. — Tudo será mais fácil, se aceitar se afastar. Vou levar o Testamento e o Fragmento Sagrado; depois, nós...

— Então não temos mais valor do que os nossos inimigos? — insurgiu-se Molay.

Os cavaleiros Grégoire e Fos saíram rapidamente da cripta e se postaram diante dos dois volantes de bronze.

— Vamos ficar preparados para abrir as comportas quando Bernard nos der a ordem, pois a situação está piorando — disse Grégoire.

— No entanto, rezei para que Jacques recuperasse a razão — suspirou Fos, pesaroso.

Charnay indicou a porta, exclamando furioso:
— Eles querem inundar o Templo!
— Os judas! — exclamou Odon. — Eles prepararam tudo e são em maior número!

Dizendo isso, ele quis se lançar para a frente; três cavaleiros da parte adversa lhe cortaram o caminho. Então, tudo se passou muito rápido. Parecia o resultado de um plano longamente amadurecido e repetido. Bernard de Josse se atirou sobre o Grão-Mestre e o empurrou para se apoderar do Testamento do Louco, ameaçando Gilbert, que se interpusera com a sua espada.

— Não se meta no meu caminho, irmão Gilbert; você não tem envergadura para isso! — aconselhou secamente Josse.

— A palavra *irmão* fede à urina na sua boca!

— Meu pobre Gilbert! — disse simplesmente Josse, trespassando a espada no corpo dele.

O rapaz desabou, arregalando os olhos infantis, como se estivesse surpreso por não sentir nenhuma dor. Apenas um pouco de frio no peito, no qual ainda devia bater o coração. E foi assim que morreu: um grande silêncio dentro dele, em volta dele, acompanhado na morte pelo olhar espantado do seu Grão-Mestre.

Charnay interveio e obrigou Josse a recuar. As espadas cortaram o ar assobiando e se chocaram com violência soltando fagulhas cintilantes.

— O Fragmento, Geoffroy... — balbuciou Molay. — É a nossa última chance!

Josse conseguiu fugir, apoiado pelos seus homens, que o cobriram. Dirigiram-se para a porta, transpuseram-na apressados e a fecharam imediatamente, impedindo que Geoffroy de Charnay os seguisse.

— A porta! — gritou Geoffroy. — Eles estão pondo os ferrolhos...

Odon se levantou. Achou que tinha perdido os sentidos por alguns segundos. Seu ombro esquerdo estava ensanguentado... Lembrou-se. Havia travado um duro combate contra três dos irmãos do partido de Bernard de Josse. Só então descobriu que Gilbert jazia num mar de sangue aos pés do altar. Que o Grão-Mestre se mantinha de pé, como um morto que se levantasse do túmulo. Que Charnay batia com o punho da espada na grossa madeira da porta lançando imprecações e anátemas aos renegados.

Do lado de fora, Armand de Griet perguntou a Bernard de Josse:
— Não conseguiu pegar o Fragmento? Isso significa que...
— Sim, a água terminará a nossa tarefa. Vamos, vamos acabar com isso o mais rápido possível! É o tipo de trabalho que se deve fazer sem se pensar demais...
— Para ser sincero, isso não vai aliviar a minha alma, que pesa como uma chapa de chumbo — lamentou Griet.

Bernard de Josse se dirigiu aos dois cavaleiros posicionados para abrirem as comportas, com as mãos nos volantes de bronze:
— Abram as comportas, companheiros. Não deve sobrar nada desta noite. Nada!

Enquanto obedecia, Fos não pôde deixar de observar:
— E dizer que foi Jacques em pessoa que inventou este mecanismo para o dia em que tivéssemos de *demolir* a Loja, em caso de perigo! E nós viramos a armadilha contra ele!
— Tenho muito medo de que sejamos condenados às penas do inferno por causa disso — observou Grégoire.

Depois de girar os volantes, os templários ouviram um mecanismo complexo ser acionado sob os seus pés: rodas dentadas, correntes, engrenagens... Um ruído implacável que fazia vibrar o chão e as paredes do subterrâneo.

— Vamos embora — disse Josse. — Vamos voltar para a capela.

Por trás da porta aferrolhada, Charnay cessara de insultar os traidores.

47.
A argola

O homem foi abrindo caminho com a tocha. Os sete templários margearam novamente o pântano, rasgaram a barra das capas nos espinhos das sarças, enfiaram-se pela floresta e encontraram a pequena capela.

Josse entregou o Testamento do Louco a Armand de Griet, dizendo:

— Ponha o Testamento na bolsa do meu cavalo. Ainda tenho algo a fazer dentro da capela.

— Apresse-se, Bernard. Quero ir para longe daqui. Tenho a impressão de que ouço os nossos irmãos gritarem embaixo da terra.

A noite estava clara, ainda quente, sob o céu cravejado de inúmeras estrelas. Josse empurrou a porta da capela; teve de esperar os olhos se acostumarem à escuridão antes de atravessá-la e ir até a parede na qual estavam gravadas as letras V.I.T.R.I.O.L. perto do brasão que representava os dois cavaleiros cavalgando uma única montaria.

Também havia uma argola de bronze presa a uma manilha, bem em cima das sete letras. Josse soltou a argola. Não conseguiu conter o tremor ao pegá-la nas mãos. Um resto de superstição...? Mas quantos homens a haviam tocado? Muito poucos, na verdade, pensou o cavaleiro. O próprio Jesus que, bem idoso, a mandara confeccionar para abrir e fechar um dia o seu próprio túmulo, *João irmão pelos Doze* e, depois, alguns discípulos... Até que Hugues de Payns a colocasse na capela, depois de finalizar as obras da floresta e transferir o corpo do Cristo para o novo túmulo, a salvo dos Guardiães do Sangue.

Josse sabia que a argola era a peça indispensável para a realização do plano dos irmãos Primeiros. Sem esse objeto, seria impossível entrar no sepulcro de Jesus.

Bernard de Josse saiu da capela. Os seis companheiros já estavam montados nos cavalos. Armand de Griet dera a ordem que levassem os cavalos de Jacques de Molay e dos amigos dele: não deveria sobrar nenhuma pista da passagem deles pelo local.

Josse subiu na montaria e, sem uma palavra, obrigou-se a avançar batendo com os calcanhares na barriga do animal. Os seis cavaleiros o seguiram, de rostos sombrios e olhos baixos.

Eles entraram floresta adentro, onde a noite era mais densa. A tocha havia sido apagada e andavam no escuro, confiando na destreza dos cavalos que batiam os cascos na terra dura.

Atravessaram uma clareira povoada de longas sombras pelo clarão da lua. Passaram diante da estátua do cátaro, voltaram-se para ele, guardião imóvel de um passado de fogo e de cinzas.

Josse fez o cavalo parar por um tempo e, fitando a estátua, pensou: *Non nobis, domine, non nobis, sed domini tuo da gloriam.*[1]

Depois a tropa foi novamente ao encontro da escuridão dos bosques com o seu odor pesado e os pios dos pássaros.

Armand de Griet rompeu o pesado silêncio que se apossara dos homens.

— Você ainda não nos falou onde, de hoje em diante, esconderemos o Testamento do Louco, Bernard — disse ele.

— Num lugar onde o papa nunca poderá encontrá-lo. Num lugar onde os seus cães de caça, os Guardiães do Sangue, não irão procurá-lo.

Isso foi tudo o que disseram durante o caminho.

---
[1] Não para nós, Senhor, não para nós, mas para a glória do Teu nome.

48.

A evasão

Uma água lamacenta saía em grandes fluxos ruidosos das aberturas existentes nas paredes da cripta e já chegava aos joelhos de Jacques de Molay, Geoffroy de Charnay e Odon Lanvoisier.

– Aqui estamos, encurralados na ratoeira, meu Mestre – disse Charnay. – Vamos morrer afogados em menos de uma hora, não é?

– É verdade – admitiu Molay. – Todo o lago de Buy está se derramando no Templo. Infelizmente, ninguém melhor do que eu para saber que não se pode ter nenhuma esperança, pois fui eu mesmo quem concebeu esse mecanismo.

Odon interveio, com o rosto vermelho de excitação:

– Talvez nos reste uma chance a ser tentada. Vamos procurar nos içar para a superfície por essa boca de ventilação.

Ele indicou o estreito orifício na parede norte e acrescentou:

– O tamanho é bastante grande para que um homem possa se esgueirar por ela.

– É uma passagem muito estreita, Odon! – exclamou Molay. – Um beco sem saída onde morreríamos sufocados.

Charnay pôs a mão no braço do amigo e disse:

– Há algum tempo, porém, nós o reforçamos com alguns sólidos pedregulhos. Vamos tentar e salvar o Fragmento Sagrado, que você enviará ao papa.

O Grão-Mestre enfiou a relíquia na sua cota. Odon dirigiu-se logo para a boca negra do duto de ventilação. Precisou afastar o corpo de Gilbert que boiava em frente à parede.

– O seu ombro vai aguentar? – perguntou Charnay.

– Terá de aguentar – respondeu Odon. – Desconfio que seja uma subida em linha reta, não?

– Pela minha alma – disse Molay, que começou a tremer –, esse poço sobe verticalmente. Eu me pergunto se...

Charnay compreendeu imediatamente.

– Você não se pergunta nada, Jacques – cortou ele, secamente. – Eu irei na frente e lhe darei a mão. Odon irá atrás e o empurrará pelo traseiro, se for preciso, mas posso lhe assegurar que você vai subir e, em menos tempo do que leva um abade para recitar um *confiteor*, estará respirando o ar puro da noite!

– Sou um homem velho, Geoffroy!

– Você foi um rapaz valente e deve se lembrar disso, meu amigo.

Charnay meteu-se na abertura, queixando-se:

– Não imaginava que eu houvesse engordado tanto. No entanto, jejuo todas as sextas-feiras e sou bem disciplinado na quaresma, como manda o costume das pessoas de bem!

Molay sorriu.

– Você está na maturidade, meu caro Geoffroy. É uma época em que a gordura se apossa dos músculos. Sem dúvida, precisa fazer um pouco de exercícios pesados. Será que preciso chamar a sua atenção para o fato de que, se ficar entalado, Odon e eu morreremos afogados e você ficará com o traseiro na água, respirando idiotamente por essa abertura?

– Reconheço que não seria uma posição digna de um cavaleiro – disse Charnay, fazendo violentos esforços para passar pelo buraco de ventilação.

No entanto, depois de rastejar pacientemente, ele teve sucesso, após ter contorcido o traseiro feito um condenado. A água já atingia as coxas dos homens e não ia demorar a invadir o poço.

– É a sua vez – disse Odilon a Jacques, ajudando-o a se dobrar e a passar a cabeça e os ombros pelo buraco.

Os ossos e as carnes do velho nada mais eram do que uma dor surda que se espalhava por todos os seus membros, em cada uma das articulações, irradiando nas artérias, no peito e nas têmporas. E ela martelava, martelava na nuca que elegera como sede. Era uma tortura.

Charnay se içou pela parede, se agarrando a uma pedra que mal se salientava nas laterais de terra. Estendeu a mão livre para o Grão-Mestre, que a agarrou, sem conseguir conter um gemido. Os ossos do seu punho estalaram.

Depois, movimentou-se por reflexos. O pé encontrou um frágil suporte, os dedos agarraram uma saliência, os quadris se ergueram. Molay subiu um metro, mais um. É bem verdade que a ascensão era perigosa; eles quase escorregavam a todo instante, paravam para recuperar o fôlego com o peito colado na pedra e no barro molhado e continuavam a subir encorajando-se mutuamente, começando a acreditar na Providência divina.

Quase haviam atingido o objetivo, quando Charnay exclamou:

— Não estão sentindo a suavidade da noite?

Realmente, Molay havia recebido no rosto a leve carícia do ar carregado do aroma dos bosques.

— É uma bênção — reconheceu ele. — Quando eu poderia pensar que a minha velha ossatura me traria até aqui? Não está feliz, Odon?

— Irmãos...

Odon chamou-os. Um pedido lamurioso: "Irmãos... Estou escorregando!"

O ombro ferido, solicitado por muito tempo, agora o impedia de se prender nas arestas das pedras engastadas na parede de barro. Uma única mão não conseguia suportar o peso do seu corpo. Pingando sangue, o braço esquerdo pendia ao longo da coxa, inútil.

— Vou lhe dar a mão — disse Molay.

Odon ergueu a cabeça para o Grão-Mestre, que tentava salvá-lo. Os dedos entorpecidos deslizavam na aresta de um pedregulho. E acabaram se soltando; o rapaz caiu, batendo nas paredes apertadas.

— Não olhe para baixo — aconselhou Charnay ao amigo. — Vamos sair desta abertura e, depois, teremos tempo de rezar por Odon e Gilbert.

Os dois sobreviventes conseguiram sair do poço, desembocando numa gruta baixa e terrosa, precisando rastejar por algum tempo antes de chegar ao ar livre da floresta.

Exausto, Molay se jogou na relva, de frente para o céu estrelado, os braços em cruz, a respiração difícil.

— Então, isso é tudo o que resta da Loja Primeira? — observou ele, amargamente. — Um velho e o seu fiel amigo...

— Pense na Ordem e em todos os cavaleiros que você vai salvar ao entregar o Fragmento Sagrado à Igreja.

— Milhares de vidas em troca de um pedaço de velino! Mas será suficiente? O episcopado jamais aceitará que um exemplar do manuscrito maldito ainda subsista. Sempre vai temer que a Verdade apareça algum dia e arruíne a sua influência. Podemos imaginar que ele prenda e condene aqueles que tanto o serviram?

— A nossa Ordem é muito poderosa, Jacques. Nós nos tornamos incômodos banqueiros.

Molay se ergueu apoiando-se nos cotovelos. Finalmente, a sua respiração estava regular.

— Então, pode ser que o nosso irmão Bernard de Josse não nos tenha traído em vão? — disse ele com uma voz mais clara. — Quem sabe ele não estava com a razão esta noite?

— Em breve saberemos. Venha... Venha, Mestre.

E Charnay lhe estendeu a mão. Molay se levantou. A dor não o havia abandonado, mas melhorara ligeiramente, como que neutralizada pelo sofrimento de haver sido traído e de haver perdido dois dos seus mais fiéis companheiros, Gilbert e Odon. No entanto, tornou a voltar quando Molay começou a andar; ele contorcia o rosto sob os ataques da dor que o corroía e o acometia a cada passo.

— Apoie no meu braço, Jacques.

— É muito agradável conservar um amigo como você, Geoffroy.

— Quanto a mim, sinto-me orgulhoso por tê-lo como Mestre.

— O seu amor é cego — suspirou Molay. — O que eu trouxe para a nossa santa Loja, senão a destruição? Veja o que fiz com a herança de Jesus!

— Você não é o responsável e de nada adianta se mortificar. Josse tinha razão num ponto: o rei Filipe é um renegado. Você joga um jogo perigoso com ele e com a Igreja. No entanto, insisto em pensar que você poderá acalmar o ressentimento deles contra a Ordem ao lhes entregar o Fragmento Sagrado. Esse gesto deverá provar a sua boa-fé e mostrar para eles que nos submetemos. Não há nenhuma humilhação na vontade de salvar os seus irmãos.

*
* *

Respeitando a promessa, Jacques de Molay entregou o Fragmento Sagrado ao rei Filipe, o Belo, com a condição de que o transmitisse ao papa, para recolher os louros desse caso delicado. Mas o papa não o quis. Ele tinha outros projetos em relação à relíquia. E pôs o monarca a par do que pretendia...

Um mês depois da evasão da cripta inundada, no dia 13 de outubro de 1307, Jacques de Molay, Geoffroy de Charnay e todos os templários da França foram presos e os seus bens sequestrados.

49.
A fogueira

Sete anos depois, na noite de 18 de março de 1314, um belo homem de quarenta e seis anos estava sentado perto da janela que dava para a ilha de Javiaux,* onde começara a nascer o rumor de uma multidão que não parava de aumentar. As pontas em fogo das tochas dançavam acima de um mar de cabeças, braços se erguiam, cânticos subiam na brisa que flutuava sobre o Sena, os clamores ribombavam.

A sala estava mergulhada na sombra. Somente um candelabro propagava uma fraca claridade; as velas derretiam em lágrimas ardentes, a cera pingava no chão de arenito.

O belo homem de perfil delicado, testa grande ligeiramente saliente, estava sentado numa cadeira de encosto alto, com o queixo apoiado numa das mãos. Sobriamente vestido, com uma capa por sobre os ombros, ele esperava.

O rei Filipe respirou profundamente o ar do fim de tarde, colorido por um sol vermelho que desaparecia numa floresta de telhados.

---

* Situada um pouco acima da ilha de São Luís, no Sena, a ilha de Javiaux, ou ilha Louviers, pertencia a Nicolas de Louviers e foi ligada à margem direita do rio no século XIX, depois de ser comprada pelo governo. (N. T.)

Ao ouvir um roçar de tecido às suas costas, ele mal se virou, sabendo de quem se tratava. Pois a pessoa que havia entrado silenciosamente na sala lhe era familiar. Ele conhecia os seus hábitos.

— Ah, é você, Nogaret... Você e a sua mania de sair da sombra como um gato!

Guillaume de Nogaret se aproximou do rei em passos abafados, deslizando mais do que andando, executando passinhos de dança ridículos e afetados, com suas pernas magras.

— Eu vim lhe dizer, Sire...

Ele manobrava os efeitos. Sempre se comportava assim. Começava uma frase. Parava de repente. Retomava-a num tom mais baixo, como se, a cada vez, contasse um segredo.

— Tudo foi executado segundo as ordens do papa Clemente — concluiu, num murmúrio.

— Então, o Santo Padre está satisfeito! Mandamos prender Jacques de Molay, mesmo ele tendo nos entregado o Fragmento Sagrado. Será que seria preciso agir assim para preservar a monarquia e o papado?

A voz de Filipe estava invadida de indizível tristeza. Nogaret fingiu não notar e continuou:

— O Fragmento nunca terá existido! Ele foi preso ao pescoço do Grão-Mestre. A folha queimará com ele e Geoffroy de Charnay. Mas nem um nem outro, apesar da tortura, confessaram a localização do Templo da Loja deles. Quanto ao manuscrito, os meus espiões acham que, há alguns anos, Bernard de Josse o colocou em lugar seguro...

Guillaume de Nogaret era uma pessoa estranha. Perseguira os Templários depois de haver humilhado o antecessor do papa Clemente, que ele detestava. Era um legista ardiloso, implacável. Sua alma se refletia na pele que era cinza e enrugada. Seus olhinhos redondos nunca expressavam nenhum sentimento. Pareciam duas ágatas mortas, que a luz não conseguia atravessar.

Ele prosseguiu:

— Não se consegue achar Bernard de Josse. É de se temer que ele tenha reativado a sua seita.

O rei Filipe deu um fraco sorriso.
— Confio em você, Guillaume: você vai procurar... E outros depois de você. Sem descanso! Por favor, agora me deixe sozinho. Ouço os tambores. O suplício não vai tardar.

Nogaret sumiu na escuridão da sala, com os seus passos desaparecendo no revestimento do piso, sibilando lentamente. O rei Filipe voltou a observar a ilha de Javiaux. Os tambores haviam-se calado e os seus fragores monótonos e fúnebres tinham dado lugar ao dobre dos sinos. A multidão exalou um longo suspiro que logo se transformou em rumor.

"Eu tinha um velho amigo, sincero e devotado... O coitado do Jacques! E pensar que ele acreditou na minha palavra..."

A voz histérica da multidão lhe dizia que Jacques de Molay e Geoffroy de Charnay haviam sido trazidos ao local do suplício. Da sua janela, ele não podia ver os detalhes da cena, mas não era nada difícil imaginá-la.

E, de repente, ele sentiu frio.

*
* *

Uma multidão de grandes proporções havia se reunido para assistir ao martírio dos dois últimos templários. Homens armados conduziam os condenados, maltratados, importunados e insultados por um populacho excitado e embriagado.

Jacques de Molay e Geoffroy de Charnay não estavam com as mãos amarradas. Defendiam-se de modo deplorável, protegendo o rosto das cusparadas e dos diversos projéteis que lhes lançavam para humilhá-los: legumes, pedras, pedaços de pão embebidos em urina.

Escárnios, piadas e injúrias. A multidão liberava a animalidade que todo homem guarda trancada na alma e que se expressa facilmente por ocasião das vergonhosas cerimônias.

Na frente do comboio, um dominicano, carregando uma grande cruz, andava de acordo com a cerimônia, compenetrado do seu papel.

Crianças assistiam à cena. Sem dúvida, eram as únicas a não exultar, impressionadas e aterrorizadas por uma tal demonstração de ódio. Horrorizadas por verem os pais se entregarem a sentimentos tão bestiais. Contudo, esses pequenos também se tornariam adultos...

A multidão.

Molay falou com Charnay enquanto os faziam subir no estrado no qual haviam sido amontoados os feixes de lenha bem apertados e que um carrasco e dois ajudantes besuntavam de breu. As tochas que acenderiam o braseiro estavam prontas e aguardavam, espetadas nas barras de ferro.

— Rasgue a sua camisa antes de o amarrarem ao poste, Geoffroy. Vamos oferecer o nosso coração às chamas e partir sem arrependimento.

— Está bem. Deixo com prazer este mundo de traidores e assassinos.

Um dos ajudantes preparou as cordas. Molay rasgou a camisa antes de o amarrarem ao pilar de madeira áspera.

— Quero que todos vejam o Fragmento Sagrado pelo qual fomos condenados — pronunciou o velho.

A turba amontoada aos pés dos dois homens não o ouvia.

Uma mulher perguntou:

— O que o velho tem no pescoço?

Um homem respondeu:

— Sem dúvida, é a lista dos seus pecados, que ele vai carregar para o inferno.

Um outro completou:

— Devem ter sido escritos em letras bem pequenas, pois dizem que são muitas as culpas desses templários.

— É... Dizem que eles têm o cu bem largo!

— Eles cospem na santa Cruz e se prosternam diante de ídolos hediondos.

Terminaram de amarrar os dois homens. Ambos não reagiram, comportando-se com dignidade; eles sabiam, havia muito tempo, que a sorte fora selada pelo rei e pelo papa e, durante o longo cativeiro, acostumaram-se com a ideia de morrer. No entanto, virando o rosto magro e pálido para o ajudante do carrasco que lhe pegava as mãos para amarrá-las, Molay pediu:

– Peço que me deixe juntar as mãos e dirigir minha oração ao Verdadeiro Deus. Eu não vou morrer... Voltarei para visitar a terra e me deitar ao lado do meu irmão Primeiro.

O pedido foi aceito pelo dominicano, convencido de que, assim, provaria a sua magnânima indulgência e religiosa piedade.

Desse modo, Molay uniu as mãos no peito. Esse gesto abalou as primeiras filas da multidão, que se calou. Como uma onda, o silêncio rolou por todos os presentes e contaminou a todos, deixando, assim, aparecer todo o horror do acontecimento. Iam queimar dois homens, sendo um deles um velho artrítico, macilento, que parecia dormir em pé, imóvel numa intensa oração.

O carrasco e os ajudantes pegaram as tochas e começaram a acender as primeiras lenhas. O fogo logo atingiu os grossos troncos cuidadosamente empilhados e suficientemente arejados para que o braseiro pegasse facilmente.

O dominicano elevou a grande cruz na direção dos dois templários.

As chamas subiram sobre o monte de madeira numa espiral de espessa fumaça que obrigou a multidão a fazer um movimento de recuo. Uma mulher prendeu o filho entre as pernas. Os rostos sorridentes ensombreceram-se, mostrando uma expressão de repugnância. A tragédia tornara-se tangível. Contribuía para expulsar o que restava de bestialidade no coração dos curiosos.

A multidão sentia vergonha. De volta à realidade, era sem alegria que se obrigava a permanecer no espetáculo dos dois infelizes hereges que tossiam e aspiravam de modo lamentável a fumaça acre.

*
* *

Na janela do Palácio Real, Filipe, o Belo, viu o clarão da fogueira se intensificar na noite azulada. Um clarão de um amarelo quase branco, parecido com uma luz sobrenatural. Sem dúvida, era o silêncio anormal que tornava essa claridade tão misteriosa.

Fechou os olhos por um instante. Alguns longos segundos, como uma eternidade negra e gelada. Ele os abriu novamente, úmidos e picantes.

"Eu tinha um velho amigo, sincero e devotado...", repetiu ele em voz alta.

*
* *

Jacques de Molay e Geoffroy de Charnay agora estavam submersos nas chamas que lhes atacavam as pernas, lambiam-lhes os peitos, velavam-lhes os olhos com uma água vermelho-sangue.

O cordão de cânhamo passado no pescoço do velho, ao qual havia sido preso o Fragmento Sagrado, estava se rompendo, soltando finas fagulhas.

Em pouco tempo, Molay ficaria livre das dores do seu corpo senil, devastado pelo reumatismo. Liberto também da sua dor.

Foi, então, que ele foi tomado por uma visão. Uma sucessão de breves imagens que o deslumbraram. A revelação de um futuro próximo. Todo o seu ser foi abrandado. A pele, que estalava em terríveis chagas, não tinha mais do que um insignificante ferimento.

O cordão de cânhamo ia se soltar. A folha de pergaminho havia sido atacada pelo fogo.

Jacques de Molay, último Grão-Mestre da ordem dos Templários, ergueu a cabeça aureolada pelo clarão do braseiro para o céu ensombrecido e proferiu com uma voz forte e rouca:

– Papa Clemente! E você, rei Filipe! Antes de o ano terminar, ambos comparecerão diante do tribunal de Deus!

O eco da sua maldição ressoou no espírito da multidão trêmula e assustada.

O Fragmento Sagrado saiu do peito do velho e voou feito uma chama enlouquecida, passando por cima do dominicano apavorado. Tinha-se a impressão de que o pergaminho possuía vida própria, de que queria fugir daquele lugar e daquela época...

Ele sobrevoou a multidão que viu passar aquele passarinho de fogo com preocupação mesclada à superstição. Fragmentando-se em minúsculos pontos de luz, ele se desagregou na noite.

– Meu Deus! – exclamou uma mulher aterrorizada. – Parece que as almas dos templários saíram voando.

50.

O Tau

— Clemente V e Filipe, o Belo, realmente morreram naquele ano! — especificou Mosèle.

Hertz sorriu, franzindo os olhos por causa da fumaça do charuto que acendera durante o seu relato. O pão e o queijo haviam sido comidos. A garrafa de vinho, esvaziada. O velho advogado estava com as faces em fogo e um pouco de suor brilhava em sua fronte.

— Tem razão, Didier. O papa não sobreviveu aos danos de uma disenteria malcurada. O rei Filipe foi vítima de um acidente de caça. Os crédulos camponeses viram no javali que dilacerou a pele real a reencarnação de Jacques de Molay, que voltara dentre os mortos sob essa aparência para executar a sua sentença. Uma lenda também diz que alguns templários que haviam conseguido evitar a prisão teriam organizado uma armadilha para pegar o Belo.

— Dizem, às vezes, que o papa Clemente teria sido envenenado — acrescentou Mosèle. — Segundo você, mais um golpe dos Templários?

O sorriso de Hertz se acentuou.

— Ninguém poderia jurar. No fim das contas, é possível. A não ser que a morte de ambos fosse apenas uma pura coincidência! Por que colocar magia onde só existe o acaso?

O velho advogado tragou longamente o charuto, sentindo com isso um prazer sensual que não procurou dissimular e que Mosèle rompeu ao perguntar:

— Então, Nogaret não ficou sabendo onde ficava o Túmulo do Cristo?

Relutante, emergindo da fumaça, Hertz respondeu:

— Você compreendeu que os Templários que fizeram anotações no Testamento do Louco deixaram na margem algumas referências para os sucessores iniciados... Mas o conflito entre os Primeiros, depois a morte de Molay apagaram o Segredo de Hugues de Payns.

— No entanto, o manuscrito foi novamente encontrado! E o que aconteceu com essa Loja Primeira? Ela foi reformada mais tarde? Quando?

Hertz olhou a ponta incandescente do charuto que ele rolou entre o polegar e o indicador.

— Não quer tomar um pouco de *marc*?* — ofereceu ele. — Ou um conhaque?

— Não quer responder, *meu irmão*? Se você conhece todos esses fatos que a História oficial não guardou, é porque...

Mosèle não pôde deixar de mostrar a sua impaciência. Ele não se deixava enganar pelo jogo daquele ladino gato gordo.

— Mais tarde, eu já disse...

No entanto, Mosèle insistiu:

— A Loja Primeira ainda existe, não é? E você... QUEM É VOCÊ, MARTIN? Por que tem em seu poder o Testamento do Louco?

— Ah, o Testamento! Ele está seguro. Não está mais aqui desde que os Guardiães do Sangue tentaram roubá-lo. Quanto a você, fez algum progresso na cópia que lhe dei?

— Não tive muito tempo. No entanto, me pareceu evidente que o narrador que se denomina *João irmão pelos Doze* é o próprio Evangelista. Mas não estou lhe ensinando nada de novo.

---

* Aguardente obtida com a destilação do bagaço da uva ou de outras frutas. (N. T.)

— Naturalmente.
— Além do mais, ele teria vivido muito, pois a sua morte é situada em Éfeso, por volta do ano 101. Ele teria noventa e oito anos.
— Não estou certo de que ele tenha morrido em Éfeso — retificou Hertz. — Acho que ele ficou com Cristo na floresta do Oriente e lá permaneceu depois da morte deste.

Mosèle continuou:
— Ele teria escrito dois Evangelhos; o Testamento do Louco esclarecendo o primeiro e precisando o seu Apocalipse?
— É evidente, Didier. Lembre-se, justamente, de uma passagem do Apocalipse em que João, exilado pelo imperador Domiciano, em Patmos, recebe a visita do Cristo, todo vestido de branco, que lhe impõe: "Escreve, portanto, o que viste, o que é e o que deve acontecer depois."* No Apocalipse, trata-se apenas de uma aparição, sendo que, no Testamento, fala-se da visita real de Jesus, que ele relata assim:

Ele estava vivo e não morto
Como o povo havia pensado
Três beijos ele me deu

Brancos sua cabeça e seus cabelos
Como a lã branca
Como a neve...

— Então, você sabe o Testamento do Louco de cor, Martin?
— Eu o li muitas vezes! Na verdade, eu o conheço como se o tivesse escrito com a própria mão.
— Mas foi preciso esperar a morte de Nero para que permitissem que João saísse do exílio.
— Essa é a história oficial, Didier! Estou inclinado a acreditar na própria palavra de João no Testamento, do que na de diversos cronistas.

---

* Apocalipse de São João, 1, 19. *Bíblia, Mensagem de Deus, op. cit.* (N. T.)

É possível que o Evangelista tenha realmente saído da ilha de Patmos, sendo que lá ficaria de boa vontade, adotado pela população que teria se convertido às suas ideias e da qual gostava. Ele teria seguido esse homem de "cabeça e cabelos como a lã branca, como a neve...".

— Jesus... Um Jesus idoso que voltara para buscar o seu apóstolo mais fiel. Portanto, não há mais do que duvidar. O Testamento é a prova irrefutável de que Jesus não foi crucificado!

— Você duvidava? — perguntou Hertz, levantando-se da mesa e acrescentando: — Tenho um excelente *marc*. Vou lhe servir uma gota.

Mosèle acendeu um cigarro, sorveu uma tragada de tabaco e ficou olhando, pensativo, o velho amigo abrir a porta de um armário, tirar uma garrafa sem etiqueta já bem consumida. "Um gato gordo, sim! E eu sou o rato com o qual ele se diverte. Com que objetivo?"

Hertz pegou dois copinhos que ele encheu, sentou-se novamente e consagrou longos segundos a aspirar o álcool antes de lambê-lo.

— Prove isso, Didier. Um amigo meu produz essa delícia em Yonne.* Decididamente, existem pessoas muito úteis na Terra! Benfeitores...

Mosèle molhou os lábios.

— Puxa — disse ele. — É uma *bebida de homem*!

— Léa não gosta que eu a beba; ela se convenceu de que vou morrer de cirrose. Estou pouco ligando... Cirrose, câncer do pulmão, diabetes...

Mosèle pôs o copo na mesa. A sua garganta queimava, as mucosas ardiam com o forte gosto picante de fruta, cozida e recozida.

— Quem morreu na Cruz, Martin?

— Isso você também sabe, Didier. Tomé e Jesus se detestavam. Tomé, o irmão gêmeo do Cristo, tentou assassiná-lo e o deu por morto.

— Meu Deus! — exclamou Mosèle. — E até os amigos de Jesus pensaram que ele estava morto. Ele foi colocado num sudário, não é? E...

---

* *Département* da Borgonha. (N. T.)

– E?

Hertz se debruçou na mesa. Com a sua cabeça grande de faces flácidas e vermelhas, os olhos quase fechados, um sorriso de través, ele esperava.

Algumas frases do Testamento do Louco surgiram na cabeça de Mosèle. Nítidas, semelhantes a uma visão:

> *Nas Oliveiras o irmão morto no seu sudário*
> *Ao gêmeo traidor faz repreensões*
> *E o maldiz por Séculos e Séculos...*

A satisfação irrompeu no rosto de Hertz, que voltou ao seu lugar, soltando um suspiro semelhante ao de um esportista depois do esforço. Ele passou a mão na testa para retirar as gotas de suor.

Mosèle prosseguiu:

– A coorte não prendeu Jesus no monte das Oliveiras. Ela prendeu o gêmeo. Cristo deixou o irmão ser condenado!

– Essa sempre foi a teoria de Pontiglione.

– Eu ainda me pergunto...

– O quê, Didier?

– Foi uma cruz ou um "T" que o professor desenhou com o seu sangue no meu peito? Quando tirei o pulôver, notei que a barra vertical da cruz mal ultrapassava o braço transversal.

Por que, de repente, Mosèle achou que Hertz estava representando? O velho advogado revirou os olhos e, parecendo refletir profundamente, proferiu:

– Mas... Sim! É claro: o T... O T grego! O TAU! Acho, realmente, que é "TAU" o que ele queria que você compreendesse.

– A trave dos crucificados era em forma de Tau – precisou Mosèle, contrariado, certo de que o velho advogado só esperava por esse instante para confirmar a descoberta.

– Naturalmente. Um Tau, e não uma cruz. Você não me disse que Francis foi a Reims quando fazia a investigação sozinho? – perguntou Hertz, com a sua voz melíflua.

— É verdade. Mas ele não me disse exatamente onde.
— Eu pensei na letra grega por causa do palácio do Tau, junto à catedral de Reims. Se as minhas lembranças são exatas, parece que ali são piedosamente guardados alguns raros escritos de Hugues de Payns.
— Às vezes, tenho a impressão de ser um cão na ponta de uma longa coleira que você leva na mão, Martin.
— Não. Você é um amigo a quem eu dou a mão... Você é a minha juventude. Tome mais deste *marc*. É excelente, não achou? Ele ajuda na reflexão e estimula a mente!

51.
A carta de Hugues de Payns

Reims. Terça-feira, 14h20.

Didier Mosèle estacionou seu carro na praça do Cardinal-Luçon e entrou no pátio do antigo palácio do arcebispo de Reims, o palácio do Tau, cujos prédios, no passado, desenhavam um "T", até que o monumento, no século XVII, fosse bastante modificado pelo arquiteto Robert de Cotte. A construção sofreu sérios estragos em 1914-1918, e sua restauração foi finalizada somente depois da Segunda Guerra Mundial. Atualmente, ele abriga um museu no qual se pode admirar o Talismã de Carlos Magno, o "cálice" com o qual era celebrada a comunhão dos reis da França durante a cerimônia de sagração, assim como as dezessete tapeçarias que ilustram a vida da Virgem, outrora propriedade da catedral. O palácio do Tau faz parte da lista do Patrimônio Mundial da Unesco.

De manhã cedo, por telefone, Mosèle havia marcado uma hora com o curador Georges Lamblin, um homem de cinquenta anos, baixo e magro, e de aspecto simpático à primeira vista. Calvo, de óculos, terno azul-escuro e gravata com um nó feito às pressas, ele estava visivelmente encantado de se encontrar com Didier Mosèle, e o expressou com um forte e caloroso aperto de mão.

— Eu lhe agradeço, senhor curador, por ter concordado em me receber tão rapidamente.
— É uma honra, professor... Li e apreciei todos os seus artigos, todas as suas obras! Até assisti a uma de suas conferências... Ela foi dada na Sorbonne, há uns dez anos. Se bem me lembro, o título era: *Corrente naturalista na iluminura parisiense*. Era esse o título, não era?
— Não fui muito maçante? — sorriu Mosèle.
— Muito apaixonante! — respondeu com entusiasmo o curador, arrastando Mosèle pela sala do Golias, que ele obrigou a atravessar a passos rápidos para conduzi-lo a um corredor privado que dava acesso aos escritórios e às salas dos arquivos.
Mosèle gostaria de se demorar mais e admirar os tesouros do museu, pensando que nunca lhe viera à cabeça visitá-lo.
Empurrando uma porta que dava para outro corredor, o curador continuou a falar:
— Como lhe disse ao telefone, foi também com grande prazer que recebi várias vezes o professor Marlane. Eu... Bem, confesso que compartilhava da originalidade das teses dele!
— Francis veio muitas vezes ao palácio do Tau?
— Veio. Três ou quatro vezes. Que estranha e macabra coincidência: o suicídio dele... Depois a morte do professor Pontiglione, com quem, às vezes, eu me correspondia.
— Também conhecia Ernesto? — surpreendeu-se Mosèle.
— Ele e Francis Marlane estavam muito interessados numa carta de Hugues de Payns enviada a Bernard de Clairvaux que, como sabe, vem a ser são Bernardo. Uma carta surpreendente da parte de um homem simples como aquele cavaleiro!
— Permitiria que eu desse uma olhada nesse pergaminho?
— Naturalmente! Eu não sabia que o velho demônio medievalista o havia agarrado. Pensei que só se dedicasse aos rolos do mar Morto.
Mosèle deu de ombros, esboçando uma mímica de culpa:
— Quando a paixão toma conta de você...
O curador tirou um cartão magnético do bolso, introduziu-o num dispositivo de acesso na parede que comandava a abertura de uma grossa porta metálica.

— Aqui é a sala dos Anais — anunciou ele, com evidente orgulho, acendendo a luz. — A higrometria é perfeita, ideal para a conservação de pergaminhos; não estou lhe ensinando nada de novo, professor.

— Vocês têm muitas peças raras que não apresentam ao público?

— Na verdade, temos referenciadas um pouco mais de duas mil notações, das quais, a maior parte, não tem um verdadeiro valor. São, essencialmente, códices, livros de horas, correspondências senhoriais ou fragmentos de manuscritos que só interessam a universitários e pesquisadores como o saudoso Francis Marlane. Todos esses pedaços de *bezerro polido* não podem querer rivalizar com as riquezas do museu!

A sala era alta e estreita. Uma espécie de corredor estrangulado por duas paredes de escaninhos de metal numerados. O curador e Mosèle seguiram por essa fenda banhada por uma luz crua, depois de calçarem um par de luvas brancas de borracha.

Uma gaveta com a marca H-P 2. O curador a abriu e tirou, delicadamente, uma folha de pergaminho coberta com uma letra fina e irregular, que ele pôs no tampo de vidro de uma mesa iluminada.

— Aqui está a carta. Ele deve ter sido escrita em 1128, pouco depois do concílio de Troyes.

Mosèle não pôde deixar de tocá-la, mesmo que com luvas. Tocar naquele escrito do fundador da ordem dos Templários, velino espesso e grosseiro no qual o bico da pena se prendera tantas vezes, como revelavam o espessamento de alguns caracteres e alguns salpicos de tinta.

Mosèle leu o documento em voz alta:

Por vossa santidade e amizade sincera, Bernardo, deveis saber que em terra de sombra repousa, desde então, nosso irmão Primeiro. Com meus cuidados, em grande segurança foi colocado, por todos os séculos, estendido entre Oriente e Ocidente. Por toda a eternidade, Ele será a Luz na Sombra. Os dois Joões velarão por Ele do Meio-Dia à Meia-Noite.

— Reconhece que existem textos menos herméticos, não? — observou o curador. — Esse irmão Primeiro corresponde a um dos primeiros templários fundadores da Ordem? O professor Marlane não me deu nenhum esclarecimento a esse respeito.
— Palavras bem obscuras, de fato — admitiu falsamente Mosèle.
— Posso ter uma cópia desta carta?
— Evidentemente. Há uma fotocopiadora no fundo da sala. Antes, vou colocar o documento entre duas placas de vidro para transportá-lo. Como deve ter notado, é uma peça frágil e não quero correr o risco de danificá-la.

Ele será a Luz na Sombra. Os dois Joões velarão por Ele do Meio-Dia à Meia-Noite. "Os dois Joões", pensou Mosèle, "João Evangelista e João Batista, patronos dos franco-maçons, celebrados no solstício de inverno, em 27 de dezembro, e no solstício de verão, em 24 de junho.* Será possível que o parentesco entre os Templários e a maçonaria seja tão forte?"

— Aqui está, professor — disse o curador entregando a fotocópia ao visitante. — É estranho. Estou com a sensação de reviver a mesma cena que se passou com Francis Marlane. Estávamos aqui, nós dois, diante desta fotocopiadora... Ele me falava das pesquisas. Tenho a impressão de que ele investigava — como posso dizer? — um segredo histórico! Sim, um segredo ligado aos Templários, enraizado nas imediações de Troyes. É surpreendente que ele tenha cometido suicídio antes de completar o estudo. Mas, da última vez que o vi, eu o achei nervoso, ansioso... Como se estivesse em apuros!

— Deprimido! — emendou Mosèle. — Provavelmente, a depressão foi a causa do seu gesto.

O curador balançou a cabeça em sinal de negação.

— Não, deprimido não... Mais para aterrorizado!

---

* Referência às estações no hemisfério Norte. No hemisfério Sul, as comemorações são ao contrário. (N. T.)

*
* *

    Quando voltou para o Golf, antes de dar partida, Mosèle telefonou para Martin Hertz.
    — Você tinha razão, Martin. Era mesmo do palácio de Tau que Pontiglione queria me falar. Sobretudo de um documento escrito por Hugues de Payns. Terrivelmente maçônico! Trata também do irmão Primeiro, cujo corpo foi posto em segurança.
    Silêncio do outro lado do fio. Mosèle prosseguiu:
    — Ainda mais que o Primeiro aparece no 4Q456-458 e no Testamento do Louco. O que confirma que, se Jesus não foi supliciado, esse Primeiro só pode ser ele! Mas aposto que você sabe tudo isso há séculos! Eu só estou batendo na mesma tecla!
    A voz de Hertz, cansada, mas querendo ser calorosa:
    — Conversaremos sobre isso em breve, Didier. Estou no hospital...

52.

O despertar de Léa

O visitante fechou o celular e entrou no quarto de Léa no momento em que a enfermeira saía.

— Bom-dia, senhor Hertz. Como vê, a sua esposa está quase se sentando; estamos fazendo progressos!

— Então, este é um belo dia.

O velho advogado puxou uma cadeira para se sentar bem perto da cama. Léa olhou para ele com um sorriso gretado. Com um olhar apagado, embaciado, ela lhe falava mudamente.

Ele pegou na mão fria com manchas marrons e segurou-a entre as suas duas patas enormes. Há quanto tempo não dirigia um gesto de ternura à companheira?

Martin Hertz se inclinou. Ela se surpreendeu arqueando uma sobrancelha. Ele lhe deu um beijo longo e insistente nos lábios.

— Minha querida... Minha velha amiga!

Léa percebeu um rápido soluço na voz do marido. Uma falha.

Bom, ele tinha de contar... Martin se sacudiu, se retesou no encosto da cadeira e disse:

— Você já adivinhou que peguei outra vez o meu bastão de peregrino e a minha espada de cavaleiro, não é?

Ela baixou as pálpebras em sinal de confirmação. Depois, dirigiu a Hertz uma reprimenda afetuosa e cúmplice:

— Eu sempre soube que você jamais desistiria, Martin. Você persegue um velho sonho...

— Sinto muito. Por pouco você não foi vítima dele, embora sempre tenha feito tudo para afastá-la do perigo. Não pode imaginar como lamento. Pensei que fosse perdê-la.

— Você está convencido de que *Ele* não morreu na cruz? Grande coisa! Isso não muda nada. Ele ou outro...

— Mas trata-se da Verdade, Léa! Todos esses crimes cometidos para impedir que saibamos a Verdade! Todas as perseguições, as fogueiras, as torturas!

— A Verdade... — suspirou ela. — Será que ela vai salvar Didier Mosèle?

— Por que está dizendo isso?

— Naquela noite... Ele foi vê-lo e vocês passaram uma boa parte da noite conversando. Ele me disse uma mentira em que não acreditei. Como Francis Marlane antes dele, quando o visitava.

— Léa!

— Deixe-me falar, Martin; tenho forças. Você me disse que Francis havia se envenenado, como foi divulgado nos noticiários e na imprensa. Eu fingi acreditar, mas sei que é mentira... Ouvi quando telefonou para alguém; você achou que eu estava dormindo. E falou com essa pessoa sobre o assassinato de Francis. Você parecia arrasado... Culpado!

— Léa! — repetiu Hertz, pouco à vontade, assaltado por um repentino suor que lhe colava a camisa na pele.

— Até que ponto você é responsável pela morte de Francis? Diga, Martin. Eu preciso saber...

Ele não sabia o que responder. Deixou passar um longo silêncio antes de se decidir a dizer:

— Eu o matei! Sim, de certa forma, eu o matei.

O queixo de Léa caiu sobre o seu peito e ela emitiu um estertor sentido, murmurando:

— Eu tinha certeza. Como? Você não o forçou a tomar os medicamentos. Como?
— Revelando algumas coisas. Apoiando-o na pesquisa...
— E vai fazer de novo com Didier Mosèle?
— Dessa vez é diferente. Não vou repetir o mesmo erro. Estou todo o tempo em contato com Didier.
— Você não está sozinho, não é? Não age por conta própria. Quem são os *outros*?
— Ora, sabe muito bem que não posso contar.
— Nem a mim, a sua mulher?
— Justamente a você, Léa. Quanto menos souber, melhor será.
— Está bem — disse ela, surpreendendo Hertz por não querer prosseguir com o interrogatório.
— Como está se sentindo? — indagou o velho advogado.
— Sinto uma dor no peito. Mas estou viva e eu estou vendo você... Retorcendo-se na cadeira, suando como o diabo, com uma tonelada de pensamentos passando pelo seu olhar. Nós estamos vivos. Eu me contento com isso! Por quanto tempo? Quando será a próxima vez Quando virão anunciar que você se matou, ou que foi atropelado por um carro, ou que morreu no incêndio da nossa casa? A não ser que sejamos mortos juntos quando eu sair do hospital!
— Nada disso acontecerá, querida.
— Mentiroso!

Hertz baixou o olhar como um menino pego em falta. Mentiroso... Na verdade, era isso o que ele era. Um mentiroso que avançava num jogo de aparências e de máscaras, lançando inocentes no fogo da linha de frente da batalha, como Marlane, a sua mulher, Pontiglione e Mosèle.

53.

Um jovem na sombra

O papa se ergueu ligeiramente. Sua atenção havia sido atraída pela sombra que parecia se mexer no fundo do quarto.

Um vulto se formou nas trevas. O de um homem magro, sombra sobre sombra. Inefável manifestação onírica que, no entanto, a razão do doente não conseguiu afugentar.

Eis que ela chegou, a hora do Filho do Homem...

O vulto estava quase nu, envolvido num sudário sujo de sangue. Ele se movia lentamente, livrando-se do seu envoltório de noite. Era apenas um sonho, porém mais real do que se fosse feito de carne e osso. Era apenas um sonho recorrente, incansavelmente temido.

– Vieste buscar o que eu não tenho... – disse o papa, balbuciando. – Não, Senhor... O teu segredo repousa com os teus ossos na terra. Poeira... Tu és poeira num túmulo esquecido. Para de me assombrar!

O vulto plantado ao pé da cama contemplava o Santo Padre. No rosto sombrio e indeciso, somente os olhos, febris e de um preto intenso, expressavam vida. Jesus não sentia ódio. Apenas piedade e pesar por aquele velho senil que tremia dos pés à cabeça, batendo os dentes e choramingando.

O papa gritou para acabar com o pesadelo, para expulsar o fantasma.

A porta do quarto foi aberta para a luz do vestíbulo. Duas freiras apareceram. Uma delas se precipitou para o Santo Padre que continuava a repelir com a mão uma figura imaginária que ainda discernia ao pé da cama.

— Oh, Santo Padre, por favor... O senhor está nos reconhecendo, não está?

— Eu o vi... De novo! Todas as noites *Ele* aparece! Eu... Eu não posso mais suportar esse suplício!

A primeira freira chegou perto da cama e se inclinou sobre o velho que se agarrou ao ombro dela. A segunda avançou em passos mais lentos, assustada.

— São apenas pesadelos. Não deveriam deixá-lo neste estado.

— Pior que pesadelos! Eu sinto o cheiro pútrido do túmulo de onde *Ele* sai...

— Vou chamar o seu médico, Santo Padre. É o que me parece mais sensato — propôs a segunda irmã que havia permanecido mais perto da porta.

— Para que ele me deixe atordoado com mais drogas? Não... Acordem o cardeal de Guillio; ele vai compreender. A única pessoa que quero ver é ele. Somente ele!

— Vou mandar chamar o Monsenhor sem demora.

— Sim... Vão embora! Saiam as duas, por favor. Eu sou uma visão assustadora!

Fru-fru das túnicas das religiosas. Perfume de água de colônia. O papa estava de novo sozinho, mas a porta do quarto tinha ficado entreaberta para o mundo exterior, o que era comprovado pela luz alaranjada do vestíbulo.

— Como vê, acudi o mais rápido possível, Padre.

Ele teria dormido? O cardeal de Guillio estava lá, sentado na poltrona, bem perto da cama. Sim, ele deve ter sido tomado pelo sono por alguns segundos.

— Meu amigo — ofegou o papa. — Aproxime-se, preciso do seu calor... Da sua vida! A Morte estava aqui, neste quarto. Ela o enviou... ELE... Sabe?

O cardeal se inclinou sobre o corpo descarnado.

– É a sua imaginação. Apenas ela!

– Não, Guillio! É a Morte que me visita com as feições do irmão traído. Aquele cujos restos procuramos há séculos e por quem tanto matamos. Fale-me dos Guardiães do Sangue.

– Os Guardiães? Eles agem mais rápido do que eu gostaria.

Uma das mãos do cardeal se ergueu e desenhou um gesto vago no ar.

– É porque eles são puxados por outros cordéis que não os seus! – exclamou o papa. – O próximo conclave já está sendo preparado, pois estou praticamente reduzido ao estado de cadáver.

– Não podemos desprezar as intrigas de Montespa, que já se vê usando a tiara.

Guillio encheu um copo-d'água e ajudou o doente a tomar alguns goles.

– Eu repito, meu amigo – continuou o papa. – Vamos resolver o caso antes da minha morte. A Igreja de amanhã deverá ser impecável, e todas essas guerras ocultas deverão estar terminadas.

– Não pense tanto no seu fim, Padre – repreendeu Guillio com afeto.

– Ao contrário, só devemos pensar nisso! Quero ser o papa que enterrará definitivamente o Segredo de Jesus. Que, finalmente, libertará a Igreja! Mesmo que eu tenha de sujar as mãos até o meu último suspiro...

– Tudo será solucionado em breve – garantiu o cardeal.

O papa balançou a cabeça de pássaro depenado:

– Eu sabia que os Guardiães do Sangue agiam agora fora da sua jurisdição. Em pouco tempo, eles serão uma entidade autônoma, totalmente incontrolável!

– Cuidarei para que isso não ocorra – afirmou Guillio. – Agora, durma. Precisa descansar, Santo Padre.

– Tenho muito medo da solidão, Guillio.

– Nesse caso, permanecerei ao seu lado até que adormeça e só então sairei do quarto.

— Gosta tanto assim de mim?
O cardeal não respondeu. Apenas pousou a sua mão com delicadeza na testa do doente e ali a deixou como uma carícia imóvel, que pretendia ser tranquilizadora.

*
* *

Quarta-feira, 8h40.
Macchi recebeu Guillio, sem procurar dissimular a sua impaciência.
— Monsenhor, nós o estávamos aguardando.
— Hoje de manhã, fui novamente ver o Santo Padre, bem cedo, antes dos tratamentos; ele passou uma noite péssima. Eu o deixei na véspera, atormentado por pesadelos.
Os dois homens atravessaram o laboratório subterrâneo da Academia Pontifícia de Ciências, sem prestar a menor atenção nos dominicanos absorvidos em seu trabalho diante dos computadores. Depois, seguiram por um austero corredor de paredes brancas, pobremente iluminado por algumas lâmpadas.
— Qual o estado de espírito de Suas *Eminências*? — perguntou Guillio em tom zombeteiro.
— Não espere uma acolhida calorosa da parte deles, Monsenhor.
Pararam diante de uma porta metálica; Macchi dedilhou as teclas de um dispositivo de acesso na parede para acionar a abertura.
— Clima de fim de reinado — disse Guillio antes de passar pela porta. — E a nossa operação na França está nos criando problemas!
"Rostos fechados! Um cenáculo de sapos!", pensou Guillio olhando, um por um, os cinco cardeais que o aguardavam nas suas poltronas de couro. Cinco velhos, entre eles um obeso flácido, cujas feições desapareciam num amontoado de gordura rósea, pingando de suor.
O estilo da sala entrava em choque com o ambiente despojado do laboratório e do corredor. As paredes de cimento eram forradas de tecidos de veludo, o piso era coberto por um grande tapete, a ilumi-

nação era suave e aconchegante. Em cima da mesa de centro, em volta da qual estavam dispostas as poltronas, haviam sido colocados copos cinzelados, xícaras, uma cafeteira, uma garrafa de água mineral e um cinzeiro.

Ao cheiro de tabaco e de café misturados, era acrescentado o de suor. "O gordo Monetti! Ele começa a transpirar assim desde que amanhece!"

Enquanto a pesada porta blindada se fechava atrás de Macchi, Guillio se sentou numa das poltronas vazias. Imediatamente, o cardeal obeso o acusou:

– Ah, finalmente, Guillio! Soubemos da morte do professor Pontiglione em Paris. Pensei que íamos apenas vigiá-lo...

Um outro emendou, como numa cantilena infantil, com a sua voz esganiçada:

– Os Guardiães do Sangue o eliminaram, foi isso?

– Por iniciativa deles? – disse um terceiro aparentando surpresa e se retesando na poltrona como um galo, pescoço esticado, bico para a frente.

– É verdade – disse Guillio, ligeiramente irritado. – Os Guardiães sempre foram emancipados, mas, até o momento, sempre haviam respeitado as nossas instruções. O agente que despachei para Paris tomou conta da situação.

– Isso porque o papa morrerá em breve! – suspirou dolorosamente o obeso, a quem o menor esforço deixava exausto. – O infeliz é incapaz de governar a Cúria. Essa carência não pode se eternizar sem causar irreparáveis danos à Igreja.

Macchi interveio, acendendo um cigarro:

– Mas nenhum papa foi destituído desde Celestino V!

– Dia a dia, as fileiras de Montespa se reforçam – especificou o obeso. – Muitos veem nele o pontífice providencial que fará as reformas de que a Santa Sé precisa.

– Eu me pergunto se vocês também, meus amigos, não estariam começando a sucumbir ao charme do Monsenhor Montespa? – interrogou Guillio com um sorriso.

— A Igreja se tornou um navio sem capitão, Guillio — insurgiu-se um dos prelados. — Tudo se arranjaria se, finalmente, Deus decidisse receber ao lado dele o nosso Santo Padre!

— A morte lhe abreviaria os sofrimentos e isso seria clemência — acrescentou um outro.

Os dedos largos do cardeal de Guillio se crisparam nos braços da poltrona. As juntas ficaram brancas.

— A intenção de vocês é tão pouco sutil que compreendi nitidamente — articulou ele, marcando cada sílaba. — Vocês querem apressar a morte do papa!

O obeso assumiu um ar chocado; as faces e as orelhas ficaram arroxeadas.

— Não, não! — exclamou ele. — Não dissemos nada disso!

— Prefiro não ouvir mais nada — proferiu Guillio levantando-se de repente. — Adeus!

"Velhos pressionados, apavorados, manipuladores!", pensou Guillio virando-se para a porta para sair da sala. Macchi passou na frente dele e começou a dedilhar o dispositivo eletrônico.

O obeso estendeu o braço curto na direção do cardeal que se despedia. O gesto parecia um aviso.

— Adeus, Guillio... Mas não se esqueça de que o professor Mosèle pode lançar a Igreja ao caos! Vivo, Mosèle constitui uma ameaça para todos nós!

Percorrendo o corredor de volta, Guillio não conseguia acalmar a raiva.

— Quando terminaremos com essas intrigas? Até os meus amigos me abandonaram.

— A causa de todos os nossos males é a descoberta feita pelo professor Marlane — respondeu Macchi.

— Marlane não entrou no Túmulo. Ele se limitou a localizá-lo. Pelo menos, é a essa certeza que quero me agarrar. Ele não viu...

— Sem dúvida, mas o amigo dele, Didier Mosèle, não vai desistir no meio do caminho. Chegou a vez de os Guardiães o executarem...

— Temo, sobretudo, que os Guardiães do Sangue queiram destruir o exemplar do Testamento do Louco que Martin Hertz possui. Esse manuscrito, corrigido pelos Templários nos teria ajudado nas nossas pesquisas.

— Sabemos que o segundo exemplar desse texto sempre pertenceu aos irmãos da Loja Primeira e que o seu fundador foi...

Guillio se exaltou:

— Uma lenda, Macchi!

— Vamos, Monsenhor... Uma lenda que tem a pele dura, a da Verdade! A prova de que Cristo não morreu na cruz está debaixo dos nossos olhos. Nesse Testamento...

— E se esse Evangelho fosse uma fraude? Teríamos lutado por nada!

— De fato, nos falta uma última prova — admitiu Macchi. — O que foi colocado no túmulo desse *irmão Primeiro* seria uma prova irrefutável!

— Os Templários podem ter retirado essa... essa *coisa* da floresta do Oriente — sugeriu Guillio, sem convicção.

— Essa *coisa* continua lá — escandiu Macchi. — Todos os meus estudos me levam a afirmá-lo. Quem a descobrir possuirá a chave do enigma mais surpreendente de todos os tempos!

— Meu Deus, tenho de reconhecer que a morte de Francis Marlane nos deu uma trégua — suspirou Guillio.

— Mas há o amigo dele, Mosèle... E a Loja Primeira!

— Sim. Martin Hertz, principalmente. Essa velha raposa não é nada desprezível no jogo da manipulação. Um inimigo hábil e inteligente!

54.
A sétima carta

Ele se olhou no espelho do banheiro. Ajustou o falso bigode castanho, ocultou os olhos por detrás de um par de óculos de lentes escuras com uma grossa armação de tartaruga e pôs um chapéu. Vestiu uma capa impermeável cinza, fechada por um cinto.

Estava irreconhecível.

Pálido. Ou melhor, lívido. Os lábios se moviam com tiques que não conseguia controlar. Precisava tomar um comprimido de Bromazepan... Mais um, o terceiro da manhã. Era isso que lhe dava a todo o tempo uma irresistível vontade de dormir. Mas que tanto o acalmava.

Um copo-d'água. Colocou o comprimido na boca. Engoliu.

O seu corpo, todo o seu organismo, parecia estranho e se limitava a transportar uma mente confusa, dilacerada pela dor. Seu corpo era apenas um veículo dolorido.

Saiu do banheiro, foi ao escritório, pegou o envelope que havia preparado na véspera, deixando-o em cima da mesa, bem em evidência.

A letra de Francis:

"DIDIER MOSÈLE"

Guardou o envelope num dos grandes bolsos da capa e saiu do apartamento; desceu a escada.

Do lado de fora, encontrou uma chuva fina que alfinetava o feltro do seu chapéu, dirigiu-se para o carro, instalou-se ao volante, deu partida. Arrancou. Dirigiu no trânsito intenso de Paris. Manteve a calma.

Mas tudo lhe dava medo. Tudo era ameaça, perigo. "Estou com depressão nervosa. É assim... Qualquer gesto, qualquer simples gesto é um sofrimento."

Freio, embreagem. Esperar no sinal vermelho. "Vou cumprir a minha missão. Fiz um juramento e vou respeitá-lo."

Sinal verde. Arrancou de novo. Evitou chorar. Controlou-se.

Finalmente, atingiu a avenida da Porte-Brancion. Procurou um lugar para estacionar. Desceu do veículo, voltou a sentir o pipocar das gotas de chuva no chapéu, chegou ao número 33 da avenida, pôs a carta na caixa de correio da zeladora.

Mas a zeladora estava no pátio. Ela recolhia as latas de lixo, tornando a colocá-las no lugar, quando o viu. Não podia se trair. Tinha de parecer natural. Dirigiu-se a ela, entregou-lhe o envelope, disse algumas palavras. "Obrigado... Com licença." E saiu.

Mas eis que Didier Mosèle apareceu no hall! A zeladora o chamou. Partir. Fugir. Sim, fugir sem apressar o passo. Desaparecer, com o coração martelado por palpitações sufocantes.

A avenida. Voltou para o carro. Mergulhou no veículo como se fosse uma casca de ovo. Trancou-se, os dedos apertando o volante para não afundar, para não se afogar. Continuar mais um pouco na realidade. O tempo de cumprir a sua missão.

Pois se tratava mesmo de uma missão.

*
* *

— Senhor Mosèle, tome! Acabaram de entregar esta carta para o senhor. O sujeito estava com muita pressa!

Mosèle arrancou, literalmente, o envelope das mãos da zeladora.

— Quando? — perguntou Mosèle.

— Nesse instante. Um homem de bigode com óculos grandes. É seu amigo?

O rapaz olhou a caligrafia em maiúsculas:

"DIDIER MOSÈLE"

— A senhora disse nesse instante?

— Há menos de um minuto. Ele tinha a intenção de colocá-la na minha caixa de correio, mas mudou de ideia quando me viu.

— Como estava vestido?

— Uma capa cinza amarrada na cintura, um chapéu preto. E, como eu já descrevi, usava óculos enormes...

Mosèle deixou a zeladora plantada. Correu para fora do pátio. Talvez tivesse uma chance de encontrá-lo. Para, finalmente, saber. Examinou atentamente os poucos transeuntes e não viu, no horizonte, nenhuma capa cinza, nenhum chapéu preto. Decepcionado, atravessou a avenida no meio dos carros que buzinaram. Entrou no Golf.

Instalou-se ao volante e se forçou a esperar antes de rasgar o envelope. Estava ligeiramente apreensivo. "Meu velho Francis, você continua a bancar o misterioso! Se eu não tivesse enterrado você, poderia jurar que ainda está vivo." Mosèle decidiu-se a abrir e tirou uma folha. Havia apenas algumas frases. Mais uma advertência do amigo:

Caríssimo Didier,

Estou morto e logo será a sua vez se persistir nessa busca terrível. Esta é a minha sétima carta. Escrevi nove. Desejo que desista agora e que nunca receba as próximas duas. Volto a repetir, não procure mais!

Seu irmão Francis que o ama
e tenta protegê-lo.

Mosèle telefonou imediatamente para Émylie:

— Acabei de receber a sétima carta de Francis. A minha zeladora viu o mensageiro.

Ele fez a descrição, perguntando se esses sinais lembravam alguém.

— Conhece alguém assim?

— Não, ninguém. Sinto muito, Didier. O único homem de bigode que conheço é um primo bretão que tem uma vista excelente e, portanto, não usa óculos. Além do mais, se usasse algum chapéu, seria um capuz de oleado amarelo!*

— Paciência... Vou para o trabalho. Mais tarde telefono para você. A propósito, está muito cansada?

— Esse passeio na floresta do Oriente me transformou numa pequena octogenária. Ainda estou na cama, empanturrada de aspirinas, com dores em todos os ossos. Mas isso veio a calhar; na verdade, não estou com vontade de me levantar. Uma depressão...

— Não é nada bom ter depressão, Émylie. Eu devia ter forçado você a ir comigo para Reims, ontem; não gosto de saber que está sozinha e aborrecida.

— Comecei a me acostumar no dia em que Francis pegou o quarto no hotel. Eu deveria procurar um trabalho, não acha? Vou aguardar o seu telefonema. Beijocas.

— Beijocas, Émylie.

Mosèle fechou o celular.

*
* *

Levantou-se. Deu uma olhada pela porta do carro. Certificou-se de que o Golf havia arrancado, entrou no meio do tráfico, virou à direita no cruzamento em direção à Porte d'Orléans.

---

* A capa de oleado amarelo é muito usada na Bretanha, sobretudo por pescadores, por ser uma região extremamente chuvosa. (N. T.)

Tranquilizou-se. Estava convencido de que Mosèle não o tinha visto. Ele entrara no carro no exato momento em que o rapaz havia virado a cabeça na sua direção. Mas ele não o vira por causa do plátano que cortava o seu campo de visão.

Voltou para casa. Jogou-se na poltrona e se deixou ficar. Queria afundar no couro e dormir. Mas sem sonhar.

Não pensar.

*
* *

A porta vermelha.

Mosèle não tinha dado dois passos no escritório, quando Norbert Souffir, com o seu cabelo de fios brancos espetados no alto da cabeça, os seus grandes olhos de peixe revirando por trás das lupas, puxou-o pela manga e o levou para a frente do computador.

— Venha ver, chefe...

Rughters e Helène Moustier se aproximaram. Naquela manhã, a jovem usava uma calça de veludo cotelê marrom e uma camisa xadrez de cores gritantes. Mosèle mal reparou nela.

— O nosso querido computador *Largehead* está à beira de uma indigestão — anunciou ela. — É preciso reconhecer que Norbert o empanturrou seriamente, ontem à tarde, durante a sua ausência! Aliás, pensei que estivesse de férias, Didier.

— Na verdade, não. Tiro meio período de folga de vez em quando. Já me entendi com o diretor.

— Finalmente, reconstituímos a sequência A699 do 4Q456-458 — indicou Rughters.

— E, segundo o pouco que traduzi, é explosiva! — exclamou Souffir. — Não há escapatória; em breve, teremos de comunicar os nossos pequenos achados.

— Seja paciente... — aconselhou Mosèle. — Primeiro é preciso ver do que se trata. Vá em frente, Norbert, mostre.

Souffir fez um texto aparecer na tela. Mosèle se inclinou e leu:

O Mestre que voltou estava vivo. Ele disse ser o Primeiro e o Último. Disse-nos para acreditar nele, pois ele era o irmão da Vida. Aquele que havíamos dito que morrera na cruz.

– O Mestre... – começou Souffir. – O Primeiro... Vivo! Trata-se de Jesus. Jesus que passou por Qumran. Ou que para lá voltou! Francis tinha toda a razão!
– Esse é o meu medo – disse Mosèle, tirando o impermeável.
– E daí? – perguntou Hélène Moustier a Mosèle.
– Daí o quê?
– Não é hora de fazer um relatório sobre essa descoberta? Pelo menos, deveríamos participar à diretoria.
– Ainda é muito cedo, Hélène. Peço a todos que confiem em mim e que mantenham em segredo essas informações. E eu garanto que tomaremos uma decisão em conjunto; não vou decidir sozinho.
Souffir saiu da frente da tela do computador e foi se plantar diante de Mosèle. O homenzinho maltrajado, que parecia ainda mais atarracado diante do superior, disse:
– Vou fazer uma cópia dessa última tradução num dispositivo USB e apagar o disco rígido. Conheço *Largehead* muito bem; ele não vai me desobedecer.
– Obrigado, Norbert.

*
* *

Ele descolou o falso bigode, tirou os óculos com armação de tartaruga, tomou mais um comprimido de Bromazepan e engoliu um copo de bebida. Depois, esperou pela noite.
Naquela noite, iria à Fundação Meyer. Passaria pelo estacionamento, no qual entraria graças a um cartão magnético oficial: o de Francis Marlane.

55.
O visitante

O homem consultou os documentos distraidamente: fotografias tiradas no cemitério, no enterro de Francis Marlane. Mapas rodoviários... Ele não conseguia se acostumar com o cheiro de mofo do esconderijo dos Guardiães do Sangue. Com as paredes úmidas e vazias. Com as persianas de metal, enferrujadas, fechadas dia e noite. Com a sinistra luz espalhada pelo lampião. "Uma base de retaguarda lamentável!"
Mas devia reconhecer que o local constituía um refúgio perfeito. Uma pequena casa em ruínas que só esperava pela retroescavadeira, num bairro miserável de Ivry.*
Eles eram três naquele reduto a matar o tempo, tomando café, esperando pelas ordens dos superiores, com o ouvido colado no aparelho de escuta instalado numa mesa.
– Ouçam! – disse um deles. – Ouçam...
O homem se inclinou sobre o aparelho de escuta. O terceiro avançou a cadeira.

---

* Cidade limítrofe com o subúrbio ao sul de Paris. (N. T.)

— Hertz está no escritório... telefonando.
— Aumente o som — ordenou o homem.
A voz abafada do velho advogado se insinuou na sala:
— Abade? É Martin. Como está passando, irmão? Sim, sim... Léa está cada vez melhor e os médicos me garantiram que sairá do hospital em breve. Dentro de um mês ou dois... Estou ligando somente para dizer que vou passar em Villery na sexta-feira, no começo da tarde, para pegar o Testamento e a argola... Espero que Didier Mosèle e Émilye Marlane aceitem me acompanhar. Estou impaciente para apresentá-los; já lhe falei muito deles... Um abraço, abade... Até sexta!
Hertz desligou. Pelo barulho, podia-se adivinhar que ele dera alguns passos pelo escritório, depois abrira a porta e saíra.
O homem se inclinou para trás, cruzou as mãos atrás da nuca e sorriu.
— A nossa rede foi tecida com perfeição. Temos todos eles nas mãos. Todos, sem exceção, estão sob o nosso controle.
— Hertz, Mosèle e a sua equipe... — enumerou um dos outros dois.
— Seria mais fácil se não temêssemos a Loja Primeira — precisou o homem. — O que estão esperando os seus irmãos para reagir? Não gosto muito de saber que os inimigos estão confinados na sombra.
— Talvez não tenham mais garras!
— É o que eu suspeito, Lorenzo. Mas eles conservaram as manias dos Templários. Avançam sob os capuzes. São espectros da História. Máscaras da noite!
Lorenzo desdobrou um mapa rodoviário e procurou com a ponta do indicador.
— Villery... Em Yonne. Sabemos que é lá que Hertz possui uma casa de campo. Portanto, deve ser o lugar onde escondeu o Testamento!
— Aos cuidados de um abade — riu o homem. — Se não me faltasse senso de humor, daria boas risadas! O que acha disso, Carlo? Não acha que a situação é uma bela piada?
Carlo balançou a cabeça em sinal de negação. Com o rosto determinado, não sentia nenhuma vontade de rir. Pensava no amigo morto

na floresta do Oriente. A detonação furando a parede de chuva, a queda do corpo no lodo.

— Temos sérias contas a acertar com esse canalha do Hertz — lançou ele.

— Compreendo — disse o homem. — Até o momento, não se tratava de um caso pessoal. Executávamos o nosso trabalho, e só. Hertz estará morto até o fim da semana. Ele nem desconfia que foi pego nessa rede de vigilância. Será que imagina que os microfones foram instalados na casa dele?

— Impossível — afirmou Lorenzo.

— De fato, é impossível — repetiu o homem.

"Mesmo assim", pensou ele, "eu daria tudo para saber o que foi feito dos irmãos Primeiros. Eles vão reagir de uma hora para a outra. Obrigatoriamente. Mas quando? E se Hertz estiver nos atraindo para uma armadilha?"

O homem esquecera-se por um tempo do cheiro de mofo, que tornou a subir-lhe pelas narinas, a ponto de deixá-lo enjoado, misturado ao odor fétido e melado do querosene que se consumia.

Não podia ir até a janela para tomar ar, para respirar outra coisa que não aquele fedor de sujeira. Tinha de se manter trancado naquele casebre até o fim da operação. Lançou um olhar mal-humorado para o seu saco de dormir, e o pensamento de ter de passar mais duas noites naquele pardieiro o deixou desesperado.

Fechou os olhos por um momento e se transportou mentalmente para o seu confortável escritório em Roma, onde desfrutava das gravuras das paredes, da iluminação delicada e aconchegante, das poltronas macias, da ópera *Lucia di Lammermoor* de Gaetano Donizetti, todo o tempo tocada pelo seu aparelho stereo... A magnífica cena do ato II. As proezas da soprano *coloratura*.

Mas estava na França, numa ratoeira fétida. E ele não existia. Não possuía nenhuma identidade.

*
* *

Quarta-feira, 20 horas, na sede da Grande Loja da França.

Mosèle entrou no átrio. Hertz, que esperava por ele sentado num dos bancos, levantou o nariz do jornal e o dobrou em seguida ao perceber o amigo.

— Obrigado por aceitar o meu convite para jantar no Círculo, Didier. Perdemos o hábito dos nossos jantares *tête-à-tête*. É uma pena!

— A sua mulher, o trabalho, o cansaço... — enumerou Mosèle. — E a aventura que estamos vivendo!

— É claro.

Subiram a escada que conduzia ao restaurante quase vazio. Ele só lotaria por volta das 22 horas ou 23 horas, quando os irmãos saíssem das oficinas depois das Sessões.

Mesmo assim, escolheram uma mesa afastada do bar, instalaram-se e estudaram o cardápio do dia. Sempre procediam assim. Somente depois de escolher o que comeriam é que começavam a conversar.

— Para mim uma *andouillette marchand de vin** e uma salada — anunciou Hertz, com ar guloso. — Salada ou fritas? Sim, fritas é melhor. Também vamos tomar um pouco de vinho, não é?

Mosèle não pôde deixar de sorrir.

— Todas as vezes você aplica o mesmo golpe, Martin! É claro que tomaremos um vinho, e aposto a roupa do corpo que vai preferir um morgon.

— Pode manter a roupa do corpo, será mesmo um morgon. E um pouco d'água, se tivermos sede!

— Também vou ficar com a *andouillette* — aprovou Mosèle.

O garçom se aproximou para anotar os pedidos. Quando ele se virou, Hertz desdobrou o guardanapo com um gesto amplo e disse:

— Gosto muito desses momentos. Estar na sua frente, aqui... Sim, aprecio esses instantes. Quantas verdades dissemos neste clube? Quantas vezes consertamos o mundo?

— Milhares de vezes. Faz nove anos, Martin.

---

* Embutido de tripas, preparado com um molho de vinho tinto seco, *échalotes* e manteiga. (N. T.)

– É verdade – disse o advogado, pensativo. – Nove anos... Eu recebi vocês na Loja Eliah. Você e Francis. É estranho...
– O quê?
– Nós três, você, Francis e eu, jantamos juntos poucas vezes nesses nove anos. Agora, eu lamento.
– Francis era mais introvertido do que eu. Mais reservado também, acho eu.
– E tão sério! – acrescentou Hertz. – Devíamos tê-lo obrigado a se juntar aos nossos jantares.
Mosèle tirou do bolso uma fotocópia da carta de Hugues de Payns e a fez deslizar sobre a tolha até Hertz, dizendo:
– Na mensagem a são Bernardo, Hugues de Payns nos dá uma pista. Veja...
Hertz pegou o documento e leu-o rapidamente em voz alta:

... em terra de sombra repousa, desde então, nosso irmão Primeiro. Com meus cuidados, em grande segurança foi colocado, por todos os séculos, estendido entre Oriente e Ocidente. Por toda a eternidade, Ele será a Luz na Sombra. Os dois Joões velarão por Ele do Meio-Dia à Meia-Noite.

– João Batista e João Evangelista, os nossos dois patronos da franco-maçonaria – falou Mosèle. – Que coincidência! O fundador dos Templários colocou os restos do Cristo sob a vigilância desses dois Joões.
– Eu sabia da existência dessa carta – confessou o velho advogado. – O Evangelista foi um adepto de Batista antes de seguir Jesus, de quem ele foi o *discípulo bem-amado*. Já havíamos falado a respeito, Didier. O ensinamento dos dois Joões sempre inspirou e iluminou a franco-maçonaria.
– Eu sei, mas os dois Joões não definiriam um lugar geográfico? Um local situado na floresta do Oriente, no centro do triângulo de Payns descoberto por Francis...? A Leoa, o Bailly e as Cabras! Os três lugares que os Templários anotaram na margem do Testamento do Louco...

O garçom pôs os pratos na mesa. Hertz contemplou a *andouillette* generosa e a magnífica porção de fritas que a acompanhava. Em seguida, ergueu o queixo, olhou fixamente para Mosèle e declarou:

— Talvez seja mesmo uma pista. Mas muito ampla! Um campo de investigação tão grande que os séculos não conseguiram terminar...

— Francis elucidou o enigma, Martin. O que ele fez, acho que posso repetir.

A vozinha surda e fraca de Léa ressoou na cabeça de Hertz recriminando-o de pôr Didier Mosèle em perigo como havia feito com Francis Marlane.

*
* *

Com uma capa de gabardine e uma maleta debaixo do braço, Souffir entrou no hall da Fundação Meyer. Passou diante do balcão de recepção, onde um guarda folheava uma revista.

— Pretende fazer hora extra, professor? — perguntou o guarda.

— Uma sequência reconstituída hoje de manhã está me preocupando — respondeu Souffir, lançando-lhe um rápido cumprimento com a mão. — Voltei para consultar *Largehead*.

— Bela consciência profissional. Boa sorte!

— Obrigado, André.

O velho tradutor pegou um dos elevadores, assobiando, chegou ao terceiro andar, seguiu pelo corredor pouco iluminado pelas luzes de vigília, chegou à porta vermelha e a abriu.

Deu dois passos no escritório escuro. Um vulto curvado sobre o computador ligado de Mosèle se virou com a entrada de Souffir.

— Merda! — exclamou Souffir dando um passo atrás. — O que está xeretando aí?

De capa, chapéu, bigode e óculos grossos, o vulto se ergueu, com um pen drive na mão.

— Está copiando os arquivos!?!

Fugir. Não podia ser preso. Não agora. Enfiou o pen drive num dos bolsos da capa e correu na direção da porta. "O velho está com tanto medo quanto eu..."
O vulto empurrou violentamente Souffir, que perdeu o equilíbrio e por pouco não caiu; segurando-se no batente da porta, ele se aprumou.
O corredor. Correr. Correr! Mas as pernas estavam pesadas! Chegar ao estacionamento.
Souffir largou a pasta no escritório e se lançou em perseguição ao visitante, que já estava desaparecendo no ângulo do corredor.
Abrir a porta sinalizada ESC-ESTAC., despencar pela escada de metal. Chegar ao estacionamento, meu Deus!
Segurando no corrimão, Souffir também despencou escada abaixo, com o risco de quebrar o pescoço em cada degrau. O visitante estava muito na frente, podia-se ouvi-lo descer a escada bem mais abaixo. "Esse cara conhece o lugar! Está descendo para o estacionamento..."
O estacionamento. O carro. Entrar, dar a partida, acelerar. Rápido. Sair dessa armadilha. Frear diante do controle eletrônico, introduzir o cartão magnético na fenda. Esperar a pesada porta levantar, acelerar de novo, arrancar...
Souffir saiu na garagem, sem fôlego, o peito ardendo. "Pernas ferradas e pulmões ruins! Eu o deixei escapar, evidentemente!"

*
* *

Eles estavam na sobremesa quando o celular de Mosèle tocou.
— Com licença, Martin — disse o rapaz levando o telefone ao ouvido. — Norbert? É...? No nosso escritório? Já vou...
Mosèle fechou o celular, contrariado. Empurrou o prato.
— Algum problema? — perguntou o velho advogado.
— Souffir passou pela Fundação para fazer o *Largehead* rodar... E deu de cara com um ladrão!
— Sempre achei que a Fundação fosse uma verdadeira fortaleza inexpugnável!

— Justamente por isso! Sinto muito, mas tenho de ir para lá imediatamente. A polícia já está no local.

— Compreendo. Ligo para você mais tarde, Didier. Queria convidá-lo para ir neste fim de semana para a minha casa de campo. Você nunca foi lá, não é?

— Veremos... Veremos. Boa-noite!

Mosèle já ia sair da mesa. Hertz o segurou alguns segundos pelo braço e disse:

— Você não vai engolir essa história de roubo, Didier, vai?

— Está pensando nos Guardiães do Sangue? Se fossem eles, Souffir estaria morto a essa hora...

56.

Monsenhor

O tenente Janvert era um homem redondo, de pernas curtas, cabeça coberta por uma penugem loura e olhos minúsculos que se movimentavam sem cessar. Quando Mosèle entrou no hall da Fundação, encontrou-o em plena conversa com o diretor e Souffir.

Uma equipe da polícia técnica, composta de dois homens e de uma mulher de roupas brancas, carregando maletas de metal, se enfiou no elevador.

– Ah, tenente, eis o professor Mosèle, de quem lhe falei. Ele é o responsável pelo departamento que foi roubado – anunciou o diretor.

Souffir correu para Mosèle.

– Didier! O cara passou pelo estacionamento para entrar e sair... É alguém da Fundação!

– Ainda mais porque, obrigatoriamente, devia dispor de um cartão magnético – observou Mosèle, apertando a mão do diretor e do tenente da polícia.

Este perguntou em seguida:

– Está afirmando que somente os membros deste centro possuem um passe?

– Naturalmente – respondeu o diretor. – Em regra geral, durante o dia, os visitantes se apresentam na recepção. Não há nenhum outro meio de entrar na Fundação.

— De qualquer maneira, o prédio está recheado de câmeras — especificou Mosèle. — Não terá nenhuma dificuldade para ver com quem se parece esse visitante, basta assistir às fitas de vídeo. A propósito, Norbert, você viu distintamente esse sujeito? Poderia reconhecê-lo?

— Fácil! Um verdadeiro espião de cinema. Não muito alto... Capa, chapéu, bigode castanho e óculos.

Mosèle aguentou o tranco sem nada deixar transparecer: "O mensageiro de Francis!"

— Vamos subir até o seu escritório, professor — propôs o tenente a Mosèle. — Sem dúvida, poderá constatar se alguma coisa desapareceu!

A equipe científica já havia isolado a sala, cuja desordem natural saltou imediatamente aos olhos do tenente: os livros, os dossiês, as caixas de papelão transbordando, a poltrona Chesterfield lotada, as xícaras de café num equilíbrio instável em cima das pilhas de documentos, uma raquete de tênis, um pneu de bicicleta esperando ser consertado.

— Isso é realmente um escritório? — zombou Janvert. — Eu o felicitarei se encontrar o que lhe roubaram!

— Uma olhada será suficiente.

Um técnico entregou um par de chinelos de plástico branco para Mosèle, recomendando que não tocasse em nada: "É por causa das impressões digitais."

Com o chinelo nos pés, o rapaz entrou no escritório, foi até a sua mesa de trabalho e mostrou o computador ligado.

— Vejam! É o que tem no meu computador que interessava ao desconhecido — disse ele.

Da porta, Souffir observou:

— Mas ele não deve ter conseguido acessar o terminal de *Largehead* sem o seu código.

— Os meus arquivos pessoais eram suficientes para ele. O homem tinha uma curiosidade seletiva.

Norbert acrescentou:

— Ele tinha um pen drive na mão, quando o surpreendi. Podia jurar que havia acabado de tirá-lo. Ele teve tempo de fazer uma cópia do que lhe interessava.

— Portanto, é o senhor, e somente o senhor que era visado, professor — observou o tenente. — Há coisas importantes na sua máquina?

— Anotações pessoais a respeito dos últimos trabalhos em curso na Fundação... E coisas sem importância.

— Em resumo, poderia ser um conhecido. Um maníaco que queria compartilhar da sua intimidade! Em outras palavras, alguém que circula à vontade pelos escritórios, que possui um passe e visita o seu computador quando lhe dá na telha.

— Resumo sucinto, mas preciso, tenente.

Mosèle saiu do escritório, tirou os chinelos, os quais foram devolvidos a um técnico, que os colocou num saco transparente e selou em seguida.

Janvert passou a mão na cabeça e acariciou a penugem loura. Seus olhos se moviam do escritório para Mosèle, de Mosèle para Souffir, depois voltavam para Mosèle e nele se fixaram num olhar hipnótico.

— É estranho, professor — começou ele —, tenho a vaga sensação de que o senhor é naturalmente mais falante e que não estou me saindo bem para incentivá-lo a fazer confidências. Quem sabe com o tempo?

— É, quem sabe?

*
* *

Ele abriu o laptop, inseriu o dispositivo numa das portas USB. Os óculos com armação de tartaruga repousavam na mesa, o chapéu havia sido jogado na poltrona, a capa jazia no chão.

As mãos dele tremiam, a boca era agitada por tiques que deformavam os lábios. Depois que tinha voltado, não conseguira se acalmar. Engoliu dois comprimidos e tomou uma dose de uísque, sem resultado.

O medo. Um pânico retrospectivo que lhe dava náuseas, se transformava em angústia, o invadia como uma doença gélida.

"O tempo urge... Não existe vingança sem riscos! E agora, conhecer o que Mosèle sabe... A relação existente entre os manuscritos do mar Morto e o Testamento do Louco!"

Ele fez desfilar na tela os arquivos copiados do computador de Mosèle. Abriu todos eles. Examinou. Só então foi dormir.

Morrer depois, quando tudo estiver terminado.

*
* *

As fitas de vídeo de vigilância da Fundação Meyer foram vistas rapidamente, antes de o tenente Janvert e a sua equipe as colocarem num saco plástico e selarem para levá-las.

Podia-se ver distintamente o homem de capa e chapéu no estacionamento. Óculos de armação de tartaruga e bigodes. Para Janvert, parecia provável que o intruso se vestira de forma tão caricatural para não ser reconhecido.

A equipe técnica também examinou o controle de acesso à garagem. A memória havia conservado a impressão do cartão magnético que permitira ao visitante entrar e sair do local. O desconhecido havia usado o passe que possuía a matrícula M-27: atribuída ao professor Francis Marlane!

Por volta das 23 horas, Mosèle e Souffir foram a uma cervejaria de onde telefonaram para Rughters e para Hélène Moustier com o intuito de colocá-los a par do incidente. "Alguém está usando o passe de Francis para passear à vontade na Fundação e consultar os computadores. O que ele procura não deve ser muito importante, a menos que também possua o código de acesso à memória do *Largehead!* Mas verificamos na central: *Largehead* não foi acessado..."

Às 23h40, Mosèle entrou no carro. Seu telefone tocou.

— Ah, é você, Martin! Desculpe-me mais uma vez por tê-lo abandonado há pouco. Depois eu lhe conto.

O advogado disse com voz lenta:
— Gostaria que convencesse Émylie a acompanhá-lo na sexta-feira a Villery... Queria mostrar a ela o verdadeiro Testamento do Louco; acho que merece vê-lo. Um fim de semana no campo fará bem a todos nós.
— Vou passar na casa dela; farei o convite.
Mosèle se odiou por ter contado que iria à casa da jovem. Mas Hertz não percebeu e continuou:
— Vou conversar com vocês sobre a Loja Primeira. Eu me comprometo a lhes revelar certos segredos. Estão muito envolvidos nesse caso para já saberem um pouco mais.
"O velho gato está me lançando uma isca de luxo", disse Mosèle a si mesmo. "Ele sabe muito bem que eu não iria recusar esse tipo de proposta. Está atiçando a minha curiosidade, e ninguém melhor do que ele para avivar as brasas."
— Ligo para você amanhã de manhã — concluiu Mosèle antes de fechar o celular.

*
* *

Émylie abriu a porta e logo notou as feições tensas do amigo.
— Oh, que cara! Não gosto nada disso — constatou ela.
— Expressão triste e cansada de um cachorro espancado.
— De cachorro morto é melhor.
O rapaz entrou com a capa de chuva encharcada no braço. Émylie pegou-a e pendurou no cabide, dizendo:
— Se os irmãos soubessem quem vem me visitar a uma hora dessas...
— Alguns deles compreenderiam. Outros teriam um maldito prazer de inventar uma novela. O sofá está livre?
— Ele o espera...
— Tenho uma tonelada de coisas para lhe contar.
Mosèle se jogou no meio das almofadas coloridas, estendeu as pernas e soltou um longo suspiro.

— Quer tomar alguma coisa? — perguntou Émylie.

— Desde que não seja café. Esta noite estou a fim de um chá de tília e hortelã. Estou com uma palpitação que está me fazendo sentir muita dor. Fumei demais. E bebi um pouco com Hertz, há pouco.

Émylie foi para trás do balcão da cozinha americana. Um ruído de água corrente numa chaleira.

— Só tenho verbena.

— Está ótimo. Uma caneca grande.

Enquanto esperava a água ferver, ela preparou uma bandeja com duas canecas, um cálice de açúcar e duas colheres. Dois minutos depois, ela voltou para a sala, colocou a bandeja na mesa de centro, sentou-se no sofá e se enroscou como um feto.

Mosèle morria de vontade de pegá-la pela cintura, mas se conteve.

— Fomos convidados para passar o fim de semana na casa de campo de Martin. Ele tem revelações a nos fazer.

— O Mestre dos Enigmas! Ele me dá um pouco de medo. Não consigo saber de que lado ele realmente está. Às vezes, tenho a impressão de que usa uma máscara. E se ele estiver usando você para chegar ao Túmulo do Cristo?

Didier quis tranquilizá-la:

— Não. Acho que, sobretudo, ele usa de todos os meios para nos proteger.

Émylie apoiou a cabeça no ombro de Mosèle. Ele se virou ligeiramente para ela. Olhou-a, despenteada, as pálpebras ainda inchadas por ter chorado e os lábios entreabertos.

— Prometi que ia resumir o meu dia...

Ela pôs o indicador nos lábios dele para que se calasse.

— Psiu! Temos muito tempo. Estamos bem assim, não?

O peso da sua cabeça se tornou mais insistente no ombro do amigo. "Estamos bem, sem falar nada. Esquecer um pouco..."

*

O homem tirou a chave de um dos bolsos, introduziu-a na fechadura da pequena porta de madeira e entrou na igreja.
Escuridão. O frescor da pedra. O cheiro de incenso.
Consultou o relógio. Faltavam sete minutos para 1 hora. Teria de esperar três minutos; sabia que o Monsenhor era pontual. Sentou-se num dos bancos. Seus olhos se acostumaram com a escuridão; olhou o crucifixo acima do altar. Uma medíocre representação do Cristo, de gesso acinzentado. Um corpo descarnado se contorcendo de dor nas duas traves da escora de madeira. "Uma impostura!"
Em seguida, um barulho à sua direita. A pequena porta de madeira foi empurrada e fechada rapidamente. Passos. O vulto do Monsenhor se aproximou...
O homem se levantou.
— *Dominus vobiscum* — disse o Monsenhor.
— *Et cum spiritu tuo* — respondeu o homem.
— Está fazendo um excelente trabalho, atualmente. Está se redimindo do fracasso da floresta do Oriente.
— Obrigado, Eminência. O papa está demorando a morrer... Temos de precipitar os acontecimentos. O Testamento do Louco está em Villery.
— Sim. E tanto Mosèle quanto a viúva Marlane foram convidados por Martin Hertz para ir para lá. Nada do que se refere ao advogado me escapa. Você veio receber as ordens...
— Dos seus lábios e apenas dos seus lábios, Monsenhor.
— No passado, os Templários incendiaram a abadia de Orbigny para apagar todos os traços da passagem deles, depois de assassinar Nicolau e Agnano de Pádua... com fogo! Os herdeiros dos Templários também morrerão no fogo!
— Compreendo — respondeu o homem. — No entanto, o jogo é perigoso. As peças a serem eliminadas do tabuleiro têm muito peso. Não acha que Guillio pode reagir? Até o momento foi ele quem dirigiu a operação.
— Os Guardiães de Sangue sempre tiveram um objetivo: recuperar o exemplar do Testamento do Louco que está com a Loja Primeira e

impedir que o Túmulo do Cristo seja encontrado. E eu me dedico a isso. A partir de agora, sou eu quem dirige a *Loggia* e que lhe dá as ordens de viva voz.

— Para o bem da nossa confraria... e da santa Igreja, Monsenhor, eu sei. Mas tenho medo de que não possamos atacar Martin Hertz sem atrair para nós as reações dos Primeiros.

— Vamos esperar que eles acordem! Por enquanto, esses misteriosos irmãos continuam enterrados nas suas tocas.

O homem gostaria de dizer ao interlocutor o que pensava realmente do silêncio dos irmãos Primeiros, de pô-lo a par das suas preocupações, das suas intuições... Mas, visivelmente, a conversa estava terminada. O Monsenhor parecia impaciente.

— Vou sair primeiro, Eminência.

— Vá...

O homem se dirigiu à pequena porta lateral da igreja.

O Monsenhor apreciou a solidão que lhe era oferecida. Olhou o Cristo na cruz que tentava sair da sombra, arqueando o corpo magro e torturado. "O Testamento do Louco tem de desaparecer! Tudo será apagado... Essa história nunca terá sido escrita!"

Ele ficou imóvel por um longo tempo diante do altar; seus pensamentos iam de um condenado pregado na cruz para um homem seminu, num sudário. Um vulto fantasmagórico, cambaleante, lívido. Um jovem que subia o monte das Oliveiras...

Finalmente, ele resolveu sair da igreja. Do lado de fora, a chuva o atingiu brutalmente, batendo em seu rosto, forçando-o a apressar o passo para chegar ao carro preto estacionado ao longo da calçada, alguns metros mais longe, no qual o seu secretário o aguardava.

Este se apressou a lhe abrir a porta traseira. O Monsenhor se enfiou no veículo. — De hoje em diante, vou ter de viver com esse peso a mais na consciência — resmungou. — Mais assassinatos!

— Como? — perguntou o secretário.

— Não, nada... Eu estava falando sozinho.

57.
A segunda casa de Hertz

Sexta-feira, 13h45.
O cemitério de Villery ficava ao lado de uma igreja em estilo romano pesado e arredondado. Ele era cercado por altos muros cobertos por uma videira encorpada e virgem, avermelhada pelo outono. Os túmulos se alinhavam, modestos, numa relva rasteira. Somente uma pequena capela exibia uma flecha fina, falsamente gótica.
Martin Hertz ficou diante de uma lápide ainda recente. Uma simples laje de quartzo, sem cruz. Apenas uma placa que trazia os nomes:

LÉA E MARTIN HERTZ

A chuva havia parado, dando lugar a um céu de um branco profundo. Uma corrente de vento deslizava rente ao chão e mordia as pernas.
Usando o seu casaco longo de couro e forrado de pele, Hertz, enorme monólito imóvel, olhava o túmulo que dividiria com Léa e se perguntava qual dos dois iria embora primeiro. Quem abandonaria o outro.
"Nunca vou me acostumar com o seu gosto meio mórbido, Martin."

Hertz reconheceu a voz. Virou-se, sorrindo.

— Você me viu chegar, abade?

O padre era somente um pouco mais novo do que o advogado. Um homem alto e nodoso, de rosto ossudo estriado de rugas profundas, olhos pretos como carvão e cabelos brancos. Usava um terno cinza e um pulôver preto em cima de uma camisa azul, cujo colarinho estava com as pontas arrebitadas. Carregava uma sacola de couro marrom na mão direita.

— Eu tinha a certeza de que você viria direto para cá — disse ele. — Vi o seu carro do presbitério. Nada melhor para o moral, não é? Continua feliz com o pedaço de terra para a sua eternidade e a de Léa?

— Por pouco Léa não tomou a minha frente... Por causa dos Guardiães do Sangue.

— Eles estão ficando cada vez mais perigosos. Está com muito medo deles, caro irmão?

— Sim, Jacques. Eu os temo. Eles me cercam como lobos. Será que cumprirei a minha tarefa? Saberei preservar o Testamento do Louco do ataque deles?

O abade entregou a sacola de couro ao amigo, dizendo:

— Aqui está ele. Com a argola. Zelei por eles desde que você os confiou a mim. Até dormia com eles. Debaixo do meu travesseiro! Eu o ajudarei a fazer o que deve, Martin. Sabe que sempre poderá contar comigo.

— Naturalmente! Vamos para casa para esperar Émylie e Didier. Marquei com eles por volta das 15 horas. Tem alguma obrigação esta tarde?

— Nenhuma — respondeu o abade Jacques. — Nem casamentos nem enterros. Eu o ajudarei a descascar os legumes. Precisa de alguma coisa?

— Fiz compras antes de vir.

Os dois amigos saíram do cemitério. O gigante e o homem esguio caminhavam no mesmo passo. O passo travado pela idade.

O céu branco arrancava brilhos do quartzo liso do túmulo de Hertz.

O TRIÂNGULO SECRETO

*
* *

A casa de campo dos Hertz ficava fora do vilarejo. Era preciso pegar um estreito caminho de terra e cascalho para chegar até ela. Somente então podia ser vista, impondo-se no meio de um grande prado margeado de salgueiros. Antiga fazenda, ela era composta de duas construções de dois andares e, apesar das várias reformas, parecia com o que sempre havia sido: uma residência sossegada que absorvia as épocas criando um musgo nas telhas chatas dos telhados, envelhecendo o reboco de adobe, entorpecendo-se à sombra de um carvalho mais do que centenário.

O outono a adormecera. Hertz e Jacques abriram as janelas. Na semana anterior, o velho advogado viera entregar o Testamento do Louco e a argola ao amigo, sem nem mesmo ir à sua casa, fechada desde agosto.

O ar entrou pelas janelas e expulsou rapidamente o cheiro de mofo.

Hertz pensou em Léa. Telefonaria para ela quando terminasse de arejar os cômodos e de fazer as camas no andar de cima... Ele pensava em Léa. Nunca pensara tanto nela, a não ser quando eram jovens e apaixonados. Tão apaixonados!

O tempo transforma o amor em hábitos, em rituais. Numa amizade parecida com a que une os passageiros num cruzeiro. Pois é assim que a vida passa: uma longa viagem em que nos adaptamos às manias do outro. Uma harmonia educada, respeitosa, distante.

Ainda se dizem palavras de amor quando nos aproximamos dos setenta anos? Hertz se perguntou pela primeira vez. E se odiou por não ter se perguntado antes.

Léa poderia ter morrido...

Ele teria pranteado a sua velha amante como um cão perdido, como uma criança abandonada pela mãe. Sempre o mesmo egoísmo. A mesma angústia de ficar sozinho, mutilado. Amputado do outro.

Ele olhou a fileira de salgueiros inclinados sobre uma vala, na qual corria um riacho minguado, no fim do prado. Se não fosse o jazigo conjugal no cemitério, ele gostaria que, depois, as suas cinzas fossem dispersas por ali.

*
* *

Com um binóculo, o homem viu Hertz e o abade abrirem as janelas da casa. No térreo, depois no andar de cima. Deu um zoom no advogado que ficou olhando na direção dele. Instintivamente, ele se abaixou; Hertz parecia fitá-lo.

Censurou-se por ter sido vítima dessa ilusão que acelerou o seu ritmo cardíaco por um curto momento. Tempo suficiente para se maldizer por não ter sabido se controlar.

Dessa vez, havia trocado a capa e os elegantes sapatos por uma jaqueta e botas. Ficara meio parecido com Carlo e Lorenzo e disse a si mesmo que estava se transformando num homem de ação. O que não o impedia de sentir falta do seu escritório em Roma. De sentir tanta falta a ponto de desejar ardentemente que a operação terminasse logo.

Foi com intensa satisfação que viu o carro de Mosèle entrar no campo de visão do seu binóculo.

— Mosèle e a viúva Marlane! — murmurou.

O homem viu os dois jovens descerem do carro, tirarem as bagagens do porta-malas, Hertz abrir a porta da casa e, por sua vez, o abade aparecer...

"Todos eles estarão mortos em pouco tempo. Ou melhor, extintos."

*
* *

Émylie e Mosèle gostaram de Jacques à primeira vista, do seu olhar direto e franco, apesar dos seus olhos pretos como carvão, do

seu sorriso generoso que enrugava as faces magras, e por toda a bondade que emanava dele.
Ele tomou as mãos de Émylie entre as suas e disse:
— Senhora Marlane, soube do luto que a atingiu. As palavras são inúteis em tais circunstâncias. Mas as provas de amizade talvez sejam suficientes para ajudá-la...
— Obrigada — respondeu Émylie. — Sim, a amizade é sempre um conforto.
Em seguida, virando-se para Mosèle, ele disse:
— Professor Mosèle, eu o conheço de reputação e estou encantado de, finalmente, encontrá-lo. Li a sua última obra, *O Livro de Salmos de Canterbury*.
— Desconfio que Martin o recomendou! Ele é o meu melhor agente comercial.
— É verdade — acrescentou o abade. — Ele me emprestou e não me arrependi de tê-lo lido. Mas seria mentir dizer que guardei tudo o que li.
— O senhor me tranquiliza — disse Mosèle, sorrindo.
Hertz convidou os amigos a entrarem e propôs a Émylie e a Mosèle que levassem as malas para os quartos preparados para eles no andar de cima, desculpando-se: "Eu cuidei de tudo. Sem a minha Léa, fico meio aleijado."
Mosèle se perguntava com o que pareceria a casa de campo de um velho advogado. Seria uma cópia da casa da cidade? Uma decoração antiquada composta de tapeçarias, cortinas duplas de veludo, poltronas maciças de couro, móveis de mogno, tudo banhado por um cheiro de cera e charuto apagado?
Mas ali não era assim. Imediatamente e não sem surpresa, Mosèle admirou o museu que se apresentava a ele e o charme do lugar. Uma biblioteca inglesa de madeira clara, repleta de centenas de livros. Uma mesa enorme com bancos para receber as comezainas de uma dúzia de cavaleiros esfomeados. Poltronas com os braços desgastados por inúmeras sestas realizadas com os pés apoiados na pedra de uma vasta lareira. Finas e delicadas aquarelas nas paredes, a estátua de uma Virgem com o Filho talhada toscamente com cinzel numa pedra

negra, vasos gigantes vomitando braçadas de tojo seco, tapetes de cor creme jogados sobre o piso antigo de cerâmica hexagonal cor de tijolo. Uma escada de carvalho claro que subia para o primeiro andar. No fundo da sala, um lance de alguns degraus que descia para um nível mais baixo, dando numa porta arredondada de madeira. E a iluminação: uma bela luz branca que se partia em clarões nas arestas dos móveis, se enfiava nos recantos, se espalhava pelo chão em longos fios. E o perfume adocicado dos prados em volta, que o outono amarelava e enrugava, transformando em feno.

Uma casa na qual nos sentimos bem. Onde devemos deixar o tempo passar, sem televisão nem aparelho de rádio aparentes.

Os quartos eram idênticos, regurgitando de livros, de estatuetas, de camas grandes de pés altos. Madeira, pedra e palha. Fantasmas de odores. De odores que a fazenda de outrora derramava em cada estação e que havia impregnado as paredes.

– Está bom para você? – perguntou Hertz enquanto Mosèle depositava o saco de viagem no chão.

– Magnífico – reconheceu o rapaz, que acabara de entrar no seu quarto. – É uma casa atemporal, Martin!

– E você ainda não viu nada.

Émylie apareceu na entrada do quarto.

– O que precisamos ver?

– O meu templo! – anunciou Hertz com a ênfase que lhe era tão característica.

– Um templo? – exclamou Émylie.

– No subsolo – prosseguiu o velho advogado. – Proponho irmos lá tomar um café. Ou chá... Ou uma bebida alcoólica, se tiverem vontade. Acabem de se instalar e me encontrem embaixo. Ficarei esperando por vocês com o abade.

– Abade? – surpreendeu-se Mosèle.

– Ah, eu me esqueci de explicar que Jacques é padre. Sim, ele tem duas singularidades: ser o meu melhor e mais velho amigo e exercer o seu santo ministério! Ambas fazem dele uma pessoa extremamente tolerante e provam que não sou necessariamente um homem mau.

Hertz deu uma piscadela para Mosèle, como uma furtiva unhada com suas garras. E o velho gato desceu a escada no seu passo pesado.

Do patamar, Émylie e Didier ouviram o abade dizer a Hertz:

– É preciso ser muito íntimo para ter o direito de entrar no seu universo secreto!

– Você é um fiel frequentador – respondeu Hertz. – Quantas horas passamos lá como velhos senis e tagarelas?

58.
A biblioteca

Hertz foi na frente dos amigos. Carregando a sacola de couro que continha o Testamento do Louco e a argola, ele desceu os quatro degraus que levavam à porta arredondada de madeira.

– Cuidado com a cabeça – aconselhou, inclinando-se de maneira teatral.

Ele enfiou uma chave na sólida fechadura.

– Esperem...

A porta rangeu. Mosèle disse a si mesmo que não podia ser diferente e sorriu.

– Vou acender a luz e poderão entrar.

Um pequeno clique do interruptor. Luz amarela muito forte. Decepção de Émylie e de Mosèle, que se viram numa espécie de vestíbulo de cimento com as paredes cobertas de conduítes elétricos. Mas Hertz já se dirigia para uma segunda porta na frente deles. Esta era blindada, comandada por um dispositivo eletrônico na parede, no qual o velho advogado compôs um código, com o nariz nas teclas.

Enquanto a porta blindada se abria lentamente, Hertz recomendou aos amigos que tivessem cuidado para não escorregar em mais uma escada que estava na frente deles. Uma estreita escada em caracol entre paredes ásperas.

Jacques disse:
— Uma vez, por pouco não quebrei a coluna, lembra, Martin?
— Claro. Foi no último inverno; o nosso jantar havia sido regado a muito álcool e Léa nos censurara por isso. Não foi um morgon que tomamos?
— Como de costume — precisou o abade.
Uma terceira porta. Sem chave, sem código. Bastou empurrá-la.
Hertz deu um passo no escuro, apertou o interruptor e lançou:
— Émylie e Didier, sejam bem-vindos ao meu templo!
Mosèle deu um breve assobio de admiração. O advogado havia construído uma gigantesca biblioteca num enorme porão, cujo teto era formado de três abóbadas com arcos de volta inteira que se apoiavam em sólidos ábacos de grandes tremós. As paredes, muito altas, eram cobertas por longas prateleiras de madeira; um trilho, no qual corria uma escada, permitia o acesso aos níveis mais altos.

As obras existentes nesse espaço extraordinário eram magníficos infólios, manuscritos originais, pergaminhos enrolados. De quando em quando, pequenas placas de cobre, sobre apoios de madeira, especificavam a proveniência de um exemplar.

Para completar a decoração, entre alguns livros Hertz havia colocado um objeto raro: estatuetas de madeira, miniaturas em osso, máscaras, amuletos, estojos preciosos que ele disse ter arrancado com muita luta de obstinados antiquários.

Era uma verdadeira capela. Efetivamente, um templo dedicado aos livros, ao saber, ao conhecimento.

O piso era feito de um grosso assoalho coberto por um tapete redondo rabiscado de motivos abstratos em preto e branco.

A iluminação discreta, distribuída por invisíveis lâmpadas alógenas, havia sido sabiamente estudada. A sala era banhada por uma luz aconchegante e suave que deixava à imaginação alguns recantos de sombra nos quais se erguia um pilar, se ocultava um grande móvel envidraçado cheio de outros livros e luzia uma armadura.

O advogado se comportava como dono do lugar, na porta do seu santuário, o peito inchado de um orgulho que lhe enrubescia o rosto e fazia seus olhos brilharem. Jacques conhecia bem essa atitude. Não lhe dava mais importância. Os pecadilhos do amigo também faziam parte da felicidade compartilhada e da velha amizade. "Afinal", admitiu o abade, "como não sentir orgulho de tal tesouro?"

Mosèle voltara a ser o pesquisador, o especialista, o historiador. Percorria a passos lentos aquele peristilo, como conhecedor, como cientista e como apreciador cobiçoso.

Hertz se divertia com aquilo, se orgulhava cada vez mais, observando com o canto do olho o jovem passar de um códice do conde Gaston Phébus, datado do século XIV, para a Vida de são Dênis, traçada e desenhada em 1317; do cálice de Ardagh para a mitra bordada em ouro de um bispo morto havia uma eternidade; de um apologético anônimo para um *Muldenfaltenstil*,* outrora oferecido a Afonso X de Castela...

— É magnífico! — espantou-se Mosèle. — Assombroso! É a biblioteca do Vaticano! Os lecionários de Colônia, a *Synopsis evangelica* de Lagrange, o Códice de Missant! Quantas maravilhas, Martin!

— Uma vida inteira de colecionador — disse Hertz miando. — A minha matriz... A minha memória...

Émylie não escutava. Seguia Mosèle em silêncio, limitando-se a roçar os dedos nas lombadas das obras, no couro, no marfim ou no ouro de um objeto. No quente do papel cartonado, cozido pelo tempo, no frio dos ossos e do metal. Assim, ela passava da sensualidade para a frigidez daqueles tesouros acumulados, cuidadosamente arrumados, classificados por um maníaco, incansável artesão de uma paixão, de um amor inveterado por aquilo que os homens deixaram adormecer nas peles curtidas, no papel macio. Na tinta, o sangue negro de suas memórias. No estanho martelado, no chifre gravado, no couro burilado.

— Martin, não posso acreditar que desencavou tudo isto nos antiquários! — disse Mosèle.

---

* Vinho da região de Beaujolais. (N. T.)

— Quase cinquenta anos perseguindo minhas presas e me arruinado para obtê-las. Corrompendo algumas pessoas, confesso. O dinheiro abre as portas de todos os cofres. De todas as almas! Eu era um advogado poderoso e rico, como sabe. Tinha a meu serviço alguns representantes que percorriam o mundo às minhas custas. Eu os lançava nas pistas desses objetos fabulosos que você está admirando com tanto respeito.

Hertz avançou pela sala, pôs a sacola na mesa e continuou:

— Jacques, Léa e outro amigo, do qual lhe falarei em breve, foram os únicos a entrar nesta biblioteca. O Estado e o fisco ignoram a existência dessa fortuna acumulada. Quando falo de fortuna, quero dizer: a riqueza artística e intelectual que esta coleção representa.

Émylie interveio:

— Nesse caso, por que nos permitiu compartilhar do seu segredo?

Hertz se virou para o abade:

— Diga a eles, Jacques...

O padre se aproximou de Émylie e de Didier. O seu rosto vincado de rugas se iluminou num belo sorriso e ele disse:

— Creio que Martin procurava um modo de provar a vocês dois que poderiam confiar nele. Esta foi a melhor prova que encontrou... Abrir as portas da sua biblioteca. Ou, se preferirem: abrir o seu coração!

*
* *

O homem abaixou o binóculo.

— Não estou compreendendo — anunciou. — Eu os vi caminhando para o fundo de um cômodo e eles não apareceram mais.

— Sem dúvida, foram para outra dependência da casa — sugeriu Carlo. — Uma sala, a cozinha...

O homem refletiu por um instante mordiscando a língua.

— Vamos! — decidiu ele, de repente. — Vamos apontar o nosso microfone para uma das janelas.

Os três Guardiães do Sangue saíram da vala onde estavam escondidos havia mais de três horas. Com os membros enferrujados, anquilosados, afastaram os galhos baixos de um arbusto e avançaram a descoberto pelo campo. Lorenzo enfiou a mão no bolso interno da jaqueta, no qual guardava o seu Ruger GP 100. Carlo mantinha apertada ao quadril a pesada sacola que carregava a tiracolo.

O coração do homem começou a bater mais forte. Pela segunda vez, experimentava aquela nova sensação de excitação e de medo. Descobrira aquela estranha impressão na floresta do Oriente, naquele desgraçado dia de chuva em que perdera um dos seus agentes. A embriaguez da ação. A angústia. As duas sensações juntas no fundo do peito, no latejar das têmporas, nos gestos febricitantes.

Um ódio frio também. Inteiramente dirigido a Hertz, o inimigo a ser abatido. "No fogo", repetia para si mesmo. "No fogo! É assim que ele morrerá com os amigos."

A casa de Hertz oscilava de acordo com os seus passos cadenciados. Ela se aproximava. "É uma guerra", tentava se convencer. "Inocentes são sacrificados."

Pensava em Émylie Marlane, no padre...

"Só estou executando as ordens do Monsenhor. Sou o seu braço armado."

Sem fôlego e arquejante, ele chegou à casa. Imitado por Carlo e Lorenzo, encostou-se na parede. O coração o incomodava, apunhalando as costelas com fortes golpes secos e subindo-lhe pela garganta. Mas ele sentia um prazer singular, pernicioso. Havia esquecido o confortável escritório de Roma.

*
* *

— Você terá muito tempo para se maravilhar com essas joias — disse Hertz a Mosèle, que teve de abandonar, contrariado, o exame das prateleiras da biblioteca.

O rapaz foi se sentar à mesa, na qual Jacques e Émylie já estavam instalados. O velho advogado abriu um bar engenhosamente disfarçado de bufê; tirou uma cafeteira elétrica, xícaras, copos, uma garrafa de Cardhu e uma caixa de charutos.

– Quem quer café? – perguntou ele.

Émylie e Mosèle responderam em uníssono que aceitariam um café de bom grado, mas Jacques optou pelo uísque, acompanhado por Hertz.

As bebidas foram servidas alguns minutos depois, e Hertz abriu a sacola para retirar, com cuidado, o Testamento do Louco e a argola. Apresentou o manuscrito a Émylie, permitindo que ela o folheasse, sem deixar de recomendar que tivesse muito cuidado. Mosèle olhou atentamente para a argola e, imediatamente, reviu em pensamento a aldrava presa numa das paredes da pequena capela da floresta do Oriente. Adivinhou que uma explicação logo lhe seria dada pelo velho advogado. No tempo certo. Agora, ele sabia que Martin destilava suas informações com parcimônia, em conformidade com o seu próprio ritmo, como um perfeito maestro.

Enquanto Émylie virava lentamente as páginas do precioso evangelho, Hertz disse:

– O abade me ajudou a aperfeiçoar a tradução do Testamento do Louco. Confesso que a ajuda dele me foi preciosa.

– Depois dos Templários, ninguém havia feito uma boa limpeza na obra de Nicolau e Agnano de Pádua – explicou Jacques, com modéstia.

Tempo. Mosèle tomava o café em pequenos goles e Jacques degustava o uísque, enquanto Hertz o bebia avidamente.

Émylie fechou o livro, pôs as mãos em cima do couro manchado da capa e ali as deixou apoiadas com veneração.

– Então, o senhor sabe! – disse ela, dirigindo-se ao padre. – Jesus deixou que o irmão fosse crucificado no lugar dele. Não ocorreu nenhuma ressurreição!

– Realmente, é isso o que se pode deduzir deste manuscrito – admitiu Jacques.

— Se a Igreja souber que o senhor abona essa tese... — arriscou Mosèle.

— Eu teria de prestar algumas contas — articulou o abade, sorrindo. — Mas, sabe, sou um padre de ação. Um velho cura do campo, daqueles cujo molde se quebrou. As instâncias superiores não se interessam por mim!

Émylie empurrou o Testamento do Louco por cima da mesa, devolvendo-o a Hertz e murmurando com tristeza:

— Francis teria gostado tanto de ter segurado este exemplar! Nem que fosse uma única vez.

— Eu lamento que ele não tenha se aberto comigo — deplorou Hertz. — Talvez eu pudesse ter evitado o pior.

A voz dele soou falsa. Mosèle percebeu. Tal impressão não se ajustava à realidade do momento, transformando-a numa peça de teatro que, no entanto, era encenada com evidente precisão. Na verdade, havia alguma coisa de factício na atmosfera. "Você ainda está representando, Martin", pensou ele. "Representa o seu papel num cenário escolhido para a ocasião. E você está mentindo! Mentindo mais uma vez, ao mencionar Francis!"

*
* *

Do lado de fora, Carlo apontou o microfone para uma das janelas da fachada principal. Com um dedo no minúsculo receptor alojado na sua orelha, franziu as sobrancelhas, tenso e atento.

— Estou ouvindo as vozes deles, mas estão longe — disse.

— Um cômodo separado... Determine a posição — impacientou-se o homem.

— Não é tão fácil. O som está excessivamente abafado. Quase imperceptível. É difícil distinguir o que eles dizem; deve haver várias paredes entre nós.

— Nesse caso, teremos de entrar na casa. Cabe a você intervir, Lorenzo. Faça uma abertura no vidro e gire a cremona da janela.

Lorenzo examinou a sacola que Carlo colocou a seus pés.
— Isso não vai demorar — assegurou ele.
— Quando estivermos no local — especificou o homem —, não agiremos imediatamente. Quero saber o que eles estão falando para relatar ao Monsenhor.

*
* *

Hertz havia terminado seu uísque e se serviu de mais um. "Somente uma gota!", mas a sua mão grande se mostrou pesada e generosa.
— Até a cisão — começou ele —, os Templários que estavam com o Testamento se encontravam na capela da floresta do Oriente e iam juntos para o santuário secreto, não muito longe dos pântanos.
— O local nunca foi revelado — disse Mosèle. — E como era subterrâneo, aposto que não sobrou muita coisa hoje em dia.
— Esse templo não nos interessa muito porque não abrigava o Túmulo do Cristo — expôs o velho advogado, desdobrando um mapa do Estado-Maior da região de Champagne–Ardenne que havia tirado da sacola. Pegando um charuto na caixa, ele o usou para desenhar a base de um triângulo imaginário que unia os três pontos dos lugarejos especificados pelos Templários e, mais recentemente, por Francis Marlane. — Neste triângulo, Hugues de Payns teria ocultado os restos do Messias — prosseguiu ele. — Agora, temos certeza, graças às indicações feitas na margem do Testamento.
— Nas profundezas da Terra! — exclamou Émylie.
— É isso que nos informa V.I.T.R.I.O.L., a fórmula hermética da capela — explicou Jacques.
— *Visita o Interior da Terra e, Retificando, Encontrarás a Pedra Oculta.* Ou o **IRMÃO** oculto! O Cristo... — disse Mosèle.

*
* *

Carlo fazia uma abertura no vidro na altura da maçaneta da janela. Colocando uma ventosa no quadrado de vidro, fez deslizar em volta a ponta de um diamante.

Os dois acólitos o observavam, olhando atentamente todos os seus gestos, apreciando a sua destreza e a rapidez na execução.

*
* *

— Quando nos contou o fim dramático dos Templários — continuou Mosèle —, você nos disse que um punhado deles havia formado a lendária Loja Primeira.

Hertz soltou um suspiro e balançou a grande cabeça, de bochechas flácidas.

— Você continua cético, Didier. Mas essa é a verdade! Essa Loja atravessou os tempos, preservando o Testamento do Louco e esta argola.

— A argola que antes estava na capela, embaixo de V.I.T.R.I.O.L., não é? — observou Mosèle. — Notei a marca deixada na pedra. Isso você também tem! Para que servia?

Hertz voltou a sorrir e se recompôs:

— É a argola que fechou o Túmulo do Cristo. Ela foi entregue ao mais fiel dos amigos de Jesus... A um dos seus irmãos...

— Quer dizer que...

Mosèle parou de repente. O que havia imaginado nos últimos dias, a hipótese improvável, eclodia em toda a sua verdade.

Hertz completou:

— ... que o fundador da Loja Primeira foi Jesus! E que essa Loja ainda vive. Continua a existir!

A vaga suspeita que assaltava a mente de Mosèle se confirmara. A dúvida que tanto o irritava, atrapalhando as estimativas que ele arquitetava, havia encontrado uma solução naquele porão, naquela caverna sublime, naquele templo!

Mosèle encarou os olhos felinos do velho advogado e comprovou o intenso brilho dourado. Hertz parecia se metamorfosear... Efeito da sua imaginação? A pele do rosto dele parecia se firmar; os lábios, habitualmente moles, mostraram, de repente, os traços voluntariosos num sorriso bom e, ao mesmo tempo, sério. Uma transformação que mal se percebia, em virtude de um quase nada, que, no entanto, mudava a imagem tradicionalmente bonachona e envelhecida. O velho, que se endireitara na cadeira, surgia como um gigante rejuvenescido.

— E você...? — falou baixinho o rapaz, sabendo antecipadamente a resposta.

— Sim, eu pertenço a essa Loja mítica. O abade já sabe disso e, se conto a vocês dois, é porque o seu marido, Émylie, foi morto por aqueles que, agora, querem a minha morte. A minha morte, a sua, a de Didier e a de todos aqueles que se aproximaram do Segredo.

*
* *

Os três Guardiães do Sangue entraram na casa. Carlo varreu a sala com o seu microfone e conseguiu localizar as vozes: elas vinham da porta embaixo, no fim dos quatro degraus de pedra.

O homem fez um sinal. Lorenzo, com o Ruger na mão, se dirigiu para a porta que ficara entreaberta. Ele avançou cautelosamente pelo vestíbulo ainda iluminado. Diante dele estava a porta blindada. Fechada.

O homem e Carlo se reuniram a Lorenzo. Novo gesto do homem. Carlo apontou o microfone para a porta de metal.

*
* *

A contragosto, Hertz não se permitiu um terceiro copo de uísque. Precisava manter a mente clara para continuar:

— Depois da agressão que sofri dos Guardiães do Sangue, vim entregar esses objetos ao abade Jacques para que os guardasse, até que eu os colocasse definitivamente em segurança. Jacques conhece e compartilha muitos dos meus pequenos mistérios. Ele também é um irmão!

— Eu não sabia que se podia ser padre e franco-maçom — surpreendeu-se Émylie.

O abade respondeu com o costumeiro sorriso, todo riscado de rugas:

— Existiram muitos *abades filósofos*, sendo que um deles, aliás, foi o padrinho de Voltaire na maçonaria.

Visivelmente desinteressado num debate que não queria ver instaurado, Mosèle se virou para Hertz para lhe perguntar:

— Você acabou de nos dizer que o Testamento e a argola serão colocados com cuidado num lugar seguro, Martin. Esse lugar existe? Habilmente você os ludibriou ao colocar o manuscrito entre os livros comuns na sua biblioteca em Sèvres, mas, agora, o que vai fazer?

— Na Loja Primeira — respondeu Hertz —, um irmão é encarregado de zelar pelo Testamento e pela argola. Nós o chamamos de Depositário. Quando uma dessas duas relíquias corre perigo, o Depositário as esconde no seu túmulo. O meu as aguarda.

— É sensato — admitiu Mosèle. — Um abrigo, em princípio, inviolável.

— No entanto, os Guardiães do Sangue profanaram o túmulo de um dos nossos... Isso remonta ao século XV. Mas eles ficaram a ver navios! Um velho judeu chamado Jerônimo lhes pregou uma peça engenhosa. É uma história eloquente, na qual o sinistro Torquemada desempenhou um papel importante!

Mosèle acendeu um cigarro.

— Acho que pretende contá-la — disse ele, olhando para Hertz cujos olhos haviam começado a brilhar como os de um gato astuto.

Hertz se virou para Jacques para se desculpar:

— Terá de me ouvir repeti-la mais uma vez, abade! Quantas vezes já lhe falei de Jerônimo, o judeu?

— Dele, dos cátaros, dos Templários... Tem, antecipadamente, a minha clemência, Martin.

— Está bem – retomou Hertz. – Então, vamos dar um mergulho na Espanha de 1418. Mais exatamente em Burgos...

59.

O supliciado

Uma câmara de tortura empestada de suor e de urina.

Um homem de uns cinquenta anos era interrogado, nu, com os braços amarrados nas costas, sentado num pequeno tamborete, com os tornozelos ensanguentados espremidos em botas de tortura.

Dois dominicanos estavam de um lado e do outro do prisioneiro exaurido. Atrás de uma mesa, sob um grande crucifixo de madeira pendurado na parede de pedra, um amanuense transcrevia o depoimento do supliciado. Perto dele, um vulto maciço, silencioso e imóvel, se mantinha propositadamente fora da luz da única lamparina de azeite. Parecia uma estátua que nada conseguia emocionar. Nem os gritos, os estertores e as lágrimas da testemunha, nem o ruído seco dos ossos martirizados.

O sexto homem presente na sala subterrânea era o carrasco. Ainda não tinha trinta anos, possuía um rosto angelical de traços femininos, olhos verdes, cabelos castanhos e espessos que desciam até o pescoço.

Ele havia organizado cuidadosamente as cunhas de madeira de diferentes espessuras numa tabuinha, que seriam encaixadas nas botas de tortura com a ajuda de um malho para comprimir a carne e quebrar os ossos.

No chão, uma bacia cheia d'água, uma esponja e um frasco de vinagre para reanimar a vítima.
Os dois dominicanos se dirigiram ao prisioneiro:
– Sim... Estamos escutando. Liberte, enfim, a sua alma e aliviará o seu corpo!
– As chagas do espírito são bem mais assustadoras do que as da carne!
Desvairado, o ferido oscilava, no limite do coma. Já havia desmaiado três vezes e ainda sentia na garganta o infecto gosto de vinagre que o haviam feito ingurgitar para trazê-lo de volta à consciência.
– Eu já disse – balbuciou ele. – O templário Bernard de Josse se apoderou do Testamento do Louco e procurou a proteção de amigos judeus que fugiam da repressão de Filipe, o Belo...
– Essa história é velha! – reagiu o primeiro dominicano. – Faz mais de dois séculos que os Templários foram queimados.
O olhar do homem estava imerso em lágrimas; enxergava os dominicanos por trás de uma bruma escura e os vultos deles dançavam, a ponto de deixá-lo enjoado. Ele tiritava. Sentia muito frio. De vergonha e humilhação. Pois havia urinado.
– A família Casmaran, que recolheu Josse, se instalou em Castela – prosseguiu ele. – Onde ela o fez passar por um dos seus.
– E depois? O templário e esses marranos reformaram a Loja Primeira, não é? Essa seita ainda existe e você aderiu a ela?
O primeiro dominicano havia gritado. A voz estridente lhe rompia os tímpanos há horas.
– Eu confesso! – disse o supliciado. – Por são João, eu admito... Piedade! Piedade! Água... Dê-me um pouco de água.
O vulto maciço que permanecia na sombra abriu a boca pela primeira vez e ordenou:
– Que a nossa caridade acalme os seus tormentos. Dê-lhe de beber.
O carrasco matou a sede do prisioneiro espremendo uma esponja molhada sobre os seus lábios rachados. O homem recebeu a água fechando os olhos, prestando atenção somente a esse ínfimo reconforto. Saciado, ele usou de toda a sua honra para se empertigar. Com o

pescoço descarnado, as faces magras, as maçãs do rosto salientes, até esboçou um miserável ricto na direção do inquisidor desconhecido sentado ao lado do amanuense.

— Você fez confissões medíocres — continuou o vulto. — O que nos disse já foi consignado mil vezes nas minutas da Suprema.* Você sabe quem nós procuramos: Jerônimo, o judeu!

— Tarde demais! — bradou o supliciado num grito de vitória.

— Você quer dizer que ele fugiu de Castela? — falou pausadamente o vulto. — Isso nós sabemos. Será preciso enfiar mais uma cunha para lhe perguntar onde ele se refugiou?

— Misericórdia... Não posso revelar!

E o homem desfaleceu de novo, dobrado sobre si mesmo. A dor dos ossos quebrados o acordou e todo o seu corpo temia as próximas torturas. Deplorável, destruído, apavorado, ele começou a soluçar.

— Poupe a si mesmo um martírio inútil — segredou-lhe o segundo dominicano. — Queremos conhecer o covil desse converso. Onde está Jerônimo Casmaran?

O vulto na sombra fez um gesto. O amanuense, que mantivera o nariz enfiado nos seus registros que preenchia com uma letra fina e apertada, não conseguiu deixar de fazer uma careta, compreendendo o que significava aquela ordem silenciosa.

O carrasco enfiou uma cunha grossa numa das botas de tortura, com um golpe do malho, seco e preciso.

O homem gritou. Uma descarga dolorosa o ergueu do tamborete. Uma dor no tornozelo que subia pela perna, queimava a bexiga, furava o estômago, inchava a garganta e explodia nas têmporas como uma bola de fogo.

Um animal ferido: era tudo o que ele era. Um animal desprezível, nu, sujo. Um farrapo humano aviltado, enojado com o seu próprio odor. E que urinou de novo.

O queixo lhe caiu sobre o peito. Sufocando, ele desistiu:

---

* Termo que significa a forma então convencionada de representar os drapeados na arte figurativa no noroeste da Europa, entre 1180 e 1240, período de transição entre o Românico e o Gótico. (N. T.)

– Meu mestre Jerônimo... Ele está na França... boticário... numa cidade de Troyes... As últimas notícias que tenho dele são más... Diziam que morreria no inverno... Talvez a primavera o tenha levado...

Em seguida, ele ouviu uma voz longínqua no túnel do sofrimento... A de um dos dominicanos:

– Se esse heresiarca estiver morto, quem terá herdado as relíquias malditas?

– A Tradição... – balbuciou o supliciado. – Jerônimo mandou colocar o Testamento e a argola numa caixa de bronze que seria depositada no seu túmulo... Um refúgio inviolável... Até que a Loja eleja um novo Depositário. Talvez tudo isso já tenha sido feito...

– Sacrilégio! – bradou o segundo dominicano.

Atrás da mesa, o vulto maciço se inclinou para o amanuense e perguntou:

– Transcreveu todas essas palavras, Mestre Viana?

– Fielmente, irmão Tomás. Agora cabe ao senhor pronunciar o *ordenamiento*.

O vulto se ergueu e apareceu na luz da lamparina de azeite.

Tomás de Torquemada.

Um velho arrogante, forte e bem-constituído, careca, rosto largo, com um nariz de águia e olhos fundos nos quais se dissimulava uma aguda inteligência, uma voz grave e suave ao mesmo tempo, que destacava cada palavra, como se pesasse todas elas.

Ele pronunciou:

– Que seja escrito que, em virtude do artigo 15 do Código, o prisioneiro deverá renovar a sua confissão dentro de três dias. Se ele se recusar, será submetido novamente à tortura e entregue ao braço secular.

Torquemada saiu da mesa na qual o amanuense terminava de redigir o ato de justiça, concentrando-se em sacramentar aquele momento, pela extrema atenção que dedicava à tarefa.

O carrasco abriu a porta para o Grande Inquisidor que deixava a sala. Este último convidou os dois dominicanos a segui-lo:

– Irmãos Tendilla e Pacheco, acompanhem-me.

Os três homens saíram, já desinteressados do prisioneiro destruído que chorava miseravelmente, emitindo soluços convulsivos.

Dois oficiantes aguardavam no corredor com uma padiola; eles entraram na câmara de tortura para se encarregar do supliciado.

— Finalmente, um dia veremos o fim dessas *aljamas*[1] que espalham a infame mentira que macula Nosso Senhor Jesus Cristo! — murmurou Torquemada, como se falasse consigo mesmo.

— Trata-se de pus! — pontuou o irmão Tendilla. — De podridão nascida no espírito dos iluminados.

— Convém agir sem demora se não quisermos que essa supuração danada gangrene a Santa Igreja Católica — continuou Torquemada. — Troyes está sob a jurisdição do arcebispo de Reims. Enviarei para ele a condenação de Jerônimo, o judeu. Uma carta com a menção *in memoria*,[2] caso esse porco tenha morrido.

— *In memoria*! — exclamou o irmão Pacheco.

— Eu os encarrego de conduzir esse caso, meus irmãos — ordenou Torquemada. — Tragam-me a caixa de bronze, mas jurem que não a abrirão. Preservem a sua alma! Serei eu quem destruirá as relíquias.

— Nós prometemos. Devemos, porém, acreditar piamente nas fábulas desse judeu herege?

— Eu sei — disse Torquemada, sério, acompanhando o pensamento com um gesto da mão. — *Quaestiones sunt fallaces et inefficaces*.[3] Entretanto, todas as nossas investigações coincidem. Somos os Guardiães do Sangue e agimos como tais. Vão, agora. *Dominus vobiscum*.

— *Et cum spiritu tuo* — responderam numa mesma voz os dois irmãos.

Acompanhados de um amanuense e de dois criados, os dois dominicanos deixaram Burgos naquele fim de tarde. Durante a noite, o supliciado teve uma síncope e morreu.

---

[1] Comunidades judias.
[2] Condenação póstuma.
[3] As torturas são enganosas e ineficazes.

60.
Jerônimo, o judeu

Troyes.

O laboratório de Jerônimo, o judeu, era um caos pitoresco, no qual se contrapunham inúmeros perfumes, suaves e fortes, doces e acerbos. Às vezes, acres. Ácidos e oxidados, que pegavam na garganta fazendo tossir, provocando vertigens. Aveludados, também. Óleos delicados que entorpeciam o espírito e possibilitavam sonhos calmos.

Tratava-se de uma ampla sala atravancada de armários envidraçados que continham frascos, potes etiquetados, jarras fechadas com grossas rolhas de cortiça. Na boca de uma grande lareira de pedra, um atanor pendia de uma cremalheira; brasas avermelhadas lhe aqueciam o fundo, ajudando uma decocção a terminar a redução. Prateleiras vergavam sob o peso de grossos livros e pergaminhos.

Tudo estava em desordem. No entanto, tudo tinha um lugar designado, e Jerônimo, o velho homem doente, havia armazenado na memória a forma e o uso de todos os objetos, por menor que fosse.

Ele estava curvado sobre uma mesa de trabalho iluminada pela luz da aurora, que filtrava através das venezianas de madeira vazada da única janela e por algumas velas grossas.

Jerônimo, o judeu, havia confeccionado uma máscara para se proteger das emanações tóxicas de algumas de suas misturas: um capuz de tecido encerado, munido de dois vidros grossos e redondos para poder enxergar facilmente e um nariz agudo, de grade de ferro com malhas cerradas na ponta. Usando um avental e grossas luvas de couro preto, o boticário parecia um besouro gigante ocupado numa tarefa científica que monopolizava toda a sua atenção.

Ele terminava de encher meticulosamente uma ampola com um pó amarelo, cuja elaboração levara a noite inteira.

Depois de tampar a ampola que depositou com cuidado em cima de um pano, Jerônimo tirou a máscara. Olhou os sete saquinhos que havia alinhado na mesa, na véspera, e dos quais havia retirado o necessário para a sua química. O rosto pálido e macilento, devastado pela febre, no entanto, mostrava uma imensa satisfação. Aquele homem devia ter sido corpulento em tempos passados, mas a idade e a doença haviam lhe tirado toda a gordura, deixando somente sobre os ossos uma grande quantidade de pele, flácida e despencada. Rugas e bochechas pendentes lhe davam a cara de um cão velho e cansado. Os cabelos brancos, em coroa, desciam até a nuca. Mas ele tinha um olhar magnífico, infantil e terno.

Seus lábios azulados sorriam.

– Não fui recompensado por uma noite de trabalho? – perguntou ele ao crânio que o olhara agir durante horas com as suas órbitas escuras.

Jerônimo sorriu ainda mais; havia muito tempo traçara as sete letras V.I.T.R.I.O.L. na testa branca daquele morto anônimo.

Passos leves desceram a escada de madeira que levava ao andar de cima.

– É você? – perguntou Jerônimo. – Aposto que vai me passar um sermão! Pode entrar tranquila; já terminei. Não há mais nada a temer.

Rita, a esposa do boticário, havia enrolado apenas um xale em cima da camisola. Visivelmente mais jovem do que o marido, havia conservado a beleza morena, as formas exuberantes, os cabelos castanhos e macios, com apenas alguns fios brancos.

Ela parou diante do homem velho e balançou a cabeça examinando o rosto cansado.

– Você trabalhou a noite inteira nesses infectos vapores – reprovou ela. – Não tem mais juízo do que uma criança!

– O tempo urge, Rita. E me resta tão pouco!

Ela pôs a mão aberta no rosto dele, delicada e amorosamente, e disse:

– A sua ciência é grande, querido, e você encontrará algum remédio para se curar.

– Não há esperança, nós dois sabemos disso. E, além do mais, há os dois dominicanos que vieram de Castela para me prender. O nosso amigo bailio me disse que, agora, eles não tardarão.

Rita fez uma expressão de raiva.

– Isso significa que fomos traídos! – quase gritou ela.

– Um dos nossos irmãos deve ter falado sob tortura – disse Jerônimo. – A língua se solta quando os ossos são esmagados ou quando a carne é rasgada num cavalete.

– Nesse caso, o Santo Ofício agora sabe que você guarda o Testamento do Louco e a argola do Túmulo.

O velho deu de ombros e suspirou:

– Sem dúvida nenhuma! Tomás de Torquemada preside a Suprema e pertence aos Guardiães do Sangue. Ele irá atrás das relíquias até o fim dos seus dias.

Jerônimo começou a arrumar a mesa de trabalho. Foi então que Rita notou os sete saquinhos e foi invadida pelo terror ao ler os nomes escritos nos tecidos.

– Meu Deus, o que você fez esta noite, Jerônimo?

Ela se inclinou e enumerou:

– *Veratrum album, If, Thymus, Ricinus communis, Iris, Opinella rustica, Linuae tuttiverda...* Aqui só tem veneno!

Ela se jogou nos braços dele, quase o derrubando e disse apavorada:

– É a Morte! Você fabricou o pó da morte... É isso mesmo? É para você?

Ele passou a mão no cabelo da mulher. Sorriu para ela com os lábios secos, feridos pelo herpes.

– Não, amor – disse ele. – A doença que me devora não precisa de ajuda.

Em seguida, empurrou-a delicadamente para a escada, pedindo:

– Vá se vestir e acorde o nosso empregado; quero ir à floresta do Oriente uma última vez.

– Por que você disse uma última vez? – preocupou-se ela.

Rita estava no primeiro degrau da escada, virada para o marido e esperando que ele respondesse antes de subir. Ela viu que ele foi até a janela e a abriu. O dia se espalhou pelo laboratório e iluminou o velho que aspirou o ar avidamente.

– É um belo dia, claro e tranquilo – disse ele. – Um belo dia para resolver os negócios!

61.

As relíquias

Reims.

No seu escritório no palácio de Tau, residência episcopal contígua à catedral, o arcebispo Guillaume Briçonnet, duque e primeiro par eclesiástico que reinava em várias dioceses, recebia em audiência os dois dominicanos que haviam chegado de Castela. Estes últimos estavam impacientes.

Sentado na sua mesa, Guillaume não se dignara a mandar sentar os visitantes, que permaneciam de pé com um respeito apropriado e um indisfarçável azedume.

O prelado parecia examinar minuciosamente os documentos que cobriam a sua mesa. De olhos enviesados, lábios arreganhados, ele se distraía em detrimento dos inquisidores.

– Monsenhor – disse o irmão Tendilla –, faz mais de uma semana que aguardamos a permissão assinada por sua mão; permita-nos insistir!

– Eu sei, eu sei – resmungou o arcebispo. – O ordenamento... como vocês dizem? O *ordenamiento*... Finalmente, os meus amanuenses o redigiram.

Ele prosseguiu a comédia, levantando uma folha, mudando outra de lugar. Por ocasião da primeira conversa, divertira-se dizendo aos dominicanos que não compreendia bem o francês deles e os exortara a se expressar em latim. No segundo encontro, depois de uma reflexão, dissera que preferia o francês, apesar do horrível sotaque.

Dessa vez, ele bancava o distraído, saboreando a irritação dos dois visitantes, cujo comportamento ele não apreciava. No entanto, teve de pôr um fim àquela piada, encontrando, finalmente, dobrada e selada, a carta tão cobiçada que entregara ao irmão Pacheco, abstendo-se de levantar, obrigando assim o dominicano a se abaixar e a esticar o braço para pegá-la.

– Aqui está a carta – disse ele. – Esse pequeno boticário de Troyes doravante será da alçada da justiça de vocês. Ele deve ser bem perigoso para obrigá-los a fazer essa longa viagem!

Os dominicanos ignoraram o escárnio. O irmão Pacheco replicou:

– Ele é, Monsenhor. Um falso cristão que pratica o ritual judaico.

– Ah... Naturalmente!

Os irmãos Tendilla e Pacheco se despediram do arcebispo. As humilhações de que haviam sido objeto já não os aborrecia mais. Estavam de posse do mandado que levaria Jerônimo, o judeu, à fogueira.

*
* *

Rita e Alain, o empregado, caminhavam no ritmo do passo do burro que carregava Jerônimo.

O empregado do casal Casmaran era um adolescente alto, o tempo todo atrapalhado com os longos membros. Ele segurava com firmeza as rédeas do animal, preocupado em conduzi-lo fora dos sulcos das rodas dos veículos, para poupar o velho dos dolorosos solavancos.

Alain gostava dos patrões. Órfão, havia encontrado neles a compaixão e a ternura que o seu exigente coração reclamava.

Ele olhava furtivamente para Rita, que andava ao lado do animal, segurando a mão do marido. Pensou com tristeza que, em breve, ela ficaria viúva; Jerônimo estava a cada dia mais debilitado, dando a impressão de se apagar de maneira inevitável. Expulsando a si mesmo da vida, discretamente.

Havia percebido que o patrão enfiara uma adaga na cintura, embaixo da capa e que tinham pendurado um cesto de vime no flanco do burro. Qual seria o motivo?

Não fez, porém, nenhuma pergunta. Além do mais, estava segurando os soluços; sentia um nó na garganta e não conseguiria falar. A visão do velho moribundo, curvado, no dorso do seu burro, da mulher afetuosa que segurava as lágrimas, tal cena o fazia sofrer a ponto de deixá-lo com a alma despedaçada.

A floresta estava verde, ensolarada. Verde pela sua folhagem cheia de seiva da primavera recente. E já quente do verão que se anunciava clemente e nutriente. O trigo e a vinha produziriam muito. Seria possível fazer uma grande quantidade de pão e de vinho para acompanhar. Desse vinho branco, um pouco ácido que picava a língua, depositando nela o seu açúcar.

Concentrado em seus pensamentos, Alain não viu Jerônimo desequilibrar, oscilar. Sentindo um mal-estar, o velho teria caído do burro se Rita não o houvesse segurado. O adolescente se recriminou por não estar atento e ajudou o boticário a sentar da melhor maneira possível.

– Não foi nada – murmurou Jerônimo. – Uma ligeira tontura. Nada que valha a pena vocês fazerem essa cara.

Rita e Alain tentaram sorrir para ele. O velho fingiu gostar da máscara condescendente de segurança.

Finalmente, chegaram à clareira na qual se erguia a pequena capela templária abandonada que, em parte, estava coberta de hera retorcida. Um mato alto avançava, invadindo-a em braçadas desordenadas, entrando pela porta carcomida que ficara entreaberta.

Alain carregou Jerônimo para que ele descesse do burro.

— Para ser sincero — disse o boticário, contente —, é bom voltar à terra firme. Essa dura montaria tinha um balanço dos diabos que me revirava o estômago!

Ele deu alguns passos, segurando a mão da mulher. Em seguida, com malícia, virou-se para Alain e disse:

— Espere-nos aqui, Alain. Desfrute do ar puro cheio de perfumes sutis de *Athyrium filix-femina* e de *Platycerium*!

— Hum... Sim, patrão, certamente!

Na soleira, ele parou e anunciou:

— Chegou a hora, Rita.

— Mesmo? Finalmente o meu marido judeu me conduz à igreja como uma noiva!

Ao entrar, eles espantaram algumas pombas que alçaram voo e fugiram pelas janelas de vitrais quebrados.

— E toda esta hera — observou Jerônimo pesaroso, indicando as lajotas separadas pela vegetação invasora.

Ele tirou a adaga da cintura. Rita tentou retê-lo.

— É preciso tirar os objetos hoje? — perguntou ela. — Isso não pode esperar?

— Tem de ser assim. Ajude-me...

Ajoelharam-se no piso. Jerônimo enfiou a ponta da lâmina entre duas lajotas.

— Bernard de Josse confiou este tesouro aos meus ancestrais — começou ele. — Não poderia haver lugar melhor para escondê-lo! Graças a eles, a Loja Primeira sobreviveu. Ela precisa viver eternamente.

— Quase todos os nossos irmãos permaneceram em Castela.

— Quando eu me for deste mundo, você a recomeçará novamente. E a corrente jamais será rompida.

— Você fala como um velho rabino senil — repreendeu ela, erguendo a pedra que Jerônimo havia acabado de soltar.

As mãos magras e nodosas do velho mergulharam no esconderijo e tiraram uma sacola grosseira de couro que continha as relíquias da Loja Primeira, o Testamento do Louco e a argola do Túmulo de Jesus.

Essa simples tarefa havia esgotado o boticário, que se sentou com as costas apoiadas na parede, bem perto do brasão dos Templários. Ainda ajoelhada, Rita o repreendeu e passou a mão na testa dele para verificar a temperatura.

— Você está fervendo. Como vê, não devia ter saído. Estaria melhor se tivesse deitado depois de tomar um caldo sem gordura...

Jerônimo segurava a sacola contra o peito.

— É justo que eu me sinta esgotado... tão cansado, ternura.

Ela também se sentou com as costas coladas na parede, o ombro encostado no do marido. Como crianças cansadas pelas longas brincadeiras. Crianças velhas surpreendidas pela idade.

— Você é uma boa esposa, Rita! Mas uma péssima atriz. Sabe muito bem que estou no fim do caminho.

— Uma boa cabra feito você não cai no primeiro tropeço!

Ele abriu a sacola de couro no colo. O Testamento do Louco estava protegido por um segundo envoltório de pele curtida que ele abriu, constatando que o manuscrito não havia sofrido com o tempo.

Fechando o saco, ele cruzou por cima as mãos com manchas escuras e disse no ouvido de Rita:

— Agora, você vai me escutar atentamente. Deverá seguir ao pé da letra as minhas recomendações, pois sei o que farão os inquisidores quando me encontrarem.

— Certo. Estou pronta para ouvi-lo.

Ela sentia vontade de chorar. Isso fazia os seus olhos arderem como uma pimenta mais fraca. A Morte, que mostrava a sua face em cima deles, os separaria em breve.

*
* *

Alain esperava trançando as heras. Às vezes, lançava um olhar na direção da capela e apurava os ouvidos, mas só ouvia murmúrios. Era a voz surda de Jerônimo, uma voz monocórdia.

O adolescente poderia ter se aproximado devagar da porta. Ele ficaria sabendo... Mas o patrão havia ordenado que ficasse ali. Então obedecia, apesar da curiosidade que o atormentava.

Uma das pombas que escapara por um dos vitrais havia se empoleirado no galho de uma árvore próxima e gorjeava, cobrindo a voz de Jerônimo que nada parecia conseguir calar.

*
* *

Rita se levantou. Com uma das mãos, Jerônimo lhe entregou a sacola de couro; com a outra indicou a inscrição gravada na parede: V.I.T.R.I.O.L.

Ele olhou para a mulher com grande ternura e não menos tristeza.

— Compreendeu tudo? — assegurou-se ele. — Fará como eu lhe disse? Agora, me deixe sozinho por um momento para que eu medite mais sobre essa fórmula.

— Não demore, você está muito pálido.

Rita saiu da capela. Ao vê-la sozinha, Alain se surpreendeu:

— O que o patrão está fazendo, senhora Casmaran?

— Está recolhido por um instante.

Ela colocou a sacola que continha as relíquias no cesto de vime que o burro carregava. E também ficou esperando.

Como o tempo estava passando, o céu tingindo-se de branco e os ruídos da floresta aumentando, ela não conseguiu esperar mais. Devia estar perto do meio-dia.

Rita chamou:

— Jerônimo! Jerônimo!

Como o marido não respondesse, tornou a entrar na capela; Alain a seguiu.

Rita se tranquilizou ao vê-lo tal como o havia deixado, sentado com as costas apoiadas na parede, os olhos fechados, o dorso ligeiramente curvo.

— Ah, você adormeceu, meu pobre querido!

Mas Alain ficou apreensivo diante do corpo imóvel; ajoelhou-se para pegar o pulso do patrão e ver se o coração ainda batia nas veias escuras que emalhavam a pele transparente. Depois de alguns segundos, virou-se para Rita. Seu rosto estava banhado de lágrimas.

— Hum... Ele não está dormindo! Ele não tem mais pulso, senhora.

Muito calma, Rita fez um amplo gesto com a mão para abarcar o lugar e disse:

— Então era aqui que ele queria morrer. Na capela dos Templários.

E, inclinando-se sobre o marido que a morte serenara, ela pensou: "Será que ele descobriu o que procurava? V.I.T.R.I.O.L. *Visita Interiora Terrae, Rectificandoque, Invenies Occultum Lapidem.*"

Alain carregou o corpo de Jerônimo no ombro. O velho não pesava mais do que uma lebre gorda. Ele foi colocado no burro de través, e o adolescente achou que era uma pena oferecer ao patrão um cortejo como aquele.

62.

A exumação

Jerônimo, o judeu, já repousava há cinco dias na quadra dos judeus do cemitério Saint-André, situado no subúrbio sul de Troyes, quando os dominicanos Tendilla e Pacheco, escoltados pelo amanuense, por um notário, por seis homens armados e dois coveiros munidos de pás, afastaram a população ameaçadora para se dirigir ao túmulo recém-fechado.

Tendilla, com o mandado na mão, dirigiu-se à turba:

– Jerônimo Casmaran, converso herege, não pode repousar em terra consagrada e foi condenado *in memoria* por ter sido considerado culpado de depravação herética e de apostasia, como também por ter exercido secretamente em Castela a profissão de boticário, apesar da interdição imposta aos judeus.

Enquanto os coveiros escavavam a terra, um carrasco e dois ajudantes amontoavam feixes de lenha ao pé de uma estaca erguida bem na saída do cemitério. Armavam uma modesta fogueira às pressas. Afinal, tratava-se de queimar um morto!

No meio da multidão mantida afastada pelos homens armados, Alain implorava a Rita que não assistisse àquela cena. "Ao contrário, Alain... Esses juízes não sabem que Jerônimo ainda pode lutar contra eles!" E, para grande surpresa de Alain, a viúva sorriu.

— Carniceiros que desenterram os nossos mortos! — gritou Alain, exasperado, do seu lugar, de punhos cerrados e as magras pernas trêmulas.

— Não saia daí — aconselhou a mulher. — De nada adiantaria...

O túmulo foi rapidamente aberto. Os dois dominicanos se aproximaram e os dois coveiros exumaram o caixão, depositando-o no chão sem nenhum cuidado. Quebraram a madeira para retirar o cadáver.

A morte já havia começado a modificar a carne de Jerônimo, repuxando a pele sobre os ossos, cavando as faces, marmorizando o pescoço e as mãos com estrias verdes.

O judeu segurava uma caixa de bronze no peito. Ao vê-la, um dos coveiros exclamou:

— O maldito levou as economias com ele!

— Cale-se e nos entregue essa caixa, rápido — ordenou o irmão Pacheco com repulsa.

"Deus do céu, como essa coisa é fria!" Pacheco embalou o objeto num saco de pano.

Em seguida, os dois coveiros transportaram o cadáver de Jerônimo até a estaca, na qual ele foi amarrado com seis voltas de corda para que se mantivesse na vertical.

— É um sofrimento olhar! E uma grande vergonha... — murmurou Alain, que via o patrão transformado num boneco horrendo e grotesco.

Reunidos num meio círculo diante da mísera fogueira, os citadinos assistiam à cena praguejando. Mas ninguém avançava um passo, pois os soldados apontavam as lanças.

A corda passada pela testa do morto mantinha a cabeça dele ereta. Ele parecia olhar a multidão, aparvalhado, como se saísse de um pesadelo. Os buracos negros e profundos dos olhos fitavam um ponto fixo.

Ao menos, era assim que Rita imaginava.

Enquanto o carrasco e dois auxiliares acendiam as suas tochas, o notário, um homenzinho atarracado e barrigudo, avançou desenrolando um documento, parou em frente ao cadáver amarrado e leu a sentença:

— Jerônimo Casmaran, em virtude dos poderes que os Sagrados Cânones nos conferiram, nós o condenamos a ser queimado publicamente. As suas cinzas serão jogadas ao vento, o seu nome será apagado da memória dos homens!

Um raio de sol iluminou a face cor de cera de Jerônimo e desenhou um sorriso nos seus lábios esticados, nos dentes estragados. Contudo, não seria mais uma visão de Rita?

A fogueira foi acesa. Imediatamente, as braçadas de gavelas secas começaram a estalar; as altas chamas se apoderaram das roupas e dos poucos cabelos do condenado.

Uma mulher muito velha disse:

— É a primeira vez que um infeliz não grita nem dança na fogueira!

A cena era atroz. O corpo mudo não se contorcia, não se defendia. Deixava-se devorar pelo fogo que o envolvia como um sarmento comum.

Alguns fizeram o sinal da cruz. Outros abaixaram os olhos. Rita foi cercada; pegavam nos seus braços para demonstrar afeto e compreensão. Achavam que a mulher havia enlouquecido; ela continuava a sorrir, repetindo sem cessar uma palavra estranha: V.I.T.R.I.O.L.

63.

A armadilha

No dia 16 de setembro de 1498, no convento de santo Tomás de Aquino, em Ávila, onde estava em retiro, Torquemada recebeu na sua cela os dois dominicanos, os irmãos Tendilla e Pacheco, que lhe traziam a caixa de bronze retirada do túmulo de Jerônimo, o judeu.
Pondo o objeto numa pequena mesa, Tendilla disse:
– Seguimos as suas ordens, irmão Tomás, e lhe entregamos esta caixa para que o senhor a abra, como nos pediu.
– Vocês trabalharam para a salvação da nossa Santa Madre Igreja – agradeceu o Grande Inquisidor, visivelmente satisfeito.
Ele examinou a caixa por alguns segundos, com a imponente carcaça inclinada para a frente. "Finalmente burlei os planos da Loja Primeira", pensou ele. "Arrebatei as suas relíquias. Eu a venci!"
O orgulho lhe aquecia agradavelmente o sangue e lhe coloria as maçãs do rosto. Aquilo que os Guardiães do Sangue, que o haviam precedido, não conseguiram obter por tantos séculos, ele havia tomado posse como um raio. E apenas quebrando alguns ossos...
Pegando uma faca, ele se dedicou a arrancar a frágil fechadura que mantinha a caixa fechada.
O cadeado se soltou sem esforço. Torquemada abriu a caixa. A princípio, pareceu surpreso. O rosado das faces desapareceu e uma

palidez repentina lhe invadiu o rosto. Ele achou que todo o seu sangue se esvaía. "Senhor!", exclamou ele.

Os dois dominicanos recuaram ao mesmo tempo. Da caixa aberta subia uma fina poeira amarela. Milhões de grãos minúsculos que a luz de uma vela fazia brilhar no sombrio recinto da cela.

Tendilla e Pacheco levaram as mãos ao nariz e à boca. O cômodo havia sido invadido por um cheiro infecto. Uma exalação pútrida, repugnante, uma nuvem de poeira imunda que o Grande Inquisidor havia acabado de respirar.

Os dois dominicanos fugiram da cela, escapando da fedentina.

"A Morte!", disse a si mesmo Torquemada, com os olhos revirados, uma baba nos lábios e sem fôlego.

Colocando a mão no peito, os dedos endurecidos na túnica de burel, cambaleou, perdeu o equilíbrio e caiu.

Espumando, sentindo uma ardência gelada invadir-lhe os pulmões, ele morreu com o veneno preparado pela sua vítima, Jerônimo, o judeu.

No corredor, Tendilla e Pacheco tremiam da cabeça aos pés, sem ousar voltar à cela de Tomás de Torquemada. Eles estavam meio tontos e sentiam um pouco de dificuldade para respirar. Mas haviam saído a tempo; seriam poupados pelo veneno.

*
* *

Disseram que Tomás de Torquemada havia morrido de uma doença desconhecida. Na realidade, foi um veneno volátil que o fulminou, uma substância tóxica composta das plantas **V**eratrum album, **I**f, **T**hymus, **R**icinus communis, **I**ris, **O**pinella rustica e **L**inuae tuttiverda. Destacando a letra inicial do nome de cada uma delas, obtém-se a fórmula: V.I.T.R.I.O.L.

64.

Pelas chamas

Hertz não aguentou mais e se serviu de um terceiro copo de uísque, forçando a mão para que a dose fosse à altura da sua sede.
– Então, Torquemada era um Guardião do Sangue! – exclamou Mosèle, incrédulo.
– Como inúmeros dominicanos – explicou Hertz, levando o copo à boca.
– Isso não lhe convém? – perguntou Émylie. – Essa ideia de um enorme complô que corre através dos séculos não serve aos seus interesses?
O advogado pareceu contrariado. Deu mais um gole na bebida.
– No entanto, é a exata verdade – garantiu ele, com uma convicção irritada. – O complô nasceu ao mesmo tempo que a Loja Primeira. No mesmo dia em que Cristo foi enterrado na floresta do Oriente. Dos acontecimentos, a História só manteve a superfície, alisada, polida, lustrada. Os milhares de pequenos fatos encobertos que a alimentaram foram preservados por um punhado de mulheres e de homens, aqui e ali. No entanto, a Loja Primeira e os Guardiães do Sangue que sempre se defrontaram, contribuíram para reunir todas as peças desse gigantesco quebra-cabeça.

Jacques não havia se mexido. Limitou-se a estampar um sorriso paciente no seu rosto pergamináceo.

— Você não mostrou nenhuma prova, Martin — objetou Mosèle. — Só mencionou a Tradição com "T" maiúsculo, na qual podemos enfiar todos os disparates históricos que nos passam pela cabeça.

— Provas! — exaltou-se Hertz. — Na sua opinião, o Testamento do Louco não é uma prova? Os rolos do mar Morto que você está decifrando na Fundação Meyer não são provas?

— Admito que Jesus não tenha morrido na cruz — continuou o rapaz. — Sei, também, que uns sujeitos tentam nos calar e não hesitam em matar para isso, mas Torquemada, Filipe, o Belo, e outros cátaros ou Templários, que você nos serve numa boa e grossa sopa, desempenham papéis totalmente ignorados pela História. Você faz deles atores de um drama oculto que somente os raros iniciados saberiam decifrar. Não posso fazer nada, Martin: continuo cético... Perplexo, se preferir.

Hertz soltou um longo suspiro, pegou o copo e tomou num só gole todo o conteúdo.

— Que seja! — disse ele. — No fim das contas, mereço o seu veredicto! Não devo ter sido convincente o bastante.

— Ao contrário — corrigiu Émylie. — Sem dúvida, foi até demais!

— Compreendo — prosseguiu o velho advogado. — Deveria ter dito que os irmãos da Loja Primeira recebem oralmente uma Tradição ancestral por ocasião da iniciação e que você, Didier, teria a capacidade de compreender esse modo de transmissão de um conhecimento. A franco-maçonaria não funcionou sempre desse jeito? Quer se trate do esquadro, da perpendicular, do compasso ou do nível,* essas ferramentas primitivas, mais uma vez, nos ligam à Tradição. Elas lembram os construtores egípcios de Deir el-Medineh e os construtores de catedrais. Elas vêm de uma mitologia rica em alegorias. Não foi o deus Toth, detentor do Conhecimento, que ensinou aos construtores o uso do compasso e do esquadro, da perpendicular e do nível, para que os templos fossem erguidos segundo as divinas proporções? E, no

---
* Símbolos ou *joias móveis* da maçonaria. (N. T.)

Testamento do Louco, não é o Grande Arquiteto que está representado criando o Universo com a ajuda de um compasso? As perguntas que nos fazemos atualmente serão retomadas por outros que, enriquecidos por um novo saber, por uma ciência mais exata, talvez encontrem o esboço de uma resposta.

— Eu concordo — disse Mosèle. — No entanto, o que a maçonaria transmite por ocasião das iniciações não passa de um ensinamento simbólico. Não há nada historicamente comprovado no seu ritual. Ela veicula um mito, cujo objetivo consiste unicamente em esclarecer o impetrante nas suas buscas espirituais e pessoais.

Hertz pareceu refletir por um instante. Ele se preparava para continuar a falar, quando Jacques tomou a dianteira:

— E se a franco-maçonaria, inconscientemente, se contentasse em repetir um ritual original? Uma missa desencarnada, privada da sua verdadeira essência... E se os seus gestos, as suas palavras, o seu pensamento fossem apenas vestígios de uma tradição sem "T" maiúsculo? A remanescência de uma verdade profundamente enterrada na memória humana?

— Sei aonde quer chegar — observou Mosèle. — O verdadeiro fundador da franco-maçonaria seria o próprio Cristo! E, da obra dele, só subsistiria a Loja Primeira... Tudo o mais, toda a franco-maçonaria, com exceção dessa Loja, não passaria de uma casca vazia!

Jacques acentuou o sorriso, mirando Mosèle direto nos olhos, e acrescentou:

— Sim, seria horrível, não é? Tudo seria falso: a Igreja, a maçonaria... Ambas erguidas no lodo e se mantendo na superfície da História graças a costumes sem alma. Seria desesperançoso, não acha? A não ser que...

O sorriso de Jacques desapareceu subitamente. Sua fisionomia tornou-se séria; todos os seus traços, até o menor deles, se transformaram, as rugas se aprofundaram. Ele se inclinou sobre a mesa e pôs o indicador em cima do Testamento do Louco.

— A não ser que a singular e única Verdade esteja contida neste manuscrito! Eu rezo todos os dias para que essa Verdade me ilumine.

Rezo para Deus ou para o Grande Arquiteto do Universo. Aliás, acho que eles se parecem, como gêmeos!

*
* *

— Já chega — murmurou o homem tirando a escuta do ouvido. — Não vamos perder mais tempo com essas confusas teorias pseudofilosóficas! Coloquem os explosivos!

— Um bloco de plástico embaixo desta porta, um segundo no alto da escada — especificou Carlo, pondo mãos à obra, ajudado por Lorenzo.

Um detonador foi inserido em cada um dos blocos de explosivo. O acionamento seria feito do lado de fora, de um emissor regulado na frequência dos detonadores.

Os Guardiães do Sangue subiram a escada e voltaram para a sala principal do térreo Ali. Carlo, que havia tirado um tubo da sua sacola, espalhou delicadamente o conteúdo — uma espécie de gel transparente, um produto altamente inflamável — nos móveis, nos batentes das portas, nos primeiros degraus da escada que conduzia ao andar de cima.

Depois, passando pela janela, os três homens saíram da casa e voltaram ao esconderijo na vala.

— Esses desgraçados! — disse o homem. — Ao menos, ficamos sabendo onde, outrora, escondiam o Testamento e a argola. Dessa vez, não lhes daremos tempo de ocultá-los.

— Um túmulo! — disse Lourenço. — Não me surpreende vindo desses franco-maçons. Eles e o seu culto à morte...

— Passe-me o detonador — pediu o homem a Carlo.

Este último o entregou. O homem olhou o objeto por longos segundos, sorrindo de contentamento; só lhe faltava apertar um botão, e o Testamento do Louco, a Loja Primeira e o Segredo de Jesus não passariam de uma lenda.

— Adeus, queridos irmãos! — falou ele, apertando o botão.

*
* *

Duas deflagrações: o barulho de uma encobriu o da outra.
A pesada porta blindada foi arrancada do caixilho e projetada na biblioteca. Uma onda quente, ensurdecedora, entrou porão adentro e esse deslocamento de ar arrancou livros, cálices e máscaras das prateleiras, desequilibrando Hertz e os amigos.
Dois segundos apenas e uma bola de fogo invadiu o porão, encontrando o seu combustível no papel e na madeira.
— Deus do céu! — gritou Mosèle.
— Os Guardiães do Sangue! — proferiu Hertz, com ódio, ao perceber, aterrorizado, que todos os tesouros que levara uma vida para coletar iriam desaparecer nas chamas. Que ele não poderia impedir. Que toda a sua vida se desagregava naquele exato momento, no eco da explosão.
Mosèle pegou Émylie nos braços para levá-la o mais longe possível do braseiro. Mas todas as paredes eram cobertas de livros e de manuscritos. Em breve, a sala não passaria de uma fornalha.
— Recuem todos! — ordenou ele, dirigindo-se a Hertz e ao abade, que continuavam paralisados sem sair do lugar. — Para trás, rápido!
— Todos os seus livros, Martin! OS SEUS LIVROS! — gritou Jacques.
Espessas espirais de fumaça rodopiavam rastejando pelo chão.
Os livros queimavam às dezenas, às centenas. As páginas voavam como borboletas de fogo. O que anônimos copistas haviam traçado cuidadosamente à luz de velas, cansando os olhos em meticulosas redações, o que as primeiras prensas haviam imprimido com suas tintas oleosas empastando os ricos velinos, todas essas riquezas do saber e de arte, tudo desaparecia num auto de fé gigante. Magnífica e pavorosa, essa fogueira na qual morria uma parte do conhecimento humano reclamava sem cessar por novas presas para com elas se

saciar. Ogro infernal, sua boca engolia os séculos que Hertz guardara tão minuciosamente, tão amorosamente. Era a sua alma que estava queimando.

O velho advogado ouviu Mosèle. O que ele dizia? O que pedia? Ele o ouvia através do crepitar dos seus livros... Sim, o que ele queria?

— É impossível sair!

"Sim", pensou Hertz voltando à realidade, com os olhos cheios de lágrimas.

— Existe outra saída, mas teremos de desimpedi-la! Venham! – disse ele, recuperando a razão.

Ele apontou o fundo da sala.

— Há uma porta atrás das prateleiras. Eu a havia interditado para ganhar espaço. Ela dá para um depósito...

Às pressas, Émylie, Mosèle e Hertz esvaziavam as prateleiras, enquanto Jacques permanecia atrás, incapaz de participar da ação, repetindo sem parar: "Os seus livros, Martin! Os seus livros..."

O incêndio começou a ganhar terreno, o calor se tornara sufocante, penetrando até a garganta. O braseiro aumentava, seu sopro invadira a sala. Um longo estertor de animal insaciável.

Hertz e Mosèle pisoteavam os livros jogados no chão para destroçar as prateleiras, empurrando-as com o ombro, fazendo-as voar em pedaços para desimpedir uma porta de madeira munida de um grande ferrolho que o tempo havia engripado. Hertz precisou puxá-lo com toda a força.

— Merda! – exclamou ele, irritado. – Essa porra dessa porta não é aberta há meio século!

O fogo atacou as cadeiras e se enrolou nos pés da mesa.

— O Testamento do Louco! – exclamou o abade ao perceber que ele havia sido deixado com a argola.

Finalmente, o ferrolho abriu; Hertz e Mosèle torceram juntos a maçaneta da porta, que conseguiram abrir apesar da madeira empenada pelo tempo.

Hertz empurrou Émylie e lhe disse:

— Atravesse o depósito. Há uma escada no fundo e, em cima, uma porta que basta abrir. Vá, vá... Depressa!

Em seguida, foi a vez de Mosèle, que passou diante de Hertz e o interrogou com o olhar.

— Eu já vou — respondeu o velho advogado.

Depois, virando-se para o abade, falou:

— O que está fazendo, Jacques? Apresse-se!

— Mas, Martin... O Testamento!

— Está tudo perdido! Tudo... Venha!

— Vá na frente, eu o sigo.

Hertz atravessou o depósito.

Um banco de carpinteiro, utensílios de trabalho no porta-ferramentas, caixas, uma tosquiadora... O clarão das chamas dançava nas paredes de cimento.

Ele subiu a escada; a respiração curta. Cada degrau exigia um esforço. Finalmente, saiu para o ar livre, encontrando Émylie e Mosèle.

— E o seu amigo? — perguntou o rapaz, preocupado.

— Está vindo logo atrás — articulou Hertz sufocando, dobrado ao meio procurando recuperar o fôlego.

Ele foi tomado por uma dúvida repentina: — Jacques! — Ergueu-se, virou-se para a porta, esperou, rejeitando o pensando que lhe enchia a cabeça.

Jacques apareceu gritando, agitando o Testamento do Louco com os braços estendidos: — Martin! O manuscrito está queimando!

Ele estava queimando. Como o sacerdote, transformado numa tocha humana. As chamas lhe devoravam as costas, as pernas e os braços.

— Didier, faça alguma coisa! — gritou Émylie, histérica.

Jacques parecia um archote. Ele titubeou, caiu de joelhos na relva ainda segurando o manuscrito, dando a impressão de querer oferecê-lo a Hertz. Continuando a segurá-lo mais alto para protegê-lo, num gesto inútil e sagrado.

Mosèle retirou o seu pulôver e o usou para tentar apagar as chamas. Um combate em vão, digno de pena e pungente.

Jacques foi caindo lentamente para a frente, como uma árvore que tombasse. Na queda, ele soltou o Testamento do Louco.

Mosèle insistiu:

— Não consigo apagar as chamas! Não consigo!

Hertz puxou Mosèle, cujo pulôver já começava a queimar. Obrigou-o a recuar e a abandonar o corpo do sacerdote estendido no gramado de um verde suave. A carne havia arrebentado e as chamas passaram a corroer os ossos. Jacques não se mexia mais.

Émylie pisoteou o que restava do Testamento do Louco. Fazia isso com raiva. Para apagar as chamas. Para esmagá-lo enquanto o amaldiçoava.

A construção principal da fazenda queimava por inteiro, num enorme estalar. O ar começou a ficar excessivamente seco.

— Os Guardiães do Sangue me tomaram tudo — disse Hertz. — Tudo! O meu velho amigo, os meus livros... O Testamento do Louco... Olhem, só restam algumas páginas calcinadas!

Ele começou a soluçar. Os ombros largos sacudiam, o queixo caiu sobre o peito, as pernas dobraram. Mosèle o segurou.

— Desculpe — disse o velho.

Velho. Como se houvesse atravessado os séculos com o seu fardo, andando incansavelmente. Como se ele fosse o templário que havia conduzido o rei Filipe a São João de Acre ou o jovem oblato testemunha do assassinato de Nicolau e Agnano de Pádua ou, ainda, Jerônimo, o judeu...

Naquele dia, ele tinha dois mil anos. Depositário da Loja Primeira, havia perdido a guerra contra os Guardiães do Sangue.

65.
O crime

Os bombeiros intervieram rapidamente, conseguindo salvar a outra construção da antiga fazenda. O corpo central havia sido totalmente devastado. As traves e as vigas que sustentavam o andar de cima desabaram, arrastando com elas a maior parte do telhado.

Prevenidos imediatamente, os policiais constataram a origem criminosa do incêndio ao encontrar os restos dos dois detonadores.

O corpo do abade Jacques foi transportado para o necrotério de Sens. A família foi avisada da sua morte por Hertz. As exéquias ocorreriam na segunda-feira.

Um bombeiro encontrou a argola nos escombros do porão. Foi tudo o que pôde ser recuperado das cinzas. Assim como também duas espadas e uma armadura.

*
* *

Na noite daquela sexta-feira, Monsenhor Monetti, velho obeso de passos lentos e pesados, passou diante da pequena fonte que tanto apreciava, perto da estação de rádio do Vaticano. Ele chegou a parar um instante para molhar a mão na água fresca do tanque. Depois voltou a ser o caminhante cansado que, a cada passo, se exauria.

No cruzamento de duas alamedas, aguardava-o o pequeno vulto de uma freira, usando uma capa impermeável, que olhava todo o tempo por cima dos ombros, tanto à esquerda quanto à direita, como uma galinha desorientada.

O cardeal se aproximou e lhe entregou rapidamente um pequeno objeto que ela enfurnou, em seguida, embaixo da sobrepeliz.

– Quatro gotas – sussurrou Monetti. – Quatro gotas serão suficientes.

Em seguida, ele foi embora com o seu andar arrastado, enquanto a freira se virou na direção oposta.

O céu cinza preparava uma tempestade, elétrico, sobrecarregado, prestes a vir abaixo, de leste a oeste, bramindo ao longe em cima de Roma.

A chuva começou a cair quando Monetti entrou no escritório em que aguardavam quatro cardeais. Ouvia-se o vento estalar em violentas borrascas contra as altas janelas, apesar das cortinas duplas e grossas.

– Por pouco não fui pego por este aguaceiro -- disse Monetti, sentando numa cadeira com infinitas precauções.

Ele considerou os quatro prelados. Fisionomias fechadas, olhos fugidios. Monsenhor Guillio não havia sido convidado para aquela assembleia. Sem dúvida, naquele momento, deveria estar à cabeceira do papa... A freira teria de esperar para dar a bebida ao Santo Padre.

– Está feito – proferiu Monetti, com um suspiro.

– Que Deus nos perdoe – murmurou o mais velho deles.

Um homem alto e magro se levantou e foi até uma das janelas; afastou a cortina dupla e ficou observando a chuva por um instante, antes de recitar:

– *Non nobis, domine, non nobis, sed nomini tuo da gloriam.*

– De hoje em diante, a operação não poderá mais ser interrompida – disse Monetti. – Finalmente, conseguimos destruir o exemplar do Testamento do Louco que Hertz guardava... É bem verdade que os nossos agentes teriam preferido apagar os últimos incômodos atores desse caso lamentável.

– Nós, Guardiães do Sangue, que fizemos o juramento de preservar o Segredo, nos atrasamos muito – afirmou um cardeal.

– Porque, até o momento, nos submetíamos a Guillio – acrescentou um outro. – A Loja foi bem-avisada para se livrar da sua tutela.

– Entramos num século que nos proíbe repetir os erros do passado – prosseguiu o alto homem magro do lugar onde estava, continuando a olhar para fora.

A noite chegou com a tempestade.

Sem consultar ninguém, Monetti serviu-se de um copo com o licor cor de âmbar que os outros quatro já haviam aberto.

– Uma coisa me intriga – aventurou um cardeal. – Eu me pergunto como reagirá a Loja Primeira, nossa velha inimiga! Nós lhe demos um duro golpe ao queimar o Testamento.

– Paciência, meu amigo – disse Monetti. – Vamos deixar esses irmãos se desenterrarem para pegá-los um a um! *Monsenhor* em breve se encarregará deles na França.

Em seguida, o silêncio se instalou na sala. O tempo parecia ter parado. Para uma longa espera.

O gordo cardeal Monetti sorvia o copo com os lábios carnudos em pequenos beijos obscenos.

Todos pensavam no sumo pontífice que haviam condenado.

*
* *

– Boa-noite, irmã Antonietta. Que tempo horrível, não?
– Execrável... Boa-noite, irmã Carla.

A irmã Antonietta havia acabado de entrar num pequeno cômodo contíguo aos apartamentos do papa, um vestíbulo transformado em vestiário desde a doença deste. Ali, as irmãs enfermeiras trocavam de roupa, vestindo um guarda-pó branco e pantufas.

Antonietta abriu o seu armário para pendurar a capa. Oculta pela porta de metal, ela introduziu rapidamente no bolso do guarda-pó o frasco que Monsenhor Monetti lhe entregara.

— Sempre tenho medo do momento de assumir o meu turno — disse irmã Carla. — Digo a mim mesma que talvez seja a noite em que Deus chamará o nosso Santo Padre para perto Dele.

— Esta noite... na manhã seguinte? Quem sabe?

A voz de irmã Antonietta tremia ligeiramente. Entretanto, irmã Carla nada percebeu.

Quando ficaram prontas, as duas mulheres saíram do quarto de vestir, seguiram por um pequeno corredor e chegaram a uma antecâmara mobiliada com uma mesa bem sóbria, três poltronas e um relógio de pé que desfiava os seus segundos em tons metálicos.

De uma porta saíram duas outras religiosas, as que as irmãs Carla e Antonietta tinham vindo substituir.

— Monsenhor Guillio está no quarto — anunciou uma delas. — Ele pediu que o deixássemos a sós com o Santo Padre por quinze minutos. A propósito, não se esqueçam de rubricar o registro antes de saírem amanhã de manhã.

— Será feito — prometeu irmã Carla, sorrindo. — Não é porque nós esquecemos de assinar uma vez que vamos repetir essa distração.

— É o que espero — repreendeu a mais velha. — Boa sorte para as duas. O prontuário médico está no quarto, em cima do móvel de medicamentos. E não temam forçá-lo a tomar esses remédios. Mesmo que ele se recuse!

— Sim, sim — disse irmã Carla. — Já sabemos tudo isso.

*
* *

João XXIV estava sentado na cama; as costas apoiadas entre dois grandes travesseiros. Ele terminava de assinar os documentos que Monsenhor Guillio lhe entregava, um a um.

— Vou morrer assinando pilhas de papel!

— Vai assinar muitas outras antes de morrer, Padre. Reconheça que parece melhor.

— Ora! Você sabe muito bem que as irmãs me maquiam, Guillio. Sob as suas ordens! Em breve me apresentarei ao Criador pintado como uma múmia egípcia!

Guillio pegou os documentos e os colocou numa pasta, mas não notou que havia esquecido um deles na mesa de cabeceira.

— Vou deixá-lo dormir — disse carinhosamente ao doente. — Já o aborreci bastante com essas ninharias administrativas.

O papa o segurou pela manga.

— Ao contrário, você me distraiu um pouco, Guillio. É estranho... a sua presença sempre me reconforta. É um pouco de vida que entra com você neste quarto. Eu lhe agradeço por isso.

Guillio saiu do quarto contra a vontade, deixando o velho entregue às suas dores, aos seus terrores noturnos, à sua solidão. Ao passar diante das irmãs Carla e Antonietta, disse-lhes:

— Soube que o médico aumentou a dose de sonífero; no entanto, se ele tiver um pesadelo, peço que façam o favor de me chamar imediatamente.

— Faremos isso, Monsenhor — prometeu irmã Carla.

— Aliás, vou me certificar de que ele o tome realmente — anunciou a irmã Antonietta, entrando, em seguida, no quarto.

Aliviado, o cardeal se retirou, com os documentos debaixo do braço.

*
* *

— Ah, é você, irmã Antonietta... Sempre esse perfume de violeta!

— Sim, sou eu mesma.

O papa estava de olhos fechados. Não havia se mexido depois da saída do cardeal Guillio. Até que ele se sentia bem; já acostumado, suportava a dor, e o medo da morte se dissipava com as orações.

Imóvel, desfrutando plenamente de tal torpor letárgico, a imponderabilidade entre a vida e a morte, ele ouviu irmã Antonietta bater um copo num frasco. "Os meus medicamentos da noite!"

Com alguns gestos rápidos e precisos, ela tirou o frasco do bolso da jaqueta e pingou quatro gotas no xarope diário.

Aproximando-se da cama, ela disse com a sua voz aguda:

— Precisa tomar este remédio, Santo Padre. Sem dúvida, vai repetir que é amargo. E eu lhe responderei que já me disse isso ontem e anteontem.

— Acho que dentro de pouco tempo só terei produtos químicos nas veias!

Irmã Antonietta se inclinou com o copo na mão. O copo foi posto nos lábios do velho, que ainda não havia começado a beber. Ele abriu os olhos. A pupila estava dilatada.

— Você tem um cheiro bom! E muda um pouco a fedentina da doença.

— Beba, Santo Padre.

— A violeta... — continuou o papa. — Não é comum. É um perfume meio fora de moda, não acha? Não é uma crítica, eu não faria isso. Ao contrário, ele me lembra...

Mas a lembrança que lhe veio por um instante à mente lhe fugiu. O papa suspirou. Não adiantava procurar, vasculhar a memória. O perfume vindo da infância pertencia a um fantasma do passado. E à irmã Antonietta.

— Beba, Santo Padre.

A voz estava impaciente.

A religiosa lançava olhares furtivos para a porta, temendo que irmã Carla entrasse a qualquer momento.

O papa esticou os lábios rachados, esbranquiçados. A freira inclinou o copo.

*
* *

Guillio se dirigiu aos seus aposentos. Maquinalmente, enquanto andava, consultou os documentos que havia feito o papa assinar. De repente, ele parou, pensou, contou os dossiês. Recomeçou a contagem. E percebeu que havia esquecido um deles no quarto do Santo Padre.

"O documento que tenho de entregar amanhã de manhã ao Departamento de Assuntos Gerais!"

Ele deu meia-volta, contrariado por ter de incomodar novamente o velho. "Talvez, ele já esteja dormindo", pensou.

*
* *

– Isso... Beba. Beba tudo!
– Mas por que está tremendo tanto, minha filha? Está doente?
– Não, Santo Padre. Não, eu garanto. É porque estou consternada por vê-lo neste estado.
– Então, tem medo de mim?

Antonietta não respondeu. Ela se ergueu. O papa havia tomado todo o conteúdo do copo. Ele fez uma careta por causa do amargor da bebida e, em seguida, foi tomado por violentos soluços e espasmos que lhe deformaram o rosto. Os dedos magros, as garras brancas cravaram-se nos lençóis enquanto ele tentava recobrar a respiração que lhe faltava.

A porta se abriu e o vulto maciço do cardeal de Guillio surgiu na soleira.

Irmã Antonietta teve tempo de esconder o frasco na jaqueta; ela conteve uma repentina vontade de vomitar e, enquanto o cardeal entrava no quarto, ela disse:

– Ah, Monsenhor. Acredito que o nosso pobre Santo Padre esteja se sentindo mal: ele desmaiou de repente enquanto eu lhe dava o medicamento.

Guillio se precipitou para a cama. Com horror, viu o estado do doente, com a cabeça virada para trás, uma baba espessa escorrendo pela boca aberta.

— Deus do céu! Você devia ter tocado a campainha! Perdeu tempo! O papa João mal respirava. Ele sufocava.

— Chame o médico imediatamente. Veja, ele está sufocando...

Guillio se jogou sobre a cama e, num gesto fraterno, enlaçou o moribundo, puxando-o para si, contra o seu peito, como para tirá-lo das trevas.

— Não! Por favor... Não se entregue ainda, Santo Padre!

No entanto, o papa não ouvia mais. Não enxergava mais. Ele estertorava. Esse era o derradeiro sinal de vida que ainda existia nele: um pequeno assobio rouco, lamuriante.

Com passos nervosos, miúdos, irmã Antonietta saiu do quarto, levando com ela um pouco do seu perfume de violeta.

*
* *

Agora, o quarto estava mergulhado na escuridão. Apenas a lâmpada de vigília da mesa de cabeceira espalhava em volta um círculo de luz sinistra. Só se ouvia o ronronar e o sistema de sopro do motor do respirador portátil. O pontífice ainda respirava um pouco por trás da máscara translúcida de oxigênio. Seu peito descarnado, porém, mal se movimentava. Ele repousava, como um morto, no dourado apagado do seu quarto, embaixo de uma obra de Fra Angelico, um episódio da Vida de são Nicolau, da qual somente os rostos conseguiam se destacar na penumbra.

O médico particular de Sua Santidade balançou a cabeça; Guillio compreendeu.

— Ele está respirando — ficou feliz em repetir depois de alguns minutos, agarrando-se a essa constatação.

— Somente os pulmões e o coração o mantêm com vida — explicou o médico. — Veja o senhor mesmo; ele está mergulhado num coma profundo. Os tomógrafos confirmarão o meu prognóstico; é o que temo: ele nunca recuperará a consciência.

— Nada de tomógrafos! — reagiu Guillio com firmeza. — O papa não sairá mais deste quarto. Você nos prometeu dedicação, doutor, não se esqueça. Enquanto o sumo pontífice possuir um sopro de vida, ele governará!

— De fato, eu me comprometi, Monsenhor. Mas por quanto tempo um cadáver poderá administrar uma Igreja?

Guillio se aproximou para dizer:

— O tempo de impedir os ataques dos nossos numerosos inimigos. Somente o tempo de impedir o cardeal Montespa de organizar as eleições em benefício próprio. Vamos mentir, doutor... E, para termos maior segurança, vou reduzir a equipe médica encarregada de cuidar do nosso Santo Padre. Teremos de montar vários estratagemas para provar ao mundo inteiro que João XXIV ainda dirige os negócios da Igreja, continuando o seu apostolado apesar de muito cansado.

O ruído do fole da máquina respiratória invadiu o quarto. Os dois homens contemplaram o velho cadavérico, a pele esbranquiçada.

Eles também sentiram o odor característico dos corpos que se putrefazem por si só, antes que a terra se encarregue de fazê-lo.

— Com o que ele pode sonhar? — perguntou Guillio. — Para onde foi o espírito dele?

— Não sei, Monsenhor. O traçado do eletroencefalograma é horizontal... Falando como médico, eu me limitaria a pensar que ele não sente mais nada, que perdeu o contato com a vida e que esse estado é irreversível!

— O senhor é realmente cristão, doutor?

— Sou. Certamente do meu jeito, pois sou um homem de ciência, mas posso lhe assegurar que acredito num deus revelado. O Deus que o senhor serve me convém perfeitamente.

— Sim, o que eu sirvo e por quem eu transgrido Suas próprias leis. Mentir, trair, ocultar...

— Deus nunca ditou leis, Monsenhor. Foram os homens que as fizeram.

Ruído da máquina respiratória. As notas ligeiramente amargas de um monitor, em cuja tela se inscreviam os diagramas. Mensagens que mostravam o que restava de vida nos despojos miseráveis de João XXIV.

E, além disso, apenas perceptível, flutuando na atmosfera saturada de odores de medicamentos, um leve aroma de violeta.

66.

O segredo de Deus

Terceira semana.
Segunda-feira, 15h30.

As exéquias do abade Jacques foram realizadas no pequeno cemitério de Villery com a presença da família e de todos os habitantes do vilarejo que, depois das condolências, foram ao encontro de Martin Hertz para tentar confortá-lo com algumas frases amigáveis, tapas no ombro, gestos desajeitados mas sinceros, compadecidos e calorosos.

Antes de voltar a Sèvres, Hertz quis passar na sua propriedade e pediu a Émylie e a Mosèle que o acompanhassem.

Ao chegarem ao local, depararam com uma equipe da polícia científica vasculhando os escombros que as mangueiras de incêndio haviam transformado numa lama escura, coagulada desde então.

Diante desse espetáculo, Hertz cambaleou, começando a tremer como se houvesse sido atingido por uma febre súbita. Émylie e Mosèle, lhe deram o braço. Ele avançou titubeando, quase chorando.

— Ainda não me atrevi a contar a Léa o que aconteceu — confessou ele. — Telefonei para ela hoje de manhã. Pensava em trazê-la para convalescer aqui e...

— Não contou para ela nem sobre a morte de Jacques? — surpreendeu-se Mosèle.

– Não tive coragem. Ela brigou muito comigo por continuar esse caso. Francis, Ernesto, Jacques... Todos os três assassinados pelos Guardiães do Sangue. Mais nada... Todos os meus livros queimados! Meu Deus, não posso acreditar que seja o Vaticano que detém o comando. O papa está morrendo. Para quem os Guardiães estão agindo agora? Quem?...

O tenente da equipe técnica caminhou na direção deles. Um homem baixinho, de idade indeterminada, amável e compreensivo:

– Sem dúvida, no fim da tarde teremos terminado os levantamentos e a retirada das amostras, senhor Hertz; então, poderá fazer a mudança do que foi poupado.

– Está bem – respondeu Hertz. – Um amigo do vilarejo se ofereceu para cuidar disso. Mas não sobrou nada que tenha algum interesse para mim. Tudo o que me interessava estava no corpo da casa, que foi inteiramente queimado.

– Compreendo – condoeu-se o tenente. – Sem dúvida, precisaremos do senhor durante a investigação. Tenha a certeza de que faremos o necessário para descobrir o criminoso que pôs fogo na sua casa.

– Eu não duvido – disse, maquinalmente, o velho advogado.

Ele não conseguia desviar o olhar das ruínas. As paredes sujas de fuligem, as vigas juncando o solo, as telhas espalhadas...

– Venha, Martin – aconselhou Mosèle. – Já está na hora de voltar. Você irá comigo, e Émylie vai dirigir o seu carro.

– Didier tem razão – endossou Émylie. – Você não está em condições de pegar o volante.

Hertz concordou com um sinal de cabeça e se deixou levar na direção dos carros estacionados na entrada da propriedade. Ao se aproximarem dos automóveis, o advogado pareceu recuperar um pouco de vontade e de vida.

– O porta-malas, Didier. Abra-o, por favor.

– Posso adivinhar a razão, Martin.

– Quero vê-lo, tocá-lo. Por favor!

Mosèle resolveu abrir o porta-malas do seu carro. Hertz se inclinou. Ele estava ali. O que restava do Testamento do Louco estava num saco de plástico comum, ao lado da argola escurecida pelo fogo.

Hertz pegou o saco plástico, abriu-o e tirou delicadamente de dentro o manuscrito do qual só restava a capa poupada pelas chamas e algumas páginas enrugadas.

Émylie se aproximou.

— De nada adianta se atormentar assim, Martin. Você não é o responsável.

— Eu era o Depositário deste Evangelho... Deveria preservá-lo!

Enquanto Émylie, sem admitir discussão, colocava o manuscrito de volta no saco, Mosèle fez o amigo entrar no carro:

— Entre, vamos voltar para casa!

Depois de instalado, Hertz perguntou a Mosèle:

— Não acha que eu deveria ter contado a esse investigador que eu já havia sido vítima de uma agressão, quando a minha mulher foi ferida?

— Ele logo saberá, Martin. A polícia possui computadores suficientemente inteligentes para estabelecer esse tipo de conexão. Computadores que farão a ligação de alguns pontos: você conhecia Francis e ele está morto; você conhecia Ernesto e ele está morto; você me conhece e o meu escritório foi visitado! A polícia tecerá sem demora uma rede à nossa volta. Mas também pode ser que ela passe ao largo de algumas evidências.

— É o que esperamos — soltou Hertz. — Como responder às perguntas que os investigadores não deixarão de nos fazer?

— Confessar que procuramos o Túmulo do Cristo e que uma sociedade secreta ligada ao Vaticano nos elimina um a um? Não, não poderíamos dizer nada desse tipo sem passar por perigosos mitômanos. Então, sei que a minha carreira na Fundação Meyer terminaria de um dia para o outro. Estamos sozinhos. Realmente sozinhos! A não ser que a mítica Loja Primeira que você menciona possa vir em nossa ajuda!

Hertz franziu as sobrancelhas, enfiou a cabeça entre os ombros, a testa estriada de rugas profundas.

— Por que não responde, Martin?

— Não tenho autoridade para tomar uma decisão. No entanto, posso afirmar que fiz um pedido a seu respeito e que aguardo uma resposta.

— É uma Loja bem secreta! Tão secreta que chego a duvidar da sua existência. Não seria um simples clube no qual um punhado de iniciados debatem o sexo dos anjos?

— Você não é nada benevolente com a confraria fundada por Jesus, Didier. E à qual tenho a honra de pertencer!

— Sinto muito. A filiação com Cristo continua hipotética na minha opinião. Reconheço que fiquei abalado com os relatos que você nos fez. Isso não impede que eu fique surpreso que essa Loja não tenha conseguido transmitir o seu principal segredo e que ela precise resolver esse enigma em potencial esmiuçando um Evangelho oculto...

— Eu já lhe disse — continuou Hertz. — A Loja Primeira sofreu uma cisão sob o reinado de Filipe, o Belo. Essa divisão provocou a perda de uma grande parte da sua Tradição. Achamos que somente os Grandes Mestres da Loja revelavam entre si, oralmente, o Segredo. Provavelmente, esse Segredo foi levado para o Túmulo com Jacques de Molay. No entanto, temos certeza de que os Templários haviam indicado a localização do Túmulo no Testamento do Louco.

— Num enigma, uma charada, alguma coisa desse tipo? — zombou Mosèle.

— Por que não?

— Mesmo assim, parece que Francis descobriu o local, segundo as cartas e o cassete que ele me enviou — observou o rapaz.

— Acho que existem vários caminhos para atingir o objetivo. Os nossos antepassados, os Templários, eram prudentes; indubitavelmente, eles deixaram algumas pistas para uso dos herdeiros. Os atuais irmãos Primeiros talvez tenham essa verdade debaixo dos olhos e não consigam vê-la.

— Justamente — acrescentou Mosèle — é isso o que me atormenta; sendo você um Primeiro, Martin, e possuindo o Testamento do Louco, como pode não ter conseguido resolver esse mistério?

— Os meus passos sempre me levaram à pequena capela na floresta do Oriente. Invariavelmente era ali que eu parava, que o caminho se interrompia. O sepulcro está por perto, certamente na parte pantanosa, no lugar em que Hugues de Payns gastou vários anos para realizar muitas obras. É, estou convencido de que Jesus repousa nesse perímetro...

— No centro de um triângulo – salientou Mosèle.

— Um triângulo que tem por vértices as Lojas do Bailly, das Cabras e da Leoa.

*
* *

Hertz propôs a Émylie e a Mosèle passarem o restante do dia com ele, em Sèvres. O velho advogado confessou estar com medo da solidão e desejar compartilhar a sua tristeza.

No escritório, o cômodo de que mais gostava, o que mais se parecia com ele, Hertz se serviu de um uísque atrás do outro. Quando a noite caiu, Émylie e Mosèle ficaram com medo de que ele desmoronasse.

Mosèle tentou trazê-lo de volta à razão:

— Não acho que possa aguentar mais uma dose, Martin.

Hertz, porém, era um homem de desafios e respondeu com voz pastosa, olhos injetados:

— No seu lugar, eu não apostaria, Didier... Esta... esta noite, creio que sou bem capaz de emborcar um litro deste puro malte!

O velho advogado se agarrou na mesa, desenhando no ar arabescos arriscados, repetindo insistentemente que era capaz de beber duas garrafas como aquela, generosamente iniciada e que só esperava ser esvaziada.

Não havia passado muito tempo, quando se serviu de mais uma grande dose.

— Aqui dentro... existe algo que faz desaparecer a imagem do meu velho amigo Jacques queimando diante dos nossos olhos!

— Mas a lembrança dele voltará quando passar a bebedeira — advertiu Émylie. — Em que estado você estará então?

A resposta não veio imediatamente. Hertz preferia beber e provar que não precisava de nenhum apoio para manter o equilíbrio. Por isso, largou a mesa e deu um passo. Só um. O que já era uma vitória. E que o fez sentir um orgulho cômico e grotesco.

Mosèle se preparou para intervir, para pular da poltrona e socorrê-lo no caso de uma queda. O gato gordo cambaleou sem sair do lugar, as faces coradas, suor na testa, sobrancelhas arqueadas.

Hertz apontou para Émylie e se dirigiu a ela:

— Você... Você está pensando em Francis, não é? Foi esse... esse maldito manuscrito que o matou... Que nos matará um a... um! Ele e a maldita Verdade... A Verdade foi queimada! A Verdade saiu voando como fumaça!

O medo de Mosèle não demorou a se justificar. Hertz balançou para a frente e para trás, o chão lhe fugia. Ele tentou se segurar no ar. "Merda!", exclamou derrubando o conteúdo do copo em cima do Testamento do Louco, que havia sido retirado do saco plástico e posto em cima da mesa, ao lado da argola.

Mosèle e Émylie pularam das suas poltronas. O primeiro se precipitou para os restos calcinados do manuscrito encharcado de álcool, a segunda tentou segurar os cento e vinte quilos de carne e de ossos, emprestando-lhe um ombro para evitar que se estatelassem no chão.

— Sinto muito — desculpou-se ele. — Uma passageira perda de controle!

— Que estupidez! — lamentou Mosèle. — Talvez pudéssemos salvar alguns textos...

O homem olhou com desgosto o velino em frangalhos que pingava um líquido marrom. "Virou uma pasta!"

Ajudado por Émylie, Hertz se arrastou até uma poltrona, na qual se jogou, miserável, descomposto e transpirando. Só lhe ocorria que ele, o Depositário da Loja Primeira, havia acabado de completar a obra dos Guardiães do Sangue!

Essa constatação lhe curou um pouco a bebedeira. Ele olhou Mosèle abrir o lamentável farrapo, virar meticulosamente as páginas para descolá-las, com gestos de cirurgião.

De repente, o rapaz parou. Estupefato. Ele se inclinou um pouco mais para perto, com o nariz quase tocando a relíquia: "Mas, com os diabos!"

Ele não havia gritado. Não soltara nenhuma exclamação. Praguejara para si mesmo, com uma voz não habitual, uma expressão estranha iluminando o seu rosto. Uma mistura de admiração e perplexidade.

– O que foi? – perguntou Émylie, impaciente.

– Ei, Didier – retomou Hertz –, você acaba de ver o diabo lhe fazer uma careta nesse pedaço de carvão?

Mosèle se virou para os amigos, sorrindo.

– O diabo, não, Martin – disse ele. – Melhor do que isso: provavelmente um belo e pequeno milagre! A página com o desenho de Agnano de Pádua! A imagem do Deus Criador... Um motivo apareceu na trama do papel.

– O que está querendo dizer? – espantou-se Émylie, levantando-se, seguida de Hertz, ainda com as pernas bambas.

Os dois se aproximaram da mesa e também se inclinaram sobre os restos do Testamento do Louco. Sobre a página calcinada, corroída, encharcada, em que, outrora, Agnano de Pádua havia desenhado o Deus Criador medindo a Terra com um compasso.

A iluminura havia praticamente desaparecido; os vermelhos, os azuis e os dourados, devorados pelas chamas. Mas, em subimpressão, um motivo azulado surgia, se formava como num passe de mágica, na trama escura do pergaminho.

– Parece um negativo de fotografia – aventou Émylie.

– Veja, Martin. Eis a segunda razão pela qual os Templários mataram Nicolau e Agnano de Pádua. Eles os obrigaram a disfarçar esta planta sob a imagem feita por Agnano.

– Uma planta! – proferiu Hertz, tomando pé na realidade. – Um traçado oculto! Eis o que tínhamos debaixo dos olhos e não podíamos

ver! Eis por que Filipe... Filipe Augusto deu ao papa o outro exemplar... O que não tinha esta mensagem deixada pelos Templários.
— Como eles fizeram isso? — perguntou Émylie. — Que fenômeno químico usaram?
— Uma tinta composta de sais metálicos — sugeriu Mosèle.
— Sulfato de cobre ou cloreto de cobalto... Sob o efeito conjugado do calor e do álcool, os sais metálicos se coloriram nas fibras do papel. Custe o que custar, é preciso que eu estude esse documento no laboratório.
— Será que é a chave que nos faltava? — arriscou Émylie.
— Não vamos nos entusiasmar — disse Mosèle. — Essa planta me parece bem hermética e pode exigir um grande trabalho técnico para torná-la perfeitamente legível. O abade Jacques não se sacrificou em vão, Martin. Ao retirar o Testamento do porão em chamas, ele salvou esta mensagem que os Templários nos enviaram através dos tempos.
— Um pequeno consolo, Didier — afirmou Hertz. — E que ironia da sorte... Foram... foram os próprios Guardiães do Sangue que contribuíram para a revelação deste prodígio!
— Agora, é preciso fazer este esquema falar e confrontá-lo com os enigmas anteriores: as indicações anotadas na margem do manuscrito e a carta de Hughes de Payns. Acho que precisarei das luzes do saber de Norbert Souffir. Não há ninguém que se compare a ele para decifrar esse tipo de enigma. Além do mais, ele não se deixou enganar; Norbert compreendeu o que eu buscava...
— O seu velho tradutor... — aprovou Hertz. — Bo... boa ideia!
Apesar de Émylie tentar detê-lo, Hertz se serviu de mais um copo cheio de uísque e exclamou:
— Momento solene que... que exige uma dose de Cardhu... Brindem comigo, amigos... À me... memória de Jacques!
— Péssima iniciativa — disse rispidamente a jovem.
Confiando na sua resistência, Hertz tomou de um gole o copo cheio, com o pescoço esticado, olhos no teto. Depois caiu de costas.
Ele ficou caído no chão, fez uma careta de dor para Émylie e Didier e anunciou:

— Sinto muito... A baleia fracassou lamentavelmente... Aposta perdida, Didier... Não sou mais resistente ao álcool! A idade, sem dúvida...

Didier deixou o manuscrito na mesa e foi levantar o advogado. Émylie lhe deu uma mão; tarefa das mais difíceis.

— Vou ajudá-lo a subir para o quarto – disse Mosèle. – Nada melhor do que uma boa noite de sono para acabar com uma bebedeira!

— Ou cem quilos de soníferos!

*
* *

No esconderijo, os três Guardiães do Sangue ouviram no receptor a cena que ocorreu no escritório de Hertz.

O homem digitou um número do seu telefone celular. Dois toques. O interlocutor atendeu.

O homem fez um rápido relato do acontecimento.

— Não, Monsenhor – concluiu ele. – Eles não descreveram o desenho. Só fizeram referência a uma planta. Agora? Sim. Estou indo.

O homem fechou o celular, pegou a capa pendurada num prego e se dirigiu para a porta descascada.

— É estranho – disse ele, virando-se. – Achei que o Monsenhor ficaria extremamente furioso, mas ele pareceu se divertir com o que eu lhe disse.

— Ele marcou um encontro com você? – perguntou Carlo.

— Marcou. Já vou. Sem dúvida, esse acontecimento obriga a Loggia a reagir. Fiquem na escuta...

Em seguida, ele saiu, desceu a escada de madeira tomada pelos cupins, tendo o cuidado de não pôr o pé em alguns degraus bambos, e foi para o seu carro. "Uma planta", pensou. "Os Templários dissimularam um desenho sob a iluminura! Foi preciso esse incrível conjunto de circunstâncias – o fogo e o álcool – para revelá-lo. O negativo de uma foto, como disse a viúva Marlane..."

67.

A oitava carta

— Você podia dar uma ajuda, Martin!
— Estou tentando... Eu... eu não sabia que tinha envelhecido tanto.
— A idade não tem nada a ver com o estado de embriaguez em que você se encontra! Segure-se no corrimão e não solte mais. Vou empurrá-lo pelo traseiro! Não quero que me leve junto na queda.

Subir a escada que levava ao primeiro andar se revelou uma tarefa perigosa. Hertz bufava como um boi e parava em todos os degraus, com tontura, prestes a vomitar.

Émylie observava a lenta e trabalhosa escalada do vestíbulo; não podia deixar de sorrir diante da cômica situação. Mosèle já estava perdendo a paciência; por mais que pusesse todas as suas forças na operação, Hertz não se apressava. Assim que punha o pé em mais um degrau, ele se lançava num discurso, lembrando, na maior confusão, a memória de Francis Marlane, de Ernesto Pontiglione e do abade Jacques, pontuando as suas afirmações com soluços ou risos nervosos.

Finalmente, depois de repetidos esforços, de encorajamentos e sinais de reprovação, Mosèle conseguiu fazer com que o amigo chegasse ao corredor de cima.

— Quando os... os irmãos da Loja Primeira souberem que, ao pegar fogo, o Testamento do Louco nos revelou o seu grande mistério...

— É o princípio da alquimia — observou Mosèle. — Morrer para renascer em plena luz.

— *E a luz brilha na escuridão** — citou o velho advogado. — Foi... foi isso o que disse João Evangelista.

— Uma fórmula usada pelos Templários para camuflar as suas preciosas indicações.

Afastado o perigo da queda, mais tranquila, Émylie voltou para o escritório. Não dera nem três passos quando viu um vulto que a espiava pela janela. Uma sombra apoiada no vidro e que olhava para ela por trás de grossos óculos. Um homem de chapéu, que se afastou subitamente e se dissolveu na noite.

— Oh, Didier! — gritou ela. — Didier...

— O que foi agora? — perguntou Didier de cima, do corredor.

— O cara, o homem de chapéu!

Mosèle obrigou Hertz a se sentar no degrau superior e ali esperar por ele.

— Não se mexa, Martin. Segure-se no corrimão e não tente nada!

— En... entendido. Nenhuma iniciativa...

Mosèle disparou escada abaixo, atravessou o vestíbulo, surgiu no escritório. Pálida, Émylie apontou a janela pela qual viu o vulto.

— Ele estava ali! Com o nariz colado no vidro. Ele se mandou quando percebeu que eu o tinha visto.

— Sempre ele! — murmurou Mosèle. — Ele usava óculos, um bigode?

— Acho que sim. Tudo aconteceu tão rápido! Ele me deixou em pânico.

— É compreensível. Suponho que eu sentiria o mesmo pavor — admitiu Mosèle abrindo a janela para pular o parapeito.

— Eu me pergunto há quanto tempo estaria ali nos observando.

O rapaz saltou no caminho de cascalho, atravessou o minúsculo jardim, desceu o lance de escada que levava ao portão e começou a percorrer, em vão, a rua Jacquard. "Era só o que faltava; o mensageiro

---

* Evangelho segundo São João, 1, 5; *op.cit.* (N. T.)

de além-túmulo teve tempo de fugir. O que eu estava pensando? Um fantasma vai e vem... Nada mais natural para uma noite como essa."

A iluminação esbranquiçada dos postes. Nevoeiro de chuva que truncava as perspectivas. Mosèle deu uma última olhada e decidiu voltar. Ao passar diante do Golf, notou uma carta enfiada sob um dos limpadores do para-brisa. Já sabia do que se tratava. Ele a pegou. "DIDIER MOSÈLE" estava escrito com a letra de Francis Marlane. Os "I" eram ligeiramente inclinados. "A oitava carta! Isso eu também devia ter previsto!"

Ele voltou para a casa. Encontrou Émylie, a quem mostrou o envelope.

– O sujeito desapareceu, como sempre, mas deixou a carta enfiada embaixo do limpador de para-brisa.

– Um bilhete de Francis... Que ideia mórbida ele teve de escrever essas cartas antes de morrer! E como devia gostar de você para fazer isso!

Mosèle rasgou o envelope e tirou uma folha de papel de um cinza amarelado. Émylie se aproximou. Leram em uníssono:

Queridíssimo Didier,
Se estiver lendo esta carta é porque persiste na sua investigação. Não posso ajudá-lo de outra maneira a não ser suplicando:
NÃO PROCURE MAIS DESCOBRIR A MENTIRA!
Esqueça o que eu lhe disse sobre Cristo. A verdade é a Morte.
Seu irmão Francis

A voz estrondosa de Hertz ressoou por toda a casa. Um berro impaciente:

– Didier! Vai me deixar dormir na escada?

– É verdade. Já estava me esquecendo do meu trabalho de *papy-sitter*...

Mosèle enfiou a carta no bolso traseiro do jeans e subiu ao andar de cima, onde Hertz esperava por ele, sentado no último degrau, agarrado com as duas mãos numa barra no corrimão.

— É raro um xerpa abandonar o cliente em plena ascensão. O que aconteceu? Por que Émylie gritou?

— Ela surpreendeu o carteiro de Francis, que me trouxe um novo aviso.

— Esse... esse desconhecido não desgruda do seu pé. Ele sabia que ia encontrá-lo na minha casa.

— É isso que me espanta. Ele não ignora nada a nosso respeito. Nada!

O quarto. Mosèle apoiou Hertz para entrar, para conduzi-lo até a cama, na qual ele se jogou. O colchão afundou sob o seu volume. O rapaz acendeu uma das lâmpadas da mesa de cabeceira. Teve uma sensação estranha. Primeiro, o perfume. Suave e doce, de água de colônia e de lençol recém-passado. Pilhas de lençol no enorme armário de madeira vermelha, arrumado por Léa como a mãe dela devia fazer. Os móveis, os tapetes, o edredom, o travesseiro, as aquarelas da parede. Um universo paralisado. Um pequeno mundo ultrapassado, cuja intimidade Mosèle invadira subitamente com a impressão de o violar.

— Deus, como estou cansado! — queixou-se Hertz, com os braços em cruz na cama, afundado no edredom que o envolveu.

— Por isso mesmo, precisa dormir — aconselhou Mosèle, desamarrando os sapatos dele. — Pense em Léa. Precisa ser forte por ela.

— Léa... Os Guardiães do Sangue quase a mataram. Tenho a impressão de que sou eu quem atrai a morte.

— Agora está dizendo bobagens, Martin.

Os sapatos retirados foram jogados no carpete. Depois Mosèle ajudou o amigo a se enfiar entre os lençóis sem nem tentar despi-lo, o que seria uma ação impossível.

— Vou cobri-lo, irmão, e me juntar a Émylie.

— Obrigado, Didier...

— Vou levar o que resta do Testamento do Louco para examiná-lo com Souffir.

— Se quiser... — balbuciou Hertz, prestes a adormecer. — Sabe, esse desconhecido... é o fantasma de Francis.

— Durma, Martin.

O TRIÂNGULO SECRETO

*
* *

Esperar... esperar que os batimentos do coração se acalmassem, que a tensão se dissipasse, que as mãos parassem de tremer. Depois, iria embora. Voltaria a Paris.

Havia deitado no banco da frente do carro, quando Mosèle percorreu a rua procurando-o. Como da outra vez, havia um século. Da outra vez, na avenida Porte-Brancion, quando por pouco não fora pego.

Esperar...

"Só falta uma carta. A nona!"

68.

Conciliábulo

Mais uma vez, o homem foi o primeiro a entrar na igreja. Era uma questão de honra para ele chegar antes do Monsenhor para recebê-lo. Como da vez anterior, tudo se passaria muito rápido. Algumas frases. Em seguida, o Monsenhor daria uma ordem.

Nem um minuto havia passado, quando a portinha ocidental rangeu, um grande vulto entrou em silêncio na igreja; seus passos pareciam deslizar no piso. Com um longo sobretudo preto, o Monsenhor se aproximou do homem e pronunciou as palavras rituais:

— *Dominus vobiscum.*

— *Et cum spiritu tuo.*

Os olhos profundos e sombrios fitaram o homem que achava difícil sustentar aquele olhar e preferiu começar logo a conversa. Falar. Falar para disfarçar a sua confusão, para se subtrair ao exame intimidador. Ele disse:

— Pensávamos ter dado um fim no exemplar do Testamento do Louco herdado dos Templários pela Loja Primeira. Como poderíamos prever essa retomada imprevista?

— Não se recrimine. Essa descoberta providencial pode servir aos nossos interesses.

— Não vejo como.

— Você sonhava em tirar a Loja Primeira da sombra — respondeu o Monsenhor, sorrindo. — Pois bem, vai atingir o seu objetivo! Em breve, todas as cartas do jogo serão invertidas.

— Provavelmente os Primeiros estão a uma grande distância, na nossa frente. Além disso, essa confraria é tão secreta que nunca conseguimos nos infiltrar nela! Sabemos, apenas, que Hertz é um dos seus membros.

— É o bastante.

— Também desconfiamos de que ele mantenha relações com alguns cardeais. Acha que o papa poderia saber que...?

— Os nossos agentes italianos afastaram o Santo Padre desse caso, cujo controle ele havia perdido.

— No entanto, Guillio não deve ser considerado um peão desprezível — insistiu o homem.

— Ele não passa de uma peça fora do jogo. Agora, eu controlo todas as Lojas dos Guardiães do Sangue.

— Em breve terminaremos a nossa luta: o Segredo continuará selado neste milênio, como nos dois anteriores.

— Entretanto, são muitas as moscas que rodeiam o cadáver!

O Monsenhor deu alguns passos, fazendo com que o interlocutor tivesse a impressão de que a conversa o aborrecia. Ele caminhou em direção a uma vela acesa, cuja pequena chama tremelicava numa corrente de ar. Com um gesto rápido, passou a mão em cima da chama e exclamou:

— Eu sei... Sim, eu sei! Nós devemos, então, escrever os capítulos finais dessa história. Eu já lhe falei sobre os quatro elementos?

— Não, acho que não — declarou o homem se aproximando.

— Para ser iniciado, um franco-maçom tem de passar pelas provas da terra, do ar, da água e do fogo.

— Compreendo. O senhor havia me ordenado que usasse o fogo para destruir o Testamento.

— Está preparado para receber uma nova ordem?

— Dos seus lábios, e somente dos seus lábios, Monsenhor.

*
* *

Puxaram a porta depois de passarem, ambos preocupados por saberem que Martin Hertz ficaria sozinho, entorpecido num semicoma etílico. Ao entrar no carro, para se tranquilizar ou se absolver, Mosèle disse:

— Vou telefonar para ele amanhã bem cedo, com o risco de acordá-lo.

— Vai me deixar em casa? – perguntou Émylie.

— A sua bagagem está no meu porta-malas, não está? Entre nós, não vamos nos enganar: você pode passar a noite no meu apartamento. E até mesmo o fim de semana, se quiser. Como amigos!

— Como velhos amigos!

Émylie se instalou, mantendo cuidadosamente o Testamento do Louco no colo, enfiado num grande envelope pardo. Mosèle apontou com o queixo para ele, ao dar partida no carro:

— Os Templários foram imensamente espertos... E previdentes! A edição do Testamento do Louco que o Vaticano possui não tem essa planta nem as anotações que os irmãos Primeiros – se é assim que se deve chamá-los – fizeram na margem ao longo dos séculos.

— O que nos dá certa vantagem sobre os Guardiães do Sangue, não é?

— Finalmente uma palavra animadora! Deveríamos conseguir passar a frente deles e salvar a nossa pele, fazendo a mais fantástica das descobertas históricas. Aposto com você que a planta que apareceu por magia embaixo da iluminura dá a localização do Túmulo. Desde que se compreendam os arcanos.

*
* *

O falso bigode e os óculos de lentes grossas estavam em cima da mesa do escritório, ao lado da pequena caixa que só continha uma carta. Era meia-noite e dez, e ele não conseguia dormir. Tomou dois comprimidos de Bromazepan e uma cápsula de Stilnox – em vão.

Voltou para o conhaque. O álcool queimou-lhe o estômago, pois não havia comido nada o dia inteiro.

Abriu um dos cadernos vermelhos. Examinou uma página de anotações em desordem, na qual figurava um diagrama complexo feito de traços que uniam alguns nomes. Uma espécie de árvore, cujo galho principal trazia o nome de JESUS e, bem embaixo, o nome de JOÃO, duplicado. Depois, um pouco mais abaixo, a palavra PRI-MEIROS, à qual estava ligada a expressão LOJA PRIMEIRA, imediatamente seguida de HUGUES DE PAYNS, depois uma linha que levava a HERTZ, que Francis Marlane havia circundado de vermelho. Três croquis, sem dúvida acrescentados posteriormente, estavam superpostos ao todo e formavam um triângulo: uma cabeça de cabra, uma de leão e um braço da balança de justiça. Por fim, embaixo da página, a cópia da carta de Hughes de Payns enviada ao seu primo Bernardo; algumas palavras estavam sublinhadas:

> *Por vossa santidade e amizade sincera, Bernardo, deveis saber que em terra de sombra repousa, desde então, nosso <u>irmão Primeiro</u>. Com meus cuidados, em grande segurança foi colocado, por todos os séculos, estendido entre <u>Oriente</u> e <u>Ocidente</u>. Por toda a eternidade, Ele será a <u>Luz</u> na <u>Sombra</u>. Os dois <u>Joões</u> velarão por Ele do <u>Meio-Dia</u> à <u>Meia-Noite</u>.*

Ele pôs a cabeça entre as mãos. Sentiu as lágrimas chegarem. Sem dúvida, ia chorar. De novo. Chorar de novo... Não conseguia mais se controlar e isso acontecia com ele mesmo quando estava fora de casa. Chorar. Gostaria tanto de ser mais forte!

"O que fazer? Estou sozinho... E se Émylie desconfiasse que eu a engano desse jeito? Eles têm de desistir! Antes da última carta... Eles precisam desistir!"

Levantar-se. Passar uma água no rosto.

Contudo, quando ficou em pé, caiu em prantos. Tentou se agarrar na mesa do escritório, que não o aguentou e virou com ele, na escuridão.

Dormir...

Deitou-se no chão. Vomitou uma bile misturada com álcool sem nem perceber.

*
* *

Mosèle deixou todas as bagagens na entrada.

— Eu imaginei uma volta de fim de semana mais romântica — disse a jovem. — Menos mórbida!

— Tenho a sensação de que recebemos um *sursis*. Com uma ameaça planando permanentemente acima de nós! Quando ajudei Martin a se deitar, ele me disse que atraía a morte. Pareceu-me que ele acreditava seriamente nisso.

— E tem motivo, não?

— Tem. Não adianta refazer as contas. Na verdade, há muitas mortes em volta dele.

Émylie tirou os sapatos e foi para a sala, colocou o Testamento do Louco na pequena mesa de centro e se jogou no sofá.

— Sabe, Didier — começou ela —, tenho realmente a impressão de que o seu velho *francomac*, Hertz, está no centro de todo esse caso; você não está errado quando diz que é *em volta* dele que as pessoas morrem! Os amigos, sobretudo... Todos os que arrasta para o sonho dele.

— Interessante — sorriu Didier. — E você tem alguma ideia da natureza do sonho dele?

— É o mesmo que o seu. O mesmo que o de Francis. E, talvez, o mesmo que o meu também, agora. Cada um de nós teve as suas próprias razões. Cada um pôs nesse sonho as suas fantasias pessoais.

— Continue, *miss* Freud!

— Esse sonho é a síndrome do espelho.

— Isso é novo para mim.

— Normal. É uma invenção minha. Consiste em se olhar no espelho e se ver ali. Compreende? Ver o reflexo sem estar invertido. Ser o seu próprio gêmeo. Descobrir o que nunca vê de "você".

— Procurar o Túmulo do Cristo seria, então, um sintoma dessa síndrome?

— Procurar a Verdade, Didier. E aceitar morrer por isso. Aceitar perder tudo. Como Hertz, que perdeu tudo.

69.

O Primeiro

Fundação Meyer, terça-feira, 7h15.

Com os olhos fixos no visor de um marcador isotópico, sozinho no laboratório de "depuração", Mosèle examinava a imagem que havia aparecido por baixo da iluminura do Testamento do Louco.

Quando, atrás dele, alguém empurrou a porta, ele fez um gesto com a mão, sem nem mesmo se virar.

– Bom-dia, Norbert, obrigado por ter vindo... Eu fiz café!

– Você é um sujeito esquisito, Didier! Ontem foi impossível encontrá-lo, pois precisávamos de você aqui e, hoje, me acorda às cinco da manhã para pedir que venha ao seu encontro imediatamente!

Souffir fechou a porta e foi direto para a cafeteira elétrica, continuando a falar:

– Aonde você foi? Não podia ligar o seu localizador por satélite? O diretor foi invadido por uma fúria dos diabos. Você se esqueceu de que tínhamos uma reunião com a Diretoria e o secretário de Estado?

– Espero que vocês tenham segurado a língua – preocupou-se Mosèle.

– Naturalmente. Fizemos com que eles engolissem algumas bobagens, disfarçadas num discurso científico que os fez dormir. Deveria ter visto a Hélène fazer a sua encenação de charme! Acredito que o seu jogo de pernas tenha colaborado muito para a renovação integral das nossas subvenções.

— Imagino... Venha dar uma olhada nisto.

Souffir levantou os óculos até a testa e se inclinou sobre o marcador.

Mosèle se serviu de mais uma xícara de café, observando as reações do velho pesquisador, que ficou mais de um minuto examinando o documento. Quando se ergueu, a fisionomia traiu a sua curiosidade. Com o polegar, pôs os óculos de volta no nariz e perguntou:

— Do que se trata? De onde veio esse desenho?

— Acabei de revelá-lo quimicamente. Ele estava escondido embaixo de uma iluminura do século XII.

Mosèle retirou com extrema delicadeza o Testamento do Louco, cujos três quartos estavam queimados, e o levou à mesa do scanner.

— Por que eu, Didier? Por que me fez vir até aqui? Poderia ter pedido a Rughters, a Hélène...

— Você sabe muito bem, Norbert. Quem, melhor do que você, teria condições de me dar uma ajuda para decifrar um mistério destes? Ainda mais porque você já sabia do que se tratava, não é?

Mosèle se instalou em frente ao controle do scanner e começou a estabelecer os parâmetros de regulagem.

Souffir permaneceu diante do aparelho; ficou olhando Mosèle completar os últimos ajustes e disse:

— A busca de Francis, a morte do professor Pontiglione... Um segredo desgraçado que mata todos os que se aproximam dele!

— Você traduziu quase todo o 4Q456-458 e foi o primeiro a compreender que Jesus não morreu na cruz.

— Nós já falamos sobre isso. E daí? Esse *maskil* que aparece nos manuscritos do mar Morto certamente é o Cristo que, aliás, pode muito bem ter morrido de velhice em Qumran!

— Jesus viajou, Norbert. Venha olhar aqui nesta tela.

Souffir se aproximou de Mosèle, na mesa. O rapaz tamborilou no monitor, dizendo:

— O Túmulo dele está em algum lugar deste labirinto, não muito longe de nós.

O traçado que Agnano e Nicolau de Pádua haviam escondido na trama do pergaminho, a pedido dos Templários, representava um triângulo retângulo, com a base para cima. Cada uma das pontas tinha um pequeno escudo: o primeiro com a cabeça estilizada de um leão, o segundo com a cabeça de uma cabra, e o último com uma balança que simbolizava a Justiça e que representava a Loja do Bailly. Na linha transversal que unia a figura do leão ao escudo da balança, os copistas desenharam um labirinto complexo, circular, que tinha à esquerda e à direita dois círculos vazios.

— Sim, o túmulo está aqui — repetiu Mosèle.

— Eu o conheço muito bem, Didier. Você nunca enunciou teorias sem as ter confirmado antes; isso significa que esta aqui deve ser levada a sério, não é?

— Você me ajudaria a decifrar esse traçado?

Mosèle terminou de escanear, retirou o Testamento do Louco do aparelho e se virou para colocá-lo de volta na sua mala, depois de protegê-lo com uma folha de plástico.

— Você me ajudaria, Norbert?

— Naturalmente. Vamos nos encontrar esta noite na minha casa; tenho um excelente uísque que me recuso a beber sozinho.

— Achei que havia conseguido esconder esse meu pequeno pecado. A propósito, irei acompanhado de um amigo que gostaria de lhe apresentar.

Um leve sorriso de Souffir.

— Ele tem alguma relação com essa história? Não se trata de Martin Hertz, de quem você já me falou uma vez?

— Você é uma velha raposa, Norbert.

— A casa de campo de um tal de Hertz, em Yonne, pegou fogo na sexta-feira. Um incêndio criminoso... E, hoje de manhã, você me tira da cama para me mostrar um pergaminho calcinado, com um desenho misterioso que apareceu no carbono! Esse Hertz não estava no enterro de Francis? Ele não conhecia o professor Pontiglione? Na verdade, não sei quem é esse homem, mas poderia jurar que não é historiador nem arqueólogo.

— Desculpe-me — disse Mosèle —, eu não havia contado com as suas extraordinárias faculdades intelectuais.

— Deixe de lado esse tipo de bajulação. Eu não preciso disso, de modo nenhum, para me interessar por esse pedaço de pergaminho. Dê-me como um teste; eu o enfiarei na minha pasta e não direi nenhuma palavra a ninguém sobre o nosso segredinho.
— Obrigado, Norbert.
— Faço isso por você, Didier. Pois eu o considero, e sabe disso, mas faço também pela memória de Francis.
— Foi por essa razão que eu lhe agradeci.

*
* *

8h30.
Hertz estacionou o carro diante dos degraus da escada da entrada do imponente palacete burguês. Enfiou o pescoço na gola levantada do sobretudo, em razão da chuva fina que havia começado a cair. Subiu seis degraus e se apresentou na grande porta que se abriu sem que ele precisasse tocar a campainha. Um homem de uns cinquenta anos apareceu na soleira.
— Bom-dia, Mestre.
— Bom-dia, André — respondeu Hertz, sorrindo e pensando que o mordomo nunca perdera aquela mania: chamá-lo de "mestre" todas as vezes que o via.
André se afastou para deixá-lo passar.
Hertz tirou o sobretudo e o entregou a André, que indicou a monumental escada, dizendo:
— Ele o aguarda no andar de cima, na sala azul.
Hertz atravessou lentamente o vestíbulo, aproveitando para apreciar a decoração e os quadros, especialmente um pequeno Diaz de La Peña: um esboço apressado de um caminho que entrava na sombra de um bosque. Ele não sabia por que aquela trilha a giz* que desaparecia progressivamente entre espessas folhagens o inspirava tanto, despertando nele recordações da infância perfumadas de turfa...

---

* Trata-se de uma variedade de carbonato de cálcio usada, em pintura, para traçar o esboço da composição. (N. T.)

Ao admirá-lo, sempre dizia a si mesmo que gostaria que a sua morte fosse semelhante àquele quadro. Um último passeio em direção a uma misteriosa floresta.

Após passar por uma cadeira de rodas posicionada para receber o proprietário, ele subiu pela escada equipada com uma cadeira-elevador fixada numa cremalheira ao longo da parede.

Ao chegar no alto da escada, Hertz fez mais uma parada diante de uma marina de Eugène Isabey, com o céu abrasado por um pôr do sol de verão. Depois, seguiu por um corredor cujas paredes exibiam inúmeras gravuras características do século XIX.

Toda a residência parecia imobilizada num passado que continuava a se eternizar, atrelado aos tapetes antigos, aos pesados papéis de parede, aos lambris. Tudo ali era imutável, antiquado.

Hertz entrou na sala azul, iluminada apenas com a luz do dia que passava pela única das três janelas que não estava obstruída por duplas cortinas azuis.

Diante dessa janela estava um homem de costas, na cadeira de rodas. Ele fez um gesto para o visitante, com a mão direita, convidando-o a se aproximar. Havia quatro anos que o braço esquerdo já não se mexia mais. Sequela de um derrame cerebral.

– Oriente-Origem – disse Hertz.

– Entre, Martin – respondeu uma voz fraca. – Venha se sentar ao meu lado.

Enquanto falava, o doente virou ligeiramente a cadeira na direção do advogado, usando um comando elétrico colocado no braço direito da cadeira.

Hertz se aproximou e sentou na cadeira vazia que visivelmente o aguardava e que estalou ligeiramente ao recebê-lo.

O homem era um velho descarnado, num impecável terno preto maior do que ele. Tinha as faces cavas, órbitas escuras, lábios finos e secos, pescoço comprido e cabelos brancos, abundantes apesar da idade. Ele mantinha a cabeça permanentemente inclinada sobre o ombro direito, o rosto com uma expressão de dor, metade paralisado.

— O nosso irmão cardeal forçou um pouco a mão para que eu o recebesse fora de uma Sessão. Não tenho certeza de que isso seja muito prudente.

— Os acontecimentos o exigiram, irmão Primeiro — respondeu Hertz.

— Você já não me disse tudo ao telefone, hoje de manhã? O Destino desafiou os Guardiães do Sangue ao nos revelar o segredo do Testamento do Louco. A propósito, veio me mostrar o que resta dele?

— Eu o deixei com Didier Mosèle...

— Ah, sei. Fez bem. Sempre a sua mesma maneira de agir... sutil, felina!

— Justamente por isso. Estou cansado, irmão. Cansado de dissimular, de mentir... Cansado das minhas velhas artimanhas.

— Ambos estamos cansados, Martin. No entanto, ainda precisamos aguentar mais um pouco.

O advogado gostaria de acender um charuto, de sentir o cheiro de mel e de couro. Mas o Primeiro não suportava o cheiro de tabaco.

— Deveríamos ter contado a ele sobre Francis Marlane — continuou Hertz. — Sim, deveríamos ter contado a Didier Mosèle.

— Nem pensar! Francis não relatou nada para ele para preservá-lo; faremos o mesmo, conforme o nosso juramento.

— Nós nos servimos dele, como usamos Francis — protestou Hertz, elevando a voz.

— Não vejo as coisas assim, Martin. Os dois fizeram uma escolha. Consciente. Francis errou ao bancar o cavaleiro solitário ao se aproximar do objetivo. E nós o perdemos! Dessa vez é diferente, você está controlando Mosèle. O acaso quis que ele fosse até você.

Hertz deu de ombros.

— O acaso? Eu lhe dei um verdadeiro empurrão! E com autorização da Loja Primeira. Com a sua bênção, eu deveria dizer. Não havia ninguém, a não ser Mosèle, para continuar a investigação de Francis. Todos os Primeiros estavam convencidos disso.

O silêncio se instalou entre os dois homens que olhavam a chuva cair no jardim da propriedade. O Primeiro passou a mão direita na testa e empurrou para trás uma mecha de cabelo cor de neve. Foi ele quem rompeu o silêncio:

– Você quer abrir a Planta para Mosèle?
– Realmente...
– Recebê-lo numa Sessão Escura?
– Não podemos repetir o erro que cometemos com Francis Marlane – insistiu Hertz.
– Compreendo... Você acha que a Planta poderia ser completada com a que vocês descobriram sob a gravura dos irmãos de Pádua? É isso o que tem na cabeça, não é?
– Exato. A nossa busca está chegando ao fim. Uma busca que custou muitas vidas. Não somos responsáveis por algumas mortes?
– Acreditamos que podíamos dirigir tudo em segredo, meu amigo. Pensamos ser os mais hábeis nesse complexo jogo de sombras. Mais sutis do que os Guardiães do Sangue... Justamente, segundo o que me relatou, cheguei a uma constatação: existe alguém entre nós e os Guardiães... Alguém que foi ligado a Marlane! Alguém que sabe muitas coisas... Seria o desconhecido de chapéu?
– Nunca o vi pessoalmente. Em duas ocasiões, por pouco Didier não o surpreendeu. Esse sujeito se evapora feito um fantasma. Não tenho a menor ideia de quem seja... Digamos: nenhuma ideia racional. Dá para acreditar que se trata de uma réplica de Francis Marlane e que continua a obra dele. Temo que ele me recrimine por muitas coisas.
– Você é muito romanesco, Martin. Um estranho manipulador que, com a maior facilidade, se deixa dominar pela culpa.
– Não. Sou um homem velho que sonha descobrir a Palavra Perdida antes de morrer. Assim como você, irmão...
– Vou levar o seu pedido em consideração; você tem razão, já está na hora de receber esse jovem professor em audiência... Eu o manterei informado.

Hertz se levantou da cadeira, se inclinou sobre o velho doente e o beijou três vezes.

– Obrigado – disse ele.

O Primeiro esboçou um meio-sorriso.

– Vamos cuidar de Didier Mosèle, Martin. Acho que o ama como o filho que nunca teve.

– É verdade – reconheceu Martin. – Eu o amo. Mas está enganado: eu tive um filho... Ele morreu alguns minutos depois do nascimento.

70.

V.I.T.R.I.O.L.

19 horas.

Um pátio dos fundos do 14º *arrondissement* de Paris. Paralelepípedos brilhantes de chuva. Duas casas térreas, uma de frente para a outra, de janelas fechadas. No fundo, uma gráfica com a porta de ferro abaixada. Um local para guardar as latas de lixo. Alguns vasos de gerânio amarelados, murchos.

Norbert Souffir morava numa das duas casas. Dentro, em todas as paredes, a vida do velho homem era contada em fotografias. A maioria delas em preto e branco. Elas revelavam um passado já longínquo, imobilizando para sempre as testemunhas em poses estudadas. Uma família. O pai, a mãe, as duas irmãs e ele, o pequeno Norbert. Na França, antes da guerra, em frente a um armarinho, dentro do armarinho, no campo, na praia, numa quermesse. O pai e o seu primeiro carro. Depois, algumas fotos da esposa de Norbert. Essas, em cores. Uma mulher com um sorriso feliz e grandes olhos cheios de vida. E, no meio da parede, numa moldura um pouco maior do que as outras, a imagem de deportados esqueléticos, na libertação do seu campo pelos americanos. Espectros alucinados que sorriam como mortos para a objetiva.

Souffir estava no seu escritório, debruçado em cima da fotocópia do traçado que havia aparecido embaixo da iluminura de Deus criando o Universo. Ele espalhara um montão de livros na mesa de trabalho e até no chão. Havia rabiscado alguns croquis, rasurando e retomando-os.

O labirinto circular. O velho o comparava com o de são Vital, em Ravena, e, enquanto este último possuía uma entrada, o dos Templários parecia totalmente fechado, girando sobre ele mesmo num caminho duplo. Não seria melhor compará-lo ao labirinto da catedral de Chartres?

Depois de refletir, o velho tradutor disse a si mesmo que aquele emaranhado fechado encerrava uma singularidade: os dois círculos enigmáticos que o acompanhavam à esquerda e à direita necessariamente deveriam completá-lo.

O velho se levantou para desentorpecer as pernas e esticar as costas. Os dias que havia passado dobrado diante de um computador ou em cima de dossiês o haviam deixado com uma dolorosa escoliose.

Atiçando o fogo da pequena lareira, ele reavivou as brasas com grandes sopros do fole e esfregou as mãos acima das chamas. Norbert nunca quisera instalar um aquecimento elétrico no escritório, feliz em desfrutar do prazer que ofereciam as excelentes achas de lenha que estalavam, com as suas emanações da resina e da casca.

*
* *

Mosèle havia passado em Sèvres para buscar Hertz. Agora, rodavam no bulevar periférico.

— Você não me falou nada a respeito de Léa, Martin.

— É, é... Eu a vi hoje à tarde e contei tudo. Ela teve uma crise de nervos e um enfermeiro precisou lhe administrar um calmante.

— Sinto muito.

— Ela está com muita raiva de mim e acha que é por culpa minha que o abade Jacques morreu. Coitada! Achei que seu coração fosse parar.

Ela tem toda a razão de me recriminar pela morte de Jacques... Léa gostava muito dele, e acredito que era o seu único confidente. Ligava para ele todas as vezes que entrava em depressão. Ele sabia ouvi-la por horas e a reconfortava, como eu nunca soube fazer.

Mosèle lançou um olhar para o amigo. Reparou na sua aparência de cachorro velho espancado e aflito: bochechas penduradas, olhos desfocados. Seria sincero?

— E a ressaca? — perguntou o rapaz.

— Já me recuperei, mas ainda estou com uma dor de cabeça terrível.

— Isso vai matar você um dia, Martin.

— Tenho medo do julgamento de Émylie; eu dei um show e não foi brilhante.

— Ela entendeu que você passou por circunstâncias atenuantes. Eu o aconselho a não beber demais esta noite na casa de Norbert: um pouco de água lhe faria um grande bem. Não quero que todos os meus amigos o tomem por um velho alcoólatra excêntrico.

— Você fez progressos, Didier.

— Ah, é? Que tipo de progresso?

— Há duas semanas jamais se permitiria me jogar na cara esse tipo de repreensão.

— Há duas semanas, eu não sabia que nos tornaríamos tão íntimos. Espero não tê-lo ofendido.

— Eu mereço.

*
* *

Souffir consultou o relógio de pulso. Didier Mosèle e o amigo não tardariam a chegar. Ele tentou pôr um pouco de ordem nos seus documentos.

Um leve barulho lhe chamou a atenção. Um estalo. A fechadura da porta da entrada...

— Didier! — gritou ele. — Já vou abrir!

Ao se virar, ele derrubou um livro grosso, se abaixou para pegá-lo, ouviu passos no corredor e se ergueu.

– É você, Didier?

E disse para si mesmo: "Eu poderia jurar que havia trancado a porta."

Uma preocupação repentina, disparatada, lhe deu um frio na barriga. Se fosse Didier, ele responderia...

Souffir pegou a fotocópia do traçado dos Templários, amassou energicamente e a jogou nas chamas da lareira. Depois se virou.

De início, ele não compreendeu. A sua mente levou um ou dois segundos para absorver a cena. Um primeiro homem entrou bruscamente no escritório, imediatamente seguido de outro. Ambos usavam máscara antigases, o que os tornava grotescos e ameaçadores.

Souffir recuou, aterrorizado. Encostou-se na parede. Algumas molduras caíram no tapete. Uma delas se quebrou. Por que se sentiu obrigado a olhar as fotografias espalhadas pelo chão?

Os espectros alucinados de um campo de concentração.

Um dos dois desconhecidos manteve Souffir encostado na parede, agarrando-o pela garganta. O velho sentiu dificuldade para respirar, para engolir a saliva. Via o seu próprio rosto deformado pelo pânico na viseira da máscara antigases do agressor. O reflexo do seu medo.

O segundo homem mostrou um pequeno aerossol, apontando o bico para Souffir.

O velho tradutor não podia gritar; a garganta estrangulada o impedia. Compreendeu que ia morrer. Pensou em Mosèle, em Marlane...

Recebeu um jato de gás do vaporizador. Teve tempo de ver que a morte era amarela. Uma nuvem amarela. Depois caiu, escorregando as costas ao longo da parede, arrancando outras fotos. Ele ficou agachado, com a cabeça para a frente e uma baba espessa escorrendo da boca retorcida.

Uma terceira máscara apareceu. O homem olhou o corpo sem vida de Souffir e tirou uma grossa caneta hidrográfica vermelha de um bolso da sua capa.

*
* *

Após encontrar, com dificuldade, um lugar para estacionar, Mosèle e Hertz se dirigiram para o número 17 da rua Daguerre. A chuva havia caído o dia inteiro sem parar, trazendo uma noite precoce.

– É aqui – disse Mosèle, empurrando uma das folhas de uma porta pesada.

Eles atravessaram o pátio de paralelepípedos.

– À esquerda – especificou o rapaz. – Eu só estive uma vez na casa de Norbert, mas lembro que tem uma decoração de que vai gostar.

Hertz não respondeu. Pensava na sua cripta, no seu museu. Nas suas coleções. Nas chamas que haviam levado a sua vida em alguns minutos.

– Merda! – exclamou Mosèle.

– O quê?

– A porta de Souffir está aberta... Deus do céu, ela foi forçada!

– Não vamos entrar, Didier.

– Ao contrário, siga-me, Martin!

Mosèle entrou correndo no vestíbulo. Nem um ruído. Seguiu pelo corredor chamando: "Norbert!" O advogado ficou ligeiramente para trás. No entanto, avançava.

No escritório, Souffir estava sentado no chão, com a cabeça caída no peito, a espuma molhando o colarinho da sua camisa, uma das mãos no peito.

– Esses merdas o mataram! Ele também!

– Está sentindo? Este cheiro...

– Foram eles, não foram? – perguntou Mosèle, com voz estrangulada. – Os assassinos do Vaticano!

– Não toque nele! – ordenou Hertz. – Não deixe nenhuma impressão digital!

Mosèle obedeceu. Parou bruscamente quando já se preparava para erguer o busto do velho pesquisador, a fim de proporcionar a dignidade que a morte havia lhe tirado.

— Parece que ele morreu de um enfarte. Ele foi espancado?
— Não precisaram fazer isso, Didier. Seria inútil. Venha... É imprudente ficar aqui. Os Guardiães do Sangue assinaram o crime para lhe fazer compreender que atacarão todos os seus amigos, se não abandonar o jogo.
— O que eles assinaram? E como?

Hertz fez Mosèle se virar. Ele cedeu, aniquilado, sem compreender o que o amigo queria dele. Em seguida, viu a inscrição à direita da porta, traçada nitidamente em letras suficientemente grandes para serem vistas ao sair do escritório:

"VITRIOL"

— Por que esse canalhas escreveram a abreviação da nossa divisa maçônica? Para debochar?
— Vou explicar — disse Hertz com voz suave, segurando-o pelos ombros para obrigá-lo a sair do escritório.

No corredor, Mosèle se deu conta, de repente:
— O cheiro! Também notei ao entrar. Não dei muita importância, naquele momento. No entanto, ele era muito pronunciado no escritório.
— Trata-se do veneno volátil que Jerônimo, o judeu, usou para assassinar Tomás de Torquemada. Os Guardiães do Sangue mataram o seu amigo usando o mesmo gás. Uma forma de se vingar!
— Como eles fazem para saber tanta coisa sobre nós?
— Não sei — disse Hertz. — Entretanto, estão claramente informados sobre todas as nossas ações. Dá para pensar que ficaram sabendo da existência desse traçado ao mesmo tempo que nós!

Do lado de fora. Chuva. Paralelepípedos. Hertz havia reconquistado a ascendência sobre Mosèle, que andava feito um robô. O velho advogado o abraçou, reconfortando-o com o contato. Era inútil falar. Os dois homens pensavam da mesma forma. Mais do que nunca, sabiam que estavam com os dias contados.

71.

A mensagem de Deus

Émylie ficou surpresa ao ver Mosèle voltar tão cedo:
– Já de volta? Ah, você também está aqui, Martin.
Os dois homens entraram no apartamento, tiraram as capas e foram para a sala.
– Volto atrás sobre o que lhe aconselhei há pouco – disse Mosèle. – Vamos tomar um porre de uísque.
– O quê? – perguntou a jovem. – O que houve? Vocês dois estão com uma cara! O que aconteceu?
– Foi Norbert Souffir... – começou Mosèle. – Ele está morto! Os Guardiães do Sangue passaram na casa dele e o mataram com gás.
– Gás...?
Hertz interveio:
– Eles fizeram com que Souffir tivesse a mesma sorte que Jerônimo, o judeu, infligiu a Tomás de Torquemada. Foi uma forma de nos fazer compreender que nos espionaram todas as vezes em que estávamos juntos e que eu narrei as peripécias por que passou o Testamento do Louco ao longo dos séculos.
Mosèle pegou uma garrafa de Cardhu – doze anos – e dois copos, enchendo-os imediatamente.

— Vocês avisaram a polícia? — perguntou ela.

— Não — respondeu Mosèle. — Martin e eu concordamos que de nada adianta dar argumentos aos investigadores. Vamos deixá-los chafurdar um pouco, enquanto aguardamos que nos façam perguntas. Muitas tragédias aconteceram à nossa volta. Evidentemente, eles vão comparar todos os acontecimentos!

— O assassinato de Souffir se apresenta como uma dupla ameaça — disse Hertz. — Em primeiro lugar, significa que os Guardiães do Sangue eliminarão todas as pessoas próximas a Didier, ligadas de alguma forma ao caso. Em segundo lugar, é uma verdadeira declaração de guerra contra a Loja Primeira, pela sua própria natureza.

Mosèle parecia ausente, o olhar perdido fitando um ponto imaginário. Émylie percebeu:

— Didier! Você está ouvindo?

Como única resposta, ele se levantou e atravessou a sala para ir ao escritório. Ouviram-no dizer "Que barbaridade" várias vezes.

— Vamos ver, Martin — sugeriu Émylie.

O velho advogado continuou segurando o copo de uísque e seguiu a jovem. No escritório, Mosèle dedilhava nervosamente o teclado do computador, com os fragmentos do Testamento do Louco ao seu lado.

Ao chegarem perto de Didier, Émylie e Hertz viram o que estava na tela. Duas imagens: uma representava a iluminura original de Deus criando o Universo e medindo a Terra com o compasso, a outra apresentava o traçado dos Templários que havia aparecido em negativo no carbono do pergaminho.

— Porcaria de desenho que custou a vida de Norbert! — rosnou Mosèle.

— Estou vendo que você conseguiu revelar todos os traços — disse Hertz.

— Olhe — continuou Mosèle —, ele nos indica a Leoa, as Cabras e, aqui, esta balança simbolizando o Bailly... Os três lugares formam o triângulo da floresta do Oriente.

Hertz apontou para a tela:

— Aonde quer chegar, Didier?

— Tudo se ajusta, Martin! O que os Templários escreveram na margem do Testamento, a carta de Hughes de Payns e este traçado... Mas que diabo, é claro! Tudo se ajusta! Tudo se completa e se sobrepõe.

Émylie foi para detrás do rapaz e pôs as mãos nos ombros dele, fitando a tela.

— É efeito do uísque ou você acabou de ter uma revelação?

Mosèle se exaltou.

— Uma iluminação, Émylie...! Várias chaves para uma única fechadura! Sem o traçado nunca poderíamos compreender!

— Então, foi preciso destruir o Testamento do Louco para chegar à Verdade? — indagou Hertz.

— Naturalmente! — exclamou Mosèle, tamborilando com o dedo no traçado dos Templários da sua tela. — A alquimia intelectual ligada à da matéria... Vários elementos compõem a obra! Vamos pegar a planta da página calcinada que eu digitalizei hoje de manhã; tenho certeza de que ela se refere a uma das frases posta em evidência no Testamento do Louco: *Na sombra andarás para trás.*

Mosèle acendeu um cigarro e continuou:

— *O cátaro, na sua Floresta, andando para trás, cortará o Triângulo na direção da Sombra.*

— Nós encontramos a estátua do cátaro — disse Émylie. — E Martin nos explicou a razão da presença da estátua nessa floresta. E depois?

— O cátaro é um ponto de referência — especificou Mosèle. — Partindo dele, *andando para trás (você), cortará o Triângulo na direção da Sombra.* São as costas da estátua que indicam o caminho a ser tomado e não o que ela olha! Ou melhor, o que ela oculta...

Depois, fazendo aparecer na tela um novo arquivo, ele acrescentou:

— Lembrem-se da carta de Hugues de Payns que encontrei no palácio do Tau, com a indicação de Pontiglione.

— Estou começando a compreender, Didier — disse Hertz, com o rubor lhe subindo às faces, as têmporas no torno de uma forte dor de cabeça.

Mosèle leu a carta do fundador da ordem dos Templários:

Por vossa santidade e amizade sincera, Bernardo, deveis saber que em terra de sombra repousa, desde então, nosso irmão Primeiro. Com meus cuidados, em grande segurança foi colocado, por todos os séculos, estendido entre Oriente e Ocidente. Por toda a eternidade, Ele será a Luz na Sombra. Os dois Joões velarão por Ele do Meio-Dia à Meia-Noite.

– Na franco-maçonaria, os dois Joões são o Batista e o Evangelista – explicou Hertz para Émylie. – Eles representam a Sombra e a Luz. A Lua e o Sol!

Mosèle pôs novamente na tela o traçado dos Templários, repetindo: *Os dois Joões velarão por Ele do Meio-Dia à Meia-Noite*, e acrescentou:

– As informações transmitidas pelos Templários foram fragmentadas por motivo de segurança. Mas elas estão aqui, espalhadas, debaixo dos nossos olhos. Todas as peças de um jogo de construção a serem reunidas, a serem inseridas umas nas outras de acordo com uma ordem estabelecida.

– Sem sombra de dúvida – disse Hertz. – Mas onde procurar? O perímetro delimitado por esse triângulo é bem amplo.

– É preciso esquadrinhar, esquadrinhar de novo! – destacou Mosèle. – Encontrar esses dois Joões.

Émylie propôs:

– Em vez de uísque, não preferem um bom café, bem forte? Se quiserem manter a lucidez, seria mais eficaz, não?

– Tem razão – admitiu Mosèle. – Um litro para mim. E reforçado!

– O mesmo para mim – concordou Hertz.

Émylie foi para a cozinha. O velho advogado pegou uma cadeira e se sentou ao lado de Mosèle que não cessava de bater na tela com o indicador, girando em volta do labirinto circular.

– O que é evidente nem sempre é visível – disse ele. – Entretanto, esta é a planta de uma parte da floresta do Oriente... E esse triângulo corta o labirinto situado entre essas duas esferas.

– Acho que descobri o que significam esses dois círculos, Didier.

– É?

– Não temos esses mesmos círculos na Loja? Atrás do Venerável Mestre, nas costas dele! Presos na parede.

– Claro! A Lua e o Sol são simbolizados por dois discos. A Lua e o Sol. O Oriente e o Ocidente...

– Os dois Joões! – pontuou Hertz, sorrindo. – É provável que esses dois círculos sejam limites que, supostamente, nos informariam sobre a situação geográfica do labirinto.

– Os irmãos de Pádua receberam ordens para dissimular essa planta – porque é mesmo uma planta – sob a iluminura. Eles desenharam o traçado na própria fibra do documento...

– E daí? – perguntou Hertz, cada vez mais curioso, acompanhando fascinado a linha de pensamento de Mosèle.

O rapaz prosseguiu:

– Na iluminura, a Terra é redonda. A Terra, Martin!

– A Terra sempre foi redonda, que eu saiba! – disse Émylie, trazendo as xícaras de café numa bandeja.

– Não nessa época – brincou Mosèle. – Afirmar uma coisa dessas levaria você imediatamente para a fogueira. No entanto, Deus mede a sua Criação. Ele a avalia como qualquer arquiteto.

– O que é lógico – continuou Émylie. – Ele se certifica de que a sua obra é impecável.

Mosèle fez o mouse deslizar na mesa, pôs na tela o traçado dos Templários e o sobrepôs na imagem colorida da iluminura. A planta ficou colocada em transparência sobre o desenho, reforçando as linhas que o cobriam em proporções idênticas. A Terra era do mesmo tamanho que o labirinto.

– Redonda como o labirinto – disse Mosèle. – Vejam, quando as sobrepomos, as duas imagens se integram perfeitamente. Consequentemente, o que Deus faz? O que Ele nos mostra com o compasso?

Silêncio. Num movimento simultâneo, Émylie e Hertz se inclinaram sobre a tela do computador.

Hertz pigarreou. A sua saliva estava áspera. Ele compreendeu. Se estivesse sozinho teria chorado. O sonho de toda a sua vida se materializava, repentinamente. Com uma evidência brutal. A sua cabeça começou a rodar e a enxaqueca ficou mais forte, a ponto de lhe causar náuseas. Sob o olhar interrogativo de Mosèle, engoliu o conteúdo da sua xícara de café sem ter adoçado nem avaliado a temperatura. Suas mãos tremiam. Mosèle segurou o punho dele. O rapaz disse:

– Sim, Martin. Sim, com o seu compasso, Deus indica um ponto na Terra. NO LABIRINTO CIRCULAR! As duas imagens deviam ser lidas juntas.

Com voz rouca, Hertz proferiu:

– Deus nos indica o local onde devemos procurar!

– *Visita o interior da Terra e, Retificando, Encontrarás a Pedra Oculta* – recitou Mosèle. – A pedra oculta é o Cristo. Nós o encontraremos ao retificar... Mas o que retificar?

– Você acha mesmo...? – arrisca Émylie.

– Estou convencido disso. Em contrapartida, eu me pergunto... Eu me pergunto como Francis descobriu isso sozinho. Ele não possuía o traçado dos Templários, pois estava oculto pela pintura de Nicolau e Agnano de Pádua. Bom Deus, quem lhe deu a mão?

– Quem sabe foi o desconhecido? O homem de chapéu e óculos?

– A não ser que ele tenha se inspirado em outras fontes – sugeriu Mosèle. – Ou que tenha se concentrado no cátaro. Será que, algum dia, saberemos em que ponto a busca dele foi interrompida?

72.
O rubi

Quarta-feira, 13h15.
Ele folheou os cadernos vermelhos. Não se cansava de contemplar as aquarelas, leves toques de água colorida, notas de luz e muita sombra.
A televisão estava ligada. Ele ouvia as notícias sem prestar muita atenção. A cada dia se desligava mais da realidade.

A necrópsia feita hoje de manhã confirmou que o professor Souffir inalou uma substância tóxica gasosa em grande quantidade. Ainda é muito cedo para definir a exata natureza dessa droga. Sabemos apenas que era composta de extrato de plantas...

Ele fechou os cadernos, pôs de volta na gaveta, levantou-se para percorrer o cômodo que se transformara na sua jaula. Andava de cabeça baixa, martelando o chão com passos nervosos, irregulares. Atravessou a sua prisão em todos os sentidos.

... Para os investigadores, não há nenhuma dúvida de que a vítima foi obrigada a aspirar o veneno que paralisou rapidamente todas as suas funções respiratórias. A Fundação Meyer, onde trabalhava o professor Souffir, foi

cruelmente atingida pela segunda vez. Todos se lembram do suicídio do professor Marlane, cujo corpo foi encontrado num quarto de hotel em Paris, há três semanas...

Voltou ao escritório. Abriu uma gaveta. Tirou um revólver.

... Mas, dessa vez, incontestavelmente se trata de um assassinato, e nos interrogamos a respeito da palavra "VITRIOL", escrita em vermelho no local do crime. No entanto, podemos dizer que essa palavra resume uma fórmula alquímica do século XV e que, ainda hoje, é encontrada na tradição maçônica...

Ele sopesou a arma. Examinou-a. Admirou-a. Gostava do contato gelado. Um frio fosco e preto.

... Na Fundação, o professor Mosèle, que dirige o departamento ao qual pertencia Francis Marlane e Norbert Souffir, se recusa a fazer qualquer comentário...

Recomeçou a perambular pelo cômodo. Mas continuou segurando o revólver, que deixou caído contra a coxa, balançando o braço direito. Passou em frente às fotografias penduradas na parede. Ela as conhecia de cor, podia redesenhar todas elas de memória.

Parou diante de um espelho. Olhou-se, desafiando a si mesmo com o olhar, detestando esse outro que já não se parecia com ele. Os tiques dos seus lábios recomeçaram; pegou-se sorrindo numa careta mecânica.

Lentamente, levou o revólver à têmpora, apoiou o cano contra o osso. Muito pouco de pele o protegia de uma morte possível. Isso porque ele se sentia exausto. Bastaria apertar o gatilho. Somente um pouco de coragem para se livrar daquele pesadelo.

O seu indicador esboçou o gesto. Alguns milímetros o separavam das trevas, do silêncio e do repouso. Alguns milímetros de aço a serem pressionados.

Mas abaixou a arma e saiu da frente do espelho. Abandonando aquele sósia covarde com a fronte coberta de suor. Deixou o revólver no escritório, perto da caixa em que estava a nona e última carta.

Perguntou-se por que motivo os irmãos da Loja Primeira não intervinham.

Sentou-se novamente com os ombros encurvados e começou a chorar.

*
* *

Martin Hertz estava prostrado, jogado numa poltrona. Acabara de fechar o telefone celular. Seu amigo Jean-Claude Dorest havia ligado para ele do hospital para dizer que Léa tivera mais uma crise de nervos naquela manhã, por volta das 6 horas. Fora preciso administrar uma forte dose de Valium. "Não adianta vir agora, Martin; ela está grogue e ficará sonolenta por quatro ou cinco horas. Poderá vir no fim da tarde. Sabe, ela não consegue aceitar a morte de Jacques e o incêndio da casa de campo."

— Acha que ela vai se recuperar? — perguntou Hertz.

— Do quê? Do ferimento ou do trauma mental? Creio que será mais fácil ela se livrar do ferimento. Você terá de ser muito paciente, atencioso. Entendeu?

— Sim, sim. Atencioso, entendi.

— Vou pedir a um colega psiquiatra que passe para vê-la no fim da tarde.

— Obrigado, Jean-Claude.

Hertz olhou para o celular com os olhos enevoados de lágrimas que não conseguiam se formar, mas que lhe faziam mais mal do que os soluços. Ele havia acabado com Léa. Era o único pensamento que lhe ia na alma. Ele a matara.

O telefone tocou de novo. Ele levou o aparelho ao ouvido, pensando que fosse Jean-Claude que havia esquecido de lhe dizer alguma coisa. Ficou surpreso ao ouvir a voz de Mosèle.

– Ah, Didier...
– Martin, encontrei! Trabalhei a noite inteira e acho que decifrei a mensagem de Hugues de Payns. Sei onde se situa a "terra de sombra" que ele menciona na carta enviada a são Bernardo! O fundador da ordem dos Templários era um tremendo espertalhão... Os dois "Joões", dos quais ele fala são, na verdade, duas pedras, dois monólitos que figuram no mapa do Estado-Maior sob o nome de Jovem e de Velha... A Jovem está situada no oriente, na luz, e encarna o Evangelista! A Velha simboliza são João Batista e representa a Antiga Palavra. *Estendido entre Oriente e Ocidente. Os dois Joões velarão por Ele do Meio-Dia à Meia-Noite.* É, entre a antiga e a nova Tradição repousa o Cristo... Como comprovam a Lua e o Sol que o enquadram na maioria das iluminuras medievais. O traçado dos Templários especifica exatamente a localização do Túmulo: sob a ponta do compasso de Deus. Na perpendicular de uma linha que passa pelas duas pedras...
– É uma hipótese – interrompeu Hertz. – Não passa de uma sábia, mas simples especulação!
– Não, Martin. Liguei para o diretor da Casa da Floresta do Oriente, senhor Pinchon... Um erudito do jeito que você gosta. Fiz algumas perguntas a ele. Pois bem, sabe o que ele me contou?
– Fale.
– Uma parte dos pântanos situada geograficamente na ponta do compasso de Deus, exatamente na ponta, era chamada antigamente de Umbra. É a nossa "terra de sombra", Martin! Equidistante dos dois "Joões". Sem saber, os maçons que, ainda hoje em dia, celebram as festas de São João nos solstícios de inverno e de verão, mantêm um costume nascido nessa floresta. Émylie e eu vamos partir amanhã para Troyes, para ter a certeza de que a minha pista está certa. Peça desculpas aos irmãos pela minha ausência na Sessão.
– Meu Deus, não viaje de jeito nenhum! – exclamou Hertz.
– Sabe muito bem que não pode dar um passo sem que os Guardiães do Sangue fiquem sabendo!
O velho advogado saiu da letargia. Bruscamente, Léa deixou de ser o centro dos seus pensamentos. Ouviu-se dizer: "Didier, eu lhe

imploro: não volte à floresta do Oriente...! Você vai perder o controle dessa aventura; de agora em diante, não pode mais agir sozinho. Dê-me um pouco mais de tempo para ajudá-lo. Posso insistir para que a Loja Primeira o coloque sob proteção.

Mosèle replicou:

— Não acha que os seus misteriosos irmãos Primeiros poderiam ter intervindo antes? Afinal, eles não são os herdeiros diretos dos Templários? E até mesmo de Jesus, se acreditar em você... Émylie e eu já tomamos a nossa decisão. O lugar indicado por Deus – ou o Grande Arquiteto do Universo – na imagem de Nicolau e Agnano de Pádua fica sob a água do Lago da floresta do Oriente! Vamos mergulhar e sondá-lo.

— Isso é pura loucura! Uma loucura pela qual me sinto responsável. Eu sei o que você tem na cabeça, Didier: a sua única chance de se desvencilhar dessa armadilha é descobrir o Túmulo. Então, você seria intocável... É isso o que acha, não é?

— De fato, Martin. Sinto não levá-lo conosco, mas aposto que você não é um fervoroso adepto de mergulho submarino. Naturalmente, prefere a caça. Eu o manterei a par.

— Didier...

Mas Mosèle já havia desligado. Imediatamente, Hertz digitou um número de telefone, de cor. Um número cujos vestígios ele apagaria em seguida, depois de terminar a ligação.

Dois toques. O interlocutor atendeu.

— Alô – disse Hertz. – Oriente-Origem... Estamos atingindo o objetivo... Finalmente, Didier Mosèle está prestes a chegar lá! Ele vai de novo à floresta do Oriente... Sim, sim, no triângulo da Leoa, das Cabras e do Bailly!

— Fale o menos possível, Martin. E rápido.

— Dessa vez, poderemos encontrar a PALAVRA PERDIDA... Ela dorme no fundo da água...

— Na água? A teoria é satisfatória e está de acordo com o que conhecemos das artimanhas de Hugues de Payns. Temos de ser mais rápidos que os Guardiães do Sangue... Eu me encarrego de entrar em contato com todos os irmãos Primeiros... Ligarei de volta para você rapidamente.

A conversa não havia durado nem trinta segundos. Hertz apagou o número digitado do seu celular.

No silêncio que se restabeleceu, os pensamentos voltaram a persegui-lo. Léa... Jacques... Francis Marlane.

*
* *

Com o braço são, o Primeiro pôs o celular de volta no lugar. Girou a cadeira de rodas. Com dificuldade, levantou o queixo, ergueu os olhos para o alto e magro corpo de Sua Eminência, que lhe disse:

– Acho que compreendi...

– Sim, Monsenhor, o Túmulo está ao alcance da mão. Martin Hertz havia pensado certo: somente Didier Mosèle seria capaz de continuar a investigação de Francis Marlane.

– A sorte o ajudou um pouco, não acha?

– Concordo. Vai ficar na França até o desenlace desse caso?

Sua Eminência esboçou um gesto vago.

– Espero que sim. A morte do Santo Padre, porém, pode me obrigar a voltar para o Vaticano de uma hora para a outra.

O velho conteve um acesso de tosse e foi atacado por soluços. Sua Eminência lhe entregou imediatamente um copo-d'água. O Primeiro tomou um pequeno gole e prosseguiu com voz estrangulada:

– Eu devia me regozijar com o pensamento de que o velho inimigo da nossa confraria sairá de cena como vencido; no entanto, não sinto nenhum prazer com isso.

– Sem dúvida porque ele foi um excelente papa – sugeriu Sua Eminência, com toda a suavidade do seu sotaque italiano.

– Um temível adversário! – corrigiu o Primeiro. – Tão obstinado quanto todos os precedentes. Ele está feliz por exumarmos os restos do Cristo e os seus escritos antes da eleição do próximo pontífice. O senhor nos ajudou muito nesse empreendimento, Monsenhor.

— Antes de tudo, pertenço à Loja Primeira e só fiz o meu dever, meu irmão. A propósito, Martin me pediu que intercedesse novamente para que receba Didier Mosèle em Sessão Escura.

— Nós falamos sobre isso. Eu já respondi para ele com uma afirmativa.

— Que bom. Acho que é uma boa decisão. Esse rapaz merece nos conhecer melhor.

Sua Eminência se despediu do Primeiro.

Ele atravessou o caminho de pedriscos para chegar ao seu carro preto, de vidros fumês. No assento do motorista, seu secretário o esperava ouvindo música. Ele desligou o som.

— Não, pode deixar o rádio ligado — disse Sua Eminência se virando para o palacete.

No primeiro andar, uma cortina havia sido puxada. Podia-se perceber por trás do vidro da janela o vulto magro e fraco do Primeiro.

— Vamos. Podemos retornar à nunciatura.

— Ouvi algumas notícias, Monsenhor. O papa está muito mal; não deveria voltar a Roma?

— Ainda não. Recebo informações a cada quinze minutos. Soube que reina uma estranha animação em volta dos apartamentos de Sua Santidade. Parece que ele se recupera, com dificuldade, do mal-estar ocorrido na noite de sexta-feira para sábado. Somente o seu médico particular está autorizado a tratá-lo, o que me leva a reagir rapidamente... Ainda não terminei a minha missão.

Sua Eminência se deu conta de que estava mais nervoso do que pensava. A mania, da qual não conseguia se livrar, recomeçara sem que ele percebesse. Com a mão esquerda brincava com o anel que usava no anular direito, acariciando o rubi.

73.
A derrota

Vaticano, 22h30.

Monsenhor de Guillio consultava alguns dossiês; suas mãos pesadas manipulavam as folhas. A única claridade era uma luminária de mesa que modelava os traços bem-constituídos do seu rosto. Todo o restante do aposento estava imerso numa escuridão confortável, que isolava o cardeal do mundo exterior e o ajudava a se concentrar.

A porta foi repentinamente aberta pelo seu secretário particular, visivelmente assaltado por uma excitação nada habitual. O jovem vigário se agitava na sua batina preta, seguido dois passos atrás por uma freira de rosto lívido.

— Monsenhor de Guillio, alguma coisa está acontecendo nos aposentos do papa! O senhor precisa ir lá.

Guillio se levantou, deixou os dossiês e deu alguns passos em direção ao secretário e à irmã que retorcia as mãos no peito. Ela balbuciava, com voz ofegante:

— Eles... eles entraram no quarto do nosso Santo Padre que eu vigiava segundo as suas ordens e... me mandaram embora dizendo que, agora, era assunto deles...

— Quem fez isso? — perguntou secamente Guillio.

— Só reconheci o Monsenhor Monetti — respondeu a religiosa abaixando a cabeça.

— Um dos mais devotados à causa dos nossos inimigos! — exclamou o cardeal, também se exaltando e correndo para fora do escritório, por pouco não derrubando a freira, um passarinho azul e branco.

Com o secretário atrás dele, o prelado se lançou no emaranhado de corredores que levavam ao apartamento papal e logo depois saiu num vestíbulo obstruído por uma meia dúzia de cardeais. "A guarda pessoal de Montespa em peso, encabeçada por Sua Majestade Monetti!"

Com algumas passadas, Guillio se plantou diante do seu homólogo obeso, que ressumava suor e gordura.

— O que significa toda essa agitação? — inquietou-se Guillio. — O papa teve mais um mal-estar?

— Ora, Guillio... está bancando o inocente, embora tenha feito mistério do terrível estado em que o pontífice se encontra!

Só então, Guillio notou a presença de um desconhecido, um homem de jaleco branco carregando uma grande maleta que, aliás, um cardeal fazia entrar furtivamente no aposento do papa.

— Veja — disse Monetti com a sua voz de eunuco —, não somos poucos a achar que outros médicos poderiam ajudar o nosso velho papa na sua dolorosa provação.

— Não é de médicos que o Santo Padre precisa — replicou Guillio — e sim de orações!

Insidiosamente, aproveitando-se do seu enorme volume, Monetti foi empurrando o cardeal Guillio para fora da antecâmara. Todos os cardeais que assistiam à cena exibiam rostos pálidos sob a luz crua da luminária. Impassíveis num quadro insólito, parecendo espectadores indiferentes e arrogantes, eles davam a impressão de que sempre haviam estado lá. E de que queriam ficar para sempre.

— Rezar — replicou Monetti, sorrindo. — Na verdade, essa é uma piedosa intenção; por isso, eu o aconselho a fazê-lo pela alma dele, enquanto nós nos encarregamos do seu corpo. Pode ir, Guillio.

— Não posso vê-lo por alguns segundos?

— Impossível! No momento, estão cuidando dele.
— É uma forma de me mandar embora? – exaltou-se Guillio.
— Eu não diria isso, meu amigo. Nós o dispensamos da tarefa que desempenhou como servo fiel do nosso caro doente. Já é hora de você descansar.

Guillio decide bater em retirada.

— A sua mansuetude me toca, Monsenhor.

Assim que se virou, escoltado pelo seu secretário e pela freira, Guillio cruzou com mais duas pessoas de terno escuro, ambos carregando uma volumosa maleta de metal.

Furioso, ele se fechou sozinho no seu escritório, abriu um armário baixo, pegou um copo e uma garrafa de conhaque. "Manobra de raposa! O bando de Montespa acabou de me cortar os poucos poderes que ainda me restavam." Depois de virar um copo cheio da bebida alcoólica, ele foi para a janela e afastou as cortinas. A iluminação da praça de São Pedro desenhava um meio-círculo um tanto vago na noite escura.

"Montespa! Sempre invisível, deixando os seus esbirros executarem o trabalho sujo. Ele surgirá no momento propício para se eleger papa. Porque é assim mesmo que acontecerá. Se, finalmente, ele libertar a Igreja do seu fardo, a Cúria irá comer na sua mão. É, se ele encerrar definitivamente essa investigação... Uma investigação que data de dois mil anos!"

*
* *

Eles rodearam a cama do papa: um cardeal com cara de buldogue, o homem de jaleco branco e os outros dois de terno escuro.

Monetti se juntou a eles, sem se esquecer de fechar a porta a chave depois de passar.

O respirador artificial havia sido desligado. Os monitores estavam apagados e o motor não emitia mais nenhum som. No entanto, o quarto rumorejava: as maletas de metal foram abertas, o gordo Monetti se movia respirando alto, uma capa de plástico foi desdobrada, instrumentos médicos estavam sendo preparados, seringas foram enchidas...

O cardeal com cara de cachorro, as bochechas caídas trêmulas e pálpebras flácidas, se dirigiu a Monetti:

– Guillio achou que zombava de nós ao manter o Santo Padre com vida, reservando para si a possibilidade de usá-lo como um trunfo.

– Mas ele ainda está vivo! – disse Monetti, sorrindo. – O trunfo apenas mudou de mãos. Enquanto Montespa quiser, João XXIV viverá! Mesmo morto, ele viverá!

O Santo Padre jazia com a cabeça caída para trás, o pescoço esticado a ponto de quebrar, a pele do rosto diáfana, olhos fundos, fechados. Ele estava assim havia uns vinte minutos. Morto, sufocado pelo veneno que lhe fora administrado. Morto depois de uma agonia comatosa.

– Monsenhores – começou o homem de jaleco branco –, vamos iniciar o procedimento. A operação vai desacelerar o processo de decomposição, mas não substitui um embalsamamento.

– O que queremos – cacarejou Monetti – é retardar o anúncio oficial da sua morte por algumas horas. Um ou dois dias, no máximo!

O segundo cardeal se aproximou de Monetti e perguntou baixinho:

– É certo que os Guardiães do Sangue concluirão esse caso a tempo?

– Não há mais nenhuma dúvida. Eles acabaram de abrir a via que levará Montespa ao trono de são Pedro! Guillio foi bem presunçoso ao acreditar que ainda podia controlar os acontecimentos. Ao tomarmos posse do cadáver do papa, nós o privamos da sua última arma.

Um ruído de sucção. Uma aspiração obscena. Monetti virou a cabeça para o outro lado. Os três oficiantes haviam começado o trabalho no cadáver do pontífice. O segundo cardeal colocou um lenço no nariz e ali o manteve revirando os olhos espavoridos.

– Terá de se habituar com este cheiro, caríssimo – zombou Monetti. – Por pouco tempo, na verdade. Tudo não passa de um banal problema de relógios.

— Eu insisto, Monetti: o nosso plano, de agora em diante, está baseado no sucesso dos Guardiães do Sangue. Um plano traçado com um cordel tão esticado que a menor falha nos levará ao mais assustador dos escândalos. O Vaticano nunca mais vai se recuperar.

— Os Guardiães do Sangue agora só obedecem a um único homem... E esse homem, em breve, será papa!

— No entanto, ainda temos uma partida a ser jogada – afirmou o buldogue. – Contra os irmãos da Loja Primeira.

— Concordo. Também não podemos nos esquecer do caso Mosèle, que teremos de resolver simultaneamente.

*
* *

O cardeal Guillio chamou o seu secretário pelo interfone. O jovem vigário apareceu imediatamente, com um farfalhar da batina, a cabeça prematuramente careca brilhando de suor.

— Sente-se, Constantino. Afinal, não gosto de beber sozinho. Quer um conhaque?

— Sabe muito bem que eu recusaria, Monsenhor.

— Sim, queria tentá-lo mais uma vez. Então, vou lhe servir um suco de frutas.

Guillio encheu o copo do secretário.

— Na verdade – disse ele –, eu precisava falar. E você é o único interlocutor que me ouviria sem me trair. A junta de Montespa conseguiu me isolar e me privar de todos os poderes. Essa súbita efervescência prova que as coisas evoluíram na França. Tenho de admitir que Montespa se mostrou um hábil estrategista. Inicialmente, ele se apoderou de todas as Lojas, depois amordaçou toda a Cúria. E agora decide até a morte do papa!

— Um intrigante e um político temível que há muito tempo manobra para usar a coroa, Monsenhor!

— Eu achava que havia tomado todo o cuidado com ele e perdi. Ele conseguirá facilmente a maioria de dois terços dos cento e vinte votantes do conclave. E ponto final, Constantino. Sabe, o que me atormenta, é...

— O quê, Monsenhor?

Guillio fez volteios com as mãos no ar. Desenhou, como de hábito, uma forma esférica com a qual pareceu brincar um instante antes de deixá-la alçar voo definitivamente. Então, as suas mãos caíram, inertes.

Ele continuou:

— É que ele e eu agíamos para defender a mesma causa: salvar a Igreja!

Serviu mais um copo de conhaque e o tomou de um gole, como o anterior. Parecendo repentinamente cansado, ele suspirou:

— A vida vai me parecer tão vazia de hoje em diante... Perdi um bom amigo!

— Está se referindo ao Santo Padre, Monsenhor? Acredita que ele esteja morto?

Guillio olhou para o jovem vigário com uma expressão de grande tristeza.

— Ele morreu. Não há dúvida, Constantino. E a nossa amizade se foi com ele. A morte é sempre uma derrota, meu rapaz.

74.
A terra de sombra

Quinta-feira, 12h40.
— É a terceira vez que você verifica esse material, Didier. Não vai ter agora uma pequena crise maníaca, vai?
— Pode parecer idiota, eu sei...
Inventário das roupas de mergulho — Neoprene 7mm —, máscaras e produto antiembaçante, cilindro duplo 2 X 10 litros 200 bars, reguladores e reguladores de emergência, nadadeiras, lanternas de mergulho, duas câmeras com flash, facas...
— Quero que o check-list esteja OK. Há quanto tempo não mergulha?
Émylie pensou e fez as contas mentalmente.
— Cinco... Não, seis anos. Foi com Francis e você quando passamos as férias na Grécia... A sua namorada do momento também estava junto, uma morena alta, atlética, com boca de peixinho!
— Não me lembro.
— Mentiroso! Ela não o beijava, ela o sugava!
Mosèle fechou as sacolas e se ergueu. Sorriu para Émylie, falsamente cândido.
— Não, é verdade — disse ele. — Ela já saiu da minha cabeça.
— Venha, vamos encher a barriga; vou fazer lasanha gratinada para

você, vamos tomar a garrafa de sangiovese di romagna que me resta e partimos para Troyes! Mas vamos mergulhar à noite para evitar sermos surpreendidos por um turista ou algum sujeito de passagem. Eu não gostaria de dar de cara com um catador de cogumelos!

*
* *

Ele rodava há mais de uma hora pelo bairro, as mãos úmidas crispadas ao volante. Seguiu pelo bulevar des Maréchaux engarrafado, voltou para o periférico pela rua Antoine-Mercier, deu voltas pela praça Brancion, quis voltar atrás, depois se arrependeu e procurou um lugar para estacionar.

Estacionou bem em frente ao prédio onde Didier Mosèle morava. Viu Émylie e ele saírem de manhã, às 9 horas. Esperou. Viu ambos voltarem exatamente às 11h07.

Mosèle carregava duas sacolas de esporte visivelmente muito pesadas. Émylie só levava uma.

Esperou por mais tempo.

Abriu o porta-luvas dez, vinte vezes. Tocou no revólver que estava lá dentro, para se certificar. Por dez, vinte vezes, pensou a mesma coisa. Matar e morrer. Matar...

Realizar a sua vingança.

Émylie agora morava na casa de Mosèle. Sem dúvida, ela achava que Didier poderia protegê-la, mas somente ele, somente ele, teria condições de defendê-la.

*
* *

Didier Mosèle havia reservado um quarto no único hotel de Vandeuvre, situado a apenas sete quilômetros da "terra de sombra".

– Vamos estabelecer a nossa base lá – explicou a Émylie, que examinava o guia Michelin.

— Pensei que voltaríamos para casa logo depois do mergulho.

— Vamos respeitar o nosso programa; achei que precisaríamos de um lugar para tomar um banho e trocar de roupa antes de voltar a Paris. E, de mais a mais, provavelmente estaremos exaustos; poderemos tirar uma soneca.

— Não sabia que você tinha este senso de organização.

— Nem eu!

— Quando essa história terminar, você me leva para tirar umas férias? Férias de verdade?

— Prometido! Longe dos livros de salmos, dos testamentos e dos outros manuscritos do mar Morto... Para a Lua!

Eram quase 17 horas quando atravessaram Vandeuvre para chegar ao modesto hotel pomposamente batizado de Aux Armes Royales, um prédio sem originalidade, pesado e cinza, que se erguia na saída da pequena cidade e que, no entanto, os surpreendeu ao entrarem numa ampla sala, confortável, com odores agradáveis de cera e de comida, guarda-louças largos e bem abastecidos, armários e bufês de um estilo indefinido, mas cintilantes.

Foram recebidos por uma mulher gorducha, com o rosto róseo salpicado de sardas, que os recebeu como se fossem hóspedes habituais.

O quarto deles ficava no primeiro andar. Subiram por uma escada de madeira preta, brilhante como mármore.

Assim que entrou no quarto, Mosèle correu para a janela e afastou as cortinas para olhar para fora.

— Algum problema? — perguntou a jovem. — A vista não lhe agrada? O que está procurando?

— Vai achar uma estupidez se eu disser que não sei? Uma das consequências da minha paranoia! Durante alguns quilômetros eu vi o mesmo carro no retrovisor. Ele nos seguiu até Vandeuvre. Pensando bem, acho que ele já estava atrás de nós desde a saída de Paris.

Émylie também foi até a janela e deu uma olhada. A noite caía com uma garoa leitosa. Só havia o Golf no campo transformado em estacionamento. Mais ao longe, o caminho estreito se perdia entre as silhuetas de casas, impessoais.

— Em quem está pensando? — inquietou-se ela. — Em Hertz? Ele é o único que sabe que estamos nesta região. Se eu disser novamente que ainda desconfio dele, temo que me venha com a sua cantilena sobre a maçonaria, a fraternidade e tudo o mais...

Mosèle saiu da janela e puxou as cortinas. Abrindo a sua sacola, ele decretou:

— Ao trabalho! Última revisão dos mapas do Estado-Maior e dos trajetos de longas caminhadas!

Émylie não se deixou enganar. Mosèle não conseguira fingir o suficiente ao bancar o descontraído e exibir um sorriso animado. Na verdade, ele parecia contrariado, preocupado.

— Acha realmente que Francis viveu essa aventura antes de nós? Sozinho? Sem a ajuda de ninguém?

Mosèle parecia duvidar.

— Faço a mim mesmo todo o tempo essa pergunta. Ele deve ter localizado o Túmulo, mas, certamente, não se aventurou numa expedição submarina. Não consigo imaginá-lo um homem-rã!

— Nem eu — admitiu Émylie, sorrindo. — Justamente por isso, você se lembra da Grécia?

— Disso eu me lembro; ele preferia ficar lendo no convés do barco a mergulhar conosco.

— E na companhia da sua morena! Como vê, a sua memória está voltando... Com um pequeno esforço, logo será capaz de se lembrar do nome dela.

*
* *

20 horas.

Mosèle estacionou o carro embaixo de uma grande árvore, à pouca distância da estátua do cátaro, à beira de um atalho da floresta. Tirou as mochilas e a sacola com o material de mergulho do porta-malas.

Da sacola, retirou uma lanterna e um mapa, desdobrando-o em seguida para consultá-lo e rememorar o percurso pela enésima vez.

— Vamos pegar este caminho; devemos dar direto nos nossos dois "Joões" — disse ele, indicando uma direção com o queixo.

— Admiro a sua confiança. Ela tem um gostinho de adolescência recolhida.

Entraram pela floresta. Mosèle abria o caminho, com a lanterna apontada para a frente, quebrando o seu raio de luz nos troncos volumosos, entrelaçados de galhos.

— Primeiro vamos localizar no mapa as duas pedras chamadas de Velha e de Jovem — disse ele.

— E torcer para que a sua teoria esteja certa!

— Se não estiver, isso significa que a minha hipótese está baseada num conjunto de coincidências. Tais similitudes, tão numerosas, são do âmbito do improvável. O acaso não iria desenvolver tantas semelhanças.

O caminho se transformou numa trilha estreita, serpenteando à beira dos pântanos, com finas e numerosas pedras desgastadas à direita e espessas matas emaranhadas à esquerda.

O avanço se tornara mais arriscado; os passos ficavam mais pesados no solo amolecido.

— A primeira pedra não está muito longe — anunciou Mosèle. — Tudo bem?

— Não se pode falar de terra firme... Mas, tudo bem!

A floresta ficou mais larga, oferecendo aos pântanos a possibilidade de se espalhar, avançando pela terra.

O cone de luz que saía da lanterna de Mosèle não demorou a se fixar nas arestas de uma pedra cinza que saía da lama.

— Aqui está ela! — exclamou Mosèle. — A Velha!

— Eu esperava alguma coisa mais espetacular.

Era um pequeno monólito, grosseiramente talhado, patinado, erodido pelo vento, pela chuva e pelo gelo, coberto, em parte, por um musgo cinzento.

Mosèle examinou o mapa do Estado-Maior, para o qual havia transportado o traçado dos Templários com uma hidrográfica vermelha.

— A Jovem tem de estar bem em frente, à beira deste pântano que deverá dar num dos vários espelhos-d'água que margeiam o lago da floresta do Oriente.

— Sem dúvida, a topografia mudou desde as obras de Hugues de Payns — observou Émylie.

— Certamente — concordou Mosèle. — Entretanto, vamos seguir em linha reta, a que une os dois Joões. No meio do percurso, pegaremos a perpendicular que deverá nos dar a indicação da *terra de sombra*...

Puseram-se novamente a caminho, andando na lama cada vez mais espessa, precisando fazer esforços incessantes para não perder o equilíbrio.

De tempos em tempos, um pássaro noturno soltava um grito. Mais à direita, pequenos animais guinchavam à beira d'água, roçando nas folhas ásperas dos tojos.

— Detesto passear na floresta à noite — afirmou Émylie. — Detesto os pântanos, os paludes, as turfas! Detesto tudo o que é úmido e que cheire a lodo!

*
* *

Convém não perdê-los de vista.

Ele avançava tateando no escuro, patinhando na terra lamacenta, arranhando as mãos e o rosto nos finos galhos espinhosos que o fustigavam a cada passo.

Mesmo andando às cegas, ele não deixava de olhar fixo para o traço de luz desenhado pela lâmpada de Mosèle na noite úmida e pegajosa. Ele não tinha uma lanterna elétrica. Havia descido do carro ao ver Mosèle estacionar embaixo de um enorme carvalho. Seguira o Golf desde o hotel Aux Armes Royales, com os faróis apagados, rodando lentamente. A única coisa que fez foi tirar o revólver do porta-luvas e sair atrás dos dois jovens.

Não podia perdê-los de vista.

Deu um passo em falso. Caiu deitado na argila encharcada.
Levantou-se. Tateou para achar o chapéu.
Não podia perdê-los de vista.
"Deus do céu, não estou vendo mais a luz da lanterna!"
Não podia entrar em pânico... precisava se lembrar da última localização deles. Ali, naquela clareira entre os dois aglomerados de árvores. Os vultos se recortavam numa estreita tira de céu.

*
* *

A segunda pedra, quase idêntica à primeira, emergia dos juncos que formavam um fina barreira entre a floresta e o pântano. Uma árvore descascada, com as ramagens tortas, lançava os galhos em cima do monólito e parecia protegê-lo.
— A Jovem! — exclamou Mosèle. — Os Templários comparavam os dois Joões a Jano, o deus latino que possuía dois rostos: o de um velho e o de um jovem. Jano representava o passado e o futuro. E no centro...
Émylie e Mosèle se viraram ao mesmo tempo. Por entre a cortina de juncos se estendia o lago de Umbra, volumoso, laqueado de noite, margeado de uma minúscula praia musgosa. A uns vinte metros da margem, no feixe da lanterna, se erguia um montículo informe recoberto por alta relva.
— A terra de sombra poderia ser essa miserável ilhota? — espantou-se Émylie.
— Há grandes chances de que seja ela, de fato, tudo o que resta das terras alagadas por Hugues de Payns e os amigos. Essa ilha corresponde exatamente à localização do labirinto circular no traçado dos Templários. Não podemos mais ter dúvidas, Émylie. Estamos muito próximos do Túmulo de Jesus. Muito próximos!
Ela pensou novamente em Francis. Imaginou-o sozinho, à beira daquele lago, contemplando a modesta saliência de terra preta, convencido de que ela escondia o segredo pelo qual os homens brigavam havia dois milênios.

Ela olhou para Mosèle que abrira a sacola e começava a desembalar o material de mergulho. Ele tremia um pouco; seus gestos eram nervosos.

*   *
 *

Ele se agachou. Havia percebido mais dois feixes de luz. Por um curto instante, achou que havia encontrado o rastro de Mosèle e Émylie, mas parou imediatamente ao descobrir o erro. Havia contado três vultos.

Abaixou-se, com o coração subitamente batendo muito forte, um gosto de sangue lhe subindo à boca.

Angústia. Um medo incontrolável, ardente. Toda a sua carne estava eletrizada de terror.

Ouviu os três desconhecidos cochicharem, falando em italiano. Observou-os por alguns segundos quando passaram perto dele.

Depois esperou que se afastassem para se levantar, para se pôr novamente em marcha, com as pernas bambas e uma dor no coração.

A mão direita apertou a coronha gelada do revólver no bolso da capa.

75.
A carnificina

Mosèle verificou o ajuste das correias que seguravam as garrafas de oxigênio de Émylie.
– Você está esmagando os meus ombros! – queixou-se ela. – Não corro o risco de perder as minhas garrafas!
– Se eu pudesse, as enxertaria nos pulmões... E nada de imprudências!
– Não se preocupe; já mergulhei em lugares bem mais profundos e perigosos do que esse charco de patos!
Mas, depois de um tempo, ela reconheceu:
– De qualquer forma, pensando bem, preciso confessar que este não é lá muito atraente. Acho que nunca mergulhei à noite. E menos ainda num pantanal...
– É o esconderijo ideal! Presumo que os Templários tenham construído uma câmara estanque para conservar os restos mortais de Jesus. Não pode ser de outra maneira.
Mosèle prendeu a máquina fotográfica na cintura. As duas lanternas de mergulho estavam acesas.
– Não sente uma pequena apreensão, Didier?
– Sinto, e grande! Enorme... O pavor da minha vida!
Ficaram de frente para o lago, sem ousar entrar, ouvindo os ruídos da noite. O vento nos juncos. Um ulular. O marulho da água morrendo na margem. Um farfalhar de folhas atrás deles.

Um primeiro passo. Mosèle avançou e estendeu a mão para Émylie. Unidos, eles entraram lentamente no lago, imergindo totalmente, sentindo o frio cortante da água, apesar da roupa grossa de mergulho.

A ebulição das bolhas em volta. As trevas que se afastavam quando passavam, abertas pelas lanternas. As longas algas serpentinas que diminuíam o ritmo do avanço. Rochedos salientes a serem evitados.

Émylie soltou a mão de Mosèle. Este foi abrindo o caminho, nadando dois ou três metros à frente, batendo as nadadeiras em ritmo regular.

*
* *

O homem abaixou o binóculo de infravermelho:

— Pronto. Eles mergulharam! Daqui podemos ver o halo das lanternas embaixo d'água.

— Nada mais cômodo para localizá-los — salientou Lorenzo. — Assim, se tornam alvos ideais.

— Decididamente, Monsenhor deve ter assinado um pacto com o diabo para nos dizer exatamente como seguir o fio da meada até a viúva Marlane e Mosèle! — reconheceu Carlo. — As conversas de Hertz que gravamos não seriam suficientes para seguir a pista deles de maneira tão precisa.

— Ele tem antenas bem melhores do que as nossas! — disse o homem retomando a palavra. — Ou cornos!

— Eu pagaria caro para saber quem o informa assim — suspirou Lorenzo.

— Monsenhor poderia dar lições a Maquiavel. Eu bem que desconfiava que ele não se contentaria com o microfone colocado no escritório de Hertz! Há muito tempo ele vem aperfeiçoando o seu plano.

O homem sorriu. "Há muito tempo", pensou. "Havia anos. Talvez, dezenas de anos. Um trabalho metódico, impossível de ser interrompido. Uma sólida amizade construída com aquele que seria a sua vítima: Hertz..."

*
* *

O embasamento da terra de sombra formava um largo muro circular de pedra. Mosèle e Émylie se aproximaram, debatendo-se contra o labirinto de vegetação pegajosa.

As lanternas varriam o conjunto de grandes pedras, em cujos interstícios brotavam algas curtas e pustulentas. Os dois faróis lamberam a parede e, subitamente, pararam numa figura gravada em baixo-relevo. Um desenho que apareceu, erodido, mas compreensível. Um grande círculo contendo um triângulo.

Émylie e Mosèle se entreolharam, falando com os olhos. Inicialmente, a surpresa. Depois, logo depois, o deslumbramento. O encantamento que nasce habitualmente nos sonhos e que não aceita a realidade.

Com a mão livre, Mosèle circundou o círculo gigante seguindo o contorno granuloso, acariciando a pedra gasta que os Templários marcaram com o seu selo dez séculos antes.

Agora, ele sabia.

Mosèle se virou para Émylie que ficara para trás por causa da emoção. Do medo também. Ele fez um sinal para que ela se aproximasse. Os olhos dele riam. Cheios de lágrimas, eles riam, como os olhos de um iluminado. Riam daquela lenda que, na verdade, viera à tona.

Tomado pela euforia, Mosèle tirou algumas fotos da parede. Das grossas pedras, do círculo com o triângulo...

A alegria de Émylie desapareceu bruscamente. Uma imagem tomou conta da sua mente: "Francis."

O cara alto que tinha o pescoço magro demais, a cabeça pesada demais, olhos míopes, sempre vestido às pressas, mal-abotoado, o colarinho torto, o suéter preso pela metade no cinto da calça com as marcas dos joelhos; aquele sujeito alto de quem ela queria se separar a assombrava naquele momento como um fantasma. Mais do que nunca, ela sentia falta de Francis.

Mosèle a chamou com mais um sinal. Ela respondeu com um rápido gesto da mão e mostrou com o indicador um bloco esbranquiçado, quase escondido num leito de algas, que acabara de descobrir embaixo dela, a dois ou três metros de profundidade. Aproximando-se com um movimento da cintura, ela revelou, com a luz da lanterna, uma pedra chata e quadrada uns dez centímetros acima do fundo lamacento, que tinha, no centro, uma ranhura circular.

Na mesma hora, Émylie pensou na argola. Depois de examinar por alguns segundos, ela se convenceu de que aquela chanfradura e a argola tinham a mesma circunferência.

"Um ferrolho!"

Ela tirou várias fotos e se preparava para se reunir a Mosèle quando um barulho lhe rasgou os tímpanos. Uma deflagração, acompanhada de um clarão ofuscante. Uma explosão que gerou uma bolha enorme, jogando-a violentamente para trás, nas algas que se fecharam sobre ela.

*
* *

Lorenzo havia recarregado o lança-granadas e começava a apontar para um dos locais de origem da luz que flutuava na superfície. Carlo o impediu, pondo a mão no braço dele: "Espere!"

Carlo mirou a lanterna nos juncos.

— O que houve? – perguntou o homem.

— O vento parou há alguns minutos – disse Carlo.

— E daí? – impacientou-se o homem.

— E daí – prosseguiu Carlo – que não é normal os juncos se agitarem.

O homem deu de ombros.

— Deve ser apenas uma lontra ou um animalzinho desse tipo. Aqui não tem ninguém. Ninguém além de nós.
— Tenho horror de tudo o que se esgueira à noite — insistiu Carlo.
— São bichos prontos para lhe comer as canelas!
— Vamos acabar com isso! — decretou o homem. — As pequenas esquisitices do Monsenhor são engraçadas: querer eliminar os inimigos pelos quatro elementos denota uma encantadora delicadeza. Os danados desses maçons são iniciados pelo ar, pelo fogo, pela água e pela terra... Já usamos o ar e o fogo; esta noite, a água dessa cloaca será o túmulo deles. *Dominus vobiscum.*
— *Et cum spiritu tuo* — respondeu Lorenzo lançando uma segunda granada.
Imediatamente, o lago se avolumou e um gêiser jorrou.
— As lanternas estão se deslocando — observou o homem. — Eles tentam fugir!
— Não vai dar tempo — garantiu Lorenzo, apontando pela terceira vez.

*
* *

A deflagração havia rasgado o macacão de Mosèle ao projetá-lo contra a parede do túmulo. Inconsciente, ele deslizou para o fundo do lago. E soltou a lanterna que se perdeu num amontoado de longas plantas. A máquina fotográfica ficou presa no seu punho pela alça.
Ele caiu.
Émylie, que se soltara do emaranhado de algas, o viu descer com os braços em cruz, arquejante, afundando na sombra. Ela precisava de luz para ir até ele e o socorrer. Em pouco tempo, ele desapareceria na escuridão gelada do lago.
Mas os assassinos confiavam nas lanternas para lançar as granadas. Se Émylie se deslocasse, estaria perdida. Se apagasse a lanterna, Mosèle estaria condenado, pois seria incapaz de encontrá-lo na escuridão.

* *

Matar!

Finalmente, ele se decidiu. Decidiu sair dos juncos. Venceu o medo. Matar os três.

Ele estava ajoelhado na lama; levantando-se, afastou o junco com uma das mãos, apertando com firmeza o revólver na outra, apontado bem em frente.

Quando ele apareceu a descoberto, um dos intrusos o viu e gritou em italiano. O homem com o lança-granadas susteve o tiro e também se virou, surpreso. Ele levou a surpresa consigo para a morte: uma bala lhe atravessou a garganta e um fluxo de sangue esguichou do ferimento, descrevendo um arco escuro que acompanhou a sua queda.

Atirou de novo. Rapidamente.

Viu o segundo homem estremecer no lugar, levar a mão à testa num gesto perplexo, compreender que uma parte da sua cabeça estava em pedaços e afundar pesadamente na lama.

Tudo se passou muito depressa. Ações sincopadas, como se estivessem fora da realidade. "São os efeitos conjugados dos calmantes, do álcool e do jejum", pensou ele.

O terceiro homem, o de capa, tirou energicamente uma arma do bolso e apontou na direção dele.

Ele sabia, não deveria ter pensado. Tempo perdido. Tempo que o homem com a capa aproveitou para fazer pontaria, para apertar o gatilho.

Dor na virilha. Uma ponta de gelo que lhe atravessou a carne e o osso do lado direito. Que o desequilibrou.

Mas ele não caiu. Permaneceu lúcido na sua loucura. Uma lucidez que lhe era própria, que separava cada novo gesto do anterior, anulava os sons, decompunha os acontecimentos em milhares de fotos autônomas.

Nenhum ruído. O silêncio do seu ódio. Rejubilar-se por ver que havia atingido o adversário, que se dobrou ao meio, vacilou e quebrou a lisura da superfície do lago com as costas. Na queda, o homem perdeu a arma.

Ele avançou mancando, sentindo apenas uma ínfima dor, mesmo que a sua ferida molhasse a sua calça com um líquido quente, como se ele houvesse urinado.

Ele avançou, determinado, a boca do revólver apontada para a frente. Foi até o homem deitado na água, com a roupa ensanguentada e o pescoço esticado tentando ver a sua fisionomia. O que ele viu? Um chapéu, um brilho numa das lentes dos óculos, uma luz numa das faces, um bigode grosseiro.

– Quem é você? – perguntou o homem, num francês perfeito.
– Diga ao menos quem é você, antes de acabar comigo.

Ele o olhou da cabeça aos pés, desfrutando o momento, deleitando-se com aquilo, com um contentamento maléfico que lhe instilava uma impressão de onipotência. Ele, o desconhecido, que se imiscuíra na equação dos Guardiães do Sangue e dos irmãos da Loja Primeira...

– O meu sobrenome deve lhe lembrar alguém que o papa mandou matar – respondeu ele. – Um certo Marlane!

O homem de capa deu uma gargalhada idiota. Sem dúvida, pensava nos seus dossiês, nas fichas de informações preparadas pelos seus agentes e, então, disse a si mesmo que deveria ter adivinhado... O seu corpo estremeceu crivado de balas. Ele morreu com uma risadinha sufocada, a boca vomitando bile e sangue.

"Sou apenas alguém que se vinga!"

76.
A última carta

As explosões haviam cessado. Pouco importava a razão. Émylie se aproveitou dessa pausa para ir atrás de Mosèle, que ela conseguiu localizar no fundo do lago, caído de costas.

Prendendo a lanterna nas tiras do macacão, passou os braços sob as axilas do amigo para levá-lo de volta à superfície.

Tratava-se de um peso morto que ela içava com dificuldade da água lamacenta. Émylie temia que os matadores estivessem aguardando-a na margem, mesmo assim continuou subindo à tona, dando mostras de uma determinação que nunca julgara possuir. Sobreviver, nem que fosse por alguns minutos. Sobreviver arrancando um punhado de tempo da morte.

Só faltavam dois ou três metros a serem vencidos para sair daquela lama gelada. Bater os pés mais algumas vezes... Sua cabeça encostou num objeto próximo à superfície. Um rosto. Um rosto que a olhava fazendo uma careta, lábios esticados por um ricto grotesco. Ela teve de expulsar o cadáver do desconhecido para sair da água, puxar Mosèle para a margem de limo e recuperar a respiração.

Émylie arrancou a máscara e o regulador. E descobriu, então, que mais dois homens estavam caídos bem próximo. Um deles com a metade da cabeça arrancada, e o outro que havia perdido todo o sangue por um ferimento no pescoço.

Depois, ela sentiu uma presença e reconheceu o vulto. O do homem de chapéu, bigodes e óculos de tartaruga. O homem que ela havia surpreendido naquela noite, na janela do escritório de Martin Hertz.

Ele não se mexeu ao vê-la. Estava de lado, desengonçado. Émylie notou a grande mancha de sangue na calça dele. Um revólver pendia do seu braço direito.

— Ah, é você! — foi o que conseguiu dizer, compreendendo que ele havia cometido o massacre para salvá-los, a Mosèle e a ela.

Ele não respondeu e continuava a não se mexer. Parecia esperar, indiferente.

Émylie se inclinou sobre Mosèle.

— Ajude-me. Ele está inconsciente...

Ela queria levar o ferido para a relva, deitá-lo para poder examiná-lo, pois ele ainda estava com as pernas na água.

— Por quê? Por que não fala? Tem medo de que reconheça a sua voz, não é isso?

Nenhuma resposta. Nenhum sinal de vida da parte do espectro. Émylie resolveu buscar nela mesma novas forças para rebocar o corpo inerte de Mosèle. Seus pés nus afundavam no charco, escorregavam, anulando todos os seus esforços.

— Estou cansada dos seus segredos, de todos os seus mistérios! — exclamou ela. — Estou pedindo apenas que me ajude a carregá-lo...

Ele se decidiu. A voz de Émylie, à beira das lágrimas, tirou-o do sonho acordado que o deixava cego e surdo. Ele resolveu ajudar a jovem. De cabeça baixa, evitando mostrar o rosto, ele se aproximou claudicando, como um robô danificado. Segurou os punhos de Mosèle e o puxou para a relva.

Terminada a tarefa, o desconhecido deu dois passos atrás, levantou o colarinho da capa para esconder a parte de baixo do rosto e ficou imóvel de novo.

Émylie livrou Mosèle da máscara, abriu o macacão, descobriu as marcas de queimadura e pôs o ouvido no peito dele, procurando os batimentos cardíacos.

— Ele está respirando. É preciso transportá-lo até o carro. Eu suplico, me ajude! Quem quer que você seja, ajude-me mais uma vez!

Mas o desconhecido se virou rapidamente na direção dos juncos. Émylie ergueu os olhos. Luzes. Vários feixes de luz convergiam na direção deles, vasculhando a noite.

— Outros Guardiães do Sangue?

Émylie estava exausta, desanimada. Havia conseguido retirar Mosèle do fundo do lago para ser abatida ali, a alguns metros do Túmulo de Jesus? Ela segurou a cabeça do amigo entre as mãos, ergueu-a para apoiá-la na sua coxa e acariciar-lhe o cabelo.

Os juncos se mexiam, as tochas se aproximavam. O desconhecido parecia refletir, agitando-se, nervoso; ele deu um passo à frente, refletiu mais um pouco, deu mais um passo. Finalmente, um terceiro para ficar perto o suficiente de Émylie e lhe entregar um envelope tirado apressadamente do bolso.

Émylie olhou para ele. Não queria compreender. Examinou as pupilas embaçadas pelas lentes grossas dos óculos. Ela pegou a carta. "A nona!"

Os olhos do desconhecido estavam repletos de uma imensa tristeza e de uma assustadora determinação. Eram os olhos de um homem destruído por uma dor que o deixava enlouquecido.

Ele deu meia-volta e foi embora, claudicando em direção oposta à dos estranhos que inclinavam os juncos para avançar.

Ele já havia desaparecido quando Émylie ouviu, não sem surpresa, que a chamavam, a ela e a Mosèle. E que, entre as vozes impacientes, reconhecia uma delas: um grosso miar preocupado.

Então, emergindo dos juncos e precedidos dos círculos ofuscantes das lanternas elétricas, sete vultos apareceram. Eles avançaram formando uma linha, num passo regular e lento. Martin Hertz se destacou do grupo e se aproximou de Émylie, que continuava segurando a cabeça de Mosèle em sua coxa.

O advogado era o único a não usar uma tela preta sobre o rosto; todos os demais escondiam seus rostos sob um véu.
— Não tenha medo de nada — disse Hertz. — Somos todos amigos.
Abaixando a lanterna para não a ofuscar, o velho advogado acrescentou:
— Sempre fiel! Como um anjo da guarda meio pegajoso! Mas... Didier está ferido?
— Desmaiado — respondeu Émylie. — Grogue! Os assassinos nos lançaram granadas quando estávamos debaixo d'água e estaríamos mortos sem a intervenção do *desconhecido de chapéu*...
— O mensageiro de Francis deu o seu passeio para a entrega postal e aproveitou para fazer a carnificina? Um trabalhador solitário que fugiu com a nossa chegada?
— Sim, ele achou que vocês eram os Guardiães do Sangue. Aliás, como eu também.
— Levante-se, Émylie. Os meus amigos cuidarão de Didier.
— São os irmãos da Loja Primeira? É por essa razão que usam esse véu preto no rosto?
— Um pouco teatral, concordo. Peço que os desculpe: eles preferem manter o anonimato. Acredite: já estão assumindo um grande risco com o que estão fazendo esta noite.
Hertz pegou Émylie pelo braço e a ajudou a se levantar, enquanto dois irmãos Primeiros auscultavam Mosèle.
Com o queixo, Hertz indicou a carta que Émylie segurava na mão direita.
— Se estou fazendo a conta certa — disse ele —, segundo Francis, esta carta será a última. Ela só deveria ser entregue numa situação de extrema gravidade. Você... você não quer abri-la?
— Agora não. Ela é endereçada a Didier, e quero que ele a leia em primeiro lugar. O que quer que ela contenha de terrível...
— A minha curiosidade deve ser menos disciplinada do que sua, Émylie. Eu já teria rasgado esse envelope!
Depois, mostrando o lago, ele perguntou:
— O que viram lá embaixo?

— Você é mesmo um velho gato, Martin. Teimoso, obstinado, manhoso... Eu chego a me perguntar se a saúde de Didier o preocupa. Tudo o que quer saber é o que nós encontramos!

— Os gatos são, quase sempre, constantes nas amizades. Já não dei provas da minha por várias vezes? Quanto a Didier, tenho certeza de que vai se recuperar depressa dessa desventura. Só precisei dar uma olhada para constatar que ele não tinha nenhum ferimento sério, nem mesmo contusões. Em breve teremos a confirmação.

— Não sabia que você também possuía aptidões médicas — brincou a jovem.

Os irmãos Primeiros haviam formado um meio-círculo. Vigiavam os arredores varrendo a noite com as lanternas.

— O que encontraram? — repetiu Hertz, adulador, mendigando uma resposta.

— É muito provável que tenhamos descoberto o Túmulo de Jesus. Na pedra de um grande muro curvo, encostado na parede de uma gruta, vimos um motivo gravado: um triângulo dentro de um círculo... No local indicado por Hugues de Payns e pelo traçado descoberto no Testamento do Louco.

Os Primeiros os ouviram, mas não reagiram, continuando a sondar os juncos e os bosques.

— Como o Vaticano pode ter sabido que examinaríamos exatamente esta parte da floresta do Oriente? — perguntou Émylie. — Quem é o informante dos Guardiães do Sangue desde o começo?

— Não sei, Émylie — respondeu Hertz. — Juro que ignoro.

Hertz se dirigiu aos irmãos:

— Vamos voltar para os carros. Que um de nós fique aqui vigiando o local; voltaremos logo para retirar os corpos e apagar todos os vestígios da nossa passagem. Peguem as sacolas de Émylie e de Didier; não deve ter acontecido nada aqui esta noite.

Émylie notou a transformação repentina de Martin Hertz. A sua naturalidade, a sua jovialidade, o seu tom de voz habitualmente afável haviam desaparecido para deixar transparecer uma personalidade menos complacente, rígida: a de um homem acostumado a comandar e a se fazer respeitar.

Virando-se para Émylie, ele disse:

— Você trocará de roupa mais tarde. Não vamos nos demorar mais aqui.

Os dois irmãos que examinavam Mosèle pegaram-no pelas pernas e pelo braço, enquanto um terceiro se encarregou de lhe sustentar a cabeça.

— Nada de vestígios! — disse Émylie. — Máscaras, acontecimentos apagados, mortos anônimos!

— Sim, Émylie. O que está em jogo é tão grande que combatemos na sombra desde as origens desse caso. Minamos a base do edifício de dois mil anos de História!

O cortejo se pôs a caminho. As lanternas alongavam os feixes de luz por entre os juncos.

— Didier fez bem em me telefonar ontem para me informar da decisão de vocês — começou Hertz. — Imediatamente, alertei os irmãos e *acordamos* a Loja Primeira. No entanto, espero que não tenhamos caído numa armadilha!

— Acha que Didier e eu podemos ter servido de isca?

— A nossa Loja sempre acreditou dominar ou prever as intenções do Vaticano, onde um de nós conseguiu se infiltrar... No entanto, os Guardiães do Sangue estão presos aos nossos traseiros como excrementos!

A procissão entrava na floresta quando Mosèle voltou a si. Inicialmente, ele não conseguiu identificar as vozes que conversavam a alguns passos dele, nem compreendeu que estava sendo carregado. Seus tímpanos ainda doíam e seu raciocínio demorava a reconstituir a realidade. Impressão de frio, de medo.

— Émylie?

— Estou aqui, Didier.

Ele foi depositado delicadamente na relva. Sentou-se e reconheceu Martin Hertz, que se inclinou para dizer num tom de voz que pretendia ser tranquilizador:

— Nada de preocupação: você perdeu os sentidos por alguns minutos, mas não parece ter nenhum ferimento grave.

— O que está fazendo aqui? Que palhaçada é esta?

Ele havia acabado de ver os homens mascarados.

— Acalme-se – aconselhou a jovem. – Vamos explicar tudo.

— Você, que queria tanto conhecer a Loja Primeira – disse Hertz –, podia se mostrar mais respeitoso para com os irmãos! Sabia que é muito raro eles assumirem o risco de se aventurar em grupo fora do Templo?

— A Loja Primeira? – murmurou Mosèle. – Sinto muito!

O rapaz se ergueu, socorrido pelos dois irmãos que o carregavam e que o ajudaram a recuperar o equilíbrio.

Hertz continuou:

— Não estamos muito longe dos carros, onde nos aguardam outros irmãos. Precisamos vendar os olhos de vocês dois. Confiem em nós.

— Como poderíamos agir de outra maneira, Martin? – surpreendeu-se Mosèle. – Não são vocês que controlam o jogo e que nos tiraram dessa fria?

— Émylie vai lhe contar... Mas, dessa vez, não fui eu quem matou os Guardiães do Sangue que os bombardeavam.

— Foi o desconhecido – emendou Émylie. – O homem que nos passa as cartas de Francis...

Com uma venda preta nos olhos, Émylie e Mosèle se deixaram conduzir pelos irmãos Primeiros.

O grupo saiu numa clareira na qual estavam estacionados sete veículos, entre eles um Mitsubishi 4x4. No banco traseiro desse carro, o irmão Primeiro e Sua Eminência viram, satisfeitos, aparecer os irmãos, cercando Émylie Marlane e Didier Mosèle.

Três outros irmãos que aguardavam próximo aos carros correram na frente dos recém-chegados. Um deles era médico; imediatamente, ele se encarregou de Mosèle.

— Vou deixá-lo um instante nas mãos de um excelente médico, Didier – anunciou Hertz. – Ele não vai falar, pois você não deve ouvir a voz dele.

Mosèle sorriu.
— Aprendi as virtudes do segredo ao conviver com você, Martin.
Ele foi colocado na parte traseira de um carro. Émylie foi levada para outro veículo, enquanto Hertz seguiu até o 4x4. A janela estava abaixada. Sua Eminência se inclinou para o advogado que permaneceu do lado de fora.
— E então, Martin?
Este resumiu rapidamente o que sabia.
— Meu Deus, eles descobriram o que procuramos há séculos! — exclamou o cardeal.
— É quase certo, Monsenhor — confirmou Hertz.
O Primeiro também se inclinou, virando o rosto emaciado para ele, e disse:
— Dessa vez não rompemos o fio que nos ligava a Mosèle, como quebramos o que nos unia a Francis Marlane. E foi graças a você, Martin.
— O que propõe a seguir? — perguntou Sua Eminência a Hertz.
— Retirar os corpos dos três Guardiães do Sangue para não atrair nenhuma investigação da polícia para o local e convidar Didier Mosèle para uma Sessão escura, assim que ele estiver em condições de participar dela.
— Você nos falou da nona carta... — afirmou Sua Eminência.
— Temo que ela revele o que gostaríamos de guardar para sempre selado no silêncio.
— Acha que Francis Marlane descreve as relações que mantinha conosco? — preocupou-se o Primeiro.
— Naturalmente, uma última confissão! — explicitou Hertz. — Um pedido de absolvição dirigido ao amigo Didier pelas mentiras.
— Todos nós temos erros a serem perdoados por aqueles que amamos e que aconteceu de trairmos — salientou o cardeal. — É o preço das nossas vitórias.

*
* *

A dor lhe mortificava o lado direito e imobilizava a perna que ele tinha de arrastar, como uma carga incômoda. No entanto, conseguiu seguir de longe a procissão de lanternas.

Ele se encostou numa árvore, não muito longe dos carros. Viu que levaram Mosèle, de olhos vendados, para a parte traseira de um carro e Émylie para outro. Reconheceu Martin Hertz que se dirigia a duas pessoas que haviam ficado dentro do 4x4.

De onde estava, não podia ouvir o que era dito, contudo não quis avançar mais, com medo de ser notado. Ele conhecia o lugar aonde iam os Primeiros.

Tinha de voltar para o carro... Ignorar a dor... Buscar a energia na satisfação de haver matado os três Guardiães do Sangue. E completar a missão.

77.
As confissões de Francis Marlane

Depois de rodar cerca de três horas, Émylie e Mosèle foram convidados a descer do carro e, sempre guiados por causa da venda que usavam nos olhos, conduzidos para dentro do palacete do Primeiro.

Dois irmãos ajudaram o inválido a sair do 4x4 e puseram-no na cadeira de rodas que André, o mordomo, havia trazido para a porta de entrada.

Todos os irmãos desceram dos veículos. Retiraram o véu de tule preto que lhes escondia o rosto. Mesmo que, visivelmente, três deles ainda não tivessem quarenta anos, os demais haviam passado havia muito tempo dos sessenta. Sua Eminência camuflava os seus setenta anos por detrás da sua altura esguia, dos longos cabelos brancos jogados para trás, do olhar vivo, claro e verde. Um olhar aquoso.

O cardeal viu o céu ficar azul acima das árvores do parque e consultou o relógio de pulso. Logo o dia iria nascer. Sentiu-se um pouco cansado; a umidade dos pântanos da floresta do Oriente havia enferrujado as suas articulações.

– Vamos tomar um café bem quente – disse um irmão, aproximando-se.

– E, quanto a mim, fumar um charuto!

Ele não disse que gostaria de compartilhar esse momento com Martin Hertz. Trocar com ele suas impressões sobre um Cohiba ou um Hoyo de Monterrey. Um corona duplo que eles, primeiro, sopesariam entre os dedos, depois cortariam a ponta que acenderiam religiosamente, aspirando em pequenas baforadas os primeiros aromas e, enfim, o deixariam derreter entre os lábios, ambos afundando em indolentes devaneios. Mas Sua Eminência sabia que não haveria tempo para isso. Era preciso preparar a Sessão Escura que receberia Didier Mosèle. Depois, eles se separariam. Dessa vez, para sempre. Ele abandonaria o velho amigo. Abandonaria o seu irmão já condenado.

*
* *

Sexta-feira, 5h40.

Émylie e Didier foram convidados a tomar um banho, a se vestir e a comer. Não viram nenhum outro irmão além de Hertz, que os acompanhava com ares paternais, que ele gostava de usar naquele tipo de ocasião.

Eles estavam num amplo quarto com papel de parede amarelado, cortinas duplas desbotadas, móveis pesados e escuros.

O cheiro de café encobria o dos lambris mofados, dos gessos velhos e da poeira acumulada.

Mosèle havia sido tranquilizado a respeito do seu estado. No entanto, sentia uma forte dor de cabeça; algumas equimoses nos cotovelos lembravam-lhe do deslocamento provocado pela granada que o havia projetado contra a parede do Túmulo.

— Agora, podemos saber onde estamos? — perguntou Émylie.

— Perto de Paris — respondeu Hertz. — Num refúgio onde vocês não têm mais nada a temer.

— Na toca dos irmãos Primeiros? — ironizou Mosèle.

— Podemos encarar dessa maneira — disse Hertz. — No entanto, considerem-se convidados, pois ninguém os impedirá de ir embora se quiserem. Entretanto, você precisa de um pouco de repouso, Didier.

O velho advogado encheu novamente as três xícaras com um forte e fumegante café preto, acrescentando:
— Vamos fazer um brinde ao misterioso personagem que zela por vocês como um fantasma atencioso! Sem ele, a esta hora, vocês não estariam mais neste mundo.
— Você me disse mesmo que o viu, Émylie? — perguntou Mosèle.
— Por um segundo, a lanterna que ele enfiou no meu cinto iluminou a parte de cima do rosto dele e eu... fixei o meu olhar no dele.
— E daí? — impacientou-se o rapaz.
— Não passa de uma impressão... absurda! Eu estava em pânico... Enfim, vi os olhos dele... Pareciam com os de Francis!
Uma criatura gelada apertou as suas garras na cabeça de Mosèle. A volta de um pesadelo.
— Está explicado — conseguiu articular Didier. — Francis nos assombra todo o tempo e se impõe pelas mensagens que nos manda além da morte.
— Justamente — disse Émylie. — Abra logo esse envelope.
Hertz acrescentou:
— Abra essa maldita carta, Didier! Parece que está com medo de saber o que ela contém...
— É verdade — admitiu Mosèle, tirando a carta do envelope.
Ele se sentou na beirada da cama, Émylie escolheu uma poltrona perto da janela de cortinas fechadas e Hertz continuou de pé, encostado numa cômoda.
Finalmente Mosèle começou a ler. A coisa gelada continuava agarrada no seu cérebro. Ela o dilacerava.
Mesmo assim, leu com voz insegura a última mensagem do irmão Francis Marlane:

Caríssimo Didier,

Eu temia a sua teimosia, e foi por isso que o alertei tantas vezes. Mas você está lendo esta última carta, isso prova que corre grande perigo e que, talvez, até tenha descoberto o que pensa ser a Verdade!

Pode me perdoar por lhe haver ocultado o mais importante? Você sempre achou que eu trabalhava sozinho, baseado nas pesquisas do professor Pontiglione e nos manuscritos 4Q456-458 do mar Morto, que restaurávamos na Fundação Meyer.

No entanto, existe uma Loja mítica e oculta que se diz herdeira de Jesus. Ele a teria fundado com João. Ao saber das minhas pesquisas, essa confraria se aproximou de mim por intermédio de um dos seus membros: o nosso amigo Martin Hertz!

— Você sabia! – exclamou Émylie.

- Francis lhe contava tudo, não é? – perguntou Mosèle. – Você o incitou a agir? Você o manipulou assim como fez comigo!

— Prossiga, Didier – aconselhou Hertz. – Não é nada disso.

— Bela fraternidade hipócrita! – soltou Émylie.

Mosèle retomou a leitura:

Uma noite, depois de uma das Sessões na Grande Loja, Martin Hertz me abordou. Ele me convidou a terminar a noite na casa dele. Passamos a noite inteira falando sobre os meus estudos, sobre as impressionantes semelhanças existentes entre os manuscritos do mar Morto e o Evangelho de João. Esse tipo de conversa se repetiu por vários meses até que Martin me falou sobre a Loja Primeira e o interesse que eu poderia ter em ser nela iniciado, podendo, assim, ter acesso a alguns dos segredos. Ao unir os nossos esforços, Martin esperava que tivéssemos a possibilidade de descobrir o enigma do Testamento do Louco... Isso porque a Loja Primeira era depositária desse lendário manuscrito!

Mosèle deixou a raiva explodir.

— Você se aproveitou de mim, com os seus silêncios e as suas mentiras! Você jogou Francis nesse caso e me atraiu em seguida depois de perdê-lo!

— Está sendo injusto, Didier – defendeu-se Hertz. – Ao contrário! Francis escolheu por seu livre-arbítrio e aceitou combinar os seus interesses com os dos irmãos Primeiros. Uma verdadeira febre e uma

investigação mística o motivavam. Precisava ser guiado e protegido para não ser derrubado pelos golpes dos Guardiães do Sangue, alertados pelas pesquisas dele.
— No entanto, foi isso o que aconteceu! — recriminou Émylie.
Hertz fingiu não ter escutado. E se dirigiu a Mosèle:
— Continue a leitura, Didier.

> *Eu estava proibido de lhe revelar a minha ligação com a Loja Primeira na qual fui iniciado, mas, por orgulho, realizei a última parte da minha aventura sozinho. No momento em que lhe escrevo, sei que estou acossado. No entanto, não vou desistir, pois o desejo de saber é mais forte do que qualquer coisa!*

— Sim, Francis parou de me manter a par do avanço das suas investigações — disse Hertz. — Eu não soube mais dele até aquela famosa noite em que você foi me ver em casa. Você estava bem aflito...
— E você me deu o mesmo osso para roer, o mesmo que havia jogado para ele antes: O TESTAMENTO DO LOUCO!
— Era preciso terminar o trabalho interrompido! — declarou Émylie, com desprezo. — Maçônico até o fim, Martin... Quando um irmão cai, é imediatamente substituído por outro. Como na guerra!
— Todos nós procurávamos a mesma coisa — continuou Hertz.
— Cada um à sua maneira! Eu menti, Francis mentiu! E daí? Nós o fizemos por amizade ou por interesse?
— Certamente, pelos dois ao mesmo tempo! — murmurou Mosèle, com a voz embargada.

> *Tenho pouco tempo, Didier. Gravei uma fita cassete, escrevi as cartas e me preparo para morrer. Eu imploro que faça tudo para permanecer vivo. Émylie vai precisar da sua amizade. Saber que estará perto dela me permite partir em paz. Adeus, caro irmão!*

Émylie não conseguiu conter as lágrimas, que lhe correram pelo rosto, salgando seus lábios.
— A impressão é de que ele me entrega a você e desaparece — observou ela.

— Creio que Martin tem razão — admitiu Mosèle. — Francis estava sendo devorado pela sua paixão, pelo seu sonho!

— A Verdade o assustava — especificou Hertz. — No entanto, ele a perseguiu com todas as suas forças.

— Comportamento suicida! — soluçou Émylie. — Meu pobre Francis... Nunca poderia imaginá-lo como um Dom Quixote!

— Um pequeno peão que os Guardiães do Sangue eliminaram, sem poder apagar a sombra dele — disse Mosèle, levantando-se da cama para se aproximar de Émylie e pôr a mão em seu ombro.

A jovem era sacudida por pequenos soluços.

Hertz também se aproximou. Com um gesto cheio de ternura, um tipo de gesto que ele havia feito muito pouco ao longo da vida, ele pegou o queixo da jovem com a sua mão grande e levantou o rosto dela. Para que ela olhasse diretamente em seus olhos. Isso porque ele também chorava a morte de Francis Marlane.

— Francis nos dá a sensação de haver vencido a morte, graças a essas mensagens, Émylie.

Ela lhe sorriu. Triste, mesmo assim era um sorriso. Agradecido. Para agradecer as lágrimas que ele vertia por Francis, aquele velho adolescente que ela perdera.

*
* *

Ele desceu do carro, a perna direita estava dura e sem vida. Arrastou-se com dificuldade até a grade que cercava uma parte da casa do Primeiro. A cada passo, fazia uma careta de dor.

Viu os carros estacionados em frente aos degraus da entrada. Notou que o Golf de Didier Mosèle havia sido trazido da floresta do Oriente.

Nenhum movimento. Todos os Primeiros estavam dentro da casa.

Continuou a caminhar. A grade logo foi substituída por um muro de pedra que cercava o grande jardim. Apesar do ferimento, seria possível subir no alto do muro e escorregar do outro lado.

Avaliou mentalmente o esforço que lhe restava fazer.

*
* *

O Primeiro entrou no quarto manobrando a cadeira de rodas com destreza. Sem máscara, explicou à Émylie e a Mosèle que não temia mostrar o rosto descoberto.

— É o mínimo para um anfitrião!
— Devo chamá-lo de Venerável Mestre? — perguntou Mosèle. — É o senhor quem preside a Loja Primeira?
— Tenho atualmente essa responsabilidade e ficaria honrado em recebê-lo numa Sessão, assim como fizemos com o nosso saudoso irmão Francis. No entanto, antes de tomar uma decisão, quero saber se se compromete a colaborar conosco. Você e Émylie, naturalmente! Precisamos muito uns dos outros.

Émylie e Mosèle se interrogaram com o olhar.
— Sim, Didier... Sozinhos estaríamos perdidos — disse a jovem.

Mosèle entregou a máquina fotográfica ao enfermo, que a pegou com a mão sadia e a colocou no colo, em cima da manta que lhe cobria as pernas.

— Fique com ela — disse Mosèle. — Essa máquina contém as fotos do Túmulo em que seus antecessores depositaram os restos mortais do Cristo. Nós descobrimos o mecanismo de abertura. Um ferrolho circular no qual se encaixa a argola que vocês conservam desde o sepultamento de Jesus.

— Então, desde a origem, os Primeiros possuem todos os elementos que lhes permitiria chegar ao Santo Sepulcro...
— Mas todos esses elementos estavam espalhados — corrigiu Mosèle.

O Primeiro concluiu:
— Como as partículas de uma palavra em pedaços... Como uma verdade fragmentada!

78.
A porta verde

Naquela sexta-feira, voltou a chover por volta das 6 horas e o vento começou a soprar arrancando as folhas mais vermelhas das árvores do parque.

Émylie e Mosèle foram deixados sozinhos por cerca de uma hora. Quando Hertz voltou, anunciou ao rapaz:

– Todos os nossos amigos estão prontos e o aguardam para recebê-lo em Sessão escura, Didier.

– A esta hora?

– Os irmãos precisam tomar uma decisão agora de manhã.

– Presumo que eu não seja convidada para o seu pequeno simpósio – arriscou Émylie. – Somente maçons são recebidos, não é?

– É isso mesmo, Émylie – desculpou-se Hertz. – Sentimos muito. Sei que compreende; o seu marido era um dos nossos e...

– ... e ele repetia a mesma coisa – disse Émylie, com voz de escárnio. – O segredo do ritual, o respeito à Tradição! E ele morreu por causa de todas essas coisas de escoteiros!

Mosèle e Hertz saíram do quarto. O Primeiro os aguardava no corredor. Os três homens se dirigiram para a escada e cruzaram com André, que carregava uma bandeja com um substancial lanche.

— André — disse o Primeiro —, depois de servir Émylie e de ter certeza de que ela não precisa de mais nada, por favor, revele o filme que lhe entregamos há pouco.

— Farei isso imediatamente.

Em seguida, Mosèle e Hertz retiraram o enfermo da cadeira de rodas e o colocaram na cadeira da cremalheira da larga escada.

— O Templo fica no subsolo — explicou o Primeiro. — Você verá. É um porão adaptado... digamos, de maneira bem simbólica!

A cadeira começou a deslizar ao longo da parede com um pequeno barulho mecânico.

— Sem dúvida, ficará um pouco surpreso — acrescentou Hertz. — O lugar só se parece de longe com as oficinas maçônicas que você conhece.

— Os nossos irmãos já estão instalados — explicou o Primeiro.

— Vou entrar sem avental e sem luvas? — espantou-se Mosèle.

— Sim, nada de avental e nada de luvas — sorriu Hertz. — Nem a grande capa branca estampada com a cruz vermelha!

— Apenas escuridão — frisou o Primeiro. — E um pouco de luz...

Ao chegarem ao vestíbulo, Mosèle e Hertz tiveram de carregar novamente o enfermo para instalá-lo numa cadeira de rodas mais simples e não motorizada, que o velho advogado empurrou até uma porta verde.

Hertz notou a palidez de Mosèle.

— Não me lembro de tê-lo visto tão intimidado, Didier.

— Eu nunca admiti que tudo isso pudesse fazer parte do real — confessou Mosèle. — Até hoje, o que você me apresentou pertencia ao reino da fábula...

Hertz esticou a mão para a maçaneta da porta.

— Você vai entrar na Loja Primeira — disse ele, solene. — Na mesma que foi fundada por Jesus!

— A Loja da Palavra Perdida! — completou o Primeiro.

Hertz abriu a porta verde que dava numa rampa, para permitir que o Primeiro pudesse descer até o Templo.

*
* *

Ele caiu de mau jeito ao se soltar do alto do muro. A dor o mordeu do lado direito e ele não pôde conter o grito.

Ele sufocava, chorava e gemia.

Somente depois de alguns minutos, decidiu atravessar o parque para se dirigir à grande residência.

A perna direita parecia chumbo. Ele a arrastava como um fardo, rastelando as folhas mortas que cobriam o musgo embebido de chuva.

Precisou procurar um lugar para descansar por um momento. Sentar numa parte seca. Sentar e se acalmar um pouco, de modo a se esquecer temporariamente do sofrimento do corpo.

79.

A Loja Primeira

Hertz pediu a Mosèle que aguardasse na entrada do Templo e empurrou a cadeira de rodas do Primeiro até detrás de um altar iluminado por três velas.

O jovem foi se familiarizando com o cenário, que se mostrava discretamente, de vultos imóveis. Uma sombra envolvente, espessa, contornava as poucas fontes de luz. De cada lado do Templo, ao norte e ao sul, havia estalas de madeira nas quais estavam sentados os irmãos Primeiros. Onze cadeiras, uma delas vazia: a que Martin não ocuparia.

A escuridão impedia que Mosèle visse os rostos dos participantes da cerimônia. Ele percebia somente as mãos, a maioria apoiada nos braços das cadeiras. Numa delas, um rubi brilhava como uma minúscula estrela.

O piso, um tabuleiro de quadrados pretos e brancos, captava um pouco de luminosidade.

Reinava uma estranha mistura de mistério, sobriedade e serenidade. Um silêncio solene, às vezes cortado por um som de respiração.

Sem ruído, Hertz voltou para perto do rapaz. Tomou-lhe o braço e o guiou até o meio da sala. Então, a voz do Primeiro rompeu a quietude que envolvia Mosèle, expulsando toda a névoa noturna da sua mente.

— *Já que está na hora e que temos a idade, vamos abrir os trabalhos da nossa Loja.*

O Primeiro ergueu a mão na direção do altar. Um irmão – o Mestre de Cerimônias – se levantou e se aproximou. Só então Mosèle notou um livro em cima do altar.

— Que o Livro apareça! – proferiu o Primeiro.

O irmão Mestre de Cerimônias abriu imediatamente o livro e Mosèle viu, perplexo, que as páginas estavam em branco. A voz do Primeiro ressoou, forte, destacando nitidamente cada sílaba:

— O Livro está vazio, pois a sua Palavra foi perdida. A Escuridão expulsou a Luz. O Impostor tomou o lugar do irmão.

Hertz soprou no ouvido de Mosèle:

— Estou ao seu lado, Didier.

— Tudo é feito de modo que eu não veja o rosto dos nossos irmãos – segredou Mosèle.

— É sempre assim. Você não deve conhecê-los antes de eles o terem iniciado. Como eu já disse, é diferente em relação ao Primeiro e a mim.

O olhar de Mosèle era atraído, sem cessar, pelo brilho do rubi que brilhava na terceira estala da parede sul. O detentor do anel o impressionava pela imobilidade total, pois os outros irmãos, às vezes, mudavam de posição, mexiam uma das mãos, tamborilavam no braço da cadeira... Ele não se mexia. A mão que saía da sombra, pálida e imóvel, era como um animal petrificado. Uma aranha branca cujo único olho estava à espreita.

O Mestre de Cerimônias mudou o livro em branco de lugar para depositar no altar um recipiente achatado.

— São cinzas! – murmurou Hertz no ouvido de Mosèle.

O Primeiro disse:

— Traçamos a planta tal como os nossos antepassados a transmitiram. A nossa memória guardou o seu desenho. Sabemos que o traçado está incompleto desde que o nosso irmão Jacques de Molay foi traído.

O Mestre de Cerimônias mergulhou o indicador nas cinzas e começou a traçar algumas linhas.

– Ele está desenhando nas cinzas! – sussurrou Mosèle.

– Depois de Francis, você é o segundo "convidado" desta Loja a ter o direito de assistir a este gesto. Percebeu agora? Todos os elementos do Segredo estavam espalhados. Você os juntou!

O Mestre de Cerimônias completou a imagem que representava um triângulo encimado por duas esferas que coroavam a letra "J".

O Primeiro continuou:

– Uma parte da Luz é depositada nestas cinzas. Um eco da Palavra Perdida. *Escreve, portanto, o que viste, o que é e o que deve acontecer depois.*

Mosèle compreendeu que, até o momento, a Planta transmitida pela Tradição estava mutilada sem o traçado dos Templários. O incêndio da casa de campo de Martin Hertz que destruíra quase que inteiramente o Testamento do Louco, depois o copo de uísque derrubado na iluminura dos monges copistas de Pádua revelaram o elo que faltava aos irmãos Primeiros. "Francis, graças à sua inteligência fora do comum, ao seu faro de cão de caça, conseguiu decifrar o enigma sem recorrer ao traçado..."

O Primeiro prosseguiu:

– Nós, da Loja Primeira, herdeira da Planta, depositária do Testamento do Louco e da argola, nos comprometemos a encontrar a Verdade dos nossos mestres antepassados para revelá-la ao mundo. A nossa luta contra a mentira nunca terá fim.

O irmão Mestre de Cerimônias, cujas feições Mosèle não conseguiu distinguir, voltou a se sentar no seu lugar.

– O ritual foi dito e realizado – disse o Primeiro. – Vamos entrar no debate, meus irmãos. E que somente a Sombra seja testemunha do que será pronunciado nesse local.

Hertz tomou a palavra para dizer:

— Repetimos esse ritual e desenhamos a Planta há séculos, conscientes de que ambos beiravam o caminho da nossa busca do Túmulo. Mas foi graças ao sacrifício de Francis, graças ao trabalho dele e ao de Didier Mosèle que, finalmente, esta noite, soubemos onde o corpo do Cristo foi escondido depois de ter sido transportado por Hugues de Payns...

*
* *

No andar térreo da propriedade, numa lavanderia transformada em laboratório, André revelava o filme com emulsão de sais de prata que Mosèle havia usado no lago de Umbra. Ele trabalhava iluminado pela luz vermelha de uma lâmpada rosqueada no teto para a ocasião.

O filme, tratado numa cuba com revelador, lavado em água abundante depois de dois minutos, foi colocado, em seguida, numa cuba com fixador.

André fechara hermeticamente a única janela do laboratório improvisado. Nenhuma luz entrava do exterior.

Portanto, ele não viu o desconhecido atravessar a área de pedriscos com um passo arrastado, bem em frente à janela.

A única coisa que o distraía era a forte chuva que batia nas persianas.

*
* *

Émylie havia comido as duas laranjas que André lhe trouxera com frutas secas e pãezinhos com passas, nos quais ela nem tocara. Sentia-se cansada. Queria dormir de verdade, sem pesadelos.

Deitou-se na cama, mas um barulho repercutiu pelo aposento. O do seu celular, dentro da sacola. Ela deu um pulo.

Segundo toque. Ela remexeu nas suas coisas guardadas de qualquer maneira.

Terceiro toque. Ela pôs o aparelho no ouvido, esperou, só ouviu uma respiração sincopada.
— Alô?
Ainda a respiração. Mais forte. Em seguida, uma voz de homem e as palavras: "Estou no jardim."
O interlocutor desligou.
Émylie deixou o celular na cômoda. Tremia dos pés à cabeça. Tremia a ponto de perder o equilíbrio. Deu dois passos, sentou-se na beirada da cama. Procurou se acalmar, depois se levantou, enfiou um suéter e atravessou o quarto.
Havia reconhecido a voz do desconhecido: o mensageiro de Francis.
Ao sair do quarto, seguindo pelo corredor escuro, ela pensou nos olhos do homem de chapéu à beira do lago. No seu olhar lacrimoso.

80.

O desconhecido

Émylie saiu da casa. As rajadas de chuva batiam em seu rosto e seu suéter não demorou a ficar encharcado.

Ela procurou o desconhecido com o olhar. E o viu, sobressaindo-se num tronco de árvore no qual se apoiava. Ele não usava mais o chapéu, e a capa não passava de um trapo de lama e de sangue. Ele avançou titubeante, arrastando a perna direita, como um fantoche digno de pena.

Émylie correu até ele. Parecia que o homem só esperava por aquele momento, que tudo o que lhe restava de energia estava guardado para o instante em que caiu nos braços da jovem. Como se tal cena tivesse sido escrita.

— Está sozinha? — perguntou ele, em lágrimas.

— Estou, não tenha medo... Você está coberto de sangue!

— No lago, fui atingido... na virilha, eu acho. Mas... mas eu os matei! Eles pagaram... Os outros também pagarão... Todos os outros...

Ele gaguejava, misturava as sílabas, hesitava um longo tempo.

— Comecei a vingar o meu filho! E quis protegê-los... Eu... eu os avisei, mas...

— Sim. Você sabia de tudo, não é? Francis se abria com você. Com você mais do que comigo ou com Didier. Está exausto, meu sogro... Apoie-se em mim.

Marlane, o pai, se recobrou, se ergueu, arrancou o falso bigode e os óculos grossos com um gesto brusco. Jogou os acessórios no chão e segurou-se nos ombros de Émylie para não cair, tão extenuado estava.
— Francis... Ele me mantinha a par de suas pesquisas... Ele não queria mais parar... Ele... ele teria se prejudicado para descobrir a Verdade... Não suportava mais que a Igreja continuasse mentindo havia mais de dois mil anos... Conversávamos sempre... Tornei-me seu confidente... Ele confiava em mim cegamente...
— Acalme-se. Está ardendo de febre! Não pode continuar neste estado. Vou levá-lo para dentro de casa.
— Não! Não... Leve-me para aquele abrigo do jardim, ali.

*
* *

O Primeiro disse:
— Hugues de Payns e os Templários, ajudados por são Bernardo, protegeram o túmulo. Eles realizaram pesados trabalhos na floresta do Oriente, fazendo crer que, assim, conquistariam as terras cultiváveis que irrigavam graças a lagos artificiais...
Uma voz perguntou de uma das estalas:
— Na realidade, com esses trabalhos eles escondiam uma obra que deveria receber os restos mortais do Cristo?
Outra voz falou:
— Não imaginávamos que eles haviam submergido o Túmulo.
De repente, para surpresa de Mosèle, a mão com o rubi se mexeu. Apenas um ligeiro movimento que a tirou do braço da cadeira, por alguns segundos. O homem falou com sotaque italiano:
— E a argola... Essa argola que selou a pedra do túmulo de Jesus passou de mão em mão, ao longo dos tempos, no seio da mesma Loja. Segundo o nosso irmão Didier, Hugues de Payns e os seus engenheiros a usaram para que ela fosse a chave que deveria abrir o Túmulo!
— É verdade — endossou Hertz. — Aí está toda a ironia do nosso caminhar! Poderíamos ter atingido o nosso objetivo há muito tempo.

Mas estávamos cegos! No entanto, possuíamos todas as peças da Planta.

Mosèle prosseguiu:

— Elas estavam fragmentadas, disseminadas aqui e ali, espalhadas por ocasião dos combates históricos travados com o Vaticano. Todavia, sem realmente o saber, vocês possuíam todas elas... na Tradição da Loja.

*
* *

Émylie instalou Marlane da melhor maneira que pôde, fazendo com que ele se sentasse num saco de juta no chão, encostado numa parede de madeira.

A cabana estava repleta de um monte de ferramentas de jardinagem, de regadores, de vasos de barro vazios, de caixas de sementes... engradados, uma pequena estufa, uma mangueira enrolada como uma serpente enroscada em si mesma.

— Como consegue ficar de pé? Andar?

— Protegê-la... Proteger você e Didier... Francis temia que os inimigos dele também atacassem Didier...

Émylie abriu a frente da capa de Marlane; a calça, vermelha de sangue, estava furada bem na virilha. O tecido colara na beirada da carne rasgada.

— Na verdade... Tenho de buscar socorro, René.

— Não! De jeito nenhum!

— Por quê? Faz tanta questão de morrer?

— Eu sou a última testemunha da tragédia... O último elo entre o meu filho e a Verdade... Desconfie *deles* também...

— De quem? De quem está falando?

Ele levou a mão à testa. Precisava, primeiro, pronunciar as frases mentalmente antes que elas saíssem pela sua boca. Encontrar as palavras, ordená-las. De quem falava? *Deles?*

— De quem está falando? – repetiu Émylie.

– Dos irmãos Primeiros! Francis achava que... enfim... Relações estreitas entre *eles* e a Igreja... Ao menos alguns deles... Eu... eu não sei mais... Estou tão cansado!

*
* *

– Temos de tomar uma decisão agora de manhã – disse o Primeiro. – Temos de nos certificar de que a descoberta de Didier não é um engodo deixado pelos Templários.
– De quanto tempo dispomos? – perguntou Hertz. – Os Guardiães do Sangue estão nos nossos calcanhares!
O homem com o anel de rubi acrescentou:
– De agora em diante temos de temer a pressa do Vaticano em resolver esse caso. Vamos nos apressar. Muita gente foi morta de ambos os lados desse conflito.
– Estou decidido a voltar a mergulhar no lago de Umbra o mais cedo possível, em busca da prova irrefutável que, enfim, me permitirá clamar a Verdade – interveio Mosèle.
– De vingar a memória de Francis e de todos que os Guardiães do Sangue abateram – murmurou Hertz, dirigindo-se apenas ao rapaz.

*
* *

Marlane ergueu os olhos vagos, vidrados. Parecia ver além das paredes de madeira da cabana. O suor escorria pelo seu rosto de traços marcados, de faces cavas.
– Francis me disse... Eu deveria seguir Didier, vigiá-lo... Fiz o melhor que pude... Antes de partir para Jerusalém, ele me entregou os seus cadernos, os disquetes, o "passe" da Fundação Meyer... Ele desconfiava...

– Compreendi tudo isso, meu sogro. E você continuou a busca do seu lado!

– Eu queria penas seguir a pista dos assassinos... Respeitando as intenções dele... Entregar as mensagens que ele havia escrito ao se saber ameaçado...

– E agindo de maneira a esconder a sua identidade dos Guardiães do Sangue. Se soubesse como nos perguntamos, Didier e eu, sobre esse *desconhecido* que não largava do nosso pé!

– Sinto muito, querida Émylie... Não era eu, realmente... Eu não existo mais, desde a morte de Francis!

Ele se curvou, e a jovem, ajoelhada ao seu lado, o abraçou como a uma criança doente.

– Eu me transformei em Francis! – articulou ele.

*
* *

– Podemos considerar que a sua decisão é definitiva, Didier? – perguntou o Primeiro.

Mosèle respondeu imediatamente:

– Sim. Faço questão de fazê-lo!

– Nesse caso, eu o acompanharei – afirmou Hertz. – Ninguém que não eu! Você vai mergulhar, vai se certificar de que a argola abre mesmo o Túmulo e subir à superfície!

– Isso pode não ser suficiente – disse Mosèle

– Realmente – salientou o Primeiro. – Precisamos ter certeza de que o Túmulo não é uma casca vazia.

– Eu vou entrar e tirar muitas fotografias para fazer a mais extraordinária das comunicações ao mundo inteiro! – exclamou Mosèle.

*
* *

— Fique aqui e me espere.
— Não volte para essa casa! Chame Mosèle e... FUJAM!
Marlane se esticou, quase gritando. Agarrando os ombros da jovem, obrigou-a a continuar ajoelhada.
— Não temos mais nada a temer — ela tentou tranquilizá-lo. — Eu garanto. São amigos.
— Francis não confiava mais neles... Ele me falou sobre isso... Não confiava mais... Todos manipulados... Todos nós somos manipulados, Émylie!
— Está delirando, René.
— Não faz mal... Fujam! Pelo amor de Francis, fujam!
— Você sabe que íamos nos divorciar. Estávamos separados!
— Ele ainda a amava... Ele a amava tanto!
Émylie preferia que ele não lhe tivesse dito isso. Não agora, não assim. Ela se crispou, fechou os olhos por alguns segundos. Francis apareceu em sua memória: o seu sorriso, a calvície precoce, o olhar sempre alerta, vivo e curioso.
Marlane prosseguiu com a sua litania:
— Cansado... Vamos embora... Com Mosèle...
— Não posso ir ter com ele agora. No momento ele está reunido com os irmãos Primeiros.
Émylie havia se exaltado e se arrependeu em seguida. Levantou-se.
— Aonde vai? — inquietou-se ele.
— Vou tentar encontrar alguma coisa para desinfetar o seu ferimento e fazer um curativo. Você não pode continuar nesse estado.
Ela saiu da cabana. A chuva a pegou em cheio.

81.

Montespa

André havia pendurado a última ampliação no fio esticado entre duas paredes do laboratório improvisado. Ele examinou as vinte fotos. O muro submarino com a figura. Um círculo que encerrava um triângulo. As algas entre as pedras...

Retirando as luvas de borracha, ele acendeu a luz para limpar e organizar o material. Preparava-se para abrir a torneira quando ouviu passos no andar de cima, bem acima dele. O velho assoalho de madeira estalava acima da fina camada de gesso do teto.

"No banheiro", pensou ele.

André abriu a porta e saiu. No vestíbulo, observou marcas de passos úmidos que iam até a escada. Outras marcas apareciam na passadeira que cobria os primeiros degraus.

Partilhando alguns segredos do Primeiro, André, também maçom, imediatamente ficou preocupado com a jovem que havia ficado no quarto. "Alguém entrou na casa! Émylie Marlane está sozinha no andar de cima..."

Ele atravessou apressado o vestíbulo, foi até a cozinha, abriu um guarda-louça, esticou a mão em cima de uma pilha de pratos e pegou um revólver que sempre ficava escondido nesse local.

Então, com a arma que o deixava tranquilo, ele subiu a escada. Subiu rapidamente, sem barulho, saiu no corredor e foi até a porta entreaberta do banheiro.

André ficou um instante encostado na parede, ouvindo os ruídos de frascos que se chocavam.

Empurrou a porta devagar.

Ficou surpreso. Émylie estava saqueando o armário de remédios: álcool, gaze, curativos...

— O que está procurando nesse armário, senhora Marlane? — perguntou ele, se aproximando.

Émylie se virou, com os braços carregados.

— Você me assustou!

Ele abaixou a arma e deu mais um passo.

— Meu Deus, está ferida? O que aconteceu?

— O sangue não é meu — disse Émylie. — Vou explicar.

— É o que espero. Se o sangue não é seu, de quem é? De quem ia tratar?

— Deixe-me... Confie em mim!

— Lamento, senhora Marlane; mas precisa me fornecer algumas informações que me façam confiar na senhora. Fale-me desse sangue nas suas roupas.

Émylie tentou bater em retirada e ameaçou dar um passo de lado, mas André lhe barrou a passagem.

— Não posso lhe dizer nada. Tenho de ver Didier! É urgente. A vida de um homem depende disso.

— Certamente eu poderia ajudá-la se me explicasse o que está se passando. Não acha que a situação exige um esclarecimento? A julgar pelas marcas que deixou no vestíbulo, deduzo que a senhora saiu para o jardim e voltou manchada de um sangue que não é o seu.

Émylie se sentiu vencida.

— Trata-se do meu sogro — começou ela. — Ele levou um tiro na virilha, do lado direito...

*
* *

Alguns minutos antes, ajudado pelo irmão Mestre de Cerimônias, o Primeiro havia suspendido os trabalhos da Loja Primeira.

O Mestre de Cerimônias remexeu as cinzas do recipiente com as costas da mão, enquanto todos os irmãos pronunciavam em coro a seguinte frase: *Apagamos a Planta e a guardamos na nossa memória e no nosso coração, onde ela será o testemunho da nossa fiel e incessante busca pela Verdade.*

Depois alguém apagou as três velas segurando os pavios entre os dedos. Numa quase total escuridão, os irmãos Primeiros se levantaram e se dirigiram ao oriente do Templo. Um deles revelou uma porta atrás de uma tapeçaria preta.

– Outra saída! – exclamou Mosèle. – Para que os nossos irmãos se retirem discretamente... como conjurados!

– É preferível que não os conheça, Didier – observou Hertz. – Não já.

O Primeiro se aproximou na cadeira de rodas e disse:

– Quanto a nós, vamos subir. Precisamos aperfeiçoar os últimos detalhes da sua nova expedição à floresta do Oriente.

– O mais cedo possível! – declarou Mosèle. – Estou com pressa de ver tudo terminado.

– Curiosidade compreensível! – destacou Hertz. – Afinal, como todos os assassinos do Vaticano foram eliminados, agora somos os únicos a conhecer a localização do Túmulo. E somos nós que possuímos a chave.

*
* *

Mosèle, Hertz e o Primeiro passavam pela porta verde no momento em que Émylie e André desciam a escada.

Didier notou na mesma hora o suéter da jovem manchado de sangue. Ele saiu correndo.

– Émylie, o que aconteceu com você?

– É preciso agir imediatamente. Ele pode morrer.

– Mas de quem está falando?

— Do *desconhecido* — começou ela. — Ele se refugiou na cabana do jardim. Não queria que eu os avisasse... Ele foi ferido ao nos socorrer, ontem à noite.

Ela falava depressa, com voz angustiada.

Mosèle percebeu, então, que André havia enfiado um revólver no cinto e carregava uma caixa de farmácia.

— Quem é ele? — impacientou-se Mosèle.

Émylie respondeu caminhando na direção da grande porta do vestíbulo:

— É René Marlane, o pai de Francis! Vamos ajudá-lo, por favor. Foi por você e por mim que ele agiu assim, em memória do filho... Acredito até que ele perdeu a razão.

Os olhos de gato de Martin Hertz começaram a brilhar.

— O que está esperando, Didier? — comandou ele. — Siga Émylie!

O Primeiro se virou com dificuldade para o velho advogado de pé atrás da sua cadeira de rodas como um factótum servil:

— Eu posso ficar sozinho. André, saia e abra o portão para os nossos irmãos. Martin e Didier vão se encarregar desse *visitante*.

Todos saíram. Por um instante, o Primeiro acreditou estar realmente sozinho. Depois, sentiu uma presença atrás dele. Sem dúvida, algum irmão que ficara na soleira da porta verde, na escuridão. Silencioso.

A presença se aproximou lentamente. Seus passos discretos faziam pouco ruído no piso. Deslizando até a cadeira de rodas.

Duas mãos se apoiaram nos ombros do enfermo, num gesto fraternal.

O Primeiro inclinou ligeiramente a cabeça e viu o rubi do largo anel.

— Você não foi embora — disse ele. — Você ouviu?

A resposta foi dada pela voz com sotaque italiano, quase indolente:

— Mais uma máscara caiu. Então era isso: um pai que vingava o filho.

— Como um fantasma.

— Com certeza, a senhora Marlane tem razão — acrescentou Sua Eminência. — A dor deve tê-lo deixado louco. Posso voltar para Roma com o espírito mais sereno; confesso que esse indivíduo me deixou intrigado por muito tempo.

— Porque era uma peça do tabuleiro que não controlava, Monsenhor. Agora, está tudo resolvido! O Túmulo se encontra ao nosso alcance...

Sua Eminência retirou as mãos dos ombros do Primeiro.

— A velha Igreja está realmente morta — reconheceu ele. — Ela não vai se recuperar deste último ataque.

— Amanhã, o Vaticano terá perdido a luta... Como a Igreja poderia desconfiar que um dos seus servos mais fiéis trabalhasse para a obra dos irmãos da Loja Primeira?

Sua Eminência se colocou à altura do Primeiro, de modo que ele pudesse vê-lo. Ele pareceu meditar por alguns segundos, depois disse:

— O que eu serei senão um traidor aos olhos dos meus condiscípulos? Um espião vendido ao inimigo? Traidor, mistificador... Como Tomé, o impostor que amou o irmão, Jesus, odiando-o.

— É que escolheu o campo da Verdade. Foi um dos principais artesãos da nossa vitória, Montespa.

O homem alto e magro, vestido de preto, silhueta elegante, imponente com o seu olhar verde-água e os longos cabelos brancos jogados para trás, usaria com evidente autoridade e muita graça a túnica branca do próximo pontífice.

O cardeal Montespa se conscientizou, naquele exato momento, de que usaria a coroa, sucedendo a João XXIV, o papa envenenado por sua ordem. Sacrificado como haviam sido Francis Marlane, Norbert Souffir e tantos outros.

Antes de se virar, Sua Eminência dirigiu uma última mentira ao enfermo que o admirava e respeitava havia mais de quinze anos:

— Estou contente que Didier Mosèle e Martin Hertz tenham conseguido escapar dos Guardiães do Sangue.

Depois, como relatam os Evangelhos aos quais se dá crédito e que são autorizados, como Judas fez com Jesus, ele se inclinou e deu um beijo na testa do Primeiro.

Sabia que nunca mais o veria.

82.

A briga

Enquanto o Primeiro conversava com o cardeal Montespa, e Émylie, Mosèle e Hertz iam para a pequena cabana, André foi abrir o grande portão do parque para os irmãos que já estavam em seus carros.

A chuva havia dobrado de intensidade, pesada e oblíqua, batendo com força no rosto e no peito. Émylie foi a primeira a entrar no abrigo e constatou que o sogro havia desaparecido. Ficou com raiva de André, que a havia atrasado. Apesar da presença de Hertz, ela não pôde deixar de dizer:

— Ele estava assustado com a ideia de que eu pudesse pedir ajuda aos irmãos da Loja Primeira. Francis aconselhara-o a não acreditar neles.

Mosèle se inclinou.

— Olhe o que ele deixou no chão. Um dos cadernos de Francis! Nós os procuramos em vão, pois ele os havia entregado ao pai.

Pegou o caderninho vermelho perto do saco de juta no qual havia sentado Marlane, o pai. O caderno estava aberto. Em página dupla havia sido escrita com caneta hidrográfica preta, passando por cima da aquarela de um retábulo, apenas uma palavra: "FUJAM!"

— O meu sogro ainda quer nos proteger — disse Émylie.

— Vocês estão em segurança — tranquilizou-a Hertz. — Não duvidem mais da fidelidade dos irmãos Primeiros e não se deixem levar pela paranoia desse homem.

— Na verdade, estamos condenados a nos entregarmos inteiramente a vocês, Martin — observou Mosèle.

— Eu sei — admitiu Hertz —; têm o direito de nos fazer algumas censuras. Nós o usamos para atingir o nosso objetivo.

— Do mesmo modo que usaram Francis!

Os veículos dos irmãos saíam da propriedade em cortejo. André se despedia de cada um dos motoristas com um pequeno meneio de cabeça. Quando o último carro passou, fechou o portão e se dirigiu para a cabana do jardim, onde foi informado de que Marlane havia fugido.

— Sem dúvida, não deve estar muito longe, nos espiando — disse Émylie. — Ele está realmente enfraquecido; o ferimento me pareceu grave.

André procurou nas imediações da cabana, chamando Marlane em voz alta, sem resultado.

Émylie tentou falar com ele no celular. Em vão. A jovem deixou uma mensagem na caixa postal.

Contrariados, resolveram sair da chuva.

*
* *

Mosèle poderia jurar que a porta verde havia batido no exato momento em que, com os amigos, ele entrou no hall. A porta que dava para o Templo... No entanto, pensou, parecia que todos os irmãos haviam partido e que André fechara o portão.

O Primeiro não mudara de lugar. Continuava na sua cadeira, onde fora deixado alguns minutos antes. Com o peito retorcido, apesar do colete, o rosto semiparalisado, uma metade séria e a outra exibindo um ricto congelado.

Hertz lhe contou sobre o desaparecimento de Marlane e a descoberta de um dos cadernos vermelhos de Francis.

O Primeiro convidou Émylie, Mosèle e Hertz a irem ao seu escritório para examinarem as fotos que André havia revelado.

O velho advogado e Mosèle o carregaram e o instalaram na cadeira da cremalheira. Ele começou a subir para o primeiro andar, as pernas flutuando no ar, como um fantoche na ausência da gravidade.

Mosèle ouviu, então, um ruído de motor vindo do parque, depois o atrito dos pedriscos sob os pneus. Agora, estava convencido de que um irmão da Loja Primeira havia demorado a sair.

Sem que pudesse explicar o porquê, essa constatação o deixou contrariado.

*
* *

— A linha é segura, não é? — perguntou o cardeal Montespa.
— É claro — responderam-lhe no alto-falante do seu carro.
— Os novos agentes chegaram?
— Aterrissaram em Paris esta noite e já executaram uma parte das instruções. Dois Guardiães do Sangue estão de sentinela perto do prédio de Mosèle. Dois outros, em frente ao de Émylie Marlane. Um terceiro vigia diante da casa de Hertz. A Fundação Meyer está sob controle. Os últimos aguardam que defina as suas missões.
— Eu o farei esta noite. Quanto a você, está preparado, Monetti?
— Está se referindo ao Monsenhor de Guillio? O problema será resolvido hoje à noite. As modalidades já foram estabelecidas.
— E o papa?
— Mudamos os membros da equipe médica, bem como as freiras que cuidavam da toalete e dos remédios. Agora só entram no quarto algumas pessoas que nos são totalmente devotadas. Nós nos concentramos em abafar os rumores que correm na imprensa.
— Vamos aguentar mais um dia ou dois. Talvez menos... É o que espero. Quanto ao *desconhecido* que matou os nossos três agentes na floresta do Oriente...

— Sim? — guinchou o gordo Monetti do outro lado da linha.

— Trata-se de um elétron livre que, por pouco, não derrubou o nosso edifício com a sua loucura e o seu ódio. É o pai de Francis Marlane.

— Ah! Não acha que a interferência desse elemento pode ser prejudicial?

Montespa não respondeu logo. Ele pensou, deixando a mente ir e vir ao sabor do movimento do limpador de para-brisas. Trombas-d'água caíam, diminuindo a velocidade do trânsito na autoestrada. Todos os motoristas acenderam os faróis baixos.

— Monsenhor, ainda está na linha? — inquietou-se Monetti.

— Estou. Eu me perguntava se Marlane, o pai, seria uma prioridade... Não gosto nada de imponderáveis desse gênero. Na verdade, esse homem pode perturbar o final da nossa operação. Ele age como um lobo solitário, intangível. Imprevisível! Um comportamento tão irracional pode nos atrapalhar a qualquer momento. Não temos muita influência sobre um demente! Precisaremos manter dentro dos limites qualquer início de incêndio que ele venha a provocar.

— Ou prevenir? — zombou Monetti.

— Se conseguirmos encontrá-lo. Quando deixei o Primeiro, ouvi dizerem que ele havia desaparecido da cabana do jardim onde se refugiara. Marlane, pai, sabe muito sobre nós. Vamos colocar o domicílio dele sob vigilância.

*
* *

As fotos de Émylie e Mosèle estavam espalhadas em cima da mesa do escritório do Primeiro. Hertz e o irmão as manipulavam como se fossem relíquias sagradas.

Mosèle folheava o caderno vermelho deixado para eles pelo pai de Francis. Perto da janela, olhando todo o tempo para o parque na esperança de discernir o vulto do sogro, Émylie ligou mais uma vez para ele do celular. Em vão.

– Descobriu alguma coisa nesse caderno, novas revelações? – perguntou Hertz, sem tirar os olhos das fotos.
– Na verdade, não. Algumas anotações sem grande importância e magníficas aquarelas que ele deve ter pintado nas imediações da floresta do Oriente. Essencialmente igrejas, estátuas de santos e retábulos.
– Isso é bem dele! – disse Émylie. – Um viajante à moda antiga, para quem a fotografia era muito moderna! O meu pobre Francis havia realmente calçado as longas botas de aventureiro.

O Primeiro parou de examinar as fotografias e disse:
– Como podíamos imaginar que ele tentaria resolver sozinho essa investigação? Depois de recebê-lo na Sessão escura, ficamos convencidos de que ele manteria um vínculo com Martin.
– Ele deve ter duvidado das suas intenções! – disse Émylie com bastante acrimônia na voz, para que nem Hertz nem o Primeiro se equivocassem sobre o que ela sentia em relação a eles.
– Que confusão! – lamentou-se Hertz. – Que terrível confusão...
– Pois bem, vamos reparar os nossos erros! – disse Mosèle. – Vamos terminar o que Francis começou. Vamos fazer estas fotos falarem.

O rapaz se aproximou da mesa e apontou com o indicador para uma das fotos particularmente nítida do entalhe circular descoberto por Émylie no fundo do lago de Umbra.
– Agora estamos convencidos de que essa ranhura é uma fechadura – expôs ele. – Só ficarei sossegado quando nela enfiar a chave, isto é, a argola.

Ao ouvir essas palavras, Émylie deu um pulo. Saiu da janela e foi se plantar na frente de Mosèle, que deu um passo atrás, surpreso com a reação.
– O que foi que você disse? – perguntou ela. – Entendi bem? Você pretende voltar a mergulhar no lago de Umbra? É isso o que está pensando? Foi isso que decidiram na sua maldita reunião de *encapuzados*?*

---

* *Cagoulards* no original. Os *cagoulards* eram os membros de uma organização clandestina francesa de extrema direita: Comitê Secreto de Ação Revolucionária. Batizada pela imprensa de Cagoule, essa organização existiu entre 1935 a 1941. *Cagoule* é o capuz todo fechado, com abertura apenas para os olhos. (N. T.)

O Primeiro tentou acalmá-la:
— Na verdade, nós votamos esse...
Émylie não deixou que ele terminasse a frase e elevou o tom:
— Votaram! Estou pouco ligando para os seus votos, para as suas deliberações, para todas as suas resoluções! Vocês vão repassar o pepino imediatamente para a comunidade científica, isso sim!
Foi a vez de Hertz interferir:
— Não, Émylie, não. Primeiro vamos ver o que o Túmulo contém e, depois, faremos uma comunicação.
— Compartilho da opinião de Martin — disse Mosèle.
Émylie estava à beira das lágrimas. No entanto, conseguiu se conter. A sua raiva era uma defesa contra o desespero. Um frágil escudo que corria o risco de se desintegrar de uma hora para outra. Ela já havia perdido Francis, que pensava não mais amar. Temia perder Didier, que ela poderia amar.
— Você é como Francis — jogou na cara do amigo. — Todos vocês são como ele! Muito orgulhosos...
— Os restos mortais de Jesus pertencem legitimamente à Loja Primeira — explicou Hertz, suavizando a voz o mais que podia. — É nosso direito apresentar a Verdade ao mundo, Émylie.
— Quanta pretensão, Martin! — censurou ela. — É somente a guerrinha contra o Vaticano que os move! Nós não sabemos que arapuca pode conter esse sepulcro imerso. Vocês nunca pensaram, um único minuto, que os Templários podem tê-lo enchido de armadilhas? Isso é loucura! É melhor encarregar uma equipe especializada para mergulhar... Uma equipe de caras supertreinados!
— É, isso! — repreendeu Mosèle. — E como eu recruto esse grupo? Que dossiê devo montar? A quem o entrego? Quem vai liberar os fundos? Eu me apresento no Ministério da Cultura e digo: "Bom-dia, senhor ministro, sou pesquisador na Fundação Meyer e franco-maçom... Vim anunciar que Cristo não morreu na cruz e que ele repousa no coração da floresta do Oriente... Provas? É claro... Nas entrelinhas dos Evangelhos, nos manuscritos do mar Morto, no Testamento do Louco que foi queimado, no desenho de Nicolau e Agnano de Pádua..."

Em seguida, falo sobre a morte de Francis, de Pontiglione, de Souffir, de um megacomplô que dura há mais de dois mil anos, e você acha que ele não vai me mandar para um hospício?
    Émylie continuava a reter as lágrimas. Que logo se derramariam. Já lhe embaçavam a visão. Por isso, ela correu para a porta do escritório, para fugir, e explodiu:
    — Parece que você quer morrer, Didier! De que falta quer ser perdoado?
    Batendo a porta ao sair, ela largou Didier petrificado, sem ação, completamente aparvalhado.
    Hertz aconselhou:
    — Vá atrás dela, meu amigo. Émylie está cansada, com os nervos à flor da pele. Como você. Faça as pazes com ela.
    Mosèle continuou plantado no meio do escritório, dando a impressão de que não ouvira o velho advogado, depois se decidiu. Ele também saiu, seguiu pelo sombrio corredor com inúmeras gravuras, dirigiu-se para o quarto em que Émylie havia se fechado. Aquela casa lhe parecia sinistra. Tudo nela estava adormecido, empoeirado.
    Ele entrou no quarto. Émylie arrumava a sua sacola, aos prantos. Ele fingiu surpresa:
    — Mas o que está fazendo?
    — Como vê, arrumando as minhas coisas! Vou voltar a Paris; já estou de saco cheio! Os seus *maninhos* trouxeram o seu carro, não?
    — Trouxeram... mas eu achei que...
    — Se não quer me levar, ao menos chame um táxi.
    — Isso não pode esperar? Poderíamos dormir aqui esta noite e voltar juntos amanhã de manhã.
    — E você acha que vou ficar um minuto a mais nesta espelunca? Quero encontrar o meu sogro para que ele seja tratado. Para que ele me fale de Francis.
    Ela pegou a sacola para sair do quarto. Mosèle a segurou pelo braço.
    — Espere — disse ele. — Vou com você. É mesmo muito idiota a gente brigar, não acha?

— Estou cansada, Didier, cansada de toda essa história com todas essas mortes! Não aguento mais.

— Eu também, Émylie. É por essa razão que quero pôr um fim nisso. Depois descansamos.

— Vamos deixar isso para os outros...

Ela soltou a sacola no chão, olhou para Mosèle através das lágrimas e mergulhou nos braços que ele lhe estendia, jogando-se para abafar os enormes soluços contidos por muito tempo.

Debulhar-se em lágrimas a aliviava. Somente agora ela chorava por Francis. Somente agora todo o seu corpo, toda a sua mente se conscientizavam da sua perda definitiva.

Mosèle a consolava com uma braçada de palavras que ele achava idiotas assim que saíam dos seus lábios.

Quinze minutos depois, ele anunciou ao Primeiro e a Hertz que havia decidido levar Émylie de volta a Paris. Então, num mapa rodoviário, o velho advogado lhe mostrou a localização geográfica da propriedade e o itinerário a seguir para chegar à autoestrada.

— Sem vendas nos olhos dessa vez? Sem mistérios? — perguntou Mosèle.

Hertz sorriu ao responder:

— Essa encenação é supérflua, nós os obrigamos a isso para impedi-los de verem os rostos dos irmãos da nossa Loja. Guardou tudo? Você vai até Montrail; lá, pegue a autoestrada. Paris fica apenas a uns trinta quilômetros.

— Eu encontrarei, obrigado.

Hertz acompanhou os dois jovens até o Golf. Ele levou um pequeno pacote e o enfiou na sacola assim que Mosèle a jogou no porta-malas.

— Coloquei a argola na sua sacola. Ligue para mim assim que decidir voltar à floresta do Oriente. Você me jurou, não foi? Faço questão de estar ao seu lado.

— Está bem. Mas me entregar a argola...

— Agora tudo depende de você, Didier.

— Um epílogo que vai acabar com dois mil anos de impostura e de mentira... A maior descoberta de toda a história da Humanidade!

Mal-humorada, Émylie se enfiou no carro, Mosèle se instalou ao volante. Ele ia fechar a porta quando Hertz a segurou mais um pouco e prosseguiu:

— De fato, é alguma coisa que se parece com um sismo assustador! Esse é o preço que a Igreja vai pagar por todos os nossos mortos: Templários, cátaros, nossos irmãos...

— Isso se o Túmulo não estiver vazio — especificou Mosèle. — Somente se ele não estiver vazio!

O velho concordou com a cabeça e deixou o amigo fechar a porta do carro e partir.

André estava no portão. Ele lançou um rápido adeus a Mosèle quando o carro passou.

O portão foi fechado em seguida. Hertz ficou por um momento no jardim; a chuva crepitava na sua cabeça.

— Devia entrar, Mestre — aconselhou o mordomo que se havia aproximado.

Hertz subiu ao primeiro andar para se reunir ao Primeiro que havia conduzido a cadeira de rodas até a janela.

— Eu vi o que você fez — disse ele, quando Hertz entrou no escritório.

— Sim, a argola saiu da Loja. Para o bem dela.

— Eu devia estar satisfeito, meu amigo. Por que, de repente, fiquei tão preocupado?

— Sem dúvida é porque, pela primeira vez na sua longa história, a nossa Loja não tem mais inimigos.

— Está bem certo disso?

— Digamos que lhes aparamos as garras e que conseguimos tomar uma grande distância à frente deles. Nós resolvemos todos os segredos desse antigo enigma.

Hertz também se aproximou da janela. Ele uniu o seu olhar ao do Primeiro. Pensavam em uníssono, caminhando no passado através dos traçados da chuva que caía no parque.

Por que falar? O que dizer? Ambos se conheciam havia muito tempo, irmanados pela iniciação naquela Loja marginal, atemporal. Eles eram mais do que irmãos. Eles se amavam com o amor que soldava a busca comum.

Eles se amavam como amavam os dez outros irmãos. Montespa, a quem eles amavam apesar do *Monsenhor*; Losterlack, que chamavam de *Boticário*; Granvel, o *Mestre de Cerimônias*, tão sério, tão silencioso; Sellas, o *Secretário*, sempre amável, constantemente obsequioso; Hertig, o *Tesoureiro*, afetuoso e engraçado, servil e generoso como um santo; Coward, o *Inglês*, discreto e frágil, todo ossos, todo cheio de saliências; Delacroix, o *Historiador*, velho tronco de madeira com a casca trigueira, pesquisador, bisbilhoteiro, brincalhão e tagarela; Bosser, o *Etimologista*, discreto, comedido e falsamente modesto; Goldstein, o *Marceneiro*, rigoroso e preciso como um mecânico; finalmente, Armand, que eles apelidaram de *Kipling*, sem nem mais saber por que motivo, talvez em virtude do magnífico par de bigodes à moda antiga...

Hertz rompeu o silêncio:

— Parece-me razoável que descansemos. Eu gostaria que Léa não me achasse tão feio daqui a pouco.

— Eu me esqueci de lhe perguntar como ela está passando — censurou-se o Primeiro, sinceramente consternado.

— O estado dela é estável. Os calmantes são, em grande parte, responsáveis por isso. Eu gostaria tanto de ainda seguir um pedaço do caminho com ela...

— Estou achando você muito melancólico; não é o seu hábito.

— Atingimos o nosso objetivo. Passei a maior parte da vida buscando o Túmulo de Jesus... Todo esse tempo me corroeu a carne e a alma!

— Espantoso paradoxo, não é? Você se sente desamparado no momento de concretizar o seu sonho!

— Ora! – disse Hertz. – Estamos nos entregando a uma reles filosofia! Ambos estamos cansados.

— É que estamos velhos, Martin. Velhos, com sonhos muito penosos!

83.

Volta a Paris

Sexta-feira, 22h55.
— Você vai dormir em cinco minutos, Émylie. E não discuta: deite-se na minha cama depois de engolir dois comprimidos daquela porcaria que coloquei na mesa de cabeceira.
— Isso está se tornando um hábito. Ou melhor, uma mania! Vai passar o resto da vida no sofá?
— De jeito nenhum. Eu a mandarei embora assim que me tornar famoso, depois de comunicar ao mundo inteiro a descoberta do túmulo de um homem bom, morto há uma eternidade, enterrado com o seu testamento.
Émylie deu um triste sorriso protocolar para Mosèle.
— Tenho a impressão de que se passou um século desde que saímos deste apartamento. Eu me pergunto onde terá se escondido o meu sogro e por que não responde o celular.
— Veremos isso depois. Exijo que descanse. Venha!
Ele a empurrou para o quarto.
— Não acha que devíamos avisar a polícia? — preocupou-se ela.
— Lançar um aviso de busca?
— Seria a pior coisa a fazer, e sabe muito bem disso. Tanto quanto nós, René Marlane não quer que os tiras remexam nesse monte de merda. Ainda é muito cedo!

Émylie sentou-se na cama, segurou a cabeça entre as mãos e suspirou.

– Provavelmente você tem razão. Mas a polícia continua a investigar o assassinato de Norbert Souffir.

– Espero que tudo esteja terminado, antes que ela encaixe essa peça no quebra-cabeça.

Didier lhe entregou um copo-d'água e os dois comprimidos.

– Engula estas porcarias e durma.

Ela obedeceu docilmente. Empertigando-se, Émylie interrogou Mosèle com o seu olhar de avelã.

– O que foi? – perguntou o rapaz.

– Você não desconfia de nada? E se você fosse apenas um instrumento de vingança da Loja Primeira?

– Por favor, não recomece!

Émylie o pegou pelo pescoço. Ele se inclinou e ficou com o rosto bem próximo ao dela.

– Desculpe – murmurou ela. – Dê-me um beijo e vá se deitar também.

Ele a beijou. Dois selinhos na boca. Ela fechou os olhos.

Mosèle foi para o escritório. Acendeu um cigarro, a primeira tragada lhe queimou a garganta, espalhou as fotos tiradas na véspera no lago, a fotocópia do traçado dos Templários, os mapas do Estado-Maior...

Ligou o computador e passava da tela para os documentos. Varria com o olhar todos os elementos presentes, interrogava-os de novo, sem cessar, obstinadamente. "O problema é este desgraçado labirinto... É evidente que ele protege o Túmulo! Nenhuma entrada nem saída estão indicadas na planta... Que tipo de surpresa desagradável me reserva esse troço?"

*
* *

Montespa subiu a escada de degraus instáveis do prédio desocupado que servia de base aos Guardiães do Sangue.

O lugar cheirava a umidade, o gesso se desfazia, a madeira estava tomada de cupim, havia um odor forte que sufocava.

Sua Eminência entrou no cômodo no qual o aguardavam seis homens. Dois jovens do tipo esportista, de cabeça raspada ou cabelo à escovinha, pescoço grosso, maxilares firmes, ombros largos.

Os seis Guardiães do Sangue pertenciam à seção *Forza* da organização. Eram mercenários, cruzados modernos. Superequipados, como os G.I.* numa missão. Eram de todas as nacionalidades. Todos eles falavam várias línguas, entre elas o francês. Uma tropa que o cardeal Montespa lamentava não ter incluído antes na operação. Mas ela havia sido recrutada por Guillio quando ele ainda controlava as rédeas.

— *Dominus vobiscum* — pronunciou o cardeal.

— *Et cum spiritu tuo* — responderam as seis vozes num coro em tom grave.

Montespa lançou um rápido olhar em volta. Notou o receptor que servira para espionar Martin Hertz e lembrou-se do momento em que ele próprio havia colocado o microfone no escritório do amigo.

O seu amigo...

— Vocês conhecem a maior parte do dossiê por terem sido informados pelo Monsenhor Monetti antes de partirem de Roma; conto com vocês para acabar com esse caso triste que custou a vida de quatro dos nossos.

— Sabemos que precisamos agir rapidamente — disse um deles, que se destacou do grupo e que respondia pelo número de inscrição Forza-1.

— Muito rápido! — enfatizou Montespa. — O anúncio da morte do papa será feito em breve; não podemos manter o segredo por muito

---

* G. I. – Gorvernment Issue – Sigla atualmente usada para designar o soldado do Exército dos Estados Unidos. (N. T.)

tempo. Sim, muito rápido! Todas as suas missões estão consignadas neste dossiê.

Ele tirou uma pasta volumosa da sua maleta de couro e a depositou em cima da mesa. Os Guardiães do Sangue se aproximaram, formando um círculo. Forza-1 abriu a pasta e tirou onze fichas.

— Eis os alvos — disparou o cardeal.

Onze fichas. Onze nomes. Fotografias de frente e de perfil de cada alvo humano. Plantas, relatórios comportamentais, números das placas dos automóveis, telefones, códigos da porta de entrada dos prédios...

Hertz, Losterlack, Granvel, Sellas...

Todos os onze desfilaram diante dos olhos de Sua Eminência. De frente e de perfil. Mortos, desde já.

— E o caso Mosèle? — perguntou o tenente.

— Ele está ligado ao dos Marlane, o pai e a nora. Eis uma anotação a respeito deles.

Montespa tirou da maleta uma segunda pasta, mais fina do que a anterior, e a entregou ao Forza-1.

— Como sabem — começou ele —, a argola foi entregue a Mosèle, que voltou para casa com a viúva Marlane hoje de manhã; esta noite, não saíram de casa. Assim que um deles sair, será imediatamente seguido. Alguns de vocês deverão intervir como um apoio. No momento, não sabemos quando Mosèle e Hertz voltarão à floresta do Oriente.

— Continuaremos na escuta — especificou Forza-1. — Hertz telefonou para Mosèle por volta das 13 horas, antes de ir ao hospital ver a mulher. Gravamos a conversa, se bem que ela não seja de grande interesse.

— Mesmo assim vou escutar — afirmou Montespa. — A conversa pode estar em código; de modo algum devemos subestimar os nossos inimigos.

— E quanto à senhora Hertz? — perguntou um Guardião, o Forza-4. — Ela não está incluída entre os alvos? Não há nenhuma ficha dela.

Léa... Montespa viu mentalmente a frágil silhueta daquele pedacinho de mulher, cujos olhos nunca haviam envelhecido. A fiel e doce companheira daquele urso gordo do Martin.
Léa...
— Ela não faz parte dos alvos — asseverou Sua Eminência.
Ele não perdeu tempo em lhes explicar a razão. O que iria dizer? Que aquela mulher jamais poderia prejudicá-los e que de nada serviria sacrificá-la? Não passaria de um crime gratuito e inútil que pesaria no saldo de todos aqueles que ele já fora obrigado a encomendar.

Os alvos foram divididos entre os Guardiães do Sangue enquanto Montespa ouvia a gravação da última conversa entre Hertz e Mosèle.

Depois de ouvir por duas vezes e sem notar nada de anormal, tranquilizado, ele mandou que os Guardiães do Sangue formassem a Loggia.

Os homens se aproximaram um pouco mais da mesa na qual estavam espalhadas as fichas relativas aos onze irmãos da Loja Primeira. Montespa esticou o braço por cima dos documentos com os dedos totalmente unidos. Os Guardiães do Sangue responderam com um gesto idêntico dirigido para o braço esticado do cardeal.

— É para a glória da santa Igreja e apenas pela sua glória que agimos — recitou Montespa.

Então, ele cruzou as mãos no peito, os Guardiães abaixaram os braços e inclinaram a cabeça em sinal de reverência.

— É pela Casa de Deus e pelo seu Reino — continuou o cardeal.
— *Cum fortis armatus custodi atrium suum, in pace sunt ea quae possidet*.[1]

Depois, com a mão direita, ele traçou uma cruz no ar acima das cabeças dos Guardiães e acrescentou:

— *Salvum fac populum tuum, Domine, et benedic hereditati tuae*.[2]
— Pela Cruz! — clamaram seis vozes marcadas de intensa convicção.

---
[1] *Quando um homem forte e bem-armado guarda o seu palácio, os seus bens estão seguros.* Evangelho segundo São Lucas, 11, 21. Bíblia, Mensagem de Deus, op. cit.
[2] *Salvai o vosso povo, Senhor, e abençoai a vossa herança.*

84.
Último ato no Vaticano

O cardeal Rozzero era baixo. Aliás, tudo nele era pequeno: as mãos nanicas, os braços muito curtos e as pernas arqueadas. Ele era tão feio quanto podem ser os ratos. Mas era um homem fiel às amizades, que respeitava a religião e era conciliador em política. Essas três virtudes fizeram dele uma pessoa de projeção na organização dos Guardiães do Sangue. Por essa razão, foi encarregado de velar um papa morto que alguns se esforçavam em fazer passar apenas por moribundo.

Sentado, com a cabeça enfiada nos ombros, os seus olhos redondos eram bolas de gude hipnotizadas que fitavam o cadáver de João XXIV. Eles quase não piscavam, como se fossem atraídos pelo morto.

Quando a porta do quarto se abriu, Rozzero saiu contrariado do seu torpor mórbido e virou ligeiramente a cabeça de nariz pontudo.

– Ah, é você, Monetti – disse ele.

– Devia dormir um pouco, Rozzero. Você cumpre as suas tarefas com seriedade demais. Do que tem medo? O quarto é fortemente vigiado por homens de confiança. Vale a pena você se cansar por causa desses restos mortais?

O gordo cardeal se aproximou da cama. Segurava um dossiê de capa preta contra a barriga.

— Os especialistas em tanatopraxia fizeram um belo trabalho — murmurou ele. — E o cheiro de formol se tornou quase suportável!
— Essa comédia não foi montada para durar. Se o segredo da morte do papa sair dessas quatro paredes...
Monetti soltou um breve ganido.
— Justamente, posso tranquilizá-lo; acabei de receber notícias da França. A Loja Primeira se reuniu hoje de manhã cedo em Sessão Escura para receber Didier Mosèle; farei um resumo da situação.
— Esses franco-maçons devem ter comemorado como se deve a morte dos nossos três agentes na floresta do Oriente!
— Ficamos sabendo quem matou esses Guardiães do Sangue — explicou Monetti. — Foi o pai de Francis Marlane. Veja...
Ele entregou o dossiê de capa preta a Rozzero. Este o abriu no colo e tirou uma fotografia.
Monetti apontou a foto com o seu grosso indicador e disse:
— É este aqui. Com Émylie, a sua nora. Esta fotografia foi tirada no enterro de Marlane pelos nossos primeiros agentes na França. Quem poderia desconfiar...? Em breve faremos uma limpeza, Rozzero. Somente um pouco mais de sangue a ser derramado e poremos a coroa em Montespa com toda a tranquilidade!
— Você se livra com facilidade da dura tarefa, Monetti!
— Os dados já foram lançados. Novos Guardiães do Sangue voaram para a França assim que soubemos da morte dos três anteriores.
Rozzero colocou a fotografia de volta na pasta, fechou-a e perguntou:
— Temos certeza de que os irmãos Primeiros não têm a menor suspeita de que conseguimos nos infiltrar no meio deles? Já imaginou que eles poderiam nos armar uma última cilada?
Monetti se mostrou tranquilizador:
— Certeza. Foram eles que caíram nas redes que preparamos. Nós os manipulamos e os enganamos redondamente; eles foram pegos nas nossas malhas. Repito: apagar as últimas testemunhas dessa comédia é somente o que nos resta a fazer.
— Quantas mortes ainda ocorrerão! — lamentou Rozzero sinceramente, balançando a cabeça e suspirando.

— Não podemos agir de outra maneira. Esse é o preço a pagar para preservar a santa Igreja, impedi-la de desabar levando toda a Cristandade com ela. O Túmulo do Cristo desaparecerá em breve, meu amigo. Muito breve.

Rozzero não gostava que Monetti o chamasse de amigo. Por certo, só sentira desprezo por aquele tremendo espertalhão, aquela miniatura de Maquiavel, empregado de Montespa. Mesmo assim, precisava se dar bem com ele; aliás, era aí que se manifestava uma das suas virtudes: não se prendia à aversão que lhe causavam certos aliados, e sim se adaptava aos seus defeitos.

— A propósito... — argumentou Rozzero. — Você ainda não me falou...

— Sobre o quê?

— Sabe muito bem... Havíamos combinado na nossa última Loggia...

— Está fazendo alusão ao perigo que nos ameaça aqui dentro? — avançou Monetti, matreiro. — Tem dificuldade em pronunciar o nome dele?

Rozzero devolveu o dossiê preto a Monetti, cruzou as mãos, pôs os cotovelos nos joelhos e apoiou o queixo nas falanges nodosas.

— De fato — admitiu. — Talvez porque ele tenha sido um dos nossos e que o tenhamos afastado dos nossos interesses ao lhe arrancar as rédeas das mãos... Sim, estou me referindo ao cardeal de Guillio!

*
* *

Um vulto saiu de um denso bosque.

Um homem vestido com um macacão colante preto, o rosto disfarçado por um capuz e usando óculos infravermelhos.

Ele atravessou um jardinzinho em alguns poucos passos ágeis e chegou embaixo da alta parede de um edifício, avaliando, em seguida, os pontos de apoio. Ele já viera por duas vezes fazer o reconhecimento do local nos três últimos dias. Havia programado mentalmente a ascensão e conhecia todas as saliências: as calhas, os interstícios das pedras, os pequenos balcões. Tinha toda a fachada na memória.

Ele alçou voo, o peito colado na parede, um braço se esticou para a calha e as mãos enluvadas agarraram o ponto de apoio; ele escalou como uma aranha, rapidamente, o olhar voltado para cima.

Assim ele subiu os quatro andares sem manifestar o menor cansaço ou hesitação. Conseguindo se agarrar num dos balcões, pulou para dentro dele. Diante das janelas fechadas, ele vasculhou uma das duas sacolas de couro presas na sua cintura e tirou um pequeno estojo de ferramentas.

Sem ruído, pacientemente, enfrentou o sistema de fechos das persianas.

Quinze minutos depois, entrou no apartamento do cardeal de Guillio. Os óculos infravermelhos lhe permitiam ver perfeitamente no escuro. Ele caminhou como um gato, seguindo por um corredor que servia três cômodos, sendo o último o quarto do cardeal.

Entrou com passos abafados, pois as solas de borracha no espesso carpete não o traíram. Alguns passos, e estava ao lado da cama. O cardeal dormia, deitado do lado direito. Uma forma maciça moldada nos lençóis, respirando lentamente, num ruído apenas audível.

O visitante mergulhou a mão na segunda sacola e tirou uma seringa hipodérmica. Teria feito um ligeiro barulho? Um atrito qualquer, um som ínfimo produzido ao abrir o estojo? Ou será que a proximidade do perigo havia alertado o cardeal adormecido? A premonição de que a morte entrara em seu quarto?

As pálpebras do cardeal se abriram. Ele mal se ergueu e viu a ponta da seringa que o espectro de preto segurava. Viu os óculos infravermelhos que o fitavam com um olhar cego.

A sua mente despertou, saiu do sonho para encarar a realidade assustadora e se perguntou: "Por quê?"

O homem espetou a agulha no pescoço da vítima, que abriu os olhos cheios de terror. Olhos arregalados com a perspectiva de uma morte abominável que já lhe gelava o sangue, o imobilizava, o sufocava.

O assassino empurrou o êmbolo da seringa até o fundo. Guillio se retorceu. Suas mãos, habituadas a fazer sinuosidades no ar para enfatizar as suas palavras, lançaram-se desesperadamente no vazio, procurando um objeto ou alguém a quem pudesse se agarrar.

A sua consciência ainda sobrevivia, num lapso de tempo infinitesimal, mas o seu coração havia parado de bater. E, nesse átomo de vida, Guillio implorou o perdão do Criador por todos os delitos cometidos ao longo do seu apostolado.

Essa fração de tempo roubada à morte é o mais assustador dos pesadelos: uma pergunta sem resposta.

*
* *

Incongruente na atmosfera confinada, repleta de odores farmacêuticos, daquele quarto em que o papa na expectativa de ser posto no caixão dava a impressão de dormir, ressoou a débil campainha de um telefone celular.

Monetti levou imediatamente o celular ao ouvido.

– Sim... Sim – disse, apenas. – Sim...

Depois de fechar o celular, ele se virou para Rozzero e afirmou:

– Está feito, meu amigo. O Vaticano é inteiramente nosso; o cardeal de Guillio acabou de morrer de uma crise cardíaca durante o sono.

Rozzero se persignou e inclinou a cabeça para esconder o rosto nas mãos em concha. Num voz sufocada, ele murmurou:

– Que Deus tenha a sua alma! De hoje em diante, será na França que ocorrerá o último combate.

Monetti deu meia-volta. Antes de sair do quarto, acrescentou:

– A Igreja está salva. Já é hora de eu ir para perto de Montespa para estar presente na conclusão do último ato. Vou decolar esta noite mesmo para a nunciatura de Paris.

85.

Eliminações

Sábado, 7h45.
Mosèle não conseguiu fechar os olhos. Tirou somente alguns cochilos no escritório, com a cabeça nos braços. Apenas breves tempos de torpor, mais ansiolíticos do que repousantes, em virtude dos restos de pesadelo sempre presentes nos limites da sua consciência.

Ele preparou um café, tomando o maior cuidado em não fazer nenhum barulho para não acordar Émylie. Depois, decidiu-se.

Dobrou o novo macacão de mergulho que havia comprado, na véspera, ao voltar para Paris, colocou-o na sacola com as garrafas, a lanterna elétrica, a máscara, o regulador, as nadadeiras e a argola.

Em seguida, escreveu uma carta para Émylie, que pôs em evidência em cima da cômoda do vestíbulo.

E fechou a porta do apartamento ao passar, consciente de que Émylie e Hertz o reprovariam amargamente por haver tomado essa iniciativa. Contudo, ele não queria esperar mais. Não podia esperar mais.

Mosèle desceu pela escada para desenferrujar as pernas, atravessou o pátio, percorreu uns dez metros na avenida da Porte-Brancion para chegar até o carro.

Dois homens, dentro de um Laguna cinza, se prepararam para segui-lo. Um deles enviou imediatamente uma mensagem para o cardeal Montespa.

*
* *

8h12.

A campainha do telefone tirou Martin Hertz do sono e insistiu até ele perceber que se tratava do seu celular. Lembrou-se de que havia deixado o aparelho num dos bolsos da calça. Ergueu a enorme carcaça da cama.

— Alô? — atendeu logo.

Era a voz do Primeiro na outra ponta da linha. Carregada de uma tensão pouco habitual.

— Oriente-Origem... O inglês se matou, Martin! Hoje de manhã, às 7 horas... Acabei de saber.

Hertz sentiu um frio repentino. Perguntou a si mesmo se havia entendido bem o que o Primeiro acabara de dizer. Pediu que ele repetisse.

— Com os diabos, acorde! Eu disse que Coward morreu! Ele teve um acidente no periférico, ao ir para o estúdio.

— Como isso aconteceu? — perguntou Hertz. — Um mal-estar? Ele já havia tido dois infartos, eu acho.

— Justamente! — bradou o Primeiro. — Depois das três pontes no coração, ele não fumava nem bebia mais. Então, por que estaria bêbado ao volante?

— Bêbado, ele? — surpreendeu-se o velho advogado. — A essa hora?

— É, você ouviu bem, ele estava bêbado! Ao menos é esse o primeiro relatório de que dispomos. Certamente haverá uma autópsia para determinar se ele havia ingerido alguma outra substância.

— Está pensando em envenenamento? É absurdo...

— Estou em estado de choque. Coward não pode ter se embriagado. Ligarei de novo assim que tiver mais notícias. Afinal, pode ser que eu esteja imaginando coisas. É o que espero...

Hertz não saiu do lugar por longos segundos depois que o Primeiro desligou. O frio que o atingira antes se espalhou por todas as suas veias, até o menor dos vasos. Como um veneno.

*
* *

Forza-6 se ergueu agilmente com a força dos braços no parapeito da janela. Fez uma abertura no vidro usando um diamante, passou a mão pelo orifício circular. Abriu a janela, deslizou para dentro do aposento, com a planta de todo o andar na memória. Todas as informações necessárias eram mencionadas na ficha n° 2 dos alvos.

Quando entrou na sala azul, o enfermo estava terminando uma conversa telefônica. *Ligarei de novo assim que tiver mais notícias. Afinal, pode ser que eu esteja imaginando coisas. É o que espero...*

O alvo estava de costas. Forza-6 se aproximou dele com quatro passos ágeis e precisos.

A mão enluvada tapou brutalmente a boca do Primeiro para impedi-lo de pedir ajuda.

Depois, tudo se passou com tanta rapidez que o Primeiro não conseguiu perceber plenamente que ia morrer. Que todos os irmãos da Loja Primeira iam morrer. Ele adivinhou. Apenas adivinhou. Um pensamento lhe veio à cabeça assim que a sua cadeira de rodas foi violentamente jogada pela escada. Uma imagem: a de um corpo mumificado num túmulo submerso... "Jesus!"

Ao cair, a cadeira ricocheteou, ejetando o corpo semiparalisado, cujos membros sem vida balançavam em todos os sentidos.

O Primeiro quebrou o pescoço na aresta do último degrau, rolou uma última vez e, por fim, se imobilizou no piso de lajotas.

Em cima, Forza-6 já havia saído do patamar.

Alertado pelo barulho, André apareceu. A cena foi surgindo para ele em flashes. Uma roda da cadeira virada que ainda girava no ar emitindo um assobio, um sapato com a sola voltada para cima num degrau, o Primeiro caído, quebrado, a cabeça apontada para o teto, os olhos arregalados pela surpresa...

— Que diabos é isso? Marc! — gritou André, precipitando-se sobre o corpo.

O pulso não batia mais. O rosto da vítima estava petrificado numa máscara assimétrica.

— Mas o que deu em você?

André desabou em cima do peito do Primeiro, o seu amigo.

*
* *

Forza-6 atravessou o parque em largas passadas elásticas, chegou ao muro exatamente no lugar em que havia pulado havia apenas quinze minutos. Saltou o obstáculo e caiu numa calçada ao longo da qual o aguardava um Peugeot 407, com o motor ligado.

— Arranque! Saia!

Forza-7 engatou a marcha; o carro partiu.

— O velho estava ao telefone quando entrei — disse Forza-6. — Ele já sabia a respeito do primeiro alvo. Eu o ouvi dizer o nome do interlocutor: Martin.

— Martin Hertz, o advogado! A grande caça.

— Ele não é advogado há muito tempo.

— Eu sei, mas é assim que Sua Eminência o chama.

*
* *

10h35.

Mosèle enfiou o novo macacão de mergulho. Demorou a pôr a máscara. Sentado na margem lamacenta do lago, contemplava o montículo de terra e de junco que dele emergia. A terra de Umbra.

Com as mãos, brincava maquinalmente com a argola, os pensamentos errando desordenados, um encobrindo o outro. Francis,

Norbert Souffir, Ernesto Pontiglione... E o abade Jacques... E a Loja Primeira... As mentiras de alguns deles. Ou os seus segredos. Ou os seus silêncios.

Uma garoa cinza envolvia a floresta que cercava o lago, ornando com franjas de fumarolas brancas a superfície da água.

Ele desfrutou daquele instante tão calmo, apreciando a solidão e o silêncio, respirando com prazer o ar enevoado no qual se misturavam perfumes de limo, odores de pântano e cheiro de casca de árvore macerada.

Ele mergulharia, isso era certeza. Mas não sabia quando. O estado de torpor no qual se comprazia lhe permitia um raro recolhimento. Uma meditação que se impunha involuntariamente à sua mente.

Uma serenidade próxima da letargia.

Ele iria mergulhar; mais tarde. Tinha tempo. Todo o tempo do mundo.

*
* *

10h46.

Léa sentia dificuldade em manter os olhos abertos. Ela lutava contra uma irresistível vontade de dormir. Sabia que o seu estado era consequência do tratamento, dos inúmeros antidepressivos e dos outros psicotrópicos que lhe administravam desde que ela soubera da morte do abade Jacques e do incêndio da sua casa de campo.

Essas tragédias lhe haviam cortado o coração. Agora, ela não passava de uma velha casca vazia.

Sentado ao lado da cama, Martin a olhava se debater contra o entorpecimento, as pálpebras pesando mais e mais a cada piscadela. Ele se indagava se, agora, ela não o detestava.

Léa se forçou a falar, com uma voz pastosa.

— Você está com uma cara horrível.

Então, ela ainda pensava nele; até se preocupava com a sua saúde.

— Está tudo bem, juro... Não dormi direito, só isso.

— Seus olhos mentem, Martin. E eu conheço bem os seus olhos de hipócrita!

— Não vim vê-la para falarmos de mim, mas de você. Logo a deixarão sair, não é? Acho que serei uma excelente babá em casa.

Ela deu de ombros.

— Você, como enfermeira? Talvez eu prefira ficar no hospital...

A campainha do telefone de Hertz encobriu a sua voz.

— Principalmente se for para eu ser constantemente incomodada pelo seu celular! — frisou ela, secamente.

Com o telefone no ouvido, Hertz empalideceu, escancarou a boca tentando respirar. O golpe que acabara de receber o enterrou na cadeira como um boxeador no fim de um round.

— Sim, André... Marc morreu... A cadeira de rodas... Sei. Na escada...

Léa o fitou; desfigurado, ele fechou o celular. Seus dedos tremiam.

— O que aconteceu? Quem morreu? Você parece aniquilado.

— Um velho amigo... Você não o conhecia. Acho que nunca lhe falei sobre ele. Desculpe-me, preciso deixá-la. Voltarei logo, prometo, querida. Mas preciso sair.

Ele se levantou; estava com as pernas bambas e tinha um nó na garganta.

— É esse caso que nunca acaba, não é? — perguntou ela.

Hertz já estava na porta do quarto. Ele se virou para Léa, que lhe pareceu ainda mais franzina e frágil do que de hábito.

— Depois — prometeu ele. — Eu lhe contarei tudo depois.

Ele se lançou pelo corredor, dirigiu-se para os elevadores. Marc Masquet, o Primeiro... Morto pouco tempo depois do inglês. Não era uma coincidência, pensou ele. Os Guardiães do Sangue haviam iniciado um programa de eliminação. Todos os irmãos da Loja Primeira estavam em perigo. Mosèle também. Mas como? "Como os Guardiães do Sangue sabem a identidade de todos os meus irmãos?"

Ao chegar ao elevador, digitou o número do celular de Didier Mosèle. Precisava avisá-lo o mais rápido possível.

*
* *

10h48.
A chuva fina picotava a superfície do lago. Na margem, na sacola, a campainha do telefone celular de Mosèle desfiava uma melodia metálica. Quatro vezes.
Você ligou para Didier Mosèle. No momento, não posso atender. Deixe a sua mensagem e ligarei de volta o mais rápido possível.
Abrindo caminho à luz da lanterna, Mosèle nadava entre as longas algas castanhas, com a argola na mão esquerda. Na cintura, ele levava uma faca na bainha e um saco plástico vazio no qual esperava ardentemente guardar, em breve, o Evangelho de Jesus...

86.

A descoberta de Mosèle

10h50.

Uma campainha. A do telefone fixo. Émylie saiu do quarto, a mente embotada pelos soníferos que havia tomado na véspera. Chamou Didier. Como não obteve resposta, dirigiu-se para o vestíbulo, pegou o fone na cômoda e resmungou um "alô" pastoso.

Reconheceu a voz de Hertz e o fez repetir, levando alguns minutos para assimilar o que ele dizia:

— Quero falar com Didier com urgência. Ele está aí com você ou foi para a Fundação? O celular dele não responde.

— Acho que deve estar dormindo no escritório... Espere! Tem um bilhete aqui. É dele sim; é mesmo a letra dele.

— Ele lhe deixou um bilhete? — surpreendeu-se Hertz, angustiado. — Por quê?

— Vou ler: *Minha querida Émylie, não aguento mais; vou mergulhar de novo no lago de Umbra. Saber que a Verdade está tão próxima e ficar sem fazer nada me é insuportável. Avise Martin; peça que me perdoe por não ter cumprido a promessa. Serei cauteloso. Mas eu quero ver. VER! Beijocas. Didier.*

Um grito do outro lado da linha:

— Que maluco!

— O que está acontecendo, Martin? Didier está correndo perigo? Achei que havíamos nos livrado dos Guardiães do Sangue...
— Há mais deles, Émylie. E bem mais numerosos dessa vez! Eles estão na nossa cola. Não sei há quanto tempo estão nos cozinhando... Acho que esperavam que resolvêssemos o enigma para cair em cima de nós. Era esse o plano deles. É claro! E, agora, eles fazem a limpeza e recuperam o investimento. Nós lhes demos o Segredo de bandeja. Merda! Eles passaram a corda no pescoço de Didier... E eu os ajudei a dar o nó ao enviá-lo para a guerra! Igual ao que aconteceu com Francis Marlane... Eu condenei os dois!
— Explique-se! Não estou entendendo nada do que está dizendo — implorou Émylie, em pânico.
— Eles mataram o Primeiro... E um outro irmão! Vamos todos ser abatidos! Vou passar para buscá-la e vamos procurar Didier na floresta do Oriente. Nenhuma notícia do seu sogro?
— Nenhuma.
Émylie desligou. A mão que havia segurado o fone estava molhada. Ela tremia. Um medo surdo, pernicioso, mórbido, revirava-lhe o estômago. — Didier! —, chamou ela inutilmente correndo para o escritório. Vazio.
Pensou na água escura e lamacenta do lago. E estremeceu, como se estivesse mergulhando nua.

*
* *

10h57.
Em algumas braçadas, Mosèle atingiu o fundo do pântano. Examinou o entalhe circular escavado na pedra branca. Tinha a mesma circunferência da argola. Um fecho...
Mosèle conseguiu imaginar facilmente o funcionamento. A ranhura devia receber a argola que ali deveria encaixar com exatidão, deslizando até uma espécie de válvula ou qualquer outro instrumento que acionaria um mecanismo.

O peso da argola, o diâmetro, a velocidade com que funcionaria, certamente tudo havia sido calculado por Hugues de Payns para que o objeto – e apenas aquele objeto – acionasse um engenhoso mecanismo de abertura na parede.

Sem saber bem a razão, os irmãos Primeiros deviam transmitir aquele testemunho entre eles, de geração em geração. Somente a argola abriria o Túmulo do Cristo. Um ritual que, se não houvesse sido respeitado, teria acabado para sempre com a esperança de entrar no sepulcro.

De Payns, herdeiro da Tradição, concebera um dispositivo que envolvia aquelas poucas centenas de gramas de cobre e estanho.

Depois de refletir um pouco, Mosèle pôs a argola na ranhura da pedra.

Alguns segundos de espera. Nervosismo: E se, com o tempo, o mecanismo dos Templários tivesse enferrujado? Alguns segundos se passaram antes que a base do muro, uma parede de pedras, começasse a tremer, a se abrir lentamente, com dificuldade, liberando uma entrada suficientemente larga para que um homem pudesse passar por ela.

Mosèle entrou e teve uma surpresa. O seu caminho estava bloqueado por um segundo muro que distava um pouco mais de um metro do primeiro. Ele começou a percorrê-lo com uma certa apreensão; a lanterna só iluminava uma pequena superfície daquele labirinto.

O muro dava uma volta, acompanhando a curva do primeiro, oferecendo ao mergulhador somente um estreito caminho no qual os seus ombros raspavam nas rochas.

Algas viscosas colavam no rosto dele, nos punhos, nos tornozelos, em pressões repugnantes.

Foi então que, depois de um longo momento de incompreensão, ao descobrir que para seguir o caminho imposto por aquela misteriosa arquitetura devia descer progressivamente, ele percebeu que havia entrado no labirinto desenhado pelos dois irmãos copistas de Pádua. Um dédalo vertical. Um poço formado por uma dupla espiral de pedra seccionada em múltiplos patamares, como compartimentos que refreassem o avanço do explorador. Cavidades realizadas aqui e ali, sem nenhuma ordem em especial, mostravam passagens. Ao acaso, Mosèle escolheu uma delas, que o levou dois metros mais abaixo, num patamar sem saída. Ele precisou subir de volta e procurar outro caminho. Antes, porém, usando um punhal para possibilitar um retorno, ele traçou uma flecha em cima daquele caminho sem saída.

Avistando um segundo vão, Mosèle se enfiou por ele.

Um labirinto vertical! "Retificando, Encontrarás o Irmão Oculto!" O próprio Jesus havia concebido a planta do Seu Túmulo...

*
* *

11h12.

Forza-8 e 9 haviam substituído Forza-4 e 5 e estavam de vigia numa caminhonete de lavanderia em frente ao prédio de número 33 da avenida da Porte-Brancion. Eles viram o Citroën de Martin Hertz estacionar em fila dupla, com o pisca-alerta ligado.

O velho advogado desceu do veículo usando um casaco grosso, uma calça de veludo, um chapéu de feltro ridículo em forma de sino e calçando um par de botas.

Ele atravessou o pátio apressado apesar da corpulência.

— Forza-8 para a Central... Confirmação do chamado de Forza-11 de vigia na rua Jacquard! Martin Hertz acabou de descer no domicílio de Mosèle. O que foi feito deste último? Alguma notícia?

A resposta não tardou na sua escuta. Ela veio de Forza-1, que centralizava todas as informações e retransmitia as ordens do cardeal Montespa:

— Faz pouco mais de uma hora que ele mergulhou. Forza-4 e 5 não tiram os olhos do lago. Segundo eles, a julgar pelas garrafas, ele desfruta de uma grande autonomia.

— E a respeito dos outros alvos?

— O alvo Granvel *caiu* de uma plataforma de metrô quando um trem passava, há menos de quinze minutos. O cara foi estraçalhado. A operação estará definitivamente concluída esta noite.

* * *

11h18.
Depois de cinco tentativas infrutíferas, Mosèle finalmente chegou a um compartimento de teto baixo e abobadado. De uma das paredes saía um grosso e grande volante de aço enferrujado, carcomido, avermelhado e preto.

Bem acima desse comando um peixe encimado por uma cruz havia sido traçado na pedra. Não havia dúvida de que o volante acionava mais um mecanismo que daria acesso ao Túmulo. Enfiando a lanterna na cintura, ele deu dois passos com as nadadeiras e segurou o volante. Foi obrigado a se manter agachado, com os pés no chão e a ponta das nadadeiras escoradas contra a parede para ter um apoio firme e poder desbloquear a roda que séculos de corrosão haviam endurecido na pedra.

Mosèle consultou o relógio para avaliar a quantidade de nitrox que lhe restava; a escolha dessa mistura de oxigênio e azoto enriquecido de oxigênio lhe oferecia um tempo mais longo de mergulho do que se usasse o ar comprimido.

* * *

11h24.
— Forza-8 para a Central... Os alvos Martin Hertz e Émylie Marlane saíram do prédio. Eles estão entrando no carro de Hertz. Repito: eles foram nitidamente identificados. Peço confirmação para segui-los.

— Autorização da Central. Nenhuma intervenção física antes do consentimento. Sua Eminência está indo para o local.

— O cardeal estará sozinho?

— Não. Acompanhado do Monsenhor Monetti. Estão sendo conduzidos pela Forza-9. Boa caçada. Forza-8.

Forza-8 virou-se para o companheiro.
— Aposto que o advogado e a mulher nos levarão para a floresta do Oriente.
— Fácil, estou vendo a figura ridícula do velho! Ele se vestiu para a caça às rãs!

*
* *

11h36.
A ferrugem se desmanchou em partículas que esvoaçaram na água em torno de Mosèle. Depois de alguns minutos, o volante se mexeu e acionou o seu eixo.
Finalmente, ele rodou.
Esse movimento foi imediatamente seguido de um ronco, de um barulho de correntes, de eixos de metal, de rodas dentadas. O solo foi sacudido, perdeu a estabilidade e começou a se inclinar. Um alçapão. Um alçapão que, de repente, se abriu, arrastando Mosèle numa violenta torrente.
O rapaz caiu em outra sala. Viu-se deitado em alguns centímetros de água. Seu ombro esquerdo havia se chocado violentamente com o chão. Levantou-se com dificuldade sob a violenta cascata que caía da primeira câmara. Percebeu o ranger de ferragens em movimento... O alçapão se fechou, impedindo que o compartimento fosse inundado.
Mosèle tinha água até o meio da canela. Ele apontou o feixe de luz da lanterna para a frente e se tranquilizou ao ver outro volante. "O comando de saída!" Levantou a máscara até a testa, tirou o regulador da boca para respirar a plenos pulmões.
Trevas. De cada um dos lados do cone de luz estava noite. Ele se virou lentamente sem sair do lugar, com temor e esperança a respeito do que ia ver. Do que deveria ver. Ali, um pilar baixo e grosso incorporado à parede. Acolá, um arco duplo de uma abóbada com terciarões. Lá, no centro da cripta, um sarcófago de pedra. Um simples

paralelepípedo selado com uma lápide, uma grossa peça de mármore que Mosèle iluminou com a lanterna.

Precisava avançar alguns passos, apesar dos músculos paralisados, do coração enviscado pelo medo. Avançar até o modesto túmulo para ver na superfície a gravação perfeita de um triângulo.

Cair de joelhos como um peregrino que chega exausto ao fim da viagem. Chorar por si mesmo, pelo mundo e pela sua violência, o seu ódio e a sua grandeza, pelas guerras inúteis e pelas pazes curtas, pelo integrismo e as suas hordas de loucos, por um Deus que só existe no amor que os homens carregam, por um Deus que só pôde se criar ao ser gerado por Deus... Chorar de alegria e de dor. De alegria por descobrir o mais improvável dos mistérios, de dor por reduzir a cinzas a fé de milhões de pessoas ao revelá-lo.

Mosèle pôs a mão direita sobre o mármore do Túmulo de Jesus, como uma saudação fraternal.

Sob aquela pedra dormia um velho amigo que havia partido numa viagem imóvel através dos séculos, levando como única bagagem o seu Evangelho sobre o peito.

Mosèle começou a empurrar a lápide que fechava o Túmulo.

87.
O beijo do Cristo

11h43.
Atrás da barreira de juncos, Forza-4 e 5 mantinham os olhos colados nos binóculos. Na sua escuta, Forza-4 ouviu a Central avisar que Martin Hertz e Émylie Marlane estavam sendo seguidos desde Paris e que rodavam em alta velocidade na autoestrada. Direção: Troyes.
Forza-4 pediu na sua micropulseira uma estimativa da hora de chegada.
– Se eles não se matarem sozinhos, estarão aí em menos de duas horas. Forza-8 e 9 mal conseguem segui-los de perto!
– E Sua Eminência?
– O cardeal está a caminho. Ele nos dará a ordem para agir em pouco tempo. Mantenha-se na minha frequência. E Mosèle?
– Ainda não subiu. Isso está se tornando preocupante.

*
* *

11h48.
– Martin, você está querendo que soframos um acidente?
– Se eu pudesse ir mais depressa... Tente ligar para Didier mais uma vez. Não pare de ligar. Repita! Sem parar...

– Nenhuma resposta. Todas as vezes cai na caixa postal; devo ter deixado uma dezena de recados. Acha que ele mergulhou?

Hertz deu uma violenta guinada no volante para ultrapassar um carro que não lhe dava passagem, apesar dos reiterados sinais de farol. A traseira do Citroën derrapou na pista molhada.

– Martin! – gritou Émylie.

Hertz restabeleceu o curso corrigindo o carro e voltou a dar velocidade ao veículo permanecendo na pista da esquerda. Só então respondeu à jovem:

– Sim, estou convencido de que esse imbecil está na água dessa droga de lago! Imagino que, com trinta anos a menos e a sua forma física, eu estaria no mesmo lugar agora.

– Forma? Ele fuma, no mínimo, um maço de cigarros por dia, e acho que, até anteontem, havia anos não fazia um mergulho submarino!

– É apenas um pântano – tranquilizou Hertz. – Nada além de um pequeno brejo de merda! Um cara como ele, mesmo com os pulmões entupidos, não tem nada a temer de um mísero lago desse tipo.

– A sua voz está soando profundamente falsa, Martin.

*
* *

12h42.

Mosèle travou uma árdua luta com a lápide de mármore. Centímetro após centímetro, uma minúscula vitória numa ínfima conquista, ele empurrava a pedra com todas as suas forças, os músculos dos braços excessivamente tensos, prestes a se romperem. Com os tendões doloridos, os quadris em brasa, as coxas endurecidas por cãibras, ele teve sucesso. Pegou novamente a lanterna que havia posto de volta na cintura. Iluminou o interior do sarcófago e viu.

Os restos mortais de Jesus. O cadáver do Cristo que os séculos mumificaram para transformá-lo numa coisa cinza, frágil conjunto de pele seca, de ossos e tecidos pergamináceos.

A luz da lanterna mergulhou nas órbitas e lhe deu um arremedo de olhar. Uma vida sobrenatural. A pele lisa acima dos dentes desenhava um sorriso crispado que devorava toda a parte de baixo do rosto sem nariz.

"Os despojos de um velho. Um corpo de poeira!"

Sobre o peito repousava um pacote de couro marrom, manchado, coberto por uma camada de bolor. Mosèle se conteve e não tocou naquele testemunho da verdade, na prova da impostura religiosa.

Depois, decidiu pegá-la, precisando puxar com força o objeto cujos átomos já haviam aderido aos do cadáver. Um rasgão. Como se um pedaço da pele do morto fosse arrancada. Como se ele não aceitasse que o seu segredo fosse roubado.

Com gestos meticulosos, Mosèle o abriu; o couro rachou e se partiu.

Ele dirigiu o facho de luz para uma folha coberta com uma letra fina, apertada, regular, e pensou em Norbert Souffir, que teria alimentado *Largehead* com aquela caligrafia para extrair até o último mistério...

Norbert, Francis, Pontiglione...

Mosèle pôs o manuscrito delicadamente no saco hermético que havia levado consigo.

Recolocou a máscara e o regulador para girar o volante que deveria libertá-lo daquela câmara mortuária. Para imensa surpresa, aquela segunda roda foi facilmente manipulada, ao contrário da anterior. A causa devia ser a atmosfera seca dessa parte da construção.

O mergulhador esperava ver o alçapão do teto se abrir e se preparou para receber uma tromba-d'água em cima dele. Aguardaria que a cripta fosse inteiramente inundada para voltar a nadar e fazer o caminho em sentido inverso no labirinto vertical e helicoidal. Ele se orientaria graças às marcas que fizera previamente na pedra.

Mas nada aconteceu.

No entanto, um longo barulho de correntes se movimentando acionava um mecanismo ao longe.

A angústia tomou conta de Mosèle, que se retesou com a expectativa, todo o seu corpo esperando a libertação. A pedra tinha de abaixar! A enxurrada deveria invadir a câmara... Pouco importava que os restos mortais de Jesus fossem submergidos. O corpo dele não representava nada, somente o Evangelho contava!

E era esse testamento que Mosèle pretendia levar para a superfície.

Não, nada acontecia. Nada ainda acontecia, exceto alguns silvos, alguns atritos, alguns entrechoques nas profundezas do Túmulo, nas paredes que tremiam. Um pó se desfazia da junção das pedras.

A angústia se transformou em pavor. Mosèle imaginou o pior. Pois, agora, era o túmulo inteiro que vibrava.

Depois, num rumor áspero, uma pedra se soltou da parede, projetada para fora da sua cavidade por uma tromba-d'água. Uma segunda. Que por pouco não atingiu o rapaz bem na cabeça. Roncos de pedra, assobios de jatos-d'água.

Sete, oito pedras grandes foram expulsas dos seus alvéolos, liberando uma água lamacenta que encheu rapidamente a cripta funerária, borbulhando. A armadilha concebida por Hugues de Payns e os irmãos se fechava sobre Mosèle, que percebeu, horrorizado, que faltava um elemento da sua busca: a chave para sair do Túmulo.

*
* *

Émylie consultava o relógio de maneira compulsiva. Os minutos desfilavam, fora do tempo normal. À margem da realidade. Pois o carro lançado como um obus numa autoestrada molhada, o homem corpulento que só se expressava para praguejar grosseiramente, as mensagens com que ela enchia a caixa postal de Didier Mosèle em vão eram os apetrechos de um pesadelo em estado de vigília. Uma equação demente na qual uma grande quantidade de incógnitas se embaralhavam.

Didier havia mergulhado, agora isso era uma certeza. Émylie fez um rápido cálculo: desde a partida do seu domicílio, o tempo que ele havia levado para chegar à terra de Umbra, a quantidade máxima de ar das suas garrafas... Era uma aritmética desesperada.

*
* *

Na cripta, a água atingiu a pedra superior. Mosèle nadava ao longo das paredes para sondá-las, procurando descobrir uma passagem. Ele sabia que, em pouco tempo, a reserva de nitrox não seria suficiente para alimentar seus pulmões. O sepulcro estava em vias de se tornar o dele.

De repente, ocorreu um fenômeno assustador. E magnífico!

Os restos mortais de Jesus saíram do caixão de pedra. Muito leve naquele espaço aquático, ele se ergueu e descreveu uma assustadora coreografia mortuária, movida por gestos lentos, desordenados.

Mosèle admirou aquela fascinante ressurreição com o facho da sua lanterna. O espectro lívido se soltou do sudário transparente como se realizasse uma mudança de pele tão esperada, aguardada havia vinte séculos.

E Jesus, com o sorriso contorcido, Jesus, empurrado pela corrente, estendeu os braços magros para Mosèle.

Com as costas coladas na parede, o mergulhador se debateu em vão e não conseguiu se livrar do abraço do Cristo.

Mosèle se lembrou do pesadelo em que Francis o atraía para a terra encharcada da floresta do Oriente para lhe dar um abraço obsceno...

88.

O amigo

13h53.
— Central para todas as Forzas e operações na floresta. Martin Hertz e Émylie Marlane acabaram de estacionar o veículo e se aproximam do lago. Forza-8 e 9 não abandonem os seus alvos, mas Forza-4 e 5 se juntem a eles para a eliminação final. A ordem foi dada por Sua Eminência. O que foi feito de Mosèle?

Forza-4 respondeu:
— Ele não saiu da água. É evidente que deve ter encontrado um problema insolúvel. Provavelmente está morto.
— Precisamos ter certeza — especificou Forza-1, da Central. — Os Templários podem ter construído uma câmara estanque no sepulcro.

*
* *

13h58.
Émylie corria por entre os juncos, seus passos afundavam, pesados, na lama. Hertz seguia a poucos metros, sem fôlego, o peito em fogo, o coração ora falhando, ora acelerando.

Émylie chamava Didier. Chamava contra o vento que começara a soprar e empurrava a chuva com violência.

Ela chegou à beira do lago, encontrou a sacola com o celular em cima das roupas enroladas de Mosèle e virou-se para a terra de Umbra cercada de água escura que crepitava sob a chuva.

Hertz se reuniu a ela, dobrado ao meio pelo esforço, com as mãos nas coxas e dando a impressão de que ia vomitar. No entanto, alguns segundos depois ele se ergueu e também examinou o lugar.

Com um gesto maquinal, consultou o relógio.

– Ele já deveria ter saído – disse Émylie. – Não poderia ficar tanto tempo na água...

Hertz não encontrou palavras para responder. O desespero da jovem o dilacerava.

– O que ele encontrou lá embaixo? – perguntou ela.

O velho advogado se virou para a fila de juncos. Ele ouvira um farfalhar. Vozes.

– Dê-me a mão, Émylie.

Ela também se virou.

– Os Guardiães do Sangue? – perguntou ela, ao ver quatro homens vestidos de preto, usando capuzes e armados, caminharem na direção deles.

– Dê-me a mão – repetiu Hertz.

Ela estendeu os dedos gelados e trêmulos. A umidade da palma da mão de Hertz a reconfortou um pouco, transmitindo-lhe um resto de vida.

A voz mal lhe saía da garganta; as palavras eram articuladas mecanicamente. Ela disse:

– Você foi traído, Martin.

– Sim, Émylie. Começo a compreender. Somente agora! Mas eu não podia saber...

– Quem o enganou, você e toda a Loja Primeira?

Ele puxou Émylie, abraçou-a paternalmente e respondeu com incomensurável tristeza:

— Só pode ter sido um dos meus irmãos. O que tinha acesso ao Vaticano e à Loja Primeira ao mesmo tempo... Só pode ter sido ele. O meu amigo... Um Judas!

Hertz enlaçou a jovem como um pai. Ele a protegeria por alguns segundos com o seu corpo. Seria um escudo passageiro; depois ela seria liquidada, já que ele estaria morto.

Émylie olhou para o rosto velho, tão próximo do seu. Nunca havia notado como ele podia se impregnar de tanta doçura. Perguntou-se em que ou em quem ele poderia pensar naquela fração de tempo emparedado pela morte.

Em Léa...

E nela, Émylie, que pensava em Francis e em Didier.

Nem Hertz nem Émylie pensaram em Jesus.

Uma saraivada de tiros assustou uma ninhada de patos que levantou voo grasnando de medo.

*
* *

14h17.

Um carro preto com as laterais maculadas de lama e pneus sujos parou à beira de um caminho com marcas de rodas. O motorista deixou o motor ligado.

Um homem, usando um casaco, saiu do amontoado de juncos. Dirigiu-se para o carro. Ao se aproximar, esperou que o vidro da janela fosse abaixado.

— *Dominus vobiscum.* Acabou, Monsenhor — disse o homem. — Dois dos nossos homens vão mergulhar. Deve ter ocorrido um acidente com Mosèle, que não voltou.

— *Et cum spiritu tuo.* Diga-me, Forza-4... Quanto a Martin Hertz e a senhora Marlane...

A mão com o anel de Montespa se apoiou na porta do carro.

— O advogado fez um paredão com o corpo. Só depois que ele caiu é que nós...

— Sim?
— Eu quis dizer: eliminamos o segundo alvo quando o primeiro já estava por terra.
— Isso não me surpreende vindo de Martin. Ele e o seu lado cavalheiresco!

O cardeal havia se dirigido mais especialmente ao vizinho que, sentado ao seu lado, ocupava três quartos do banco: Monsenhor Monetti, que podia ser reconhecido pelo cheiro de suor.

Dirigindo-se novamente à Forza-4, Montespa disse:
— Vá e arrume os cadáveres de modo digno. Deite-os numa posição apropriada: eu quero vê-los.
— Monsenhor! — exclamou Forza-4. — Isso seria indicado? O advogado recebeu uma bala no meio da cabeça...

Num tom seco e que não admitia nenhum argumento, Sua Eminência continuou:
— Execute as minhas ordens, Forza-4. Quero vê-los! Vá! Eu o encontro dentro de dois minutos.

O Guardião do Sangue se virou para o espesso aglomerado de juncos, agitado pelo vento encharcado de chuva.

Montespa subiu o vidro da janela do carro.
— Encontraremos Mosèle, Monsenhor — afirmou Monetti com a sua voz desagradável. — Levaremos tempo, mas o encontraremos. Ele e...
— E Cristo, sim! *Visita o Interior da Terra e Encontrarás o Irmão Oculto...*

Monetti percebeu algumas lágrimas nos olhos do vizinho.
— Por que está chorando, Monsenhor Montespa? Porque em breve o chamaremos de Santo Padre?
— Não, Monetti. Estou chorando pelo meu amigo Martin Hertz, que eu traí. Estou chorando pelo meu amigo... Por ele, por Marlane, por Pontiglione, por Souffir, por Mosèle, por Guillio... Choro por todos eles, e o meu reinado de papa não bastará para me consolar por havê-los sacrificado. Eu os amo e os odeio porque me obrigaram a fazer o que fiz! Para proteger a Santa Igreja, preservar uma civilização,

evitar o terrível caos... E, por fim, choro por esse Cristo que despojamos de sua Verdade.

    O cardeal Montespa abriu a porta do carro, acertou o chapéu, levantou a gola do sobretudo e se dirigiu para os juncos, que emitiam um som monocórdio no concerto do vento.

    Ele caminhou sem se preocupar com a sorte dos seus sapatos engolidos pela lama a cada passo. Como gostaria de fazer esse percurso de joelhos como penitente arrependido!

    Vinte e cinco minutos antes, ele soubera que um homem havia sido encontrado no seu carro numa área de estacionamento da autoestrada Troyes-Paris. Ele havia morrido ao volante, exangue, em consequência de um ferimento a bala na virilha, do lado direito.

    A singularidade da notícia se devia ao patronímico da vítima. Tratava-se de René Marlane, pai do professor Francis Marlane, que cometera suicídio três semanas antes.

    O cardeal Montespa virou o rosto para a chuva e absorveu o seu frescor, como marca de um batismo.

    Ele seria papa. E a Igreja prosseguiria na sua viagem missionária com as Sagradas Escrituras como guia.

    O que é ensinado é que é a Verdade.

*
* *

    Eles boiavam sem a força de gravidade, grudados um no outro, girando num grande e lento círculo na cripta mergulhada na escuridão. Às vezes passavam pela luz da lanterna caída no fundo. Pareciam irmãos gêmeos que o tempo havia separado e, depois, finalmente, reunido.

    Pareciam sorrir um para o outro·

89.
O epílogo de João

"Assim, Cristo, que não morreu na cruz, ao envelhecer veio ficar ao meu lado. Ele me anunciou que os seus escritos seriam distorcidos, que a Verdade seria traída. Eu, João, o que dizem ser o mais esclarecido dos discípulos, o 'verdadeiro ramo do Arquiteto', deixarei um testamento para a posteridade que será relatado de maneira enganosa. E nós nos esforçaremos para não o trair na morte como o seu gêmeo o traiu enquanto estava vivo."

– Um gêmeo? – perguntou o rapaz a João.

O velho, que ainda carregava a argola de bronze contra o peito, lhe sorriu.

– Sim. Nascido do mesmo ventre, na mesma hora. O nome dele era Tomé.

O rapaz, recentemente iniciado na Loja Primeira, ignorava muitos dos segredos dos mais velhos. Mas estava impaciente para conhecê-los, desejoso de compreender melhor quem era realmente o homem admirável que haviam acabado de enterrar.

O velho lhe disse:

– Os dois irmãos se amaram durante a juventude; depois Tomé foi vítima da forte personalidade de Jesus, da sua inteligência e da sua grande pureza, da sua exigência. Jesus foi um peregrino infatigável que ia regularmente ao Egito, para perto dos Mestres da Grande Praça, detentores da ciência dos arquitetos.

— A Deir el-Medineh? — perguntou o adolescente.

— Isso mesmo. Para aprender as leis da Planta. Pois era assim que se denominava o antigo ensinamento que obrigava o homem a retomar nas suas obras o imutável equilíbrio da Natureza.

— E Tomé? — perguntou outra vez o rapaz.

— Ele ficou enciumado e sentiu inveja da luz que o irmão havia trazido dos templos do conhecimento. Chegou a tentar tomar o lugar dele no coração dos fiéis durante a sua ausência. Ele o imitava de maneira medíocre, como um sósia insignificante. Não aguentando mais, com muito ódio acumulado, quis assassinar Jesus. Ele foi à casa do irmão. Jesus, que escrevia num cômodo da casa, não desconfiou de nada e o recebeu amigavelmente. Tomé lhe deu três punhaladas. No pescoço, na lado esquerdo do peito e na testa. Ele deixou Jesus, dando-o por morto, banhado em sangue, e fugiu. Era noite... Tomé atravessou a cidade feito louco, desvairado. Ficou vagando durante horas. No entanto, a mulher e o filho de Jesus, que haviam sido alertados pelos gritos do ferido, foram até o aposento no qual ele escrevia e o encontraram caído no chão. Levaram-no para o quarto, lá o lavaram e o cobriram com um sudário, um simples lençol branco. A mulher e o filho estavam convencidos de que Jesus havia morrido em consequência dos ferimentos. Em seguida, eles foram buscar Nicodemos e José de Arimateia para que os ajudassem a preparar o corpo. Achavam que os romanos haviam despachado um assassino para eliminar o profeta, ficando livres dele sem precisar abrir um processo. Jesus estava sendo ameaçado havia meses.

— Eu sei que ele ainda vivia! — exclamou o rapaz.

João continuou:

— É verdade, ele ainda estava vivo. Era um homem robusto. Ergueu-se do leito e saiu de casa titubeando. Sabia que encontraria Tomé no lugar onde sempre ia falar com ele quando ainda eram irmãos. O monte das Oliveiras... O monte que dominava a cidade.

Mas, antes de encontrá-lo, Jesus precipitou o destino. Ouça como tudo se passou realmente...

"... Tomé caiu de joelhos ao pé de uma oliveira. Olhou para a manga de sua túnica coberta do sangue de Jesus e começou a chorar. Subitamente, levantou-se, alertado por um ruído de passos mais abaixo.

Um vulto subia o monte, cambaleante, seminu. Tomé se pôs a correr, implorando ao fantasma que voltasse para as trevas. Havia reconhecido a silhueta do irmão no sudário.

O fugitivo correu como um danado e bateu numa pedra. Caiu e não teve mais ânimo para se levantar. A sombra do homem com sudário se aproximava.

A sombra disse-lhe:

— Você quis tirar a minha vida, Tomé. Eu lhe ofereço a minha morte.

Tomé balbuciou:

— Eu o matei! Afundei o meu punhal por três vezes no seu corpo. Eu o odeio tanto!

Jesus prosseguiu:

— Meu pobre irmão, seus golpes não foram tão certeiros. Mas já que você queria representar o meu papel, faça-o aqui, esta noite.

Tomé gritou:

— Direi aos romanos que você é o Messias! É você quem eles prenderão.

Jesus sorriu:

— Está enganado, Tomé. Você acreditou que Judas trairia por você e que me apontaria como sendo o Filho do Homem. Mas Judas manobrou segundo a minha vontade. Ele o enganou. Ouça... A tropa está subindo para prendê-lo. Judas está na frente para o identificar. Agora, você é o Messias. Era isso o que queria, não é?

Tomé caiu em prantos. Ele ouvia o tilintar das armas, os passos dos soldados da tropa, as vozes...

— Jesus, por favor... não me abandone!

— Você era o meu irmão, Tomé. Eu o amava e você me invejava. Será julgado no meu lugar e tudo será feito para que você seja executado. Eu preciso viver... Pois sou o portador da Palavra.

Jesus abandonou Tomé. Embrenhando-se na noite, Cristo acrescentou:

— Assim a minha história será escrita, meu gêmeo. Não é na luz que um iniciado deve trabalhar. É na sombra e no silêncio. Na humildade e no segredo! No túmulo..."

O adolescente ouviu o relato de João. Deveria acreditar nele? É bem verdade que João havia sido o amigo mais fiel de Jesus e partilhava o seu saber. No entanto, as aventuras a respeito dos dois homens eram muitas e, às vezes, diferiam de acordo com quem as relatava.

Deveria admitir essa Verdade? Ou isso não seria apenas uma fábula para ajudar a refletir sobre o sentido da sua jornada iniciática?

O rapaz conhecia os poemas de João que, ocasionalmente, os adeptos recitavam durante os ágapes quando o velho já tinha ido dormir por causa da idade elevada:

Eu João irmão dos Doze
Em Patmos exilado por amor a Jesus
O Segredo conservei

O irmão Primeiro
Filho da Luz e do Arquiteto
A mim se apresentou

Ele estava vivo e não morto
Como o povo havia pensado
Três beijos ele me deu

Brancos sua cabeça e seus cabelos
Como a lã branca
Como a neve

Ele disse ser o primeiro e o último
Ele estava vivo depois da morte
Era o Portador das chaves da morte

Verdadeiro ramo do Arquiteto
A você a Águia destituída
A verdade será falsamente pronunciada.

Assim, Cristo, que não morreu na cruz, ao envelhecer foi para perto do amigo João Evangelista. Ele lhe anunciou que os seus escritos seriam distorcidos, que a Verdade seria traída. Ele, João, o mais esclarecido dos discípulos, o "verdadeiro ramo do Arquiteto", deixaria um testamento para a posteridade que seria relatado de maneira enganosa.

O Filho do homem diz a sua dor
O que ele havia construído foi destruído
O que ele havia amado estava perdido

Eu, João, seu irmão pelos Doze
Com ele chorarei os irmãos mortos
E chorarei pela Viúva de filhos separados

Ele me disse para ainda ter esperanças
Nossa Loja ergueremos
À sombra do Arquiteto

Ele me disse para segui-lo
Pois era o irmão da vida
Aquele que acreditávamos morto

As pedras serão semeadas
O trigo de ouro brotará
Por todos os Séculos dos Séculos.

O rapaz ficou em silêncio por longos minutos, andando ao lado do mestre. João olhava para ele com o canto do olho e adivinhava o caminhar dos seus pensamentos. Antecipando-se, ele disse:

— Jesus encontrou refúgio em Qumran com a sua família, no lugar em que, antes, Batista o havia iniciado entre os essênios. Ele continuou a escrever o seu Evangelho. Por fim, veio ao meu encontro e me pediu que o seguisse. Ele me disse que havia morrido por todos nós. Que deixava a sua mulher como uma viúva e o seu filho adulto ao lado dela. Ainda lhe restava uma missão a cumprir antes de deixar esta Terra e que precisava do irmão que eu era para completá-la. Ele me disse: "Os homens não vivem tempo suficiente para manter alguns segredos, mas as sociedades, as ordens iniciáticas, as confrarias preservam as tradições e as verdades!"

O cortejo que havia acabado de enterrar Jesus na floresta chegou a um povoado de pequenas construções com telhados de colmo. Era ali a sua comunidade.

João propôs ao rapaz que o acompanhasse até a sua casa. O velho pôs a argola de bronze em cima de uma mesa. A argola que havia fechado o Túmulo do Cristo.

João se sentou e prosseguiu:

— Deixamos a nossa terra e viajamos juntos, como missionários, como apóstolos. Procuramos por aqueles que seriam dignos de partilhar a Palavra Sagrada. Queríamos formar uma Loja perfeita, equilibrada, harmoniosa. Uma Loja na qual os irmãos e irmãs aceitassem o ensinamento ancestral e o distribuíssem à sua volta, semeadores do futuro. A Loja Primeira! Eu era o Guardião da Palavra. O Orador... E o meu amigo, o meu velho irmão Jesus, era a Palavra.

Olhando com ternura o adolescente, João disse:

— E a Loja Primeira foi instalada aqui, à beira da floresta, perto do lago. Jesus e eu estávamos muito velhos para prosseguir caminho. Com nossos irmãos construímos um templo. Algumas tábuas, uma porta, três janelas... Nele colocamos todos os símbolos úteis aos nossos trabalhos. Os que vieram dos primeiros tempos, como a abóbada estrelada dos túmulos egípcios, como as colunas do Templo de

Salomão, como as romãs, os poemas de amor... Ali desenhamos a memória da Humanidade. E Jesus nos mostrou o Evangelho que levara toda a vida para escrever. Ele não abriu o pergaminho. Apenas nos mostrou os rolos das suas folhas. Ele os colocou num pequeno altar para que todos prestássemos juramento de fraternidade ao homem e de respeito à nossa ordem. Foi isso que você fez quando foi iniciado, meu rapaz. Com certeza, você não compreendeu exatamente o profundo sentido dos seus gestos e se perguntou por que o fizeram atravessar o templo como uma perigosa floresta. Por que o fizeram descer à terra para representar a sua morte, como Lázaro, que Jesus levantou do túmulo. O próprio Jesus deu a luz a você e o beijou três vezes, para expulsar novamente da memória as três punhaladas do irmão.

O rapaz interrompeu o velho.

— Desconfio que vou precisar de toda uma vida para assimilar os ensinamentos que Jesus e você me passaram. No entanto, não sou tolo; vi muito bem, há pouco, quando pusemos o Filho do Homem no túmulo, que você deixou um pacote em cima do peito dele. Era o seu Evangelho! Reconheci o formato dos rolos. E isso eu não entendi. Qual o objetivo de enterrar a Palavra do Cristo com ele?

Como resposta, João recitou o último poema que ainda não havia revelado aos irmãos:

> *Ele disse que a sua hora chegava*
> *Ele o Primeiro dos Doze*
> *Ele disse que ia morrer*
>
> *Quando a Loja estivesse montada*
> *Quando ela abrigasse o seu corpo*
> *Na Sombra do Arquiteto ele adormeceria*
>
> *Eu, João, selarei o Segredo*
> *Traçarei as letras no túmulo*
> *Marcarei a pedra do Primeiro Irmão*

Ele me disse não ser aquele da cruz
E compreendi que ele não o era
Ele era o Primeiro e o Último

Ele me disse que eu serei a Águia
Na Sombra eu ficaria
Pois o irmão traiu o irmão

Eu, João, fecharei os seus olhos
Colocarei o Livro nas suas mãos
E a Palavra se perderá.

O rapaz reagiu:

— Isso é absurdo! A Palavra está perdida! Ficaremos nas trevas para sempre!

— Está enganado – replicou João. – A Palavra está em você. Em você, nos seus irmãos, no Homem! Lá, na terra, num túmulo agora anônimo, estão apenas ossos, carne e papel que o tempo irá desfazer e transformar em húmus. Não foi no coração de uma floresta que colocamos Jesus, e sim no fundo do nosso espírito. E todos nós dispomos de uma argola para abrir à vontade esse túmulo secreto que guarda o Conhecimento. Uma chave! Todos nós somos irmãos de Jesus pela nossa iniciação e, portanto, irmãos do Homem. Trata-se, agora, como gêmeos, de não imitar Tomé e não trair novamente o nosso irmão. Quer esse irmão se chame Jesus, Zacarias, Paulo ou Pedro... Cabe a nós resgatar a falta do Dídimo! Vamos nos tornar o que Jesus queria que fôssemos, isto é, arquitetos. Vamos nos separar e seguir os diferentes caminhos. Construiremos outras lojas. Todas elas serão à imagem desta aqui, que um sábio chamou de Primeira.

O rapaz precisava imbuir-se das palavras de João. Ele já ia sair, quando o velho o reteve e disse:

— Não se esqueceu de nada?

O adolescente se virou, surpreso. João pegou a argola na mesa e a entregou ao jovem iniciado.

— A argola de bronze, meu rapaz. Você é o mais jovem de todos nós. Ela é sua. Pesará menos nas suas mãos.

Depois, João ficou sozinho. Pensava no amigo que repousava na marga argilosa da floresta, no Evangelho entre os seus braços rígidos e frios.

João não poderia imaginar que alguns arquitetos construiriam uma Igreja em cima de uma mentira. Ele não conseguiria ver tão longe... Jamais poderia pressentir o cheiro terrível dos corpos queimando nas fogueiras, os gritos dos torturados nos porões da Inquisição, o estardalhaço das guerras em torno de um túmulo vazio em Jerusalém, os dogmas, a política, o orgulho, o poder...

O tempo passou. João pensava somente no amigo, no seu mestre fiel. Não se lembrava mais de que ele se chamava Jesus. Não podia ser Osíris, ou Hiram, ou João Batista...? A sua mente confusa pelo desgaste da idade misturava os nomes dos irmãos da Humanidade.

Confortado, ele se lembrava somente de que tivera um irmão que havia amado e com o qual havia participado da edificação de uma Loja. Um Templo com a Planta em perpétua evolução.

E, quando João morreu, ele viu chegar, da sombra, vultos amigos que acreditava terem desaparecido havia muito tempo. Ele reconheceu um deles. Era um homem que carregava uma argola de bronze.

O homem disse:

— *Já que está na hora e que temos a idade, vamos abrir os nossos trabalhos.*

João teve a sensação de que os vultos formavam uma corrente à sua volta para desenhar um círculo e recebê-lo no calor e na luz do amor que lhe permitiria deixar a vida com alegria.

Ao morrer, ao atravessar a indizível fronteira que separa dois dos mundos da Unidade, João compreendeu que os trabalhos iniciados pelo Primeiro Irmão nunca terminariam.

João abandonou as dimensões humanas para alcançar a Suprema Iniciação.

Agora, nenhuma traição, nenhuma guerra, nenhuma mentira poderia apagar o eco da Palavra. A Palavra que João, o Orador da Loja Primeira, havia traçado num longo poema luminoso.

Bibliografia resumida

Les Saints Évangiles, tradução comentada do abade L. Cl. Fillion.
L'Histoire de l'Église, por F. G. M. (1899).
AMBELAIN, Robert. *Jésus et le mortel secret des Templiers*, Robert Laffont, 1970 (Les Énigmes de l'univers).
AUGÉ, Claude, organização. *Le Larousse universel*, Larousse, 1924.
AVRIL, François. *L'Enluminure à l'époque gothique, 1200-1420*, Biblioteca da Imagem, 1998 (Éditions bibliographiques).
BENAZZI, Natale; D'AMICO, Matteo. *Le Livre noir de l'Inquisition*, Bayard, 2000 (Questions en débat).
BORDONOVE, Georges. *La Vie quotidienne des Templiers au XIIIe siècle*, Hachette, 1990 (La Vie quotidienne).
BOUHER, Jules. *La Symbolique maçonnique*, Devry, 1990 (Bibliothèque de la Franc-Maçonnerie).
BRILLANT, M. Maurice; NÉDONCELLE, M. l'abbé Maurice. *Apologétique: nos raisons de croire, nos réponses aux objections*, Bloud & Gay, 1937.
COLINON, Maurice. *L'Église en face de la franc-maçonnerie*, Fayard, 1954 (Bibliothèque Ecclesia).
CZMARA, Jean-Claude. *Sur les traces des Templiers: circuit des possessions templières dans l'Aube*, Association Hugues de Payns, 1993.
DELORT, Robert. *Le Moyen Âge*, Seuil, 1983.
FEDOU, René *et al*. *Lexique historique du Moyen Âge*, Armand Colin, 1999 (Cursus).

FLEIG, Alain; LAFILLE, Bruno. *Les Templiers et leur mystère*, 2 volumes, Genebra, éditions Famot, 1981.

GOLB, Norman. *Qui a écrit les Manuscrits de la mer Morte?*, Omnibus, 1999 (Feux Croisés).

HÉRON DE VILLEFOSSE, René. *Les Grandes Heures de la Champagne*, Librairie académique Perrin, 1871.

LA CROIX, Arnaud de. *Les Templiers au cœur des Croisades*, éditions du Rocher, 2002 (Documents).

LEROY, Béatrice. *L'Espagne des Torquemada: catholiques, juifs et convertis au XVe siècle*, Maisonneuve et Larose, 1995.

NAUDON, Paul. *Histoire générale de la franc-maçonnerie*, Charles Moreau, 2004.

OLDENBOURG, Zoé. *Le Bûcher de Montségur*, Gallimard, 1959.

PRACHE, L. *La Pétition contre la franc-maçonnerie à la 11e commission des pétitions de la Chambre des députés*, Hardy & Bernard, 1905.

THIERRY, Jean-Jacques. *La Vie quotidienne au Vatican au temps de Léon XIII à la fin du XIXe siècle*, Hachette, 1963.

Impresso no Brasil pelo
Sistema Cameron da Divisão Gráfica da
DISTRIBUIDORA RECORD DE SERVIÇOS DE IMPRENSA S.A.
Rua Argentina 171 – Rio de Janeiro, RJ – 20921-380 – Tel.: 2585-2000